Robert Jordan
Stadt des Verderbens

Zu diesem Buch

Rand al'Thor hadert weiterhin mit seinem Schicksal, der Wiedergeborene Drache zu sein. Denn ihm ist prophezeit, in die letzte Schlacht gegen die Schatten zu ziehen und die Welt zu retten, indem er sie zerstört. Zugleich kann sich Rand nicht zwischen den drei Frauen entscheiden, die er liebt. Doch all dies wird unwichtig, als sich herausstellt, daß Pedron Niall, Anführer der Kinder des Lichts, in Wahrheit ein Diener des Dunklen Königs ist. Die Ereignisse überschlagen sich, und Rand muß noch einmal in die Wüstenstadt Rhuidean zurückkehren, ohne zu wissen, ob er sie ein zweites Mal lebend verlassen wird …

Robert Jordan, geboren 1948 in Charleston, US-Bundesstaat South Carolina, begeisterte sich seit seiner Jugend für die phantastische Literatur und schrieb zunächst erfolgreiche »Conan«-Romane. In den neunziger Jahren begann er seinen weltberühmten Zyklus »Das Rad der Zeit«, ein in der Fantasy einzigartiges Werk epischer Breite, das inzwischen knapp dreißig Bände umfaßt und Millionen Fans in der ganzen Welt gefunden hat.

Robert Jordan

Stadt des Verderbens

DAS RAD DER ZEIT 14

Aus dem Amerikanischen von
Uwe Luserke

Piper München Zürich

Von Robert Jordans »Das Rad der Zeit« liegen in der Serie Piper vor:

1. Roman: Drohende Schatten (8551)
4. Roman: Das Horn von Valere (8554)
6. Roman: Die Straße des Speers (8556)
7. Roman: Schattensaat (8557)
9. Roman: Der Sturm bricht los (8559)
10. Roman: Zwielicht (8560)
14. Roman: Stadt des Verderbens (8564)
16. Roman: Die Hexenschlacht (8566)
18. Roman: Wolken über Ebou Dar (8568)
25. Roman: Die Herrschaft der Seanchaner (8575)
29. Roman: Der neue Frühling (8579)

Als Hardcover-Broschur bei Piper:
Das Rad der Zeit 1. Das Original. Die Suche nach dem Auge der Welt
Das Rad der Zeit 2. Das Original. Die Jagd beginnt

Deutsche Erstausgabe
Dezember 2004
Erstmals erschienen:
Wilhelm Heyne Verlag GmbH & Co. KG, München 1997

Titel der amerikanischen Originalausgabe:
»Lord of Chaos 2«, Tom Doherty Associates (TOR Books),
New York 1994

Umschlagkonzept: Büro Hamburg
Umschlaggestaltung: Nele Schütz Design, München
Umschlagabbildung: Attila Boros, Agentur Kohlstedt, Göttingen
Innenillustrationen: Johann Peterka
Karte: Erhard Ringer
Autorenfoto: Agentur Luserke, Friolzheim
Satz: Schaber Satz- und Datentechnik, Wels
Druck und Bindung: Clausen und Bosse, Leck
Printed in Germany ISBN 3-492-28564-3

www.piper.de

Inhalt

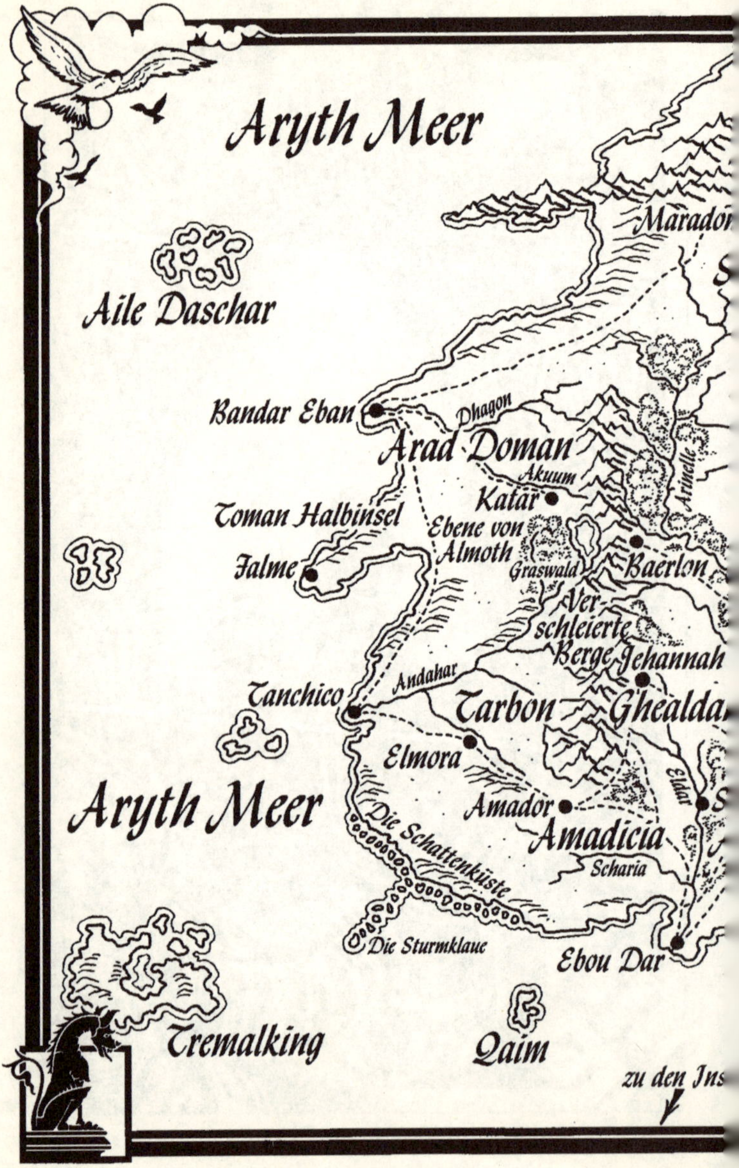
Aryth Meer
Aile Daschar
Bandar Eban
Dhagon
Arad Doman
Akuum
Katar
Toman Halbinsel
Ebene von Almoth
Graswald
Falme
Baerlon
Arinelle
Maradon
Verschleierte Berge
Jehannah
Andahar
Tanchico
Tarbon
Ghealda
Elmora
Eldar
Amador
Amadicia
Aryth Meer
Die Schattenküste
Scharia
Die Sturmklaue
Ebou Dar
Tremalking
Qaim

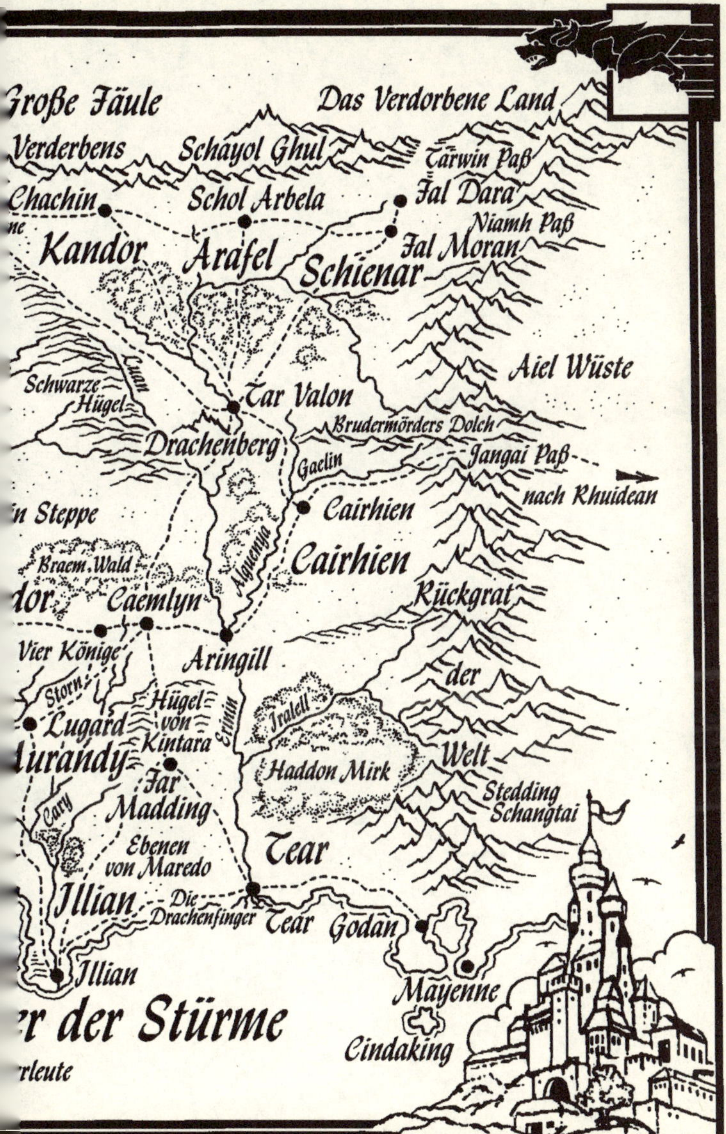

Große Fäule
Das Verdorbene Land
Verderbens
Schayol Ghul
Tarwin Paß
Chachin
Schol Arbela
Fal Dara
Niamh Paß
Kandor
Arafel
Fal Moran
Schienar
Luan
Schwarze Hügel
Aiel Wüste
Tar Valon
Brudermörders Dolch
Drachenberg
Gaelin
Jangai Paß
nach Rhuidean
Cairhien
Cairhien
Braem Wald
Alguenya
Caemlyn
Rückgrat
der
Welt
Vier Könige
Aringill
Storn
Hügel von Kintara
Erinin
Iralell
Lugard
Haddon Mirk
Far Madding
Cary
Stedding Schangtai
Ebenen von Maredo
Tear
Illian
Die Drachenfinger
Tear
Godan
Illian
Mayenne
r der Stürme
Cindaking
rleute

KAPITEL 1

Pläne

Habt Ihr diese Feuerwerker nach Amador bringen lassen?« Viele wären zusammengezuckt, hätten sie solch harte Töne von Pedron Niall zu hören bekommen, nicht aber der Mann, der nun auf der eingelegten goldenen Sonnenscheibe vor Nialls schlichtem Stuhl mit hoher Lehne stand. Er strahlte Selbstvertrauen und Gelassenheit aus. Niall fuhr fort: »Es gibt einen Grund dafür, warum ich zweitausend Kinder des Lichts die Grenze zu Tarabon bewachen lasse, Omerna. Tarabon steht unter Quarantäne. *Niemandem* ist der Grenzübertritt gestattet! Wenn es nach mir ginge, dürfte nicht einmal ein Sperling herüberfliegen.«

Omerna bot den Anblick eines Offiziers, wie er bei den Kindern des Lichts sein sollte: hochgewachsen und respekteinflößend, ein kühnes, furchtloses Gesicht, ein kräftiges Kinn und weißes, welliges Haar an den Schläfen. Seine dunklen Augen schienen gewohnt zu sein, auch das schlimmste Schlachtfeld unbeeindruckt zu mustern und zu beurteilen. Im Augenblick jedoch schienen sie tiefe Nachdenklichkeit auszudrücken. Der weiß- und goldgeschmückte Wappenrock eines Lordhauptmanns, Gesalbter des Lichts, stand ihm gut. »Kommandierender Lordhauptmann, sie wünschen, hier ein Gildehaus zu errichten.« Selbst seine tiefe, einschmeichelnde Stimme paßte zu seiner Erscheinung. »Die Feuerwerker reisen überallhin. Es dürfte nicht schwer sein, Agenten unter ihnen zu finden. Agenten, die in jedem Ort, in jedem Herrenhaus, in jedem Herrscherpalast willkommen wären.« Angeblich war Abdel Omerna ein eher niedrigstehendes Mitglied des Rats der Gesalbten. In Wirklichkeit war er der Leiter der Spionageabteilung der Kinder des Lichts. Nicht offiziell, aber de facto. »Überlegt einmal.«

Niall allerdings glaubte, die Gilde der Feuerwerker bestehe ausschließlich aus Leuten aus Tarabon, und Tarabon war mit Chaos, Wahnsinn und Anarchie infiziert. Diese Leute konnte er nicht auf Amadicia loslassen. Wenn er schon damit warten mußte, diesen Seuchenherd auszubrennen, dann konnte er ihn doch wenigstens isolieren. »Sie werden behandelt wie jeder andere, der die Grenze unerlaubt überschreitet, Omerna. Sie werden streng bewacht, ihnen ist nicht gestattet, mit irgend jemandem zu reden, und sie werden unverzüglich aus Amadicia abgeschoben.«

»Wenn ich widersprechen darf, mein kommandierender Lordhauptmann, aber ihre Dienste sind die Gerüchte wert, die sie hier vielleicht verbreiten. Sie bleiben gewöhnlich unter sich. Und ganz abgesehen von ihrem Nutzen für mein Agentennetz würde es ein beachtliches Prestige bringen, ein Gildehaus der Feuerwerker in Amador zu haben. Es wäre im Augenblick sowieso das einzige. Das Gildehaus in Cairhien wurde aufgegeben, und ich bin überzeugt, das trifft auch für jenes in Tanchico zu.«

Prestige! Niall rieb sich das linke Auge, um ein unfreiwilliges Zucken des Augenlids zu unterdrücken. Es hatte keinen Zweck, zornig auf Omernas Worte zu reagieren, aber die Zurückhaltung kostete ihn Mühe. Die Morgenhitze brachte sein Temperament langsam, aber sicher zum Überkochen. »Sie bleiben allerdings unter sich, Omerna. Sie wohnen mit den anderen ihrer Gilde zusammen, reisen gemeinsam mit ihnen und sprechen nicht mit anderen. Habt Ihr vor, Eure Agenten Mitglieder der Feuerwerker heiraten zu lassen? Sie heiraten kaum jemals außerhalb der Gilde, und es gibt keine Möglichkeit, Feuerwerker zu werden, wenn man nicht in die Gilde hineingeboren wurde.«

»Ach so. Na ja, sicher läßt sich da ein Weg finden.« Nichts konnte diese Fassade von Selbstbewußtsein und Gelassenheit zum Abbröckeln bringen.

»Es wird so gemacht, wie ich gesagt habe, Omerna.« Der Mann öffnete doch tatsächlich schon wieder den Mund, aber Niall kam ihm gereizt zuvor: »Wie ich befohlen habe, Omerna! Ich will nichts mehr davon hören! Welche Neuigkeiten habt Ihr heute sonst noch für mich? Welche *wichtige* Neuigkeiten? Das ist Eure Aufgabe. Nicht, für Ailron Feuerwerke vorzubereiten.«

Omerna zögerte, wollte offensichtlich noch einmal für seine kostbaren Feuerwerker plädieren, aber schließlich sagte er nur bedeutungsschwanger: »Die Berichte über die Drachenverschworenen in Altara sind mehr als bloße Gerüchte, wie es scheint. Und vielleicht befinden sie sich auch schon in Murandy. Der Befall ist noch gering, wird aber wachsen. Ein harter Schlag zu dieser Zeit könnte sie und die Aes Sedai in Salidar gleichzeitig …«

»Bestimmt Ihr jetzt die Strategie der Kinder? Sammelt Informationen, aber überlaßt mir deren Gebrauch. Was habt Ihr sonst noch für mich?«

Der Mann reagierte auf den Themenwechsel mit einer gelassenen Verbeugung. Omerna beherrschte sich ausgezeichnet; das war vielleicht seine größte Stärke. »Ich habe gute Nachrichten. Mattin Stepaneos ist bereit, sich Euch anzuschließen. Er zögert noch, das bekanntzumachen, aber meine Leute in Illian berichten, daß er diesen Schritt bald unternehmen wird. Sie sagen, er sei begierig darauf.«

»Das wäre ja bemerkenswert erfreulich«, sagte Niall trocken. Bemerkenswert – allerdings. Unter den Flaggen und Wimpeln in den Nischen des Raumes hing

Mattin Stepaneos Flagge mit den Drei Leoparden in Silber auf Schwarz gleich neben der Königlichen Standarte Illians, den neun mit Goldfäden auf grüne Seide gestickten Bienen. Während der ›Unruhen‹ hatte sich der illianer König von Illian schließlich durchgesetzt, zumindest, was den von ihm erzwungenen Vertrag betraf, mit dem die Grenze zwischen Amadicia und Altara wieder auf den ursprünglichen Verlauf festgeschrieben wurde; aber Niall bezweifelte, daß der Mann jemals vergessen würde, wie er trotz der günstigeren Ausgangsstellung und der Überzahl an Soldaten bei Soremaine geschlagen und gefangengenommen worden war. Hätten die ›Getreuen‹ Illians nicht solange standgehalten, daß der Rest des Heeres Nialls Falle entkommen konnte, wäre Altara jetzt ein Lehen der Kinder des Lichts, und höchstwahrscheinlich Murandy und vielleicht sogar Illian ebenfalls. Schlimmer noch, Mattin Stepaneos hatte eine Hexe aus Tar Valon zur Ratgeberin, auch wenn er diese Tatsache leugnete und sie verborgen hielt. Niall hatte ihm eine Verhandlungsdelegation geschickt, weil er nicht wagte, eine Möglichkeit auszulassen, aber wenn Mattin Stepaneos sich ihm freiwillig anschlösse, wäre das wirklich bemerkenswert. »Fahrt fort. Und faßt Euch kurz. Ich habe einen harten Arbeitstag vor mir, und Euren schriftlichen Bericht kann ich noch später durchlesen.«

Trotz dieser Anweisungen gab Omerna lang und breit alles wieder, und das mit seiner klangvollen und so überzeugend klingenden Stimme. Al'Thor hatte seinen Machtbereich in Andor kaum über Caemlyn hinaus ausgedehnt. Sein blitzschnell und verheerend durchgeführter Angriffszug war nun endlich ins Stocken gekommen – und Omerna befleißigte sich hinzuzufügen, er habe das vorausgesagt. Es war nicht sehr wahrscheinlich, daß sich die Grenzlande so bald den Kindern anschließen würden, um gegen den falschen Drachen ins Feld zu ziehen. Einige Lords in

Schienar, Arafel und Kandor nützten die Ruhe in der Fäule dazu aus, sich gegen ihre Herrscher zu erheben, und die Königin von Saldaea hatte sich aufs Land zurückgezogen, weil sie laut Omerna dasselbe in ihrem Land befürchtete. Seine Agenten seien aber fleißig bei der Arbeit, und man würde die Herrscher der Grenzlande schon in die Reihe bringen, wenn einmal diese kleineren Unruhen zerschlagen waren. Auf der anderen Seite seien die Herrscher von Murandy, Altara und Ghealdan bereit, sich den Kindern anzuschließen, wenn sie auch im Augenblick noch zweideutig einherreden müßten, um die Hexen von Tar Valon zu beruhigen. Alliandre von Ghealdan wußte, daß ihr Thron wackelte, und genauso sei ihr klar, wie sie die Kinder benötigte, damit sie nicht ebenso plötzlich gestürzt würde wie ihre Vorgänger. Tylin von Altara und Roedran von Murandy hofften, die Unterstützung der Kinder würde aus ihnen mehr machen als bloße Galionsfiguren. Ganz offensichtlich glaubte der Mann, Niall habe diese Länder schon in der Tasche.

Omerna schilderte die Lage innerhalb Amadicias sogar noch besser. Rekruten scharten sich in viel größerer Anzahl als früher um die Banner der Kinder. Eigentlich fiel das keineswegs in Omernas Zuständigkeit, aber er schmückte seine Berichte stets mit allen möglichen guten Nachrichten aus, die er auftreiben konnte. Der Prophet würde das Land nicht mehr lange unsicher machen. Im Augenblick beschäftige sich dieses Pack damit, im Norden Dörfer und herrschaftliche Güter zu plündern, doch bei vermehrtem Druck durch Ailrons Soldaten würden sie bestimmt nach Ghealdan zurückrennen. In den Gefängnissen sei nicht mehr viel Platz, weil man Schattenfreunde und Spione aus Tar Valon schneller festnahm, als man sie hängen konnte. Die Suche nach den Hexen aus Tar Valon hatte bisher nur in zwei Fällen zum Erfolg geführt, aber man hatte mehr als hundert Frauen verhört, und das sei ein sicheres Anzeichen für die Tüchtigkeit und Wachsamkeit der Patrouillen. Außerdem ließ der Flüchtlingsstrom aus Tarabon deutlich nach. Beweis genug, daß die Quarantänemaßnahmen immer wirksamer griffen. Diejenigen, die man aufgegriffen hatte, schob man, so schnell man sie zur Grenze schaffen konnte, wieder nach Tarabon ab. Letzteres berichtete er leicht verlegen und hastig, was angesichts seiner Dummheit in bezug auf die Feuerwerker auch kein Wunder war.

Niall hörte gerade so aufmerksam zu, um an den richtigen Stellen zu nicken. Omerna war ein fähiger Offizier gewesen, solange ihm jemand sagte, was er tun solle, aber in seiner augenblicklichen Position war diese Leichtgläubigkeit denn doch eine Zumutung. Er hatte von Morgases Tod berichtet, daß ihre Leiche gefunden und zweifelsfrei identifiziert worden sei, und diese Behauptung bis zu jenem Tag beibehalten, an dem er ihn Morgase gegenübergestellt hatte. Er hatte sich über ›Gerüchte‹ lustig gemacht, der Stein von Tear sei gefallen, und selbst heute noch leugnete er ab, die stärkste Festung der Welt könne von außen her erobert worden sein. Statt dessen bestand er darauf, es habe sich um Verrat gehandelt; ein Hochlord habe den Stein an al'Thor und Tar Valon verraten. Er bestand auch darauf, die Katastrophe bei Falme und die Unruhen in Tarabon und Arad Doman seien das Werk des Heeres von Artur Falkenflügel gewesen, das über das Aryth-Meer zurückgekehrt sei. Er war davon überzeugt, daß Siuan Sanche keineswegs abgesetzt und beseitigt worden sei. Al'Thor sei wahnsinnig und liege im Sterben. Tar Valon habe König Galldrian ermorden lassen, um absichtlich in Cairhien einen Bürgerkrieg auszulösen, und alle drei ›Tatsachen‹ hätten irgendwie mit diesen lächerlichen Gerüchten zu tun, die immer dazu passend angeblich von weit entfernten Orten stammten und in denen von Leuten die Rede war, die plötzlich in Flammen stünden, oder von Alptraumwesen, die von nirgendwoher erschienen und ganze Dörfer ausrotteten. Er sei sich noch nicht sicher, wie das alles zusammenhing, aber er arbeite an einer großartigen Theorie, die jeden Tag vollendet sein könnte, und diese Theorie werde dann alle die Intrigen der Hexen entlarven und Tar Valon in Nialls Hände liefern.

So war Omerna eben: entweder erfand er verwickelte Gründe für das Geschehene, oder er griff die auf der Straße aufgeschnappten Gerüchte auf und schluckte sie voll und ganz. Er verbrachte ganze Menge Zeit damit, Gerüchten nachzuspüren, sowohl in Herrenhäusern wie auch auf der Straße. Nicht nur, daß man ihn beobachtet hatte, wie er in Tavernen mit Jägern des Horns getrunken hatte, nein, es war ein schlecht gehütetes Geheimnis, daß er bereits riesige Summen verschleudert hatte, um nicht weniger als drei angebliche Hörner von Valere zu erwerben. Jedesmal hatte er das Ding aufs Land gebracht und tagelang darauf herumgepustet, bis selbst er zugeben mußte, daß keinerlei tote Helden der Legenden aus ihren Gräbern hergeritten waren. Trotzdem waren diese Fehlschläge keine Gewähr dafür, daß er nicht demnächst wieder eines in irgendeiner dunklen Gasse oder dem Hinterzimmer einer Taverne kaufen würde. Man konnte es auf einen einfachen Nenner bringen: wo der Leiter eines Agentenrings selbst sein eigenes Gesicht im Spiegel in Frage stellen würde, da glaubte Omerna alles.

Schließlich war der Mann aber doch fertig, und Niall sagte: »Ich werde Eure Berichte mit der gebührenden Aufmerksamkeit studieren, Omerna. Ihr habt Eure Sache gut gemacht.« Wie der Kerl sich spreizte und seinen Waffenrock glattstrich! »Geht jetzt und schickt mir Balwer herein. Ich muß ihm einige Briefe diktieren.«

»Selbstverständlich, kommandierender Lordhauptmann. Ah.« Mitten in der Verbeugung runzelte Omerna die Stirn, faßte in die Tasche seiner weißen Unterjacke und zog eine kleine Knochenhülse heraus, die er Niall reichte. »Das ist heute morgen im Taubenschlag angekommen.« Drei dünne, rote Streifen zogen sich der Länge nach an der Hülse entlang, ein Zeichen dafür, daß sie Niall mit unbeschädigtem Wachssiegel überbracht werden mußte. Und der Mann hätte sie fast vergessen!

Omerna wartete. Zweifellos hoffte er, eine Andeutung zu erhalten, was die Hülse enthielt, doch Niall gab ihm einen Wink in Richtung der Tür. »Vergeßt Balwer nicht. Falls Mattin Stepaneos daran denkt, sich mir anzuschließen, muß ich ihm schreiben und sehen, ob ich nicht mit ein klein wenig Druck zu seiner richtigen Entscheidung beitragen kann.« Omerna hatte keine andere Wahl, als sich noch einmal zu verbeugen und zu gehen.

Als sich die Tür hinter dem Mann schloß, befühlte Niall zuerst nur die Hülse. Diese Sonderbotschaften brachten selten gute Nachrichten. Er erhob sich langsam, denn in letzter Zeit spürte er das Alter in den Knochen, und füllte einen schlichten Silberkelch mit Punsch; doch den ließ er dann auf dem Tisch stehen und öffnete statt dessen eine Mappe aus runenverziertem Leder. Sie enthielt ein einziges Blatt schweren Papiers, zerknittert und teilweise eingerissen, die Zeichnung eines Straßenkünstlers, der mit Farbkreiden zwei Männer dargestellt hatte, die in den Wolken miteinander kämpften. Der eine hatte ein Gesicht aus Feuer, der andere dunkles, rötlich schimmerndes Haar: al'Thor.

All seine Pläne, den falschen Drachen aufzuhalten, waren fehlgeschlagen, alle Hoffnungen, die Eroberungswelle des Mannes zu verlangsamen, ihn abzulenken, enttäuscht worden. Hatte er zu lange gewartet und al'Thor zu mächtig werden lassen? Falls ja, dann gab es nur einen Weg, den Mann schnell auszuschalten: das Messer im Dunklen, den Pfeil vom Dach ... Wie lange konnte er es sich leisten zu warten? Sollte er riskieren, nicht länger zu warten? Überstürzte Eile konnte genauso zur Katastrophe führen wie zu langes Zögern.

»Mein Lord hat nach mir geschickt?«

Niall musterte den Mann, der so leise ins Zimmer getreten war. Seinem Aussehen nach schien es fast unmöglich, daß sich Balwer überhaupt bewegen konnte, ohne daß ein trockenes Rascheln von seinem Kommen kündete. Alles an ihm war schmal und verhärmt, die braune Jacke hing ihm von den knochigen Schultern herunter und seine Beine wirkten, als könnten sie unter seinem geringen Gewicht brechen. Er bewegte sich wie ein Vogel, der von Ast zu Ast hüpft. »Glaubt Ihr, das Horn von Valere wird tote Helden zurückrufen, um uns zu retten, Balwer?«

»Vielleicht, mein Lord«, sagte Balwer und faltete die Hände wichtigtuerisch. »Vielleicht auch nicht. Was mich betrifft, würde ich mich nicht darauf verlassen.«

Niall nickte. »Und glaubt Ihr auch, Mattin Stepaneos werde sich mir anschließen?«

»Wiederum: vielleicht. Er wird nicht als Leiche oder als Marionette enden wollen. Sein einziges Ziel ist, sich die Lorbeerkrone zu erhalten, und das Heer, das sich in Tear sammelt, dürfte ihn ganz schön ins Schwitzen bringen.« Balwer lächelte dünn; eigentlich preßte er nur die Lippen aufeinander. »Er hat offen darüber gesprochen, auf den Vorschlag meines Lords einzugehen, aber andererseits habe ich gerade erfahren, daß er in Verbindung mit der Weißen Burg steht. Anscheinend hat er sich zu irgend etwas bereit erklärt, doch ich weiß noch nicht, worum es geht.«

Die ganze Welt wußte, daß Abdel Omerna der Befehlshaber aller Spione der Kinder war. Ein solches Amt hätte natürlich geheim bleiben sollen, aber Stalljungen und Bettler zeigten schon auf der Straße auf ihn, wenn auch heimlich, damit der gefährlichste Mann in Amadicia sie nicht dabei erwischte. In Wahrheit diente dieser Narr Omerna nur zur Ablenkung, ein Dummkopf, der selbst nicht wußte, daß er in Wirklichkeit die Maske war, hinter der sich der wirkliche Meister aller Spione in der Festung des Lichts verbarg: Sebban Balwer, Nialls steifer, ausgetrockneter kleiner Sekretär mit dem mißbilligenden Zug um den Mund. Ein Mann, hinter dem niemand so etwas vermuten würde, und selbst wenn man ihn als den eigentlichen Amtsinhaber bezeichnete, würde es niemand glauben.

Wenn Omerna alles glaubte, so glaubte Balwer nichts. Vielleicht glaubte er noch nicht einmal an Schattenfreunde oder den Dunklen König. Falls Balwer irgend etwas im Sinn hatte, dann war es das Belauschen anderer. Er blickte ihnen vorzugsweise heimlich über die Schultern, lauschte ihrem Geflüster und grub ihre Geheimnisse aus. Natürlich hätte er jedem anderen Herrn genauso treu gedient wie Niall, aber das war auch gut so. Was Balwer erfuhr, war niemals von dem gefärbt, was er für die Wahrheit hielt oder was er sich wünschte. Da er nichts glaubte, war er um so besser imstande, die Wahrheit herauszufinden.

»Nichts anderes, als was ich aus Illian zu hören erwartete, Balwer, aber selbst er kann auf unsere Seite gebracht werden.« Das war auch notwendig. Es durfte einfach noch nicht zu spät sein. »Gibt es irgend etwas Neues aus den Grenzlanden?«

»Noch nicht, mein Lord. Aber Davram Bashere befindet sich in Caemlyn. Mit dreißigtausend Mann leichter Reiterei, wie meine Informanten behaupten, aber ich glaube, es sind nicht mehr als halb so viele. Er würde Saldaea nicht zu sehr schwächen, so ruhig es auch gerade in der Fäule zugeht, selbst wenn Tenobia das anordnete.«

Niall knurrte, und der Winkel seines linken Auges

zuckte. Er fühlte nach der Zeichnung in der Mappe. Angeblich war es eine recht genaue Darstellung al'Thors. Bashere in Caemlyn; das war ein guter Grund dafür, warum sich Tenobia vor seinem Abgesandten auf dem Lande verbarg.

Es gab keine guten Nachrichten aus den Grenzlanden, was auch Omerna glauben mochte. Die ›kleineren Unruhen‹, von denen Omerna berichtet hatte, waren tatsächlich unbedeutend, aber es drehte sich nicht um Rebellionen, wie der Mann glaubte. Überall an der Grenze der Fäule stritten die Menschen darüber, ob al'Thor nur ein weiterer falscher Drache sei oder der Wiedergeborene Drache selbst. Da die Leute dort nun einmal sehr heftig waren, arteten diese Streitigkeiten gelegentlich in Kämpfe aus, aber nur in einem geringen Umfang. Das hatte in Schienar angefangen, ungefähr zu der Zeit, als der Stein von Tear fiel. Und dies war wohl die Bestätigung dafür, daß die Hexen in diese Sache verwickelt waren. Wie das alles ausgehen würde, konnte Balwer im Moment auch nicht voraussagen.

Daß sich al'Thor nach wie vor auf Caemlyn beschränkte, war eines der wenigen Dinge, in denen Omerna recht hatte. Aber warum blieb er dort, wo er doch Bashere und die Aiel und die Hexen zur Verstärkung hatte? Nicht einmal Balwer hatte ihm diese Frage beantworten können. Doch welchen Grund das auch immer haben mochte, dem Licht sei Dank dafür! Sicher, die Banden des Propheten hatten sich eingeschlichen, um den Norden Amadicias zu plündern, aber sie schienen ihre Eroberungen lediglich halten zu wollen und töteten jeden, der sich weigerte, sich zum Propheten des Drachen zu bekennen. Andere wurden in die Flucht geschlagen. Ailrons Soldaten hatten ihren Rückzug beendet, aber nur, weil der verfluchte Prophet seinen Vormarsch beendet hatte. Alliandre und die anderen, von denen Omerna überzeugt war, sie würden sich Niall anschließen, waren in Wirklichkeit noch unentschlossen und hielten seine Abgesandten mit durchsichtigen Ausreden hin. Er vermutete, sie hätten ebensowenig Ahnung, was sie tun sollten, wie er selbst.

An der Oberfläche schien sich im Augenblick alles für al'Thor günstig zu entwickeln, abgesehen von dem, was ihn in Caemlyn festhielt, aber Niall war schon immer am gefährlichsten gewesen, wenn er mit dem Rücken zur Wand stand.

Falls man den Gerüchten Glauben schenken konnte, leistete Carridin in Altara und Murandy gute Arbeit, wenn er auch nicht so schnell vorankam, wie es Niall lieb gewesen wäre. Die Zeit war ebenso sein Feind wie al'Thor oder die Weiße Burg. Vielleicht wurde es Zeit, Gerüchte über die ›Drachenverschworenen‹ in Andor zu verbreiten. Möglicherweise auch in Illian. Wenn allerdings das Heer, das sich in Tear sammelte, noch nicht ausreichte, um Mattin Stepaneos auf seine Seite zu bringen, würden Überfälle auf ein paar Bauernhöfe und Dörfer auch nicht viel bewirken. Die Stärke dieses Heeres erschreckte Niall; und sei es auch nur halb so stark wie Balwer berichtete, oder auch nur ein Viertel, würde es ihn immer noch erschrecken. So etwas hatte die Welt seit den Tagen Artur Falkenflügels nicht mehr erlebt. Es konnte auch geschehen, daß ein solches Heer die Menschen nicht dazu brachte, sich aus Angst Niall anzuschließen, sondern statt dessen unter dem Drachenbanner mitzumarschieren. Hätte er nur ein Jahr, ein halbes Jahr mehr Zeit, dann wollte er mit al'Thors gesamtem Heer aus Narren und Schurken und Aielwilden fertig werden.

Natürlich war keineswegs alles verloren. Nichts war jemals verloren, solange man am Leben war. Tarabon und Arad Doman waren für al'Thor und die Hexen genauso wertlos wie für ihn, zwei Schlangengruben, und nur ein Narr würde die Hand dort hineinstecken, bevor sich die Schlangen nicht gegenseitig umgebracht hatten. Falls Saldaea für ihn verloren war, was er im Augenblick noch keineswegs als sicher annahm, dann schwankten Schienar und Arafel und Kandor noch immer, und ein kleiner Stoß konnte sie aus dem Gleichgewicht bringen. Falls Mattin Stepaneos zwei Pferde gleichzeitig reiten wollte, und das hatte ihm immer schon gefallen, mußte man ihn eben zwingen, sich für das richtige zu entscheiden. Altara und Murandy würde man schon auf die richtige Seite schubsen, während Andor sich ohnehin gegen seine Hand zur Wehr setzen würde, ob er nun der Meinung war, es sei am besten, ihnen Carridins Peitsche zu spüren zu geben, oder nicht. In Tear hatten Balwers Agenten Tedosian und Estanda dazu bewegt, sich Darlin anzuschließen und aus dem vorher gezeigten Trotz eine wirkliche Rebellion zu machen, und der Mann war sicher, in Cairhien und in Andor das gleiche anzetteln zu können. Noch ein Monat oder höchstens zwei, dann war Eamon Valda von Tar Valon zurück. Niall wäre auch ohne Valda ausgekommen, aber so hatte er die große Mehrheit der Streitkräfte der Kinder an einem Fleck versammelt und konnte sie einsetzen, wo sie am meisten auszurichten imstande waren.

Ja, eine ganze Menge sprach durchaus für ihn. Nichts Bestimmtes vielleicht, aber es hatte sich doch einiges herauskristallisiert. Zeit war alles, was er benötigte.

Ihm wurde bewußt, daß er nach wie vor die Hülse in der Hand hielt. So brach er das Wachssiegel mit einem Daumennagel auf und holte vorsichtig die dünne Papierrolle aus dem Inneren hervor.

Balwer sagte nichts dazu und preßte lediglich die Lippen erneut aufeinander, doch diesmal war es nicht als Lächeln gemeint. Mit Omerna kam er zurecht, da er den Mann als den Narren kannte, der er nun einmal war, und weil er es ohnehin vorzog, selbst im verborgenen zu arbeiten; aber es paßte ihm nicht, wenn Niall Berichte erhielt, die er nicht zuvor gesehen hatte, und das von Männern, die er nicht kannte.

Eine winzige Kritzelschrift bedeckte den Zettel, und zwar in einem Code geschrieben, den nur wenige kannten und außer Niall niemand hier in Amador. Ihm fiel es genauso leicht, das zu lesen, wie seine eigene Handschrift. Das Zeichen am Ende allerdings ließ ihn doch die Augen aufreißen, ebenso wie der Inhalt. Varadin war einer der besten unter seinen persönlichen Agenten, oder war es gewesen, ein Teppichhändler, der ihm bereits während der ›Unruhen‹ gute Dienste geleistet hatte, als er seine Waren in Altara, Murandy und Illian verkauft hatte. Was er dabei verdient hatte, ermöglichte es ihm, sich als reicher Händler in Tanchico niederzulassen, wo er regelmäßig kostbare Teppiche und Weine an die Paläste des Königs und des Panarchen lieferte und den meisten Adligen des Hofstaats, und immer hielt er dort die Augen und Ohren weit offen. Niall hatte geglaubt, er sei längst bei dem Aufruhr in Tanchio ums Leben gekommen. Nun erhielt er die erste Nachricht von dem Mann seit einem Jahr. Dem Inhalt seiner Botschaft nach zu urteilen, wäre Varadin allerdings besser bereits ein Jahr lang tot gewesen. In der krakeligen Schrift eines Mannes am Rande des Irrsinns faselte er wilde Dinge von Männern, die auf fremdartigen Kreaturen ritten, von fliegenden Geschöpfen, von Aes Sedai an der Leine und von der *Hailene*. In der Alten Sprache bedeutete das soviel wie ›Vorfahren‹, aber Varadin bemühte sich nicht einmal, zu erklären, wieso er sich davor fürchtete oder was das alles eigentlich bedeuten sollte. Offensichtlich hatte das Gehirn des Mannes darunter gelitten, daß er zusehen mußte, wie sein Land um ihn herum im Chaos versank.

Verärgert zerknüllte Niall den Zettel und warf ihn weg. »Zuerst muß ich mir Omernas idiotische Berichte

anhören, und nun dies. Was habt Ihr noch für mich, Balwer?« Bashere! Die Lage könnte sich sehr unangenehm entwickeln, wenn Bashere al'Thors Heer führte. Der Mann hatte sich seinen Ruf ehrlich verdient. Ein Dolch im Schatten für ihn?

Balwers Blick lag unbeirrt auf Nialls Gesicht, aber Niall war klar, daß dieses winzige Papierknäuel auf dem Boden in den Händen des Mannes landen würde, wenn er es nicht verbrannte. »Vier Dinge, die von Bedeutung sein könnten, mein Lord. Das letzte zuerst: Die Gerüchte über die Treffen von Abgesandten der Ogier-Stedding entsprechen der Wahrheit. Für Ogier scheinen sie sich entschieden hastig zu verhalten.« Natürlich sagte er nicht, worüber die Ogier miteinander berieten, denn es war genauso unmöglich, einen Menschen in einen Ogierstumpf zu bringen, wie einen Ogier als Spion zu gewinnen. Es wäre leichter, die Sonne dazu zu bringen, bei Nacht aufzugehen. »Außerdem befindet sich eine außergewöhnliche Anzahl von Schiffen des Meervolks in den Hafenstädten im Süden. Sie nehmen keine Ladung an Bord und sie segeln auch nicht weiter.«

»Worauf warten sie?«

Einen Moment lang spannten sich Balwers Lippen, als habe ein unsichtbarer Marionettenspieler die Drähte angezogen. »Ich weiß es noch nicht, mein Lord.« Balwer hatte es noch nie gepaßt, zugeben zu müssen, daß er irgendwelche menschlichen Geheimnisse nicht herausbekommen konnte. Doch wenn man versuchte, mehr als nur die Vorgänge an der Oberfläche bei den Atha'an Miere herauszufinden, war das, als wolle man von der Gilde der Feuerwerker erfahren, wie man Feuerwerkskörper anfertigt. Vergebliche Liebesmüh. Wenigstens würden die Ogier irgendwann bekanntmachen, was sie auf ihren Zusammenkünften beschlossen hatten.

»Fahrt fort.«

»Die weniger wichtige Neuigkeit ist dafür ... eigenartig, mein Lord. Es gibt verläßliche Berichte, daß al'Thor in Caemlyn, in Tear und in Cairhien gesehen wurde, manchmal sogar am gleichen Tag.«

»Verläßlich? Verläßlicher Wahnsinn! Die Hexen verfügen wahrscheinlich über zwei oder drei Männer, die wie al'Thor aussehen, jedenfalls ähnlich genug, um jeden zu täuschen, der ihn nicht kennt. Das würde eine Menge erklären.«

»Vielleicht, mein Lord. Aber meine Informanten *sind* verläßlich.«

Niall klappte die Ledermappe zu und verbarg auf diese Weise al'Thors Gesicht. »Und die interessanteste Neuigkeit?«

»Sie stammt aus zwei Quellen in Altara – zuverlässigen Quellen, mein Lord – und sie besagt, daß die Hexen in Salidar behaupten, die Roten Ajah hätten Logain dazu gebracht, den falschen Drachen zu spielen. Sie hätten ihn beinahe selbst erschaffen. Sie haben Logain in Salidar – oder einen Mann, von dem sie behaupten, er sei Logain – und führen ihn Adligen vor, die sie dorthin bringen. Ich habe keinen Beweis, aber ich vermute, sie erzählen allen Herrschern, mit denen sie Verbindung aufnehmen, die gleiche Geschichte.«

Mit gerunzelter Stirn betrachtete Niall die Flaggen in den Nischen des Raums. Es waren die Banner von Feinden aus beinahe jedem Land. Niemand hatte ihn je zum zweiten Mal besiegt und nur wenige überhaupt einmal. Jetzt waren die Flaggen alle gezeichnet vom Alter. Wie er. Doch er war noch nicht zu alt, um nicht dafür zu sorgen, daß zu Ende geführt wurde, was er begonnen hatte. Jede Flagge war in einer blutigen Schlacht errungen worden, wo man nie wußte, was außerhalb des eigenen Sichtbereichs geschah, wo der sichere Sieg genauso kurzlebig sein konnte wie die Niederlage. Die schlimmste Schlacht, die er je ausgefochten hatte – als die Heere mitten in der Nacht in der Nähe von Moisen aneinandergeraten waren, während der Zeit der ›Unruhen‹ –, war klar wie ein schöner Sommertag verlaufen, wenn man sie mit der verglich, in der er sich jetzt befand.

Hatte er sich geirrt? War die Burg wirklich auseinandergebrochen? Irgendeine Auseinandersetzung zwischen den Ajahs? Ging es um Al'Thor? Wenn die Hexen untereinander um die Vorherrschaft kämpften, würden viele der Kinder des Lichts Carridins Lösung unterstützen, nämlich in Salidar zuzuschlagen und so viele Hexen wie möglich zu vernichten. Männer, die sich einbildeten, wenn sie an morgen dachten, dann dächten sie voraus, aber an die nächste Woche oder den nächsten Monat oder gar das nächste Jahr dachten sie nicht. Valda beispielsweise. Vielleicht war es ganz gut, daß er Amador noch nicht erreicht hatte. Und zum anderen Rhadam Asunawa, der Hochinquisitor der Zweifler. Valda wollte immer gleich mit der Axt dreinschlagen, auch wenn ein Dolch für die zu erledigende Aufgabe besser geeignet war. Asunawa hätte am liebsten gesehen, daß man jede Frau schon vorgestern aufgehängt hätte, die auch nur eine Nacht in der Weißen Burg verbrachte. Jedes Buch, in dem die Aes Sedai oder die Eine Macht erwähnt wurde, sollte verbrannt werden. Selbst diese Bezeichnungen wollte er verbieten lassen. Asunawa dachte nie an etwas anderes als diese Ziele, und es war ihm einerlei, welchen Preis ihr Erreichen fordern würde. Niall hatte zu hart gearbeitet, zuviel aufs Spiel gesetzt, um zu gestatten, daß dies in den Augen der Welt zu einer reinen Auseinandersetzung zwischen den Kindern und der Burg wurde.

In Wirklichkeit spielte es keine Rolle, ob er sich irrte oder nicht. Und wenn er sich irrte, konnte das sogar zu einem Vorteil gereichen. Vielleicht war es sogar besser, als jetzt recht zu haben. Mit ein bißchen Glück mochte es sein, daß er der Weißen Burg unheilbaren

Schaden zufügte und die Hexen so gegeneinander aufbrachte, daß man sie anschließend leicht zu Staub zermalmen konnte. Dann würde auch al'Thor ins Wanken kommen, wobei er aber immer noch als Bedrohung galt und man ihn so zum Köder machen konnte. Und er konnte sich eng an die Wahrheit halten. Ziemlich eng jedenfalls.

Ohne den Blick von den Flaggen zu wenden, sagte er: »Die Spaltung in der Burg ist durchaus im Bereich des Möglichen. Die Schwarzen Ajah haben sich erhoben, die Sieger halten die Burg, und die Verlierer wurden vertrieben und lecken in Salidar ihre Wunden.« Er sah Balwer an und hätte fast gelächelt. Eines der Kinder hätte widersprochen, es gebe keine Schwarzen Ajah, oder die Hexen seien sowieso alles Schattenfreunde. Selbst der unerfahrenste Rekrut hätte das erwidert. Balwer blickte ihn lediglich an, und das keineswegs so, als habe er eine Blasphemie an allem, wofür die Kinder standen, begangen. »Wir müssen lediglich entscheiden, ob nun die Schwarzen Ajah gewonnen oder verloren haben. Ich glaube, sie haben gewonnen. Die meisten Leute werden diejenigen als die echten Aes Sedai betrachten, die die Weiße Burg beherrschen. Laßt sie die *wirklichen* Aes Sedai für Mitglieder der Schwarzen Ajah halten. Al'Thor ist ein Geschöpf der Burg, ein Vasall der Schwarzen Ajah.« Er hob seinen Weinkelch vom Tisch und nippte daran. Es half auch nicht gegen die Hitze. »Vielleicht kann ich irgendwie einen Grund dafür finden, daß ich bisher nicht gegen Salidar vorgegangen bin.« Seine Abgesandten hatten verbreitet, er sei nicht gegen Salidar vorgegangen, weil er die Bedrohung durch al'Thor so ernst nahm; er sei gewillt, die Hexen auch an der Schwelle Amadicias zusammenkommen zu lassen, anstatt sich von der Gefahr durch den falschen Drachen ablenken zu lassen. »Die Frauen dort, nach all diesen Jahren das Chaos … weil die Schwarzen Ajah überall zu finden sind, und endlich von dem Bösen abgestoßen, in das sie verwickelt waren …« Sein Erfindungsreichtum versagte – sie zählten schließlich alle zu den Schattenfreunden und konnten wohl kaum von etwas Bösem abgestoßen werden – doch einen Augenblick später nahm Balwer den Faden auf.

»Vielleicht haben sie sich entschlossen, meinen Lord um Gnade anzuflehen und ihn sogar um seinen Schutz zu bitten. Die Verlierer in einem Machtkampf, schwächer als ihre Feinde und voller Angst, ganz unterdrückt zu werden … Ein Mann, der von einer Klippe in den sicheren Tod stürzt, wird die Hand auch dem ärgsten Gegner hinstrecken. Vielleicht …« Balwer legte nachdenklich einen knochigen Finger auf die Lippen. »Womöglich sind sie bereit, für ihre Sünden Buße zu tun und ihre Zugehörigkeit zu den Aes Sedai zu widerrufen?«

Niall sah ihn mit großen Augen an. Er vermutete, gerade die Sünden der Hexen von Tar Valon gehörten zu den Dingen, an die Balwer nicht glaubte. »Das ist absurd«, sagte er kalt. »Diese Art von Aussagen erwarte ich eher von Omerna.«

Die Miene seines Sekretärs blieb so steif und unergründlich wie immer, aber er begann, die Hände zu ringen, wie er es zu tun pflegte, wenn er beleidigt war. »Was mein Lord von Omerna zu hören erwartet. Aber genau diese Reden werden dort geführt, wo er die Leute belauscht, nämlich auf den Straßen und wo die Adligen beim Wein miteinander klatschen. Dort lacht man niemals über etwas so Absurdes. Im Gegenteil, man hört zu. Was zu absurd ist, wird gerade geglaubt, weil es eben zu absurd ist, um erlogen zu sein.«

»Wie wollt Ihr ihnen das beibringen? Ich werde doch kein Gerücht in die Welt setzen, daß die Kinder mit den Hexen zusammenarbeiten!«

»Es wäre lediglich ein Gerücht, mein Lord.« Nialls Blick wurde härter, und Balwer spreizte die Hände.

»Wie mein Lord wünscht. Jedesmal, wenn es weitererzählt wird, schmückt man ein solches Gerücht aus. Also hat eine ganz einfache Geschichte die besten Chancen, wenigstens im Kern erhalten zu bleiben. Ich schlage vier Gerüchte vor, mein Lord, nicht nur eines. Das erste: Die Spaltung der Burg wurde durch einen Aufstand der Schwarzen Ajah hervorgerufen. Das zweite: Die Schwarzen Ajah haben gewonnen und beherrschen die Burg. Das dritte: Die Aes Sedai in Salidar, von den Ereignissen aufgeschreckt und abgestoßen, widerrufen ihre Eide als Aes Sedai. Und das vierte: Sie haben sich an Euch gewandt und um Eure Gnade und Euren Schutz gebeten. Für die meisten Leute wird es so aussehen, als bestätige ein Gerücht das andere.« Balwer zupfte an seinen Ärmchen und lächelte selbstzufrieden.

»Sehr gut, Balwer. Macht es so.« Niall nahm einen kräftigen Zug von seinem Wein. Die Hitze ließ ihn sein Alter spüren, seine Knochen erschienen ihm spröde. Aber er mochte lange genug leben, um zu sehen, wie der falsche Drache gestürzt und die Welt vereinigt würde, um gemeinsam in Tarmon Gai'don zu gehen. Und sollte er auch nicht mehr leben und sie selbst in die Letzte Schlacht führen, würde ihm das Licht doch wenigstens soviel gewähren. »Ich will, daß man Elayne Trakand und ihren Bruder Gawyn findet und nach Amador bringt. Sorgt dafür. Ihr dürft mich jetzt verlassen.«

Balwer zögerte jedoch. »Mein Lord weiß, daß ich niemals ein bestimmtes Vorgehen vorschlage.«

»Aber jetzt wollt Ihr das tun? Also sprecht.«

»Übt Druck auf Morgase aus, mein Lord. Mehr als ein Monat ist vergangen, und sie überlegt sich immer noch den Vorschlag meines Lords. Sie ...«

»Genug, Balwer.« Niall seufzte. Manchmal wünschte er sich, Balwer stamme nicht aus Amadicia, sondern aus Cairhien und habe dort schon mit der Muttermilch das Spiel der Häuser in sich aufgenommen. »Morgases Wohlergehen hängt von Tag zu Tag mehr von mir ab, was immer sie selbst auch glaubt. Ich hätte es lieber gesehen, wenn sie mein Angebot sofort angenommen hätte, dann hätte ich Andor noch heute gegen al'Thor in den Kampf schicken können, und ein starkes Heer der Kinder hätte sie unterstützt. Aber jeder Tag, den sie als mein Gast hier verbringt, bindet sie noch fester an mich. Schließlich wird ihr klar werden, daß sie mit mir verbündet ist, weil die Welt genau das glaubt, und sie ist so in mein Netz verwickelt, daß sie sich nicht mehr daraus befreien kann. Und dann kann niemand jemals behaupten, ich hätte sie zu etwas gezwungen, Balwer. Das ist wichtig. Es ist immer schwieriger, sich aus einem Bündnis zu lösen, von dem alle glauben, man sei es freiwillig eingegangen, als aus einem, zu dem man gezwungen wurde. Hirnlose Eile führt nur in den Untergang, Balwer.«

»Wie mein Lord meinen.«

Niall entließ ihn mit einer kurzen Handbewegung, und der Mann verbeugte sich im Hinausgehen. Balwer verstand nichts. Morgase war eine geschickte Gegnerin in diesem Spiel. Übte er zuviel Druck aus, würde sie sich gegen ihn wenden und sich wehren, ganz gleich, welche Folgen ihr drohten. War der Druck aber gerade richtig, würde sie den Gegner bekämpfen, den sie vor sich sah, und die Falle gar nicht bemerken, die er um sie herum aufbaute, bis es zu spät war. Die Zeit lastete auf ihm, all die Jahre seines Lebens, all die Monate, die er so verzweifelt benötigte, aber er würde seine Pläne nicht durch unnötige Hast selbst zu Fall bringen.

Der herabstoßende Falke schlug die große Ente in einer Wolke von Federn. Dann trennten sich die beiden Vögel wieder, und die Ente fiel schwerfällig hinab. Der Falke blieb fast in der Luft stehen und stieß dann erneut auf die fallende Beute herab, packte sie mit den Klauen. Das Gewicht der Ente hing schwer an ihm – nein, ihr; es war ein Falkenweibchen – aber sie flatterte rasch auf die Menschen zu, die unter ihr warteten.

Morgase fragte sich, ob sie dem Falken ähnlich sei: zu stolz und zu zielstrebig, um zu erkennen, daß sie sich an einer Beute festklammerte, die zu schwer war für ihre Schwingen. Sie bemühte sich, ihre Hände in den festen Handschuhen ein wenig von den Zügeln zu lösen, die sie verkrampft festhielt. Ihr breitkrempiger Hut mit den langen weißen Federn bot ihr ein wenig Schutz vor der unbarmherzigen Sonne, aber auf ihrem Gesicht stand trotzdem der Schweiß. In ihrem grünseidenen und goldbestickten Reitkleid wirkte sie nicht wie eine Gefangene.

Die langgezogene Weide mit dem vertrockneten braunen Gras war von Berittenen und anderen zu Fuß bevölkert. Eine Gruppe Musikanten in weißumsäumten blauen Wappenröcken mit Flöten, Zithern und Trommeln spielte eine beschwingte Melodie, die zu diesem Nachmittag und dem eisgekühlten Wein paßte. Ein Dutzend Falkner in langen, kunstvoll gearbeiteten Lederwesten über den bauschigen weißen Hemden streichelten die Falken mit den Häubchen auf den Köpfen, die sie auf den schweren Handschuhen trugen, oder sie pafften an kurzstieligen Pfeifen und bliesen ganze Wolken blauen Rauchs ihren Vögeln zu. Bunt gekleidete Diener gingen mit schwerbeladenen Tabletts herum und boten Obst an und Wein in Goldpokalen. Dazu kamen eine Reihe von Männern in schimmernden Rüstungen, die die Weide in geringem Abstand vor den meist kahlen Bäumen umstanden. Alles natürlich, um Morgase und ihrem ›Hofstaat‹ zu helfen und sie bei ihrer Beizjagd zu ›beschützen‹.

Nun ja, so lautete eben die offizielle Begründung,

obwohl sich die Leute des Propheten gute zweihundert Meilen im Norden befanden und sich so nahe bei Amador bestimmt keine Räuber blicken ließen. Und trotz der Frauen, die sich auf ihren Stuten und Wallachen um sie scharten, angetan mit bunten Reitkleidern und breitkrempigen Hüten mit farbigen Federn, das Haar zu langen Locken gebrannt, wie es am Hof Amadicias gerade Mode war, bestand Morgases Gefolge in Wirklichkeit nur aus zwei Männern: Basel Gill, der sich plump und ungeschickt auf seinem Roß zur Seite verdrückt hatte und dessen Lederwams mit den aufgenähten Metallscheiben sich um seinen Bauch über dem rotseidenen Rock spannte, den sie ihm besorgt hatte, damit die Diener nicht besser aussahen als er, und Paitr Conel, der in seiner rot-weißen Pagenuniform noch deplazierter wirkte und noch immer genauso nervös war wie damals, als sie ihm eröffnet hatte, er werde in ihrem Gefolge mitkommen. Die Frauen waren Adlige aus Ailrons Hofstaat, ›Freiwillige‹, die Morgase als Hofdamen dienen sollten. Der arme Meister Gill fühlte nach seinem Schwert und beäugte die Weißmantel-Wächter mit trostlosem Blick. Denn sie waren Wächter, obwohl sie gewöhnlich ihre weißen Umhänge nicht angelegt hatten, wenn sie mit Morgase aus der Festung des Lichts ritten. Wenn sie zu weit wegritt oder zu lange ausbleiben wollte, kam ihr Kommandant, ein junger Mann namens Norowhin mit harten Augen, der es nicht leiden konnte, etwas anderes als einen Weißmantel darzustellen, und ›schlug vor‹, sie sollten nach Amador zurückkehren, weil die Hitze zu stark werde oder weil plötzlich ein Gerücht aufgetaucht war, Banditen hielten sich in der Gegend auf. Man konnte sich nicht mit fünfzig Mann herumstreiten und dabei die Würde bewahren. Beim ersten Mal hätte Norowhin ihr fast die Zügel aus der Hand gerissen. Das war der Grund dafür, warum sie sich auf diesen Ritten niemals von Tallanvor begleiten

26

ließ. Dieser junge Narr würde ihre Ehre und ihre Rechte noch verteidigen, und wenn er hundert Mann gegen sich hätte. So verbrachte er seine freie Zeit damit, mit dem Schwert zu üben, als erwarte er, ihr den Weg in die Freiheit damit bahnen zu müssen.

Überraschend streichelte ihr eine plötzliche Brise über das Gesicht, und sie bemerkte erst jetzt, daß Laurain sich aus dem Sattel gebeugt hatte und ihr mit einem weißen Spitzenfächer Luft zufächelte. Laurain war eine schlanke junge Frau mit dunklen Augen, die ein wenig zu nahe beieinander standen. Außerdem trug sie ständig ein gekünsteltes Lächeln zur Schau. »Es muß so wundervoll für Ihre Majestät sein, zu erfahren, daß Euer Sohn sich den Kindern des Lichts angeschlossen hat. Und daß er so schnell im Rang aufgestiegen ist!«

»Das sollte nicht weiter überraschen«, sagte Altalin und fächelte ihrem runden Gesicht Luft zu. »Der Sohn Ihrer Majestät steigt selbstverständlich schnell auf, so wie die Sonne in ihrer Pracht.« Sie genoß das beifällige Murmeln einiger der anderen Frauen ob ihres mühseligen Bonmots.

Morgase behielt mit Mühe eine ruhige Miene bei. Nialls Nachricht, die er ihr bei einem seiner unangekündigten Besuche gestern abend überbracht hatte, hatte sie denn doch überrascht. Galad als Weißmantel! Wenigstens befand er sich in Sicherheit, wie Niall gesagt hatte. Aber er sei nicht in der Lage, sie zu besuchen, denn die Pflichten eines Kindes des Lichts hielten ihn davon ab. Doch ganz sicher würde er zu ihrer Eskorte gehören, wenn sie an der Spitze eines Heeres der Kinder nach Andor zurückkehrte.

Nein, Galad war nicht sicherer als Elayne oder Gawyn. Vielleicht sogar noch weniger. Das Licht gebe, daß sich Elayne in der Burg in Sicherheit befinde. Das Licht gebe, daß Gawyn am Leben sei. Niall behauptete, er wisse nicht, wo sich Gawyn aufhalte; jedenfalls sei er nicht in Tar Valon. Galad war das Messer an ihrer Kehle. Niall wäre niemals plump genug, um das auch nur anzudeuten, aber ein einfacher Befehl seinerseits konnte Galad an einen Ort schicken, an dem er mit Sicherheit ums Leben käme. Der einzige Umstand, der in seinem Fall einen Schutz darstellte, war Nialls Meinung, ihr liege nicht soviel an ihm wie an Elayne und Gawyn.

»Es freut mich für ihn, wenn es das ist, was er will«, sagte sie in gleichgültigem Plauderton zu ihnen. »Aber er ist Taringails Sohn und nicht meiner. Die Hochzeit mit Taringail war eine politische Angelegenheit, müßt Ihr wissen. Seltsam, er ist nun schon solange tot, daß ich mich kaum an sein Gesicht erinnern kann. Galad kann tun und lassen, was er will. Gawyn wird Erster Prinz des Schwertes, wenn Elayne mir auf dem Löwenthron nachfolgt.« Sie winkte einem Diener ab, der ihr einen Weinpokal auf einem Tablett anbot. »Niall hätte uns wenigstens mit einem anständigen Wein versorgen können.« Eine Welle ängstlichen Geschnatters antwortete ihr. Sie war halbwegs erfolgreich darin gewesen, diese Frauen etwas enger an sie zu binden. Trotzdem nahmen sie natürlich eine mögliche Herausforderung Pedron Nialls ernst, denn so etwas konnte Folgen haben. Morgase nutzte aber jede Gelegenheit, in ihrer Gegenwart solche Dinge zu sagen. Das überzeugte sie von ihrem Mut, was wiederum wichtig werden konnte, wollte sie wenigstens eine gewisse Loyalität in ihnen erwecken. Und noch wichtiger, zumindest für ihr Selbstwertgefühl: es half, die Illusion aufrechtzuerhalten, daß sie nicht Nialls Gefangene sei.

»Wie ich hörte, zeigt Rand al'Thor den Löwenthron vor wie eine Jagdtrophäe.« Das war Marande, eine hübsche Frau mit herzförmigem Gesicht, etwas älter als die anderen. Als Schwester des Hochsitzes des Hauses Algoran war sie selbst recht einflußreich, vielleicht sogar mächtig genug, um Ailron zu widerstehen, aber nicht Niall. Die anderen ließen ihre Pferde zur Seite ausweichen, damit sie auf ihrem braunen Wallach näher zu Morgase reiten konnte. Es stand überhaupt nicht zur Debatte, ihre Loyalität oder gar Freundschaft zu gewinnen.

»Das habe ich auch gehört«, antwortete Morgase unbekümmert. »Es ist gefährlich, einen Löwen zu jagen, und beim Löwenthron trifft das noch mehr zu. Besonders bei einem Mann. Er tötet stets die Männer, die ihn erringen wollen.«

Marande lächelte. »Ich hörte auch, daß er Männern hohe Ämter verleiht, die mit der Macht umgehen können.«

Das rief unter den anderen Frauen unsichere Blicke hervor und ein besorgtes Gemurmel. Eine der jüngeren Frauen, Marewin, zierlich und fast noch ein Mädchen, wankte auf ihrem glücklicherweise vorn und hinten hochgezogenen Sattel, als sei sie einer Ohnmacht nahe. Die Nachricht von al'Thors Amnestie hatte furchterregende Geschichten hervorgerufen, nur Gerüchte natürlich, wie Morgase mit aller Macht hoffte. Das Licht gebe, daß es sich bei alledem nur um Gerüchte handle: Männer, die mit der Macht umgehen konnten und sich nun in Caemlyn versammelten, den Königlichen Palast unsicher machten und die Stadt in Angst und Schrecken versetzten …

»Ihr vernehmt eine ganze Menge«, sagte Morgase. »Verbringt Ihr eure ganze Zeit damit, an Türritzen zu lauschen?«

Marandes Lächeln verstärkte sich. Sie war nicht in der Lage gewesen, dem Druck, eine von Morgases Hofdamen zu spielen, zu widerstehen, aber sie war auch stolz genug, um ihr Mißvergnügen eindeutig und ohne jede Furcht kundzutun. Sie war wie ein Dorn, der tief in ihrem Fuß steckte, ein Herausziehen war nicht möglich, und bei jedem Schritt spürte sie einen scharfen Stich. »Ich habe durch das Vergnügen,

Ihrer Majestät zu dienen, nur wenig Zeit zum Lauschen übrig, doch ich bemühe mich, alle nur möglichen Neuigkeiten aus Andor aufzuschnappen, damit ich mich mit Ihrer Majestät darüber unterhalten kann. Wie ich höre, trifft der falsche Drache täglich mit den Adligen Andors zusammen. Mit Lady Arymilla und Lady Naean, Lord Jarin und Lord Lir und anderen ihrer Freunde.«

Einer der Falkner hob einen schlanken, grauen Vogel mit schwarzen Schwingen und einer Haube über dem Kopf zu Morgase hoch. Silberglöckchen an den Halteriemen des Falken bimmelten leise, als der Vogel sein Gewicht auf dem Handschuh des Falkners verlagerte.

»Ich danke Euch, aber für heute habe ich genug von der Jagd«, sagte Morgase zu ihm, dann erhob sie die Stimme: »Meister Gill, ruft die Eskorte zusammen. Ich kehre in die Stadt zurück.«

Gill fuhr zusammen. Er wußte recht gut, daß er nur dazu da war, um hinter ihr herzureiten, aber nun begann er damit, zu winken und den Weißmänteln Befehle zuzurufen, als glaube er im Ernst, sie würden ihm gehorchen. Was sie selbst betraf, ließ Morgase ihre schwarze Stute auf dem Fuß wenden. Natürlich ließ sie das Tier nicht schneller als im versammelten Schritt weitergehen. Norowhin wäre wie der Blitz zugegen gewesen, hätte er die Möglichkeit ins Auge gefaßt, sie wolle entkommen.

Aber auch so galoppierten die Weißmäntel – ganz ohne ihre gewohnten weißen Umhänge – heran und bildeten eine Eskorte, bevor die Stute auch nur zehn Schritte zurückgelegt hatte, und noch vor Erreichen des Rains um die Weide war Norowhin an ihrer Seite, ein Dutzend Männer voraus und der Rest nicht weit hinter ihm. Die Diener und Musiker und Falkner ließen sie zurück. Sie sollten alles zusammenpacken und ihnen dann folgen, so schnell es ihnen möglich war.

Gill und Paitr nahmen ihre Plätze gleich hinter ihr ein, und die Hofdamen folgten ihnen. Marande trug ihr Lächeln nun wie ein Zeichen des Triumphs zur Schau. Allerdings hatten ein paar der anderen die Stirnen mißbilligend gerunzelt. Nicht zu deutlich natürlich, denn auch wenn die Frau sich Niall beugen mußte, besaß sie doch genug Macht in Amadicia, um sie Vorsicht walten zu lassen, aber immerhin bemühten sich die meisten, ihre unerwünschte Aufgabe dennoch gut zu erfüllen. Der größere Teil hätte wahrscheinlich sogar Morgase freiwillig und gern gedient, aber sie wohnten nur äußerst ungern in der Festung des Lichts.

Morgase hätte gelächelt, wäre sie sicher gewesen, daß Marande es nicht sehen könnte. Der einzige Grund, warum sie nicht schon vor Wochen darauf bestanden hatte, die Frau wegzuschicken, war deren loses Mundwerk gewesen. Marande genoß es, bei ihr zu sticheln, wie sehr Andor doch ihrem Zugriff entglitten sei, aber die Namen, die sie zu diesem Zweck ausgewählt hatte, waren Balsam auf Morgases Seele. Alles Männer und Frauen, die sich während der Auseinandersetzung um die Thronfolge gegen sie gestellt hatten, alles Speichellecker Gaebrils. Von ihnen erwartete sie genau das und nicht mehr. Hätte Marande andere erwähnt, wäre das Ergebnis ganz anders ausgefallen. Lord Pelivar oder Abelle oder Luan, Lady Arathelle oder Ellorien oder Aemlyn und andere. Die waren aber bei Marandes Sticheleien niemals aufgetaucht, und ganz gewiß hätte die Frau ihre Namen erwähnt, wäre aus Andor auch nur der Hauch irgendeines Gerüchts über sie aufgetaucht. Solange Marande sie nicht nannte, bestand wenigstens noch Hoffnung, daß sie noch keinen Kniefall vor al'Thor getan hatten. Sie hatten damals Morgases Anspruch auf den Thron von Anfang an unterstützt, und wenn es das Licht wollte, würden sie auch jetzt noch dazu stehen.

Fast kahle Wälder teilten sich über einer Straße aus steinhart verbackenem Lehm, und auf dieser ritten sie südwärts nach Amador weiter. Waldstreifen wechselten sich ab mit Gestrüpp und ummauerten, brachliegenden Feldern. Das eine oder andere Steingebäude mit Strohdach und einer Scheune dahinter stand ein wenig von der Straße entfernt. Viele Leute benützten die Straße, und so stand beständig eine Staubwolke darüber. Morgase band sich ein seidenes Taschentuch vor das Gesicht, obwohl die Leute schnell zur Seite rannten, nachdem sie ihre Truppe bewaffneter und gerüsteter Männer gesichtet hatten. Manche eilten sogar unter die Bäume oder sprangen über die Mäuerchen und rannten querfeldein weiter. Die Weißmäntel beachteten sie nicht, und es erschienen auch keine Bauern, die den querfeldein Rennenden wütend hinterhergeschrien oder die Fäuste geschüttelt hätten. Einige der Höfe wirkten verlassen, da nicht einmal Hühner oder andere Tiere zu sehen waren.

Unter der Menschenmenge auf der Straße sah man hier einen Ochsenkarren, dort einen Mann, der einige Schafe einhertrieb, ein Stück weiter eine junge Frau mit einer Herde Gänse. Diese Menschen waren ganz offensichtlich Einheimische. Manche hatten sich ein Bündel oder eine Mappe am Tragriemen über die Schulter gehängt, doch die meisten kamen mit leeren Händen und wirkten, als hätten sie keine Ahnung, wohin sie eigentlich gingen. Menschen dieser Art waren immer häufiger anzutreffen, wenn Morgase gestattet worden war, Amador zu verlassen, und es spielte keine Rolle dabei, in welche Richtung sie ritt.

Morgase rückte das Taschentuch über ihrer Nase zurecht und beäugte Norowhin von der Seite her. Er war ungefähr so alt und so groß wie Tallanvor, aber da endete die Ähnlichkeit auch schon. Sein rotes Gesicht unter dem glänzenden, kegelförmigen Helm schälte sich gerade nach gewaltigem Sonnenbrand, und eine

Schönheit war er auch nicht gerade. Seine schlaksige Gestalt und die hervorstehende Nase ließen sie an eine Spitzhacke denken. Jedesmal, wenn sie die Festung des Lichts verließ, führte er ihre ›Eskorte‹, und jedesmal bemühte sie sich, ihn endlich einmal in ein Gespräch zu verwickeln. Weißmantel oder nicht, jeder Fingerbreit, um den sie ihn von der Rolle ihres Gefängniswärters abbringen konnte, wäre ein Erfolg. »Fliehen diese Menschen vor dem Propheten, Norowhin?« Das konnte nicht für alle zutreffen, denn genauso viele wanderten nach Norden wie nach Süden.

»Nein«, sagte er knapp, ohne sie auch nur anzusehen. Seine Blicke suchten die Straßenseiten ab, als erwarte er jeden Moment eine bewaffnete Truppe, die sie retten sollte.

Das war unglücklicherweise die gleiche Art von Antwort, die sie jedesmal von ihm erhielt. Doch sie war hartnäckig. »Wer sind sie? Sicher keine Taraboner. Ihr leistet gute Arbeit, wenn Ihr sie immer in Bewegung haltet.« Sie hatte beobachtet, wie eine größere Gruppe von Tarabonern, ungefähr fünfzig Leute, Männer, Frauen und Kinder, schmutzig und vor Erschöpfung stolpernd, von berittenen Weißmänteln wie Vieh weitergetrieben worden war. Nur das bittere Wissen darum, daß sie völlig machtlos war, hatte sie dazu in die Lage versetzt, ihren Mund zu halten. »Amadicia ist ein reiches Land. Selbst diese Dürre kann nicht so viele in nur wenigen Monaten von ihrem Land vertrieben haben.«

In Norowhins Gesicht arbeitete es. »Nein«, sagte er schließlich. »Sie fliehen vor dem falschen Drachen.«

»Aber wieso? Er befindet sich Hunderte von Meilen von Amadicia entfernt.«

Wieder wurde ein innerer Kampf auf dem sonnenverbrannten Gesicht des Mannes deutlich. Entweder rang er um Worte, oder er wollte nichts sagen. »Sie glauben, er sei der echte Wiedergeborene Drache«, sagte er endlich, und es klang angewidert. »Sie sagen, er habe alle Bande zerrissen, wie es geweissagt wurde. Männer verlassen ihren Dienst bei ihren Lords, Lehrlinge rennen ihren Meistern weg … Ehemänner verlassen ihre Familien, und Frauen ihre Männer. Es ist wie eine Seuche, die vom Wind weitergetragen wird, und dieser Wind weht von dem falschen Drachen her.«

Morgases Blick fiel auf einen jungen Mann und eine Frau, die sich eng umschlungen in den Armen hielten und zusahen, wie ihre Gesellschaft vorbeiritt. Schweißspuren zogen sich durch den Schmutz auf ihren Gesichtern, und der Staub lag dicht auf ihrer schlichten Kleidung. Sie wirkten hungrig. Ihre Wangen waren eingefallen und ihre Augen viel zu groß. Konnte dasselbe auch in Andor geschehen? Hatte Rand al'Thor Andor das gleiche angetan? *Wenn ja, dann wird er dafür bezahlen.* Die Schwierigkeit lag darin, daß die Heilung nicht noch schlimmer werden sollte als die Krankheit. Andor zu erlösen, und wenn es nur von diesem Schicksal war, und es dann den Weißmänteln übergeben …

Sie versuchte, die Unterhaltung in Gang zu halten, aber nachdem er mehr Worte herausgebracht hatte, als er je zuvor auf einmal an sie gerichtet hatte, flüchtete sich Norowhin in einsilbige Äußerungen. Es spielte keine Rolle. Wenn sie diese Mauer einmal durchbrochen hatte, konnte sie es auch wieder tun.

Sie wandte sich im Sattel um und sah wieder nach dem jungen Mann und der Frau, doch sie waren durch die Weißmantelsoldaten verdeckt. Auch das spielte keine Rolle. Ihre Gesichter würden ihr in Erinnerung bleiben, genau wie ihr Versprechen.

KAPITEL 2

Wie man in den Grenzlanden sagt

Einen Augenblick lang wünschte sich Rand die Tage zurück, an denen er allein durch die Gänge des Palastes schlendern durfte. Heute morgen begleiteten ihn Sulin und zwanzig Töchter des Speers, dazu Bael, der Clanhäuptling der Goshien Aiel, mit einem halben Dutzend *Sovin Nai,* Messerhände, von den Jhirad Goshien, die zu Ehren Baels mitgekommen waren, und Bashere mit ebenso vielen Soldaten aus Saldaea, an den kühnen Raubvogelnasen erkennbar. Sie alle drängten sich in dem breiten Gang mit den bunten Wandbehängen. In den *Cadin'sor* gekleidete *Far Dareis Mai* und *Sovin Nai* blickten durch die Diener hindurch. Diese verbeugten sich hastig oder knicksten und eilten weg, um den Weg freizumachen. Die jüngeren der Soldaten aus Saldaea stolzierten recht aufgeblasen einher in ihren Kurzmänteln und den Pumphosen, die sie in die Stiefel gesteckt hatten. Selbst hier in diesem schattigen Gang war es heiß, und Staubteilchen tanzten in der Luft. Einige der Diener trugen die rot-weiße Livree wie zu Morgases Zeiten, aber die meisten waren ohnehin neu und hatten nur das an, was sie bei ihrem Vorstellungsgespräch getragen hatten, eine ziemlich bunte Mischung aus der typischen Wollkleidung der Bauern und Arbeiter, zumeist dunkel und schlicht, aber es waren auch alle möglichen Farben zu sehen und hier und da sogar ein wenig Stickerei oder etwas Spitzenbesatz.

Rand machte sich eine gedankliche Notiz, Frau Harfor, die Erste Zofe, zu bitten, genügend Livrees aufzutreiben, um alle damit zu versorgen, damit die Neuen nicht gezwungen waren, in ihren besten Kleidern zu arbeiten. Die Livrees der Palastdiener waren ganz ohne Zweifel bessere Kleidung, als die Landbewohner jemals trugen, außer vielleicht an besonderen Festtagen. Es waren weniger Diener als zu Morgases Zeiten am Werk, und ein großer Teil der in die rot-weiße Livree gekleideten Männer und Frauen waren grauhaarig und gebeugt und kamen aus den Quartieren der Ruheständler. Anstatt wie so viele andere zu fliehen, hatten sie ihren Müßiggang aufgegeben, damit der gute Zustand des Palastes nicht leiden würde. Noch eine gedankliche Notiz. Frau Harfor – Erste Zofe war ein unbedeutend klingender Titel, aber Renee Harfor leitete alle Alltagsarbeiten im Königlichen Palast – also, Frau Harfor sollte schnell genügend weitere Diener auftreiben, damit diese Alten ihren wohlverdienten Ruhestand genießen konnten. Bekamen sie eigentlich noch immer ihre Pension ausbezahlt, nachdem Morgase tot war? Daran hätte er auch früher denken können. Halwin Norry, der Chefbuchhalter, sollte das wissen. Es war, als werde er mit Federn totgeschlagen. Einfach alles erinnerte ihn an wieder etwas anderes, was er zu tun hatte. Die Kurzen Wege: das war keine Feder. Er ließ das Wegetor in Caemlyn bewachen, genau wie die in der Nähe Tears und Cairhiens, aber er war nicht einmal sicher, wie viele es noch gab.

Ja, er hätte nur zu gern all diese Verbeugungen und Knickse, all die Fragen und Belastungen, all die Menschen, deren Bedürfnisse er zu befriedigen hatte, gegen jene Tage eingetauscht, als er noch Schwierigkeiten hatte, sich überhaupt einen Mantel zu beschaffen. Natürlich hätte man ihm damals gar nicht erlaubt, in diesen Gängen herumzulaufen, jedenfalls nicht ohne eine andere Art der Bewachung, nämlich eine, die dafür sorgen sollte, daß er keine silberne Schale aus einer der Wandnischen stehlen würde, oder eine der

Elfenbeinskulpturen von einem mit Lapislazuli eingelegten Tischchen.

Zum Glück meldete sich Lews Therins Stimme heute morgen wenigstens nicht. Und mittlerweile schien er sich wirklich diesen Trick angeeignet zu haben, den ihm Taim gezeigt hatte; von Basheres Stirn rann der Schweiß, aber die Hitze berührte Rand kaum. Er hatte seinen silberbestickten, grauseidenen Kurzmantel bis zum Hals zugeknöpft, und obwohl ihm ein wenig warm war, vergoß er keinen Tropfen Schweiß. Taim hatte ihm versichert, mit der Zeit werde er nicht einmal mehr Hitze oder Kälte empfinden, die so gewaltig wären, daß jeder andere Mann davon völlig hilflos würde. Er mußte nur auf Abstand von sich selbst gehen, seine Konzentration ganz nach innen lenken. Das war ein wenig dem ähnlich, was er tat, wenn er nach *Saidin* griff. Seltsam, daß es der Wirkung der Macht so nahe kam, und dennoch nichts damit zu tun hatte. Machten es die Aes Sedai genauso? Er hatte noch niemals eine von ihnen schwitzen sehen. Oder?

Mit einem Mal mußte er laut lachen. Da stand er und fragte sich, ob die Aes Sedai jemals schwitzten! Vielleicht war er noch nicht dem Wahnsinn verfallen, aber zum wollköpfigen Tor reichte es allemal.

»Habe ich etwas Komisches gesagt?« fragte Bashere trocken und fuhr sich mit dem Handrücken über den Schnurrbart. Einige der Töchter blickten ihn erwartungsvoll an. Sie bemühten sich ehrlich, den Humor der Feuchtländer zu verstehen.

Wie Bashere seinen Gleichmut in diesem Maße wahren konnte, wußte Rand nicht. An diesem Morgen hatte ein Gerücht den Palast erreicht, es gebe bewaffnete Auseinandersetzungen in den Grenzlanden, und zwar zwischen den Grenzländern selbst. Natürlich blühte der Klatsch unter den Reisenden wie das Unkraut nach einem Regenguß, aber die Neuigkeiten waren aus dem Norden gekommen, und zwar offensichtlich von Kaufleuten, die zumindest bis Tar Valon gereist waren. Nichts war darüber bekannt, wo diese Kämpfe stattfanden und wer eigentlich gegen wen vorging. Das konnte genauso in Saldaea sein wie anderswo, und Bashere hatte seit ihrem Aufbruch vor Monaten nichts mehr von zu Hause gehört. Doch seinem Verhalten nach zu schließen, hätte das Gerücht genauso ein Ansteigen der Zwiebelpreise betreffen können, so wenig schien es ihn zu berühren.

Natürlich wußte Rand genausowenig, was in den Zwei Flüssen geschah. Allenfalls unbestimmte Gerüchte von einem Aufstand irgendwo im Westen mochten seine Heimat betreffen. Aber das konnte in dieser Zeit alles oder nichts bedeuten. Für ihn war das trotzdem nicht dasselbe. Er hatte die Zwei Flüsse verlassen. Die Aes Sedai hatten überall ihre Spione, und er hätte nicht einmal einen Kupferpfennig darauf verwettet, daß die Verlorenen dort keine hatten. Der Wiedergeborene Drache hatte kein Interesse an diesem winzigen Fleckchen Erde, auf dem Rand al'Thor aufgewachsen war. Er war dem völlig entwachsen. Wenn nicht, könnte man Emondsfeld wie eine Geisel gegen ihn einsetzen. Na ja, diese Haarspaltereien waren sinnlos. Verlassen war verlassen.

Falls ich eine Möglichkeit hätte, meinem Schicksal zu entrinnen, hätte ich das auch verdient? Das war sein Gedanke und nicht der Lews Therins.

Er rollte die Schultern, in denen sich plötzlich ein dumpfer Schmerz breitmachte, und bemühte sich um einen heiteren Ton: »Vergebt mir, Bashere. Mir ist gerade etwas Seltsames eingefallen, aber ich habe trotzdem zugehört. Ihr habt gesagt, daß Caemlyn allmählich überfüllt sei. Für jeden Mann, der aus Angst vor dem falschen Drachen weggelaufen ist, sind zwei andere gekommen, weil ich eben keiner bin. Klar?«

Bashere knurrte, was alles bedeuten konnte.

»Wie viele sind aus anderen Gründen gekommen,

Rand al'Thor?« Bael war der größte Mann, den Rand je gesehen hatte, noch eine gute Handbreit größer als er selbst. Das ergab einen eigenartigen Kontrast zu Bashere, der kleiner als selbst alle anwesenden Töchter des Speers bis auf Enaila war. Starke graue Strähnen waren in Baels dunkelroten Haaren zu sehen, doch sein Gesicht war hager und hart, und die blauen Augen blickten scharf drein. »Ihr habt genug Feinde für hundert Männer. Merkt Euch, was ich sage: Sie werden erneut versuchen, Euch zu töten. Es könnten sogar Schattenläufer darunter sein.«

»Selbst wenn es nicht die Schattenfreunde sind«, warf Bashere ein, »kocht die Stadt doch vor Unruhe über wie ein auf dem Feuer vergessener Teekessel. Eine Menge Leute wurden brutal zusammengeschlagen, offensichtlich, weil sie daran zweifelten, daß Ihr der Wiedergeborene Drache seid; einen armen Burschen zerrten sie aus einer Taverne in eine Scheune und hängten ihn an einem Balken auf, weil er über Eure Wunder lachte.«

»Meine Wunder?« staunte Rand ungläubig.

Ein runzliger, weißhaariger Diener in einer viel zu großen Livree und mit einer großen Vase in den Händen versuchte gleichzeitig, sich zu verbeugen und aus dem Weg zu treten. Prompt stolperte er über seine eigenen Füße und fiel nach hinten. Die blaßgrüne Vase aus papierdünnem Meervolk-Porzellan flog über seinen Kopf und überschlug sich auf den dunkelroten Fußbodenfliesen ein paarmal, bis sie wieder stand, und zwar aufrecht, dreißig Schritt weiter den Gang hinunter. Der alte Mann sprang überraschend behende auf die Beine und rannte hin, um die Vase aufzuheben. Er streichelte mit beiden Händen darüber und untersuchte sie sowohl ungläubig wie auch erleichtert, als er keine angeschlagene Stelle und keinen Sprung finden konnte. Andere Diener starrten genauso entgeistert hinüber, besannen sich aber und eilten weg, um ihre Aufträge zu erfüllen. Sie bemühten sich derart verkrampft, jeden Blick auf Rand zu vermeiden, daß ein paar sogar vergaßen, sich zu verbeugen oder zu knicksen.

Bashere und Bael tauschten einen Blick, und dann pustete Bashere seine strammen Schnurrbartenden weg.

»Bezeichnen wir sie eben als eigenartige Vorkommnisse«, sagte er. »Jeden Tag gibt es neue Geschichten, beispielsweise über ein weiteres Kind, das kopfüber aus dem Fenster in vierzig Fuß Höhe auf die Pflastersteine stürzt und ohne jede Schramme wieder aufsteht. Oder wie eine Großmutter zwei Dutzend durchgehender Pferde in den Weg läuft, ohne von ihnen auch nur gestreift zu werden, und natürlich wird sie erst recht nicht niedergetrampelt. Irgendein Bursche hat neulich beim Würfeln zweiundzwanzig Mal hintereinander einen Fünfer gehabt, und auch das schreiben sie Euch zu. Glück muß man haben.«

»Man sagt auch«, fügte Bael hinzu, »daß gestern ein Korb mit Dachziegeln heruntergefallen und völlig unbeschädigt auf der Straße gelandet sei, wobei die herausgefallenen Ziegel genau die Form des alten Abzeichens der Aes Sedai gebildet haben sollen.« Er sah den weißhaarigen Diener an, der mit staunend geöffnetem Mund und der an die Brust gepreßten Vase dastand, während sie an ihm vorbeigingen. »Ich bezweifle die Geschichte keineswegs.«

Rand atmete langsam aus. Natürlich erwähnten sie nicht die Vorkommnisse der anderen Art. Den Mann, der auf einer Stufe ins Stolpern kam und sich selbst erhängte, als sein Halstuch sich am Türriegel verfing. Der lose Dachziegel, der vom Wind endgültig abgerissen und durch ein offenes Fenster und eine Tür gewirbelt wurde und im dahinterliegenden Zimmer eine Frau erschlug, die mit ihrer Familie bei Tisch saß. Auch solche Dinge geschahen, wenn auch selten. Nur in seiner Umgebung war das keine Seltenheit. Ob zum Guten oder zum Bösen – und beides geschah ungefähr gleich oft – veränderte er die Wahrscheinlichkeit einfach nur durch seine Anwesenheit innerhalb einiger Meilen. Nein, und sollten auch die Drachen von seinen Unterarmen und die in seine Handflächen eingebrannten Reiher verschwinden, wäre er dennoch gebrandmarkt. Es gab eine Redensart in den Grenzlanden: *Die Pflicht wiegt schwerer als ein Berg, der Tod leichter als eine Feder.* Wenn man einmal diesen Berg fest auf den Schultern trug, hatte man keine Möglichkeit mehr, ihn loszuwerden. Es gab sowieso niemand anderen, der ihm die Last abnehmen würde, jammern half da gar nichts.

Er bemühte sich um einen knappen Tonfall: »Habt Ihr die Männer aufgespürt, die den armen Kerl in der Scheune aufhängten?« Bashere schüttelte den Kopf. »Dann sucht sie und verhaftet sie wegen Mordes. Ich will diesen Dingen Einhalt gebieten. Jetzt. An mir zu zweifeln ist kein Verbrechen.« Den Gerüchten nach hatte der Prophet es zu einem Verbrechen erklärt, aber noch konnte er deshalb nichts unternehmen. Er wußte nicht einmal, wo sich Masema aufhielt, nur, daß er irgendwo in Ghealdan oder Amadicia sein mußte. Wenn er nicht bereits woanders war. Doch er machte sich eine weitere gedankliche Notiz: Er mußte den Mann finden und ihm irgendwie Zügel anlegen.

»Gleich, wie weit es geht?« fragte Bashere. »Man flüstert sich hinter vorgehaltener Hand zu, Ihr wärt ein falscher Drache, der mit der Hilfe von Aes Sedai Morgase getötet habe. Man erwartet, daß sich die Menschen gegen Euch erheben und ihre Königin rächen. Es könnte mehr als einen geben, der dumme Sachen anstellt. Man kann es nicht vorhersagen.«

Rands Gesichtszüge verhärteten sich. Mit dem ersten konnte er leben – er hatte keine andere Wahl, denn es gab einfach zu viele Gerüchte, um sie alle zu widerlegen, und wenn er selbst noch so oft widersprach – aber er würde die Aufforderung zur Rebellion nicht dulden. Andor würde er nicht auch noch durch einen Bürgerkrieg zerreißen. Nicht Andor. Er wollte Elayne ein Land übergeben, das genauso unbefleckt war, wie er es übernommen hatte. Falls er sie jemals fand. »Findet heraus, wer das in die Welt gesetzt hat«, sagte er grob, »und werft die Schuldigen ins Gefängnis.« Licht, wie konnte man feststellen, wer ein Gerücht in Umlauf gebracht hatte? »Wenn sie um Gnade betteln, können sie Elayne darum bitten.« Eine junge Dienerin in einem grob gewebten braunen Kleid, die gerade eine blaue, gerillte Glasschüssel abstaubte, bemerkte seine Miene; ihr fiel die Schüssel aus den mit einem Mal zitternden Händen und zerbrach. Nicht immer veränderte er die Gesetze der Wahrscheinlichkeit. »Gibt es auch gute Neuigkeiten? Ich könnte ein paar gebrauchen.«

Die junge Frau bückte sich unsicher, um die Scherben der Schüssel aufzulesen, aber Sulin warf ihr einen Blick zu, nur einen flüchtigen Blick, und sie sprang zurück und drückte sich mit weit aufgerissenen Augen an einen Wandbehang, auf dem eine Leopardenjagd abgebildet war. Rand verstand das nicht, aber manche Frauen schienen sich vor den Töchtern des Speers viel mehr zu fürchten als vor den Aielmännern. Die junge Frau blickte zu Bael auf, als suche sie Schutz bei ihm. Er aber schien sie gar nicht zu bemerken.

»Das kommt darauf an, was man unter guten Nachrichten versteht.« Bashere zuckte die Achseln. »Ich habe erfahren, daß Ellorien aus dem Hause Traemane und Pelivar aus dem Hause Caelan die Stadt vor drei Tagen betraten. Sich hineinschlichen, könnte man sagen, und keins von beiden hat sich der Innenstadt genähert, soweit ich weiß. Dem Klatsch zufolge soll sich Dyelin aus dem Hause Taravin in der Umgebung auf dem Land aufhalten. Keines der Häuser hat auf

Eure Einladungen geantwortet. Ich habe aber nichts vernommen, was eines von ihnen mit dem Gerede in Verbindung brächte.« Er sah zu Bael hinüber, der mit einem leichten Kopfschütteln auf die unausgesprochene Frage antwortete.

»Wir erfahren weniger als Ihr, Davram Bashere. Diese Leute äußern sich in der Umgebung anderer Feuchtländer einfach freier.«

Es waren aber in jedem Fall gute Nachrichten. Es handelte sich schließlich um Menschen, die Rand brauchte. Wenn sie ihn für einen falschen Drachen hielten, würde er schon einen Ausweg finden. Falls sie glaubten, er habe Morgase getötet ... Gut, warum eigentlich nicht? So würden sie wenigstens ihrem Andenken und ihrer Familie gegenüber loyal bleiben. »Schickt ihnen noch einmal Einladungen, mich zu besuchen. Setzt auch Dyelins Namen darauf; vielleicht wissen sie, wo sie sich aufhält.«

»Wenn ich ihnen eine solche Einladung sende«, sagte Bashere zweifelnd, »wird es sie vielleicht nur daran erinnern, daß sich ein Heer aus Saldaea in Andor befindet.«

Rand zögerte und nickte dann. Plötzlich grinste er. »Bittet Lady Arymilla, die Einladung zu überbringen. Ich zweifle nicht daran, daß sie die Gelegenheit beim Schopf ergreifen wird, ihnen zu zeigen, wie nahe sie mir steht. Aber Ihr schreibt den Text.« Moiraines Lektionen im Spiel der Häuser waren wieder einmal nützlich für ihn.

»Ich weiß nicht, ob es eine gute oder eine schlechte Nachricht ist«, sagte Bael, »aber die Roten Schilde haben mir berichtet, daß zwei Aes Sedai Quartier in einer Schenke der Neustadt genommen haben.« Die Roten Schilde hatten Basheres Männern dabei geholfen, Ruhe und Ordnung in der Stadt wiederherzustellen, und nun übernahmen sie die Polizeiarbeit allein. Bael grinste leicht, als er das Mißvergnügen auf Basheres Miene entdeckte. »Wir hören weniger, Davram Bashere, aber vielleicht sehen wir manchmal mehr.«

»Ist eine von ihnen diejenige, die Katzen mag?« fragte Rand. Die Gerüchte über Aes Sedai in der Stadt hielten sich hartnäckig. Manchmal sollten es zwei sein oder drei, oder gleich eine ganze Gruppe. Soweit aber Bashere oder Bael überhaupt etwas erfahren hatten, waren es ein paar Geschichten über eine Aes Sedai, die Katzen und Hunde heilte, doch immer wohnte sie angeblich eine Straße weiter, und derjenige, der die Geschichte erzählte, hatte sie von jemand anders gehört, der sie wiederum in einer Taverne oder auf dem Markt aufgeschnappt hatte.

Bael schüttelte den Kopf. »Glaube ich nicht. Die Roten Schilde sagen, die beiden seien während der Nacht eingetroffen.« Bashere lauschte interessiert. Er ließ nur selten eine Gelegenheit aus, Rand gegenüber festzustellen, er benötige die Aes Sedai. Bael jedoch hatte leicht die Stirn gerunzelt, so leicht, daß wohl nur ein Aiel es bemerken würde. Die Aiel waren äußerst vorsichtig, ja zögernd, wenn es um ihre Beziehung zu den Aes Sedai ging.

Diese wenigen Worte enthielten reichlich Stoff zum Nachdenken für Rand, und alle gedanklichen Pfade führten schließlich zu ihm selbst zurück. Es mußte einen Grund dafür geben, wenn zwei Aes Sedai nach Caemlyn kamen, obwohl ihre Schwestern die Stadt mieden, seit er dort aufgetaucht war. Am wahrscheinlichsten war es, daß sie sich seinetwegen hier befanden. Selbst in guten Zeiten reisten nur wenige Menschen bei Nacht, und dies waren nun nicht gerade gute Zeiten. Es mochte sein, daß diese Aes Sedai durch ihre nächtliche Ankunft Aufsehen vermeiden wollten, und zwar höchstwahrscheinlich, weil sie *seiner* Aufmerksamkeit zu entgehen hofften. Andererseits mochte es auch sein, daß sie einfach dringend ein bestimmtes Ziel erreichen mußten und auf die Tageszeit keine Rücksicht nehmen konnten. Was nach einem Auftrag der Burg roch. In Wahrheit konnte er sich einfach nichts vorstellen, was für die Burg im Augenblick wichtiger sein konnte als er selbst. Gut, sie mochten auch unterwegs sein, um sich den anderen Aes Sedai anzuschließen, von denen Egwene behauptete, sie wollten ihn unterstützen.

Was auch der Grund sein mochte, er wollte ihn wissen. Das Licht allein wußte, was die Aes Sedai vorhatten – die Burg, genau wie Elaynes verborgene Bande – aber es war für ihn äußerst wichtig, es ebenfalls zu erfahren. Es war zu gefährlich, blind weiterzumarschieren, denn es gab einfach zu viele von ihnen. Wie würde die Burg reagieren, wenn Elaida von seiner Amnestie erfuhr? Wie die anderen Aes Sedai? Hatten sie es bereits erfahren?

Als sie auf die Tür am Ende des Korridors zuschritten, öffnete er den Mund, um Bael die Anweisung zu erteilen, eine der Aes Sedai in den Palast zu bitten. Natürlich würde er auch mit zwei Aes Sedai fertig, wenn es zu einer Auseinandersetzung kam und sie ihn nicht überrumpelten, aber es war überflüssig, ein Risiko einzugehen, bevor er überhaupt wußte, wer sie waren und was sie planten.

Ich bin von Stolz erfüllt. Der Stolz, der mich zerstört hat, kotzt mich an!

Rand kam ins Stolpern. Das war das erste Mal heute, daß Lews Therins Stimme sich in seinem Kopf bemerkbar gemacht hatte, und es klang zu sehr nach seinen eigenen Gedanken in bezug auf die Aes Sedai, um sich dabei wohl zu fühlen, doch das war es nicht, was ihn seine geplanten Worte herunterschlucken und stocksteif stehenbleiben ließ.

Der Hitze wegen standen die Türflügel offen und gaben den Blick in einen der Palastgärten frei. Von den Blumen war nichts mehr zu sehen, und einige der Rosensträucher und Weißdornhecken wirkten verwelkt, aber die schattenspendenden Bäume standen noch immer, wenn auch nur wenige Blätter an den Zweigen hingen, rund um den weißen Marmorbrunnen verteilt, aus dem im Herz des Gartens das Wasser sprudelte. Eine Frau im bauschigen braunen Wollrock und einer lose hängenden weißen Algodebluse stand neben dem Brunnen, einen grauen Schal um die Arme geschlungen, und blickte mit staunenden Augen, wie so oft schon, das Wasser an, das keinem anderen Zweck diente als eben dem, angeschaut zu werden. Rands Augen saugten den Anblick der weichen Linien von Aviendhas Gesicht in sich auf, der dichte Locken rötlich schimmernden Haares, die ihr von dem um die Stirn geschlungenen, zusammengefalteten grauen Schal bis auf die Schultern hingen. Licht, war sie schön! Sie betrachtete den Wasserstrahl des Springbrunnens so gebannt, daß sie ihn noch nicht bemerkt hatte.

Liebte er sie? Er wußte es nicht. In seinem Kopf und seinen Träumen war sie untrennbar mit Elayne und sogar Min verwickelt. Was er jedoch wußte, war, daß er gefährlich war und einer Frau nichts anderes als Schmerz schenken konnte.

Ilyena. Lews Therin weinte. *Ich habe sie getötet! Das Licht soll mich für alle Ewigkeit bestrafen!*

»Die Aes Sedai, die auf diese Art auftauchen, könnten immerhin wichtig sein«, sagte Rand leise. »Ich glaube, wir sollten diese Schenke aufsuchen und feststellen, warum sie hier sind.« Fast alle blieben gemeinsam mit ihm stehen, nur Enaila und Jalani tauschten einen kurzen Blick und gingen weiter an ihm vorbei in den Garten. Er erhob die Stimme ein wenig, und sein Tonfall wurde um einiges härter: »Die Töchter hier werden mich begleiten. Jede, die allerdings ein Kleid anziehen und die Kupplerin spielen möchte, bleibt zurück.«

Enaila und Jalani wurden plötzlich steif und wirbelten dann zu ihm herum. Empörung blitzte aus ihren Augen. Nur gut, daß Somara heute keinen Dienst hatte; sie wäre möglicherweise trotzdem weitermarschiert. Sulins Finger zuckten und gaben den anderen Zeichen in der Fingersprache der Töchter. Was sie ihnen mitteilte, beruhigte wohl ihre Empörung und ließ statt dessen die Schamröte auf die Wangen der beiden Töchter treten. Die Aiel hatten alle Arten von Handsignalen entwickelt, weil es gelegentlich besser war zu schweigen. Jeder Clan hatte eine eigene Fingersprache, genau wie jede Kriegergemeinschaft, und daneben gab es noch Zeichen, die alle Aiel kannten. Doch nur die Töchter hatten daraus eine regelrechte Sprache entwickelt.

Rand wartete nicht, bis Sulin fertig war, sondern wandte sich vom Garten ab. Diese Aes Sedai würden möglicherweise Caemlyn genauso schnell verlassen, wie sie angekommen waren. Er blickte sich um. Aviendha betrachtete noch immer das Wasser und hatte ihn wohl offensichtlich nicht bemerkt. Er beschleunigte seine Schritte. »Bashere, würdet Ihr bitte einen Eurer Männer schicken, um Pferde zu satteln? Am Südtor bei den Stallungen.« Das Haupttor des Palastes führte auf den Platz der Königin, der gewiß wieder voll von Menschen war, die hofften, einen Blick auf ihn zu erhaschen. Er hätte eine halbe Stunde gebraucht, um ihnen zu entkommen – mit etwas Glück jedenfalls. Bashere gestikulierte kurz, und einer der jüngeren Soldaten aus Saldaea eilte mit dem leicht rollenden Gang eines Mannes voran, der daran gewöhnt ist, im Sattel zu sitzen. »Ein Mann muß wissen, wann er sich vor einer Frau zurückziehen sollte«, sagte Bashere ins Leere hinein, »aber einem weisen Mann ist bewußt, daß er sich ihr manchmal eben doch stellen muß.«

»Junge Männer«, bemerkte Bael ungnädig. »Ein junger Mann jagt nach Schatten und rennt vor dem

Mondschein davon, und am Ende sticht er sich mit dem eigenen Speer in den Fuß.« Ein paar der anderen Aiel schmunzelten, sowohl Töchter als auch Mitglieder der Messerhände. Jedenfalls die älteren.

Gereizt blickte sich Rand noch einmal um. »Keiner von Euch würde ein Kleid gut stehen.« Überraschenderweise lachten nun die Töchter und die Messerhände wieder, und diesmal lauter. Vielleicht bekam er den Humor der Aiel doch langsam in den Griff.

Alles war wie erwartet, als er aus dem Südtor bei den Stallungen in die gewundenen Straßen der Innenstadt ritt. Jeade'ens Hufe klapperten laut auf den Pflastersteinen, als der Hengst tänzelte; in letzter Zeit war der Apfelschimmel ziemlich selten aus dem Stall geholt worden. Es waren recht viele Menschen zu sehen, aber lange nicht so viele, wie er auf der anderen Seite des Palastes erwartet hätte, und sie gingen alle ihren eigenen Beschäftigungen nach. Trotzdem wurde natürlich mit Fingern auf ihn gezeigt, und die Leute steckten die Köpfe zusammen. Einige mochten Bashere erkannt haben, der sich im Gegensatz zu Rand oft in der Stadt aufgehalten hatte, aber jeder, der vom Palast her kam und noch dazu eine Eskorte Aiel bei sich hatte, mußte wichtig sein. Das Tuscheln und die ausgestreckten Finger folgten ihm durch die Stadt.

Obwohl er angestarrt wurde, hatte Rand noch einen Blick für die Schönheiten der von Ogiern erbauten Innenstadt. Die wenigen Gelegenheiten, die er noch fand, um etwas zu genießen, waren für ihn ungeheuer wertvoll. Die Straßen verliefen in weiten Bögen von dem im Sonnenschein weiß schimmernden Königlichen Palast und paßten sich den Konturen der Hügel an, als seien sie ein Teil des Landes. Überall ragten schlanke Türmchen auf, die mit bunten Kacheln geschmückt waren, oder goldene, purpurfarbene oder weiße Kuppeln, die unter der Sonne gleißten. Hier war eine Lücke in der Bebauung gelassen worden, um den Blick auf einen baumbestandenen Park freizugeben, und dort lenkte eine Anhöhe den Blick nach oben über die Stadt zu der welligen Ebene und den Wäldern jenseits der hohen, silber gefleckten, weißen Mauer, die ganz Caemlyn umschloß. Die Plätze und Parks waren angelegt worden, um das Auge zu erfreuen und zu beruhigen. Der Aussage der Ogier nach hatten nur Tar Valon und das legendäre Manetheren diese Stadt jemals übertroffen, und viele Menschen, besonders die Andoraner, glaubten, Caemlyn käme beiden sogar gleich.

Die reinweiße Mauer um die Innenstadt zeigte an, wo die sie umgebende Neustadt begann, die ihre eigenen Kuppeln und Türmchen aufwies, von denen einige sich bemühten, an Höhe jene der Innenstadt auf den höheren Hügeln zu erreichen. Hier waren die engeren Straßen vollgepackt mit Menschen, und selbst die breiten Alleen, die in der Mitte mit Bäumen bepflanzte Grünstreifen aufwiesen, waren voll von Menschen und Ochsenkarren und pferdegezogenen Planwagen, Reitern, Kutschen und Sänften. Ein Summen lag in der Luft wie von einem riesigen Bienenstock.

Hier kamen sie langsamer vorwärts, obwohl ihnen die Menge bereitwillig Platz machte. Die Leute wußten genausowenig wie die in der Innenstadt, wer er war, aber niemand wollte den trabenden Aiel in den Weg treten. Bei so vielen Menschen dauerte das eine Weile. Und hier gab es so viele verschiedene Arten von Menschen: Bauern in grober Wollkleidung und Kaufleute in Mänteln und Kleidern feineren Zuschnitts. Handwerker eilten mit ihren Produkten einher, und Händler priesen ihre Waren lauthals an, die sie aus Bauchläden und Schubkarren feilboten, nahezu alles, von Nadeln und Bändern bis zu Obst und Feuerwerkskörpern. Die beiden letzteren Artikel waren mittlerweile sehr teuer geworden. Ein Gaukler in seinem Flickenumhang stand Schulter an Schulter mit drei Aiel, die Klingen auf einem der Tische vor dem Laden eines Messerschmieds in Augenschein nahmen. Zwei hagere Kerle, die ihr dunkles Haar zu Zöpfen geflochten hatten und die Schwerter auf dem Rücken trugen – Jäger des Horns, wie Rand annahm –, waren ins Gespräch vertieft mit einigen Männern aus Saldaea, während in der Nähe eine Frau Flöte spielte und ein Mann dazu an einer Ecke das Tamburin schlug. Menschen aus Cairhien, kleiner und von blasserer Hautfarbe, hoben sich von den Andoranern ab, genau wie die dunkelhäutigeren Tairener, aber Rand erblickte auch Leute aus Murandy in langen Mänteln und solche aus Altara mit kunstvoll bestickten Westen, Kandori mit gespaltenen Bärten, und sogar zwei Männer aus Arad Doman mit langen, dünnen Schnurrbärten und Ohrringen.

Auch eine andere Art von Menschen hob sich von den übrigen ab: jene, die in zerknitterten Jacken und Kleidern herumirrten, oftmals staubbedeckt und immer blinzelnd oder mit weit aufgerissenen Augen, offensichtlich ziellos und ohne zu wissen, was sie als nächstes unternehmen sollten. Diese Menschen waren ihrem Ziel so nahe gekommen wie nur möglich. Ihm. Dem Wiedergeborenen Drachen. Er hatte keine Ahnung, was er mit ihnen anfangen sollte, aber er trug die Verantwortung für sie. Es spielte keine Rolle, daß er sie nicht darum gebeten hatte, ihr Leben wegzuwerfen, nicht gewollt hatte, daß sie alles aufgaben. Sie hatten es trotzdem getan. Seinetwegen. Und sollten sie erfahren, wer er war, würden sie vielleicht sogar die Aiel überrennen und ihn in Stücke reißen, nur, weil sie ihn unbedingt einmal berühren wollten.

Er berührte den *Angreal* in Form eines fetten, kleinen Mannes in seiner Rocktasche. Es wäre schon schlimm, käme es dazu, daß er die Eine Macht anwenden mußte, um sich gegen Menschen zu schützen, die seinetwegen alles im Stich gelassen hatten. Deshalb begab er sich so selten in die Stadt. Zumindest war das einer der Gründe. Es gab einfach zuviel zu tun, um lediglich zum Vergnügen auszureiten.

Die Schenke nahe der westlichen Stadtgrenze, zu der ihn Bael nun führte, nannte sich *Culains Jagdhund* – drei Stockwerke unter einem roten Ziegeldach. Auf der gewundenen Seitenstraße drängte sich die Menge um Rands Gruppe, als sie vor der Schenke anhielten. Wieder berührte Rand den *Angreal*. Zwei Aes Sedai; er sollte eigentlich in der Lage sein, mit ihnen ohne Hilfe des *Angreal* fertig zu werden. Dann stieg er ab und ging hinein. Voraus gingen natürlich drei Töchter des Speers und zwei Messerhände. Alle schlichen sprungbereit auf den Fußballen und schienen nur um Haaresbreite davon entfernt, den Schleier hochzuziehen. Es ging wohl nicht anders. Eher hätte er einer Katze das Singen beibringen können. Bashere ließ zwei seiner Soldaten aus Saldaea bei den Pferden zurück und schritt mit Bael und den anderen zusammen gleich hinter Rand hinein. Der Rest der Aiel folgte ihnen, bis auf jene, die draußen Wache standen. Was sie vorfanden, war aber keineswegs, was Rand erwartete.

Der Schankraum unterschied sich nicht von hundert anderen Schenken Caemlyns. Große Bier- und Weinfässer standen an einer rauh verputzten Wand aufgereiht, und obenauf kleinere Brandyfässer. Ganz oben lag eine graugestreifte Katze ausgestreckt. An zwei Enden befanden sich gemauerte sauber ausgefegte Kamine. Drei oder vier Kellnerinnen mit weißen Schürzen eilten zwischen den Tischen und Bänken einher, die auf den blanken Holzbohlen des Fußbodens standen. Die Decke war aus schweren Balken gezimmert. Der Wirt, ein Mann mit rundem Gesicht und Dreifachkinn und einer weißen Schürze, die sich mächtig um seinen dicken Bauch spannte, trabte händeringend heran und musterte die Aiel nur ein ganz klein wenig besorgt. In Caemlyn hatte man begriffen, daß sie keineswegs alles in Reichweite plündern und brandschatzen wollten. Dabei war es ihm ziemlich schwergefallen, die Aiel davon zu überzeugen, daß Caemlyn kein erobertes Gebiet sei und sie nicht ihr übliches Fünftel mitnehmen durften. Das hieß natürlich nicht, daß die Wirte daran gewöhnt waren, gleich zwei Dutzend Aiel auf einmal in ihrem Schankraum begrüßen zu dürfen.

Der Wirt richtete seine Aufmerksamkeit auf Rand und Bashere. Hauptsächlich auf Bashere. Beide waren ihrer Kleidung nach gewiß Männer von Bedeutung, aber Bashere war um vieles älter und deshalb vermutlich der wichtigere. »Willkommen, die Lords, meine Lords. Was kann ich Euch anbieten? Ich habe Weine aus Murandy und Andor, Brandy aus ...«

Rand beachtete den Mann gar nicht. Was nicht das gleiche war wie in hundert anderen Schankräumen, waren die Gäste. Zu dieser Stunde hätte er vielleicht ein oder zwei Männer erwartet, aber es waren keine da. Statt dessen saßen an den Tischen einfach gekleidete junge Frauen, überwiegend noch Mädchen, die sich auf ihren Plätzen umdrehten, die Teetassen in den Händen, um die Neuankömmlinge anzugaffen. Mehr als eine schnappte Baels Größe wegen nach Luft. Allerdings musterten nicht alle von ihnen die Aiel, und es war gerade dieses knappe Dutzend Mädchen, das ihn angaffte, was Rand die Augen aufreißen ließ. Er kannte sie. Nicht alle kannte er gut, doch immerhin kannte er sie. Besonders eine von ihnen erregte seine Aufmerksamkeit.

»Bode?« fragte er ungläubig. Das Mädchen mit den großen Augen, das ihn anstarrte – seit wann war sie eigentlich alt genug, um das Haar zum Zopf zu flechten? – war Bodewhin Cauthon, Mats Schwester. Und dort saß die mollige Hilde Barran neben der mageren Jerilin al'Caar und der hübschen Marisa Ahan, die, wie immer, wenn sie überrascht war, die Hände auf die Wangen gelegt hatte, und daneben Emry Lewin mit dem großen Busen und Elise Marwin und Darea Candwin und … Sie waren alle aus Emondsfeld oder der Umgebung. Sein Blick huschte über die übrigen Tische, und ihm wurde klar, daß auch die anderen Mädchen von den Zwei Flüssen stammen mußten. Jedenfalls die meisten. Er sah auch ein typisches Domanigesicht und ein oder zwei mehr, die von weiter her kommen mochten. Doch alle diese Kleider hätte man auch an jedem beliebigen Tag auf dem Anger von Emondsfeld sehen können. »Was beim Licht, macht ihr denn hier?«

»Wir sind auf dem Weg nach Tar Valon«, brachte Bode trotz ihrer Verblüffung heraus. Das einzige an ihr, das an Mat erinnerte, war ein spitzbübischer Ausdruck um die Augen. Ihr Erstaunen über sein Erscheinen verschwand dann aber schnell und wurde durch ein erfreutes, breites Lächeln ersetzt. »Um Aes Sedai zu werden, wie Egwene und Nynaeve.«

»Dasselbe könnten wir dich fragen«, warf die gertenschlanke Larine Ayellin ein und legte sich den dicken Zopf mit geübter Ungezwungenheit über die Schulter. Sie war die älteste unter den Mädchen aus Emondsfeld – gut drei Jahre jünger als er, aber außer Bode die einzige, die ihr Haar bereits zum Zopf geflochten trug –, aber sie war schon immer recht eingebildet gewesen. Und sie war dazu noch hübsch genug, um von den Jungen ständig darin bestärkt zu werden. »Lord Perrin hat kaum zwei Worte von dir erzählt, außer, du seist auf Abenteuer ausgezogen. Und du trügst jetzt ganz feine Kleidung, was offensichtlich keine Übertreibung war.«

»Geht es Mat gut?« fragte Bode mit einem Mal besorgt. »Ist er bei dir? Mutter macht sich solche Sorgen um ihn. Er hat gewöhnlich nicht einmal daran gedacht, frische Strümpfe anzuziehen, wenn ihn niemand daran erinnerte.«

»Nein«, sagte Rand bedächtig, »er ist nicht hier, aber es geht ihm gut.«

»Wir hätten nicht erwartet, dich hier zu treffen«, piepste Janacy Torfinn mit ihrer hellen Stimme. Sie konnte kaum älter als vierzehn sein, und so war sie die jüngste, zumindest unter denen aus Emondsfeld. »Das wird Verin Sedai und Alanna Sedai sehr freuen, wette ich. Sie fragen uns immer aus, was wir über dich wissen.«

Also das waren die beiden Aes SEdai. Er kannte Verin, eine Braune Schwester, mehr als nur flüchtig. Er wußte allerdings nicht, was er von ihrer Anwesenheit in Caemlin halten sollte. Das war aber auch kaum wesentlich. Diese Mädchen kamen von *zu Hause!* »Ist alles in Ordnung in den Zwei Flüssen? In Emondsfeld? Perrin ist gut angekommen, wie es scheint. Wartet mal! *Lord* Perrin?«

Das ließ alle Dämme brechen. Der Rest der Mädchen von den Zwei Flüssen war mehr daran interessiert, von der Seite her heimlich die Aiel zu mustern, vor allem Bael, und auch die Soldaten aus Saldaea bekamen ein paar Blicke ab, doch die Mädchen aus Emondsfeld drängten sich sämtlich um Rand, versuchten alle gleichzeitig, auf ihn einzureden, erzählten alles durcheinander, warfen dazwischen noch Fragen über ihn und Mat, über Egwene und Nynaeve ein, wobei Rand die meisten davon nicht unter einer Stunde hätte beantworten können, hätten sie ihm überhaupt eine Gelegenheit dazu gelassen.

Trollocs seien in das Gebiet der Zwei Flüsse eingedrungen, doch Lord Perrin habe sie vertrieben. Sie schnatterten derart verwirrend, alle zur gleichen Zeit, von der großen Schlacht, daß fast keine Einzelheiten zu verstehen waren, außer eben, daß eine solche stattgefunden hatte. Jeder hatte natürlich gekämpft, aber Lord Perrin hatte alle gerettet. Immer *Lord* Perrin. Jedesmal, wenn er von ihm einfach als Perrin sprach, verbesserten sie ihn so mechanisch, wie man jemanden verbessert, der statt Pferd Schaukelpferd gesagt hat.

Trotz der Gewißheit, daß die Trollocs geschlagen worden waren, zog sich Rands Brust bang zusammen. Er hatte sie all dem ausgesetzt. Wenn er hingegangen wäre, hätten sie bestimmt nicht so viele Tote gehabt, wären nicht so viele Namen unter den Gefallenen gewesen, die er kannte. Doch hätte er sich dorthin begeben, wären die Aiel jetzt nicht auf seiner Seite. Cairhien wäre nicht sein, soweit das überhaupt der Fall war, und vermutlich würde Rahvin ein vereinigtes Andor gegen ihn und die Zwei Flüsse zu Felde schicken. Für jede Entscheidung, die er traf, mußte er einen Preis bezahlen. Es gab einen Preis dafür, wer er war. Andere Menschen mußten ihn bezahlen. Er mußte sich immer wieder selbst daran erinnern, daß dieser Preis viel geringer war als der, den sie ohne ihn zahlen müßten. Das Erinnern half aber auch nicht viel.

Die Mädchen nahmen seine Miene als Ausdruck der Trauer ob der Aufzählung der Toten von den Zwei Flüssen, und so beeilten sie sich, ihm Schöneres zu berichten. Wie es schien, hatte Perrin unterdessen Faile geheiratet. Rand wünschte ihm wirklich alles Glück, fragte sich aber, wie lange jedes Glück wohl andauern mochte, das man jetzt fand. Die Mädchen hielten es jedenfalls für romantisch und wundervoll und schienen lediglich zu bedauern, daß keine Zeit für die üblichen Hochzeitsfeiern geblieben war. Sie hielten große Stücke auf Faile, bewunderten sie und beneideten sie auch ein wenig; sogar Larine.

Es waren auch Weißmäntel im Spiel gewesen, und mit ihnen war Padan Fain gekommen, der alte Händler, der jeden Frühling nach Emondsfeld gekommen war, um seine Waren feilzubieten. Die Mädchen schienen im unklaren darüber, ob die Weißmäntel als Freunde oder Feinde gekommen waren, aber für Rand war durch

Fains Anwesenheit alles offenkundig, sofern überhaupt ein Zweifel bestanden hatte. Fain war ein Schattenfreund, vielleicht sogar schlimmeres als ein Schattenfreund, der alles tun würde, um Rand und Mat und Perrin Schaden zuzufügen. Besonders Rand. Möglicherweise war die noch schlimmere Neuigkeit, die sie ihm mitzuteilen hatten, daß niemand wußte, ob Fain tot sei oder nicht. Auf jeden Fall waren die Weißmäntel weg, die Trollocs waren weg, und Flüchtlinge kamen über die Verschleierten Berge und brachten alle Arten von Neuem mit, von Sitten bis zu Handwerksberufen, von Pflanzen und Samen zu Kleidern und Mode. Eines der anderen Mädchen war eine Domani, zwei weitere stammten aus Tarabon und drei von der Ebene von Almoth.

»Larine hat ein Domanikleid gekauft«, erzählte die kleine Janacy lachend und verdrehte die Augen, »aber ihre Mutter hat sie gezwungen, es zu der Schneiderin zurückzubringen.« Larine hob eine Hand, überlegte es sich dann aber anders und rückte lediglich unter leichtem Schnauben ihren Zopf zurecht. Janacy kicherte.

»Wen interessieren denn schon Kleider?« rief Susa al'Seen. »Rand sind Kleider ganz gleichgültig.« Susa war ein schmächtiges, unruhiges Mädchen, immer schon leicht erregbar, und jetzt hüpfte sie beinahe auf Zehenspitzen auf und ab. »Alanna Sedai und Verin Sedai haben jede überprüft. Na ja, fast jede …«

»Cilia Cole wollte auch überprüft werden«, warf Marce Eldin, ein stämmiges Mädchen, ein. Rand konnte sich nicht sehr gut an sie erinnern, außer, daß sie ihre Nase immer in ein Buch gesteckt hatte, selbst wenn sie über die Straße ging. »Sie hat darauf bestanden! Und sie hat tatsächlich bestanden, doch dann haben sie ihr gesagt, sie sei zu alt für eine Novizin.«

Susa überging Marce einfach und fuhr fort: »… und wir haben alle bestanden …«

»Wir sind den ganzen Tag und fast die ganze Nacht von Weißbrücke hergefahren«, warf Bode ein. »Es tut so gut, eine Weile am gleichen Ort bleiben zu können.«

»Hast du Weißbrücke gesehen, Rand?« fragte Janacy, ohne darauf zu warten, ob Bode fertig war. »Die Weiße Brücke selbst?«

»... und wir gehen nach Tar Valon, um Aes Sedai zu werden!« beendete Susa ihren Satz mit einem wütenden Blick, der sowohl Bode wie auch Marce und Janacy einschloß. »In Tar Valon!«

»Wir werden nicht sofort nach Tar Valon reisen.«

Die Stimme von der Eingangstür entriß Rand die Aufmerksamkeit der Mädchen, aber die beiden Aes Sedai, die gerade eintraten, winkten nur ab, als ihre Schützlinge sie mit Fragen bestürmten. Die Aufmerksamkeit der Aes Sedai galt in diesem Moment ausschließlich Rand. Sie waren ganz unterschiedliche Frauen, trotz der verbindenden Alterslosigkeit ihrer Gesichter. So konnte man ihr Alter nicht schätzen, aber Verin war klein und mollig, hatte ein breites Gesicht und eine Spur von Grau im Haar, während die andere, und das mußte dann wohl Alanna sein, dunkel und schlank war, eine Frau mit schönem, ein wenig fuchsartigem Gesicht, ganzen Wogen schwarzen Haares und einem Funkeln in den Augen, das von einigem Temperament zeugte. Rote Ränder waren um ihre Augen zu sehen, als habe sie geweint. Rand konnte sich allerdings bei einer Aes Sedai kaum vorstellen, daß sie einmal weinte. Ihr Reitkleid war aus grauer Seide mit grünen Schrägstreifen und wirkte, als habe sie es gerade frisch angelegt, während Verins hellbraunes Kleid leicht verknittert war. Wenn Verin auch nicht soviel Wert auf ihre Kleidung legte, blickten ihre dunklen Augen doch äußerst scharf in die Welt. Ihr Blick haftete so fest an Rand wie Muscheln an einem Stein.

Zwei Männer in mattgrünen Jacken folgten ihnen in den Schankraum, der eine untersetzt und grauhaarig, der andere hochgewachsen, dunkelhaarig und gertenschlank; jeder trug ein Schwert an der Hüfte, und ihre geschmeidigen Bewegungen hätten sie auch ohne die Aes Sedai als Behüter kenntlich gemacht. Sie ignorierten Rand vollständig und beobachteten statt dessen die Aiel und die Männer aus Saldaea mit einer Reglosigkeit, die von großer Beherrschung zeugte. Was die Aiel betraf, rührten sich auch sie nicht, und doch wirkte es, als hätten sie die Schleier erhoben, sowohl die Töchter wie auch die Messerhände, und die Finger der jungen Männer Saldaeas bebten mit einem Mal in der Nähe ihrer Schwertgriffe. Nur Bael und Bashere schienen vollständig entspannt. Die Mädchen bemerkten außer den Aes Sedai überhaupt nichts, aber der fette Wirt spürte die angespannte Stimmung und rang die Hände. Zweifellos sah er vor sich einen zerstörten Schankraum, wenn nicht gar eine zerlegte Schenke.

»Es wird keine Schwierigkeiten geben«, sagte Rand laut und beherrscht zum Wirt und zu den Aiel. Zu allen, wie er hoffte. »Keine Schwierigkeiten, außer Ihr bereitet uns welche, Verin.« Mehrere der Mädchen starrten ihn mit offenem Mund an, weil er so mit einer Aes Sedai sprach, und Larine schnaubte vernehmlich.

Verin musterte ihn mit ihren vogelähnlichen Augen. »Wer sind wir denn, daß wir in Eurer Nähe Schwierigkeiten machen würden? Ihr seid weit gekommen, seit ich Euch das letzte Mal sah.«

Aus irgendeinem Grund wollte er nicht darüber sprechen. »Wenn Ihr euch entschlossen habt, nicht nach Tar Valon zu reisen, habt Ihr bestimmt davon gehört, daß die Burg in sich zerbrochen ist.« Das rief ein überraschtes Gemurmel unter den Mädchen hervor. Sie hatten ohne Zweifel noch nichts davon vernommen. Die Aes Sedai zeigten allerdings überhaupt keine Regung. »Wißt Ihr, wo sich jene aufhalten, die Elaida widerstreben?«

»Das sind Dinge, über die wir unter vier Augen sprechen sollten«, sagte Alanna gelassen. »Meister Dilham, wir benötigen Euer privates Speisezimmer.« Der Wirt überschlug sich fast, als er ihr versicherte, es stünde zu ihrer Verfügung.

Verin schritt auf eine Seitentür zu. »Hier entlang, Rand.« Alanna sah ihn an und zog fragend eine Augenbraue hoch.

Rand unterdrückte ein trockenes Grinsen. Sie waren einfach hereinmarschiert und hatten das Kommando übernommen. Wie es schien, brachten die Aes Sedai so etwas so selbstverständlich zuwege wie das Atmen. Die Mädchen von den Zwei Flüssen blickten Rand mit unterschiedlich ausgeprägtem Mitleid an. Zweifellos erwarteten sie, die Aes Sedai würden ihm die Haut abziehen, wenn er sie nicht respektvoll ansprach und dabei gerade saß. Vielleicht erwarteten auch Verin und Alanna das von ihm. Mit einer geschmeidigen Verbeugung bedeutete er Alanna voranzugehen. Also war er weit gekommen, ja? Sie hatten keine Ahnung, wie weit.

Alanna beantwortete seine Verbeugung mit einem Nicken, raffte ihren Rock hoch und glitt Verin hinterher. Doch die Probleme folgten ihnen auf dem Fuß. Die beiden Behüter wollten den Aes Sedai hinterhergehen, doch bevor sie auch nur einen Schritt getan hatten, traten ihnen zwei *Sovin Nai* mit kalten Augen in den Weg, während Sulins Finger sich flink in der Zeichensprache der Töchter bewegten und Enaila sowie eine kräftige Tochter des Speers namens Dagendra zu der Tür hinschickte, auf die beide Aes Sedai zugingen. Die Männer aus Saldaea blickten zu Bashere hinüber, der ihnen bedeutete, stehenzubleiben, aber dann sah er Rand fragend an.

Alanna gab einen mürrischen Laut von sich. »Wir

werden allein mit ihm sprechen, Ihvon.« Der schlanke Behüter runzelte die Stirn und nickte dann bedächtig.

Verin blickte zurück, wobei sie etwas überrascht wirkte, als sei sie aus tiefen Gedanken gerissen worden. »Was? Ach ja, selbstverständlich. Tomas, bleibe bitte hier.« Der grauhaarige Behüter blickte zweifelnd drein und warf Rand einen harten Blick zu, bevor er sich an die Wand neben der Eingangstür lehnte. Zumindest entspannte er sich dabei etwa so, wie sich eine geöffnete Falle entspannt. Erst dann ließ auch die Anspannung unter den Messerhänden nach, soweit Aiel sich überhaupt jemals entspannen konnten.

»Ich will alleine mit ihnen sprechen«, sagte Rand und sah dabei Sulin geradewegs an. Einen Augenblick lang glaubte er, sie werde sich widersetzen. Ihr Kinn ruckte hoch und sprach Bände, was ihre Halsstarrigkeit betraf; sie verständigte sich in der Handsprache mit Enaila und Dagendra, und dann traten die beiden zurück, wobei sie ihn anblickten und mißbilligend die Köpfe schüttelten. Wieder huschten Sulins Finger, und alle Töchter lachten plötzlich los. Er wünschte sich eine schnelle Methode, um diese Handsprache zu erlernen. Doch als er Sulin danach gefragt hatte, war sie ganz empört gewesen.

Die Mädchen von den Zwei Flüssen tauschten verwirrte Blicke, als Rand den Aes Sedai hinterherschritt, und als er die Tür hinter sich schloß, vernahm er ein lauter werdendes Gemurmel. Es war ein kleines Zimmer, aber statt der Bänke wies es immerhin auf Hochglanz polierte Stühle auf, und auf dem glänzenden Tisch und dem rankenverzierten Kaminsims standen Kerzenhalter aus Zinn. Die beiden Fenster waren geschlossen, und niemand hielt es für notwendig, eines zu öffnen. Er fragte sich, ob es einer der Aes Sedai aufgefallen sei, daß ihn die Hitze genausowenig berührte wie sie.

»Werdet Ihr sie zu den Rebellen bringen?« fragte er

geradeheraus. Mit gerunzelter Stirn glättete Verin ihren Rock. »Ihr wißt darüber entschieden mehr als wir.«

»Wir haben von den Ereignissen in der Burg erst in Weißbrücke gehört.« Alannas Tonfall war kühl, aber in ihren Augen schwelte ein Feuer, als sie ihn anblickte. »Was wißt Ihr denn von ... Rebellen?« In diesem Wort lag eine ganze Welt an Abscheu.

Also hatten sie die Gerüchte in Weißbrücke vernommen und waren augenblicklich nach Caemlyn weitergereist, wobei sie alles von den Mädchen fernhielten. Und den Reaktionen Bodes und der anderen nach zu schließen, war der Entschluß, nicht nach Tar Valon zu gehen, ganz neu. Anscheinend hatten sie heute morgen die Bestätigung für die Gerüchte erhalten. »Ich schätze, Ihr werdet mir nicht verraten, wer Euer Spion in Caemlyn ist.« Sie sahen ihn lediglich an. Verin hielt den Kopf schief, um ihn besser mustern zu können. Seltsam. Einst waren die Blicke der Aes Sedai für ihn so beunruhigend gewesen, hatten so würdevoll gewirkt, gleich, was geschehen war, und so wissend. Doch mittlerweile drehte es ihm nicht mehr den Magen um, wenn ihm eine oder sogar zwei Aes Sedai in die Augen blickten. *Stolz,* lacht Lews Therin wie irre, und Rand unterdrückte eine Grimasse. »Man hat mir berichtet, daß es Rebellen gebe. Ihr habt nicht abgestritten, zu wissen, wo sie sich befinden. Ich hege keinen Groll gegen sie; ganz im Gegenteil. Ich habe Grund zu der Annahme, daß sie mich unterstützen werden.« Er hielt mit dem eigentlichen Grund noch hinter dem Berg, warum er das von ihnen wissen wollte. Vielleicht hatte Bashere recht, vielleicht benötigte er die Unterstützung der Aes Sedai, aber vor allem wollte er mehr über sie erfahren, weil Elayne sich bei ihnen aufhielt. Er brauchte Elayne, um Andor ohne Gewaltanwendung für sich zu gewinnen. Das war der einzige Grund, warum er sie sehen wollte.

Der einzige. Für sie war er genauso gefährlich wie für Aviendha. »Aus Liebe zum Licht: Wenn Ihr wißt, wo sie sich befinden, sagt es mir.«

»Wenn wir es wüßten«, erwiderte Alanna, »hätten wir kein Recht dazu, es irgend jemandem zu erzählen. Sollten sie sich dazu entschließen, Euch zu unterstützen, könnt Ihr sicher sein, daß sie Euch aufsuchen werden.«

»Wann sie es wünschen«, sagte Verin, »nicht, wann Ihr es wünscht.«

Er lächelte grimmig. Er hätte genau das erwarten sollen, nicht mehr und nicht weniger. Er hatte Moiraines Rat noch sehr deutlich im Kopf. Am Tage ihres Todes hatte sie ihm geraten, keiner Frau mit der Stola zu trauen.

»Ist Mat bei Euch?« fragte Alanna, als sei das nun das Allerwichtigste, was sie im Sinn hatte.

»Wenn ich wüßte, wo er sich aufhält, warum sollte ich das Euch auf die Nase binden? Wie Ihr mir, so …« Sie schienen das nicht für lustig zu halten.

»Es ist töricht, uns als Feinde zu betrachten«, murmelte Alanna und trat zu ihm vor. »Ihr wirkt müde. Bekommt Ihr auch genug Schlaf?« Er trat vor ihrer erhobenen Hand zurück, und sie hielt inne. »Wie Ihr selbst, Rand, meine auch ich es nicht böse. Nichts, was ich hier mache, wird Euch verletzen.«

Da sie es so geradeheraus gesagt hatte, mußte es wohl stimmen. Er nickte, und sie erhob ihre Hand zu seinem Kopf. Seine Haut prickelte leicht, als sie nach *Saidar* griff, und ein wohlbekanntes Wärmegefühl durchrieselte ihn. Sie untersuchte ihn wie eine Heilerin.

Alanna nickte zufrieden, und mit einem Mal wurde aus der Wärme Hitze, ein mächtiger Hitzestoß, als stehe er einen Herzschlag lang mitten in einem tosenden Schmelzofen. Auch nachdem dieses Gefühl wieder verflogen war, fühlte er sich ganz eigenartig, fühlte viel bewußter seinen eigenen Körper als jemals zuvor, und fühlte auch Alanna. Er wankte. Sein Kopf war ganz leicht, die Muskeln wie Wasser. Ein Echo aus Verwirrung und Besorgnis kam von Lews Therin her.

»Was habt Ihr getan?« wollte er wissen. Wütend griff er nach *Saidar*. Die Kraft, die ihn daraufhin durchströmte, hielt ihn aufrecht. »Was habt Ihr getan?«

Irgend etwas behinderte den Strom der Macht zwischen ihm und der Wahren Quelle. Sie versuchten, ihn abzuschirmen! So webte er seine eigene Abschirmung und knallte sie zwischen die beiden. Er war wirklich weit gekommen und hatte viel gelernt, seit ihn Verin zum letzten Mal gesehen hatte. Verin taumelte und stützte sich mit einer Hand auf dem Tisch ab, während Alanna aufstöhnte, als habe er sie geschlagen.

»Was habt Ihr getan?« Selbst so tief im Nichts geborgen, wie er es im Augenblick war, schien ihm seine Stimme zu krächzen. »Sagt es mir! Ich habe nicht versprochen, Euch nicht weh zu tun. Wenn Ihr es mir verschweigt …«

»Sie hat Euch gebunden«, sagte Verin schnell, doch ihre Würde wirkte nun angeknackst. Aber einen Augenblick später hüllte ein Mantel aus Würde sie wieder ein. »Sie hat Euch zu einem ihrer Behüter gemacht. Das ist alles.«

Alanna gewann ihre Fassung noch schneller wieder. Abgeschirmt musterte sie ihn gelassen mit verschränkten Armen, eine Andeutung von Zufriedenheit in den Augen. Zufriedenheit! »Ich sagte doch, ich würde Euch nicht verletzen, und nun habe ich Euch das Gegenteil zukommen lassen.«

Rand atmete tief und langsam durch und bemühte sich, die Ruhe zurückzugewinnen. Er war wie ein Welpe in die Falle getapst. Zorn krallte über die Oberfläche des Nichts. Ruhe. Er mußte Ruhe bewahren.

Einer ihrer Behüter. Also war sie eine Grüne. Nicht, daß dies einen Unterschied machte. Er wußte nicht viel von den Behütern, und ganz gewiß nicht, wie man das Band zerbrechen konnte oder ob das überhaupt möglich sei. Alles, was Rand von Lews Therin vernahm, war ein Gefühl der Betäubung. Nicht zum ersten Mal wünschte sich Rand, Lan wäre nicht weggeritten, nachdem Moiraine gestorben war.

»Ihr sagtet, Ihr würdet nicht nach Tar Valon ziehen. In diesem Fall – und da Ihr nicht zu wissen scheint, ob Ihr wißt, wo sich die Rebellen befinden – könnt Ihr hier in Caemlyn bleiben.« Alanna öffnete den Mund, aber er kam ihr zuvor: »Seid dankbar, wenn ich mich nicht entschließe, die Abschirmungen abzubinden und Euch so zu hinterlassen!« Das traf sie wirklich. Verins Mund straffte sich, und Alannas Augen glühten wie dieser Ofen, den er gespürt hatte. »Allerdings werdet Ihr euch von mir fernhalten. Ihr beide. Außer wenn ich nach Euch schicke, ist die Innenstadt für Euch gesperrt. Wenn Ihr versucht, diese Vorschrift zu brechen, *werde* ich Euch abgeschirmt zurücklassen, und noch dazu in einer Zelle. Verstehen wir uns?«

»Perfekt.« Trotz ihrer glühenden Augen klang Alannas Stimme eisig. Verin nickte lediglich.

Rand stieß die Tür auf und blieb stehen. Er hatte die Mädchen von den Zwei Flüssen vergessen. Einige unterhielten sich mit den Töchtern, während andere sie nur beobachteten und miteinander über ihrem Tee flüsterten. Bode und eine Handvoll der Emondsfelder fragten Bashere aus, der einen Zinnkrug in der Hand hielt und einen Fuß auf eine Bank gestellt hatte. Sie wirkten halb amüsiert und halb verdattert. Als die Tür aufschlug, rissen sie die Köpfe herum.

»Rand«, rief Bode, »dieser Mann behauptet schreckliche Dinge von dir!«

»Er sagt, du wärst der Wiedergeborene Drache«,

sprudelte Larine heraus. Die übrigen Mädchen im Schankraum hatten offensichtlich noch nichts vernommen und schnappten bei ihren Worten nach Luft.

»Das stimmt«, sagte Rand müde.

Larine schnaubte und verschränkte die Arme unter dem Busen. »Sobald ich diese Jacke gesehen hatte, wußte ich, daß du dir einen gewaltig geschwollenen Kopf zugelegt hast. Und dann auch noch so mit einer Aes Sedai wegzurennen! Es war mir klar, als du so respektlos mit Alanna Sedai und Verin Sedai gesprochen hast. Aber was ich nicht wußte, war, daß du ein solch blinder Narr geworden bist!«

Bodes Lachen klang eher entsetzt als amüsiert. »Solche Sachen solltest du nicht mal im Scherz sagen, Rand. Tam hat dich doch wohl besser erzogen. Du bist Rand al'Thor. Jetzt hör mit diesem Quatsch auf!«

Rand al'Thor. So hieß er wohl, aber er wußte kaum mehr, wer er war. Tam al'Thor hatte ihn aufgezogen, doch sein wirklicher Vater war ein Aielhäuptling gewesen, der schon lange nicht mehr am Leben war. Seine Mutter war eine Tochter des Speers gewesen, aber keine Aielfrau. Und das war auch schon so ziemlich alles, was er von seiner Herkunft wußte.

Saidin erfüllte ihn nach wie vor. Sanft hüllte er Bode und Larine in Stränge aus Luft und hob sie an, bis ihre Schuhe einen Fuß hoch über dem Boden baumelten. »Ich bin der Wiedergeborene Drache. Es zu leugnen, würde nichts ändern. Wunschdenken vermag nichts daran ändern. Ich bin nicht mehr der Mann, den ihr aus Emondsfeld kennt. Versteht ihr jetzt?« Ihm wurde bewußt, daß er sie anschrie, und so klappte er den Mund zu. Sein Magen fühlte sich wie Blei an, und er zitterte. Warum hatte Alanna so etwas getan? Welche neue Aes-Sedai-Intrige schlummerte hinter diesem hübschen Gesicht? Vertraue keiner von ihnen, hatte Moiraine gesagt.

Eine Hand berührte seinen Arm, und sein Kopf fuhr herum.

»Bitte laßt sie herunter«, sagte Alanna. »Bitte. Sie fürchten sich.«

Es war mehr als nur bloße Furcht. Aus Larines Gesicht schien alles Blut gewichen zu sein und ihr Mund stand so weit offen, wie es nur ging, als wolle sie schreien und habe vergessen, wie. Bode schluchzte so sehr, daß sie am ganzen Körper bebte. Sie waren nicht die einzigen. Der Rest der Mädchen von den Zwei Flüssen drückte sich so weit wie möglich von ihm entfernt aneinander, und die meisten von ihnen weinten ebenfalls. Auch die Serviererinnen befanden sich in dieser eng gedrängten Gruppe, und sie weinten genauso heftig wie alle dort. Der Wirt war auf die Knie niedergesunken, brachte nur erstickte Laute hervor, und seine Augen quollen heraus.

Rand ließ die beiden Mädchen heruntersinken, und dann ließ er hastig *Saidin* fahren. »Es tut mir leid. Ich wollte euch nicht erschrecken.« Sobald sie sich rühren konnten, flohen Bode und Larine zu den anderen Mädchen und in deren tröstende Umarmung. »Bode? Larine? Es tut mir leid. Ich werde euch nichts tun, das verspreche ich.« Sie sahen ihn nicht an. Keine von ihnen. Sulin allerdings blickte ihn an, und auch die anderen Töchter. Ihre Mienen waren nichtssagend, ihre Blicke jedoch mißbilligend.

»Was geschehen ist, ist geschehen«, sagte Bashere und stellte seinen Krug ab. »Wer weiß? Vielleicht war es gut so.«

Rand nickte bedächtig. Gut möglich. Am besten hielten sie sich von ihm fern. Es war besser für sie. Er wünschte sich nur, er hätte noch eine Weile länger über ihre Heimat sprechen können. Noch eine Weile, in der sie ihn nur als Rand al'Thor angesehen hätten. Seine Knie zitterten noch immer von Alannas Prozedur her, aber sobald er sich in Bewegung gesetzt hatte, blieb er nicht stehen, bis er sich schließlich auf Jeade'ens Sattel schwang. Es war am besten, daß sie sich vor ihm fürchteten. Am besten, daß er die Zwei Flüsse vergaß. Er fragte sich, ob dieser Berg auch einmal leichter werde, oder ob sein Gewicht weiter zunahm.

KAPITEL 3

Lehrende und Lernende

Kaum war Rand aus der Tür, als Verin langgezogen ausatmete. Sie hatte die Luft angehalten. Einst hatte sie Siuan und Moiraine gegenüber betont, wie gefährlich er sei. Keine von beiden hatte auf sie gehört, und nun, nachdem wenig mehr als ein Jahr vorüber war, war Siuan einer Dämpfung unterzogen und möglicherweise tot, während Moiraine ... Auf den Straßen hörte man pausenlos Gerüchte über den Aufenthalt des Wiedergeborenen Drachen im Königlichen Palast, das meiste davon völlig unglaublich, und von den glaubhaften erwähnte keines eine Aes Sedai. Moiraine hatte vielleicht geplant, ihn glauben zu machen, er habe Entscheidungsfreiheit und könne seinen eigenen Weg gehen, doch sie würde ihm nie gestatten, sich allzu weit von ihr zu entfernen, erst recht nicht jetzt, da er zu solcher Machtfülle aufgestiegen war. Nicht jetzt, da die Gefahr, die er darstellte, derart groß geworden war. Hatte Rand sie ebenfalls bestürmt, doch heftiger als gerade eben bei ihnen? Er war gealtert, seit sie ihn zuletzt gesehen hatte, und sein Gesicht zeigte die Härte vieler Kämpfe. Das Licht wußte, daß es wirklich genug Gründe dafür gab, aber konnte es nicht auch gleichzeitig an seinem Kampf um die geistige Gesundheit liegen?

Moiraine war tot, Siuan tot, die Weiße Burg gespalten, und Rand wahrscheinlich dem Wahnsinn nahe. Verin schnalzte gereizt mit der Zunge. Ging man Risiken ein, konnte es sein, daß die Rechnung dafür eingelöst werden mußte, wenn man es am wenigsten erwartete, und in einer Art, die man ebenfalls nicht erwartete. Beinahe siebzig Jahre aufwendiger Vorarbeiten auf ihrer Seite, und nun war das alles eines jungen Mannes wegen in Frage gestellt. Trotzdem; sie hatte zu lange gelebt, zuviel durchgemacht, um sich der Verzweiflung einfach hinzugeben.

Alles der Reihe nach; kümmere dich um die Dinge, die jetzt erledigt werden können, und mache dir nicht zu viele Gedanken über Sachen, die vielleicht niemals geschehen werden. Diese Lehre hatte sie in ihrem Leben öfters befolgt, und sie hatte sich das zu Herzen genommen.

Das wichtigste war, zunächst einmal die jungen Frauen zu beruhigen. Sie drückten sich noch immer wie eine Herde von Schafen aneinander, weinten, klammerten sich fest und verbargen die Gesichter. Sie verstand das recht gut. Für sie war es nicht das erste Mal, daß sie einem Mann gegenübergestanden hatte, der die Macht gebrauchen konnte, und der noch dazu der Wiedergeborene Drache selbst war, und trotzdem hatte sie ein Gefühl im Magen, als befinde sie sich auf einem Schiff bei schwerem Seegang. Sie redete beruhigend auf die Mädchen ein, tätschelte hier eine Schulter, strich dort über das Haar und bemühte sich, ihre Stimme mütterlich klingen zu lassen. Ihnen erst einmal beizubringen, daß Rand weg war, was in den meisten Fällen auch bedeutete, daß sie die Augen wieder öffneten, tat viel dazu, sie einigermaßen zu beruhigen. Wenigstens hörte das Schluchzen auf. Aber Janacy verlangte andauernd mit durchdringender Stimme, man solle ihr erklären, daß Rand gelogen habe, daß alles ein Trick gewesen sei, während Bodewhin genauso schrill forderte, man solle ihren Bruder suchen und retten. Verin hätte auch viel dafür gegeben, zu wissen, wo sich Mat befand. Und Larine sprudelte heraus, sie sollten sofort Caemlyn verlassen, auf dem Fuße.

Verin zog eine der Serviererinnen zur Seite. Die

Frau mit dem Durchschnittsgesicht war mindestens zwanzig Jahre älter als die Mädchen von den Zwei Flüssen, doch auch sie hatte die Augen weit aufgerissen, wischte sich mit dem Schürzenzipfel Tränen vom Gesicht und bebte noch immer. Nachdem sie die Frau nach ihrem Namen gefragt hatte, sagte Verin: »Bringt ihnen allen schönen, frisch gebrühten Tee, Azril, heiß und mit viel Honig, und kippt ein wenig Brandy hinein.« Sie musterte die jüngere Frau einen Moment lang nachdenklich und fügte dann hinzu: »Mehr als nur ein wenig. Ein ordentlicher Schuß für jede.« Das sollte helfen, ihre Nerven zu beruhigen. »Ihr und die anderen Bedienungen könnt Euch auch etwas einschenken.« Azril schniefte, blinzelte und wischte sich übers Gesicht, doch sie knickste, denn an ihre Pflichten erinnert zu werden, schien ihren Tränenfluß einzudämmen, wenn nicht gar ihre Angst.

»Bringt ihnen den Tee auf die Zimmer«, sagte Alanna, und Verin nickte zustimmend. Ein bißchen Schlaf würde Wunder bewirken. Sie waren erst vor wenigen Stunden aufgestanden, aber die Anstrengung der Reise und noch dazu der Brandy würden dafür sorgen, daß sie schlafen konnten.

Der Auftrag löste Proteste aus.

»Wir können uns nicht hier verstecken«, brachte Larine zwischen Schniefen und Schluckauf heraus. »Wir müssen jetzt weg! Jetzt! Er wird uns umbringen!«

Bodewhins Wangen glitzerten feucht, doch ihr Gesicht hatte einen entschlossenen Ausdruck angenommen. Diese für die Bewohner der Zwei Flüsse typische Sturheit würde noch mehr als eine der jungen Frauen in Schwierigkeiten bringen. »Wir müssen Mat finden. Wir können ihn nicht bei einem Mann lassen … bei einem Mann, der … Das können wir nicht! Selbst wenn es Rand ist, können wir das nicht!«

»Ich will Caemlyn sehen«, quiekte Janacy, obwohl sie noch immer zitterte.

Nun mischte sich auch der Rest in die Debatte ein. Eine Handvoll unterstützten trotz aller Angst mit leicht zittrigen Stimmen Janacys Wunsch, die Mehrheit verlangte jedoch leidenschaftlich die sofortige Abreise. Eine der jungen Frauen aus Wachhügel, ein großes, hübsches Mädchen namens Elle mit recht hellen Haaren für die Zwei Flüsse, begann wieder aus voller Kehle zu heulen.

Verin mußte sich zurückhalten, um nicht der ganzen Bande Ohrfeigen zu verpassen. Den Jüngsten konnte sie natürlich keinen Vorwurf machen, aber Larine und Elle und die anderen, die bereits ihr Haar zu Zöpfen geflochten trugen, waren doch angeblich schon Frauen. Die meisten waren nicht einmal berührt worden, und die Gefahr war längst vorbei. Andererseits waren sie alle müde. Rands Besuch war wie ein Schock gekommen, und höchstwahrscheinlich würden sie so etwas in der nahen Zukunft noch oft erleben, also beherrschte sie sich.

Alanna beherrschte sich dagegen nicht. Selbst unter den Grünen war sie als reines Quecksilber verrufen, und in letzter Zeit war es mit ihrem Temperament noch schlimmer geworden. »Ihr begebt Euch jetzt sofort auf Eure Zimmer«, sagte sie kühl, doch nur ihre Stimme strahlte diese Kühle aus. Verin seufzte, als die andere Aes Sedai ein Trugbild aus Luft und Feuer verwob. Überall im Raum wurde nach Luft geschnappt, und die weit aufgerissenen Augen quollen noch zusätzlich heraus. Eigentlich war das überflüssig, doch die guten Manieren verboten es Verin, öffentlich einer anderen Schwester ins Handwerk zu pfuschen, und zudem empfand sie es als Erleichterung, daß Elles Heulen mit einem Mal abbrach. Auch ihre eigenen Nerven lagen blank. Natürlich konnten diese unausgebildeten jungen Frauen die Stränge der Macht nicht sehen. Ihnen mußte es erscheinen, als wachse Alanna bei jedem Wort. Auch ihre Stimme schwoll mit an, obwohl der Tonfall der gleiche blieb, und nun dröhnte sie, wie es ihrer augenblicklichen Größe entsprach: »Ihr werdet alle Novizinnen werden, und die erste Lektion, die eine Novizin zu lernen hat, ist die, einer Aes Sedai zu gehorchen. Augenblicklich. Ohne Euch zu beklagen oder Ausflüchte zu gebrauchen.« Alanna stand unverändert mitten im Schankraum – für Verin zumindest – aber der Kopf des Trugbilds berührte die Deckenbalken. »Jetzt rennt! Wer sich nicht in seinem Zimmer befindet, wenn ich bis fünf gezählt habe, wird das bis zum Tag seines Todes bereuen. Eins. Zwei ...« Bevor sie zur Drei kam, gab es ein irres, quiekendes Gedränge am Fuß der Treppe ganz hinten im Raum. Es war ein Wunder, daß keine niedergetrampelt wurde.

Alanna mußte gar nicht erst über die Vier hinauszählen. Als die letzten der Mädchen von den Zwei Flüssen nach oben verschwanden, ließ sie *Saidar* fahren; das Trugbild verschwand, und sie nickte kurz und befriedigt. Verin nahm an, jetzt müsse man sogar beachtliche Überredungskünste aufwenden, um eine von ihnen dazu zu bringen, auch nur einen Blick aus ihrem Zimmer zu werfen. Vielleicht war das auch gut so. Bei der Lage der Dinge wollte sie nicht, daß sich eine hinausschlich, um Caemlyn zu erkunden.

Selbstverständlich hatte Alanna auch darüber hinaus noch Wirkung hinterlassen. Es war notwendig, die Serviererinnen unter den Tischen hervorzulocken, wo sie sich versteckt hatten, und einer Frau, die beim Versuch, bis zur Küche zu kriechen, zusammengeklappt war, mußten sie wieder auf die Beine helfen. Sie gaben keinen Laut von sich und zitterten lediglich wie Blätter im Sturm. Verin mußte jede erst ein wenig anschubsen, damit sie sich in Bewegung setzten, und ihren Befehl in bezug auf den Brandy wiederholte sie dreimal, bis Azril aufhörte, sie anzustarren, als wachse ihr ein zweiter Kopf aus den Schultern. Dem Wirt war die Kinnlade fast bis auf die Brust heruntergeklappt, und die Augen fielen ihm beinahe aus dem Kopf. Verin sah zu Tomas hinüber und deutete auf den wankenden Mann.

Tomas warf ihr einen sarkastischen Blick zu – das tat er immer, wenn sie ihn irgendwelche niederen Arbeiten erledigen ließ, doch er stellte ihre Befehle nur selten in Frage –, dann legte er einen Arm um Meister Dilhams Schultern und schlug in jovialem Tonfall vor, gemeinsam ein paar Krüge seines besten Weines zu leeren. Ein guter Mann, dieser Tomas, und er konnte ganz überraschende Dinge vollbringen. Ihvon hatte sich hingesetzt, an eine Wand gelehnt und die Beine auf einen Tisch gelegt. Er brachte es fertig, gleichzeitig den Eingang von der Straße her und auch Alanna im Auge zu behalten. Alanna beobachtete er mit äußerster Vorsicht. Er behandelte sie noch fürsorglicher, seit Owein, ihr anderer Behüter, im Gebiet der Zwei Flüsse ums Leben gekommen war, und klugerweise auch mehr als nur vorsichtig, was ihre Launen betraf, auch wenn sie diese meist besser im Griff hatte als heute. Alanna selbst zeigte kein Interesse daran, das Durcheinander mit den anderen zu bereinigen, das sie angerichtet hatte. Sie stand in der Mitte des Schankraums, hatte die Arme verschränkt und blickte ins Leere. Jedem anderen als einer Aes Sedai mußte sie wie die Gestalt gewordene Würde vorkommen. Verin jedoch kam Alanna wie eine Frau vor, die kurz vor einem Wutausbruch stand.

Verin berührte ihren Arm. »Wir müssen uns unterhalten.« Alanna sah sie mit einem undurchschaubaren Blick an und glitt dann wortlos in Richtung des privaten Speisezimmers.

Hinter sich hörte Verin Meister Dilham mit zittriger Stimme sagen: »Glaubt Ihr, ich kann damit werben, daß der Wiedergeborene Drache Gast in meiner Schenke war? Er war schließlich da.« Einen kurzen

Moment lächelte sie. Er würde also darüber hinwegkommen. Ihr Lächeln verflog jedoch, als sie die Tür hinter sich und Alanna schloß. Nun waren sie unter vier Augen.

Alanna tigerte bereits in dem kleinen Raum umher. Die Seide ihres Hosenrocks verursachte beim Ausschreiten ein Geräusch, als gleite ein Schwert aus der Scheide. Nun strömte ihre Miene keinerlei Würde mehr aus. »Die Frechheit dieses Mannes! Diese unglaubliche Frechheit! Uns hier einzusperren! Unsere Bewegungsfreiheit einzuschränken!«

Verin beobachtete sie ein paar Augenblicke lang, bevor sie etwas dazu sagte. Sie hatte zehn Jahre lang gebraucht, um über Balinors Tod hinwegzukommen und Ihvon an sich zu binden. Alanna war aufgewühlt gewesen, seit Owein gestorben war, und sie hatte alles viel zu lange nur in sich hineingefressen. Die paar Mal, die sie sich seit der Abreise von den Zwei Flüssen heimlich ausgeweint hatte, waren bei weitem nicht ausreichend gewesen. »Ich denke schon, daß er uns mit Wachen am Tor von der Innenstadt fernhalten kann, aber in Caemlyn festhalten kann er uns nicht.«

Das brachte ihr den vernichtenden Blick ein, den sie erwartet hatte. Sie könnten ohne große Schwierigkeiten abreisen – soviel Rand auch dazugelernt haben mochte, war die Wahrscheinlichkeit doch gering, daß er auf die Technik der Wachgewebe gestoßen war – aber das würde bedeuten, daß sie die Mädchen von den Zwei Flüssen zurücklassen müßten. Keine Aes Sedai hatte einen solchen Schatz wie den in den Zwei Flüssen gefunden, seit … Verin konnte sich gar nicht vorstellen, wie lange das her sein mußte. Möglicherweise nicht mehr seit den Trollockriegen. Sogar junge Frauen von achtzehn Jahren – und da hatten sie die Grenze gesetzt – fanden es oftmals unerträglich, die Einschränkungen auf sich zu nehmen, die eine Novizin erdulden mußte, doch hätten sie diese Grenze auch nur um fünf Jahre hinausgeschoben, wären es bestimmt doppelt so viele geworden, wenn nicht mehr. Bei fünf dieser Mädchen – fünf! – war das Talent angeboren, Mats Schwester und Elle und die junge Janacy eingeschlossen, und sie würden irgendwann die Macht benützen, ob man es ihnen nun beibrachte oder nicht, und dann würden sie auch sehr stark werden. Sie und Alanna hatten alle diese Talente aufgespürt, und zwei weitere hatten sie noch zurückgelassen, um sie in einem Jahr abzuholen, wenn sie alt genug waren, um von zu Hause wegzugehen. Das war ohne weiteres möglich, denn die angeborenen Fähigkeiten zeigten sich für gewöhnlich erst, wenn die Mädchen etwa fünfzehn waren. Doch die anderen gaben bereits zu höchsten Erwartungen Anlaß, und zwar alle von ihnen. Die Zwei Flüsse stellten in dieser Hinsicht die reinste Goldader dar.

Jetzt, da sie die Aufmerksamkeit der anderen Frau erregt hatte, wechselte Verin das Thema. Sie hatte gewiß nicht die Absicht, diese jungen Frauen im Stich zu lassen. Genausowenig beabsichtigte sie, sich noch einmal weiter von Rand zu entfernen als unbedingt notwendig. »Glaubst du, daß er recht hat hinsichtlich der Rebellen?«

Alannas Hände verkrampften sich einen Augenblick lang in ihren Rock. »Die bloße Möglichkeit stößt mich ab! Sind wir wirklich so tief gesunken …?« Sie ließ die Worte verklingen, die ohnehin so hoffnungslos geklungen hatten. Die Schultern hingen ihr herunter. Tränen standen ihr in den Augen, und sie konnte sie nur mit Mühe zurückhalten.

Nun, da der Zorn der anderen Frau verraucht war, mußte ihr Verin einige Fragen stellen, bevor die Erregung zurückkehrte. »Besteht irgendeine Aussicht, daß deine Metzgersfrau dir mehr darüber berichten kann, was sich in Tar Valon abgespielt hat, falls du ein wenig nachbohrst?« Die Frau war keine private Agentin

Alannas, sondern eine der Grünen Ajah, auf die sie nur gestoßen waren, weil sie über ihrer Ladentür eine Art von geheimem Notsignal aufgehängt hatte. Nicht, daß Alanna Verin darüber aufgeklärt hätte, welcher Art dieses Signal gewesen war – das versteht sich von selbst. Verin hätte ihr auch kein Geheimzeichen der Braunen verraten.

»Nein. Sie weiß nicht mehr als die Botschaft, die sie mir übermittelte, und dabei hatte sie vor Angst einen so trockenen Mund, daß sie die Worte kaum herausbrachte. Alle loyalen Aes Sedai sollen zur Burg zurückkehren. Alles wird ihnen vergeben.« Zumindest dem Sinn nach war das alles gewesen. Zorn blitzte kurz in Alannas Augen auf, doch nur einen Augenblick lang und nicht so stark wie zuvor. »Wenn nicht all diese Gerüchte wären, hätte ich dich niemals wissen lassen, wer sie ist.« Das und ihre aufgewühlten Gefühle. Wenigstens hatte sie mit dem Herumtigern aufgehört.

»Ich weiß«, sagte Verin und setzte sich an den Tisch. »Ich werde die Vertraulichkeit auch respektieren. Aber gib es zu: Diese Botschaft bestätigt die Gerüchte. Die Burg ist gespalten. Höchstwahrscheinlich gibt es wirklich irgendwo Rebellen. Die Frage ist nur: Wie verhalten wir uns jetzt?«

Alanna blickte sie an, als sei sie verrückt geworden. Kein Wunder. Siuan mußte vom Burgsaal abgesetzt worden sein, ganz den Gesetzen der Burg entsprechend. Schon die bloße Vorstellung, sich gegen die Burg zu wenden, war undenkbar. Aber auch der Gedanke, daß die Burg in sich gespalten sei, war unvorstellbar gewesen.

»Wenn du jetzt keine Antwort darauf findest, denke einfach darüber nach. Und auch über folgendes: Siuan Sanche hatte einen großen Anteil daran, daß wir den jungen al'Thor gefunden haben.« Alanna öffnete den Mund – höchstwahrscheinlich, um Verin zu fragen, woher sie das wisse und ob auch sie Teil dieses Plans gewesen sei – doch Verin ließ ihr keine Möglichkeit dazu. »Man müßte schon geistig zurückgeblieben sein, um nicht zu merken, daß dieser Plan zumindest teilweise zu ihrem Sturz geführt hat. Zufälle dieses Ausmaßes gibt es nicht. Also überlege dir, wie Elaida wohl Rand sieht. Denke daran, daß sie eine Rote war. Und bevor du nachdenkst, beantworte mir erst einmal eine Frage: Was hattest du vor, als du ihn als Behüter an dich gebunden hast?«

Diese Frage hätte Alanna nicht überraschen sollen, tat es aber doch. Sie zog einen Stuhl heran und setzte sich. Bevor sie antwortete, zupfte sie noch ihren Rock zurecht. »Es war einfach logisch, wo er doch schon vor uns stand. Man hätte das schon lange machen sollen. Du konntest wohl nicht – oder wolltest du nicht?« Wie die meisten Grünen amüsierte sie sich über die Weigerung der Mitglieder anderer Ajahs, mehr als einen Behüter pro Schwester zuzulassen. Was die Grünen von den Roten hielten, die gar keine hatten, sagten sie lieber nicht laut. »Man hätte sie alle bei der ersten Gelegenheit binden sollen. Sie sind viel zu wichtig, um frei herumzulaufen, und er mehr als alle anderen.« Mit einem Mal liefen ihre Wangen rot an. Es würde noch eine ganze Weile dauern, bis sie ihre Gefühle wieder im Griff hatte.

Verin wußte, was hinter dem Erröten steckte. Alanna hatte etwas zu freimütig geplaudert. Sie hatten Perrin schließlich wochenlang vor der Nase gehabt, als sie in den Zwei Flüssen junge Frauen auf das Talent überprüften, doch was das betraf, ihn als Behüter zu binden, hatte sich Alanna ausgeschwiegen. Der Grund lag in einer hitzig ausgesprochenen Drohung Failes – außerhalb Perrins Hörweite selbstverständlich: Falls Alanna so etwas mache, werde sie die Zwei Flüsse nicht mehr lebend verlassen. Hätte Faile mehr über die Verbindung zwischen Aes Sedai und Behüter gewußt, wäre die Drohung wirkungslos geblieben, aber vor allem ihre Ahnungslosigkeit hatte Alanna zurückgehalten. Wahrscheinlich war es der schlechte Zustand ihrer Nerven gewesen, der zu ihrer Handlungsweise geführt hatte – Rand nicht nur an sich zu binden, sondern das auch noch gegen seinen Willen. So etwas war seit Hunderten von Jahren nicht mehr vorgekommen.

Tja, dachte Verin trocken, *ich habe in meinem Leben auch so manches ungeschriebene Gesetz übertreten.* »Logisch?« fragte sie und lächelte, um ihren Worten den Biß zu nehmen. »Du klingst wie eine Weiße. Na ja. Jetzt hast du ihn am Hals. Was wirst du nun mit ihm machen? Bedenke, wie er uns behandelt hat. Das erinnert mich an eine Bettkantengeschichte aus meiner Kindheit. Da ging es um eine Frau, die einem Löwen Sattel und Zaumzeug angelegt hat. Sie hat den Ritt sehr genossen, aber dann wurde ihr klar, daß sie weder absteigen noch schlafen durfte.«

Schaudernd rieb sich Alanna die Arme. »Ich kann noch immer nicht glauben, daß er so stark ist. Hätten wir uns nur früher verknüpft. Und ich versuchte doch … Ich habe es nicht geschafft … Er ist so stark!«

Verin konnte gerade noch ein Schaudern unterdrücken. Sie hätten sich gar nicht früher verknüpfen können, außer Alanna meinte damit, sie hätten sich verknüpfen sollen, bevor sie ihn als Behüter an sich band. Verin war sich des möglichen Resultats nicht sicher. Auf jeden Fall hatte es in letzter Zeit eine ganze Reihe äußerst besorgniserregender Erlebnisse gegeben, angefangen mit ihrer Entdeckung, daß sie ihn nicht von der Wahren Quelle abschneiden konnten, bis hin zu der beinahe verächtlich erscheinenden Leichtigkeit, mit der er *sie* abgeschirmt hatte, wobei er ihre Nabelschnüre zu *Saidar* wie dünne Fäden zerrissen hatte. Bei beiden zugleich. Bemerkenswert. Wie viele würde man benötigen, um ihn abzuschirmen und zu fesseln? Alle dreizehn? Das war wohl nur eine Tradition, aber bei ihm mochte es zur Notwendigkeit werden. Wie auch immer, dieses Problem mußten sie ein andermal lösen. »Und dann ist da noch die Sache mit seiner Amnestie.«

Alannas Augen weiteten sich. »Das glaubst du doch sicher nicht! Bei jedem falschen Drachen gab es Gerüchte, er versammle Männer um sich, die mit der Macht umgehen können, aber die stimmten genausowenig. Sie wollten Macht an sich reißen und sie nicht mit anderen Männern teilen!«

»Er ist aber kein falscher Drache«, sagte Verin leise, »und das ändert alles. Wenn ein Gerücht stimmt, dann kann auch an einem anderen etwas dran sein, und die Amnestie war doch in aller Munde, seit wir Weißbrücke verließen.«

»Selbst wenn es stimmt, hat sich vielleicht niemand gemeldet. Kein anständiger Mann will etwas mit der Macht zu tun haben. Wenn mehr als eine Handvoll das jemals wünschte, hätten wir jede Woche einen falschen Drachen gehabt.«

»Er ist ein *Ta'veren*, Alanna. Er zieht das an, was er benötigt.«

Alannas Kiefer bewegte sich, und ihre Hände auf dem Tisch hatte sie nun zu Fäusten geballt. Die Knöchel färbten sich vor Verkrampfung weiß. Jedes bißchen der sonst so typischen Beherrschung einer Aes Sedai war verflogen, und sie zitterte sichtlich. »Wir können nicht zulassen … Männer, die die Macht benützen und auf die Welt losgelassen werden? Falls das stimmt, müssen wir es verhindern!« Sie war nahe daran, wieder aufzuspringen, und ihre Augen blitzten.

»Bevor wir eine Entscheidung treffen, was im Hinblick darauf zu tun ist«, sagte Verin gelassen, »müssen wir erst in Erfahrung bringen, wo er sie untergebracht hat. Der Königliche Palast erscheint mir am wahrscheinlichsten, aber es mag schwierig sein, das herauszufinden, wenn uns die Innenstadt versperrt ist. Also schlage ich folgendes vor …« Alanna beugte sich aufmerksam vor.

Es gab eine ganze Menge zu planen, aber das meiste hatte bis später Zeit. Etliche Fragen mußten beantwortet werden; später. War Moiraine tot, und falls ja, wie war sie ums Leben gekommen? Gab es die Rebellen, und welche Haltung sollten Verin und Alanna ihnen gegenüber einnehmen? Sollten sie versuchen, Rand Elaida auszuliefern oder diesen Rebellen? Wo befanden sie sich? Das Wissen darum wäre wertvoll, ganz gleich, wie die anderen Antworten ausfallen würden. Wie sollten sie diese so leicht zerreißbare Leine benützen, an die Alanna Rand gelegt hatte? Sollte eine von ihnen oder auch beide versuchen, den Platz Moiraines einzunehmen? Zum ersten Mal, seit Alanna ihren Schmerz über Oweins Tod so deutlich an die Oberfläche hatte treten lassen, war Verin froh darüber, daß sie sich so lange zurückgehalten hatte, daß sie sich jetzt kaum noch beherrschen konnte und damit auch so leicht zu beeinflussen war. Jetzt würde sich Alanna eher ihrer Führung anvertrauen, und Verin wußte sehr genau, wie die Antworten auf einige der im Raum liegenden Fragen aussehen würden. Sie glaubte nicht, daß diese Antworten Alanna gefallen würden. Am besten, wenn sie nichts davon erfuhr, bis es ohnehin zu spät war, um etwas daran zu ändern.

Rand ritt im Galopp zum Palast, so schnell, daß er selbst die rennenden Aiel hinter sich zurückließ. Er beachtete ihre Rufe nicht, und auch nicht die wütend geschwungenen Fäuste der Menschen, die gerade noch vor Jeade'ens Hufen zur Seite springen konnten. Hinter sich ließ er umgekippte Sänften und Kutschen zurück, deren Räder sich in denen von Marktkarren verkeilt hatten. Bashere und seine Soldaten aus Saldaea konnten auf ihren kleineren Pferden kaum mithalten. Er wußte selbst nicht, warum er sich so beeilte. Die Neuigkeiten, die er mitbrachte, waren nicht derart dringlich. Doch als das Zittern seiner Arme und Beine langsam nachließ, wurde ihm immer deutlicher bewußt, daß er nach wie vor Alannas Gegenwart spürte. Er konnte sie *fühlen*. Es war, als sei sie in seinen Kopf hineingekrochen und habe es sich dort bequem gemacht. Wenn er sie auf diese Art fühlte, konnte sie seine Anwesenheit dann auch spüren? Was sonst eigentlich? Was sonst? Er mußte ihr entkommen.

Stolz, gackerte Lews Therin in seinem Hinterkopf, und ausnahmsweise einmal bemühte sich Rand nicht, die Stimme zu unterdrücken.

Er hatte ein anderes Ziel als den Palast im Sinn, aber beim Schnellen Reisen mußte man den Ort, den man verließ, noch besser kennen als den, zu dem man reisen wollte. Am Südstall warf er einem Stallburschen mit Lederweste die Zügel seines Hengstes zu und rannte los. Seine langen Beine ließen ihn schnell einen Vorsprung vor den Männern aus Saldaea gewinnen. In den Gängen stierten die Diener überrascht hinter ihm her, und ihre Knickse und Verbeugungen erstarrten, als er an ihnen vorüberhetzte. Im Großen Saal griff er nach *Saidin,* öffnete ein Loch in der Luft und sprang beinahe hindurch auf die kleine Lichtung in der Nähe des Bauernhofs. Dort ließ er die Wahre Quelle wieder los.

Er atmete langgezogen aus und sank auf dem Teppich abgestorbener Blätter auf die Knie. Die Hitze unter dem Dach aus kahlen Ästen prügelte auf ihn ein. Er hatte schon vor einer ganzen Weile die notwendige Konzentration verloren, um die Hitze von sich abgleiten zu lassen. Er spürte immer noch ihre Gegenwart, doch hier war es schwächer, falls man das sichere Gefühl, sie befände sich genau in *dieser* Richtung, als schwächer bezeichnen wollte. Er hätte mit geschlossenen Augen in ihre Richtung deuten können.

Einen Moment lang ergriff er erneut *Saidin,* diesen tosenden Strom aus Feuer und Eis und säuerlichem Matsch. Er hielt ein Schwert in Händen, ein Schwert, aus Feuer geschmiedet, aus dem Feuer der Macht. Ein Reiher stach dunkel von der rotglühenden, leicht gekrümmten Klinge ab. Er konnte sich nicht erinnern, bewußt daran gedacht zu haben. Feuer, und doch fühlte sich das lange Griffstück kühl und fest an. Das Nichts spielte dabei keine Rolle, und auch die Macht änderte nichts daran. Alanna befand sich immer noch dort, lag gemütlich zusammengerollt in einem Winkel seines Hirns und beobachtete ihn.

Mit einem bitteren Auflachen ließ er die Macht wieder fahren und kniete einfach da. Er hatte sich so sicher gefühlt. Nur zwei Aes Sedai. Selbstverständlich konnte er mit ihnen fertig werden; er hatte auch Egwene und Elayne zusammen im Schach gehalten. Was könnten sie ihm schon antun? Ihm wurde bewußt, daß er immer noch lachte. Er schien nicht in der Lage zu sein, damit aufzuhören. Na ja, es war wirklich komisch. Sein törichter Stolz. Übersteigertes Selbstvertrauen. Das hatte ihn schon früher in Schwierigkeiten gebracht, und nicht nur ihn selbst. Er war so sicher gewesen, daß er im Verbund mit den Hundert Gefährten den Stollen fest verschließen könne …

Dürre Blätter raschelten, als er sich zum Aufstehen zwang. »Das war ich nicht!« sagte er heiser. »Das war nicht ich! Raus aus meinem Kopf! Das gilt für Euch alle: raus aus meinem Kopf!« Lews Therins Stimme murmelte undeutlich und fern. Alanna wartete schweigend und geduldig in seinem Hinterkopf. Die Stimme schien sich vor ihr zu fürchten.

Rand klopfte sich den Schmutz von den Knien seiner Hose. Er würde sich nicht so einfach in sein Schicksal ergeben. Traue keiner Aes Sedai – das würde er von nun an beherzigen. *Ein Mann ohne Vertrauen ist so gut wie tot,* kicherte Lews Therin. Er würde nicht nachgeben.

Nichts hatte sich hier an dem Bauernhof verändert. Nichts, und doch alles. Wohnhaus und Scheune waren die gleichen, genau wie die Hühner und Ziegen und Kühe. Sora Grady beobachtete seine Ankunft mit kalter und nichtssagender Miene von einem Fenster aus. Sie war nun die einzige Frau hier; all die anderen Ehefrauen und Freundinnen waren mit den Männern fortgezogen, die Taims Prüfungen nicht bestanden hatten. Taim befand sich mit seinen Schülern auf einer Fläche aus hartgebackenem roten Ton, aus dem nur wenige Unkräuter sprossen, hinter der Scheune. Mit allen sieben. Abgesehen von Soras Mann Jur waren nur noch Damer Flinn, Eben Hopwil und Fedwin Morr aus jener ersten Gruppe übriggeblieben. Die anderen waren neu und wirkten beinahe ebenso jung wie Fedwin und Eben.

Außer dem weißhaarigen Damer saßen die Schüler in einer Reihe und hatten Rand die Rücken zugewandt. Damer stand vor ihnen und hatte angestrengt die Stirn gerunzelt. Er blickte einen kopfgroßen Steinbrocken an, der ungefähr dreißig Schritt entfernt lag.

»Jetzt«, sagte Taim, und Rand spürte, wie Damer nach *Saidin* griff und ungeschickt Feuer und Erde miteinander verwob.

Der Stein explodierte, und Damer und die anderen Schüler warfen sich zu Boden, um den umherfliegenden Splittern zu entgehen. Taim nicht; Steinbrocken prallten an dem Schild aus Luft ab, den er im letzten Augenblick um sich gelegt hatte. Damer hob vorsichtig den Kopf und wischte sich das Blut von einem kleinen Schnitt unter seinem linken Auge. Rand verzog den Mund. Er hatte Glück gehabt, daß ihn keiner der umherfliegenden Steinsplitter getroffen hatte. Er blickte zurück zum Wohnhaus. Sora befand sich immer noch am Fenster und war offensichtlich unverletzt. Und sie sah ihn immer noch an. Die Hühner hatten ihr Scharren kaum unterbrochen. Sie schienen bereits an so etwas gewöhnt zu sein.

»Vielleicht werdet ihr euch beim nächsten Mal an meine Worte erinnern«, sagte Taim gelassen und löste sein Gewebe auf. »Schirmt euch ab, wenn ihr zuschlagt, sonst bringt ihr euch womöglich selbst um.« Er sah zu Rand herüber, als habe er die ganze Zeit über gewußt, daß er sich dort befand. »Macht weiter«, befahl er dann seinen Schülern und schritt auf Rand zu. Heute schien sein Gesicht mit der gekrümmten Raubvogelnase einen grausamen Zug aufzuweisen.

Als sich Damer wieder in die Reihe setzte, stand Eben mit dem fleckigen Gesicht auf und zupfte sich nervös an einem großen Ohr, während er das Element Luft benützte, um einen weiteren Steinbrocken von einem Stapel an der Seite zu heben und herüberschweben zu lassen. Sein Gewebe schwankte, und er ließ den Stein fallen, bevor er ihn beim zweiten Versuch an den vorgesehenen Platz legte.

»Kann man sie ohne Gefahr sich selbst überlassen?« fragte Rand, als Taim vor ihm stand.

Der zweite Stein explodierte wie der erste, aber diesmal hatte alle Schüler eine Abschirmung um sich gewoben. Taim ebenfalls, und zwar eine, die sowohl ihn wie auch Rand schützte. Wortlos griff Rand wieder nach *Saidin* und wob seinen eigenen Schild, wobei er den Taims nach außen hin wegschob. Taims verzog den Mund in dem schwachen Anflug eines Lächelns.

»Ihr sagtet, ich solle Druck machen, mein Lord Drache, also mache ich Druck. Ich lasse sie alles mit Hilfe der Macht bewerkstelligen, selbst die Alltagsarbeiten, alles. Der neueste Ankömmling hat gestern abend seine erste warme Mahlzeit bekommen. Wenn sie ihr Essen nicht selbst mit Hilfe der Macht aufwärmen, müssen sie eben kalt essen. In den meisten Fällen dau-

ert alles immer noch doppelt so lange wie mit der Hand, aber sie erlernen den Gebrauch der Macht so schnell es nur geht, glaubt mir. Natürlich sind es noch nicht besonders viele.«

Rand beachtete die unausgesprochene Frage nicht und blickte sich um. »Wo steckt Haslin? Hoffentlich ist er nicht wieder betrunken? Ich hatte Euch doch befohlen, daß er nur am Abend etwas Wein bekommt.« Henre Haslin war Schwertmeister in der Königlichen Garde gewesen und hatte die Rekruten ausgebildet. Rahvin hatte die Gardisten ausgetauscht und jeden weggeschickt, der Morgase die Treue hielt, oder sie einfach nach Cairhien beorderte, um sie im Bürgerkrieg loszuwerden. Haslin war zu alt gewesen, um ihn noch einmal auf Kriegszug zu schicken, und so hatte man ihn ausgezahlt und hinausgeworfen. Als sich die Nachricht von Morgases Tod in Caenmlyn herumgesprochen hatte, war er in den Weinkrug gekrochen, wie man hier sagte. Doch er glaubte, Rahvin – den er als Gaebril kannte – habe Morgase getötet, nicht Rand, und er war immer noch in der Lage, Rekruten auszubilden. Wenn er gerade nüchtern war.

»Ich habe ihn weggeschickt«, sagte Taim. »Wozu sind Schwerter schon gut?« Ein weiterer Steinbrocken explodierte. »Ich ersteche mich jedesmal fast selber, und vermißt habe ich das bestimmt niemals. Jetzt haben sie die Macht.«

Töte ihn! Töte ihn! hallte Lews Therins Stimme durch die Blase des Nichts. Rand stampfte die Glut des Echos aus, aber den Zorn konnte er nicht so leicht beseitigen, der sich mit einem Mal wie eine Hülle um die Leere gelegt hatte, die ihn umgab. Das Nichts ließ seine Stimme völlig gefühllos erklingen: »Sucht ihn, Taim, und holt ihn zurück. Sagt ihm, Ihr hättet Eure Meinung geändert. Sagt das auch den Schülern. Erklärt ihnen, was Ihr wollt, aber ich will ihn hier sehen und ihnen jeden Tag Unterricht erteilen lassen. Sie müssen ein Teil unserer Welt bleiben und sich nicht außerhalb stellen. Was sollen sie denn machen, wenn sie die Macht nicht benützen können? Als Euch die Aes Sedai abgeschirmt hatten, hättet Ihr immer noch entkommen können, wärt Ihr in der Lage gewesen, ein Schwert zu gebrauchen oder mit Euren bloßen Händen zu kämpfen.«

»Ich bin ihnen entkommen. Hier bin ich.«

»Einige Eurer Anhänger haben Euch befreit, wie ich hörte, sonst wärt Ihr in Tar Valon gelandet und genau wie Logain einer Dämpfung unterzogen worden. Diese Männer werden keine Anhänger gewinnen. Sucht Haslin.«

Der andere Mann verbeugte sich verbindlich. »Wie mein Lord Drache befiehlt. Ist mein Lord Drache aus diesem Grund gekommen? Haslin und Schwerter?« Eine schwache Andeutung von Verachtung lag in seiner Stimme, doch das ignorierte Rand.

»Es befinden sich Aes Sedai in Caemlyn. Es wird keine Ausfüge in die Stadt mehr geben – weder für Euch noch für die Schüler. Das Licht allein mag wissen, was geschieht, wenn einer von ihnen einer Aes Sedai begegnet und diese erkennt, was er ist.« Oder auch umgekehrt, denn mit Sicherheit würde er *sie* erkennen. Möglicherweise würde er vor Schreck wegrennen oder zuschlagen, und beides würde ihn für sie wiederum kenntlich machen. Beides würde ihm zum Verhängnis werden. Rand hegte keine Zweifel, daß Verin und Alanna jeden der Schüler leicht wie ein Kind fesseln und abschirmen konnten.

Taim zuckte die Achseln. »Es ist für sie auch jetzt bereits machbar, mit dem Kopf einer Aes Sedai dasselbe anzustellen wie mit einem solchen Stein. Das Gewebe ist lediglich ein bißchen anders.« Er blickte sich um und erhob die Stimme: »Konzentriert Euch, Adley. Konzentriert Euch!« Der schlaksige Bursche – er schien nur aus Armen und Beinen zu bestehen –, der vor den anderen Schülern stand, fuhr zusammen und verlor den Kontakt mit *Saidin*. Dann griff er ungeschickt wieder nach der Quelle. Ein weiterer Stein explodierte, als Taim sich wieder Rand zuwandte. »Und was das betrifft, kann ich sie auch selbst … beseitigen, falls Ihr das nicht fertigbringt.«

»Wenn ich ihren Tod wünschte, hätte ich sie getötet.« Er glaubte, das fertigbringen zu können, falls sie versuchten, ihn zu töten oder einer Dämpfung zu unterziehen. Er hoffte es jedenfalls. Aber würden sie so etwas noch versuchen, nachdem ihn Alanne als Behüter an sich gebunden hatte? Das war etwas, was er Taim nicht sagen würde. Auch ohne auf Lews Therins Gemurmel zu hören, vertraute er dem Mann nicht in genügendem Maße, um ihm irgendeine Schwäche zu enthüllen, die er genausogut verbergen konnte. *Licht, was habe ich Alanna gegen mich in die Hand gegeben?* »Wenn die Zeit kommt, Aes Sedai zu töten, werde ich es Euch wissen lassen. Bis dahin wird sie niemand auch nur anschreien, außer, sie versucht, ihm den Kopf abzureißen. Ihr werdet Euch alle von jeglicher Aes Sedai so fern halten wie nur möglich. Ich wünsche keine peinlichen Vorfälle und nichts, was sie gegen mich aufbringen könnte.«

»Glaubt Ihr, daß sie nicht sowieso schon aufgebracht sind?« murmelte Taim. Wiederum beachtete Rand seine Worte nicht. Diesmal allerdings, weil er die Antwort selbst nicht kannte.

»Und ich will nicht, daß jemand stirbt oder einer Dämpfung unterzogen wird, weil sein Kopf zu geschwollen ist für seine Mütze. Bringt ihnen das auf jeden Fall bei. Ich mache Euch verantwortlich dafür.«

»Wie Ihr wünscht«, sagte Taim und zuckte erneut die Achseln. »Früher oder später werden welche von ihnen sterben, außer Ihr habt vor, sie für immer und ewig hier einzusperren. Doch selbst dann werden möglicherweise ein paar sterben. Das ist kaum zu vermeiden, wenn ich das Tempo der erforderlichen Lernprozesse nicht gewaltig verlangsame. Ihr müßtet sie auch nicht so treiben, wenn Ihr mich statt dessen auf die Suche schicken würdet.«

Da war es schon wieder. Rand musterte die Schüler. Ein verschwitzter Jüngling mit blaßblonden Haaren hatte große Schwierigkeiten, den Stein in die richtige Lage zu bringen. Immer wieder entglitt ihm *Saidin,* und so hüpfte der Stein in kurzen Sprüngen über den Boden. In ein paar Stunden würde der Planwagen vom Palast ankommen, in dem die neuen Bewerber saßen, die seit gestern eingetroffen waren. Vier waren es diesmal. Manchmal waren es auch nur drei oder gar zwei, obwohl sich die Anzahl in letzter Zeit erhöht hatte. Achtzehn, seit er vor sieben Tagen Taim hier hergebracht hatte, aber nur drei von ihnen besaßen das Talent, um den Gebrauch der Macht zu erlernen. Taim behauptete, das sei eine stattliche Anzahl, wenn man einrechnete, daß sie nur einfach nach Caemlyn zogen, um es eben zu versuchen. Er hatte auch bereits mehrmals darauf hingewiesen, daß sie – sollte es so bleiben – in etwa sechs Jahren die gleiche Stärke erreichen würden wie die Weiße Burg. Rand allerdings mußte nicht erst daran erinnert werden, daß sie keine sechs Jahre Zeit hatten. Und er hatte nicht einmal Zeit, um sie etwas langsamer üben zu lassen.

»Wie würdet Ihr das angehen?«

»Ich würde Wegetore benützen.« Taim hatte das auf Anhieb aufgeschnappt. Er lernte bei allem, was ihm Rand zeigte, sehr schnell. »Ich kann zwei oder sogar drei Dörfer pro Tag besuchen. Zu Anfang wäre es einfacher, in die Dörfer zu gehen und nicht in die Städte. Ich würde Flinn den Unterricht anvertrauen. Trotz seiner gelegentlichen Unbeholfenheit, wie Ihr bemerkt habt, ist er von allem am weitesten fortgeschritten. Grady oder Hopwil oder Morr nähme ich mit. Ihr müßtet uns lediglich ein paar anständige Pferde besorgen. Die Mähre, die unsere Karren zieht, reicht dafür nicht ganz aus.«

»Aber was habt Ihr tatsächlich vor? Einfach hineinreiten und verkünden, daß Ihr Männer sucht, die mit der Macht umgehen können? Dann müßt Ihr schon Glück haben, wenn die Dorfbewohner nicht versuchen, Euch aufzuhängen.«

»Da kann ich wohl doch etwas subtiler vorgehen«, erwiderte Taim trocken. »Ich behaupte einfach, daß ich Männer für den Wiedergeborenen Drachen anwerbe.« Etwas subtiler? Nicht viel jedenfalls. »Das sollte die Leute eigentlich davon abhalten, mir an die Kehle zu gehen, weil sie sich fürchten, und mir lange genug Zeit lassen, um alle zusammenzuholen, die dazu gewillt sind. Und alle jene werden abgeschreckt, die nicht bereit sind, Euch zu unterstützen. Ich nehme nicht an, daß Ihr Männer ausbilden wollt, die sich bei der ersten Gelegenheit gegen Euch wenden.« Er zog fragend eine Augenbraue hoch, wartete aber nicht auf die überflüssige Antwort. »Sobald ich sie in sicherer Entfernung vom Dorf habe, kann ich sie durch ein Tor hierherbringen. Ein paar geraten vielleicht in Panik, aber es sollte nicht zu schwierig sein, sie wieder zu beruhigen. Sobald sie sich einverstanden erklärt haben, einem Mann zu folgen, der die Macht benutzen kann, können sie kaum etwas dagegen einwenden, wenn ich sie ebenfalls daraufhin überprüfe. Diejenigen, die nicht bestehen, schicke ich nach Caemlyn weiter. Es wird Zeit, daß Ihr ein eigenes Heer aufstellt und Euch nicht nur auf andere verlaßt. Bashere könnte schließlich seine Meinung ändern. Das würde er auf jeden Fall, sollte Königin Tenobia ihm das befehlen. Und wer weiß schon, was diese sogenannten Aiel unternehmen werden?« Diesmal legte er eine Pause ein, doch Rand hielt den Mund. Er hatte ebenfalls schon an ähnliches gedacht, wenn auch sicher nicht über die Aiel, doch das mußte Taim nicht wissen. Nach einem

Moment fuhr der Mann fort, als habe er das Thema niemals auch nur erwähnt. »Ich möchte Euch eine Wette anbieten. Den Einsatz bestimmt Ihr. Am ersten Tag, den ich mit der Suche verbringe, werde ich genauso viele Männer mit dem Talent finden, wie in einem ganzen Monat auf eigene Faust nach Caemlyn kommen. Sobald Flinn und ein paar der anderen soweit sind, daß sie auch ohne mich hinausgehen und weitersuchen können ...« Er spreizte die Hände. »Ich werde für Euch in weniger als einem einzigen Jahr die gleiche Anzahl zusammenbekommen, wie sie der Weißen Burg zur Verfügung steht. Und jeder Mann ist eine Waffe.«

Rand zögerte. Taim losziehen zu lassen, war sicherlich ein Risiko. Der Mann war zu unbeherrscht. Was würde er tun, wenn er auf einer seiner Rekrutierungstouren auf eine Aes Sedai stieß? Möglich, daß er Wort halten und sie am Leben lassen würde, aber was, wenn sie herausbekam, wer er war? Und was, wenn sie ihn abschirmte und gefangennahm? Einen solchen Verlust konnte sich Rand nicht leisten. Er konnte nicht selbst Schüler ausbilden und auch noch nebenher alles andere erledigen, was er zu tun hatte. Sechs Jahre, um es der Burg gleichzutun. Falls die Aes Sedai diesen Ort nicht zuerst entdeckten und ihn mitsamt den Schülern vernichteten, bevor sie weit genug ausgebildet waren, um sich selbst zu verteidigen. Oder aber weniger als ein Jahr. Schließlich nickte er. Lews Therins Stimme klang wie ein wahnwitziges Toben in großer Entfernung. »Ihr bekommt Eure Pferde.«

KAPITEL 4

Fragen und Antworten

Also?« fragte Nynaeve so geduldig wie möglich. Es kostete sie Mühe, die Hände im Schoß liegen zu lassen, genauso wie das Stillsitzen auf ihrem Bett. Sie unterdrückte ein Gähnen. Es war noch früh am Morgen, und sie hatte die letzten drei Nächte schlecht geschlafen. Der geflochtene Käfig war leer; sie hatte den Singvogel wieder fliegen lassen. Sie wünschte, sie wäre genauso frei wie er. »Also?«

Elayne kniete auf ihrem Bett und hatte Kopf und Schultern aus dem Fenster gesteckt, um auf die winzige Gasse hinter dem Haus hinabblicken zu können. Von hier aus konnte sie gerade noch den hinteren Teil des Gebäudes erspähen, das sie als die ›Kleine Burg‹ bezeichneten, wo sich heute morgen die meisten der Sitzenden befanden, um die Abgesandte der Weißen Burg zu empfangen. Sie vermochte wirklich nicht viel zu erkennen, aber jedenfalls genug, um ein Stück des Wachgewebes zu bemerken, das die ehemalige Schenke zum Schutz gegen Lauscher umgab. Es war die Sorte von Wachgewebe, die jeden abblockte, der versuchte, mit Hilfe der Macht zu lauschen. Das war eine Notwendigkeit, wenn zu viele diese Fertigkeiten erlernt hatten.

Einen Augenblick später hockte sich Elayne mit Enttäuschung auf der Miene auf ihre Fersen. »Nichts. Du hast doch behauptet, solche Stränge könnten unbemerkt durchschlüpfen. Ich glaube nicht, daß mich jemand bemerkt hat, aber ich habe gewiß auch nichts hören können.«

Das letztere war an Moghedien gerichtet, die auf ihrem Korbhocker in einer Ecke saß. Es ärgerte Nynaeve maßlos, daß diese Frau niemals schwitzte. Sie hatte behauptet, es nehme einige Zeit in Anspruch, bis man lange genug mit der Macht gearbeitet hatte, um sich soweit von allem Äußeren lösen zu können, daß man Hitze oder Kälte einfach ignorierte. Das war auch nicht besser als das vage Versprechen der Aes Sedai, es werde schließlich ganz von selbst geschehen. Nynaeve und Elayne trieften vor Schweiß, während Moghedien kühl wie ein Vorfrühlingstag wirkte – und beim Licht, das wurmte sie!»Ich sagte lediglich, es sollte klappen.« Moghediens dunkle Augen huschten schuldbewußt von einer zur anderen, ihr Bild blieb aber dann an Elayne hängen. Sie konzentrierte sich immer auf diejenige, die gerade das Armband des *A'dam* trug. »Sollte. Es gibt Tausende verschiedener Wachgewebe. Es kann tagelang dauern, bis man ein Loch durch eines gesponnen hat.«

Nynaeve hielt den Mund, was ihr Mühe bereitete. Sie hatten es bereits tagelang versucht. Dies war der dritte Tag seit Tarna Feirs Ankunft, und der Saal hielt immer noch die von der Roten Schwester überbrachte Botschaft Elaidas geheim. Sicher, Sheriam und Myrelle und ihre Gruppe wußten Bescheid. Nynaeve hätte es nicht überrascht, wenn sie bereits vor dem Saal alles erfahren gehabt hätten. Doch selbst Siuan und Leane hatte man von diesen täglichen Sitzungen ausgeschlossen. Jedenfalls hatten sie das zugegeben.

Nynaeve wurde bewußt, daß sie an ihrem Rock zupfte, und so zwang sie ihre Hände zum Stillhalten. Irgendwie mußten sie herausbekommen, was Elaida wollte, und – noch wichtiger – was ihr der Saal antwortete. Es mußte einfach sein. Irgendwie.

»Ich muß jetzt gehen«, seufzte Elayne. »Noch ein paar weitere Schwestern wollen sehen, wie ich einen

Ter'Angreal anfertige.« Sehr wenige der Aes Sedai in Salidar besaßen das notwendige Geschick, aber alle wollten es erlernen. Die meisten schienen zu glauben, sie könnten es lernen, wenn ihnen Elayne nur recht oft zeigte, wie sie es machte. »Dann kannst du den auch gleich anlegen«, fügte sie hinzu und löste ihr Armband. »Ich will etwas Neues ausprobieren, wenn die Schwestern genug gesehen haben, und danach habe ich Unterricht bei den Novizinnen.« Sie hörte sich auch dabei nicht besonders glücklich an; jedenfalls nicht so begeistert wie vor dem ersten Mal. Nach jeder Unterrichtsstunde kehrte sie so gereizt zurück, daß sie beinahe wie eine Katze fauchte und die Haare sträubte. Die jüngsten Mädchen waren übereifrig und wollten immer gleich Dinge erreichen, von denen sie keine Ahnung hatten, ja, sie versuchten es oft ohne zu fragen; die ältesten waren wohl ein wenig vorsichtiger, hatten dafür jedoch ständig Einwände oder wehrten sich dagegen, Befehle von einer Frau entgegenzunehmen, die sechs oder sieben Jahre jünger war als sie selbst. So knurrte Elayne in letzter Zeit ständig Sachen wie: »Idiotische Novizinnen!« oder »Sture Närrinnen!«, ganz wie eine Aufgenommene, die schon zehn Jahre auf dem Buckel hatte. »So hast du wenigstens Zeit für Fragen. Vielleicht hast du auch mehr Glück als ich, wenn es darum geht, einen Mann zu spüren, der die Macht anwendet.«

Nynaeve schüttelte den Kopf. »Ich soll heute morgen Janya und Delana bei ihren Arbeiten helfen.« Sie konnte nicht vermeiden, ihr Gesicht zu einer Grimasse zu verziehen. Delana war eine Sitzende der Grauen Ajah und Janya eine der Braunen, doch Nynaeve würde aus ihnen mit Sicherheit kein Wort über die Verhandlungen herausbringen. »Und dann habe ich wieder so eine *Unterrichtsstunde* bei Theodrin.« Noch mehr Zeitverschwendung. Jede hier in Salidar verschwendete lediglich ihre Zeit. »Trag du es«, sagte sie, als Elayne das Armband neben ihre Kleider an einen Haken hängen wollte.

Die Frau mit dem rotgoldenen Haar seufzte gekünstelt, legte jedoch das Armband wieder an. Nynaeves Meinung nach vertraute Elayne viel zu sehr auf den *A'dam*. Sicher, solange Moghedien das Halsband angelegt hatte, konnte sie jede Frau mit der Fähigkeit, die Macht zu gebrauchen, mit Hilfe des Armbands aufspüren und beherrschen. Und falls niemand das Armband angelegt hatte, konnte sie sich auch nicht mehr als höchstens ein Dutzend Schritte davon entfernen, ohne würgend auf die Knie zu fallen; das gleiche traf zu, wenn sie das Armband auch nur ein paar Fingerbreit von seinem ursprünglichen Platz zu entfernen versuchte oder sich gar bemühte, das Halsband zu öffnen. Vielleicht würde es sie wirklich selbst von dem Haken aus binden, doch möglicherweise würde eine der Verlorenen eben doch einen Ausweg finden, wenn man ihr die Zeit und die Gelegenheit dazu ließ. Damals in Tanchico hatte Nynaeve Moghedien abgeschirmt und mit Hilfe der Macht gefesselt zurückgelassen, nur ein paar Augenblicke lang, und doch hatte sie sich befreit und war entkommen. Wie sie das fertiggebracht hatte, war eines der ersten Dinge gewesen, zu denen Nynaeve sie verhört hatte, sobald sie wieder eingefangen gewesen war. Allerdings hatte sie ihr beinahe den Hals umdrehen müssen, um die Antwort aus ihr herauszubringen. Wie es schien, war eine abgenabelte Abschirmung durchaus zu durchbrechen, wenn die abgeschirmte Frau ein wenig Zeit und Geduld aufbrachte. Elayne behauptete zwar, das könne gegen einen *A'dam* nichts nützen, da es zum einen keinen Knoten gab, den man lösen konnte, und zum anderen sei Moghedien durch das Halsband nicht in der Lage, *Saidar* ohne Erlaubnis auch nur zu berühren, aber Nynaeve wollte lieber kein Risiko eingehen.

»Schreibe langsam und sorgfältig ab«, warnte

Elayne. »Ich habe bereits für Delana aus Büchern kopiert. Sie *haßt* Kleckse oder Schreibfehler. Falls nötig, läßt sie dich dasselbe fünfzigmal abschreiben, nur um eine saubere Seite zu bekommen.«

Nynaeve blickte finster vor sich hin. Ihre Handschrift mochte vielleicht nicht so sauber und gleichmäßig wie die Elaynes aussehen, aber sie war schließlich keine dumme Landpomeranze, die gerade erst gelernt hatte, welches Ende der Feder man in die Tinte taucht. Die jüngere Frau nahm keine Notiz von ihr und schlüpfte mit einem leichten Lächeln aus dem Zimmer. Möglicherweise hatte sie ihr nur helfen wollen, indem sie sie vorwarnte. Falls den Aes Sedai jemals klar wurde, wie sehr Nynaeve das Abschreiben haßte, würden sie es ihr als Strafe andauernd auferlegen.

»Vielleicht solltet Ihr euch zu Rand begeben«, sagte Moghedien plötzlich. Sie saß irgendwie anders als sonst da, aufrechter. Ihre dunklen Augen blickten unverwandt in die Nynaeves. Warum?

»Worauf wollt Ihr hinaus?« wollte Nynaeve wissen.

»Ihr solltet mit Elayne nach Caemlyn zu Rand gehen. Sie kann Königin werden, und Ihr ...« Moghediens Lächeln wirkte überhaupt nicht angenehm. »Früher oder später werden sie Euch festnageln und herauszufinden versuchen, wieso Ihr solch wundervolle Entdeckungen macht und doch wie ein kleines Mädchen ins Zittern kommt, das Süßigkeiten stibitzt hat, sobald Ihr für sie die Macht lenken sollt.«

»Ich zittere nicht ...!« Sie würde sich nicht rechtfertigen, jedenfalls nicht dieser Frau gegenüber. Warum benahm sich Moghedien auf einmal so herausfordernd? »Denkt nur daran: Was sie auch mit mir anstellen – sollten sie die Wahrheit herausbekommen, werden sie Euren Kopf auf jeden Fall auf den Hackblock legen, noch bevor die Woche vorüber ist.«

»Das würde für Euch aber eine verlängerte Leidenszeit bedeuten. Semirhage hat einmal einen Mann dazu gebracht, fünf Jahre lang jede wache Stunde mit Schreien zu verbringen. Sie hat dabei sogar noch seinen Verstand bewahrt, aber zum Schluß konnte selbst sie seinen Herzschlag nicht mehr länger aufrechterhalten. Ich bezweifle wohl, daß diese Kinder hier auch nur ein Zehntel von Semirhages Geschick besitzen, aber Ihr hättet eine Gelegenheit, am eigenen Leib herauszufinden, was sie fertigbringen.«

Wie konnte die Frau so etwas sagen? Für gewöhnlich kroch sie beinahe vor Angst, aber das hatte sie nun abgelegt wie die alte Haut einer Schlange. Jetzt hätten sie genausogut zwei gleichgestellte Frauen sein können, die etwas beiläufig Interessantes miteinander zu besprechen hatten. Nein, noch schlimmer: Moghediens Haltung machte deutlich, daß es für sie nur von vorübergehendem Interesse war, doch für Nynaeve von größter Bedeutung! Nynaeve wünschte sich in diesem Moment, sie trüge das Armband. Das hätte sie beruhigt. Moghediens wahre Gefühle konnten überhaupt nicht so kühl und gelassen wie ihr Gesicht und ihre Stimme sein.

Dann stockte Nynaeve der Atem. Das Armband. Natürlich! Das Armband befand sich nicht im Zimmer. In ihrem Magen ballte sich ein Klumpen Eis zusammen. Mit einem Mal schien ihr der Schweiß doppelt so stark über das Gesicht zu rinnen. Logisch wäre wohl, daß es überhaupt keinen Unterschied machte, ob sich das Armband im Zimmer befand oder nicht. Elayne hatte es angelegt – *Bitte, Licht, gebe, daß sie es nicht abgelegt hat!* – und die andere Hälfte des *A'dam* lag fest um Moghediens Hals. Aber mit Logik hatte das alles nichts zu tun. Nynaeve war noch nie mit der Frau allein gewesen, wenn sich das Armband nicht gleichzeitig im Raum befand. Oder besser: die wenigen Ausnahmen hätten jeweils fast zu einer Katastrophe geführt. Sicher hatte Moghedien zu diesen Zeiten den *A'dam* gar nicht getragen, doch das war unwichtig. Sie war eine der Verlorenen, sie waren allein miteinander, und Nynaeve hatte keine Möglichkeit, die andere zu beherrschen. Unwillkürlich verkrampften sich ihre Hände in den Rock, um nicht nach ihrem Messer zu greifen.

Moghediens Lächeln vertiefte sich, als habe sie ihre Gedanken erraten. »In dieser Sache dürft Ihr sicher sein, daß ich nur Eure Interessen im Sinn habe. Dies hier …« – und dabei hielt sie ihre Hand einen Augenblick lang ganz in der Nähe des Halsbandes, allerdings ohne es zu berühren – »bindet mich in Caemlyn genauso wie hier. Sklaverei dort ist besser als der Tod hier. Aber überlegt es Euch nicht zu lange. Falls diese sogenannten Aes Sedai sich entschließen, zur Burg zurückzukehren, wärt Ihr das wertvollste Geschenk, das sie der neuen Amyrlin mitbringen könnten: eine Frau, die Rand al'Thor so nahe steht! Und Elayne. Wenn er nur halb soviel für sie empfindet wie sie für ihn, würde ihre Anwesenheit in der Burg auch ihn binden, und diese Bande würde er sein Leben lang nicht mehr loswerden.«

Nynaeve stand auf und zwang ihre Knie dazu, mit dem Zittern aufzuhören. »Ihr könnt jetzt die Betten machen und das Zimmer aufräumen. Ich erwarte, alles sauber vorzufinden, wenn ich zurück bin.«

»Wieviel Zeit habt Ihr noch?« fragte Moghedien, bevor sie die Tür erreicht hatte. Es klang, als frage die Frau, ob das Wasser zu heiß für den Tee sei. »Nur noch ein paar Tage, bis sie ihre Antwort nach Tar Valon senden? Ein paar Stunden vielleicht nur? Was wird den Ausschlag geben: Rand al'Thor und Elaidas angebliche Verbrechen, oder die Aussicht, ihre verehrte Weiße Burg wieder zu einer Einheit zu machen?«

»Achtet besonders auf die Nachttöpfe«, sagte Nynaeve, ohne sich umzudrehen. »Diesmal will ich sie wirklich sauber vorfinden.« Sie trat aus dem Zimmer, bevor Moghedien noch etwas sagen konnte, und schloß die Tür energisch hinter sich.

Dann lehnte sie sich an die rauhe Bretterwand in dem engen, fensterlosen Gang und atmete tief durch. Sie kramte in ihrer Gürteltasche und zog einen kleinen Sack heraus, aus dem sie zwei Gansminzblätter hervorholte, die sie sich in den Mund steckte. Es dauerte etwas, bis Gansminze das Sodbrennen unterdrückte, aber sie kaute darauf herum und schluckte so hastig, als glaube sie, die Wirkung dadurch beschleunigen zu können. Während der letzten paar Minuten hatte sie ein ums andere Mal fast der Schlag getroffen. Moghedien hatte ein Ding nach dem anderen zerpflückt, das sie doch so genau gekannt hatte. Trotz ihres gesunden Mißtrauens hatte sie geglaubt, die Frau sei endgültig unterdrückt. Falsch. Beim Licht, das war ein Irrtum gewesen! Sie war sicher gewesen, daß Moghedien auch nicht mehr über Elayne und Rand wisse als die Aes Sedai. Falsch. Und was ihren Vorschlag betraf, sich zu Rand zu begeben … Sie hatten sich einfach zu offen vor ihr unterhalten. Was mochte ihnen noch entschlüpft sein, und was konnte Moghedien damit anfangen?

Eine andere Aufgenommene trat aus dem Vorraum des kleinen Hauses in den schlecht beleuchteten Gang. Nynaeve richtete sich auf, steckte die Gansminze weg und strich ihr Kleid glatt. Jedes Zimmer außer dem Vorraum war zum Schlafquartier gemacht worden. Aufgenommene und Dienerinnen hatte man hier untergebracht, drei oder vier in jedem der Zimmer, und keines davon war viel größer als jenes, in dem sie selbst schlief. Einige der Betten im Haus mußten sie sogar zu zweit benützen. Die andere Aufgenommene war eine zierliche Frau, klein und schmächtig, mit grauen Augen und einem bereitwilligen Lächeln. Emara stammte aus Illian und konnte Siuan oder Leane nicht leiden, was Nynaeve durchaus verstand.

Sie war der Meinung, man solle die beiden wegschicken, auf anständige Weise natürlich, wie sie hinzugefügt hatte, so, wie man es immer mit Frauen getan hatte, die einer Dämpfung unterzogen worden waren, doch davon abgesehen war sie eine nette Frau, die auch nichts dagegen hatte, daß Elayne und Nynaeve ein größeres Zimmer hatten und auch ›Marigan‹, die ihre Hausarbeit für sie verrichtete. Andere dachten nicht so großzügig.

»Wie ich hören, Ihr werdet für Janya und Delana abschreiben müssen«, sagte sie mit ihrer hohen Stimme im Vorbeigehen auf dem Weg zu ihrem Zimmer. »Folgt meinem Rat und schreibt, so schnell Ihr könnt. Janya es halten für wichtiger, daß alle Wörter dastehen, wenn auch ein paar Kleckse dabei sein.«

Nynaeve warf ihr einen bösen Blick nach. Bei Delana schnell schreiben. Bei Janya langsam. Oder umgekehrt. Tolle Ratschläge waren das. Wie auch immer, im Augenblick machte sie sich keine weiteren Gedanken über verkleckste Abschriften. Nicht einmal über Moghedien, jedenfalls so lange, bis sie eine Gelegenheit hatte, mit Elayne über dieses Problem zu sprechen.

So schüttelte sie den Kopf, knurrte etwas in sich hinein und stolzierte aus dem Haus. Vielleicht hatte sie wirklich zu viel als gegeben hingenommen und die Zügel aus den Händen gleiten lassen. Nun war es an der Zeit, sich zusammenzunehmen und diesen Zustand zu beenden. Sie wußte genau, wen sie jetzt aufsuchen mußte.

Während der letzten Tage hatte sich eine gewisse Stille über Salidar ausgebreitet, obwohl sich die Menschen auf den Straßen genauso drängten wie zuvor. Doch aus den Schmieden außerhalb des Ortes war kein Laut mehr zu hören. Dann hatte man allen eingeschärft, ihre Zungen zu hüten, während sich Tarna hier aufhielt, sowohl, was die Abgesandten nach Caemlyn betraf, wie auch in bezug auf Logain, den man in einem der Heerlager untergebracht hatte, damit er aus dem Weg war, und natürlich auch über die Soldaten selbst und den Grund, aus dem sie hier versammelt waren. Die meisten hüteten sich vor jedem lauten Wort und flüsterten höchstens miteinander. Das leise Gemurmel auf den Straßen klang ziemlich ängstlich.

Jeder schien davon beeinflußt. Dienerinnen, die normalerweise einherhasteten, bewegten sich jetzt nur zögernd und blickten sich immer wieder ängstlich um. Sogar die Aes Sedai schienen unter der Oberfläche ihrer üblichen Ruhe mißtrauisch und wachsam zu sein und musterten sich gegenseitig heimlich mit abschätzenden Blicken. Es befanden sich nun auch weniger Soldaten auf den Straßen, als habe Tarna nicht bereits am ersten Tag genug gesehen, um ihre eigenen Schlüsse daraus zu ziehen. Die falsche Antwort vom Kleinen Saal würde wahrscheinlich allen die Schlinge um den Hals zusammenziehen. Selbst diejenigen Herrscher und Adligen, die sich aus den Streitigkeiten um die Weiße Burg heraushalten wollten, würden vermutlich jeden Soldaten aufhängen lassen, den sie in die Finger bekamen, damit sich die Rebellion nicht als ansteckend erweisen würde. Im Gefühl all dieser Unsicherheit zwangen sich die Anwesenden zu nichtssagenden Mienen oder blickten sich nur ängstlich um. Alle, bis auf Gareth Bryne, der geduldig vor dem Kleinen Saal wartete. Dort hatte er sich jeden Tag aufgehalten, schon bevor die ersten Sitzenden auftauchten, und bis die letzte wieder zu Hause war. Sie glaubte, er verhalte sich so, damit sie ihn nie vergessen konnten, ihn und das, was er für sie tat. Das einzige Mal, als sie die Sitzenden nach der täglichen Zusammenkunft herauskommen sah, waren sie ihr bei seinem Anblick nicht gerade erfreut vorgekommen.

Lediglich die Behüter erschienen ihr unverändert, seit die Rote Schwester eingetroffen war. Die Behüter und die Kinder. Nynaeve fuhr zusammen, als vor ihr plötzlich drei kleine Mädchen davonstoben wie die Wachteln auf dem Feld, mit Bändern im Haar, verschwitzt und staubig; sie lachten hell beim Wegrennen. Die Kinder wußten freilich nicht, worauf ganz Salidar wartete, und wahrscheinlich hätten sie auch gar nichts damit anzufangen gewußt, hätte man ihnen den Grund gesagt. Und jeder Behüter folgte ohne mit der Wimper zu zucken seiner Aes Sedai, wozu sie sich auch entschließen und wohin sie sich wenden mochte. Die meisten dieser gedämpften Gespräche schienen sich um das Wetter zu drehen und dann noch um Gerüchte über seltsame Geschehnisse irgendwo auf der Welt, die von sprechenden, zweiköpfigen Kälbern berichteten und von Männern, die von Fliegenschwärmen erstickt worden waren, von einem Dorf, dessen Kinder allesamt mitten in der Nacht verschwanden, und von Menschen, die im hellen Tageslicht von einem unsichtbaren Tod dahingerafft worden waren. Jeder, der noch klar denken konnte, wußte, daß die Dürre und die ungewöhnliche Hitze der Hand des Dunklen Königs zu verdanken waren, die hier die Welt berührte, doch selbst die meisten Aes Sedai zweifelten an Elaynes und Nynaeves Behauptung, die anderen Vorkommnisse seien genauso real und daß sich Blasen des Bösen aus dem Kerker des Dunklen Königs erhoben und durch das Muster schwammen, bis sie zerplatzten, da die Siegel immer schwächer wurden. Die meisten Menschen waren nicht in der Lage, klar zu denken. Einige gaben Rand die Schuld daran. Andere meinten, der Schöpfer sei unzufrieden, weil sich die Welt noch nicht hinter den Wiedergeborenen Drachen gestellt hatte, oder aber, weil die Aes Sedai ihn noch nicht gefangen und einer Dämpfung unterzogen hatten; vielleicht passe es ihm auch nicht, daß sich Aes Sedai gegen eine erwählte Amyrlin stellten. Nynaeve hatte Menschen davon sprechen gehört, das kühlere Wetter werde zurückkehren, sobald die Weiße Burg wieder vollständig sei. Sie schob sich weiter durch die Menge.

»... schwöre, daß es wahr ist!« murmelte eine Köchin, deren Unterarme mit Mehl verschmiert waren. »Auf der anderen Seite des Eldar steht ein Heer der Weißmäntel und wartet nur auf Elaidas Befehl, um anzugreifen.« Vom Wetter und zweiköpfigen Kälbern abgesehen waren Gerüchte über die Weißmäntel zahlreicher als alle anderen, doch *Weißmäntel*, die auf *Elaidas* Marschbefehl warteten? Die Hitze mußte wohl das Gehirn dieser Frau aufgeweicht haben!

»Das Licht sei mein Zeuge, daß ich die Wahrheit spreche«, raunte ein ergrauter Fuhrmann einer Frau mit düsterer Miene zu, deren gutgeschnittenes Wollkleid sie als Zofe einer Aes Sedai auswies. »Elaida ist tot. Die Rote ist gekommen, um Sheriam zu holen, damit man sie zur neuen Amyrlin erwählen kann.« Die Frau nickte eifrig. Sie nahm ihm wohl jedes Wort ab.

»Ich meine, Elaida ist eine gute Amyrlin«, sagte ein Mann im grobgewebten Mantel und rückte einige Reisigbündel zurecht, die er auf der Schulter trug. »Gewiß nicht schlechter als andere.« Er sprach nicht im Flüsterton mit seinem Begleiter. Nein, er sprach mit lauter Stimme, und es wirkte, als müsse er sich zusammennehmen, um sich nicht umzublicken, welche Wirkung seine Worte hinterlassen hatten.

Nynaeve verzog angewidert den Mund. Er wollte gehört werden. Wie hatte Elaida nur Salidar so schnell entdecken können? Tarna hatte doch Tar Valon bestimmt verlassen, als sich hier gerade die Aes Sedai zu versammeln begannen. Siuan hatte ihnen erst in düsterem Tonfall klargemacht, daß noch immer eine ganz beachtliche Anzahl Blauer Schwestern fehlten. Der ursprüngliche Aufruf, sich in Salidar zu sammeln, war vor allem an die Blauen gerichtet gewesen. Und

Alviarin besaß viel Erfahrung darin, solche Situationen auszunützen. Der Gedanke verdrehte ihr fast den Magen, wenn auch weniger als die offensichtliche Erklärung: Geheime Anhänger Elaidas befanden sich in Salidar. Jeder musterte mißtrauisch jeden anderen, und der Waldarbeiter war nicht der einzige, von dem Nynaeve in letzter Zeit solche Dinge gehört hatte, mehr oder weniger das gleiche und auf die gleiche Art vorgebracht. Aes Sedai sprachen es nicht offen aus, aber Nynaeve nahm an, daß ein paar von ihnen dasselbe dachten. Das alles machte Salidar zu einem gewaltigen Suppenkessel, in dem alles mögliche zusammentraf, aber die Suppe wollte beim besten Willen nicht schmecken. Deshalb war das, was sie sich vorgenommen hatte, um so richtiger.

Sie brauchte eine Weile, um diejenige zu finden, die sie gesucht hatte. Dazu mußte sie erst einmal Gruppen spielender Kinder aufspüren, aber Kinder gab es in Salidar nicht viele. Und tatsächlich, da stand Birgitte und beobachtete fünf Jungen, die sich auf der Straße herumbalgten. Sie warfen mit Kieselsteinen gefüllten Säckchen herum und lachten jedesmal schrill, wenn einer von ihnen getroffen wurde. Auch der Getroffene lachte mit. Das ergab genausowenig Sinn wie die meisten Spiele von Jungen. Oder von Männern.

Birgitte war natürlich nicht allein. Das war sie selten, außer sie wollte einmal ihre Ruhe haben. Areina stand neben ihr, tupfte sich den Schweiß vom Gesicht und bemühte sich, ihre Langeweile ob der Kinderspiele zu verbergen. Sie war ein oder zwei Jahre jünger als Nynaeve und trug ihr dunkles Haar zu einem Zopf geflochten, der dem goldenen Zopf Birgittes sehr ähnlich sah, wenn er auch nur ein Stückchen über ihre Schulter herabfiel, während Birgittes Zopf bis zur Hüfte reichte, wie es schicklich war. Auch hinsichtlich ihrer Kleidung ahmte sie Birgitte nach – hüftlanger, hellgrauer Kurzmantel, bauschige, bronzefarbene

Hose, an den Knöcheln über den kurzen Stiefeletten mit hohen Absätzen geschnürt – und sie hatte sich sogar einen Köcher umgeschnallt und den dazugehörigen Bogen über dem Rücken. Nynaeve glaubte nicht, daß Areina jemals, zumindest vor ihrem Zusammentreffen mit Birgitte, einen Bogen auch nur berührt hatte. Sie beachtete die Frau nicht.

»Ich muß mit dir reden«, sagte sie zu Birgitte. »Unter vier Augen.«

Areina blickte zu ihr herüber, und in ihren blauen Augen lag fast so etwas wie Verachtung. »Man sollte denken, Ihr würdet an einem so schönen Tag Eure Stola tragen, Nynaeve. O je. Ihr scheint zu schwitzen wie ein Pferd. Warum eigentlich?«

Nynaeve verzog das Gesicht. Sie hatte die Frau noch vor Birgitte äußerst freundschaftlich behandelt, doch diese Freundschaft war bei ihrer Ankunft in Salidar dahingeschmolzen. Zu erfahren, daß Nynaeve keineswegs eine vollwertige Aes Sedai war, hatte sie wohl mehr als nur ein bißchen enttäuscht. Nur Birgittes Aufforderung, nichts davon zu erwähnen, hatte Areina davon abgehalten, die Aes Sedai darüber in Kenntnis zu setzen, daß sie sich als eine solche ausgegeben hatte. Außerdem hatte Areina den Eid als Jägerin des Horns abgelegt, und was diese Aufgabe betraf, war Birgitte sicherlich ein besseres Vorbild als Nynaeve. Und sie hatte die Frau ihrer Schrammen wegen damals so bemitleidet!

»Deiner Miene nach«, stellte Birgitte mit einem verschmitzten Grinsen fest, »hast du entweder vor, jemanden mit bloßen Händen zu erwürgen – wahrscheinlich Areina –, oder du hast dein Kleid inmitten einer Truppe von Soldaten verloren und dabei keinen Unterrock getragen.« Areina schnaubte vor Vergnügen, doch ihrer Miene nach schien sie schockiert. Nynaeve wußte nicht, warum, denn die Frau hatte nun wahrlich genug Zeit gehabt, sich an Birgittes eigenartigen Humor zu gewöhnen, der ihr eher für einen unrasierten Kerl geeignet schien, der die Nase in einen Krug steckte und den Bauch voll Bier hatte.

Nynaeve musterte eine Weile die Gesichter der Jungen, damit sich ihre Erregung etwas legen konnte. Es wäre widersinnig, wenn sie sich im Zorn zu etwas hinreißen ließe, obwohl sie schließlich um einen Gefallen bitten wollte.

Seve und Jaril gehörten zu den Jungen, die die Säckchen einander zuwarfen. Die Gelben hatten recht gehabt, was die beiden betraf: Sie hatten einfach nur Zeit benötigt. Nach beinahe zwei Monaten in Salidar – ohne Angst und unter anderen Kindern – lachten und schrien sie genauso laut herum wie die anderen.

Plötzlich fiel ihr etwas ein, das sie wie ein Hammerschlag traf. ›Marigan‹ kümmerte sich immer noch um sie, wenn auch mürrisch, sorgte dafür, daß sie badeten und Essen bekamen, aber jetzt, da sie wieder zu sprechen imstande waren, würden sie möglicherweise ausplaudern, daß die Frau gar nicht ihre Mutter war! Vielleicht hatten sie das sogar schon erzählt. Das mochte weiter keine Fragen auslösen, doch andererseits war das nicht auszuschließen. Und solche Fragen konnten das ganze Kartenhaus, das sie um sich herum aufgebaut hatten, zum Einsturz bringen. Der Eisklumpen machte sich wieder in Nynaeves Bauch breit. Warum hatte sie nicht früher daran gedacht?

Sie fuhr zusammen, als Birgitte ihren Arm berührte. »Was ist los, Nynaeve? Du machst ein Gesicht, als sei deine beste Freundin gestorben und habe dich mit ihrem letzten Atemzug verflucht.«

Areina stolzierte mit steifem Kreuz davon und warf ihnen einen letzten beleidigten Blick hinterher. Die Frau sah Birgitte zu, wie sie mit Männern trank und flirtete, ohne mit der Wimper zu zucken, ja, sie ahmte sie sogar nach, als wolle sie es ihr gleichtun, doch jedesmal, wenn Birgitte mit Elayne oder Nynaeve allein sein wollte, kochte sie vor Wut. Männer betrachtete sie nicht als Bedrohung, denn für Areina zählten nur Frauen, aber nur sie allein durfte Birgittes Freundin sein! Der Gedanke, zwei Freundinnen zu haben, schien ihr fernzuliegen. Nun ja, genug davon; es gab anderes zu tun.

»Könntest du uns Pferde besorgen?« Nynaeve bemühte sich, ihre Stimme zu festigen. Sie war nicht gekommen, um diese Frage zu stellen, aber im Hinblick auf Seve und Jaril ergab sie durchaus einen Sinn. »Wie lange würdest du brauchen?«

Birgitte zog sie von der Straße weg in eine kleine Gasse zwischen zwei verwitterten Häusern und sah sich vorsichtig um, bevor sie antwortete. Niemand war nahe genug, um sie zu belauschen, und keiner schenkte ihnen Beachtung. »Ein oder zwei Tage. Uno hat mir gerade berichtet …«

»Nicht Uno! Diesmal geht es ihn nichts an. Nur dich, Elayne und Marigan. Es sei denn, Thom und Juilin kehren rechtzeitig zurück. Und Areina, schätze ich, falls du darauf bestehst.«

»Areina mag in mancher Hinsicht töricht sein«, sagte Birgitte bedächtig, »aber das Leben wird ihr das schon austreiben oder sie zurechtschleifen. Außerdem weißt du, daß ich niemals darauf bestehen werde, sie mitzunehmen, wenn du oder Elayne das nicht wünschen.«

Nynaeve hielt den Mund. Die Frau benahm sich, als sei *sie* diejenige, die eifersüchtig war! Es ging sie nichts an, ob Birgitte sich mit einer so wetterwendischen Person wie Areina abgeben wollte.

Birgitte rieb sich mit dem Handrücken den Mund und runzelte die Stirn. »Thom und Juilin sind gute Männer, aber die beste Art, Schwierigkeiten zu vermeiden, ist, dafür zu sorgen, daß niemand dir Schwierigkeiten bereiten will. Ein Dutzend oder mehr Schienarer in voller Rüstung – oder auch ohne – sollten da eine große Hilfe sein. Ich verstehe das nicht mit Uno und dir. Er ist ein harter Bursche, und er würde dir und Elayne auch noch bis in den Krater des Verderbens folgen.« Plötzlich überzog ein Grinsen ihr Gesicht. »Außerdem ist er ein gutgebautes Mannsbild.«

»Wir brauchen niemanden, um Händchen zu halten«, erwiderte Nynaeve schnippisch. Gut gebaut? Die bemalte Augenklappe kam ihr quälend in den Sinn, die und die Narben. Die Frau hatte wirklich einen eigenartigen Geschmack, was Männer betraf. »Wir werden mit allem fertig, was uns unterwegs zustoßen könnte. Ich denke, das haben wir hinreichend bewiesen, wenn es überhaupt noch eines Beweises bedurfte.«

»Das weiß ich auch, Nynaeve, aber wir werden die Schwierigkeiten anlocken wie der Abfallhaufen die Fliegen. Altara ist allmählich am Überkochen. Jeder Tag bringt neue Berichte von den Drachenverschworenen, und ich setze mein bestes Seidenkleid gegen einen deiner alten Unterröcke, daß die Hälfte davon lediglich Räuber sind, die vier Frauen ohne männlichen Schutz als leichte Beute betrachten würden. Wir werden jeden zweiten Tag den Beweis antreten müssen, daß wir keineswegs leichte Beute sind. Wie ich hörte, geht es in Murandy schlimmer zu. Das steckt voll von Drachenverschworenen und Banditen und Flüchtlingen aus Cairhien, und alle fürchten, der Wiedergeborene Drache könne sie jeden Tag erreichen und über sie herfallen. Ich nehme an, du hast nicht vor, den Fluß in Richtung Amadicia zu überqueren. Ich schätze, du willst nach Caemlyn.« Ihr kunstvoll geflochtener Zopf schaukelte leicht, als sie den Kopf neigte und eine Augenbraue fragend hochzog. »Bist du dir mit Elayne in bezug auf Uno einig?«

»Sie wird mir sicherlich recht geben«, knurrte Nynaeve.

»Aha. Na ja, wenn sie das tut, werde ich so viele

Pferde besorgen, wie wir benötigen. Aber ich will, daß sie mir selbst sagt, warum wir Uno nicht mitnehmen sollten.«

Die unnachgiebige Entschlossenheit in ihrer Stimme ließ Nynaeves Gesicht vor Ärger erröten. Auch wenn sie Elayne noch so lieb darum bäte, Birgitte zu sagen, Uno solle hierbleiben, wäre die Wahrscheinlichkeit groß, daß sie ihn wartend am Kreuzweg vorfinden würden, und Birgitte spielte vermutlich ganz erstaunt, weil er herausbekommen hatte, wohin sie reisen wollten. Die Frau mochte ja Elaynes Behüterin sein, doch manchmal fragte sich Nynaeve, welche von beiden in Wirklichkeit das Sagen habe. Sobald sie Lan fand, hatte sie vor, ihn die heiligsten Eide ablegen zu lassen, daß er sich an ihre Entscheidungen halten werde.

Sie atmete ein paarmal tief durch, um sich zu beruhigen. Es hatte keinen Zweck, gegen eine Mauer rennen zu wollen. Genausogut konnte sie allmählich zum eigentlichen Grund kommen, aus dem sie Birgitte aufgesucht hatte.

Scheinbar gleichgültig trat sie einen Schritt weiter in die enge Gasse hinein und zwang so die andere Frau, ihr zu folgen. Auf dem Boden waren welkbraune Stoppeln von dem Gestrüpp zurückgeblieben, das man beim Anlegen der Gasse entfernt hatte. Sie bemühte sich, gleichgültig zu erscheinen, und betrachtete das Menschengewühl auf der Straße. Nach wie vor schenkte man ihnen kaum Beachtung. Trotzdem senkte sie die Stimme: »Wir müssen unbedingt in Erfahrung bringen, was Tarna dem Saal mitteilt und was sie ihr antworten. Elayne und ich haben alles versucht, um sie zu belauschen, aber sie haben zu gute Schutzgewebe um die Versammlung gelegt. Allerdings nur solche mit Hilfe der Macht. Sie fürchten so sehr, jemand könne sie auf diese Art belauschen, daß sie ganz zu vergessen scheinen, was ein Ohr an der Tür aufschnappen kann. Sollte jemand sie ...«

Birgitte unterbrach sie mit entschlossener Stimme: »Nein.«

»Überlege es dir doch wenigstens. Bei Elayne und mir ist die Wahrscheinlichkeit, daß man uns erwischt, zehnmal höher als bei dir.« Sie hätte beinahe noch hinzugefügt, daß Elayne dabei doch sehr geschickt sei, ließ es aber sein, als Birgitte schnaubte.

»Ich habe nein gesagt! Du hast viele Rollen gespielt, seit ich dich kennenlernte, Nynaeve, aber töricht warst du doch nie! Licht, in ein oder zwei Tagen werden sie es ohnehin öffentlich bekanntgeben.«

»Wir müssen es aber jetzt wissen«, zischelte ihr Nynaeve zu, und sie konnte gerade noch ein ›du idiotisches Mannweib‹ unterdrücken. Töricht? Selbstverständlich hatte sie noch niemals töricht gehandelt! Sie durfte sich nicht aufregen. Sollte sie Elayne zur Abreise überreden können, würden sie sich in ein oder zwei Tagen nicht mehr hier befinden. Nein, am besten öffnete sie diesen Sack voll Schlangen nicht noch einmal.

Schaudernd – ein wenig übertrieben, wie Nynaeve fand – stützte sich Birgitte auf ihren Bogen. »Man hat mich einmal dabei erwischt, wie ich Aes Sedai belauschte. Drei Tage später haben sie mich an den Ohren gepackt und hinausgeworfen, und ich verließ Schaemal so schnell, wie ich nur ein Pferd auftreiben konnte. Das werde ich nicht noch einmal durchmachen, nur, um für euch einen einzigen Tag zu gewinnen, den ihr nicht benötigt.«

Nynaeve bewahrte Ruhe. Sie bemühte sich sogar, eine gelassene Miene zur Schau zu tragen und keinesfalls mit den Zähnen zu knirschen oder an ihrem Zopf zu reißen. Sie war ganz ruhig. »Ich habe noch nie in einer Geschichte vernommen, daß du einmal Aes Sedai belauscht hättest.« Kaum hatte sie die Worte ausgesprochen, hätte sie sie auch schon am liebsten zurückgerufen. Birgittes Geheimnis lag eben darin, daß sie wirklich die Birgitte der Legenden war. Nichts, was diese Verbindung verraten konnte, durfte jemals erwähnt werden.

Einen Augenblick lang wirkte Birgittes Gesicht wie versteinert und verbarg so all ihre Gefühle. Es reichte, um Nynaeve schaudern zu lassen. Im Geheimnis der anderen Frau lag zuviel Schmerzliches verborgen. Schließlich wurde wieder Fleisch und Blut aus dem Stein, und Birgitte seufzte. »Die Zeit ändert vieles. Ich kann selbst die Ursprünge der Hälfte dieser Legenden kaum noch erkennen, und die andere Hälfte kommt mir vollkommen fremd vor. Wir sollten nicht mehr davon sprechen.« Letzteres war eindeutig nicht bloß als Vorschlag gemeint.

Nynaeve öffnete den Mund, ohne eigentlich zu wissen, was sie sagen wollte. Sie schuldete es Birgitte, ihren Schmerz nicht auch noch zu schüren, aber gleich zwei so simple Bitten abzulehnen ...! Und plötzlich erklang die Stimme einer dritten Frau von der Ecke zur Gasse her: »Nynaeve, Janya und Delana wollen Euch augenblicklich sprechen.«

Nynaeve wäre fast in die Luft gegangen, so überrascht war sie, und ihr Herz setzte einen Moment lang aus.

An der Ecke stand Nicola in ihrem Novizinnenkleid, und auch sie blickte nun einen Augenblick lang verblüfft ob der Wirkung ihrer Worte drein. Genau wie auch Birgitte, doch die wandte sich schnell einer amüsierten Betrachtung ihres Bogens zu.

Nynaeve mußte zweimal schlucken, bevor sie auch nur ein Wort herausbrachte. Wieviel hatte die Frau gehört? »Falls Ihr glaubt, auf diese Art mit einer Aufgenommenen sprechen zu können, solltet Ihr schnell dazulernen, sonst wird man Euch bessere Umgangsformen beibringen.«

Das war ganz die Art von Antwort, die man von einer Aes Sedai erwarten konnte, doch die dunklen

Augen der schlanken Frau musterten Nynaeve nachdenklich. »Es tut mir leid, Aufgenommene«, sagte sie und knickste dabei. »Ich werde mich bemühen, mich das nächste Mal in acht zu nehmen.«

Der Knicks war genauso tief, wie er für eine Aufgenommene sein sollte, bis auf den Fingerbreit, und falls ihr Tonfall als kühl zu bezeichnen war, dann doch noch in einem Rahmen, für den sie nicht zu tadeln war. Areina war nicht ihre einzige Reisegefährtin gewesen, die voller Enttäuschung die Wahrheit über Nynaeve und Elayne erfahren hatte, doch Nicola war einverstanden gewesen, ihr Geheimnis zu wahren, und sie hatte sich verhalten, als überrasche es sie, daß die beiden es überhaupt für nötig gehalten hatten, sie darum zu bitten. Danach, als nämlich die Überprüfung ergeben hatte, daß auch sie lernen konnte, mit der Macht umzugehen, hatte sie sich diesen abschätzenden Blick angewöhnt.

Nynaeve verstand das nur zu gut. Nicola war das Talent zwar nicht angeboren und sie hätte ohne die richtige Unterweisung *Saidar* nie berührt, doch schon jetzt versprach man sich eine Menge von ihr und bewunderte die Kraft, die sie besitzen würde, wenn sie sich nur recht anstrengte. Noch vor zwei Jahren hätte sie mit ihrem Potential, wie es keine Novizin in den letzten Jahrhunderten mehr besessen hatte, großes Aufsehen erregt. Allerdings waren dann Elayne und Egwene und Nynaeve selbst aufgetaucht. Nicola sagte nie etwas dazu, aber Nynaeve war sicher, daß sie sich entschlossen hatte, Elayne und sie selbst zumindest einzuholen, wenn nicht zu übertrumpfen. Sie überschritt die Grenzlinie des Schicklichen niemals, doch sie wandelte häufig darauf.

Nynaeve nickte ihr knapp zu. Das Verständnis änderte nichts an ihrem Wunsch, der törichten Frau eine dreifache Dosis Schafszungenwurzel ihres idiotischen Verhaltens wegen zu verpassen. »Seht nur zu, daß Ihr das Versprechen haltet. Und nun geht und meldet den Aes Sedai, daß ich in ein paar Augenblicken bei ihnen sein werde.« Nicola knickste erneut, doch als sie sich abwandte, sagte Nynaeve: »Wartet.« Die Frau hielt augenblicklich inne. Jetzt war es nicht mehr sichtbar, aber Nynaeve war sich ganz sicher, zuvor ein Aufblitzen von – Befriedigung? – bei der Frau entdeckt zu haben. »Habt Ihr mir auch alles gesagt?«

»Ich wurde ausgesandt, um Euch mitzuteilen, Ihr solltet kommen, und das habe ich getan.« Genauso ausdruckslos wie abgestandenes Wasser in einem Waschkrug.

»Was haben sie gesagt? Die genauen Worte, bitte!«

»Die genauen Worte, Aufgenommene? Ich weiß nicht, ob ich ihre *genauen* Worte wiedergeben kann, aber ich werde es versuchen. Denkt daran, daß sie es sagten und ich lediglich ihre Worte wiederhole! Janya Sedai sagte in etwa: ›Sollte dieses idiotische Mädchen nicht bald auftauchen, dann schwöre ich, dafür zu sorgen, daß sie nicht mehr richtig sitzen kann, bis sie alt genug ist, um Großmutter zu werden.‹ Und Delana Sedai sagte: ›Sie wird so alt werden, bis sie sich zum Kommen entschließt. Falls sie nicht innerhalb der nächsten Viertelstunde eintrifft, werde ich Staublumpen aus ihrer Haut machen.‹« Ihre Augen blickten wie die personifizierte Unschuld drein. Aber zugleich auch sehr wachsam. »Das war vor etwa zwanzig Minuten, Aufgenommene. Vielleicht ist es auch ein bißchen länger her.«

Nynaeve hätte sich beinahe verschluckt. Nur weil Aes Sedai nicht lügen konnten, hieß das noch nicht, daß man jede Drohung wörtlich nehmen mußte, doch manchmal wäre ein Sperling an dem Unterschied verhungert. In Gegenwart jeder anderen als Nicola hätte sie gejammert: ›Oh,Licht!‹ und wäre losgerannt. Aber nicht unter diesem Blick. Nicht vor einer Frau, die eine ganze Liste ihrer Schwächen zu führen schien. »Wenn es so ist, müßt Ihr gar nicht erst zurücklaufen und berichten. Geht also wieder an Eure Arbeit.« Sie wandte sich ab, als Nicola wieder knickste, und tat so, als könne nichts auf der Welt sie anfechten. Dann sagte sie zu Birgitte: »Wir werden uns später unterhalten. Ich schlage vor, daß du inzwischen nichts in dieser Hinsicht unternimmst.« Mit etwas Glück würde sie das davon abhalten, mit Uno zu sprechen. Nein, dazu mußte sie schon eine Menge Glück haben.

»Ich werde mir deinen Vorschlag überlegen«, sagte Birgitte ernst, doch an ihrer Miene war nichts Ernsthaftes zu entdecken, nur eine Mischung aus Mitleid und Heiterkeit. Die Frau kannte die Aes Sedai. Auf gewisse Weise wußte sie sogar mehr über die Aes Sedai als diese selbst.

Sie konnte nichts anderes tun, als Birgittes Worte akzeptieren und zu hoffen. Als Nynaeve die Straße hinunterschritt, schloß Nicola sich ihr an. »Ich habe Euch doch gesagt, Ihr sollt wieder an Eure Arbeit gehen.«

»Sie befahlen mir, zurückzukommen, wenn ich Euch gefunden hätte, Aufgenommene. Ist das eines Eurer Kräuter? Warum benützt Ihr diese Kräuter? Vielleicht, weil Ihr nicht …? Vergebt mir, Aufgenommene. Ich hätte das nicht erwähnen sollen.«

Nynaeve blinzelte das Säckchen voll Gansminze in ihrer Hand an. Sie erinnerte sich nicht mehr daran, es herausgezogen zu haben. Dann steckte sie es in ihre Gürteltasche zurück. Am liebsten hätte sie alle Blätter darin auf einmal gekaut. Sie beachtete die Entschuldigung und deren Grund nicht, denn das eine war genauso verlogen wie das andere absichtlich. »Ich benütze Kräuter, weil das Heilen mit Hilfe der Macht nicht immer notwendig ist.« Würden die Gelben diese Äußerung mißbilligen, sollten sie davon erfahren? Sie verachteten die Heilkräuter und schienen nur an Krankheiten interessiert, die mit Hilfe der Macht geheilt werden mußten. Oder jedenfalls an solchen, die nicht gerade mit Holzhammermethoden behandelt wurden. Und was sollte das, jetzt darüber nachzugrübeln, was sie zu Nicola sagte und ob die sie bei den Aes Sedai verpetzte? Die Frau war Novizin, ganz gleich, als was sie Elayne und sie selbst betrachtete. Es spielte keine Rolle, was sie in ihnen sah. »Seid jetzt ruhig«, sagte sie gereizt. »Ich will nachdenken.«

Nicola hielt den Mund, als sie sich durch die überfüllten Straßen schlängelten, und doch erschien es Nynaeve, als schliche die Frau nur so dahin. Vielleicht bildete sie sich das nur ein, doch allmählich schmerzten Nynaeve die Knie vor Anstrengung, damit sie nur nicht schneller ausschritt als die andere. Sie würde unter gar keinen Umständen Nicola das Gefühl geben, sie habe es auch nur im geringsten eilig.

Die ganze Situation zehrte an ihr, und so machte sich in ihr ein stetiges Glühen breit. Von allen, die man nach ihr hätte schicken können, war die Schlimmste ausgerechnet Nicola mit ihrem Blick. Und Birgitte war in diesem Augenblick wahrscheinlich zu Uno unterwegs, um ihm brühwarm zu berichten, was sie gesagt hatte. Dazu beteuerten die Sitzenden womöglich Tarna gerade jetzt, sie seien bereit, die Knie zu beugen und Elaidas Ring zu küssen. Seve und Jaril erzählten vielleicht Sheriam, daß sie ›Marigan‹ überhaupt nicht kannten. Das würde alles zu diesem Tage passen. Und die schmelzende Sonne stand erst ein Viertel ihres Weges hoch am wolkenlosen Himmel.

Janya und Delana warteten im vorderen Zimmer des kleinen Hauses, das sie sich mit drei anderen Aes Sedai teilten. Natürlich hatte jede ihr eigenes Schlafzimmer. Jede Ajah verfügte über ein Versammlungshaus, doch die Aes Sedai wohnten über das ganze Dorf verstreut, je nachdem, wann sie eingetroffen waren. Janya blickte finster und mit geschürzten Lippen zu Boden und schien ihr Eintreten gar nicht zu bemerken. Delana mit ihrem ausgebleichten Haar – es war so hellblond, daß man nicht sagen konnte, ob sich bereits Weiß darin zeigte oder nicht – Delana also richtete ihre ebenso hellblauen Augen sofort auf sie, kaum daß sie einen Fuß in den Raum setzten. Nicola fuhr zusammen. Nynaeve hätte einen Triumph empfunden, wäre sie selbst nicht genauso zusammengezuckt. Normalerweise unterschieden sich die Augen der kräftigen Grauen in nichts von denen anderer Aes Sedai, richteten sie sich jedoch so aufmerksam auf jemand, dann schien nichts anderes mehr auf der Welt zu existieren als eben diejenige, die so angeblickt wurde. Manche behaupteten sogar, Delana habe soviel Erfolg als Vermittlerin, weil beide Seiten ihr gewöhnlich nur deshalb zustimmten, damit sie aufhörte, sie auf diese Art anzustarren. Unter diesem Blick fühlte man sich schuldbewußt, obwohl man gar nichts angestellt hatte. Die Liste ihrer Sünden, die Nynaeve in diesem Augenblick durch den Kopf schoß, ließ ihren Knicks ganz unbewußt genauso unterwürfig wirken wie den Nicolas.

»Ach«, sagte Janya und blinzelte, als seien sie aus dem Nichts erschienen, »da seid Ihr ja.«

»Entschuldigt, daß ich so spät komme«, sagte Nynaeve schnell. Sollte Nicola doch hören, was sie wollte. Delana starrte sie jetzt an und nicht Nicola. »Ich habe gar nicht an die Zeit gedacht, und …«

»Unwichtig.« Delanas Stimme klang tief für eine Frau, und ihr Dialekt schien wie ein kehliges Echo von Unos schienarischem Flair. Außerdem war die Stimme ungewöhnlich melodiös für eine so rundliche Frau, aber Delana wirkte auch sonst erstaunlich elegant. »Nicola, fort mit Euch. Bis zu Eurer nächsten Unterrichtsstunde werdet Ihr Botengänge für Faolain erledigen.« Nicola verschwendete keine Zeit, knickste noch einmal und eilte hinaus. Vielleicht hätte sie gern mit angehört, was die Aes Sedai Nynaeve wegen ihrer

Verspätung sagen würden, aber niemand ging in Gegenwart von Aes Sedai ein Risiko ein.

Es wäre Nynaeve egal gewesen, und hätte Nicola auch in diesem Augenblick Flügel ausgebreitet. Ihr war gerade eben bewußt geworden, daß sich auf dem Eßtisch der Aes Sedai weder Tintenfaß noch Sandschälchen, weder Feder noch Papier befanden. Nichts von dem, was sie zur Arbeit benötigen würde. Hätte sie diese Utensilien vielleicht selbst mitbringen sollen? Delana starrte sie immer noch an. Die Frau blickte doch sonst niemals so lange auf den gleichen Fleck! Sie blickte überhaupt nichts auf diese Art an, außer, sie hatte einen besonderen Grund dafür.

»Hättet Ihr gern gekühlten Pfefferminztee?« fragte Janya, und nun war Nynaeve damit an der Reihe, die Augen verblüfft aufzureißen. »Ich finde Tee wohltuend. Meiner Erfahrung nach fördert er die Gespräche.« Ohne auf eine Antwort zu warten, füllte die Braune Schwester, die so sehr wie ein Vogel wirkte, verschiedenartige Teetassen aus einer blaugestreiften Teekanne, die auf dem niedrigen Nebentischchen stand. Statt des einen Tischbeins hatte man einen Stein untergelegt. Die Aes Sedai hatten wohl mehr Platz, doch ihre Einrichtung war genauso ärmlich. »Delana und ich haben beschlossen, daß unsere Aufzeichnungen auch ein andermal noch niedergeschrieben werden können. Statt dessen werden wir uns unterhalten. Honig? Ich nehme auch lieber keinen. Diese Süße nimmt dem Tee allen Geschmack. Doch junge Frauen bestehen gewöhnlich auf ihrem Honig. Welch wunderbare Dinge habt Ihr doch vollbracht. Ihr und Elayne.« Ein lautes Räuspern ließ sie fragend Delana anblicken. Nach kurzem Zögern bemerkte Janya dann nur: »Ach. Ja.«

Delana hatte einen der Stühle, die sonst am Tisch standen, mitten auf den kahlen Fußboden gestellt, einen Stuhl mit einer Sitzfläche aus Korbgeflecht.

Einen einzigen. Von dem Augenblick an, als Janya eine ›Unterhaltung‹ erwähnt hatte, war Nynaeve klar gewesen, daß dies keineswegs alles sein würde. Delana deutete auf den Stuhl, und Nynaeve setzte sich ganz vor auf die Kante, wobei sie eine Tasse Tee auf einer angeschlagenen Untertasse von Janya entgegennahm und murmelte: »Dankeschön, Aes Sedai.« Sie mußte nicht lange warten.

»Berichtet uns von Rand al'Thor«, sagte Janya. Sie schien mehr sagen zu wollen, doch Delana räusperte sich erneut, woraufhin Janya blinzelte und nur noch schweigend an ihrem Tee nippte. Sie standen jede an einer Seite von Nynaeves Stuhl. Delana sah sie an, seufzte dann und ließ mit Hilfe der Macht die dritte Tasse durch den Raum in ihre eigene Hand schweben. Daraufhin fixierte sie Nynaeve wieder mit einem Blick, der Löcher in ihren Kopf zu bohren schien, während Janya gedankenverloren wirkte und sie möglicherweise überhaupt nicht richtig sah.

»Ich habe Euch bereits alles gesagt, was ich weiß«, seufzte Nynaeve. »Jedenfalls habe ich es den Aes Sedai berichtet.« Und das entsprach der Wahrheit. Nichts von dem, was sie wußte, konnte ihm schaden, jedenfalls nicht in höherem Maße als das bloße Wissen darum, was er war, und es könnte hilfreich sein, wenn sie die Schwestern dazu brachte, ihn als Mann zu betrachten. Nicht als Mann, der mit der Macht umgehen konnte, sondern nur einfach als Mann. Nicht gerade leicht, wenn es um den Wiedergeborenen Drachen ging. »Ich weiß nicht mehr als das.«

»Schmollt gefälligst nicht«, fauchte Delana. »Und weicht mir nicht aus.«

Nynaeve stellte ihre Tasse wieder auf die Untertasse und wischte sich das Handgelenk am Rock ab.

»Kind«, sagte Janya voller Mitgefühl, »ich weiß, Ihr glaubt, uns alles gesagt zu haben, was Ihr wißt, aber

Delana … Ich kann nicht glauben, daß Ihr etwas absichtlich zurückhalten würdet …«

»Und warum nicht?« fuhr Delana sie an. »Im gleichen Dorf geboren. Mit ihm aufgewachsen. Ihre Loyalität gilt möglicherweise viel eher ihm als der Weißen Burg.« Dieser Rasiermesserblick konzentrierte sich wieder auf Nynaeve. »Berichtet uns etwas, das wir noch nicht gehört haben. Ich habe Eure sämtlichen Berichte gehört, Mädchen, also weiß ich Bescheid und merke, wenn Ihr nur wiederholt.«

»Gebt Euch Mühe, Kind. Ich bin sicher, Ihr wollt nicht, daß Delana Euch böse ist. Also …« Janya schwieg, als ein erneutes Räuspern ertönte.

Nynaeve hoffte, sie würden das Klappern ihrer Teetasse so deuten, daß auch sie erschüttert sei. Verängstigt hierher geschleppt zu werden – nein, nicht verängstigt; aber doch zumindest besorgt, wie zornig die beiden wohl wären – und nun dies! Wenn man sich in der Nähe von Aes Sedai aufhielt, lernte man schnell, genau hinzuhören. Vielleicht erfuhr man auch dann noch nicht, was sie wirklich meinten, aber die Chancen standen auf jeden Fall besser als beim flüchtigen Hinhören, wie es die meisten Leute für gewöhnlich taten. Keine von beiden hatte behauptet, sie glaube, daß sie etwas zurückhielt. Sie wollten sie lediglich einschüchtern, in der Hoffnung, es werde etwas Neues dabei herauskommen. Sie ließ sich aber nicht einschüchtern. Jedenfalls nicht sehr. Statt dessen war sie wütend.

»Als er noch ein Junge war«, begann sie vorsichtig, »ließ er eine Bestrafung ohne Murren über sich ergehen, wenn er glaubte, sie verdient zu haben, aber wenn er nicht dieser Meinung war, kämpfte er jeden Moment dagegen an.«

Delana schnaubte: »Das habt Ihr jeder gesagt, die es hören wollte. Etwas anderes. Und plötzlich!«

»Ihr könnt ihn führen oder auch überzeugen, aber

er läßt sich nicht herumschubsen. Er stemmt sich dagegen, wenn er glaubt, Ihr wolltet …«

»Genauso wie dies.« Die Hände auf die breiten Hüften gestützt beugte sich Delana herunter, bis ihr Gesicht sich auf gleicher Höhe wie Nynaeves befand. »Etwas, das Ihr noch nicht jeder Köchin und Wäscherin in Salidar erzählt habt.«

»Bemüht Euch doch, Kind«, sagte Janya, und ausnahmsweise beließ sie es dabei.

So bohrten sie immer weiter. Janya spornte sie mitleidig an, während Delana gnadenlos nachhakte, und Nynaeve berichtete jede Einzelheit, an die sie sich erinnern konnte. Es brachte ihr allerdings keine Erleichterung ein, denn sie hatte jede Einzelheit schon so oft erzählt, daß sie alles auswendig herleiern konnte, worauf sie Delana freundlich hinwies. Nein, nicht sehr freundlich. Als Nynaeve es schließlich schaffte, einen Schluck Tee zu trinken, schmeckte er abgestanden und so süß, daß es sie grauste. Janya glaubte offensichtlich wirklich, junge Frauen hätten gern jede Menge Honig drin. Der Vormittag verging langsam. Quälend langsam.

»Das bringt uns nicht weiter«, sagte Delana schließlich, wobei sie Nynaeve so böse ansah, als sei das ihre Schuld.

»Kann ich jetzt gehen?« fragte Nynaeve erschöpft. Jeder Tropfen Schweiß, der ihre Kleidung durchnäßte, schien aus ihr herausgequetscht worden zu sein. Sie fühlte sich schlapp. Und sie hätte gern diese beiden kühlen Aes-Sedai-Gesichter geohrfeigt.

Delana und Janya tauschten einen Blick. Die Graue zuckte die Achseln und ging hinüber zu dem Nebentischchen, um wieder eine Tasse Tee einzugießen. »Sicher könnt Ihr gehen«, sagte Janya. »Ich weiß, dies alles muß sehr schwer für Euch sein, aber wir müssen Rand al'Thor besser kennen als er sich selbst, um zu entscheiden, welche die beste Vorgehensweise ist. Ansonsten könnte alles in einer Katastrophe enden. Ach, ja. Ihr habt Eure Sache gut gemacht, Kind. Andererseits habe ich nicht weniger von Euch erwartet. Jede, die solche Entdeckungen fertigbringt wie Ihr und noch dazu mit dieser Behinderung … also, ich erwarte wirklich nur das Beste von Euch. Und wenn man bedenkt …«

Sie brauchte noch eine ganze Weile, bis sie fertig war und Nynaeve hinaustaumeln ließ. Sie taumelte tatsächlich mit weichen Knien hinaus. Alle sprachen über sie. Klar, daß sie das taten. Sie hätte auf Elayne hören sollen und ihr all diese sogenannten Entdeckungen überlassen. Moghedien hatte recht. Früher oder später würden sie versuchen, herauszubekommen, wie sie das machte. Also wollten sie beschließen, welche die beste Vorgehensweise sei, um eine Katastrophe zu verhindern. Das gab ihr auch keinerlei Hinweis darauf, was sie mit Rand vorhatten.

Ein Blick zur Sonne, die beinahe senkrecht über ihr stand, sagte ihr, daß sie zu spät dran war für ihr Treffen mit Theodrin. Diesmal hatte sie aber wenigstens eine gute Ausrede.

Theodrins Haus, das sie mit zwei Dutzend anderer Frauen teilte, lag jenseits der Kleinen Burg. Nynaeve verlangsamte ihre Schritte, als sie an der ehemaligen Schenke vorbeikam. Das Gewirr von Behütern vor der Tür und dazu Gareth Brynes verwitterte Gestalt zeugte davon, daß die Verhandlungen nach wie vor im Gang waren. Ein Rest von Zorn ermöglichte es ihr, ein Wachgewebe wahrzunehmen, eine niedrige, abgeflachte Kuppel, gewebt aus Feuer und Luft mit einem kleinen Zusatz von Wasser, die schimmernd über dem gesamten Gebäude lag, und sie sah auch den Knoten, der es so niederschmetternd sicher zusammenhielt. Den Knoten zu berühren würde bedeuten, die eigene Haut zum Gerben anzubieten. Es befanden sich schließlich eine ganze Menge Aes Sedai auf der überfüllten Straße. Gelegentlich trat der eine oder andere der Behüter durch das für ihn unsichtbare Schimmern hinein oder kam heraus, und eine neue Gruppe formierte oder zerstreute sich. Das gleiche Wachgewebe, das Elayne nicht hatte durchdringen können. Eine Abschirmung gegen Lauscher. Mit der Macht gewebt.

Theodrins Haus stand ungefähr hundert Schritt weiter oben an der Straße, aber Nynaeve trat schnell in einen Hof neben einem strohgedeckten Haus nur zwei Häuser von der ehemaligen Schenke entfernt. Ein hölzerner Jägerzaun umgab ein winziges Fleckchen welker Unkräuter hinter dem Haus, aber er wies ein Tor auf, das an einer fast durchgerosteten Angel hing. Als sie das Tor aufschob, quietschte es mörderisch. Sie blickte sich hastig um, doch an den Fenstern stand niemand und von der Straße aus war sie nicht zu sehen, sie raffte den Rock hoch und hastete in die enge Gasse hinein; die weiter bis zu dem Zimmerchen führte, das sie mit Elayne teilte.

Einen Augenblick lang zögerte sie und wischte sich die verschwitzten Hände am Kleid ab. Sie mußte sich an etwas erinnern, was Birgitte gesagt hatte. Sie wußte, daß sie tief im Inneren ein Feigling war, auch wenn sie dies nicht wahrhaben wollte. Einst hatte sie sich für tapfer und mutig gehalten. Keine Heldin wie Birgitte, aber doch mutig. Die Welt hatte sie eines Besseren belehrt. Nur der bloße Gedanke daran, was die Schwestern mit ihr machen würden, sollten sie sie erwischen, ließ sie beinahe umkehren und zu Theodrin rennen. Die Möglichkeit, ein Fenster zu jenem Raum zu finden, in dem sich die Sitzenden aufhielten, war ausgesprochen gering. Fast unmöglich.

So bemühte sie sich, ihren ausgetrockneten Mund zu befeuchten – wieso konnte ihr Mund so trocken sein, obwohl sie in Feuchtigkeit gebadet schien? – und schlich näher heran. Eines Tages würde sie gern erfahren, was es hieß, mutig zu sein wie Birgitte oder Elayne, anstatt sich wie ein Feigling zu benehmen.

Das Wachgewebe wurde nicht erschüttert, als sie hindurchtrat. Sie spürte überhaupt nichts. Das hatte sie aber vorher schon gewußt. Es zu berühren, machte gar nichts aus. Trotzdem preßte sie sich an die grobe Steinmauer. Die Enden von Ranken, die sich in den Ritzen festgekrallt hatten, strichen über ihr Gesicht.

Langsam schob sie sich an das nächstgelegene Souterrainfenster heran – und wäre beinahe umgekehrt und weggerannt. Es war fest geschlossen. Alles Glas war weg und durch Öltuch ersetzt worden, das vielleicht ein wenig Licht hineinließ, ihr aber keinerlei Blick nach innen gestattete. Nichts war zu hören. Falls sich jemand auf der anderen Seite aufhielt, drang dennoch kein Laut heraus. Sie atmete tief durch und schob sich an das nächste Fenster heran. Auch bei diesem hatte man eine Scheibe ersetzt, doch durch die übriggebliebene Scheibe erblickte sie einen ziemlich abgewetzten, einst kunstvoll geschnitzten Tisch mit einer Unmenge von Papieren und Tintenfässern, ein paar Stühle und ein ansonsten leeres Zimmer.

Sie knurrte einen Fluch, den sie von Elayne gehört hatte – das Mädchen verfügte über einen erstaunlichen Vorrat an Flüchen – und tastete sich an der rauhen Mauer entlang weiter vor. Das dritte Fenster stand offen. Sie drückte die Nase an die Scheibe – und zuckte zurück. Sie hatte gar nicht daran geglaubt, wirklich etwas zu entdecken, doch da drinnen befand sich Tarna. Nicht mit allen Sitzenden zusammen, aber Sheriam und Myrelle und der Rest der Führungsgruppe waren bei ihr. Hätte ihr Herz nicht so überlaut geklopft, hätte sie das Stimmengemurmel vernommen, bevor sie einen Blick riskierte.

Sie kniete nieder und schob sich so nahe an das Fenster heran, wie sie nur konnte, ohne von drinnen sichtbar zu sein. Der untere Fensterrahmen schabte über ihren Kopf.

»... sicher, daß Ihr mich diese Botschaft überbringen lassen wollt?« Diese eisige Stimme mußte zu Tarna gehören. »Ihr verlangt mehr Zeit, um Euch zu entscheiden? Was gibt es da noch zu entscheiden?«

»Der Saal ...«, begann Sheriam.

»Der *Saal*«, höhnte die Abgesandte der Weißen Burg. »Haltet mich doch nicht für blind der wahren Macht gegenüber. Dieser sogenannte Saal denkt, was Ihr sechs ihnen zu denken befehlt.«

»Der Saal, er haben um mehr Zeit gebeten«, sagte Beonin mit Entschlossenheit in der Stimme. »Wer kann sagen, zu welcher Entscheidung sie werden kommen?«

»Elaida wird abwarten müssen, bis ihre Entscheidung gefallen ist«, sagte Morvrin und imitierte dabei recht gut Tarnas eisigen Tonfall. »Kann sie nicht noch ein wenig warten, bis die Weiße Burg endlich wieder geeint ist?«

Tarnas Erwiderung klang allerdings noch kälter: »Ich werde Eure Botschaft ... die Botschaft des *Saals* ... der Amyrlin überbringen. Wir werden sehen, was sie davon hält.« Eine Tür wurde aufgestoßen und schloß sich wieder mit einem scharfen Knall.

Nynaeve hätte vor Enttäuschung am liebsten aufgeschrien. Jetzt kannte sie die Antwort, aber nicht die Frage. Wenn Janya und Delana sie nur ein bißchen früher hätten gehen lassen! Nun, es war trotzdem besser als nichts. Besser als ›Wir werden zurückkehren und uns Elaida unterwerfen‹. Es gab keinen Grund mehr, länger zu verweilen, bis womöglich jemand hinausblickte und sie entdeckte.

Sie wollte schon wegschleichen, da sagte Myrelle: »Vielleicht sollten wir nur eine Botschaft senden. Wir sollten sie einfach herbeirufen.« Nynaeve verhielt mit gerunzelter Stirn. Wen?

»Das Protokoll muß eingehalten werden«, sagte Morvrin barsch. »Die angemessenen Zeremonien müssen zur Durchführung kommen.«

Beonin sprach gleich darauf mit fester Stimme: »Wir müssen dem Gesetz buchstabengetreu folgen. Der kleinste Ausrutscher können gegen uns ausgelegt werden.«

»Und wenn wir einen Fehler begangen haben?« Bei Carlinya klang das vielleicht zum ersten Mal in ihrem Leben richtig hitzig. »Wie lange sollen wir warten? Wie lange können wir es riskieren zu warten?«

»So lange wie notwendig«, sagte Morvrin.

»Solange wir müssen.« Das kam von Beonin. »Ich habe nicht so lange auf dieses beeinflußbare Kind gewartet, nur um jetzt all unsere Pläne in den Wind zu schreiben.«

Aus irgendeinem Grund rief diese Äußerung Schweigen hervor, obwohl Nynaeve hörte, wie jemand das Wort ›beeinflußbar‹ murmelte, als sei sie sich über die Bedeutung nicht im klaren. Welches Kind? Eine Novizin oder Aufgenommene? Das ergab keinen Sinn. Die Schwestern warteten grundsätzlich nie auf Novizinnen oder Aufgenommene.

»Wir sind zu weit gekommen, um jetzt aufzugeben, Carlinya«, sagte Sheriam abschließend. »Entweder holen wir sie her und bringen sie dazu, zu tun, was sie soll, oder wir überlassen alles dem Saal und hoffen darauf, daß sie uns alle nicht ins Verderben führen.« Ihrem Tonfall nach betrachtete sie dies als vergebliche Hoffnung.

»Ein Ausrutscher«, sagte Carlinya mit kälterer Stimme als sonst üblich, »und wir enden alle mit unseren Köpfen auf Spießen.«

»Aber wer wird sie aufspießen?« fragte Anaiya nachdenklich. »Elaida, der Saal, oder Rand al'Thor?«

Das Schweigen dehnte sich, Röcke raschelten, und dann öffnete und schloß sich die Tür wieder.

Nynaeve wagte einen kurzen Blick. Der Raum war leer. Sie gab einen ächzenden Laut von sich. Daß sie vorhatten, zu warten, tröstete sie wohl, doch die endgültige Antwort konnte immer noch alles bringen. Anaiyas Bemerkung hatte ihr gezeigt, daß sie nach wie vor Rand genauso reserviert gegenüberstanden wie Elaida. Vielleicht sogar noch mehr. Elaida versammelte schließlich keine Männer um sich, die mit der Macht umgehen konnten. Und wer war dieses ›beeinflußbare Kind‹? Nein, das war unwichtig. Sie konnten fünfzig verschiedene Intrigen am Kochen haben, von denen sie keine Ahnung hatte.

Das Wachgewebe erlosch und Nynaeve erschrak. Es war höchste Zeit, von hier zu verschwinden. Sie rappelte sich schnell hoch und klopfte sich mit lebhaften Bewegungen den Staub von den Knien, als sie sich von der Hauswand entfernen wollte. Doch es reichte nur zu einem Schritt. Dann blieb sie stocksteif stehen, gebückt, die Hände noch an den verschmutzten Stellen ihres Rocks, und blickte Theodrin in die Augen.

Die Domanifrau mit den Apfelbäckchen erwiderte ihren Blick und sagte kein Wort.

Nynaeve überlegte fieberhaft, verwarf aber die dumme Behauptung, sie habe am Boden nach einem verlorenen Gegenstand gesucht. Statt dessen richtete sie sich auf und schritt gemächlich an der anderen Frau vorbei, als gebe es nichts zu erklären. Theodrin ging schweigend neben ihr her, die Hände auf Hüfthöhe gefaltet. Nynaeve überlegte, welche Möglichkeiten sie habe. Sie konnte Theodrin eins über den Kopf verpassen und wegrennen. Sie konnte auf die Knie fallen und betteln. Beide Möglichkeiten erschienen ihr nicht besonders gut, sie war aber nicht in der Lage, einen anderen Ausweg zu finden.

»Habt Ihr die Ruhe bewahrt?« fragte Theodrin und blickte dabei stur geradeaus.

Nynaeve fuhr wieder zusammen. Das war der Rat

gewesen, den ihr die andere Frau erst gestern gegeben hatte, nachdem sie versucht hatte, ihren eigenen Block mit Gewalt zu brechen. Bewahrt die Ruhe; bleibt sehr ruhig; denkt nur ruhige, beherrschte Gedanken. »Natürlich.« Ein schwächliches Lachen begleitete ihre Worte. »Was hätte mich hier auch aufregen können?«

»Das ist gut«, sagte Theodrin ernst. »Heute will ich eine etwas … direktere Methode anwenden.«

Nynaeve sah sie an. Keine Fragen? Keine Beschuldigungen? So, wie sich dieser Tag entwickelt hatte, konnte sie kaum glauben, so leicht davonzukommen.

Sie blickte nicht zu dem Steingebäude zurück, und so bemerkte sie auch nicht die Frau, die sie und Theodrin von einem Fenster im zweiten Stock aus beobachtete.

KAPITEL 5

Unter dem Staub

Nynaeve fragte sich, ob sie ihren Zopf ausflechten solle, während sie unter einem rotgestreiften Handtuch hervor ihr Kleid und den Unterrock anschaute, die über Stuhllehnen hingen und auf die sauber gefegten Bohlen des Fußbodens tropften. Ein weiteres um sie gewickeltes Handtuch, grün und weiß gestreift und um einiges größer als das andere, diente ihr im Moment als Bekleidung. »Jetzt wissen wir also, daß auch ein Schock nichts hilft«, grollte sie Theodrin an, und sofort mußte sie aufstöhnen. Ihr Unterkiefer schmerzte, und ihre Wange brannte noch immer. Theodrin hatte schnelle Reflexe und einen kräftigen Arm. »Ich kann jetzt gerade die Macht lenken, aber für einen Augenblick war vorhin *Saidar* das allerletzte, was ich im Sinn hatte.« In jenem durchnäßten Moment des Nach-Luft-Schnappens, als sie die Gedanken flohen und der reine Instinkt durchbrach.

»Dann benützt die Macht, um Eure Sachen zu trocknen«, knurrte Theodrin.

Nynaeves Kinn schmerzte gleich nicht mehr so sehr, als sie beobachtete, wie Theodrin in eine dreieckige Spiegelscherbe blickte und nach ihrem Auge fühlte. Die Haut wirkte bereits leicht geschwollen, und Nynaeve erwartete, daß sich dies zu einem ausgesprochen auffallenden Blauen Auge entwickeln werde, falls es nicht behandelt wurde. Ihr Arm war keineswegs so schwächlich, und ein Blaues Auge hatte Theodrin allemal verdient!

Vielleicht war die Domani der gleichen Ansicht,

denn sie seufzte: »Das versuche ich nicht noch einmal. Aber wie auch immer, ich werde Euch beibringen, Euch *Saidar* zu öffnen, ohne vorher so wütend zu sein, daß Ihr statt dessen die Macht beißen könntet.«

Nynaeve blickte mit finsterer Miene auf ihre durchnäßte Kleidung und überlegte eine Weile. Sie hatte noch nie so etwas unternommen. Ihre Hemmung, Alltagsarbeiten mit Hilfe der Macht zu erledigen, war sehr stark ausgeprägt, und das aus gutem Grund. *Saidar* war verführerisch. Je mehr man die Macht benützte, desto häufiger wollte man sie benützen, und desto größer war die Gefahr, eines Tages zuviel an sich zu reißen und sich damit umzubringen oder auszubrennen. Die Süße der Wahren Quelle erfüllte sie mittlerweile ganz und gar. Dafür hatte Theodrins Eimer Wasser gesorgt, obwohl die restliche Arbeit des Vormittags vergebens gewesen war. Ein simples Gewebe aus dem Element Wasser zog alle Feuchtigkeit aus ihrer Kleidung und ließ sie auf den Boden plätschern, wo sie sich in Form einer immer größer werdenden Pfütze ausbreitete und das ergänzte, was von Theodrins Eimerladung noch übrig war.

»Ich ergebe mich eben nicht so schnell«, sagte sie. Es sei denn, ein Kampf wäre aussichtslos. Nur ein Narr machte weiter, wenn er gar keine Chance mehr hatte. Sie konnte unter Wasser nicht atmen, sie konnte nicht fliegen, indem sie mit den Armen ruderte, und sie konnte die Macht nicht benützen, wenn sie nicht wütend war.

Theodrin wandte ihren finsteren Blick von der Pfütze ab und Nynaeve zu und stemmte die Fäuste entschlossen in die schmalen Hüften. »Das ist mir nur zu bewußt«, sagte sie in etwas zu ruhigem Tonfall. »Allen Lehrmeinungen nach solltet Ihr überhaupt nicht in der Lage sein, die Macht zu lenken. Mir hat man beigebracht, ich müsse ruhig sein, um mit der Macht zu arbeiten, innerlich kühl und ernst, offen und absolut empfangsbereit.« Das Glühen *Saidars* umgab sie und Stränge aus Wasser zogen die Pfütze zu einer Wasserkugel zusammen, die völlig deplaziert auf dem Boden lag. »Ihr müßt Euch der Macht ergeben, bevor Ihr sie lenken könnt. Aber bei Euch, Nynaeve ... So sehr Ihr Euch auch bemüht, Euch hinzugeben – und ich habe wohl bemerkt, daß Ihr Euch bemüht – klammert Ihr Euch doch fest, bis Ihr wütend genug seid, um Euren Instinkt zu überwinden.« Stränge aus Luft hoben die wabbelnde Wasserkugel hoch. Einen Augenblick lang glaubte Nynaeve, die Frau wolle die Kugel nach ihr werfen, doch dann schwebte sie quer durch das Zimmer und zu dem geöffneten Fenster hinaus. Es gab ein gewaltiges Platschen, als sie auf dem Boden aufschlug, und eine Katze jaulte überrascht auf. Vielleicht galten alle Einschränkungen nicht mehr, wenn man sich auf Theodrins Stufe befand.

»Warum belaßt Ihr es nicht einfach dabei?« Nynaeve bemühte sich, in heiterem Plauderton zu sprechen, aber das klang auch in ihren Ohren nicht ganz echt. Sie *wollte* schließlich die Macht gebrauchen können, wann immer sie es wünschte. Aber wie schon das Sprichwort sagt: ›Wenn Wünsche Flügel wären, könnten auch Schweine fliegen.‹ »Es ist überflüssig, soviel Energie zu verschwenden ...«

»Hört auf damit«, sagte Theodrin, als Nynaeve versuchte, das Wassergewebe bei ihrem Haar anzuwenden, um es zu trocknen. »Laßt *Saidar* fahren und es auf natürliche Art trocknen. Und zieht Euch wieder an.«

Nynaeve kniff die Augen zusammen. »Ihr habt doch wohl nicht noch eine Überraschung für mich, oder?«

»Nein. Nun fangt an, Euren Geist vorzubereiten. Ihr seid eine Blütenknospe, die die Wärme der Quelle spürt und sich bereitmacht, sich der Quelle zu öffnen. *Saidar* ist der Fluß, und Ihr seid das Ufer. Der Fluß ist mächtiger als das Ufer, doch das Ufer hält und leitet ihn. Entleert Euren Geist bis auf die Knospe. Nichts ist mehr in Euren Gedanken als diese Knospe. Ihr seid die Knospe …«

Nynaeve zog den Unterrock über den Kopf und seufzte, als Theodrins Stimme mit ihrem hypnotischen Gemurmel fortfuhr. Übungen für Novizinnen. Falls die bei ihr irgendwelche Wirkung hätten, wäre sie schon lange in der Lage, die Macht nach Belieben zu benützen. Sie sollte damit aufhören und lieber das tun, wozu sie in der Lage war, wie beispielsweise Elayne zu überzeugen, daß sie nach Caemlyn mußten. Aber andererseits wünschte sie sich, daß Theodrin recht behalten werde, und wenn sie dazu auch zehn Eimer voll Wasser benötigte. Aufgenommene liefen nicht davon und widerstrebten auch nicht. Sie haßte es noch mehr, wenn man ihr sagte, was sie nicht vollbringen konnte, als zu hören, was sie zu tun habe.

Stunden vergingen. Mittlerweile saßen sie sich an einem Tisch gegenüber, der wirkte, als entstamme er der Ruine eines Bauernhauses. In diesen Stunden hatten sie endlose Übungen absolviert, die vermutlich zur gleichen Zeit von Novizinnen vollbracht wurden. Die Blütenknospe und das Ufer. Die Sommerbrise und der plätschernde Bach. Nynaeve versuchte, sich in einen Löwenzahnsamen zu versetzen, der im Wind umhertrieb, in die Erde, die den Frühlingsregen in sich aufsog, und in eine Wurzel, die sich durch den Boden grub. Alles ohne Wirkung, jedenfalls ohne die Wirkung, auf die Theodrin hoffte. Sie schlug sogar vor, Nynaeve solle sich vorstellen, in den Armen eines Liebhabers zu liegen, was sich als katastrophal herausstellte, da sie wieder an Lan denken mußte, und wie konnte er es *wagen*, auf diese Weise zu verschwinden! Doch jedesmal, wenn die Verbitterung den Zorn auslöste wie eine heiße Kohle das Feuer im trockenen Gras und damit *Saidar* für sie erreichbar machte, befahl Theodrin ihr loszulassen, und dann begann sie erneut auf ihre beruhigende, kühle Art. Die sture Weise, auf die diese Frau ihrem Ziel zustrebte, machte sie verrückt. Nynaeve hatte das Gefühl, sie könne selbst Mauleseln noch lehren, störrisch zu sein. Sie zeigte niemals Unwillen und ihre ernste Würde war schon eine Kunstform für sich. Nynaeve hätte gern einen Eimer Wasser über *ihren* Kopf geleert, um zu sehen, wie ihr das gefiel. Allerdings mußte sie dabei an den Schmerz in ihrem Kiefer denken, und dann kam ihr die Idee doch nicht mehr so gut vor.

Theodrin heilte den Kiefer mit Hilfe der Macht, bevor Nynaeve ging. Das war annähernd die Obergrenze der Heilerfähigkeiten der Aes Sedai. Einen Moment später half Nynaeve dann auch ihr. Theodrins Auge hatte sich leuchtend rotblau verfärbt, und eigentlich hätte sie ihr das lieber als Warnung gelassen, damit sie sich in Zukunft überlegte, was sie tat, aber nun mußte sie sich wohl oder übel revanchieren. Theodrins Aufstöhnen, als die Stränge aus Geist, Luft und Wasser ihren Körper durchdrangen, war durchaus eine Genugtuung. Schließlich hatte sie ganz gewaltig nach Luft schnappen müssen, als die Domani ihr den Eimer Wasser über den Kopf geleert hatte. Natürlich durchlief auch sie ein Schauder während der Heilung, aber man konnte eben nicht alles haben.

Draußen war die Sonne bereits auf halbem Weg zum westlichen Horizont. Ein Stück weit die Straße hinunter durchlief eine Welle von Verbeugungen und Knicksen die Menge der Passanten, und dann öffnete sich das gedrängte Durcheinander, und Tarna Feir erschien. Sie glitt dahin wie eine Königin durch einen Schweinestall und hatte die rotgefranste Stola wie ein leuchtendes Banner um die Oberarme geschlungen. Selbst auf fünfzig Schritt Entfernung war ihre Haltung eindeutig zu erkennen, so, wie sie den Kopf hielt und ihren Rock hochraffte, damit er den Straßenstaub nicht

berührte, und wie sie sogar jene nicht beachtete, die vor ihr knicksten, als sie vorbeischritt. Am ersten Tag waren es noch viel weniger Knickse gewesen und viel mehr feindselige Blicke, doch eine Aes Sedai war eine Aes Sedai, jedenfalls bei den Schwestern in Salidar. Um das zu unterstreichen, waren mittlerweile zwei Aufgenommene, fünf Novizinnen und beinahe ein Dutzend Diener und Dienerinnen in ihrer Freizeit bei der Arbeit, Küchenabfälle und die Inhalte von Nachttöpfen zum Wald hinauszukarren und dort zu vergraben.

Als sich Nynaeve wegschlich, um von Tarna nicht gesehen zu werden, grollte ihr Magen so laut, daß ihr ein vorbeischreitender Kerl mit einem Korb Zwiebeln auf dem Rücken einen erstaunten Blick zuwarf. Sie hatten das Frühstück versäumt, als Elayne versucht hatte, das Wachgewebe zu durchdringen, und das Mittagessen war nach Theodrins Übungen längst vorüber. Und die Frau hatte ihr heute noch nicht genug angetan. Nach Theodrins Anweisungen durfte sie nämlich heute nacht nicht schlafen. Vielleicht würde die Erschöpfung das vollbringen, was ein plötzlicher Schreck nicht ausgelöst hatte. *Jeder Block kann durchbrochen werden,* hatte Theodrin mit ungebrochenem Selbstvertrauen in der Stimme verkündet, *und ich werde Euren durchbrechen. Es muß nur ein einziges Mal geschehen. Nur einmal ohne Zorn mit Saidar arbeiten, und die Macht ist Euer!*

Im Augenblick jedoch wollte Nynaeve nur eines, nämlich etwas zum Essen. Die Küchenmägde waren bereits beim Aufräumen und beinahe fertig, doch der Duft nach Hammeleintopf und Schweinebraten, der noch in den Küchenräumen hing, ließ ihr das Wasser im Mund zusammenlaufen. Sie mußte sich allerdings mit zwei armseligen Äpfeln, einem Brocken Ziegenkäse und einem harten Stück Brot zufriedengeben. Der Tag wurde auch nicht besser.

In ihr Zimmer zurückgekehrt, fand sie Elayne vor, die der Länge nach ausgestreckt auf ihrem Bett lag. Die jüngere Frau blickte sie an, ohne den Kopf zu heben, rollte kurz mit den Augen und sah wieder zu dem rissigen Verputz der Decke hoch. »Ich habe einen *furchtbaren* Tag hinter mir, Nynaeve«, seufzte sie. »Escaralde *besteht darauf,* einen *Ter'Angreal* herstellen zu wollen, obwohl sie nicht die Kraft dazu hat, und Varilin hat irgend etwas angestellt – ich weiß nicht, was – und der Stein, mit dem sie arbeitete, verwandelte sich in eine … nun, man kann es nicht ganz als Flammenkugel bezeichnen, aber … und das in ihren Händen. Wäre Dagdara nicht gewesen, wäre sie meiner Meinung nach gestorben, denn niemand sonst unter uns Anwesenden konnte sie heilen, und die Zeit reichte nicht aus, um jemanden herbeizurufen. Und dann habe ich über Marigan nachgedacht. Wenn wir schon nicht lernen können, festzustellen, ob ein Mann die Macht benützt hat, können wir vielleicht aufspüren, *was* er getan hat! Ich glaube mich erinnern zu können, daß Moiraine diese Möglichkeit erwähnt hat. Ich bilde es mir zumindest ein. Jedenfalls habe ich darüber nachgegrübelt, und dann berührte mich jemand an der Schulter und ich schrie, als habe man mich mit einer Nadel gestochen. Dabei war es nur irgendein armer Fuhrmann, der mich wegen eines dieser törichten Gerüchte fragen wollte. Ich habe ihn so erschreckt, daß er fast weggerannt wäre.«

Endlich holte sie Luft, und Nynaeve gab die Absicht auf, der Frau ihren letzten Apfelbutzen an den Kopf zu werfen; statt dessen fragte sie schnell in die momentane Stille hinein: »Wo steckt Marigan?«

»Sie war mit Putzen und Aufräumen fertig – hat sich ganz schön Zeit damit gelassen – und ich habe sie auf ihr Zimmer geschickt. Ich trage schließlich noch das Armband. Schau!« Sie hob ihren Arm kurz und ließ ihn wieder auf die Matratze fallen, doch ihr Redeschwall verringerte sich keineswegs. »Sie hat wieder so furchtbar gewinselt, wir müßten unbedingt nach Caemlyn gehen, und das konnte ich keine Minute länger ertragen, schon gar nicht nach all den anderen Strapazen. Mein Unterricht bei den Novizinnen war eine einzige Katastrophe. Diese *furchtbare* Keatlin – die mit der langen Nase – hat immer wieder gemeckert, zu Hause habe sie sich niemals von einem *Mädchen* herumkommandieren lassen, und Faolain kam herbeistolziert und wollte wissen, wieso Nicola in meinem Unterricht sei – wie konnte ich denn ahnen, daß Nicola für sie Botengänge machen sollte? – und dann entschloß sich Ibrella, auszuprobieren, wieviel Feuer sie bereits erzeugen könne, und beinahe hätte sie die ganze Gruppe versengt, und Faolain hat mich vor versammelter Klasse heruntergeputzt, daß ich bei meinen Schülerinnen keine Disziplin halten könne, und Nicola sagte daraufhin, *sie* …«

Nynaeve gab die Versuche auf, auch einmal etwas einzuwerfen – vielleicht hätte sie doch den Apfelbutzen werfen sollen – und schrie einfach nur: »Ich denke, Moghedien hat recht!«

Dieser Name verschloß augenblicklich den Mund. Sie setzte sich mit weit aufgerissenen Augen auf. Nynaeve sah sich unwillkürlich um, ob auch niemand gelauscht hatte, obwohl sie sich in ihrem Zimmer befanden.

»Das ist töricht, Nynaeve!«

Nynaeve wußte nicht, ob Elayne ihren Vorschlag meinte oder die Tatsache, daß sie Moghediens Namen laut ausgesprochen hatte. Sie hatte auch nicht vor nachzufragen. So setzte sie sich Elayne gegenüber auf ihr eigenes Bett und zupfte ihren Rock zurecht. »Nein, ist es nicht. Jeden Tag könnten Jaril und Seve bei jemandem ausplaudern, daß Marigan gar nicht ihre Mutter ist, falls das nicht schon geschehen ist. Bist du bereit, die Fragen zu beantworten, die daraufhin kommen werden? Ich nicht. Jeden Tag könnte es geschehen, daß irgendeine Aes Sedai Nachforschungen anstellt, wieso ich etwas entdecken oder erfinden kann, ohne von Sonnenaufgang bis Sonnenuntergang wütend zu sein. Jede zweite Aes Sedai, mit der ich spreche, erwähnt das, und Dagdara hat mich in letzter Zeit so eigenartig angesehen. Außerdem werden sie gar nichts unternehmen! Sie haben lediglich vor, hier herumzusitzen. Außer, sie entschließen sich, zur Burg zurückzukehren. Ich habe mich angeschlichen und belauscht, wie Tarna mit Sheriam sprach ...«

»*Was* hast du?«

»Ich habe mich angeschlichen und gelauscht«, sagte Nynaeve gelassen. »Die Botschaft an Elaida lautet, sie benötigten mehr Zeit, um es sich zu überlegen. Das heißt, sie überlegen es sich zumindest, ob sie die Sache mit Logain und den Roten Ajah vergessen sollen. Wie sie das fertigbringen, weiß ich nicht, aber es muß wohl so sein. Wenn wir noch länger hierbleiben, kann es sein, daß sie uns Elaida als Geschenkpaket schicken. Wenn wir jetzt gehen, können wir Rand wenigstens sagen, er soll nicht damit rechnen, daß ihn irgendwelche Aes Sedai unterstützen werden. Wir können ihm raten, keiner Aes Sedai zu trauen.«

Elayne legte die hübsche Stirn in Falten und setzte sich auf dem Bett zurecht. »Wenn sie es sich noch überlegen, bedeutet das, sie haben sich noch nicht entschieden. Ich bin der Meinung, wir sollten bleiben. Möglicherweise können wir mithelfen, sie auf den richtigen Weg zu führen. Und außerdem, falls du Theodrin nicht zum Mitkommen überreden willst, verschenkst du die Chance, deinen Block jemals zu brechen.«

Nynaeve ignorierte das letztere. Toll, was Theodrin bisher vollbracht hatte. Eimer voll Wasser. Kein Schlaf heute nacht. Was würde als nächstes kommen? Die Frau hatte doch bereits zugegeben, daß sie alles, aber auch alles ausprobieren werde, bis sie das Mittel fand, das zum Erfolg führte. Alles, aber auch alles, schloß für Nynaeves Geschmack ein wenig zuviel ein. »Auf den richtigen Weg führen? Sie werden nicht auf uns hören. Selbst Siuan hört kaum auf uns, und wenn sie uns auch am Wickel hat, haben wir sie wenigstens ein Stückchen zu packen bekommen.«

»Ich bin aber immer noch der Meinung, wir müssen bleiben! Wenigstens so lange, bis der Saal die Entscheidung fällt. Wenn wirklich das Schlimmste eintrifft, können wir Rand eine Tatsache mitteilen und keine bloße Vermutung.«

»Und wie sollen wir das herausfinden? Wir können nicht damit rechnen, daß ich ein zweites Mal das richtige Fenster zum Lauschen finde. Sollten wir warten, bis sie ihre Entscheidung bekanntgeben, stehen wir vielleicht schon unter Bewachung. Jedenfalls ich. Es gibt keine Aes Sedai, die nicht wüßte, daß Rand und ich aus Emondsfeld stammen.«

»Siuan sagt uns Bescheid, bevor irgend etwas verkündet wird«, sagte Elayne ruhig. »Du glaubst doch wohl nicht, sie und Leane würden demütig zu Elaida zurückkriechen, oder?«

Das war ein Argument. Elaida würde Siuan und Leane enthaupten lassen, bevor sie auch nur knicksen konnten. »Wir müssen trotzdem Jaril und Seve beachten«, beharrte sie.

»Wir lassen uns etwas einfallen. Auf jeden Fall sind sie nicht die ersten Flüchtlingskinder, die von jemandem betreut werden, die nicht mit ihnen verwandt ist.« Elayne hielt ihr durch Grübchen gekennzeichnetes Lächeln vermutlich für beruhigend. »Wir müssen uns lediglich darauf konzentrieren. Und wir sollten in jedem Fall warten, bis Thom aus Amadicia zurück ist. Ich kann ihn nicht zurücklassen.«

Nynaeve hob resigniert beide Hände. Falls das Aussehen ein Spiegelbild des Charakters wäre, müßte

Elayne wie ein in Stein gehauener Maulesel aussehen. Das Mädchen hatte aus Thom Merrilin einen Ersatz für den Vater gemacht, den sie verloren hatte, als sie noch klein war. Manchmal schien sie außerdem zu glauben, er könne nicht einmal den Eßtisch finden, wenn sie ihn nicht bei der Hand nahm.

Die einzige Vorwarnung, die Nynaeve erhielt, war das Gefühl, in ihrer Nähe werde *Saidar* benützt, dann schlug die Tür vor einem Strang aus Luft auf, und Tarna Feir trat in das Zimmer. Nynaeve und Elayne sprangen auf. Eine Aes Sedai war nun einmal eine Aes Sedai, und einige von denen, die draußen die Abfälle vergruben, taten das ausschließlich auf Tarnas Geheiß.

Die blonde Rote Schwester musterte sie eingehend. Ihr Gesicht wirkte arrogant wie Marmor im Winter. »Aha. Die Königin von Andor und die verkrüppelte Wilde.«

»Noch nicht, Aes Sedai«, erwiderte Elayne in kühler Höflichkeit. »Nicht vor meiner Krönung im Großen Saal. Und auch dann nur, falls meine Mutter tot ist«, fügte sie hinzu.

Tarnas Lächeln hätte einen Schneesturm zum Gefrieren gebracht. »Selbstverständlich. Sie haben sich bemüht, Eure Anwesenheit geheimzuhalten, aber die Gerüchte breiten sich doch aus.« Ihr Blick überflog die schmalen Betten und den schiefen Hocker, die Kleider an den Wandhaken und den rissigen Verputz. »Ich dachte aber doch, Ihr hättet ein besseres Quartier, wenn man bedenkt, welch wundervolle Dinge Ihr vollbracht habt. Wärt Ihr in der Weißen Burg, wo Ihr hingehört, würde es mich nicht überraschen, wenn man Euch mittlerweile die Prüfung für die Stola ablegen ließe.«

»Dankeschön«, sagte Nynaeve, um zu zeigen, daß sie genauso höflich sein konnte wie Elayne. Tarna blickte sie an. Gegen diese blauen Augen wirkte der

Rest dieses Gesichts geradezu warm. »Aes Sedai«, fügte Nynaeve hastig hinzu.

Tarna wandte sich wieder Elayne zu. »Die Amyrlin hat Euch und Andor ganz besonders ins Herz geschlossen. Sie hat eine solch ausgedehnte Suchaktion nach Euch befohlen, daß Ihr es kaum glauben würdet. Ich weiß, daß es ihr große Freude bereitete, kämt Ihr mit mir nach Tar Valon zurück.«

»Mein Platz ist hier, Aes Sedai.« Elaynes Stimme klang immer noch freundlich, aber sie hatte das Kinn oben, als wolle sie Tarnas Unnahbarkeit nachahmen. »Ich werde zur Burg zurückkehren, wenn es die anderen tun.«

»So, so«, sagte die Rote teilnahmslos. »Also gut. Verlaßt uns jetzt. Ich wünsche, mit der Wilden unter vier Augen zu sprechen.«

Nynaeve und Elayne tauschten einen Blick, doch es blieb Elayne nichts anderes übrig, als zu knicksen und hinauszugehen.

Als sich die Tür schloß, überkam Tarna eine eigenartige Wandlung. Sie setzte sich auf Elaynes Bett, zog die Beine hoch und schlug sie übereinander, lehnte sich an das splittrige Kopfbrett und faltete die Hände im Schoß. Ihre Miene taute auf und sie lächelte sogar ein wenig. »Ihr wirkt nervös. Das ist nicht notwendig. Ich beiße Euch nicht.«

Nynaeve hätte das eher glauben können, hätten auch die Augen der Frau ihren Ausdruck verändert. Das Lächeln berührte sie nicht im geringsten, und der Kontrast ließ sie nun noch härter erscheinen, hundertmal so kalt. Diese Kombination jagte ihr einen Schauer den Rücken hinab. »Ich bin nicht nervös«, sagte sie tapfer und stellte die Füße fest auf den Boden, damit ihre Knie nicht zitterten.

»Ach. Beleidigt, oder? Warum? Weil ich Euch als ›Wilde‹ bezeichnet habe? Ihr müßt wissen, daß auch ich eine Wilde war. Galina Casban persönlich hat meinen Block gebrochen. Sie kannte meine künftige Ajah lange vor mir selbst und hat sich für mich eingesetzt. Das tut sie immer, wenn sie glaubt, eine Frau werde die Roten Ajah erwählen.« Sie schüttelte lachend den Kopf, doch ihre Augen stachen wie gefrorene Messer. »Die Stunden, in denen ich heulte und weinte, bevor ich *Saidar* berühren konnte, ohne die Augen zu schließen. Man kann nicht weben, wenn man die Stränge nicht sieht. Wie ich hörte, gebraucht Theodrin bei Euch sanftere Methoden.«

Nynaeve trat unwillkürlich von einem Fuß auf den anderen. Theodrin würde doch sicher nicht zu solchen Maßnahmen greifen? Bestimmt nicht. Sie versteifte ihre Knie, aber das ließ das Flattern in ihrem Bauch nicht erlahmen. Also durfte sie nicht beleidigt sein, oder? Sollte sie auch das ›Verkrüppelt‹ unbeachtet lassen? »Worüber wolltet Ihr mit mir sprechen, Aes Sedai?«

»Die Amyrlin möchte Elayne in Sicherheit wissen, aber in gewisser Weise seid Ihr genauso wichtig. Vielleicht noch wichtiger. Was in Eurem Kopf in bezug auf Rand al'Thor schlummert, könnte sich als unschätzbar erweisen. Und das, was Egwene al'Vere weiß. Habt Ihr eine Ahnung, wo sie sich aufhält?«

Nynaeve hätte sich gern den Schweiß vom Gesicht gewischt, doch sie zwang ihre Hände zur Ruhe. »Ich habe sie schon lange nicht mehr gesehen, Aes Sedai.« Es war schon Monate her, seit sie sich zum letzten Mal in *Tel'aran'rhiod* getroffen hatten. »Darf ich fragen, was …« Niemand in Salidar bezeichnete Elaida als die Amyrlin, aber sie sollte wohl dieser Frau gegenüber die Höflichkeit wahren. »… die Amyrlin in bezug auf Rand zu unternehmen gedenkt?«

»Gedenkt, Kind? Er ist der Wiedergeborene Drache. Das weiß die Amyrlin auch, und sie gedenkt, ihm alle Ehren zuteil werden zu lassen, die ihm gebühren.« Eine Andeutung von Eindringlichkeit schlich sich in

Tarnas Stimmen. »Denkt doch nach, Kind. Die hier werden zur Herde zurückkehren, sobald ihnen einmal dämmert, was sie da wirklich tun, doch inzwischen könnte sich jeder Tag als lebenswichtig herausstellen. Dreitausend Jahre lang hat die Burg Herrscher angeleitet; ohne sie hätte es mehr und noch schlimmere Kriege gegeben. Wenn al'Thor diese Führung nicht erhält, steht die Welt vor einer großen Katastrophe. Aber man kann nicht führen, was man gar nicht kennt, genausowenig, wie ich die Macht gebrauchen kann, wenn ich die Augen schließe. Das Beste für ihn wäre, wenn Ihr mit mir zurückreist und Eure Kenntnisse über ihn der Amyrlin zuteil werden laßt, und zwar jetzt – nicht erst in Wochen oder Monaten. Das wäre auch für Euch selbst das beste. Hier könnt Ihr nicht zur Aes Sedai erhoben werden. Die Eidesrute befindet sich in der Burg. Die Prüfung kann nur in der Burg stattfinden.«

Der Schweiß rann Nynaeve in die Augen, doch sie widerstand dem Drang zu blinzeln. Glaubte die Frau etwa, sie ließe sich bestechen? »Um die Wahrheit zu sagen, habe ich nie viel Zeit mit ihm verbracht. Seht Ihr, ich habe im Dorf gewohnt und er auf einem Bauernhof im Westwald. Er machte den Eindruck eines Jungen, der niemals auf Vernunft hören wollte. Man mußte ihn zu dem drängen, was er tun sollte, oder ihn aber dazu herschleifen. Sicher, damals war er nur ein Junge. Nach alledem zu schließen, was ich weiß, könnte er sich geändert haben. Die meisten Männer sind wohl nur übergroße Jungen, aber *er* könnte sich geändert haben.«

Eine Weile lang sah Tarna sie lediglich an, und das mit diesem eisigen Blick. »Aha«, sagte sie schließlich und stand mit einer so geschmeidigen Bewegung auf, daß Nynaeve beinahe zurückgetreten wäre, obwohl in dieser winzigen Kammer gar kein Platz war, um auch nur einen Schritt rückwärts zu tun. Dieses beunruhigende Lächeln lag immer noch auf den Zügen der anderen Frau. »Welche eigenartige Gruppe von Menschen, die hier versammelt ist. Ich habe keine von beiden zu Gesicht bekommen, aber wie ich hörte, beehren Siuan Sanche und Leane Sharif Salidar mit ihrer Anwesenheit. Nicht gerade die Sorte von Mensch, mit der eine weise Frau verkehren sollte. Und dann vielleicht auch noch andere außergewöhnliche Leute? Es wäre wirklich besser für Euch, Ihr kämt mit mir. Ich reise am Morgen ab. Laßt mich heute abend wissen, ob ich Euch an der Straße erwarten soll.«

»Ich fürchte ...«

»Denkt darüber nach, Kind. Dies könnte sich als die wichtigste Entscheidung Eures Lebens erweisen. Überlegt es Euch sehr genau.« Die liebenswürdige Maske verschwand, und Tarna rauschte aus dem Zimmer.

Nynaeve gaben die Knie nach, und sie sank auf ihr Bett. Die Frau löste einen derartigen Sturm der Gefühle in ihr aus, daß sie nicht wußte, wie sie all das bewältigen sollte. Nervosität und Zorn rangen in ihr mit einer überschäumenden Freude. Sie wünschte, die Rote habe Gelegenheit, sich irgendwie mit den Aes Sedai in der Burg zu verständigen, die nach Rand suchten. Oh, wie gern wäre sie eine Fliege an der Wand, wenn sie versuchten, ihre angebliche Einschätzung Rands gegen ihn zu benützen. Versuchte doch glatt, sie zu bestechen! Versuchte auch noch, sie einzuschüchtern! Und hatte auch noch recht guten Erfolg damit gehabt. Tarna war sich so sicher, daß die Aes Sedai schließlich vor Elaida die Knie beugen würden. Für sie schien das beschlossene Sache, und nur der Zeitpunkt stellte eine Unsicherheit dar. Und war das eine Andeutung in bezug auf Logain gewesen? Nynaeve vermutete, Tarna wisse erheblich mehr über Salidar, als die Burg oder Sheriam ahnten. Möglicherweise besaß Elaida hier Anhänger.

Nynaeve erwartete jeden Moment Elaynes Rückkehr, doch als eine halbe Stunde vorüber war, ohne daß sie erschien, machte sie sich auf die Suche nach ihr. Zuerst schritt sie die Straßen ruhig ab, doch bald trabte sie voran, brach aber gelegentlich ab, um auf die Deichsel eines Karrens zu steigen oder auf ein umgestülptes Faß oder einen steinernen Begrenzungspfosten, und spähte über die Köpfe der Menge hinweg. Die Sonne war schon so tief gesunken, daß sie bereits dicht über den Baumwipfeln stand, als sie schließlich unter mürrischen Selbstgesprächen zu ihrem Zimmer zurückstolzierte. Dort fand sie Elayne vor, die offensichtlich gerade angekommen war.

»Wo bist du gewesen? Ich habe schon geglaubt, Tarna hätte dich irgendwo verschnürt hinterlassen!«

»Ich habe die hier von Siuan geholt.« Elayne öffnete die Faust. Zwei der verdrehten Steinringe lagen in ihrer Hand.

»Ist einer davon der echte? Es war eine gute Idee, sie zu holen, aber du hättest versuchen sollen, den echten mitzubringen.«

»Ich habe meine Meinung nicht geändert, Nynaeve. Ich bin immer noch der Meinung, wir sollten hierbleiben.«

»Tarna …«

»Hat mich nur um so mehr darin bestärkt. Sollten wir gehen, dann werden Sheriam und der Saal mit Gewißheit die Einheit der Burg über Rand stellen. Ich weiß das einfach.« Sie legte die Hände auf Nynaeves Schultern, und Nynaeve ließ sich von ihr auf das Bett hinunterdrücken. Elayne setzte sich ihr gegenüber und beugte sich eindringlich nach vorn. »Erinnerst du dich daran, was du mir gesagt hast, wenn man ein starkes Bedürfnis benutzt, um in *Tel'aran'rhiod* etwas Bestimmtes aufzuspüren? Was wir brauchen, ist eine Methode, den Saal davon zu überzeugen, daß sie nicht zu Elaida zurückkehren dürfen.«

»Aber wie? Wenn Logain dazu nicht ausreicht …«

»Wir werden wissen, was es ist, wenn wir es finden«, sagte Elayne mit Entschlossenheit in der Stimme.

Nynaeve fühlte geistesabwesend nach ihrem unterarmdicken Zopf. »Bist du bereit, wegzugehen, falls wir nichts finden? Mir gefällt der Gedanke daran nicht gerade, hier herumzusitzen, bis sie sich entschließen, uns unter Bewachung zu stellen.«

»Ich bin einverstanden, daß wir abreisen, vorausgesetzt du bist einverstanden, daß wir hierbleiben, falls wir etwas Nützliches finden. Nynaeve, so gern ich ihn auch wiedersehen möchte – wir können hier mehr ausrichten!«

Nynaeve zögerte, bevor sie schließlich knurrte: »Einverstanden.« Es schien kein großes Risiko zu sein. Ohne die geringste Ahnung, was sie eigentlich suchen sollten, konnte sie sich nicht vorstellen, etwas zu finden.

Wenn der Tag zuvor bereits voranzuschleichen schien, dann kroch er jetzt nur noch vorwärts. Sie stellten sich an einer der öffentlichen Küchen an, um Teller mit Schinkenscheiben, Zwiebeln und Erbsen zu erhalten. Es schien ihnen, als ruhe die Sonne stundenlang auf den Baumwipfeln. Die meisten Einwohner Salidars gingen mit der Sonne ins Bett, doch in den Fenstern leuchteten ein paar Lichter auf, vor allem in denen des größten Gebäudes. Der Saal gab heute abend ein Festbankett für Tarna. Fetzen von Harfenklängen trieben gelegentlich von der früheren Schenke herüber. Die Aes Sedai hatten unter den Soldaten einen mehr oder weniger guten Harfner aufgetrieben, ihn rasieren lassen und in eine Art Livree gesteckt. Menschen, die an der Schenke vorüberschritten, warfen kurze Blicke hinüber, bevor sie weiterhasteten, oder sie ignorierten das Gebäude so betont, daß sie vor Anstrengung fast schon bebten. Wieder einmal stellte Gareth Bryne die große Ausnahme dar. Er nahm seine Mahlzeit im Sitzen auf einer Holzkiste mitten auf der Straße ein. Jede aus dem Saal, die durch eines der Fenster blickte, mußte ihn sehen. Langsam, unendlich langsam glitt die Sonne hinter die Bäume. Die Dunkelheit kam plötzlich, fast ohne nennenswerte Dämmerung, und die Straßen leerten sich. Das Lied des Harfners begann wieder von vorn. Immer noch saß Gareth Bryne auf seiner Kiste im Lichtschein vom Bankettsaal her. Nynaeve schüttelte den Kopf. Sie wußte nicht, ob sie ihn für einen Draufgänger oder für einen Narren halten sollte. Er hatte wohl von beidem etwas an sich, wie sie vermutete.

Erst, als sie im Bett lag, mit dem gesprenkelten, steinernen *Ter'Angreal* an der gleichen Kordel am Hals wie den schweren, goldenen Siegelring Lans, und als die Kerze ausgeblasen war, erinnerte sie sich wieder an Theodrins Anweisungen. Na ja, dafür war es nun zu spät. Theodrin würde ohnehin nicht erfahren, ob sie schlief oder nicht. Wo mochte Lan nur stecken?

Elaynes Atmen verlangsamte sich. Nynaeve kuschelte sich mit einem leichten Seufzer an ihr kleines Kopfkissen, und …

… dann stand sie am Fuß ihres leeren Betts und erblickte eine durchscheinende Elayne im diffusen Lichtschein der Nacht in *Tel'aran'rhiod*. Keiner würde sie hier sehen. Sheriam oder eine aus ihrem Kreis könnte sich in der Welt der Träume aufhalten, oder auch Siuan oder Leane. Sicher, sie beide hatten ein Recht darauf, diese Welt zu besuchen, doch auf ihrer heutigen Suche wollten sie keine unangenehmen Fragen beantworten. Elayne betrachtete diesen Ausflug offensichtlich als Jagd. Bewußt oder nicht, jedenfalls hatte sie sich wie Birgitte gekleidet: grüner Umhang und weiße Hose. Sie blinzelte überrascht den silbernen Bogen in ihrer Hand an, und er verschwand, zusammen mit dem Köcher.

Nynaeve sah sich ihre eigene Kleidung an und seufzte: Ein blauseidenes Ballkleid, mit goldenen Blumen rund um die tiefen Ausschnitt herum bestickt. Die Stickereien zogen sich in Doppellinien den ganzen weiten Rock hinunter. An den Füßen spürte sie Tanzschuhe aus Samt. Es spielte eigentlich keine Rolle, was man in *Tel'aran'rhiod* anhatte, doch was hatte sie nur im Sinn gehabt, als ihr Unterbewußtsein ausgerechnet dieses Kleid erwählte? »Dir ist doch klar, daß dies vielleicht erfolglos bleiben wird?« sagte sie und änderte ihre Kleidung zu einem robusten Wollkleid mit festen Schuhen, wie es in den Zwei Flüssen üblich war. Elayne hatte kein Recht, so spöttisch zu lächeln. Ein silberner Bogen. Ha! »Wir sollten wirklich wissen, wonach wir suchen, oder zumindest einiges darüber.«

»Es muß ausreichen, Nynaeve. Du hast selbst gesagt, die Weisen Frauen behaupteten, der Schlüssel läge im Bedürfnis, je stärker, desto besser, und wir brauchen unbedingt etwas, sonst verpufft die versprochene Unterstützung für Rand wirkungslos, bis auf das, was Elaida beizutragen gewillt ist. Dazu lasse ich es nicht kommen, Nynaeve. Ganz gewiß nicht.«

»Nimm das Kinn herunter. Ich lasse es auch nicht soweit kommen, falls wir irgend etwas daran ändern können. Also können wir genausogut hier weitermachen.« Sie nahm Elayne an der Hand und schloß die Augen. Bedürfnis. Not. Sie hoffte, irgend etwas in ihr habe eine Ahnung, was eigentlich benötigt wurde. Vielleicht würde sich gar nichts ergeben. Bedürfnis. Mit einem Mal schien sich alles um sie herum zu verschieben. Sie spürte, wie *Tel'aran'rhiod* kippte und schwankte.

Augenblicklich riß sie die Augen auf. Jeder Schritt, der nur auf einem Bedürfnis beruhte, wurde zwangsläufig blind vollzogen, und während jeder sie wohl ihrem Ziel näher brachte, konnte er sie durchaus in eine Schlangengrube führen, oder ein

Löwe, der bei der Jagd gestört wurde, biß ihr vielleicht ein Bein ab.

Löwen waren nicht zu sehen, aber was sie vorfand, war trotzdem beunruhigend. Es war heller Mittag, doch das störte sie nicht weiter. Die Zeit verlief hier anders. Sie und Elayne standen Hand in Hand auf einer gepflasterten Straße, umgeben von Backstein- und Natursteinbauten. Wohnhäuser und Geschäftsgebäude gleichermaßen waren mit kunstvollen Simsen und Friesen versehen. Verzierte Kuppeln schmückten Ziegeldächer, und über jede Straße hinweg zogen sich Brücken aus Stein oder Holz, und das manchmal im dritten oder gar vierten Stock. Müllhaufen – alte Kleidungsstücke und kaputte Möbel – waren an den Ecken aufgehäuft, und ganze Scharen von Ratten huschten dazwischen herum. Gelegentlich blieben die Tiere stehen und quiekten ihnen furchtlose Herausforderungen zu. Menschen, die im Traum die Randbezirke von *Tel'aran'rhiod* berührten, erschienen kurz und verschwanden ebenso schnell wieder. Ein Mann stürzte schreiend von einer der Brücken und war verschwunden, bevor er auf den Pflastersteinen aufschlug. Eine vor Angst heulende Frau in einem zerrissenen Kleid rannte ein Dutzend Schritte weit auf sie zu, bevor auch sie wieder verschwunden war. Abgehackte Schreie und Rufe warfen ihr Echo durch die Straßen, und ein paar Mal war wildes, rauhes Lachen zu hören, das klang, als sei der Lacher dem Wahnsinn nahe.

»Das gefällt mir nicht«, sagte Elayne in besorgtem Tonfall.

In einiger Entfernung ragte ein kalkig-weißer Pfeiler hoch über die anderen Türme auf, von denen viele durch Brücken verbunden waren, gegenüber denen die in ihrer unmittelbaren Umgebung niedrig wirkten. Sie befanden sich in Tar Valon, und zwar in jenem Teil der Stadt, in dem Nynaeve beim letzten Mal einen

kurzen Blick auf Leane erhascht hatte. Leane war nicht gerade gesprächig gewesen; deshalb wußten sie nicht, was die Frau dort getan hatte. Sie hatte lediglich lächelnd festgestellt, sie wolle das Geheimnis und die Legenden um die Aes Sedai damit vertiefen.

»Es spielt keine Rolle«, sagte Nynaeve tapfer. »Niemand in Tar Valon hat auch nur eine Ahnung von der Welt der Träume. Wir werden niemanden antreffen.« Dann drehte es ihr fast den Magen um, als plötzlich ein Mann mit blutüberströmtem Gesicht erschien und auf sie zu taumelte. Er hatte keine Hände, und aus den Stümpfen spritzte Blut.

»Das hatte ich nicht im Sinn«, meinte Elayne kleinlaut.

»Laß uns weitersuchen.« Nynaeve schloß die Augen. Not.

Verschiebung.

Sie befanden sich in der Burg in einem der mit Wandteppichen geschmückten, kurvenreichen Gänge. Ein molliges Mädchen in Novizinnenkleidung tauchte mit einem Mal keine drei Schritt von ihnen entfernt aus dem Nichts auf. Sie riß die großen Augen noch weiter auf, als sie ihrer ansichtig wurde. »Bitte«, wimmerte sie. »Bitte?« Und war verschwunden.

Plötzlich keuchte Elayne aufgeregt: »Egwene!«

Nynaeve wirbelte herum, doch der Gang war menschenleer.

»Ich habe sie gesehen«, beharrte Elayne. »Ganz bestimmt!«

»Ich denke, sie kann *Tel'aran'rhiod* wie jeder andere auf ganz normalem Weg berühren«, erklärte ihr Nynaeve. »Laß uns damit weitermachen, weswegen wir hier hergekommen sind.« Sie fühlte sich immer nervöser. Wieder gaben sie sich die Hände. Not.

Verschiebung.

Es war kein gewöhnlicher Abstellraum. Sämtliche Wände waren mit Regalbrettern behängt, und zwei kurze Stellregale standen in der Mitte des Raums. Sauber angeordnet standen Reihen von Schachteln und Kästen verschiedenster Größen und Formen, einige davon beschnitzt oder lackiert, und darin lagen in Stoff gehüllte Gegenstände, dazu Skulpturen und Figurinen, eigenartige Gebilde, die anscheinend aus Metall oder Glas gefertigt waren, aus Kristall oder Stein oder glasiertem Porzellan. Nynaeve mußte gar nicht mehr sehen, um zu wissen, daß es sich um Objekte handelte, die mit der Einen Macht zu tun hatten, höchstwahrscheinlich *Ter'Angreal,* vielleicht auch einige *Angreal* und *Sa'Angreal*. Eine solche Sammlung der verschiedenartigsten Gegenstände, so sorgfältig eingepackt und aufbewahrt, und das mitten in der Burg, konnte aus nichts anderem bestehen.

»Ich glaube nicht, daß es einen Zweck hat, hier noch weiterzugehen«, sagte Elayne enttäuscht. »Ich weiß nicht, wie wir jemals etwas aus diesem Raum herausbekommen könnten.«

Nynaeve zupfte kurz an ihrem Zopf. Falls es hier wirklich etwas gab, was sie gebrauchen konnten – und daran bestand kein Zweifel, sofern die Weisen Frauen nicht gelogen hatten – dann mußte es auch einen Weg geben, das in der wachenden Welt zu erreichen. *Angreal* und ähnliche Gegenstände wurden gewöhnlich nicht so streng bewacht. Als sie noch in der Burg wohnte, hatte man lediglich ein Schloß an einer solchen Tür angebracht und eine Novizin davorgestellt. Diese Tür hier bestand aus schweren Brettern mit einem mächtigen schwarzen Eisenschloß. Zweifellos war es abgeschlossen, aber im Geist stellte sie es sich unverschlossen und geöffnet vor.

Die Tür schwang auf, und dahinter erblickten sie einen Wachraum. An einer Wand standen schmale Stockbetten, an einer weiteren ein Gestell mit Hellebarden. Hinter einem schweren, abgewetzten Tisch, um den herum Hocker angeordnet waren, befand sich eine weitere, eisenbeschlagene Tür mit einem kleinen Gitter in Kopfhöhe darin.

Als sie sich wieder Elayne zuwandte, wurde ihr mit einem Mal bewußt, daß sich die Tür wieder geschlossen hatte. »Wenn wir hier nicht an das gelangen, was wir benötigen, dann vielleicht irgendwo anders. Ich meine, vielleicht wird etwas anderes dieselbe Wirkung haben. Wenigstens haben wir jetzt einen Hinweis bekommen. Ich glaube, das sind alles *Ter'Angreal,* bei denen noch niemand herausgefunden hat, wie man sie benützt. Das ist der einzige vorstellbare Grund, warum man sie so bewacht. Es wäre gefährlich, in ihrer Nähe die Macht zu gebrauchen.«

Elayne warf ihr einen verschmitzten Blick zu. »Aber wenn wir es erneut versuchen, wird es uns dann nicht genau zum gleichen Ort zurückbringen? Außer ... außer die Weisen Frauen hätten dir eine Methode gezeigt, wie man einen bestimmten Weg von der Suche ausschließt.«

Das hatten sie nicht. Sie hatten sich überhaupt nicht darum gerissen, ihr etwas beizubringen. Doch an einem Ort, wo es genügte, sich ein Schloß offen vorzustellen, damit es sich tatsächlich öffnete, sollte alles möglich sein. »Das ist genau das, was wir tun werden. Wir denken ganz fest daran, daß sich das, was wir suchen, nicht in Tar Valon befindet.« Sie blickte mit gefurchter Stirn die Regale an und fügte hinzu: »Und ich wette, es handelt sich um einen *Ter'Angreal,* den niemand zu benützen weiß.« Obwohl sie noch keine Ahnung hatte, wie dies den Saal davon überzeugen könne, Rand zu unterstützen.

»Wir brauchen einen *Ter'Angreal,* der sich nicht in Tar Valon befindet«, sagte Elayne, als habe sie Mühe, sich selbst von dieser Notwendigkeit zu überzeugen. »Also gut. Gehen wir weiter.«

Sie streckte die Hände aus, und einen Augenblick später ergriff Nynaeve sie. Nynaeve war sich nicht sicher, wieso ausgerechnet sie diejenige war, die auf einer Weitersuche bestand. Sie wollte weg aus Salidar, anstatt einen Grund zum Bleiben zu finden. Aber wenn sie auf diese Weise sicherstellen könnte, daß die Aes Sedai in Salidar Rand unterstützten …

Not. Ein *Ter'Angreal.* Nicht in Tar Valon. Brennende Notwendigkeit.

Verschiebung.

Wo sie sich auch befinden mochten, diese von der Morgendämmerung erhellte Stadt war auf keinen Fall Tar Valon. Keine zwanzig Schritt entfernt verengte sich die breite Pflasterstraße zu einer weißen Steinbrücke, an deren beiden Enden Statuen standen, die sich über einen mit Mauern eingefaßten Kanal schwang. Fünfzig Schritt entfernt auf der anderen Seite befand sich eine weitere Brücke. Überall standen schmale Türmchen mit Rundbalkonen. Sie wirkten wie Spieße, die man durch runde, kunstvoll gegossene Pralinen gestoßen hatte. Jedes Gebäude war weiß. Die Türen und Fenster wiesen hohe Spitzbögen auf, manchmal sogar zwei oder drei Bögen übereinander. An den größeren Gebäuden erblickten sie lange Balkone mit weiß angestrichenen schmiedeeisernen Gittern und kunstvoll durchbrochenen Eisenornamenten, hinter denen sich die Bewohner leicht verbergen konnten. Von dort aus mußte man einen grandiosen Ausblick auf die Straßen und Kanäle haben. Auch weiße Kuppeln waren zu sehen, geschmückt mit roten oder goldenen Friesen, die oben genauso scharfe Spitzen hatten wie die Türme.

Not. *Verschiebung.*

Es konnte genausogut wiederum eine andere Stadt sein. Die Straße war eng und das Pflaster uneben. Zu beiden Seiten standen fünf- oder sechsstöckige Gebäude, deren weißer Verputz an vielen Stellen abgebröckelt war und den Blick auf die Backsteine freigab. Hier gab es keine Balkone. Fliegen summten umher, und es war schwierig festzustellen, ob es immer noch die Morgendämmerung war, die lange Schatten auf den Boden warf.

Sie tauschten Blicke. Es schien unwahrscheinlich, daß sie hier einen *Ter'Angreal* finden würden, aber sie waren nun zu weit gekommen, um aufzugeben. Notwendigkeit.

Verschiebung.

Nynaeve mußte niesen, bevor sie die Augen öffnete, und dann noch einmal. Jedes Verschieben ihrer Füße wirbelte Staubwolken auf. Dieser Abstellraum glich absolut nicht jenem in der Burg. Truhen, Kisten und Fässer standen in dem engen Raum herum, waren wie auch immer aufeinandergetürmt, so daß dazwischen kaum Platz verblieb, und über allem lag eine dicke Staubschicht. Nynaeve mußte so stark niesen, daß sie das Gefühl hatte, es zöge ihr die Schuhe aus – und der Staub war verschwunden. Jedes bißchen. Auf Elaynes Miene zeigte sich ein leichtes, selbstzufriedenes Lächeln. Nynaeve sagte nichts und stellte sich lediglich den Raum *ohne* Staub vor. Sie hätte daran denken sollen.

Als sie das Durcheinander überblickte, mußte sie unwillkürlich seufzen. Der Raum war nicht größer als jener, in dem ihre schlafenden Körper in Salidar ruhten, aber dies alles zu durchsuchen …»Das wird Wochen dauern.«

»Wir könnten es noch einmal versuchen. Dann wissen wir wenigstens, womit wir es zu tun haben.« Bei Elayne klang das genauso zweifelnd, wie sich Nynaeve fühlte.

Aber trotzdem war der Vorschlag genauso gut wie jeder andere. Nynaeve schloß also die Augen, und erneut wurde jene *Verschiebung* spürbar.

Als sie sich umsah, stand sie am von der Tür entfernten Ende des schmalen Durchgangs vor einer hüfthohen hölzernen Truhe, die aussah, als habe man sie mit Vorschlaghämmern bearbeitet. Die Eisenbeschläge schienen nur noch aus Rost zu bestehen. Nynaeve konnte sich keinen unwahrscheinlicheren Aufbewahrungsort für etwas Nützliches, besonders einen *Ter'Angreal*, vorstellen. Elayne stand neben ihr und sah die Truhe an.

Nynaeve legte eine Hand auf den Deckel – die Scharniere würden sich problemlos bewegen lassen – und hob ihn an. Sie hörte noch nicht einmal die Andeutung eines Quietschens. Drinnen lagen zwei stark verrostete Schwerter und ein braun verfärbter Brustharnisch mit einem großen Loch auf einem Durcheinander von in Lumpen gehüllten Paketen und einem Haufen von Unrat, der zum Teil von einer Kleiderpresse zum Bügeln zu stammen schienen, zum Teil geradewegs aus einigen Küchen.

Elayne tastete nach einem kleinen Kessel mit abgebrochenem Schnabel. »Vielleicht nicht Wochen, aber zumindest den Rest der Nacht.«

»Noch einmal?« schlug Nynaeve vor. »Es kann nicht schaden.« Elayne zuckte die Achseln. Augen zu. Not.

Nynaeve streckte die Hand aus und sie berührte etwas Hartes, Rundes, das in zerschlissenen Stoff gehüllt war. Als sie die Augen öffnete, sah sie, daß Elaynes Hand neben der ihren ruhte. Das Grinsen der jüngeren Frau war so breit, daß es ihr Gesicht in zwei Hälften zu teilen schien.

Es herauszuholen war nicht ganz einfach. Es war nicht klein, und sie mußten zerfledderte Mäntel und verbeulte Töpfe und Pakete beiseite räumen, die in ihren Händen zerfielen und Skulpturen, geschnitzte Tierfiguren und alle Arten von Schrott umhüllen. Sobald sie den Gegenstand freigelegt hatten, mußten sie ihn gemeinsam festhalten: eine breite, abgeflachte Scheibe, die in verrottetes Tuch gehüllt war. Als sie die Hülle beseitigt hatten, stellte es sich als eine flache Schale aus dickem Kristall heraus, die mehr als zwei Fuß im Durchmesser maß und innen am tiefsten Punkt mit etwas wie quellenden Wolken graviert war.

»Nynaeve«, sagte Elayne bedächtig, »ich glaube, das ist …«

Nynaeve fuhr zusammen und hätte beinahe die Schale fallen gelassen, als diese sich plötzlich wäßrig blau verfärbte und sich die eingravierten Wolken langsam verschoben. Einen Herzschlag später war das Kristall wieder klar, und die Wolken standen still. Aber sie war sicher, daß sich die Wolken nicht mehr am gleichen Fleck befanden wie zuvor.

»Es ist einer«, rief Elayne. »Es ist ein *Ter'Angreal.* Und ich verwette alles darauf, daß er mit dem Wetter zu tun hat. Aber ich bin nicht stark genug, um allein mit ihm zu arbeiten.«

Nynaeve sog erst einmal tief Luft ein und bemühte sich, ihren Herzschlag zu beruhigen. »Mach das nicht! Ist dir nicht klar, daß du dich selbst ausbrennen könntest, wenn du mit einem *Ter'Angreal* arbeitest, von dem du nicht einmal weißt, wozu er dient?«

Das törichte Mädchen warf ihr doch tatsächlich einen überraschten Blick zu. »Wir sind schließlich genau deshalb hierhergekommen, Nynaeve. Und glaubst du, es gäbe irgend jemand, der mehr von *Ter'Angreal* versteht als ich?«

Nynaeve schnaubte. Nur weil die Frau recht hatte, hieß das nicht, daß man ihr nicht einen kleinen Warnschuß verpassen sollte. »Ich bestreite ja gar nicht, daß es wundervoll wäre, wenn dieses Ding hier etwas an dem Wetter ändern könnte – bestimmt kann es das –, aber ich sehe nicht ein, was es uns nützen könnte. Das wird den Saal in bezug auf Rand und seine notwendige Unterstützung auch nicht weiter beeinflussen.«

»Was man braucht, ist nicht immer das, was man haben möchte«, zitierte Elayne. »Lini hat das immer gesagt, wenn sie mich nicht zum Reiten wegließ oder wenn ich nicht auf Bäume klettern durfte, aber vielleicht kann man es auch hier anwenden.«

Nynaeve schnaubte erneut. Es mochte ja zutreffen, aber jetzt wollte sie einfach das haben, was sie wünschte. War das zuviel verlangt?

Die Schale verblich in ihren Händen, und nun war es an Elayne, überrascht zusammenzufahren und zu murren, daß sie sich niemals daran gewöhnen werde. Auch die Truhe war wieder geschlossen.

»Nynaeve, als ich die Macht in diese Schale lenkte, spürte ich ... Nynaeve, das ist nicht der einzige *Ter'-Angreal* in diesem Raum. Ich glaube, es sind auch *Angreal* hier, vielleicht sogar *Sa'Angreal.*«

»Hier?« fragte Nynaeve ungläubig und blickte sich in dem vollgestopften kleinen Raum um. Aber wenn schon einer da war, warum nicht auch zwei? Oder zehn, oder hundert? »Licht, benutze die Macht nicht noch einmal! Was geschieht, wenn du einen davon durch Zufall auslöst? Du könntest durchaus ...«

»Ich weiß, was ich tue, Nynaeve. Ganz bestimmt. Das nächste, was *wir* tun müssen, ist, herauszufinden, wo genau sich dieser Raum befindet.«

Das stellte sich als nicht gerade leichte Aufgabe heraus. Obwohl die Scharniere festgerostet schienen, war die Tür kein Hindernis, nicht in *Tel'aran'rhiod*. Die Probleme kamen erst danach. Der düstere, enge Korridor wies nur ein einziges kleines Fenster auf, und aus dem konnte man lediglich eine weiß gestrichene Wand, deren Putz bereits abblätterte, auf der anderen Straßenseite erkennen. Es half auch nichts, daß sie steile und enge Wendeltreppen herunterstiegen. Die Straße war vielleicht die erste in diesem Stadtviertel, die sie zu Gesicht bekamen, wo sie sich auch befinden mochten, aber da alle Gebäude sich so ähnlich sahen, konnten sie nicht einmal das mit Bestimmtheit sagen. Über den winzigen Läden in der Straße hingen keine Schilder, und Schenken zeichneten sich lediglich durch blau gestrichene Türen aus. Rot schien dagegen für Tavernen zu stehen.

Nynaeve machte sich auf die Suche nach einem Anhaltspunkt, um feststellen zu können, wo sie sich befanden. Etwas, das ihr den Namen dieser Stadt verriet. Jede Straße, durch die sie kam, erschien ihr genau wie die vorherige. Doch dann fand sie schnell eine Brücke aus einfachem Naturstein und ohne die Statuen, die sie bei den anderen gesehen hatten. Unter dem Brückenbogen sah sie allerdings nur den Kanal, der sich in einiger Entfernung mit anderen kreuzte, sowie weitere Brücken und noch mehr Gebäude mit bröckelndem, weißen Verputz.

Plötzlich wurde ihr bewußt, daß sie allein war. »Elayne.« Stille, bis auf das Echo ihrer eigenen Stimme. »Elayne? Elayne!«

Die Frau mit dem goldenen Haar erschien plötzlich an einer Ecke nahe dem Fuß der Brücke. »Da bist du ja«, sagte Elayne. »Gegen diesen Ort wirkt ein Kaninchenbau sorgfältig geplant. Ich habe mich einen Augenblick lang umgedreht, und schon warst du weg. Hast du etwas gefunden?«

»Nichts.« Nynaeve blickte zu dem Kanal hinunter, bevor sie zu Elayne hinging. »Nichts, was uns weiterhelfen könnte.«

»Wenigstens können wir einigermaßen sicher sein, in welcher Stadt wir uns befinden: Ebou Dar. Es muß so sein.« Aus Elaynes Kurzmantel und der Pumphose wurde ein grünes Abendkleid aus Seide mit reichlich Spitzen an den Manschetten, einem hohen, kunstvoll bestickten Kragen und einem so tiefen Ausschnitt, daß man ziemlich viel von ihrem Busen sah. »Ich kann mich an keine andere Stadt mit so vielen Kanälen erinnern außer Illian, und das hier ist ganz bestimmt nicht Illian.«

»Ich hoffe nicht«, sagte Nynaeve mit schwacher Stimme. Es war ihr noch gar nicht in den Sinn gekommen, daß eine blinde Suche sie geradewegs in Sammaels Arme führen könnte. Auch ihr Kleid hatte sich verändert, wie sie erst jetzt bemerkte, und zwar zu einem dunkelblauen Seidenkleid, wie man es für eine Reise anzog. Dazu trug sie einen leinenen Umhang, der gegen den Staub schützte. Sie ließ den Umhang wieder verschwinden, den Rest aber so, wie er war.

»Ebou Dar würde dir gefallen, Nynaeve. Die weisen Frauen aus dieser Stadt wissen mehr über Kräuter als irgend jemand sonst. Sie können alles damit heilen. Das ist auch bitter nötig, denn die Ebou Dari duellieren sich schon eines Niesens wegen, ob Adlige oder Gemeine, Männer oder Frauen.« Elayne kicherte. »Thom sagt, es habe hier Leoparden gegeben, aber sie hätten die Gegend verlassen, weil sie unmöglich mit den Ebou Dari zusammenleben konnten.«

»Das ist alles schön und gut«, erwiderte Nynaeve, »aber sie können sich, was mich angeht, gern gegenseitig umbringen. Elayne, wir hätten genausogut die Ringe weglegen und schlafen können. Ich könnte den Weg zurück zu diesem Raum nicht finden, und wenn sie mir die Stola dafür anbieten würden. Wenn es nur eine Möglichkeit gäbe, eine Karte zu zeichnen ...« Sie verzog das Gesicht. Sie hätte sich auch für die wachende Welt Flügel wünschen können. Könnten sie eine Karte aus *Tel'aran'rhiod* mitnehmen, wäre es auch möglich, die Schale mitzuführen.

»Also müssen wir uns nach Ebou Dar begeben«, sagte Elayne entschlossen. »In der wirklichen Welt. Wenigstens wissen wir, in welchem Stadtteil wir suchen müssen.«

Nynaeves Miene erhellte sich. Ebou Dar lag nur ein paar hundert Meilen den Eldar hinab von Salidar entfernt. »Das mag ein sehr guter Vorschlag sein. Und wir können auch alles hinter uns lassen, bevor uns die Decke auf den Kopf fällt.«

»Also wirklich, Nynaeve. Hast du immer noch nichts anderes im Sinn?«

»Es ist aber wichtig. Fällt dir noch irgend etwas ein, was wir hier erledigen können?« Elayne schüttelte den Kopf. »Dann gehen wir zurück. Ich hätte gern heute nacht noch ein wenig geschlafen.« Sie konnten nicht feststellen, wieviel Zeit in der wachenden Welt vergangen war, während sie sich in *Tel'aran'rhiod* befanden. Manchmal entsprach eine Stunde hier auch einer Stunde dort, manchmal war aber auch ein Tag oder noch mehr vergangen. Glücklicherweise schien das andersherum nicht zu funktionieren, oder jedenfalls nicht in dem Maße, sonst wäre man womöglich im Schlaf verhungert.

Nynaeve trat aus dem Traum heraus ...

... und schlug die Augen auf. Sie erblickte ihr Kopfkissen, das genauso schweißnaß war wie sie selbst. Kein noch so geringer Lufthauch kam vom offenen Fenster her. Über Salidar hatte sich Stille ausgebreitet. Das lauteste Geräusch waren die dünnen Schreie der Nachtreiher. Sie setzte sich auf und band die Kordel auf, die sie um den Hals trug. Dann nahm sie den verdrehten Steinring herunter und fühlte kurz nach Lans dickem Goldring. Elayne bewegte sich und setzte sich gähnend auf. Mit Hilfe der Macht entzündete sie einen Kerzenstummel.

»Glaubst du, es wird irgendwie helfen?« fragte Nynaeve leise.

»Ich weiß es nicht.« Elayne hielt inne und erstickte ein Gähnen hinter der vorgehaltenen Hand. Wie brachte es die Frau nur fertig, selbst beim Gähnen hübsch auszusehen, obwohl ihr Haar durcheinander hing und sich ein roter Abdruck, der vom Saum des Kopfkissens über eine Wange zog? Das war ein Geheimnis, das die Aes Sedai einmal untersuchen sollten. »Was ich gewiß weiß, ist, daß diese Schale in der Lage ist, etwas an dem Wetter zu ändern. Ich weiß, daß ein ganzes Arsenal von *Ter'Angreal* und *Angreal* in die richtigen Hände kommen muß. Es ist unsere Pflicht, sie dem Saal zu übergeben. Jedenfalls Sheriam. Und ich weiß, wenn sie das nicht dazu bringt, Rand ihre Unterstützung zu gewähren, werde ich weitersuchen und etwas anderes finden, das diesen Zweck erfüllt. Und ich weiß, daß ich jetzt schlafen möchte. Können wir uns am Morgen weiter darüber unterhalten?« Ohne auf eine Antwort zu warten, löschte sie die Kerze, rollte sich wieder zusammen und atmete in tiefen, langen Zügen, wie immer im Schlaf, kaum daß ihr Kopf das Kissen berührte.

Nynaeve streckte sich wieder aus und starrte durch die Dunkelheit zur Decke empor. Wenigstens würden sie bald nach Ebou Dar aufbrechen. Vielleicht schon morgen. Höchstens ein oder zwei Tage, um sich auf die Reise vorzubereiten und einen Platz auf einem Flußschiff zu bekommen. Wenigstens …

Plötzlich erinnerte sie sich an Theodrins Worte. Falls sie zwei Tage benötigten, um sich vorzubereiten, würde Theodrin sie auch mit zwei weiteren Sitzungen plagen, so sicher wie eine Ente Federn hatte. Und Theodrin erwartete, daß sie heute nacht nicht schlief. Es gab wohl keine Möglichkeit, sie zu überwachen, aber …

Schwer seufzend kletterte sie aus dem Bett. Sie hatte nicht viel Platz, um herumzutigern, doch sie nutzte allen vorhandenen Platz und wurde mit jeder Minute zorniger. Alles, was sie wollte, war, von hier zu entkommen. Sie hatte gesagt, daß sie es nicht gut beherrsche, sich zu ergeben, aber vielleicht entwickelte sie allmählich die Kunst des Weglaufens. Es wäre so wunderbar, die Macht gebrauchen zu können, wann immer sie es wünschte. Sie bemerkte nicht, daß ihr Tränen über die Wangen rannen.

KAPITEL 6

Träume und Alpträume

Beim Anblick von Nynaeve und Elayne trat Egwene nicht etwa aus dem Traum heraus, nein, sie sprang heraus. Nicht zu ihrem schlafenden Körper nach Cairhien zurück – dazu war die Nacht noch zu jung – aber in eine ungeheuer ausgedehnte Schwärze hinein, die mit blinkenden Stecknadelköpfen aus Licht erfüllt war, einer viel größeren Anzahl davon, als es Sterne auch am klarsten Nachthimmel gab, doch jeder scharf umrissen und klar, soweit das Auge reichte. Das heißt, wenn sie hier überhaupt Augen besessen hätte. Körperlos schwebte sie in der Unendlichkeit zwischen *Tel'aran'rhiod* und der wachenden Welt, in jener engen Lücke zwischen Traum und Wirklichkeit.

Hätte sie hier ein Herz besessen, es hätte wie wild geschlagen. Sie glaubte nicht, daß die beiden sie gesehen hatten, aber was, unter dem Licht, machten sie *hier*, in einem Teil der Burg, der überhaupt nichts Interessantes enthielt? Bei diesen nächtlichen Erkundungsgängen mied sie sorgfältig jede Nähe zum Arbeitszimmer der Amyrlin, zu den Quartieren der Novizinnen und sogar denen der Aufgenommenen. Es schien ihr, daß irgend jemand sich stets dort aufhielt, wenn nicht Nynaeve oder Elayne oder beide, dann jemand anders. Natürlich hätte sie Nynaeve oder Elayne ansprechen können – sie konnten gewiß ein Geheimnis wahren – aber irgend etwas sagte ihr, sie solle davon Abstand nehmen. Sie hatte davon geträumt, und jedesmal erschien es ihr wie ein Alptraum. Nicht die Art, bei der man schweißgebadet erwachte, sondern eher diejenige, bei der man sich gequält herumwälzte. Diese anderen Frauen. War den Aes Sedai in Salidar klar, daß Fremde in der Weißen Burg der Welt der Träume wandelten? Für sie zumindest waren es Fremde. Sollten sie das nicht wissen, hatte sie keine Möglichkeit, sie zu warnen. Jedenfalls keine, die sie anwenden durfte. Es war niederschmetternd!

Der riesige, sternenübersäte Ozean der Dunkelheit wogte um sie, schien sich zu bewegen, während sie stillstand. Wie ein Fisch, der in diesem Meer zu Hause war, schwamm sie selbstsicher weiter. Sie mußte genausowenig dabei denken wie der Fisch. Diese flackernden Lichter waren Träume, alle Träume aller Menschen auf der Welt. Menschen aller Welten, derer, die nicht ganz mit ihrer eigenen übereinstimmten, und solcher, die völlig anders und fremdartig waren. Verin Sedai hatte ihr zuerst von jenen erzählt, und die Weisen Frauen hatten ihre Existenz bestätigt. Und dann hatte auch sie selbst Derartiges gesehen, flüchtige Blicke auf Dinge erhascht, die einfach nicht existieren konnten, nicht einmal im Traum. Keine Alpträume – die schienen immer in ein Rot oder Blau oder ein schummriges Grau wie in tiefe Schatten getaucht – jedoch erfüllt von unmöglichen Dingen. Es war besser, ihnen aus dem Weg zu gehen, denn ganz eindeutig paßte sie nicht in diese Welten. Wenn sie in einen solchen Traum hineinspähte, war es, als sei sie plötzlich von Spiegelscherben umgeben, die um sie herumwirbelten, so daß es weder ein oben noch unten gab. Dann verspürte sie den Wunsch, sich zu übergeben, und wenn sie hier auch keinen Magen besaß, wartete doch einer auf sie, sobald sie in ihren Körper zurückkehrte. Doch sich zu übergeben war nicht gerade erstrebenswert, um aufzuwachen.

Sie hatte auf diese Weise ganz allein einiges gelernt und dem hinzugefügt, was die Weisen Frauen sie gelehrt hatten, ja, sie war sogar Wege gegangen, die jene vor ihr versperrt hätten. Und doch … Sie bezweifelte nicht, daß sie mehr, viel mehr in Erfahrung gebracht hätte, wenn ihr eine Traumgängerin zur Seite stünde. Sicher, sie hätte ihr gesagt, dies sei noch zu gefährlich und jenes ganz verboten, aber ihr auch vorgeschlagen, was sie ebenfalls ausprobieren könne. Die einfachen Dinge, die leicht herauszufinden waren – nun gut, nicht ganz so leicht, das waren sie nie –, hatte sie längst hinter sich gelassen und einen Punkt erreicht, von dem aus sie den nächsten Schritt auch allein tun konnte, aber es waren Schritte, die von den Traumgängerinnen unter den Weisen Frauen schon vor langer Zeit unternommen worden waren. Wofür sie einen Monat brauchte, um es aus eigener Kraft zu beherrschen, könnten sie ihr in einer Nacht, ja, in einer Stunde beibringen. Wenn sie entschieden, daß sie dafür bereit sei. Vorher nicht. Das wurmte sie, denn alles, was sie wollte, war ja, zu lernen! Alles zu lernen. Jetzt gleich. Augenblicklich.

Ein Lichtpünktchen sah genauso aus wie jedes andere, und doch hatte sie gelernt, eine Handvoll davon zu identifizieren. Dabei wußte sie nicht einmal genau, wie ihr das möglich war, und das war etwas, was ihr ungeheuer gegen den Strich ging. Selbst die Weisen Frauen hatten davon keine Ahnung. Und dennoch, sobald sie herausfand, welcher Traum zu welcher Person gehörte, konnte sie deren Träume künftig so sicher aufspüren wie ein Pfeil das Ziel, und wenn sie sich auch auf die andere Seite der Welt begaben. Dieses Licht dort war Berelain, die Erste von Mayene, die Frau, der Rand die Führung in Cairhien anvertraut hatte. Egwene fühlte sich nicht sehr wohl, wenn sie in Berelains Träumen herumspionierte. Für gewöhnlich unterschieden sie sich nicht von denen irgendeiner anderen Frau, oder zumindest einer Frau, die gleichermaßen an Macht, Politik und der neuesten Mode interessiert war, aber gelegentlich träumte Berelain von Männern, sogar von Männern, die Egwene kannte, und zwar auf eine Weise, daß Egwene sogar bei der bloßen Erinnerung daran errötete.

Und dieses leicht gedämpfte Glühen dort stand für Rand, der seine Träume hinter einem Wachgewebe aus *Saidin* verbarg. Sie wollte schon verharren, denn es ärgerte sie, daß etwas, das sie weder sehen noch fühlen konnte, sie dennoch wie eine Steinmauer zurückhielt, ließ es dann aber sein. Eine weitere nutzlos vertane Nacht wirkte nicht gerade verlockend auf sie.

Dieser Ort verzerrte die Entfernungen, wie *Tel'aran'rhiod* die Zeit verzerrte. Rand schlief in Caemlyn, falls er nicht in kürzester Zeit nach Tear gereist war. Wie er das anstellte, hätte sie auch nur zu gern gewußt, aber ein wenig von seinem Traum entfernt entdeckte Egwene ein anderes Licht, das sie erkannte. Bair, in Cairhien, Hunderte von Wegstunden von Rand entfernt. Wo sich Rand auch aufhalten mochte, sie wußte jedenfalls, daß er sich heute nacht nicht in Cairhien befand. Wie brachte er das nur fertig?

Das Lichtermeer huschte an ihr vorbei, als Egwene sich hastig vom Traum der Weisen Frau entfernte. Hätte sie auch Amys und Melaine gesehen, wäre sie nicht geflohen, doch wenn die beiden anderen Traumgängerinnen nicht schliefen und träumten, konnte es sein, daß auch sie gerade in Träumen wandelten. Eine von ihnen mochte sich sogar bei ihr selbst befinden, bereit, sich hineinzustürzen und sie aus ihrem Traum zu reißen, oder sie in den eigenen Traum mit hineinzuziehen. Sie bezweifelte, daß sie die anderen daran hindern konnte. Noch nicht jedenfalls. Sie wäre den anderen auf Gedeih und Verderb ausgeliefert, lediglich ein Teil *ihres* Traums. Innerhalb eines fremden Traums an sich selbst festzuhalten, war schon schwierig genug, wenn die träumende Person ein ganz gewöhnlicher Mensch war, der keine Ahnung davon hatte, was vorging. Es war aber auch nicht schwieriger als aus dem Traum zu entkommen, bevor diese Person aufhörte, von ihr zu träumen, was unwahrscheinlich war. Meist wachte derjenige auf, wenn sie sich noch mitten in seinem oder ihrem Traum befand. Bei einer Traumgängerin, die genauso bewußt träumte, wie sie sich in der wachenden Welt bewegte, war das unmöglich. Und das wäre in diesem Fall noch der angenehmste Teil an der Sache.

Langsam dämmerte es ihr, daß sie sich töricht benahm. Wegrennen nützte überhaupt nichts. Falls Amys oder Melaine sie entdeckt hatten, würde sie sich bereits woanders befinden. Außerdem konnte es sein, daß sie sich geradewegs auf die beiden zu bewegte. Das Vorbeihuschen der Lichter verlangsamte sich nicht allmählich, nein, es hörte vollständig auf und sie stand still. So war das nun einmal hier.

Beunruhigt überlegte sie, was sie als nächstes unternehmen sollte. Abgesehen davon, daß sie auf eigene Faust alles über *Tel'aran'rhiod* lernen wollte, was sie nur bewältigen konnte, war der wichtigste Zweck ihres Aufenthalts, ein wenig über die Geschehnisse der wachenden Welt herauszufinden. Es gab Zeiten, da es ihr schien, die Weisen Frauen würden ihr nicht einmal mitteilen, ob die Sonne am Himmel stand. Sie mußte alles selbst herausbekommen. Sie meinten immer, sie solle sich nicht aufregen. Doch wie konnte sie das vermeiden, wenn sie ständig darüber nachgrübelte, was sie alles nicht wußte? Das hatte sie zumindest in der Weißen Burg vorgehabt: ein paar Andeutungen aufschnappen, was Elaida beabsichtigte. Und Alviarin. Andeutungen waren noch das einzige, was sie hatte aufspüren können, und auch davon gab es nur wenige. Sie haßte Ungewißheit; nichts zu wissen war, als sei man blind und taub zugleich.

Nun ja, die Burg durfte sie jetzt auch von ihrer Liste streichen, da sie nicht mehr sicher sein konnte, in welchen Teilen sie unentdeckt bleiben werde. Den Rest von Tar Valon hatte sie bereits gestrichen, und zwar nach dem vierten Zusammentreffen mit einer Frau mit kupferfarbenem Teint. Sie war beinahe über die andere gestolpert, die zufrieden nickend vor einem Stall stand, der frisch in Blau gestrichen worden zu sein schien. Wer sie auch sein mochte, durch Zufall und einen kurzen Traum war sie jedenfalls nicht nach *Tel'aran'rhiod* geraten. Sie verschwand nicht wie ein flüchtiger Träumer, und sie schien aus feinem Dunst zu bestehen. Offensichtlich benützte sie einen *Ter'Angreal*, und das bedeutete, daß sie mit großer Wahrscheinlichkeit eine Aes Sedai war. Egwene kannte nur einen einzigen *Ter'Angreal*, mit dessen Hilfe man die Welt der Träume betreten konnte, ohne die Macht zu benützen, und der war in Nynaeves und Elaynes Besitz. Die gertenschlanke Frau konnte allerdings noch nicht lange zu den Aes Sedai gehören. Sie war sehr schön, trug ein aufreizend durchscheinendes Kleid und schien etwa gleich alt wie Nynaeve zu sein. Die typische Alterslosigkeit zeigte sich bei ihr noch nicht.

Egwene hätte versuchen können, sie zu verfolgen, da sie möglicherweise zu den Schwarzen Ajah gehörte, denn die hatten *Ter'Angreal* zum Träumen gestohlen. Aber wenn sie das Risiko recht bedachte, entdeckt, vielleicht sogar gefangen zu werden, obwohl sie nicht einmal irgend jemandem mitteilen konnte, was sie herausgefunden hatte, jedenfalls nicht vor ihrem nächsten offiziellen Gespräch mit Nynaeve und Elayne … oder falls sie etwas derart Schlimmes entdeckte, daß jede es erfahren mußte … Schließlich gingen die Schwarzen Ajah in erster Linie die Aes Sedai etwas an, ganz abgesehen davon, daß es noch weitere Gründe gab, ihre Geheimnisse zu wahren. Sie hatte gar keine andere Wahl.

Geistesabwesend betrachtete sie die nächstgelegenen Lichtpunkte in der Schwärze. Sie erkannte keinen davon. Sie schwebten völlig unbeweglich in der Dunkelheit, schimmernde Sterne, die in klarem, schwarzem Eis eingefroren waren.

In letzter Zeit trieben sich für ihren Geschmack zu viele Fremde in der Welt der Träume herum. Eigentlich nur zwei, aber das waren eben zwei zuviel. Die Frau mit dem kupferfarbenen Teint und eine weitere, eine stämmige, hübsche Frau, die zielbewußt einherschritt, mit blauen Augen und Entschlossenheit in den Zügen. Die entschlossene Frau – so nannte Egwene sie – mußte wohl in der Lage sein, *Tel'aran'rhiod* aus eigener Kraft zu betreten, denn sie schien aus fester Materie zu bestehen und nicht wie aus Dunst geschnitten, und wer sie auch sein mochte, welcher Grund sie auch hierherführen mochte, sie befand sich öfter in der Burg als Nynaeve und Elayne und Sheriam und der ganze Rest zusammengenommen. Überall tauchte sie auf. Außer in der Burg hatte sie Egwene beinahe bei ihrem letzten Abstecher nach Tear erwischt. Natürlich nicht in einer Nacht, für die ein Treffen angesetzt war. Die Frau war durch das Herz des Steins stolziert und hatte zornige Selbstgespräche geführt. Und sie hatte sich bei Egwenes letzten *beiden* Abstechern ebenfalls in Caemlyn befunden.

Daß diese Frau den Schwarzen Ajah angehörte, war ebensogut möglich wie bei der anderen, aber sie konnten natürlich auch aus Salidar kommen. Eine, oder auch beide. Egwene hatte sie allerdings noch nie zusammen gesehen oder in Gesellschaft einer anderen aus Salidar. Theoretisch konnten beide auch aus der Burg selbst kommen. Die Spaltung dort war so verworren, daß sehr wohl die eine Seite die andere ausspionieren würde. Früher oder später würden die Aes Sedai der Burg ohnehin von *Tel'aran'rhiod* erfahren, falls das nicht sowieso schon der Fall gewesen war. Diese beiden Fremden brachten nur endlose Fragen, die unbeantwortet blieben. Egwene blieb nur eines übrig, nämlich, beide zu meiden.

Natürlich bemühte sie sich in letzter Zeit, alle zu meiden, die sich in der Welt der Träume aufhielten. Sie hatte sich angewöhnt, sich häufig umzublicken, weil sie glaubte, jemand schleiche sich hinter ihr an, oder auch Dinge zu sehen, die gar nicht da waren. Sie glaubte, aus den Augenwinkeln Blicke auf Rand, Perrin und sogar Lan erhascht zu haben. Selbstverständlich bildete sie sich das nur ein, oder sie hatte durch puren Zufall ihre Träume einen Augenblick lang berührt, aber sie fühlte sich dadurch so nervös wie eine Katze im Hundezwinger.

Sie runzelte die Stirn – oder besser: sie hätte das getan, hätte sie ein Gesicht besessen. Eines dieser Lichter sah aus wie … Es kam ihr eigentlich gar nicht bekannt vor; sie erkannte es wirklich nicht. Aber es schien … sie anzulocken. Wohin sie auch blickte, nach ein paar Momenten kehrte ihr Blick zu jenem glitzernden Punkt zurück.

Vielleicht sollte sie erneut versuchen, Salidar zu finden. Das hätte aber bedeutet, daß sie darauf warten mußte, bis Nynaeve und Elayne *Tel'aran'rhiod* verlassen hatten. Deren Träume erkannte sie natürlich sofort – sie konnte sie im Schlaf finden, wie sie unter lautlosem Kichern feststellte. Doch ein Dutzend Versuche, Salidar zu finden, hatte bisher genau die gleichen Resultate erbracht wie ihr Bemühen, das Wachgewebe um Rands Träume zu durchdringen. Entfernungen und Position hier hatten absolut nichts mit denen der wachenden Welt zu tun. Amys behauptete sogar, hier gebe es weder Entfernung noch Position. Andererseits konnte sie genausogut …

Überraschenderweise begann mit einem Mal der Lichtpunkt, der ihren Blick immer wieder anzog, auf sie zuzutreiben. Er schwoll an, und was zuerst ein ferner Stern gewesen war, wurde nun zu einem weißen

Vollmond. Ein Funken der Angst keimte in ihr auf. Einen Traum zu berühren und hineinzuspähen war einfach – wie ein Finger das Wasser so leicht berührt, daß das Wasser am Finger haftet, aber die Oberfläche nicht bewegt wird – doch das alles richtete sich nach ihrem freien Willen. Eine Traumgängerin suchte sich den Traum aus, nicht umgekehrt. Sie befahl in Gedanken dem Traum, sich wegzubegeben, stellte sich die sternübersäte Schwärze wieder in Bewegung vor. Doch nur dieses eine Licht rührte sich und dehnte sich so aus, daß ihr gesamtes Gesichtsfeld von weißem Licht erfüllt wurde. Verzweifelt versuchte sie, sich loszureißen. Weißes Licht. Nichts als weißes Licht, das sie in sich aufnahm …

Sie blinzelte und sah sich erstaunt um. Ein ganzer Wald mächtiger weißer Säulen erstreckte sich um sie. Die meisten erschienen ihr verschwommen, undeutlich, besonders die am weitesten entfernten, aber eines konnte sie ganz deutlich erkennen: Gawyn, der über den weiß gefliesten Fußboden auf sie zu schritt. Er trug einen einfachen grünen Rock, und auf seiner Miene mischten sich Angst und Erleichterung. Jedenfalls war es annähernd Gawyns Gesicht. Gawyn sah vielleicht nicht so blendend aus wie sein Halbbruder Galad, doch er war trotzdem ein sehr gut aussehender Mann. Aber dieses Gesicht kam ihr … gewöhnlich vor. Sie versuchte, sich zu bewegen, konnte es aber nicht, jedenfalls nicht nennenswert. Ihr Rücken berührte eine der Säulen, und ihre Handgelenke wurden von Ketten hoch über ihrem Kopf festgehalten.

Das mußte Gawyns Traum sein. Unter all diesen ungezählten Lichtpunkten hatte sie ausgerechnet bei seinem Traum haltgemacht. Und war irgendwie hineingezogen worden. Wie – diese Frage mußte sie sich für später aufheben. Jetzt wollte sie vor allem wissen, wieso er davon träumte, sie gefangenzuhalten. Energisch hielt sie sich an die Wahrheit, die in ihrem Gehirn schlummerte. Dies war ein Traum, der Traum eines anderen Menschen. Sie war immer noch sie selbst und nicht, was er in ihr sehen wollte. Nichts hier konnte ihr wahres Ich berühren. Diese Wahrheiten wiederholte sie wie ein Gebet in ihrem Kopf. Das machte es ihr wohl schwer, an etwas anderes zu denken, aber solange sie daran mit aller Macht festhielt, konnte sie es riskieren, hier zu verweilen. Wenigstens solange, bis sie herausfand, welche eigenartigen Zwangsvorstellungen diesem Mann im Kopf herumspukten. Sie gefangenzuhalten!

Mit einem Mal erblühte eine mächtige Flammenfontäne über den Fliesen, und beißender, gelber Qualm stieg empor. Rand trat aus diesem Inferno heraus, ganz in goldbesticktes Rot gekleidet, wie es einem König gebührte. Er stand Gawyn gegenüber, und Feuer und Qualm verblichen. Nur sah er kaum wie der echte Rand aus. Der wirkliche Rand war etwa genauso groß und breit wie Gawyn, während dieses Traumbild Gawyn um einen Kopf überragte. Das Gesicht erinnerte nur vage an Rand, war gröber und härter, als es sein sollte, das kalte Gesicht eines Mörders. Dieser Mann verzog höhnisch den Mund. »Du wirst sie nicht bekommen«, stieß er hervor.

»Du wirst sie nicht behalten«, erwiderte Gawyn ruhig, und plötzlich hielten beide Männer Schwerter in den Händen.

Egwene starrte die Szene mit aufgerissenen Augen an. Nicht Gawyn war es, der sie gefangenhielt. Er träumte davon, sie zu befreien! Aus Rands Gefangenschaft! Es war Zeit, diesen Wahnsinn hinter sich zu lassen. Sie konzentrierte sich darauf, *draußen* zu sein und dies von *außen* her zu betrachten. Nichts geschah.

Die Schwerter klirrten aufeinander, und die beiden Männer tanzten einen tödlichen Tanz. Tödlich jedenfalls, wäre es nicht ein Traum gewesen. Es war alles Unsinn. Ausgerechnet von einem Duell mit Schwertern zu träumen. Und es war kein Alptraum; alles wirkte echt, vielleicht ein wenig verschwommen, aber keineswegs verfärbt. »Die Träume eines Mannes stellen ein Labyrinth dar, das auch er selbst nicht kennt«, hatte Bair ihr einmal gesagt.

Egwene schloß die Augen und konzentrierte sich ganz stark. Draußen. Sie befand sich draußen und blickte hinein. Kein Platz für etwas anderes in ihrem Geist. Draußen, und hineinblicken. Draußen, hineinblicken. Draußen!

Sie öffnete erneut die Augen. Der Kampf strebte seinem Höhepunkt zu. Gawyns Klinge fuhr tief in Rands Brust, und als Rand zusammenbrach, glitt die Klinge wieder heraus und vollführte einen schimmernden Halbkreis. Rands Kopf purzelte über den Fußboden beinahe vor ihre Füße. Er blieb liegen, so daß seine Augen zu ihr aufblickten. Ein Schrei stieg bis in ihre Kehle auf, ein Schrei, den sie nicht unterdrücken konnte. Ein Traum. Lediglich ein Traum. Doch diese starren, toten Augen erschienen sehr real.

Dann stand Gawyn vor ihr, und sein Schwert steckte wieder in der Scheide. Rands Kopf und Körper waren verschwunden. Gawyn faßte nach den Handschellen, die sie festhielten, und dann waren auch diese nicht mehr vorhanden.

»Ich wußte, du würdest kommen«, hauchte sie und fuhr dabei zusammen. Sie war sie selbst! Sie konnte dem Traum nicht nachgeben, nicht einen Augenblick lang, sonst säße sie wirklich und wahrhaftig in der Falle.

Lächelnd nahm Gawyn sie auf seine Arme. »Ich bin froh, daß du es gewußt hast«, sagte er. »Ich wäre früher gekommen, aber es war mir nicht möglich. Ich hätte dich niemals so lange in dieser Gefahr zurücklassen sollen. Kannst du mir verzeihen?«

»Ich kann dir alles verzeihen.« Es gab jetzt zwei Egwenes. Eine schmiegte sich zufrieden in Gawyns

Arme, während er sie durch den Korridor eines Palastes trug, dessen Wände mit bunten Wandbehängen und großen Spiegeln mit herrlich verzierten Goldrahmen geschmückt waren. Die andere ritt im Kopf der ersten mit und beobachtete.

Das wurde langsam ernst. So sehr sie sich auch darauf konzentrierte, sich wieder draußen zu befinden, verblieb sie doch hier und beobachtete alles durch die Augen einer anderen Egwene. Schleunigst unterdrückte sie alle Neugier auf das, was Gawyn in bezug auf sie träumte. Diese Art von Anteilnahme war gefährlich. Sie sträubte sich gegen diesen Traum! Und doch änderte sich nichts.

Der Korridor erschien ihr beinahe real, als sie ihn betrachtete, obwohl alles, was sie aus den Augenwinkeln sah, leicht verschwommen blieb. Ihr eigenes Spiegelbild erregte ihre Aufmerksamkeit. Sie hätte sich gern umgedreht, um es zu betrachten, als sie vorbeikamen, doch sie war nur ein Passagier im Kopf der Frau aus Gawyns Traum. Sie war die Frau, deren Spiegelbild sie einen Moment lang gesehen hatte. Es gab keinen Zug an diesem Gesicht, auf den sie hätte deuten können und behaupten, er wiche von ihrem echten Gesicht ab. Trotzdem ergab das Ganze einen Eindruck … Schön, so konnte man sagen. Erstaunlich schön! Sah Gawyn sie etwa so?

Nein! Keine Neugier! Draußen!

Von einem Schritt zum nächsten wurde aus dem Korridor der von Blumen übersäte Abhang eines Hügels. Eine sanfte Brise trug ihr den starken Duft der Blüten zu. Die wirkliche Egwene fuhr innerlich zusammen. Hatte sie diese Änderung zuwege gebracht? Die Schranke zwischen ihr und der anderen wurde schwächer. Zornig konzentrierte sie sich erneut. Es war nicht wirklich; sie weigerte sich, dies alles als Wirklichkeit anzuerkennen; sie war sie selbst. Draußen. Sie wollte nach draußen und lediglich hineinblicken.

Sanft legte Gawyn sie auf einen ausgebreiteten Umhang inmitten der Blumen, so, wie man es sich erträumt. Er kniete neben ihr nieder, strich ihr eine Haarsträhne von der Wange und streichelte mit seinen Fingerspitzen weiter bis zu ihrem Mundwinkel. Sich auf etwas zu konzentrieren, fiel ihr sehr schwer. Sie beherrschte wohl den Körper nicht, in dem sie zu Gast war, doch sie teilte seine Gefühle, und seine Fingerspitzen schienen beinahe Funken in ihr auszulösen.

»Mein Herz ist dein«, murmelte er leise, »meine Seele, alles von mir.« Sein Mantel war scharlachrot und kunstvoll mit goldenen Blättern und silbernen Löwen bestickt. Er gestikulierte auf grandiose Weise, wobei er seinen Kopf oder seine Brust berührte. »Wenn ich an dich denke, ist kein Platz mehr für andere Gedanken. Dein Duft erfüllt mein Gehirn und bringt mein Blut zum Wallen. Mein Herz hämmert so, daß ich nicht hören würde, wenn die ganze Welt sich spaltete. Du bist meine Sonne und mein Mond und meine Sterne, mein Himmel und meine Erde, kostbarer für mich als das Leben oder der Atem oder …« Mit einem Mal hielt er inne und verzog das Gesicht. »Du klingst wie ein Narr«, knurrte er in sich hinein.

Egwene hätte ihm widersprochen, hätte sie ihre Stimmbänder unter Kontrolle gehabt. Es war so schön, all dies zu hören, auch wenn alles ein wenig übertrieben war. Nur ein wenig.

Als er das Gesicht verzog, spürte sie eine Lockerung, aber *schnipp*.

Sanft legte Gawyn sie auf einen ausgebreiteten Umhang inmitten der Blumen, so, wie man es sich erträumt. Er kniete neben ihr nieder, strich ihr eine Haarsträhne von der Wange und streichelte mit seinen Fingerspitzen weiter bis zu ihrem Mundwinkel. Sie beherrschte wohl den Körper nicht, in dem sie zu Gast war, doch sie teilte seine Gefühle, und seine Fingerspitzen schienen beinahe Funken in ihr auszulösen.

Nein! Sie konnte es nicht zulassen, daß sie ein Teil seines Traums blieb!

Sein Gesicht war ein Abbild des Schmerzes, sein Mantel nüchtern grau. Seine zu Fäusten geballten Hände hatte er auf die Knie gelegt. »Ich habe kein Recht, so mit dir zu sprechen, wie ich möchte«, sagte er förmlich. »Mein Bruder liebt dich. Ich weiß, daß sich Galad vor Angst um dich verzehrt. Nicht zuletzt deswegen ist er ein Weißmantel, weil er glaubt, die Aes Sedai hätten dich mißbraucht. Ich weiß, daß er …« Gawyn schloß gequält die Augen. »Oh, Licht, hilf mir!« stöhnte er.

Schnipp.

Sanft legte Gawyn sie auf einen ausgebreiteten Umhang inmitten der Blumen, so, wie man es sich erträumt. Er kniete neben ihr nieder, strich ihr eine Haarsträhne von der Wange und streichelte mit den Fingerspitzen weiter bis zu ihrem Mundwinkel.

Nein! So verlor sie das letzte bißchen Kontrolle über die Lage! Sie mußte entfliehen! *Wovor hast du eigentlich Angst?* Sie konnte nicht mehr entscheiden, ob das ihr eigener Gedanke gewesen war oder der jener anderen Egwene. Die Schranke zwischen ihnen bestand nur noch aus einem Schleier. *Das ist Gawyn. Gawyn.*

»Ich liebe dich«, sagte er zögernd. Er hatte nun wieder den grünen Mantel an und sah nicht ganz so gut aus wie in Wirklichkeit. Er zupfte an einem der Knöpfe, bevor er die Hand wieder fallen ließ. Er sah sie an, als fürchte er sich vor dem, was er auf ihrer Miene entdecken könnte. Wohl verbarg er die Furcht, aber nicht sehr gut. »Ich habe das noch nie zu einer Frau gesagt, noch niemals auch nur sagen wollen. Du hast keine Ahnung, wie schwer es mir fällt, dir das zu sagen. Nicht, daß ich es gar nicht wollte«, fügte er hastig hinzu, wobei er eine Hand nach ihr ausstreckte, »aber es auszusprechen, und das ohne jede Ermutigung, ist so, als schleuderte ich mein Schwert weg und entblößte meine Brust dem Todesstoß. Nicht, daß ich ernsthaft glaubte, du könntest … Licht! Ich kriege das einfach nicht heraus. Gibt es einen Hoffnungsschimmer, daß du … vielleicht … mit der Zeit … irgendein Gefühl … für mich … empfinden könntest? Etwas … mehr als Freundschaft?«

»Du süßer Idiot!« Sie lachte leise. »Ich liebe dich.« *Ich liebe dich* warf ein Echo durch den Teil von ihr, der wirklich sie selbst war. Sie spürte, wie sich die Schranke auflöste, hatte einen Augenblick, um zu erkennen, daß es ihr gleich war, und dann gab es nur noch eine Egwene, eine Egwene, die überglücklich die Arme um Gawyn schloß.

Nynaeve saß im trüben Mondschein auf dem Hocker, hob die Hand vor den Mund, um ein Gähnen zu unterdrücken und blinzelte mit Augen, die ein Gefühl erweckten, als habe jemand Sand hineingestreut. Das mußte einfach klappen, jawohl! Sie würde einschlafen, während sie noch Theodrin guten Morgen sagte, wenn nicht schon früher. Ihr Kinn sank herab, und sie riß sich gewaltsam zusammen und sprang auf. Der Hocker war ihr bereits wie ein Stein vorgekommen, weil ihr Hinterteil völlig gefühllos geworden war, aber anscheinend reichte das auch nicht mehr aus. Vielleicht half ein kleiner Spaziergang? Mit ausgestreckten Armen tastete sie sich zur Tür.

Plötzlich wurde die Nacht von einem fernen Schrei zerrissen, und gleichzeitig schlug der Hocker so hart gegen ihren Rücken, daß sie mit einem überraschten Aufschrei gegen die rauhe Tür prallte. Wie betäubt starrte sie den Hocker an, der nun umgekippt auf dem Boden lag. Eines der Beine stand schief weg.

»Was ist los?« rief Elayne und schoß auf dem Bett hoch.

Weitere Aufschreie und Rufe erschollen in Salidar, einige davon innerhalb des Hauses, in dem sie wohnten, und dazu war ein leichtes Rumpeln und Klappern hörbar, das von überall her gleichzeitig zu kommen schien. Nynaeves verlassenes Bett ratterte und rutschte dann einen Fuß weit über den Boden. Elaynes Bett bäumte sich auf und warf sie beinahe ab.

»Eine Blase des Bösen.« Nynaeve war selbst überrascht, wie kühl und sachlich ihre Stimme klang. Es hatte keinerlei Zweck, wild herumzurennen und mit den Armen zu fuchteln, obwohl sie innerlich genau das tat. »Wir müssen alle aufwecken, die noch schlafen.« Ihr war unverständlich, wie jemand bei diesem Lärm schlafen könne, aber diejenigen, die das fertigbrachten, würden möglicherweise sterben, bevor sie zu Bewußtsein kamen.

Sie wartete nicht auf eine Antwort, sondern eilte hinaus und riß die nächste Tür am Flur auf. Dann duckte sie sich, als eine weiße Waschschüssel genau dorthin flog, wo sich ihr Kopf einen Augenblick vorher befunden hatte, und anschließend an der Wand hinter ihr zersplitterte. Vier Frauen teilten sich dieses Zimmer und schliefen in zwei Betten, die ein wenig breiter waren als ihr eigenes. Nun lag ein Bett mit den Füßen nach oben da, und zwei Frauen bemühten sich, darunter hervorzukrabbeln. Auf dem anderen zuckten Emara und Ronelle, eine weitere Aufgenommene, wild umher und gaben erstickte Laute von sich. Ihr eigenes Bettuch hatte sich eng um sie geschlungen.

Nynaeve packte die erste Frau, die sie unter dem umgestürzten Bett hervorziehen konnte – eine hagere Dienerin namens Mulinda, die mit offenem Mund gaffte –, und schubste sie in Richtung der Tür. »Geht! Weckt alle im Haus, die noch schlafen und helft jeder, der ihr helfen könnt! Geht!« Mulinda stolperte hinaus, während Nynaeve ihre zitternde Bettgenossin auf die Beine zerrte. »Helft mir, Satina. Helft mir, Emara und Ronelle zu befreien.«

Sie zitterte leicht, aber die mollige Frau nickte und

machte sich energisch ans Werk. Es ging natürlich nicht nur darum, ein Bettuch aufzuwickeln, es schien ein Eigenleben zu besitzen, wie eine Ranke, die sich solange zusammenzieht, bis das erdrückt ist, was sich darin befindet. Nynaeve und Satina konnten es gemeinsam kaum von den Kehlen der beiden Frauen wegreißen. Dann hob sich der Krug vom Waschtisch und krachte an die Decke. Satina zuckte zusammen und ließ los, und das Bettuch schnellte aus Nynaeves Händen, geradewegs wieder an die Kehlen der beiden Frauen. Deren Kampfkraft ließ langsam nach. Die eine gab ein Rasseln in der Kehle von sich, während von der anderen nichts mehr zu hören war. Selbst im schwachen Mondschein, der durch das geöffnete Fenster fiel, erschienen ihre Gesichter verschwollen und dunkel angelaufen.

Nynaeve packte das Bettuch mit beiden Händen, öffnete sich *Saidar* und erreichte nichts. *Ich öffne mich dir, verdammt! Ich öffne mich! Ich brauche die Macht!* Nichts. Das Bett schrammte an ihre Knie und Satina quiekte auf. »Steht nicht so herum!« fauchte Nynaeve. »Helft mir!«

Schlagartig riß sich das Bettuch wieder aus ihrem Griff los, doch anstatt sich wieder um Emara und Ronelle zu wickeln, zog es so stark in die entgegengesetzte Richtung, daß sie übereinander purzelten. Es wickelte sich so schnell auf, daß das Auge der Bewegung kaum folgen konnte. Nynaeve bemerkte, daß Elayne in der offenen Tür stand; sie schloß den Mund, daß ihre Zähne aufeinanderschlugen. Das Bettuch hing nun an der Decke. Die Macht. Natürlich.

»Alle sind wach«, sagte Elayne und reichte ihr einen Umhang. Sie hatte sich bereits etwas über das dünne Nachthemd angezogen. »Ein paar Schwellungen und Schrammen, ein oder zwei schlimmere Schnittverletzungen, nach denen wir sehen müssen, wenn wir Zeit haben. Ich denke, *jede* wird in den nächsten paar

Tagen Alpträume haben, aber das ist in etwa alles. Hier jedenfalls.« Immer noch durchschnitten Schreie und Rufe die Nacht. Satina fuhr noch einmal zusammen, als Elayne das Bettuch fallen ließ, aber es lag schlicht auf dem Boden. Allerdings rührte sich das umgestürzte Bett wieder mit einem Knarren. Elayne beugte sich über die ächzenden Frauen auf dem anderen Bett. »Ich glaube, ihnen ist nur schlecht. Satina, helft mir bitte, sie auf die Beine zu bringen.«

Nynaeve blickte finster den Umhang in ihrer Hand an. Klar, daß ihnen schwindlig und schlecht war, so, wie sie herumgebeutelt worden waren. Licht, sie war doch vollkommen nutzlos. Hereinzustürmen und das Kommando zu übernehmen. Ohne die Macht konnte sie niemandem nutzen.

»Nynaeve, würdest du mir helfen?« Elayne hielt eine wankende Emara aufrecht, während Satina Ronelle mehr oder weniger zur Tür schleppte. »Ich glaube, Emara wird sich gleich übergeben, und das besser draußen. Die Nachttöpfe dürften alle kaputt sein.« Dem Geruch nach hatte sie recht. Tonscherben scharrten über den Boden in dem Versuch, unter dem umgestürzten Bett hervorzurutschen.

Nynaeve steckte ärgerlich die Arme durch die Aussparungen im Umhang. Mittlerweile konnte sie die Wahre Quelle fühlen, ein warmes Glühen knapp außerhalb ihres Gesichtsfeldes, aber sie mißachtete das absichtlich. Sie war jahrelang ohne die Macht ausgekommen, also würde sie auch jetzt ohne sie auskommen. Sie zog sich Emaras freien Arm über die Schulter und half dabei, die stöhnende Frau in Richtung des Ausgangs zur Straße zu führen. Sie schafften es beinahe.

Als sie schließlich draußen waren und sie Emaras Gesicht abgewischt hatten, waren alle anderen bereits in Bademänteln oder welcher Kleidung auch immer vor dem Haus versammelt und drückten sich ängstlich aneinander. Der immer noch volle Mond, der an einem klaren Himmel hing, tauchte sie in einen hellen Schein. Aus den anderen Häusern rannten ebenfalls kreischende und schreiende Bewohner. Eine Latte in einem Zaun fing an zu wackeln, dann eine weitere. Plötzlich flog ein Eimer sich überschlagend die Straße entlang. Ein mit Feuerholz beladener Karren rollte mit einem Mal vorwärts. Die beiden Deichseln zogen seichte Furchen durch den harten Lehmboden. Von einem Haus weiter unten an der Straße erhob sich eine Rauchwolke und Stimmen begannen, nach Wasser zu rufen.

Eine dunkle Gestalt, die auf der Straße lag, zog Nynaeve an. Es war einer der Nachtwächter, nach der flackernden Laterne zu urteilen, die neben seiner ausgestreckten Hand lag. Sie sah, wie seine leblosen Augen im Mondschein glitzerten, sah das Blut, das sein Gesicht überströmt hatte und die klaffende Wunde an der Seite seines Kopfes, wo ihn etwas wie ein Axthieb getroffen hatte. Sie fühlte trotzdem nach seinem Hals, ob noch ein Pulsschlag zu spüren sei. Am liebsten hätte sie vor Zorn laut aufgeheult. Menschen sollten am Ende eines langen Lebens in ihren Betten sterben, von der Familie und Freunden umringt. Alles andere war Verschwendung von Leben. Reine verfluchte Verschwendung!

»Also habt Ihr heute nacht *Saidar* gefunden, Nynaeve. Gut.«

Nynaeve fuhr zusammen und blickte zu Anaiya hoch. Ihr wurde bewußt, daß sie tatsächlich *Saidar* in sich aufgenommen hatte. Und selbst dann war sie noch nutzlos. Sie erhob sich, klopfte sich innerlich erschöpft den Staub von den Knien und bemühte sich, den toten Mann nicht mehr anzusehen. Wäre sie schneller gewesen, hätte das einen Unterschied gemacht?

Das Glühen der Macht umgab Anaiya, aber nicht

nur sie: Das Licht umfaßte auch noch zwei weitere vollständig bekleidete Aes Sedai, eine Aufgenommene in einem Bademantel und drei Novizinnen im Nachthemd. Eine dieser drei war Nicola. Nynaeve bemerkte nun andere dieser glühenden Gruppen, viele Dutzende sogar, die sich auf den Straßen bewegten. Manche schienen nur aus Aes Sedai zu bestehen, doch die meisten waren gemischt.

»Öffnet Euch der Verknüpfung«, fuhr Anaiya fort. »Und Ihr, Elayne, und … Was stimmt mit Emara und Ronelle nicht?« Als sie erfuhr, den beiden sei lediglich schlecht, knurrte sie leise etwas vor sich hin und befahl ihnen dann, eine Gruppe zum Verknüpfen zu finden, sobald sie wieder klar im Kopf seien. Schnell erwählte sie vier weitere Aufgenommene aus dem Gedränge um Elayne. »Sammael – falls er es ist und keiner der anderen – wird erfahren, daß wir keineswegs hilflos sind. Nun macht schnell. Berührt die Quelle, aber verhaltet an dem Berührungspunkt. Ihr seid offen und gebt dem Strom nach.«

»Das stammt nicht von einem der Verlorenen«, fing Nynaeve an, doch die mütterliche Aes Sedai schnitt ihr energisch das Wort ab: »Widersprecht nicht, Kind, öffnet Euch nur. Wir haben einen Angriff erwartet, wenn auch nicht gerade so wie jetzt, und uns darauf vorbereitet. Schnell, Kind. Wir haben keine Zeit für müßiges Geschwätz.«

Nynaeve klappte den Mund zu und bemühte sich, zu jener Schwelle zurückzukehren, an der man *Saidar* gerade berühren und sich der Macht hingeben konnte. Es war nicht leicht. Zweimal spürte sie, wie die Macht nicht nur in sie einströmte, sondern durch sie hindurch in Anaiya, und zweimal brach der Strom ab und zuckte zur Quelle zurück. Anaiya verzog ärgerlich den Mund und sah Nynaeve an, als glaube sie, die jüngere Frau habe das mit Absicht getan. Beim dritten Mal fühlte sie sich, als habe sie jemand am Kragen gepackt. *Saidar* rauschte durch Nynaeve in Anaiya, und als sie versuchte, die Macht zurückzuhalten – es hatte doch an ihr gelegen und nicht an dem Strom selbst, wurde ihr jetzt bewußt – wurde der Strom festgehalten und vereinigte sich mit einem noch stärkeren.

Ehrfurcht machte sich in ihr breit. Sie ertappte sich dabei, wie sie die Gesichter der anderen musterte und sich fragte, ob sie das gleiche fühlten. Sie war ein Teil von etwas, das mehr als nur sie selbst war, größer als sie allein. Das lag nicht nur an der Einen Macht. Gefühle überschlugen sich in ihrem Inneren, Furcht und Hoffnung und Erleichterung, und, ja, Ehrfurcht, stärker als alle anderen Gefühle, und eine innere Ruhe und Gelassenheit, die von den Aes Sedai ausgehen mußte. Und sie wußte nicht zu sagen, welche dieser Gefühle ihre eigenen seien und welche nicht. Eigentlich hätte sie einen kalten Schauer verspüren sollen, und doch fühlte sie eine Nähe zu diesen Frauen, größer als die Nähe zu einer Schwester. Es war, als seien sie alle *ein* Fleisch und *ein* Blut. Eine schlaksige Graue namens Aschmanaille lächelte sie warmherzig an, da sie offenbar ihre Gedanken spürte.

Nynaeve stockte der Atem, als ihr auffiel, daß sie nicht mehr wütend war. Der Zorn war verschwunden, vom puren Staunen verschluckt. Und doch, nun, da die Blaue Schwester die Kontrolle über die Macht übernommen hatte, blieb der Strom *Saidars* durch sie beständig. Ihr Blick fiel auf Nicola, und statt eines schwesterlichen Lächelns las sie in deren Miene nur berechnende Nachdenklichkeit. Zurückschreckend versuchte Nynaeve, sich aus der Verknüpfung zu lösen, aber nichts geschah. Bis Anaiya den Zirkel auflöste, war sie ein Teil davon, ob sie nun wollte oder nicht.

Elayne schloß sich dem Zirkel viel leichter an, nachdem sie das silbrige Armband in eine Tasche ihres Umhangs gesteckt hatte. Kalter Schweiß stand auf

Nynaeves Stirn. Was würde geschehen, wenn Elayne sich verknüpft hätte, obgleich sie durch den *A'dam* bereits mit Moghedien verbunden war? Sie hatte keine Ahnung, was die Frage aber nur noch quälender machte. Nicolas leicht verfinsterter Blick wanderte von Nynaeve zu Elayne. Sicher konnte sie nicht unterscheiden, welche Gefühle zu welcher Frau gehörten, nicht, wenn Nynaeve ihre eigenen Gefühle kaum noch erkennen konnte. Die letzten beiden wurden genauso leicht in den Zirkel einbezogen: Shimoku, eine hübsche Kandori mit dunklen Augen, die ganz kurz vor der Spaltung der Burg zur Aufgenommenen erhoben worden war, und Calindin, eine Frau aus Tarabon mit einer Unzahl dünner schwarzer Zöpfe auf dem Kopf, die schon gut zehn Jahre lang zu den Aufgenommenen gehörte. Eine Frau, die kaum mehr als eine Novizin war, und eine andere, die sich jedes bißchen Wissen mühsam aneignen mußte, aber sie hatten keinerlei Schwierigkeiten, sich mit den anderen zu verknüpfen.

Plötzlich sprach Nicola, und es klang, als schlafe sie beinahe: »Das Löwenschwert, der geweihte Speer, sie, die jenseits alles anderen blickt. Drei in dem Boot, und dazu jener, der tot ist und doch lebt. Die große Schlacht ist vorüber, doch die Welt hat noch nicht die letzten Schlachten gesehen. Das Land ist durch die Rückkehr gespalten, und die Wächter sind gleich stark wie die Diener. Die Zukunft steht auf Messers Schneide.«

Anaiya starrte sie verblüfft an. »Wie war das, Kind?«

Nicola blinzelte. »Habe ich etwas gesagt, Aes Sedai?« fragte sie mit schwacher Stimme. »Ich fühle mich so … sonderbar.«

»Also, falls Ihr euch übergeben müßt«, sagte Anaiya gefühllos, »bringt es hinter Euch. Die Verknüpfung hat beim ersten Mal die seltsamsten Wirkungen auf manche Frauen. Wir haben keine Zeit, Euren Magen zu be-

sänftigen.« Als wolle sie das unterstreichen, raffte sie den Rock hoch und ging die Straße hinunter. »Bleibt jetzt alle nahe bei mir. Und sagt mir Bescheid, wenn Ihr etwas bemerkt, worum wir uns kümmern müssen.«

Dazu bot sich ihnen reichlich Gelegenheit. Die Menschen drängten sich auf den Straßen, schrien sich gegenseitig zu, was eigentlich geschehen sei, oder sie schrien einfach hysterisch, und Gegenstände bewegten sich von allein. Türen schlugen zu und Fenster auf, ohne daß jemand sie auch nur berührte. Krachen und Splittern war aus den Häusern zu vernehmen, aber die Bewohner standen draußen. Töpfe, Werkzeuge, Steine, alles, was nicht festgemacht war, konnte jeden Moment losfliegen und jemanden treffen. Eine dickliche Köchin im Nachthemd schnappte mit einem beinahe wahnsinnigen Lachen einen herumfliegenden Eimer aus der Luft, aber als ein blasser, hagerer Bursche in Unterwäsche versuchte, einen abgesägten Ast Brennholz zur Seite zu schlagen, hörte man ein deutliches Knacken, denn sein Arm wurde gebrochen. Seile wanden sich um Beine und Arme, und sogar die Kleidungsstücke mancher Menschen fingen an, selbständig herumzukriechen. Sie fanden einen stark behaarten Mann, dessen Hemd sich um seinen Kopf gewickelt hatte und der so verzweifelt um sich schlug, daß er die Helfer daran hinderte, das Hemd von ihm wegzureißen, bevor es ihn ersticken konnte. Eine Frau, die es geschafft hatte, sich schnell noch ein Kleid überzuziehen und wohl auch zuzuknöpfen, hielt sich mit aller Kraft an den Strohbündeln eines Daches fest und schrie aus voller Kehle, während ihr Kleid sich bemühte, sie über das Haus hinwegzuzerren oder vielleicht sogar mit ihr gen Himmel zu fliegen.

Solche Schwierigkeiten zu beheben, war auch nicht schwerer, als sie aufzuspüren. Die Stränge der Macht, die Anaiya durch die Verknüpfung an sich zog und lenkte, waren so stark – wie auch bei den anderen Zirkeln deutlich sichtbar wurde –, daß sie auch eine Herde durchgehender Bullen aufgehalten hätte, ganz zu schweigen von einem Wasserkessel, der es sich in den Kopf gesetzt hatte, das Fliegen zu erlernen. Und sobald ein Gegenstand aufgehalten worden war, ob mit Hilfe der Macht oder nur mit der Hand, rührte er sich nicht mehr. Aber es waren so viele! Sie hatten nicht einmal Zeit, jemanden zu heilen, außer er schwebte in Lebensgefahr. Schrammen, Schwellungen, blutende Wunden und gebrochene Knochen mußten warten, während wieder eine Zaunlatte zu Boden geschlagen wurde, bevor sie jemandem den Schädel einschlug, während ein weiteres wild umherrollendes Faß aufgehalten wurde, bevor es Beine brach.

In Nynaeves Innerem stieg immer mehr Verbitterung auf. So viele Dinge auf einmal, die man aufhalten mußte, alle wohl nur klein, aber ein Mann, dem von einer Bratpfanne der Schädel eingeschlagen wurde, oder eine Frau, die vom eigenen Nachthemd erwürgt wurde, waren genauso tot wie jemand, der von der Macht niedergestreckt wurde. Nicht nur sie war niedergeschlagen. Sie spürte, wie dieses Gefühl sich von jeder Frau des Zirkels her ausbreitete, sogar von den Aes Sedai. Doch sie konnte nichts anderes tun, als mit den anderen mitzumarschieren und zuzusehen, wie Anaiya ihre gemeinsamen Stränge verwob, um gegen tausend kleine Gefahren anzukämpfen. Nynaeve verlor sich in dem Gefühl, ein Kanal für die Eine Macht zu sein, eins zu sein mit einem Dutzend anderer Frauen.

Schließlich blieb Anaiya mit gerunzelter Stirn stehen. Nynaeve wurde völlig überrascht, als sich die Verknüpfung auflöste. Einen Augenblick lang sackte sie beinahe in sich zusammen und starrte verständnislos vor sich hin. Stöhnen und lautes Weinen hatten die Schreie und Rufe abgelöst. Die vom Mondschein undeutlich erhellte Straße war nun ruhig, abgesehen von Menschen, die Verletzte versorgten. Dem Stand des Mondes nach war nicht einmal eine Stunde vergangen, aber Nynaeve schienen es eher zehn Stunden gewesen zu sein. Ihr Rücken schmerzte, wo der Hocker sie getroffen hatte, ihre Knie waren weich und ihre Augen brannten. Sie gähnte so heftig, daß sie glaubte, ihre Trommelfelle müßten platzen.

»Von einem der Verlorenen hätte ich etwas anderes erwartet«, grollte Anaiya hörbar in sich hinein. Auch sie machte einen müden Eindruck, dennoch zwang sie sich dazu, die nächsten Aufgaben in Angriff zu nehmen. Sie packte Nicola an der Schulter. »Ihr könnt Euch kaum noch auf den Beinen halten. Ins Bett mit Euch. Geht schon, Kind. Ich will gleich am Morgen mit Euch sprechen, noch vor dem Frühstück. Angla, Ihr bleibt da. Ihr könnt Euch wieder mit mir verknüpfen und mir ein wenig Kraft zum Heilen zuführen. Lanita – ins Bett.«

»Es waren nicht die Verlorenen«, sagte Nynaeve. Oder, genauer gesagt, murmelte sie erschöpft. Licht, war sie müde! »Es war eine Blase des Bösen.« Die drei Aes Sedai blickten sie an. Und nicht nur sie – auch die anderen Aufgenommenen und die Novizinnen, alle, bis auf Elayne. Sogar Nicola, die immer noch nicht weg war, starrte sie an. Diesmal war es Nynaeve aber egal, wie abschätzend der Blick dieser Frau sein mochte; sie war einfach zu müde, um dabei etwas zu empfinden.

»Wir haben in Tear schon einmal eine erlebt«, berichtete Elayne, »mitten im Stein.« Es waren eigentlich nur die Nachwehen gewesen, aber doch so schlimm, daß beide gehofft hatten, sich nie wieder einer solchen Blase nähern zu müssen. »Hätte uns Sammael angegriffen, würde er nicht nur mit Stöcken nach uns werfen.« Aschmanaille tauschte einen unergründlichen Blick mit Bharatine, einer Grünen, bei der sogar ein so dürrer Körper lediglich schlank und graziös wirkte, und deren lange Nase noch wohlgeformt aussah.

Anaiya zuckte nicht mit der Wimper. »Ihr scheint noch über eine Menge Energie zu verfügen, Elayne. Ihr könnt mir beim Heilen helfen. Und was Euch betrifft, Nynaeve ... Ihr habt *Saidar* wieder verloren, nicht wahr? Nun ja, Ihr wirkt ohnehin, als müsse man Euch ins Bett tragen, aber dorthin müßt Ihr schon alleine finden. Shimoku, steht auf und geht ins Bett, Kind. Calindin, Ihr kommt mit mir.«

»Anaiya Sedai«, sagte Nynaeve vorsichtig, »Elayne und ich haben heute nacht etwas herausgefunden. Könnten wir vielleicht allein mit Euch ...«

»Morgen, Kind. Ins Bett mit Euch. Und zwar sofort, bevor Ihr mir umfallt.« Anaiya wartete nicht einmal, um zu sehen, ob ihre Anweisung befolgt wurde. Sie zog Calindin mit und schritt hinüber zu einem stöhnenden Mann, dessen Kopf im Schoß einer Frau lag. Als sie sich über den Mann beugte, zog Aschmanaille Elayne mit sich fort, und Bharatine ging mit Angla in eine andere Richtung. Bevor sie in der Menge verschwand, blickte sich Elayne schnell noch einmal nach Nynaeve um und schüttelte kaum sichtbar den Kopf.

Nun gut, dies war möglicherweise wirklich nicht der richtige Zeitpunkt und der richtige Ort, um die Schale und Ebou Dar zur Sprache zu bringen. Anaiyas Reaktion war ein wenig eigenartig gewesen, als sei sie enttäuscht darüber, daß es sich nicht wirklich um einen Angriff der Verlorenen gehandelt hatte. Warum aber? Sie war zu müde, um noch nachdenken zu können. Wohl hatte Anaiya die Stränge gelenkt, aber *Saidar* hatte Nynaeve dennoch eine gute Stunde lang durchströmt, und das hätte gereicht, auch jemanden zu ermüden, die eine ganze Nacht lang gut geschlafen hatte.

Vor Erschöpfung wankend erblickte Nynaeve nun auch noch Theodrin. Die Domanifrau humpelte mit einem Paar weißgekleideter Novizinnen an ihrer Seite die Straße entlang und blieb dort stehen, wo jemand mit einer Verletzung lag, die sie mit ihren mageren Fähigkeiten zum Heilen gerade noch behandeln konnte. Sie sah Nynaeve offensichtlich nicht.

Ich gehe jetzt ins Bett, dachte Nynaeve mürrisch. *Anaiya Sedai hat es mir befohlen.* Warum war ihr Anaiya so enttäuscht vorgekommen? Ein Gedanke nagte gerade am Rande ihres Verstands, aber sie war zu müde, um ihn zu verfolgen. Ihre Schritte schleppten sich dahin. Beinahe wäre sie auf ebener Straße noch gestolpert. Sie *würde* jetzt schlafen! Sollte Theodrin doch machen, was sie wollte.

KAPITEL 7

Aufgetürmter Sand

Egwene öffnete die Augen und blickte ins Leere. Einen Moment lang lag sie noch entspannt auf ihrer Bettstelle und fühlte nach dem Großen Schlangenring, der an seiner Kordel um ihren Hals hing. Wenn sie ihn an der Hand trug, löste das zu viele eigenartig berührte Blicke aus. Es war leichter, sich als Schülerin der Weisen Frauen einzureihen, wenn niemand sie gleichzeitig als Aes Sedai betrachtete. Was sie sowieso nicht war. Sie war eine Aufgenommene, die so lange vorgetäuscht hatte, sie sei eine Aes Sedai, daß sie es manchmal schon selbst glaubte.

Ein wenig Morgensonnenschein blinzelte unter der Zeltklappe hervor und erhellte spärlich das Innere. So, wie sie sich fühlte, hätte sie überhaupt nicht schlafen müssen. Ihre Schläfen hämmerten. Seit dem Tag, als Lanfear sie und Aviendha beinahe getötet hätte, dem Tag, da die Verlorene und Moiraine sich gegenseitig getötet hatten, schmerzte ihr Kopf jedesmal so, wenn sie aus *Tel'aran'rhiod* zurückkehrte. Aber die Schmerzen waren nicht derart schlimm, daß sie sie außer Gefecht gesetzt hätten. Wie dem auch sei, zu Hause hatte ihr Nynaeve einiges über Kräuter beigebracht, und hier in Cairhien hatte sie die richtigen Arten gefunden. Schlafgut-Wurzel machte sie für gewöhnlich schläfrig und würde sie in einem Erschöpfungszustand wie jetzt stundenlang schlafen lassen, und dazu würde sie jeden Rest von Kopfschmerzen beseitigen.

So stand sie auf, zog ihr verknittertes, schweißnasses Nachthemd zurecht und schritt langsam über die dicken Teppichschichten hinüber zum Waschbecken, einer großen, gravierten Kristallschale, die möglicherweise früher einmal den gewürzten Wein irgendeines Adligen enthalten hatte. Sie enthielt lediglich klares Wasser, genau wie der blau glasierte Krug. Doch als sie ihr Gesicht befeuchtete, war das Wasser leider nicht mehr kühl zu nennen. Ihr Blick traf den ihrer eigenen Augen, die ihr aus einem kleinen Spiegel mit vergoldetem Rahmen an der Zeltwand entgegensahen, und ihre Wangen liefen rot an.

»Also, was hast du denn geglaubt, was geschehen würde?« flüsterte sie. Für möglich hätte sie es nicht gehalten, aber die Wangen ihres Spiegelbilds färbten sich noch dunkler rot.

Es war schließlich nur ein Traum gewesen, nicht wie sonst in *Tel'aran'rhiod*, wenn das, was im Traum geschehen war, beim Erwachen noch immer reale Auswirkungen zeigte. Doch sie erinnerte sich an jede Einzelheit, als sei es Wirklichkeit gewesen. Sie glaubte, ihre Wangen müßten beinahe Feuer fangen. Nur ein Traum, und überdies noch Gawyns Traum. Er hatte kein Recht, auf diese Weise von ihr zu träumen.

»Es war alles seine Schuld«, berichtete sie ärgerlich ihrem Spiegelbild. »Nicht meine! Ich hatte schließlich keine Wahl!« Reuevoll schloß sie den Mund. Einem Mann seine Träume vorwerfen. Und wie eine dumme Gans mit einem Spiegel sprechen.

Sie blieb an der Zeltklappe stehen und bückte sich, um hinauszuspähen. Ihr niedriges Zelt befand sich am Rand des Aiellagers. Die grauen Mauern Cairhiens erhoben sich etwa zwei Meilen westlich über die kahlen Hügel. Zwischen dem Lager und der Stadt lag nichts als versengter Boden, wo einst das Vortor einen dicht bewohnten Ring um die Stadt gebildet hatte. Alles war im Schein der Morgensonne scharf umrissen und klar, so daß es noch nicht sehr spät sein konnte, und doch eilten die Aiel bereits geschäftig zwischen den Zelten einher.

Heute würde sie nicht früh aufstehen. Nach einer ganzen Nacht außerhalb ihres Körpers – ihre Wangen liefen erneut rot an; Licht, würde sie den Rest ihres Lebens über eines *Traums* wegen erröten? Sie fürchtete es fast – hatte sie es wohl verdient, bis zum Nachmittag zu schlafen. Der Duft nach heißem Haferbrei konnte es mit ihren schweren Augenlidern nicht aufnehmen.

Träge schlich sie zu ihren Decken zurück und ließ sich schwer darauffallen, wobei sie sich die Schläfen rieb. Sie war sogar zu müde, um sich noch Tee aus Schlafgut-Wurzel zu bereiten, aber in diesem Zustand war es ohnehin egal, und sie brauchte die Hilfe nicht. Der dumpfe Kopfschmerz ließ gewöhnlich nach etwa einer Stunde nach, also würde sie beim Erwachen nichts mehr davon spüren.

Alles in allem war es keine Überraschung, wenn sie von Gawyn träumte. Manchmal wiederholte sie sogar einen seiner Träume, wenn auch nicht ganz genau, denn in ihren Versionen kamen gewisse anstößige Dinge nicht vor oder wurden von ihr geflissentlich übergangen. Gawyn verbrachte dann erheblich mehr Zeit damit, ihr Gedichte darzubringen und sie in den Armen zu halten, während sie Sonnenaufgänge oder -untergänge beobachteten. Er stotterte auch keineswegs, wenn er ihr sagte, daß er sie liebe. Und er sah so gut aus wie in Wirklichkeit. Andere Träume waren ganz und gar ihre eigenen. Zarte Küsse, die eine Ewigkeit lang dauerten. Er kniete vor ihr, und sie nahm seinen Kopf in beide Hände. Zweimal, und zwar gleich hintereinander, träumte sie davon, ihn an den Schultern zu packen und zu versuchen, ihn gegen seinen Willen umzudrehen. Einmal schob er ihre Hände grob beiseite, während sie beim zweiten Mal etwas stärker war als er. Die beiden Träume überlagerten sich ein wenig in ihrem Gedächtnis. In einem weiteren machte er sich daran, eine Tür vor ihrer Nase zu schließen, und sie wußte: sobald der immer enger werdende lichterfüllte Spalt sich schloß, mußte sie sterben.

Die Träume überschlugen sich in ihrem Kopf. Nicht alle handelten von ihm, und die meisten waren Alpträume.

Perrin kam und stand vor ihr. Zu seinen Füßen lag ein Wolf, und in seine Schultern hatten sich ein Habicht und ein Falke festgekrallt, die sich über seinen Kopf hinweg zornig anfunkelten. Er bemerkte die beiden offensichtlich nicht und versuchte immer wieder, diese Axt wegzuwerfen, bis er schließlich wegrannte, und die Axt schwebte durch die Luft und verfolgte ihn. Wiederum Perrin: Er wandte sich von einem Kesselflicker ab und rannte weg, immer schneller, obwohl sie ihm zurief, er solle zurückkommen. Mat sagte Worte in einer seltsamen Sprache, die sie beinahe verstand – sie glaubte, es müsse sich um die Alte Sprache handeln –, und zwei Raben setzten sich auf seine Schultern. Ihre Krallen bohrten sich durch den Mantel tief in sein Fleisch hinein. Er schien sie genausowenig zu bemerken wie Perrin den Habicht und den Falken, doch dann stand Trotz in seiner Miene, und später düstere Resignation. In einem anderen lockte ihn eine Frau, deren Gesicht in Schatten gehüllt war, auf eine große Gefahr zu. Egwene wußte nicht, was es war, nur, daß die Gefahr von etwas Ungeheurem ausging. Mehrere Träume handelten von Rand, nicht einmal in jedem Falle schlimm, aber allesamt eigenartig. Elayne, die ihn mit einer Hand auf die Knie zwang. Elayne und Min und Aviendha, die in einer schweigenden Runde um ihn saßen. Jede berührte ihn nacheinander mit einer Hand. Er schritt auf einen brennenden Berg zu, und unter seinen Stiefeln wurde etwas zermalmt. Sie wälzte sich herum und wimmerte leise, denn die zermalmten Gegenstände waren Siegel vom Gefängnis des Dunklen Königs, die bei jedem Schritt zerbrachen. Sie wußte es. Sie mußte sie gar nicht sehen, um das zu wissen.

Als ihre Angst wuchs, wurden ihre Träume schlimmer. Die beiden fremden Frauen, die sie in *Tel'aran'rhiod* gesehen hatte, fingen sie und zerrten sie an einen Tisch, an dem viele Frauen mit heruntergezogenen Kapuzen saßen, und als sie die Kapuzen zurückschlugen, war jede von ihnen Liandrin, die Schwarze Schwester, die sie in Tear gefangen hatte. Eine Seanchanfrau mit hartem Gesicht gab ihr ein silbrig schimmerndes Armband, das durch eine metallisch wirkende Leine mit einem gleichartigen Halsband verbunden war, also einen *A'dam*. Das ließ sie aufschreien, denn schon einmal hatten ihr die Seanchan einen *A'dam* angelegt. Sie wollte lieber sterben, als das noch einmal durchzumachen. Rand lief durch die Straßen Cairhiens und lachte, während er Gebäude und Menschen mit Blitz und Feuer vernichtete, und neben ihm rannten andere Männer und sengten und verbrannten mit Hilfe der Macht. Diese fürchterliche Amnestie, die er erlassen hatte, war in Cairhien verkündet worden, aber sicherlich würde kein Mann *freiwillig* die Macht gebrauchen! Die Weisen Frauen erwischten sie in *Tel'aran'rhiod* und verkauften sie wie ein Tier in die Länder jenseits der Aielwüste. Das machten sie mit allen Bewohnern Cairhiens, die sie in der Wüste antrafen. Sie stand außerhalb ihres Körpers, sah zu, wie ihr Gesicht schmolz, ihr Schädel aufplatzte, während undeutlich sichtbare Gestalten mit harten Stöcken nach ihr stießen. Sie stießen. Stießen …

Sie fuhr nach Luft schnappend hoch, und Cowinde hockte sich wieder neben sie, den Kopf unter der Kapuze ihrer weißen Robe verborgen.

»Vergebt mir, Aes Sedai. Ich wollte Euch nur wecken, damit Ihr Euer Morgenmahl einnehmt.«

»Dazu müßt Ihr mir doch kein Loch in die Rippen

bohren«, knurrte Egwene, aber dann tat es ihr gleich wieder leid.

Ärger flammte in Cowindes tiefblauen Augen auf und wurde sofort wieder gelöscht und hinter der bei den *Gai'schain* üblichen Maske geduldiger Ergebenheit verborgen. Sie hatten schwören müssen, demütig zu gehorchen und ein Jahr und einen Tag lang keine Waffe mehr zu berühren, und so nahmen die *Gai'schain* eben geduldig hin, was auch immer geschehen mochte, ob es nun ein unhöfliches Wort war, ein Schlag, höchstwahrscheinlich sogar einen Messerstich ins Herz. Allerdings war es für einen Aiel dasselbe, einen *Gai'schain* zu töten, wie ein Kind. Es gab keine Entschuldigung dafür, und der Sünder würde vom eigenen Bruder oder der eigenen Schwester niedergestreckt. Und doch war es eine Maske, da war sich Egwene sicher. Die *Gai'schain* gaben sich wohl alle Mühe, aber sie waren immer noch Aiel, und Egwene konnte sich kein Volk vorstellen, das weniger demütig und duldsam war. Das betraf sogar Menschen wie Cowinde, die sich weigerten, das Weiß abzulegen, wenn ihr Jahr und Tag vorüber war. Ihre Weigerung, ins gewöhnliche Aielleben zurückzukehren, entsprang ihrem halsstarrigen Stolz und ihrem Trotz, genau wie bei Männern, die sich auch vor zehn Gegnern nicht zurückziehen wollten. Zu solchen Verwicklungen führte das *Ji'e'toh* der Aiel.

Das war einer der Gründe, warum Egwene bei den *Gai'schain* und besonders bei Cowinde achtgab, was sie sagte und wie sie es sagte. Sie waren schließlich nicht in der Lage, etwas zurückzugeben, zu widersprechen oder gar zu kämpfen, ohne alle Regeln zu brechen, auf denen ihr Leben beruhte. Andererseits war Cowinde eine Tochter des Speers gewesen und konnte auch wieder eine werden, wenn man sie jemals überredete, diese Robe abzulegen. Wenn man einmal die Macht mißachtete, hätte sie vermutlich Egwene einen Knoten in Arme und Beine flechten können, während sie gleichzeitig eine Speerspitze schliff.

»Ich will kein Frühstück«, sagte Egwene zu ihr. »Geht wieder und laßt mich schlafen.«

»Kein Frühstück?« fragte Amys, deren Halsketten und Armbänder aus Elfenbein, Silber und Gold klapperten, als sie geduckt in das Zelt trat. Sie trug – wie alle Aiel – keine Ringe, aber ansonsten hatte sie genug Schmuck umgehängt für drei Frauen oder mehr. »Ich glaubte, wenigstens Euer Appetit sei vollständig wiederhergestellt.«

Auch Bair und Melaine traten nun ein, und jede war genauso mit Schmuck behängt. Die drei kamen aus verschiedenen Clans, doch obwohl die meisten Weisen Frauen, die mit den Männern die Drachenmauer überquert hatten, in der Nähe ihrer Septimen blieben, standen die Zelte dieser drei dicht beieinander und bei dem Egwenes. Sie nahmen auf bunten, reich mit Fransen und Troddeln verzierten Kissen am Fuß ihrer Bettstatt Platz und rückten die dunklen Tücher zurecht, ohne die man Aielfrauen kaum jemals zu sehen bekam. Jedenfalls diejenigen, die nicht zu den *Far Dareis Mai* gehörten. Amys' Haar war genauso weiß wie Bairs, aber Bairs großmütterliches Gesicht wies tiefe Furchen auf, während Amys erstaunlich jung wirkte. Vielleicht lag es an dem Kontrast zwischen ihrem Haar und dem faltenlosen Gesicht. Sie behauptete, ihr Haar sei schon in ihrer Kindheit beinahe genauso hell gewesen.

Normalerweise übernahm entweder Bair oder Amys die Führung, doch heute sprach Melaine – Haare wie die Sonne und grüne Augen – zuerst: »Wenn Ihr aufhört, zu essen, könnt Ihr euch nicht erholen. Wir hatten uns überlegt, Euch zu unserem nächsten Zusammentreffen mit den anderen Aes Sedai mitkommen zu lassen, weil sie jedesmal nach Euch fragen …«

»Und sich jedesmal wie die typischen Feuchtländer lächerlich machen«, warf Amys bissig ein. Sie war keineswegs eine gehässige Frau, aber die Aes Sedai in Salidar hielten sie bestimmt für eine. Vielleicht lag es nur an diesen Zusammentreffen mit Aes Sedai. Ihrer Sitte entsprechend mieden die Weisen Frauen solche Treffen, besonders diejenigen, die mit der Macht umgehen konnten, so wie Amys und Melaine. Außerdem ärgerte es sie, daß die Aes Sedai Nynaeve und Elayne bei ihren Treffen verdrängt hatten. Egwene paßte das ebenfalls nicht. Sie vermutete, die Weisen Frauen hätten die beiden durch die Betonung der Gefahren in *Tel'aran'rhiod* abgeschreckt. Den Bruchstücken der Inhalte solcher Treffen nach zu schließen, die sie mittlerweile erfahren hatte, waren die Aes Sedai aber keineswegs eingeschüchtert. Es gab nicht viel, was Aes Sedai abschrecken konnte.

»Wir müssen wohl noch einmal alles überdenken«, fuhr Melaine gelassen fort. Vor ihrer kürzlichen Heirat war sie reizbar wie eine Löwenmutter gewesen, doch mittlerweile schien sie nichts aus der Ruhe bringen zu können. »Ihr dürft nicht in den Traum zurückkehren, bevor Euer Körper nicht wieder seine vollen Kräfte erlangt hat.«

»Ihr habt Ringe um die Augen«, sagte Bair mit besorgter, dünner Stimme, die zu ihrem Gesicht paßte. In vielerlei Hinsicht jedoch war gerade sie die härteste der drei. »Habt Ihr schlecht geschlafen?«

»Wie könnte sie auch gut geschlafen haben?« fragte Amys mürrisch. »Dreimal habe ich letzte Nacht versucht, in ihre Träume zu blicken, und jedesmal habe ich nichts vorgefunden. Keine kann gut schlafen, wenn sie nichts träumt.«

Egwene trocknete schlagartig der Mund aus, und die Zunge klebte ihr am Gaumen. Sie mußten ausgerechnet in der einzigen Nacht nach ihr sehen, in der sie nur ein paar Stunden lang nicht in ihrem Körper zugegen war.

Melaine runzelte die Stirn. Sie sah nicht Egwene an, sondern Cowinde, die immer noch mit gesenktem Kopf am Fuße der Bettstatt kauerte. »Neben meinem Zelt ist ein Sandhaufen aufgetürmt«, sagte sie in beinahe so scharfem Tonfall wie früher. »Ihr untersucht ihn Sandkorn für Sandkorn, bis Ihr ein rotes Korn findet. Falls es nicht das richtige ist, nach dem ich suche, werdet Ihr von neuem beginnen. Geht jetzt.« Cowinde verbeugte sich lediglich, bis ihr Gesicht die bunten Teppiche berührte, dann hastete sie hinaus. Melaine sah Egwene an und lächelte freundlich. »Ihr scheint überrascht. Wenn sie nicht von allein tut, was sich schickt, muß ich sie eben zwingen, sich für den richtigen Weg zu entscheiden. Da sie nach wie vor behauptet, mir zu dienen, untersteht sie auch noch meiner Verantwortung.«

Bairs langes Haar flog, als sie den Kopf schüttelte. »Es wird nicht wirken.« Sie rückte den Schal auf ihren knochigen Schultern zurecht. Egwene kam in ihrem dünnen Nachthemd ins Schwitzen, obwohl die Sonne noch gar nicht richtig am Himmel stand, doch die Aiel waren ganz anderes gewöhnt. »Ich habe Juric und Beira verprügelt, bis mein Arm zu müde war, um weiterzumachen, aber so oft ich ihnen auch befehle, das Weiß abzulegen: vor dem Sonnenuntergang haben sie ihre Roben wieder an.«

»Es ist wie ein Fluch«, knurrte Amys. »Seit wir in die Feuchtländer kamen, hat sich ein ganzes Viertel all jener, deren Zeit vorüber ist, geweigert, zu ihren Septimen zurückzukehren. Sie verdrehen *Ji'e'toh* und seine Bedeutung.«

Das war Rands Schuld. Er hatte allen das enthüllt, was zuvor nur die Clanhäuptlinge und die Weisen Frauen gewußt hatten: einst hatten alle Aiel gelobt, keine Waffe mehr zu berühren und keine Gewalt zu gebrauchen. Nun glaubten viele, daß sie eigentlich alle als *Gai'schain* dienen müßten. Andere wieder weigerten sich deshalb, Rand als den *Car'a'carn* anzuerkennen, und noch weitere liefen täglich weg und schlossen sich den Shaido an, die sich in den Bergen weiter nördlich aufhielten. Ein paar warfen auch einfach die Waffen weg und verschwanden. Niemand wußte, was aus ihnen wurde. Sie waren von der ›Trostlosigkeit‹ erfaßt worden, wie es die Aiel bezeichneten. Das seltsamste daran, jedenfalls für Egwene, war die Tatsache, daß niemand unter den Aiel – bis auf die Shaido natürlich – Rand die Schuld daran gab. Die Prophezeiung von Rhuidean besagte, der *Car'a'carn* werde sie zurückführen und vernichten. Wohin zurückführen, da war man sich nicht sicher, aber daß er sie auf irgendeine Art und Weise vernichten werde, das akzeptierten sie genauso ruhig, wie Cowinde mit ihrer Arbeit begann, obwohl sie um deren Hoffnungslosigkeit wußte.

In diesem Augenblick war Egwene all das völlig egal, und hätte auch jeder Aiel in Cairhien die weiße Robe angelegt. Sollten die Weisen Frauen auch nur den Verdacht haben, daß sie auf eigene Faust … Falls dem so war, hätte sie auch freiwillig *hundert* Sandhaufen umgegraben, doch sie glaubte nicht, daß *sie* so leicht davonkommen würde. Ihre Strafe würde viel härter ausfallen. Amys hatte einmal gesagt, falls sie nicht genau das tat, was man ihr befahl – weil die Welt der Träume zu gefährlich sei, müsse sie das schwören –, würde sie nicht mehr weiter unterrichtet. Zweifellos würden andere das unterstützen, und dies war die einzige Strafe, die sie wirklich fürchtete. Lieber *tausend* Sandhaufen unter der glühenden Sonne.

»Blickt nicht so erschüttert drein«, schmunzelte Bair. »Amys zürnt nicht allen Feuchtländern, und sie ist Euch sicher nicht böse, denn Ihr seid ja fast schon eine Tochter unserer Zelte. Es liegt an Euren Schwestern, den Aes Sedai. Die eine namens Carlinya hat sogar angedeutet, wir hielten Euch möglicherweise gegen Euren Willen fest.«

»Angedeutet?« Amys blasse Augenbrauen zogen sich fast zum Haaransatz hoch. »Die Frau hat das ganz eindeutig ausgesprochen!«

»Und dabei gelernt, ihre Zunge besser zu hüten.« Bair lachte und schaukelte auf ihrem roten Sitzkissen. »Ich wette, sie hat es gelernt. Als wir sie verließen, hat sie immer noch gejammert und versucht, diese Scharlach-Puffottern aus ihrem Kleid herauszubekommen. Eine Scharlach-Puffotter«, verriet sie Egwene, »sieht für die trüben Augen eines Feuchtländers genauso aus wie eine gewöhnliche Rote Puffotter, aber sie ist ungiftig. Wenn sie auf engem Raum eingesperrt ist, windet sie sich naturgemäß ziemlich stark.«

Amys schnaubte. »Sie wären längst fort gewesen, hätte sie sich vorgestellt, daß sie weg sind. Diese Frau ist nicht lernfähig. Die Aes Sedai, denen wir im Zeitalter der Legenden dienten, können gewiß keine solchen Narren gewesen sein.« Immerhin schien sie sich beruhigt zu haben.

Melaine gluckste ganz offen vor Vergnügen, und Egwene ertappte sich ebenfalls beim Kichern. Vieles am Humor der Aiel blieb ihr wohl rätselhaft, dieses aber nicht. Sie hatte Carlinya nur dreimal getroffen, aber das Bild, daß diese steife, eisige und hochmütige Frau wild herumtanzte und versuchte, Schlangen aus ihrem Kleid zu entfernen … Sie gab sich alle Mühe, nicht schallend loszulachen.

»Na, wenigstens ist Euer Sinn für Humor zurückgekehrt«, sagte Melaine. »Sind die Kopfschmerzen wieder aufgetaucht?«

»Mein Kopf ist in Ordnung«, log Egwene, und Bair nickte.

»Gut. Wir hatten uns Sorgen gemacht, als sie so hartnäckig blieben. Solange Ihr davon abseht, in nächster Zeit die Welt der Träume zu betreten, werden sie wohl wegbleiben. Habt keine Angst, daß Ihr einen bleibenden Schaden erleidet; der Körper benutzt den

Schmerz nur, um uns mitzuteilen, daß er Ruhe benötigt.«

Das hätte Egwene beinahe wieder zum Lachen gebracht, wenn auch nicht aus Vergnügen. Die Aiel mißachteten selbst klaffende Wunden und gebrochene Knochen, weil sie sich keine Zeit nehmen wollten, sich darum zu kümmern. »Wie lange sollte ich mich noch fernhalten?« fragte sie. Sie haßte diese Lügerei, aber die Untätigkeit haßte sie noch mehr. Die ersten zehn Tage, nachdem Lanfear sie mit was auch immer angegriffen und kampfunfähig gemacht hatte, waren schlimm genug gewesen. In jenen Tagen hatte sie noch nicht einmal nachdenken können, ohne daß ihr Kopf beinahe explodierte. Sobald sie aber wieder klar gewesen war, hatte das, was ihre Mutter einst ›den Juckreiz des Nichtstuns‹ genannt hatte, sie hinter dem Rücken der Weisen Frauen zum Betreten *Tel'aran'rhiods* getrieben. Man lernte beim Ausruhen eben nichts. »Das nächste Treffen, habt Ihr gesagt?«

»Vielleicht«, erwiderte Melaine mit einem Achselzucken. »Wir werden sehen. Aber Ihr müßt essen. Sollte Euer Appetit verschwunden sein, stimmt etwas nicht mit Euch, und wir haben keine Ahnung, was.«

»Oh, essen kann ich.« Der Haferbrei, den sie draußen kochten, duftete wirklich gut. »Ich denke, ich wollte nur faulenzen.« Ohne jedes Ächzen aufzustehen, war eine Meisterleistung, denn ihr Kopf hatte noch immer etwas gegen jede Bewegung einzuwenden. »Mir sind letzte Nacht noch ein paar Fragen eingefallen.«

Melaine rollte amüsiert mit den Augen. »Seit Ihr verwundet wurdet, stellt Ihr fünf Fragen für jede einzelne, die Ihr vorher gestellt habt.«

Weil sie versuchte, auf eigene Faust Dinge herauszufinden. Das konnte sie ihnen natürlich nicht sagen, also kramte sie lediglich einen frischen Unterrock aus einer kleinen Truhe, die an der Zeltwand aufgestellt war, und zog ihn anstelle des verschwitzten Nachthemds über.

»Fragen sind gut«, sagte Bair. »Fragt.«

Egwene wählte ihre Worte sorgfältig. Und nebenbei zog sie sich ganz ohne Aufhebens an, und zwar die gleiche weiße Bluse aus Algode und den bauschigen Wollrock, wie sie auch die Weisen Frauen trugen. »Ist es möglich, gegen den eigenen Willen in den Traum eines anderen Menschen gezogen zu werden?«

»Selbstverständlich nicht«, sagte Amys, »wenn man sich nicht äußerst ungeschickt anstellt.«

Doch fast im gleichen Moment stellte Bair fest: »Höchstens, wenn sehr starke Gefühle dabei eine Rolle spielen. Wenn Ihr versucht, in den Traum einer Person hineinzublicken, die Euch haßt oder liebt, könntet Ihr hineingezogen werden. Oder wenn Ihr diese Person haßt oder liebt. Deshalb wagen wir auch nicht, in Sevannas Träume einzudringen oder auch nur in ihren Träumen mit den Weisen Frauen der Shaido zu sprechen.« Es überraschte Egwene noch immer, daß diese und die anderen Weisen Frauen die Weisen Frauen der Shaido besuchten und mit ihnen verhandelten. Der Sitte nach standen Weise Frauen über den Streitigkeiten und Kämpfen, aber sie hätte gedacht, der Widerstand der Shaido gegen den *Car'a'carn* und ihr Schwur, ihn zu töten, wäre denn doch ein zu großes Hindernis. »Wenn Ihr den Traum eines Menschen verlassen möchtet, der Euch haßt oder liebt«, beendete Bair ihren Vortrag, »ist das, als wolle man aus einer tiefen Grube mit senkrechten Wänden klettern.«

»Das stimmt allerdings.« Amys schien mit einem Schlag ihren Humor wiedergewonnen zu haben, und sie warf Melaine von der Seite her einen sarkastischen Blick zu. »Deshalb begeht keine Traumgängerin den Fehler, zu versuchen, in den Traum ihres Ehemannes einzudringen.« Melaine blickte stur geradeaus, doch ihr Gesicht lief dunkel an. »Jedenfalls begeht sie ihn kein zweites Mal«, fügte Amys hinzu.

Bair grinste, wodurch sich die Furchen in ihrem Gesicht noch vertieften, und blickte beharrlich an Melaine vorbei. »Das kann ein beachtlicher Schock sein, vor allem, wenn er auf Euch wütend ist. Falls er, um ein frei erfundenes Beispiel zu nennen, durch *Ji'e'toh* gezwungen ist, für eine Weile fortzugehen, und Ihr werft ihm wie ein törichtes Kind vor, wenn er Euch liebte, würde er nicht weggehen.«

»Das weicht nun doch zu weit von ihrer Frage ab«, sagte Melaine mit hochrot angelaufenem Gesicht gezwungen. Bair lachte laut los.

Egwene unterdrückte ihre Neugier und Erheiterung. Sie bemühte sich, ihre Worte nebensächlich klingen zu lassen: »Und wie verhält es, wenn Ihr gar nicht versucht, in den Traum dieser Person hineinzuschauen?« Melaine warf ihr einen dankbaren Blick zu, und sie bekam prompt einen Anfall von schlechtem Gewissen. Nicht genug aber, um sie davon abzuhalten, später nach der gesamten Geschichte zu fragen. Etwas, das sogar Melaine zum Erröten brachte, mußte wirklich lächerlich sein.

»Ich habe von so etwas gehört«, sagte Bair, »als ich jung war und gerade zu lernen begann. Mora, die Weise Frau der Colradafeste, hat mich ausgebildet, und sie meinte, wenn die Gefühle wirklich extrem stark seien, Liebe oder Haß in einem Maße, daß sie keinen Raum für andere Gefühle mehr ließen, könne man bereits dadurch hineingezogen werden, daß man sich des Traums dieser anderen Person bewußt wird, ihn also bewußt bemerkt.«

»So etwas habe ich noch nie gehört«, sagte Melaine. Amys blickte zweifelnd drein.

»Ich auch nicht, außer von Mora«, sagte Bair, »aber sie war auch eine bemerkenswerte Frau. Man erzählte sich, daß sie sich ihrem dreihundertsten Lebensjahr näherte, als sie vom Biß einer Blutschlange starb, doch sie sah genauso jung aus wie ihr beiden. Ich war damals noch ein Mädchen, doch ich erinnere mich noch gut an sie. Sie wußte so vieles und konnte die Macht in so hohem Maße lenken! Aus jedem anderen Clan kamen die Weisen Frauen, um von ihr zu lernen. Ich glaube, daß so starke Liebe oder so starker Haß sehr selten sind, aber sie behauptete, ihr sei es zweimal so ergangen, zuerst mit dem ersten Mann, den sie geheiratet hatte, und einmal bei einer Rivalin, die ihr ihren dritten Mann streitig machen wollte.«

»Dreihundert?« rief Egwene, die gerade einen weichen, kniehohen Wildlederstiefel zur Hälfte zugebunden hatte. So lange lebten nicht einmal Aes Sedai!

»Ich sagte, daß man sich das erzählte«, erwiderte Bair lächelnd. »Manche Frauen altern langsamer als andere, so wie Amys, und wenn es dann auch noch eine legendäre Frau wie Mora ist, blühen die Gerüchte. Eines Tages werde ich Euch erzählen, wie Mora einen Berg versetzte. Zumindest angeblich.«

»Eines Tages?« fragte Melaine übertrieben höflich. Offensichtlich schmollte sie noch immer, weil sich in Baels Traum irgend etwas ereignet hatte und die anderen davon wußten. »Ich habe jede Geschichte über Mora schon als Kind gehört. Ich glaube, ich kann sie auswendig. Falls Egwene jemals mit Anziehen fertig wird, sollten wir dafür sorgen, daß sie etwas ißt.« Ein Glitzern in ihren Augen sagte Egwene, sie werde persönlich jeden Bissen beaufsichtigen und zusehen, daß sie ihn auch schluckte. Ganz eindeutig war ihr Verdacht hinsichtlich Egwenes Gesundheit keineswegs ausgeräumt. »Und den Rest ihrer Fragen beantworten.«

Hektisch grübelte Egwene nach, um auf eine weitere Frage zu kommen. Meist hatte sie einen ganzen Schwung davon auf Lager, doch die Ereignisse der letzten Nacht hatten nur diese eine davon übriggelassen. Falls sie es dabei beließ, käme ihnen vielleicht der Verdacht, sie frage nur deshalb, weil sie sich weggeschlichen habe, um in fremden Träumen herumzuspionieren. Noch eine Frage. Sie wollte nicht auf ihre eigenen seltsamen Träume eingehen. Manche von ihnen hatten wahrscheinlich eine Bedeutung, die sie herauszufinden gedachte. Anaiya behauptete, Egwene sei ein Träumer und fähig, den Verlauf zukünftiger Ereignisse vorauszusagen, und auch diese drei Frauen hier hielten das für möglich, waren aber der Meinung, sie müsse das ganz von allein lernen. Außerdem wollte sie nicht gern mit irgend jemand über ihre Träume sprechen. Diese drei Frauen wußten ohnehin schon mehr als ihr lieb war von dem, was sich in ihrem Kopf abspielte. »Ach ... wie steht es mit Traumgängerinnen, die nicht zu den Weisen Frauen gehören? Ich meine, trefft Ihr jemals andere Frauen in *Tel'aran'rhiod?*«

»Manchmal«, sagte Amys, »aber nicht häufig. Ohne eine Lehrerin, die sie anleitet, kann es sein, daß eine Frau überhaupt nicht bemerkt, daß sie mehr als nur lebhafte Träume erlebt.«

»Und außerdem«, fügte Bair hinzu, »kann es aufgrund ihrer Unwissenheit geschehen, daß der Traum sie tötet, bevor sie ...«

Egwene entspannte sich, da sie sich nun in sicherem Abstand von dem gefährlichen Thema bewegten. Sie hatte bereits eine deutlichere Antwort erhalten, als sie ursprünglich gehofft hatte. Es war ihr jetzt klar, daß sie Gawyn liebte – *Tatsächlich?* flüsterte eine Stimme in ihr. *Warst du bereit, das zuzugeben?* – und seine Träume deuteten mit Gewißheit an, daß auch er sie liebte. Jedoch ... wenn die Männer in wachem Zustand Dinge sagten, die sie gar nicht so meinten, konnten sie so etwas womöglich auch träumen. Doch nun hatten die Weisen Frauen ihr bestätigt, daß er sie liebte ... stark genug, um alles zu überwältigen, was sie ... Nein.

Damit mußte sie sich später beschäftigen. Sie hatte noch nicht einmal die blasseste Ahnung, wo er sich befinden mochte. Das wichtigste war im Moment nur, daß sie die Gefahr erkannt hatte. Beim nächsten Mal würde sie Gawyns Traum rechtzeitig erkennen und ihn meiden. *Falls du das wirklich willst,* wisperte diese kleine Stimme. Sie hoffte nur, die Weisen Frauen würden die Röte, die in ihren Wangen aufstieg, als Zeichen blühenden Aussehens werten. Und sie wünschte, sie kenne die Bedeutung ihrer Träume. Falls sie eine hatten.

Gähnend erklomm Elayne die Stufen einer kleinen gemauerten Veranda, um über die Köpfe der Menge hinwegblicken zu können. Heute befanden sich keine Soldaten in Salidar, aber die Menschen verstopften die Straßen oder hingen in den Fenstern. Alles verharrte in gedämpfter Erwartung und beobachtete die Kleine Burg. Das Umherscharren von Füßen und ein gelegentliches Husten des aufsteigenden Staubs wegen waren die einzigen Geräusche. Trotz der Hitze des frühen Morgens rührten sich die Leute kaum, außer um sich von Zeit zu Zeit mit einem Fächer oder einem Hut Luft zuzuwedeln.

Leane stand in einer Lücke zwischen zwei strohgedeckten Häusern am Arm eines hochgewachsenen Mannes mit hartem Gesicht, den Elayne noch nie gesehen hatte. ›Am Arm‹ war noch sehr untertrieben. Zweifellos war er einer von Leanes Spionen. Die meisten der Augen-und-Ohren der Aes Sedai waren Frauen, aber Leanes Agenten schienen durchweg Männer zu sein. Zumeist hielt sie diese Leute vor allen neugierigen Blicken verborgen, doch Elayne hatte ein oder zweimal bemerkt, wie sie eine unbekannte Wange tätschelte oder zu einem fremden Augenpaar emporlächelte. Sie hatte keine Ahnung, wie Leane das anstellte. Elayne war sicher, wenn sie diese Domanitricks anwandte, würde der Bursche glauben, sie habe ihm eine Menge mehr versprochen, als sie wirklich beabsichtigte, doch diese Männer ließen sich von Leane tätscheln und anlächeln und trabten anschließend so glückselig davon, als habe man ihnen eine Truhe voll Gold geschenkt.

An einem anderen Ort inmitten der Menge erspähte Elayne Birgitte, die sich klugerweise heute morgen von ihr fernhielt. Ausnahmsweise war diese schreckliche Areina heute nirgendwo zu sehen. Die Nacht war äußerst ereignisreich verlaufen, und Elayne war erst zu Bett gegangen, als sich der Himmel bereits grau färbte. Um der Wahrheit treu zu bleiben, wäre sie überhaupt nicht schlafen gegangen, hätte Birgitte nicht zu Aschmanaille gesagt, sie glaube, Elayne falle fast schon im Stehen um. Natürlich war sie nicht ihres Aussehens wegen darauf gekommen; die Verbindung mit einem Behüter machte sich auf beiden Seiten bemerkbar. Und wenn schon! Was machte denn ein bißchen Erschöpfung aus? Es hatte noch soviel zu tun gegeben, und sie war immer noch in der Lage gewesen, mehr Macht zu lenken als die Hälfte aller Aes Sedai in Salidar. Diese Verbindung zu ihr sagte eindeutig aus, daß Birgitte noch nicht geschlafen hatte. Sie nicht! Elayne wurde ins Bett gesteckt wie eine Novizin, während Birgitte die ganze Nacht lang Verwundete herumschleppen und Trümmer beseitigen durfte!

Ein kurzer Blick zeigte ihr, daß Leane jetzt allein war und sich durch die Menge hindurchdrängte, um einen besseren Standpunkt zu finden, von dem aus sie alles beobachten konnte. Von dem hochgewachsenen Mann war nichts mehr zu sehen.

Eine gähnende Nynaeve mit verschlafenen Augen kletterte zu ihr hoch, wobei sie mit entschlossenem Blick einen Holzfäller mit einer Lederweste zurückhielt, der ihren Platz einnehmen wollte. Vor sich hin knurrend schob sich der Bursche in die Menge zurück.

Elayne wünschte, Nynaeve würde so etwas nicht machen. Das Gähnen natürlich – nicht den Blick. Ihr Unterkiefer knackte vor Anstrengung, als sie unwillkürlich Nynaeve nacheiferte. Birgitte hatte eine Entschuldigung – na ja, keine richtige, aber doch ein bißchen – aber Nynaeve keineswegs! Theodrin konnte ja wohl nicht erwartet haben, daß sie nach den Ereignissen der letzten Nacht wirklich wach bleibe, und Elayne hatte selbst gehört, wie Anaiya zu ihr sagte, sie solle ins Bett gehen. Aber als Elayne hereinkam, hatte sie auf dem Hocker balanciert, obwohl dessen eines Bein schief wegstand. Alle zwei Minuten war ihr Kopf herabgesunken, als sie einnickte, doch dann hatte sie sich wieder zusammengerissen und etwas gemurmelt, daß sie es Theodrin schon zeigen werde, und sie werde es allen zeigen.

Das Armband des *A'dam* vermittelte Elayne ein Gefühl der Furcht, aber auch etwas, das sie durchaus als Heiterkeit auslegen mochte. Moghedien hatte die Nacht damit verbracht, sich unter ihrem Bett zu verkriechen, unberührt und, weil sie so gut versteckt war, ohne auch nur ein paar kleine Trümmerstücke beseitigen zu müssen. Sie hatte sich sogar ausschlafen können, sobald einmal der schlimmste Lärm vorüber war. Wie es schien, traf die alte Redensart vom Glück des Dunklen Königs gelegentlich zu.

Nynaeve fing schon wieder zu gähnen an, und Elayne riß den Blick von ihr los. Trotzdem mußte sie die Hand vorhalten und sich – nicht ganz erfolgreich – zwingen, Nynaeve nicht zu imitieren. Das Geschabe der Füße und das Husten klang allmählich ungeduldig.

Die Sitzenden befanden sich noch immer mit Tarna in der Kleinen Burg, aber der braune Wallach der Roten stand schon auf der Straße vor der ehemaligen Schenke. Ein Dutzend Behüter hielten ihre Pferde am Zügel. Ihre farbverändernden Umhänge ließ den

Blick schmerzen, wenn man sie direkt ansah. Sie stellten eine Ehrengarde dar, die Tarna die ersten Meilen über auf ihren Weg nach Tar Valon geleiten würden. Die Menge erwartete allerdings mehr als nur die Abreise der Abgesandten der Burg. Die meisten Menschen wirkten genauso erschöpft wie sich Elayne fühlte.

»Man könnte denken, sie sei … sei …« Nynaeve gähnte schon wieder hinter vorgehaltener Hand.

»Oh, Blut und Asche«, knurrte Elayne. Oder vielmehr, sie versuchte, diese Worte herauszubringen, aber alles nach dem ›oh‹ klang wie ein ersticktes Krächzen, weil auch sie schon wieder ein Gähnen zurückhalten mußte. Lini sagte, Bemerkungen wie diese seien ein Zeichen für Dummheit und schlechtes Benehmen – danach hatte sie ihr gewöhnlich den Mund mit Seife ausgewaschen – aber manchmal drückte nichts anderes ihre Gefühle so treffend aus wie diese Worte. Sie hätte beinahe noch mehr gesagt, hatte aber keine Möglichkeit mehr.

»Warum veranstalten sie nicht gleich eine Prozession für sie?« grollte Nynaeve. »Ich sehe nicht ein, wieso sie so ein Brimborium um diese Frau machen.« Und sie gähnte wieder. Schon wieder!

»Weil sie eine Aes Sedai ist, Schlafmütze«, sagte Siuan, die sich ihnen gerade anschloß. »Zwei Schlafmützen«, stellte sie nach einem Blick auf Elayne fest. »Ihr werdet noch Elritzen mit dem Mund fangen, wenn Ihr so weitermacht.« Elayne klappte den Mund blitzschnell zu und sah die Frau mit ihrem eisigsten Blick an. Wie gewöhnlich, glitt das an dieser ab wie Regen an glasierten Dachziegeln. »Tarna ist nun einmal eine Aes Sedai«, fuhr Siuan fort, wobei sie zu den wartenden Pferden hinübersah. Vielleicht war es auch der saubere Karren, den man vor das große Steingebäude gezogen hatte, der ihren Blick anzog. »Eine Aes Sedai ist eben eine Aes Sedai, und daran ändert sich nichts.« Nynaeve warf ihr einen Blick zu, den sie nicht bemerkte.

Elayne war froh, daß Nynaeve den Mund hielt, denn die sich anbietende Antwort wäre vermutlich beleidigt aufgenommen worden. »Wie viele Opfer hat die letzte Nacht gekostet?«

Siuan antwortete, ohne den Blick von dem Punkt zu wenden, an dem Tarna auftauchen mußte: »Sieben Tote, allein hier im Dorf. Fast hundert im Soldatenlager. All diese Schwerter und Äxte und Mordinstrumente, die dort herumliegen, und niemand vorhanden, der sie mit Hilfe der Macht zur Ruhe bringen konnte. Jetzt sind ein paar Schwestern dort draußen, um Verwundete zu heilen.«

»Lord Gareth?« fragte Elayne mit einer Andeutung von Sorge in der Stimme. Der Mann verhielt sich mittlerweile ihr gegenüber kalt, aber einst hatte er immer ein warmes Lächeln für ein Kind übriggehabt, und dazu eine Tasche voll Süßigkeiten.

Siuan schnaubte so laut, daß sich einige Leute zu ihnen umwandten. »Der«, brummte sie. »Ein Barrakuda würde sich an diesem Mann die Zähne ausbeißen.«

»Ihr habt heute morgen eine schöne Laune«, sagte Nynaeve. »Habt Ihr endlich erfahren, welche Botschaft die Kleine Burg Tarna mitgibt? Oder hat Gareth Bryne Euch um Eure Hand gebeten? Ist jemand gestorben, ohne Euch etwas zu hinterlas ...?«

Elayne bemühte sich, Nynaeve nicht anzusehen, denn selbst das Geräusch eines Gähnens setzte sofort die eigenen Kiefer in Bewegung.

Siuan warf Nynaeve einen mißbilligenden Blick zu, aber ausnahmsweise einmal gab die den Blick mit gleicher Münze zurück, wenn auch ihre Augen vor Müdigkeit tränten.

»Falls Ihr etwas in Erfahrung gebracht habt«, unterbrach Elayne, bevor sich die beiden bis zur Bewußtlosigkeit anstarrten, »dann sagt es uns.«

»Eine Frau, die behauptet, eine Aes Sedai zu sein, obwohl sie es nicht ist«, murmelte Siuan in ganz beiläufigem Tonfall, »steckt bis zum Hals in kochendem Wasser, das stimmt. Aber hat sie behauptet, einer bestimmten Ajah anzugehören, dann hat diese Ajah den ersten Zugriff auf sie. Hat Myrelle Euch jemals erzählt, wie sie in Chachin eine Frau erwischte, die angeblich zu den Grünen gehörte? Eine frühere Novizin, die bei der Prüfung zur Aufgenommenen versagt hatte. Fragt sie danach, wenn sie einmal ein oder zwei Stunden Zeit hat. Sie wird so lange brauchen, um die ganze Geschichte zu erzählen. Dieses törichte Mädchen dürfte sich wohl gewünscht haben, statt dessen einer Dämpfung unterzogen worden zu sein, bevor Myrelle noch mit ihr fertig war – eine Dämpfung und dann auch noch enthauptet.«

Aus irgendeinem Grund zeigte diese Drohung genausowenig Wirkung auf Nynaeve als der Blick zuvor. Sie bebte noch nicht einmal kurz. Vielleicht waren sie beide einfach nur zu müde. »Ihr sagt mir jetzt, was Ihr wißt«, drohte Elayne mit gedämpfter Stimme, »oder ich werde Euch das nächste Mal, wenn wir allein sind, das Geradestehen beibringen. Hinterher könnt Ihr meinetwegen wimmernd zu Sheriam rennen.« Siuan zog die Augen zu schmalen Schlitzen zusammen, und plötzlich jaulte Elayne auf und preßte eine Hand gegen ihre Hüfte.

Siuan zog die Hand zurück, mit der sie zugekniffen hatte, ohne auch nur zu versuchen, die Geste zu vertuschen. »Ich reagiere ziemlich sauer auf Drohungen, Mädchen. Ihr wißt genauso wie ich, was Elaida gesagt hat, denn Ihr habt die Botschaft vor jeder hier Anwesenden bereits gesehen.«

»Kommt zurück; alles sei Euch vergeben?« fragte Nynaeve ungläubig.

»So in etwa. Zusammen mit viel Geschwätz darüber, daß die Burg wieder eine Einheit werden muß, jetzt mehr denn je, und dazu einigen aalglatten Formulierungen, daß niemand sich fürchten müsse ›außer jenen, die sich in die Fänge wahrer Rebellion begeben hätten‹. Das Licht mag wissen, was das bedeuten soll. Ich weiß es nicht.«

»Warum halten sie das geheim?« wollte Elayne wissen. »Sie können doch wohl nicht glauben, jemand würde sich freiwillig zu Elaida zurückbegeben. Sie brauchen doch nur Logain vorführen.« Siuan sagte nichts und beobachtete die wartenden Behüter mit finsterem Blick.

»Ich verstehe immer noch nicht, warum sie um mehr Zeit bitten«, knurrte Nynaeve. »Sie wissen doch, was sie zu tun haben.« Siuan schwieg weiter, aber Nynaeve zog plötzlich die Augenbrauen hoch. »Ihr habt ihre Antwort nicht gekannt!«

»Jetzt kenne ich sie.« Siuan sprach das abgehackt und hart aus, und dann murmelte sie etwas vor sich hin, was nach ›verdammte Feiglinge‹ klang. Elayne stimmte ihr insgeheim zu.

Plötzlich öffnete sich die Eingangstür der ehemaligen Schenke. Ein halbes Dutzend Sitzende mit ihren Fransenstolen kamen heraus, eine aus jeder anwesenden Ajah, und dann Tarna, gefolgt von den übrigen. Falls die wartende Menge irgendeine Art von Zeremonie erwartet hatte, wurde sie herb enttäuscht. Tarna kletterte in den Sattel, musterte noch einmal gemächlich die Gruppe der Sitzenden, warf der Menschenmenge einen Blick mit undurchschaubarer Miene zu und spornte sodann ihren Wallach an, im Schritt zwischen den Menschen hindurchzugehen. Die Eskorte von Behütern, die einen Kreis um sie gebildet hatte, bewegte sich im gleichen Schritt voran. Während die Zuschauer vor ihnen zurücktraten, erhob sich ein besorgtes Gemurmel oder Gesumme, wie in ihrer Ruhe gestörter Bienen.

Das Gemurmel hielt an, bis Tarna außer Sicht war

und das Dorf verlassen hatte. Dann erst kletterte Romanda auf den Karren und rückte mit einer geschmeidigen Bewegung ihre mit gelben Fransen versehene Stola zurecht. Totenstille breitete sich aus. Es war Tradition, daß die älteste der Sitzenden Beschlüsse des Saals öffentlich verkündete. Natürlich bewegte sich Romanda keineswegs wie eine alte Frau, und ihr Gesicht zeigte wie bei all den anderen keine Alterserscheinungen. Doch wenn eine Aes Sedai ein höheres Alter erreicht hatte, sah man das gewöhnlich an den grauen Strähnen in ihrem Haar, und der Dutt an Romandas Hinterkopf war hellgrau und zeigte bereits nicht mehr die Spur einer dunkleren Farbe. Elayne fragte sich, wie alt sie sei, aber eine Aes Sedai nach ihrem Alter zu fragen, war wohl die größte Unhöflichkeit, die man sich vorstellen konnte.

Romanda verwob einfache Stränge aus Luft so, daß ihre hohe Sopranstimme überall gut hörbar war. Elayne hörte sie, als stünde ihr die Frau direkt gegenüber. »Viele von Euch haben sich in den letzten Tagen Sorgen gemacht, allerdings ganz unnötig. Wäre Tarna Sedai nicht zu uns gekommen, hätten wir von uns aus Botschaften an die Weiße Burg gesandt. Schließlich kann man kaum behaupten, wir versteckten uns hier.« Sie hielt inne, als wolle sie der Menge Gelegenheit zu lachen geben, doch sie blickten sie lediglich schweigend an, und so rückte sie erneut ihre Stola zurecht. »Am Zweck unserer Anwesenheit hat sich nichts geändert. Wir suchen nach der Wahrheit und nach Gerechtigkeit, um vollbringen zu können, was Rechtens ist und …«

»Rechtens für wen?« murmelte Nynaeve dazwischen.

»… und wir werden weder zaudern noch versagen. Erfüllt die Euch anvertrauten Aufgaben in der Gewißheit, daß Ihr unter unseren Händen geborgen seid, jetzt, ebenso wie nach unserer sicheren Rückkehr an die uns zustehenden Plätze in der Weißen Burg. Das Licht erleuchte Euch alle. Das Licht erleuchte uns alle.«

Das Gemurmel erhob sich wieder, und langsam begann sich die Menge zu rühren, während Romanda herabkletterte. Siuans Gesicht hätte auch aus Stein gehauen sein können; ihre Lippen waren so sehr aufeinandergepreßt, daß sie ganz blutleer erschienen. Elayne hätte gern Fragen gestellt, aber Nynaeve hüpfte von der Veranda herunter und drängte sich durch die Menge auf das dreistöckige Steingebäude zu. Elayne ging ihr schnell hinterher. Letzte Nacht war Nynaeve bereit gewesen sorglos fortzuwerfen, was sie erfahren hatten. Es mußte jedoch wohlüberlegt angebracht werden, falls es den Saal beeinflussen sollte. Und dies schien wahrhaftig notwendig zu sein. Romandas Proklamation war lediglich heiße Luft gewesen und hatte gar nichts besagt. Aber Siuan regte sich offensichtlich darüber auf.

Elayne drückte sich zwischen zwei grobschlächtigen Kerlen hindurch, die Nynaeve böse hinterherschauten – sie war ihnen tatsächlich auf die Zehen getreten, um vorbeizukommen –, und sah sich dann noch einmal um. Siuan beobachtete sie und Elayne aufmerksam. Allerdings nur einen Moment lang, denn sobald die Frau bemerkte, daß Elayne sie ertappt hatte, gab sie vor, nach irgend jemand in der Menge zu suchen. Sie hüpfte von der Veranda und tat so, als wolle sie zu dem Gesuchten hinübergehen. Mit gerunzelter Stirn eilte Elayne weiter. War Siuan nun aufgebracht oder nicht? Wieviel an ihrem Ärger und ihrer Unwissenheit war nur vorgetäuscht? Nynaeves Einfall, nach Caemlyn wegzurennen, war mehr als nur töricht, und Elayne war nicht sicher, ob sie diesen Plan mittlerweile aufgegeben habe. Und sie selbst freute sich auf Ebou Dar, weil sie dort endlich etwas wirklich Nützliches vollbringen konnte. All diese Geheimniskrämerei und das Mißtrauen waren ihr zuwider, aber sie konnte auch nichts daran ändern. Wenn nur Nynaeve nicht immer wieder in jedes Schlamassel hineintappen würde!

Sie holte Nynaeve in dem Augenblick ein, als diese Sheriam in der Nähe des Karrens abfing, von dem aus Romanda gesprochen hatte. Auch Morvrin und Carlinya waren dabei, und alle drei hatten sich die Stolen umgelegt; sämtliche Aes Sedai trugen heute morgen ihre jeweilige Stola. Carlinyas kurzgeschnittenes Haar wie eine Kappe aus dunklen Locken war das einzige Merkmal ihrer Beinahekatastrophe in *Tel'aran'rhiod*.

»Wir müssen allein mit Euch sprechen«, sagte Nynaeve zu Sheriam. »Unter vier Augen.«

Elayne seufzte. Das war kein guter Beginn, wenn auch nicht der schlechteste.

Sheriam musterte die beiden einen Augenblick lang und warf Morvrin und Carlinya einen kurzen Blick zu. »Also gut. Kommt herein.«

Als sie sich zur Tür wandten, stand Romanda noch davor, eine kräftige, gutaussehende Frau mit dunklen Augen und einer Stola mit gelben Fransen, die über und über mit Blumen und Ranken bestickt war, bis auf die Flamme von Tar Valon zwischen ihren Schultern. Sie beachtete Nynaeve nicht, schenkte aber Elayne ein warmes Lächeln von der Art, die diese von den Aes Sedai gewohnt war und vor der es sie schon langsam graute. Sheriam, Carlinya und Morvrin gegenüber zeigte sie jedoch eine andere Miene. Sie blickte sie ausdruckslos an, den Kopf hoch erhoben, bis sie einen leichten Knicks vollführten und murmelten: »Mit Eurer Erlaubnis, Schwester.« Erst dann trat sie zur Seite und gab den Weg zur Tür frei, wobei sie vernehmlich schnaubte.

Die gewöhnlichen Leute auf der Straße bemerkten nichts von alledem, doch Elayne hatte unter den Aes Sedai einige Gesprächsfetzen aufgeschnappt, die sich mit Sheriam und ihrer kleinen Ratsversammlung befaßten. Manche glaubten, diese Gruppe sorgte lediglich für die alltäglichen Verwaltungsarbeiten in Salidar, damit der Saal sich mit wichtigeren Dingen beschäftigen konnte. Einigen war klar, daß sie den Saal durchaus in seinen Entscheidungen beeinflußten, aber wie weit dieser Einfluß ging, hing von der Meinung derjenigen ab, die gerade das Wort führten. Romanda gehörte zu denen, die der Meinung waren, Sheriams Gruppe habe entschieden zuviel Einfluß, und was noch schlimmer war, sie hatte zwei Blaue, aber keine Gelbe in ihrem Rat. Elayne spürte ihre Blicke, als sie den anderen durch die Tür ins Innere folgte. Sheriam führte sie in eines der Privatzimmer hinter dem ehemaligen Schankraum. Die Wandtäfelung war wurmstichig, und auf dem Tisch an der einen Wand lag ein wildes Durcheinander von Papieren. Sie zog die Augenbrauen hoch, als Nynaeve sie bat, sie gegen Lauscher zu schützen, doch dann wob sie wortlos ein Wachgewebe um das Innere des Zimmers. Da sich Elayne an Nynaeves Lauschmanöver erinnerte, überprüfte sie auch die beiden Fenster, ob sie dicht geschlossen seien.

»Ich erwarte nun zumindest die Neuigkeit, daß sich Rand al'Thor auf dem Weg hierher befindet«, sagte Morvrin trocken. Die anderen beiden Aes Sedai tauschten einen kurzen Blick. Elayne unterdrückte ein Schmollen, da sie offensichtlich zu glauben schienen, sie und Nynaeve hielten irgendwelche Geheimnisse um Rand vor ihnen verborgen. Sie und ihre ewige Geheimniskrämerei! »Das nicht«, sagte Nynaeve, »aber etwas, das auf eine andere Art genauso wichtig sein könnte.« Und dann sprudelte sie die Geschichte über ihren ›Ausflug‹ nach Ebou Dar hervor und wie sie die Schale dieses *Ter'Angreal* gefunden hatten. Die Reihenfolge stimmte nicht ganz, und den Abstecher in die Burg erwähnte sie nicht, aber die wesentlichen Punkte kamen dabei heraus.

»Seid Ihr sicher, daß diese Schale ein *Ter'Angreal* ist?« fragte Sheriam, als Nynaeve die Worte ausgingen. »Er kann das Wetter beeinflussen?«

»Ja, Aes Sedai«, antwortete Elayne schlicht. Es war am besten, sich anfangs sehr einfach auszudrücken. Morvrin knurrte; die Frau zog alles in Zweifel.

Sheriam nickte und verschob ihre Stola. »Dann habt Ihr es gut gemacht. Wir werden Merilille einen Brief schicken.« Merilille Ceandevin war die Graue Schwester, die sie ausgesandt hatten, um die Königin in Ebou Dar für die Unterstützung Salidars zu gewinnen. »Wir benötigen alle Einzelheiten von Euch.«

»Sie wird sie niemals finden«, platzte Nynaeve heraus, bevor Elayne auch nur den Mund aufbekam. »Nur Elayne und ich können das.« Die Blicke der Aes Sedai kühlten merklich ab.

»Es könnte sich wirklich als unmöglich für sie herausstellen«, warf Elayne hastig ein. »Wir *sahen*, wo sich die Schale befindet, und es wird trotzdem auch für uns schwierig werden. Doch wenigstens *wissen* wir, was wir gesehen haben. Das in einem Brief zu beschreiben, ist nicht das gleiche.«

»Ebou Dar ist kein Ort für Aufgenommene«, sagte Carlinya kalt.

Morvrins Tonfall klang ein wenig freundlicher, wenn auch immer noch mürrisch. »Wir müssen alle das tun, Kind, was wir am besten können. Glaubt Ihr, Edesina oder Afara oder Guisin wollten nach Tarabon? Was können sie schon tun, um in dieses unruhige Land etwas Ordnung zu bringen? Aber wir müssen es zumindest versuchen, also gingen sie hin. Kiruna und Bera befinden sich womöglich in dieser Minute auf dem Rückgrat der Welt bei der Suche nach Rand al'Thor, von dem wir glaubten – nur glaubten – er halte sich in der Aielwüste auf. Also schickten wir sie hin. Daß wir recht hatten, macht ihre Reise nicht weniger vergeblich, da er längst nicht mehr in der

Wüste ist. Wir alle tun, was wir können und was wir müssen. Ihr beiden seid Aufgenommene. Aufgenommene laufen nicht fort nach Ebou Dar oder sonstwohin. Was Ihr beiden tun könnt und müßt, ist, hierzubleiben und zu lernen. Wärt Ihr bereits fertige Schwestern, würde ich Euch trotzdem hierbehalten. Niemand hat während der letzten hundert Jahre solche Entdeckungen gemacht wie Ihr, eine solche Anzahl in so kurzer Zeit.«

Da Nynaeve eben Nynaeve war, kümmerte sie sich nicht um Dinge, die sie nicht hören wollte, und konzentrierte sich auf Carlinya. »Wir haben uns auch auf uns gestellt sehr gut durchgesetzt, vielen Dank. Ich bezweifle, daß Ebou Dar schlimmer wird als Tanchico.«

Elayne glaubte nicht, daß der Frau bewußt war, mit welch tödlichem Würgegriff sie ihren Zopf gepackt hatte. Würde Nyneave niemals begreifen, daß man mit Höflichkeit das erreichte, was man sich mit Ehrlichkeit verdarb? »Ich verstehe Euren Standpunkt sehr gut, Aes Sedai«, sagte Elayne, »doch wie unbescheiden es auch klingen mag, gleichwohl ist es wahr, daß ich viel eher in der Lage bin, einen *Ter'Angreal* aufzuspüren, als sonst jemand in Salidar. Und Nynaeve und ich wissen besser, wo wir danach suchen müssen, als wir je auf Papier wiedergeben könnten. Ich bin überzeugt, wenn Ihr uns zu Merilille Sedai schickt, werden wir ihn unter ihrer Führung in kürzester Zeit ausfindig machen. Ein paar Tage nach Ebou Dar mit dem Schiff und ein paar Tage zurück, und dazwischen wenige Tage unter Merilille Sedais Führung in Ebou Dar selbst.« Es kostete Überwindung, an dieser Stelle nicht tief durchzuatmen. »In der Zwischenzeit könntet Ihr einer der Augen-und-Ohren Siuans in Caemlyn eine Botschaft senden, damit sie vorliegt, wenn Merana Sedai und die Gesandtschaft dort ankommt.«

»Warum, beim Licht, sollten wir das tun?« polterte Morvrin.

»Ich dachte, Nynaeve habe Euch das erklärt, Aes Sedai. Ich bin nicht ganz sicher, aber ich glaube, wenn man die Schale aktiviert, wird es notwendig sein, daß auch ein Mann mitwirkt.«

Das löste natürlich einen kleineren Aufruhr aus. Carlinya schnappte nach Luft, Morvrin knurrte in sich hinein und Sheriam stand der Mund offen vor Verblüffung. Auch Nynaeve riß den Mund auf, doch nur einen Augenblick lang. Elayne war sicher, daß die anderen es nicht bemerkt hatten. Die waren aber zu erschlagen, um viel zu bemerken. Dabei war das Ganze einfach eine Lüge gewesen. ›Einfach‹ war das Schlüsselwort in diesem Fall. Angeblich waren die größten Leistungen im Zeitalter der Legenden von Männern und Frauen gemeinsam vollbracht worden, vermutlich miteinander verknüpft. Höchstwahrscheinlich gab es *Ter'Angreal*, die nur von einem Mann benützt werden konnten. Auf jeden Fall war es so: wenn *sie* nicht allein die Schale benützen konnte, dann konnte es auch niemand anders in Salidar. Außer vielleicht Nynaeve. Falls aber Rand dazu notwendig war, konnten sie trotzdem die Chance nicht vertun, etwas in bezug auf das Wetter zu unternehmen; und wenn es soweit war und sie ›entdeckte‹, daß auch ein Zirkel von Frauen mit der Schüssel arbeiten konnte, hatten sich die Aes Sedai in Salidar bereits eng an Rand gebunden, wie sie hoffte, und kämen ohnehin nicht mehr von ihm los.

»Das ist alles schön und gut«, sagte Sheriam schließlich, »aber es ändert nichts an der Tatsache, daß Ihr Aufgenommene seid. Wir werden Merilille einen Brief senden. Es hat über Euch beide bereits Gerede gegeben ...«

»Gerede«, fauchte Nynaeve. »Das ist alles, was Ihr macht, Ihr *und* der Saal! Reden! Elayne und ich können diesen *Ter'Angreal* finden, aber Ihr gackert lieber wie die Legehennen!« Sie überschlug sich fast, so brach es aus ihr heraus. Dabei zerrte sie ständig derart an ihrem Zopf, daß Elayne fürchtete, sie werde ihn sich endgültig ausreißen. »Ihr sitzt hier herum und hofft, daß Thom und Juilin und die anderen zurückkehren und Euch berichten, die Weißmäntel hätten nicht vor, über uns hereinzubrechen wie ein Haus im Erdbeben, obwohl es auch sein könnte, daß ihnen die Weißmäntel auf den Fersen folgen. Ihr sitzt herum und brütet über den Problemen mit Elaida, statt das zu tun, was Ihr gesagt hattet, und immer noch kommt Ihr mit Rand nicht klar. Wißt Ihr denn noch nicht, wie Ihr Euch ihm gegenüber verhalten sollt? Keine Ahnung, obwohl Eure Gesandten auf dem Weg nach Caemlyn sind? Ist Euch bewußt, warum Ihr nur herumsitzt und quatscht? Ich weiß es! Ihr habt Angst! Angst, weil die Burg gespalten ist, Angst vor Rand, den Verlorenen, den Schwarzen Ajah. Letzte Nacht ist Anaiya entschlüpft, daß Ihr einen Plan in der Tasche hättet, falls einer der Verlorenen angreift. All diese Zirkel, die sich verknüpften, und das ausgerechnet auf einer Blase des Bösen – glaubt Ihr wenigstens mittlerweile an deren Existenz? –, aber alle falsch zusammengesetzt und die meisten mit mehr Novizinnen als Aes Sedai besetzt. Weil nur ein paar Aes Sedai rechtzeitig davon erfahren hatten. Ihr glaubt, die Schwarzen Ajah sitzen bereits hier in Salidar. Ihr hattet Angst, Euer Plan könne an Sammael oder einen der anderen verraten werden. Ihr traut Euch gegenseitig nicht! Wollt Ihr uns deshalb nicht nach Ebou Dar schicken? Glaubt Ihr etwa, *wir* gehörten zu den Schwarzen Ajah, oder wir rennen fort zu Rand, oder … oder …!« Sie endete schwer atmend und zornrot. Während der ganzen Tirade hatte sie kaum einmal Luft geholt.

Elaynes erster verlegener Impuls war, die Wogen irgendwie zu glätten, obwohl sie nicht die geringste Ahnung hatte, wie sie das anstellen sollte. Genauso leicht hätte sie eine Bergkette glätten können. Doch es waren die Aes Sedai, die sie ihre Sorge vergessen ließen, daß Nynaeve alles verdorben hätte. Diese ausdruckslosen Mienen, diese Blicke, die noch in der Lage schienen, durch Stein hindurchzublicken, hätten eigentlich gar nichts aussagen dürfen. Aber nun drückten sie doch etwas aus, oder jedenfalls glaubte sie das. Da war nichts von jener kalten Wut zu sehen, die jeden treffen würde, der dumm genug war, die Aes Sedai derart herunterzuputzen. Nein, sie bemühten sich lediglich, ihre wahren Gefühle zu vertuschen, und das einzige, was sie vertuschen konnten, war die Wahrheit, eine Wahrheit, die sie sogar vor sich selbst nicht zugeben wollten. Sie hatten tatsächlich Angst.

»Seid Ihr nun fertig?« fragte Carlinya in einem Tonfall, der selbst die Sonne auf ihrer Bahn zu Eis erstarren lassen konnte.

Elayne mußte niesen und stieß sich deshalb den Kopf an der Seite des auf der Seite liegenden Kessels. Der Gestank nach angebrannter Suppe füllte ihre Nase. Die Vormittagssonne hatte das dunkle Innere des großen Kochkessels so erhitzt, daß es schien, als hänge er immer noch über dem Feuer. Schweiß tropfte ihr von der Stirn. Nein, er floß in Strömen. Sie ließ den groben Bimssteinbrocken fallen, kroch auf den Knien rückwärts aus dem Kessel und stierte wütend die Frau neben ihr an. Oder vielmehr, die Hälfte der Frau, die aus einem etwas kleineren Kessel herausragte, der neben ihrem seitlich gekippt lag. Sie stieß Nynaeve in die Rippen und lächelte grimmig-zufrieden, als ihr Stoß diese dazu brachte, ebenfalls mit dem Kopf kräftig an die Kesselwand zu stoßen und kurz aufzujaulen. Nynaeve kroch mit einem wilden Blick rückwärts heraus, wobei sie gleichzeitig hinter vorgehaltener Hand ein Gähnen unterdrückte. Elayne gab ihr keine Gelegenheit, etwas zu sagen.

»Du mußtest einfach explodieren, ja? Du konntest

dich nicht einmal fünf Minuten lang beherrschen. Wir hatten alles in der Hand, aber du mußtest uns einen Tritt in die Fersen versetzen.«

»Sie hätten uns sowieso nicht nach Ebou Dar gelassen«, brummte Nynaeve. »Und ich war nicht die einzige, die uns in die Fersen getreten hat.« Sie hob das Kinn auf eine lächerliche Art und Weise an, so daß sie über die Nase herunterschielen mußte, um Elayne anzusehen. »Die Aes Sedai beherrschen ihre Furcht«, sagte sie in einem Tonfall, der geeignet war, einen betrunkenen Landstreicher zu belehren, der einem ins Pferd gelaufen ist, »und sie gestatten ihr nicht, sie zu beherrschen. Führt uns an, und wir werden Euch frohen Mutes folgen, aber Ihr müßt uns führen und nicht ängstlich kuschen und hoffen, daß irgend etwas Eure Sorgen wie Seifenblasen platzen läßt.«

Elaynes Wangen brannten. So hatte sie keineswegs ausgesehen. Und so hatte sie auch nicht gesprochen. »Na ja, vielleicht sind wir beide etwas über das Ziel hinausgeschossen, aber ...« Sie verstummte beim Geräusch von Schritten.

»Haben sich die goldenen Kinder der Aes Sedai entschlossen, eine Pause einzulegen?« Faolains Lächeln war so weit von einer freundlichen Miene entfernt, wie das nur möglich war. »Ich bin auch nicht gerade zum Spaß hier, müßt Ihr wissen. Ich hatte vor, heute an einem eigenen Projekt zu arbeiten, das auch nicht viel hinter dem zurücksteht, was Ihr goldenen Kinder getan habt, wie ich glaube. Statt dessen muß ich Aufgenommene, die gesündigt haben, beim Topfschrubben beaufsichtigen. Paßt auf, daß Ihr euch nicht fortschleicht wie armselige Novizinnen. Aber das solltet Ihr eigentlich auch noch sein. Zurück an die Arbeit! Ich kann nicht weg, bis Ihr fertig seid, und ich habe nicht vor, den ganzen Tag hier zu verbringen.«

Die Frau mit dem dunklen Teint und den lockigen Haaren war ebenso wie Theodrin mehr als eine Aufgenommene, aber weniger als eine Aes Sedai. Den gleichen Rang hätten auch Elayne und Nynaeve eingenommen, hätte sich Nynaeve nicht benommen wie eine Katze, der jemand auf den Schwanz getreten ist. Nynaeve und auch sie selbst, berichtigte sich Elayne reumütig. Sheriam hatte ihnen das mitgeteilt, mitten in einem Gespräch, in dessen Verlauf sie ihnen erklärt hatte, wie lange sie ihre ›Freizeit‹ in der Küche zubringen würden und zwar mit den schmutzigsten Arbeiten, die die Köchinnen fanden. Und nach Ebou Dar würden sie in keinem Fall gesandt; auch das hatte sie ihnen klargemacht. Bis zum Mittag würde ein Brief an Merilille auf dem Weg sein, wenn er nicht schon unterwegs war.

»Es … tut mir leid«, sagte Nynaeve, und Elayne sah sie mit großen Augen an. Entschuldigungen von Nynaeve waren so selten wie Schnee mitten im Sommer.

»Mir tut es auch leid, Nynaeve.«

»Ja, das sollte es auch«, warf Faolain ein. »So leid, wie es nur möglich ist. Jetzt aber wieder an die Arbeit! Sonst finde ich vielleicht noch einen Grund, Euch zu Tiana zu schicken, wenn Ihr hier fertig seid.«

Nach einem Verzeihung heischenden Blick zu Nynaeve kroch Elayne in den Kessel zurück und attackierte die eingebrannte Suppe mit dem Bimsstein, als gehe sie auf Faolain los. Steinstaub und Fetzen schwarz verkohlter Gemüsereste stoben umher. Nein, nicht Faolain. Die Aes Sedai, die herumsaßen, anstatt etwas zu unternehmen. Sie *würde* nach Ebou Dar kommen und sie *würde* diesen *Ter'Angreal* finden; und sie *würde* ihn dazu benützen, Sheriam und den ganzen Rest an Rand zu binden. Auf den Knien! Ihr heftiges Niesen zog ihr fast die Schuhe aus.

Sheriam wandte sich von der Stelle ab, von der aus sie durch eine Lücke im Zaun die jungen Frauen beobachtet hatte, und ging die enge Gasse mit der Handvoll verwelkter Unkräuter und Stoppeln entlang. »Ich bedaure das.« Da sie sich jedoch an Nynaeves Worte und ihren Tonfall dabei erinnerte – genau wie an das, was Elayne von sich gegeben hatte, das verdorbene Kind! – und fügte hinzu: »Ein wenig.«

Carlinya schnaubte höhnisch. Das konnte sie sehr gut. »Wollt Ihr nächstens Aufgenommenen mitteilen, was weniger als zwei Dutzend Aes Sedai wissen?« Nach einem scharfen Blick von Sheriam klappte sie den Mund zu.

»Es gibt Ohren, wo wir sie am wenigsten erwarten«, sagte Sheriam leise.

»Diese Mädchen haben in einer Hinsicht recht«, sagte Morvrin. »Der Gedanke an al'Thor läßt mir die Knie zittern. Welche Möglichkeiten haben wir denn noch, was ihn betrifft?«

Sheriam wußte nicht genau, ob sie nicht schon vor langer Zeit alle Wahlmöglichkeiten verloren hatten. Schweigend schritten sie weiter.

KAPITEL 8

Was das Rad verrät

Mit dem Drachenszepter auf den Knien saß Rand entspannt auf dem Drachenthron. Oder zumindest tat er so, als sitze er gemütlich da. Throne waren nicht zur Entspannung geschaffen, und dieser am wenigsten von allen, wie es schien, und doch faßte auch diese Tatsache nur einen Teil seiner Schwierigkeiten zusammen. Auch, daß er Alanna ständig wahrnahm, war nur ein Teil, obwohl das Gefühl ihn andauernd irritierte. Falls er das den Töchtern sagte, würden sie … Nein. Wie konnte er auch nur daran denken? Er hatte sie genügend eingeschüchtert, damit sie sich zurückhielt. Sie hatte noch nicht einmal versucht, die Innenstadt zu betreten. Er würde es wissen, wenn sie das tat. Nein, im Augenblick war Alanna eine noch geringere Sorge als das völlig unzureichende Sitzkissen.

Trotz des silbergeschmückten blauen Kurzmantels, den er bis zum Kragen zugeknöpft hatte, konnte ihm die Hitze nichts anhaben. Er beherrschte Taims Trick mittlerweile wirklich gut. Doch wenn reine Ungeduld Schweiß hervorriefe, hätte er jetzt tropfen müssen, als sei er gerade aus einem Fluß gestiegen. Sich körperlich abzukühlen, stellte kein Problem mehr dar. Im Gegensatz zum Stillsitzen. Er hatte vor, Elayne Andor vollständig und ohne größere Schäden zu übergeben, und heute morgen würde er den ersten größeren Schritt tun, um das sicherzustellen. Falls sie jemals ankamen.

»… und außerdem«, sagte der hochgewachsene, knochige Mann, der vor dem Thron stand, mit monotoner Stimme, »eintausendvierhundertundreiundzwanzig Flüchtlinge aus Murandy, fünfhundertsiebenundsechzig aus Altara und einhundertneun aus Illian. Soweit die Volkszählung innerhalb des eigentlichen Stadtgebiets bis heute ermitteln konnte, muß ich dazu sagen.« Die wenigen Büschel grauen Haars, die Halwin Norry geblieben waren, standen hinter seinen Ohren steif wie Schreibfedern empor, was gut zu ihm paßte, denn er war Morgases Hauptbuchhalter gewesen. »Ich habe für die Zählung dreiundzwanzig weitere Schreiber eingestellt, aber ihre Anzahl ist dem Ansturm immer noch keineswegs gewachsen und ...«

Rand hörte nicht mehr hin. Er war wohl dankbar dafür, daß der Mann nicht wie so viele andere weggelaufen war, aber er war nicht sicher, ob für Norry irgend etwas anderes existierte als die Zahlen in seinen Büchern. Er verlas die Anzahl der Todesfälle während der Woche und den Preis der Zwiebeln, die vom Land herangeschafft wurden, im gleichen trockenen Tonfall und ordnete die täglichen Bestattungen von mittellosen, alleinstehenden Flüchtlingen genauso teilnahmslos an wie die Einstellungen von Steinmetzen, die bei der Reparatur der Stadtmauer helfen sollten. Illian war nur ein anderes Land für ihn, nicht der Aufenthaltsort Sammaels, und Rand war eben nur ein weiterer Herrscher.

Wo sind sie? fragte er sich nervös. *Warum hat Alanna nicht wenigstens versucht, sich an mich heranzumachen?* Moiraine hätte sich niemals so leicht abschrecken lassen.

Wo sind alle die Toten? flüsterte Lews Therin. *Warum schweigen sie nicht endlich?*

Rand schmunzelte grimmig. Das mußte wohl ein Scherz sein.

Sulin hockte entspannt auf dem Boden an einer Seite des Podestes, auf dem der Thron stand, während der rothaarige Urien auf der anderen Seite saß. Heute warteten zwanzig *Aethan Dor,* Rote Schilde, zusammen mit den Töchtern unter den Säulen des Großen Saals. Einige hatten das rote Stirnband angelegt. Sie standen herum oder kauerten da oder saßen auf dem Boden; ein paar unterhielten sich leise, aber wie gewöhnlich wirkten sie bereit, innerhalb eines Herzschlags zuzuschlagen; sogar die Töchter und die beiden Roten Schilde, die gerade beim Würfelspiel waren. Mindestens ein Augenpaar schien jederzeit Norry zu beobachten, denn nur wenige Aiel trauten einem Feuchtländer, der Rand so nahe kommen durfte.

Mit einem Mal erschien Bashere an der mächtigen Tür des Saals. Als er nickte, richtete sich Rand auf. Endlich, verdammt noch mal. Die grün-weiße Troddel flog, als er eine Geste mit dem drachenbewehrten Seanchanspeer vollführte. »Ihr habt Eure Sache gut gemacht, Meister Norry. Euer Bericht war lückenlos. Ich werde dafür sorgen, daß das Gold zur Verfügung steht, das Ihr benötigt. Doch nun muß ich mich anderen Dingen widmen, wenn Ihr mir das vergeben wollt.«

Dem Mann sah man weder Neugier an, noch war er beleidigt, weil er so plötzlich unterbrochen wurde. Er hörte nur mitten im Satz mit seinem Bericht auf und verbeugte sich, wobei er im gleichen trockenen Tonfall sagte: »Wie der Lord Drache befiehlt«, und trat drei Schritte zurück, bevor er sich umdrehte. Er sah Bashere noch nicht einmal im Vorbeigehen an. Nichts existierte für ihn als seine Hauptbücher.

Ungeduldig nickte Rand Bashere zu und setzte sich hoch aufgerichtet und mit steifem Kreuz auf dem Thron zurecht. Die Aiel verstummten. Nun erschienen sie ihm noch einmal so kampfbereit.

Als der Mann aus Saldaea eintrat, kam er nicht allein. Zwei Männer und zwei Frauen folgten dicht hinter ihm, keiner davon jung, alle in teure Seide und Brokat gehüllt. Sie bemühten sich, so zu tun, als existiere Bashere nicht, und beinahe wäre es ihnen auch gelungen, aber bei den wachsamen Aiel unter den Säulen war das etwas anderes. Dyelin mit ihren goldenen Haaren kam lediglich leicht ins Stolpern, doch Abelle und Luan, beide bereits ergraut und mit harten Gesichtern, sahen die in den *Cadin'sor* gekleideten Gestalten finster an und faßten instinktiv nach den Schwertern, die sie heute nicht gegürtet hatten, während Ellorien, eine mollige, dunkelhaarige Frau, die an sich hübsch gewesen wäre, hätte sie nicht andauernd eine so versteinerte Miene zur Schau getragen, stocksteif stehenblieb und die Aiel anfunkelte, bevor sie sich wieder gefangen hatte und mit einem schnellen Schritt neben den anderen war. Ihr erster ungehinderter Blick auf Rand ließ Bestürzung erkennen, und zwar bei allen vier. Sie tauschten kurze, erstaunte Blicke. Vielleicht hatten sie geglaubt, er sei älter.

»Mein Lord Drache«, verkündete Bashere lauthals, als er vor dem Podest stehenblieb, »Herr des Morgens, Prinz des Sonnenaufgangs, Wahrer Verteidiger des Lichts, vor dem die Welt in Ehrfurcht das Knie beugt, ich präsentiere Euch Lady Dyelin aus dem Hause Taravin, Lord Abelle aus dem Hause Pendar, Lady Ellorien aus dem Hause Traemane und Lord Pelivar aus dem Hause Coelan.«

Da sahen die vier Andoraner denn doch Bashere an, aber nur mit zusammengepreßten Lippen und scharfen Seitenblicken. Es hatte etwas in seiner Stimme gelegen, das klang, als übergebe er Rand vier Pferde. Zu behaupten, sie stünden mit noch steiferem Kreuz da, wäre dasselbe, als behaupte man, Wasser sei nasser geworden, und doch schien es so, als sie zu Rand aufblickten. Vor allem zu Rand. Unwillkürlich wanderten ihre Blicke auch hinüber zum Löwenthron, der auf seinem eigenen Podest hinter seinem Kopf schimmerte und glitzerte.

Er hätte ihnen am liebsten in die empörten Gesichter gelacht. Empört waren sie, aber auch vorsichtig und unwillkürlich auch ein wenig beeindruckt. Er und Bashere hatten gemeinsam diese Liste von Titeln ausgearbeitet, aber das über die Welt, die das Knie vor ihm beugte, war neu und Basheres eigene Erfindung. Den Tip hatte ihm allerdings bereits Moiraine gegeben. Er glaubte fast, ihre silbrige Stimme wieder zu hören. *Der erste Eindruck, den Menschen von Euch bekommen, ist derjenige, den sie am längsten in Erinnerung behalten. Das ist die Art der Welt. Ihr könnt von einem Thron zurücktreten, und selbst wenn Ihr Euch dann wie ein Bauer im Schweinestall aufführt, wird ein Teil in jedem dieser Menschen die Erinnerung daran wecken, daß Ihr einst auf einem Thron gesessen habt. Doch wenn sie zuerst nur einen jungen Mann sehen, einen Jungen vom Land, werden sie seine spätere Thronbesteigung ablehnen, selbst wenn es sein gutes Recht ist und ganz gleich, wieviel Macht er besitzt.* Also, wenn ein oder zwei Titel den entscheidenden Unterschied ergeben, würde alles ein gutes Stück leichter werden.

Ich war der Herr des Morgens, murmelte Lews Therin. *Ich bin der Prinz des Sonnenaufgangs.*

Rand verzog nicht das Gesicht. »Ich werde Euch nicht willkommen heißen, denn dies ist Euer Land und der Palast Eurer Königin, aber ich freue mich, daß Ihr meine Einladung angenommen habt.« Nach fünf Tagen und mit nur wenigen Stunden Vorbereitungszeit, aber das erwähnte er nicht. Er erhob sich, legte das Drachenszepter auf den Thron und stieg von dem Podest herab. Mit reserviertem Lächeln – *Seid niemals feindselig, außer es muß sein,* hatte Moiraine gesagt, *aber vor allem dürft Ihr niemals überfreundlich sein. Seid nicht übereifrig.* – deutete er auf fünf bequeme Polsterstühle mit gepolsterten Lehnen, die unter den Säulen im Kreis aufgestellt waren. »Kommt mit mir. Wir unterhalten uns und trinken ein wenig eisgekühlten Wein.«

Sie folgten ihm gezwungenermaßen, wobei sie die

Aiel und ihn mit gleicher Neugier musterten, und vielleicht auch mit gleicher Feindseligkeit, was sie nur schwerlich verbergen konnten. Als sie alle saßen, kamen lautlos *Gai'schain* in ihren weißen Kapuzenroben und brachten Wein und goldene Pokale, deren Außenseiten bereits feucht waren von Kondenswasser. Ein weiterer stand mit einem Federfächer hinter jedem Stuhl und wedelte dem dort Sitzenden sanft Kühlung zu. Bei jedem Stuhl außer dem Rands. Sie bemerkten das natürlich, genau wie den fehlenden Schweiß auf seinem Gesicht. Doch auch die *Gai'schain* schwitzten trotz ihrer langen Gewänder nicht, genausowenig wie die anderen Aiel.

Er beobachtete die Gesichter der Adligen über seinen Pokal hinweg. Die Andoraner waren stolz darauf, anderen gegenüber ehrlicher zu sein als viele, und man hörte sie häufig beteuern, das Spiel der Häuser habe sich in anderen Ländern viel eher durchgesetzt als bei ihnen. Doch sie glaubten nach wie vor, wenn nötig, könnten sie durchaus bei *Daes Dae'mar* mitspielen. Das stimmte auch auf gewisse Weise, aber in Wirklichkeit hielten die Adligen Cairhiens und sogar die aus Tear die Andoraner für unfähig, wenn es sich um subtile Intrigen und Gegenintrigen handelte, wie sie im Großen Spiel üblich waren. Diese vier jedenfalls wahrten größtenteils die Fassung, aber wenn jemand sie beobachtete, den Moiraine ausgebildet hatte und der dann auch noch in Tear und Cairhien eine harte Schule durchlaufen hatte, verrieten sie eben doch mit jedem Blick und jeder leichten Änderung ihres Gesichtsausdrucks eine ganze Menge.

Zuerst dämmerte es ihnen, daß kein Stuhl für Bashere bereitstand. Sie tauschten kurze Blicke und ihre Mienen erhellten sich kaum merklich, besonders als sie merkten, daß Bashere aus dem Thronsaal schritt. Alle vier gestatteten sich, ihm einen Blick und ein ganz leichtes, zufriedenes Lächeln hinterherzuschicken. Sie mußten schließlich ein Heer aus Saldaea, das sich in Andor befand, genauso ablehnen wie Naean und die anderen. Nun waren ihre Gedanken ganz offensichtlich: vielleicht hatte dieser Ausländer doch weniger Einfluß, als sie gefürchtet hatten. Also, dieser Bashere war nicht besser als ein altgedienter Lakai behandelt worden!

Dann blinzelte Dyelin ein wenig, beinahe im gleichen Moment wie Luan, während es ihnen die anderen beiden nur einen Moment später nachtaten. Ganz kurz starrten sie Rand an, daß klar war: sie mieden lediglich den Blick zueinander. Bashere war ein Ausländer, doch er war auch Generalfeldmarschall von Saldaea, dreifacher Lord und der Onkel von Königin Tenobia. Wenn Rand *ihn* schon wie einen Diener behandelte …

»Ausgezeichneter Wein.« Luan blickte in seinen Pokal und zögerte etwas, bevor er hinzufügte: »Mein Lord Drache.« Es klang, als müsse man ihm jedes Wort aus dem Mund ziehen.

»Aus dem Süden«, sagte Ellorien, nachdem sie am Wein genippt hatte. »Ein guter Jahrgang von den Hügeln von Tunaigh. Ein Wunder, daß man dieses Jahr in Caemlyn noch Eis auftreiben kann. Ich habe gehört, daß die Menschen dieses Jahr bereits als das ›Jahr ohne Winter‹ bezeichnen.«

»Glaubt Ihr, ich würde Zeit und Mühe daran verschwenden, Eis aufzutreiben«, sagte Rand, »wenn die Welt von so vielen Plagen heimgesucht wird?«

Abelles kantiges Gesicht wurde blaß, und er schien sich zum nächsten Schluck zwingen zu müssen. Andererseits leerte Luan seinen Pokal mit voller Absicht in einem Zug und hielt ihn hin, damit ihn ein *Gai'schain* nachfüllen konnte. Dessen grüne Augen blitzten zornig, ganz im Gegensatz zum Ausdruck des unbeirrt mild lächelnden, sonnengebräunten Gesichts. Feuchtländer zu bedienen war, als sei man ein Diener, und die Aiel verabscheuten auch nur den bloßen Gedanken daran. Wie sich diese Abscheu mit dem Konzept des *Gai'schain* vertrug, hatte Rand noch nicht herausbekommen, aber es war nun einmal so.

Dyelin hatte ihren Pokal fest auf die Knie gestellt und beachtete ihn nicht mehr. Aus dieser Nähe konnte Rand in ihrem goldenen Haar einige graue Strähnen sehen. Sie war trotzdem hübsch, da sie durch das Haar Morgase und Elayne glich. Als nächste in der Thronfolge mußte sie zumindest eine Cousine Morgases sein und ihr recht nahe stehen. Sie runzelte kurz die Stirn, als sie ihn ansah, und schien den Kopf schütteln zu wollen, doch dann sagte sie: »Wir sind über die Heimsuchungen der Welt besorgt, doch am meisten über diejenigen in Andor. Habt Ihr uns hergeholt, um ein Mittel dagegen zu finden?«

»Falls Ihr eines kennt«, erwiderte Rand schlicht. »Falls nicht, muß ich woanders suchen. Viele glauben, die rechte Kur zu kennen. Wenn ich diejenige nicht finden kann, die mir zusagt, muß ich eben die nächstbeste wählen.« Das ließ sie ihre Lippen verziehen. Auf ihrem Weg hierher hatte Bashere sie durch einen Innenhof geführt, in dem sie Arymilla und Lir und die anderen zurückgelassen hatten, um sich auszuruhen. Es machte den Eindruck, als entspannten sie sich im Palast. »Ich nehme an, Ihr wollt mir helfen, Andor wieder zusammenzufügen. Ihr habt meine Proklamation vernommen?« Er mußte nicht erst sagen, um welche es sich handelte, denn in diesem Zusammenhang konnte nur eine gemeint sein.

»Eine Belohnung, die der erhält, der Neuigkeiten von Elayne bringt«, sagte Ellorien tonlos, und ihre Miene versteinerte sich noch mehr, »die zur Königin gekrönt werden soll, nun, da Morgase tot ist.«

Dyelin nickte. »Das erscheint mir eine gute Sache.«

»Mir nicht!« fauchte Ellorien. »Morgase hat ihre Freunde betrogen und ihre ältesten Anhänger vertrieben. Laßt uns dem Hause Trakand ein Ende auf dem Löwenthron bereiten.« Sie schien Rand vergessen zu haben. Das hatten sie alle.

»Dyelin«, sagte Luan knapp. Sie schüttelte den Kopf, als habe sie all das schon öfters gehört, doch er fuhr fort: »Sie hat den ersten Anspruch. Ich stimme für Dyelin.«

»Elayne ist Tochter-Erbin«, sagte ihnen die Frau mit dem goldenen Haar in ruhigem Ton. »Ich stimme für Elayne.«

»Welche Rolle spielt es schon, für wen einer von uns stimmt?« wollte Abelle wissen. »Wenn er Morgase getötet hat, wird er …« Abelle hielt inne und verzog das Gesicht. Dann blickte er Rand an, nicht trotzig, aber herausfordernd, als wolle er sagen: ›Stellt mit mir an, was Ihr wollt.‹ Und er erwartete wohl auch das Schlimmste.

»Glaubt Ihr das wirklich?« Rand sah den Löwenthron auf seinem Podest traurig an. »Warum, beim Licht, sollte ich Morgase töten, nur um den Thron anschließend Elayne zu übergeben?«

»Nur wenige wissen, was sie glauben sollen«, sagte Ellorien unbeholfen. Auf ihren Wangen waren noch immer rote Flecken zu sehen. »Die Menschen behaupten viele Dinge, und die meisten davon sind schlichtweg töricht.«

»Beispielsweise?« Er stellte ihr die Frage, doch es war Dyelin, die sie beantwortete, wobei sie ihm in die Augen sah: »Daß Ihr in der Letzten Schlacht kämpfen und den Dunklen König töten werdet. Daß Ihr ein falscher Drache seid, oder die Marionette der Aes Sedai, oder beides. Daß Ihr Morgases unehelicher Sohn seid, oder ein Hochlord aus Tear, oder ein Aielmann.« Sie runzelte einen Augenblick lang erneut die Stirn, sprach aber weiter: »Daß Ihr der Sohn einer Aes Sedai und des Dunklen Königs seid. Daß Ihr der Dunkle König selbst seid, oder der fleischgewordene Schöpfer.

Daß Ihr die Welt zerstören werdet, oder sie retten, sie unterjochen, ein neues Zeitalter bringen. Es gibt so viele Meinungen, wie es Münder gibt. Die meisten sagen, Ihr hättet Morgase getötet. Viele glauben das auch in bezug auf Elayne. Sie sagen, Eure Proklamation sei nur eine Maske, um dahinter Eure Verbrechen zu verbergen.«

Rand seufzte. Einige dieser Ansichten waren schlimmer als alles, was er bisher vernommen hatte. »Ich werde nicht erst fragen, welche davon Ihr glaubt.« Warum sah sie ihn immer noch so eigenartig und finster an? Sie war nicht die einzige. Auch Luan blickte genauso drein, und Abelle und Ellorien warfen ihm die Art von schnellen Seitenblicken zu, die er von Arymillas Haufen erwartete, wenn sie glaubten, er sehe gerade nicht hin. *Sie beobachten. Beobachten.* Das war Lews Therin mit heiserem Kichern im Flüsterton. *Ich sehe dich. Wer sieht mich?* »Werdet Ihr mir statt dessen behilflich sein, Andor wieder zu einer Einheit zusammenzufügen? Ich will nicht, daß aus Andor ein neues Cairhien wird oder, noch schlimmer, ein neues Tarabon oder Arad Doman.«

»Ich kenne einiges aus dem *Karaethon-Zyklus*«, sagte Abelle. »Ich glaube, Ihr seid der Wiedergeborene Drache, aber nichts sagt aus, daß Ihr herrschen werdet, nur, daß Ihr in Tarmon Gai'don gegen den Dunklen König kämpfen werdet.«

Rands Hand verkrampfte sich so hart um seinen Pokal, daß die dunkle Oberfläche des Weins bebte. Um wie vieles leichter wäre alles, wenn diese vier den meisten Hochlords von Tear ähnelten oder den Adligen Cairhiens, aber keiner von ihnen wollte auch nur ein Stückchen mehr Macht für sich selbst, als er bereits besaß. Auf welche Weise auch der Wein gekühlt worden war, bezweifelte er doch, daß die Eine Macht diese vier einschüchtern werde. *Höchstwahrscheinlich würden sie mir sagen, ich solle sie töten und dafür vom Licht verbrannt werden!*

Brennen sollst du dafür. Lews Therins verdrießliche Stimme ergab ein trauriges Echo.

»Wie oft muß ich eigentlich noch sagen, daß ich Andor nicht regieren will? Wenn Elayne auf dem Löwenthron sitzt, werde ich Andor verlassen. Und wenn es nach mir ginge, würde ich es nie mehr betreten.«

»Sollte irgend jemand Anspruch auf den Thron haben«, sagte Ellorien mit gepreßter Stimme, »dann ist es Dyelin. Solltet Ihr tatsächlich meinen, was Ihr sagt, dann laßt sie krönen und geht. Dann wird Andor eine Einheit sein, und zweifellos werden Euch die andoranischen Soldaten in die Letzte Schlacht folgen, wenn das notwendig wird.«

»Ich lehne das immer noch ab«, sagte Dyelin mit fester Stimme und wandte sich sodann Rand zu. »Ich werde warten und überlegen, mein Lord Drache. Wenn ich sehe, daß Elayne am Leben ist und gekrönt wird und Ihr Andor verlaßt, werde ich Euch meine Anhänger zur Verfügung stellen, gleich, ob jemand anders in Andor das gleiche macht oder nicht. Doch wenn die Zeit vergeht und Ihr hier immer noch regiert, oder falls Eure Aielwilden hier dasselbe anstellen wie angeblich in Cairhien und Tear …« – sie blickte die Töchter und die Roten Schilde finster an, und auch die *Gai'schain,* als sehe sie im Geist, wie sie brandschatzten und raubten –, »oder wenn Ihr diese … Männer, die Ihr nach Eurer Amnestie hier versammelt, auf Andor loslaßt, wende ich mich gegen Euch, gleich, ganz gleich, was die anderen in Andor unternehmen.«

»Und ich reite an deiner Seite«, sagte Luan mit fester Stimme.

»Ich auch«, sagte Ellorien, und Abelle stimmte ebenfalls zu.

Rand warf den Kopf in den Nacken und lachte unwillkürlich, halb vor Freude, halb vor Zorn. *Licht! Und ich hielt einen ehrlichen Widerstand für besser, als hinter meinem Rücken zu intrigieren oder mir die Stiefel zu lecken!*

Sie blickten ihn nervös an und dachten zweifellos, der Wahnsinn nage an ihm. Vielleicht hatten sie recht. Er war sich seiner selbst nicht mehr sicher.

»Überlegt, was immer Ihr wollt«, sagte er zu ihnen und stand auf, um das Ende der Audienz anzuzeigen. »Ich meine es so, wie ich es sagte. Aber denkt auch an das Folgende: Tarmon Gai'don rückt näher. Ich weiß nicht, wie lange Ihr noch Zeit zum Überlegen haben werdet.«

Sie verabschiedeten sich von ihm – ein gehemmtes Kopfnicken, wie es unter Gleichstehenden üblich war, noch ausgeprägter als bei ihrer Ankunft – doch als sie sich zum Gehen wandten, griff Rand nach Dyelins Ärmel. »Ich habe eine Frage an Euch.« Die anderen blieben stehen und wollten sich schon zurückwenden. »Eine private Frage.« Sie zögerte einen Augenblick und nickte dann. Ihre Begleiter gingen ein Stück weiter durch den Thronsaal. Sie beobachteten alles genau, waren aber nicht nahe genug, um zu lauschen. »Ihr habt mich so … seltsam angesehen«, sagte er. *Ihr und jeder andere Adlige in Camlyn.* Jeder andoranische Adlige zumindest. »Warum?«

Dyelin blickte zu ihm auf und nickte schließlich. »Wie hieß Eure Mutter?«

Rand blinzelte. »Meine Mutter?« Kari al'Thor war seine Mutter gewesen. Als das sah er sie jedenfalls an. Sie hatte ihn von Kindheit an aufgezogen bis sie starb. Doch er entschloß sich, ihr die kalte Wahrheit zu sagen, die er in der Wüste erfahren hatte. »Meine Mutter hieß Shaiel. Sie war eine Tochter des Speers. Mein Vater war Janduin, der Clanhäuptling der Taardad Aiel.« Sie zog zweifelnd die Augenbrauen hoch. »Ich schwöre jeden Eid darauf, den Ihr hören wollt. Was hat das mit meiner Frage zu tun? Sie sind beide schon lange tot.«

Erleichterung überzog ihre Miene. »Wie es scheint, ist es nur eine zufällige Ähnlichkeit – nicht mehr. Ich will damit nicht sagen, daß Ihr Eure wahren Eltern nicht kennt, aber Euch steht der Westen Andors ins Gesicht geschrieben.«

»Eine Ähnlichkeit? Ich bin in den Zwei Flüssen aufgewachsen, aber meine Eltern waren die genannten. Wem sehe ich ähnlich, daß Ihr mich so anseht?«

Sie zögerte und seufzte dann. »Ich glaube nicht, daß es eine Rolle spielt. Eines Tages müßt Ihr mir erzählen, wieso Ihr Aieleltern hattet und doch in Andor aufgewachsen seid. Vor fünfundzwanzig Jahren oder mehr ist die Tochter-Erbin Andors mitten in der Nacht verschwunden. Sie hieß Tigraine. Sie hinterließ einen Ehemann, Taringail, und einen Sohn, Galad. Ich weiß, daß es nur ein Zufall ist, aber ich sehe Tigraine in Eurem Gesicht. Es war ein Schock für mich.«

Auch Rand empfand einen Schock. Ihm wurde ganz kalt. Bruchstücke des Berichts der Weisen Frauen schossen ihm durch den Kopf ... *eine junge Feuchtländerin mit goldenem Haar, in Seide gekleidet ... ein Sohn, den sie liebte, ein Ehemann, den sie nicht liebte ... Shaiel war der Name, den sie annahm. Sie nannte niemals einen anderen ... Ihr habt etwas von Ihr in Euren Gesichtszügen.* »Wieso ist Tigraine verschwunden? Ich interessiere mich für die Geschichte Andors.«

»Ich wäre Euch dankbar, wenn Ihr das nicht als Geschichte bezeichnen würdet, mein Lord Drache. Ich war ein junges Mädchen, als es geschah, und ich war häufig hier im Palast. Eines Morgens befand sich Tigraine nicht im Palast, und man hat sie nie wieder gesehen. Einige behaupteten, Taringail sei darin verwickelt, aber er war halb wahnsinnig vor Schmerz. Taringail Damodred wünschte sich mehr als alles auf der Welt, daß seine Tochter Königin von Andor würde und sein Sohn König von Cairhien. Taringail kam aus Cairhien. Diese Heirat sollte die Kriege mit Cairhien beenden, und das geschah auch. Doch Tigraines Verschwinden ließ sie vermuten, daß Andor den Vertrag brechen wolle, und so intrigierten sie auf die übliche Weise Cairhiens, was schließlich ›Lamans Stolz‹ auslöste. Und natürlich wißt Ihr, wohin das wiederum führte«, fügte sie trocken hinzu. »Gitara Sedai hatte wirklich nicht recht, wie mein Vater sagte.«

»Gitara?« Ein Wunder, daß er sich nicht wie erstickt anhörte. Diesen Namen hatte er mehr als einmal gehört. Es war eine Aes Sedai namens Gitara Moroso gewesen, eine Frau mit der Gabe des Hellsehens, die verkündete, der Drache sei am Abhang des Drachenberges wiedergeboren worden, und die auf diese Weise Moiraine und Siuan auf ihre lange Suche geschickt hatte. Es war Gitara Moroso gewesen, die Jahre zuvor zu ›Shaiel‹ gesagt hatte, wenn sie nicht in die Wüste fliehe und niemandem davon erzähle und anschließend eine Tochter des Speers werde, würde Andor und die ganze Welt von einer unvorstellbaren Katastrophe heimgesucht.

Dyelin nickte ein wenig ungeduldig. »Gitara war die Ratgeberin von Königin Modrellein«, sagte sie knapp, »aber sie verbrachte mehr Zeit mit Tigraine und Luc, Tigraines Bruder, als mit der Königin. Nachdem Luc nach Norden geritten war und nicht mehr zurückkehrte, entstanden Gerüchte, Gitara habe ihm eingeredet, er könne sich seinen Ruhm in der Fäule erringen, oder vielleicht auch sein Schicksal erfüllen. Andere behaupteten, er werde dort den Wiedergeborenen Drachen finden, oder die Letzte Schlacht hinge davon ab, daß er sich dorthin begebe. Das war ungefähr ein Jahr vor Tigraines Verschwinden. Was mich betrifft, so bezweifle ich, daß Gitara irgend etwas damit oder mit Luc zu tun hatte. Sie blieb Ratgeberin der Königin, bis Modrellein starb. Man sagte, sie starb an gebrochenem Herzen, Tigraines und Lucs wegen. Womit natürlich der Streit um die Thronfolge begann.« Sie blickte zu den anderen hinüber, die unruhig dastanden und mißtrauische, ungeduldige Mienen zeigten, aber sie konnte es sich nicht verkneifen, noch etwas hinzuzufügen: »Ohne diese Geschehnisse hättet Ihr ein anderes Andor vorgefunden. Tigraine wäre Königin, Morgase lediglich Hochsitz des Hauses Trakand und Elayne wäre nicht geboren worden. Seht Ihr, Morgase heiratete Taringail, kaum daß sie den Thron innehatte. Wer weiß, was sonst noch anders verlaufen wäre?«

Während er beobachtete, wie sie sich den anderen wieder anschloß und mit ihnen hinausging, dachte er über etwas nach, was bestimmt anders verlaufen wäre. Er befände sich nämlich nicht in Andor, denn er wäre gar nicht geboren worden. Alles drehte sich immer wieder in endlosen Kreisen, und eines führte zwangsläufig zum anderen. Tigraine ging heimlich in die Wüste. Das wiederum ließ Laman Damodred den *Avendoraldera* fällen, ein Geschenk der Aiel, um sich daraus einen Thron zimmern zu lassen, ein unfreundlicher Akt, der die Aiel dazu brachte, das Rückgrat der Welt zu überqueren, um ihn zu töten – das war ihr einziges Ziel gewesen, auch wenn die Länder es als den Aielkrieg bezeichneten – und mit den Aiel kam eine Tochter des Speers namens Shaiel, die gleich nach der Geburt starb. So viele Leben mußten in ihrem Ablauf verändert werden, so viele Leben beendet, damit sie ihn zur rechten Zeit und am rechten Ort zur Welt bringen und dabei sterben konnte. Kari al'Thor war die Mutter, an die er sich erinnerte, wenn auch nur verschwommen, und doch wünschte er, Tigraine oder Shaiel oder wie auch immer gekannt und wenigstens eine kurze Zeit mit ihr verbracht zu haben.

Nutzlose Träumereien. Sie war schon lange tot. Es war geschehen und vorbei. Also, warum kam er trotzdem nicht davon los?

Das Rad der Zeit und das Rad des Lebens eines Mannes

drehen sich eins wie das andere ohne Mitleid und ohne Gnade, murmelte Lews Therin.

Bist du wirklich da? dachte Rand. *Wenn du mehr bist als eine Stimme und ein paar alte Erinnerungen, dann antworte mir! Bist du wirklich da?* Schweigen. Jetzt könnte er Moiraines Rat gebrauchen.

Mit einem Mal wurde ihm bewußt, daß er die weiße Marmorwand des Großen Saals anstarrte, und zwar in nordwestlicher Richtung. In Richtung Alanna. Sie befand sich nicht in Culains Jagdhund. *Nein! Sie soll brennen!* Er würde Moiraine nicht durch eine Frau ersetzen, die ihn auf solche Weise in die Falle gelockt hatte. Er konnte keiner Frau trauen, die mit der Burg in Verbindung stand. Mit drei Ausnahmen: Elayne, Nynaeve und Egwene. Er hoffte jedenfalls, daß er ihnen vertrauen könne. Wenigstens ein bißchen.

Aus irgendeinem Grund blickte er zu der mächtigen Kuppeldecke auf, deren bunte Fenster Szenen aus Schlachten zeigten und Königinnen und dazwischen immer wieder den Weißen Löwen. Diese Frauenfiguren, die größer als im wirklichen Leben wirkten, schienen ihn mißbilligend anzusehen und sich zu fragen, was er hier mache. Einbildung natürlich, aber warum? Weil er von Tigraines Herkunft erfahren hatte? Einbildung oder Wahnsinn?

»Es ist jemand gekommen, den Ihr meiner Meinung nach sehen solltet«, sagte Bashere, der plötzlich neben ihm stand. Rand riß sich von den Frauengestalten in der Kuppel los. Hatte er deren Blicke wirklich erwidert und sie zornig angefunkelt? Bashere hatte jemanden aus seiner Reitertruppe dabei. Der Bursche war größer als Bashere, was bei dessen Statur nicht schwer war, hatte einen dunklen Bart und schrägstehende grüne Augen.

»Nur wenn es sich um Elayne handelt«, sagte Rand unfreundlicher, als er vorgehabt hatte, »oder wenn er beweist, daß der Dunkle König tot ist. Ich werde heute vormittag nach Cairhien gehen.« Er hatte das nicht vorgehabt, bis zu dem Augenblick, als er die Worte aussprach. Dort befand sich Egwene. Und die Königinnen oben gab es dort nicht. »Es ist Wochen her, seit ich das letzte Mal dort war. Wenn ich sie nicht im Auge behalte, wird irgendein Lord oder eine Lady hinter meinem Rücken den Sonnenthron für sich beanspruchen.« Bashere sah ihn mit einem eigenartigen Blick an. Er rechtfertigte sich zu oft.

»Wie Ihr meint, aber Ihr werdet diesen Mann zuerst noch anhören wollen. Er behauptet, er komme von Lord Brend, und ich glaube, er sagt die Wahrheit.« Die Aiel sprangen unvermittelt auf; sie wußten, wer diesen Namen benützte.

Rand sah Bashere verblüfft an. Das letzte, was er erwartete, war ein Abgesandter Sammaels. »Bringt ihn herein.«

»Hamad«, sagte Bashere mit einer kurzen Kopfbewegung, und der jüngere Mann aus Saldaea trabte weg.

Ein paar Minuten später kam Hamad zurück, und mit ihm eine Gruppe von Soldaten aus dem Heer Saldaeas, die mißtrauisch einen Mann in die Mitte genommen hatten. Auf den ersten Blick schien nichts an diesem ihre besondere Vorsicht zu rechtfertigen. Er war unbewaffnet und trug einen langen, grauen Mantel mit Stehkragen. Er hatte einen lockigen Bart, der die Oberlippe frei ließ, wie es in Illian Mode war und eine Stupsnase und einen breiten Mund, der entsprechend grinste. Als er aber näher kam, erkannte Rand, daß dieses Grinsen sich nicht ein bißchen änderte. Das gesamte Gesicht des Mannes schien erstarrt, der heitere Ausdruck eingefroren. Im Gegensatz dazu strahlten die dunklen Augen hinter dieser Maske entsetzliche Angst aus.

Als er sich noch zehn Schritt von Rand entfernt befand, hob Bashere die Hand, und die Wache blieb stehen. Der Illianer, der nur Rand im Auge hatte, schien das gar nicht zu bemerken, bis Hamad ihm seine Schwertspitze auf die Brust setzte, damit er stehenbleiben mußte, weil er sonst durchbohrt worden wäre. Er sah die leicht gekrümmte Klinge nur kurz an und wandte dann seinen Blick wieder Rand zu und starrte diesen mit angsterfülltem Blick aus einem grinsenden Gesicht heraus an. Seine Hände hingen schlaff herab und zuckten im Gegensatz zu seinem Gesicht von Zeit zu Zeit.

Rand wollte auf ihn zugehen, doch mit einem Mal befanden sich Sulin und Urien zwischen ihnen. Sie verstellten ihm nicht direkt den Weg, standen aber doch so, daß er sich zwischen ihnen hindurchdrängen mußte, wollte er den Mann erreichen.

»Ich frage mich, was man mit ihm angestellt hat«, sagte Sulin, wobei sie den Mann musterte. Eine Anzahl von Töchtern und Roten Schilden war unter den Säulen hervorgetreten. Einige von ihnen hatten sogar Schleier angelegt. »Wenn er kein Schattenabkömmling ist, dann ist er doch zumindest vom Schatten berührt worden.«

»Einer wie er könnte Dinge tun, die wir nicht voraussehen«, sagte Urien. Er war einer von denen, die einen roten Stoffstreifen um die Schläfen gebunden hatten. »Vielleicht durch eine bloße Berührung töten. Das wäre wahrhaftig eine schöne Botschaft, um sie einem Feind zu senden.«

Sie blickten Rand nicht direkt an, aber er nickte. Vielleicht hatten sie recht. »Wie nennt man Euch?« fragte er. Sulin und Urien traten einen Schritt zur Seite, als sie sahen, daß er stehengeblieben war.

»Ich komme von … von Sammael«, sagte der Mann hölzern unter diesem Grinsen hervor. »Ich bringe eine Botschaft für … für den Wiedergeborenen Drachen. Für Euch.«

Also, das war direkt genug. War er ein Schattenfreund oder nur eine arme Seele, die Sammael in einem dieser gemeinen Gewebe gefangen hatte, von denen ihm Asmodean erzählt hatte? »Welche Botschaft?« fragte Rand.

Der Mund des Illianers bewegte sich, als kämpfe er um Worte. Was jedoch herauskam, hatte nichts mehr mit der Stimme zu tun, die er vorher benützt hatte. Diese war tiefer, voll von Selbstvertrauen, und sprach in einem anderen Dialekt: »Wir werden auf unterschiedlichen Seiten stehen, Ihr und ich, wenn der Tag der Wiederkehr des Großen Herrn anbricht, aber warum sollten wir uns jetzt gegenseitig töten und es Demandred und Graendal überlassen, sich über unseren Leichen um die Weltherrschaft zu streiten?« Rand kannte diese Stimme aus einem Erinnerungsfetzen Lerws Therins, den er im Gedächtnis behalten hatte. Sammaels Stimme. Lews Therin fauchte wortlos vor Wut. »Ihr habt bereits sehr viel zu verdauen«, fuhr der Illianer fort – oder besser: fuhr Sammael fort. »Warum noch mehr abbeißen? Und das Kauen ist schwer, selbst wenn Ihr Glück habt und Semirhage oder Asmodean Euch nicht in den Rücken fallen, während Ihr mit Kauen beschäftigt seid. Ich schlage Euch einen Waffenstillstand vor, der bis zum Tag der Wiederkehr gelten soll. Wenn Ihr nicht gegen mich vorgeht, gehe ich auch nicht gegen Euch vor. Ich werde mich verpflichten, nicht weiter östlich vorzurücken als zu den Ebenen von Maredo, nicht weiter nach Norden als bis Lugard und nicht weiter nach Westen als Jehannah. Wie Ihr seht, überlasse ich Euch bei weitem den größeren Anteil. Ich behaupte nicht, für den Rest der Auserwählten zu sprechen, aber zumindest wißt Ihr, daß Ihr von mir nichts zu befürchten habt und auch nichts von den Ländern, die ich beherrsche. Ich werde mich verpflichten, ihnen bei keinem Vorgehen gegen Euch behilflich zu sein und ihnen auch nicht zu helfen, sich gegen Euch zu verteidigen. Ihr habt bisher viel Erfolg damit gehabt, die Auserwählten vom Spielbrett zu entfernen. Ich bezweifle nicht, daß Ihr auch weiterhin erfolgreich sein werdet, mehr noch als zuvor, denn Ihr wißt, daß Eure südliche Flanke sicher ist und die anderen ohne meine Hilfe auskommen müssen. Ich schätze, am Tag der Wiederkehr wird es nur noch Euch und mich geben, wie es auch sein sollte. Wie es geplant war.« Die Kiefer des Mannes schlossen sich mit einem Klicken, und die Zähne waren wieder hinter dem eingefrorenen Grinsen verborgen. Seine Augen hatten einen fast wahnsinnigen Ausdruck.

Rand hatte die Augen aufgerissen. Ein Waffenstillstand mit Sammael? Selbst wenn er dem Manne insoweit trauen könnte, den Vertrag einzuhalten, selbst wenn es bedeutet hätte, daß *eine* Gefahr wenigstens zurückgestellt werden konnte, während er sich mit allen anderen auseinandersetzte, hätte das auch bedeutet, unzählige Tausende Sammaels Gnade zu überlassen, und Gnade war eine Eigenschaft, die dieser Mann niemals besessen hatte. Er spürte, wie Zorn über die Oberfläche des Nichts glitt, und dadurch wurde ihm bewußt, daß er *Saidin* ergriffen hatte. Dieser Maelstrom von krankhaft sengender Süße und gefrierendem Schmutz schien ein Echo seines Zorns wiederzugeben. Lews Therin. Es war nur gerecht, wenn er in seinem Wahn vor Zorn durchdrehte. Das Echo vibrierte von seinem eigenen Zorn, bis er den Lews Therins und den eigenen nicht mehr auseinanderhalten konnte.

»Nehmt diese Botschaft mit zu Sammael«, sagte er mit kalter Stimme. »Für jeden Tod, den er seit seinem Erwachen verursacht hat, mache ich ihn verantwortlich und ziehe ihn zur Rechenschaft. Für jeden Mord, den er begangen hat, mache ich ihn verantwortlich und ziehe ihn zur Rechenschaft. Er ist der gerechten Strafe in den Rorn M'doi entkommen und bei Nol Caimaine und Sohadra ...« Weitere Erinnerungen Lews

Therins, aber dieser Schmerz bei dem Gedanken daran, was dort angerichtet worden war, die Pein ob dessen, was Lews Therins Augen gesehen hatten, brannten sich in die Oberfläche des Nichts, als entstammten sie Rands Erinnerungen. »… Doch nun werde ich Gerechtigkeit üben. Richtet ihm aus: Es gibt keinen Waffenstillstand mit den Verlorenen. Keinen Waffenstillstand mit dem Schatten.«

Der Bote hob eine sich ständig verkrampfende Hand, um sich den Schweiß vom Gesicht zu wischen. Nein, keinen Schweiß. Seine Hand hatte sich rot gefärbt. Leuchtend rote Tropfen lösten sich aus seinen Poren und er zitterte von Kopf bis Fuß. Hamad schnappte nach Luft und trat zurück, und er war nicht der einzige. Bashere hatte das Gesicht verzogen und strich sich über den Schnurrbart. Sogar die Aiel hatten die Augen aufgerissen. Über und über rot brach der Illianer zusammen. Ein zuckender Haufen lag da, um den herum sich eine Blutlache immer weiter ausbreitete. Jedes Zucken der Arme und Beine hinterließ neue Blutlachen auf dem Boden.

Rand beobachtete sein Sterben tief im Nichts geborgen ohne jede innere Regung. Das Nichts schirmte ihn vor Gefühlen ab, und er hätte ohnehin nichts ändern können. Auch wenn er die Kunst des Heilens mit Hilfe der Macht beherrschte, glaubte er nicht, daß er diesen Tod aufhalten gekonnt hätte.

»Ich glaube«, sagte Bashere bedächtig, »Sammael wird seine Antwort bekommen, wenn dieser Bursche hier nicht mehr zurückkehrt. Ich habe davon gehört, daß Boten umgebracht wurden, weil sie schlechte Nachrichten brachten, doch niemals, um dem Absender mitzuteilen, daß die Nachrichten schlecht sind.«

Rand nickte. Dieser Tod änderte nichts, genausowenig wie das, was er von Tigraine erfahren hatte. »Laßt ihn begraben. Ein Gebet wird nicht schaden, auch wenn es vielleicht nicht hilft.« Warum schienen ihn die

Königinnen in ihren bunten Glasfenstern immer noch anzuklagen? Bestimmt hatten sie zu ihren Lebzeiten genauso schlimme Dinge erlebt, womöglich sogar in diesem Saal. Er konnte immer noch blind in Richtung auf Alanna deuten und sie wahrnehmen; selbst das Nichts schirmte das nicht ab. Konnte er Egwene vertrauen? Sie behielt Geheimnisse für sich. »Ich werde vielleicht die Nacht in Cairhien verbringen.«

»Ein eigenartiges Ende eines seltsamen Mannes«, sagte Aviendha, die um den Podest herum schritt. Kleine Türen dahinter führten in Ankleidezimmer und von da aus in die Korridore des Palastes.

Rand wollte schon zwischen sie und das treten, was da auf den roten und weißen Fliesen lag, doch dann hielt er sich zurück. Nach einem neugierigen Blick beachtete Aviendha den Leichnam nicht mehr. Als sie noch eine Tochter des Speers gewesen war, hatte sie sicher genauso viele Tote gesehen wie mittlerweile er. Als sie den Speer aufgab, hatte sie womöglich bereits genauso viele getötet, wie er zu dieser Zeit hatte sterben sehen.

Sie konzentrierte sich nun ganz auf ihn, musterte ihn von Kopf bis Fuß und überzeugte sich davon, daß er unverletzt geblieben war. Ein paar der Töchter lächelten sie an und traten zur Seite. Wo nötig, schubsten sie die Roten Schilde beiseite, doch sie blieb, wo sie war, rückte ihr Tuch zurecht und beobachtete ihn aufmerksam. Es war gut, wenn sie im Gegensatz zu dem, was die Töchter glaubten, nur deshalb in seiner Nähe blieb, weil es ihr die Weisen Frauen befohlen hatten, um ihn zu beobachten, denn er ertappte sich schon wieder dabei, daß er sie gleich an Ort und Stelle am liebsten in den Arm genommen hätte. Gut, daß sie ihn gar nicht begehrte. Er hatte ihr das Elfenbeinarmband geschenkt, das sie trug, Rosen unter Dornen, weil es ihrer Natur entsprach. Es war ihr einziges Schmuckstück, bis auf die silberne Halskette mit Gliedern in Form jener Muster, die von den Kandori als ›Schneeflocken‹ bezeichnet wurden. Er wußte nicht, von wem sie das hatte.

Licht! dachte er angewidert. Er begehrte Aviendha *und* Elayne, obwohl ihm klar war, daß er keine von beiden haben konnte. *Du bist schlimmer, als Mat jemals von sich selbst glaubte.* Sogar Mat besaß genug Vernunft, um sich von einer Frau fernzuhalten, wenn er glaubte, er bringe sie damit in Gefahr.

»Ich muß ebenfalls nach Cairhien«, sagte sie.

Rand verzog das Gesicht. Was ihn an einer Nacht in Cairhien so reizte, war unter anderem, daß er sie nicht wieder im gleichen Zimmer mit ihr verbringen mußte.

»Es hat nichts zu tun mit …«, fing sie in scharfem Ton an, doch dann biß sie sich auf die volle Unterlippe, und ihre blaugrünen Augen blitzten. »Ich muß mit den Weisen Frauen sprechen, vor allem mit Amys.«

»Selbstverständlich«, erwiderte er. Vielleicht gab es eine Möglichkeit, sie dort zurückzulassen.

Bashere berührte ihn am Arm. »Ihr wolltet meinen Reitern heute nachmittag beim Exerzieren zusehen.« Der Tonfall klang beiläufig, doch der Blick aus den schrägstehenden Augen verlieh den Worten Gewicht.

Es *war* auch wirklich wichtig, aber Rand spürte ein starkes Bedürfnis, aus Caemlyn, ja aus ganz Andor zu entfliehen. »Morgen. Oder übermorgen.« Er mußte den Blicken dieser Königinnen entkommen. Er durfte sich nicht länger fragen, ob einer von ihrem eigenen Blut – Licht, er war ja von ihrem Blut! – auch ihr Land zerreißen würde, wie er es bei so vielen anderen bereits getan hatte. Weg von Alanna. Wenn auch nur für eine Nacht, aber er mußte weg.

KAPITEL 9

Das Rad eines Lebens

Rand holte seinen Schwertgürtel, der neben dem Thron hing, mit Hilfe eines Strangs aus Luft heran, dann auch das Szepter, und öffnete ein Tor vor dem Podest. Der rotierende Lichtschlitz erschien und weitete sich, bis man ein leeres, dunkel getäfeltes Zimmer erblickte, das sich mehr als sechshundert Meilen von Caemlyn entfernt im Sonnenpalast befand, dem Königlichen Palast in Cairhien. Den Raum hatte er sich eigens für diesen Zweck reserviert. Er enthielt keine Möbel, aber die dunkelblauen Fußbodenfliesen und die holzgetäfelten Wände schimmerten, so gut hatte man sie geputzt und poliert. Obwohl er kein Fenster aufwies, war es hell in dem Raum, denn die Lampen auf acht vergoldeten Ständern brannten Tag und Nacht, und Spiegel verstärkten das Licht der ölgespeisten Flammen. Rand blieb stehen und gürtete sein Schwert, während Sulin und Urien die Tür zum Korridor öffneten und verschleierte Töchter und Rote Schilde vor ihm eintreten ließen.

In diesem Fall allerdings hielt er ihre Vorsicht für übertrieben und lächerlich. Auf dem breiten Korridor, dem einzigen, durch den man dieses Zimmer erreichen konnte, drängten sich bereits etwa dreißig *Far Aldazar Din,* Brüder des Adlers, und beinahe zwei Dutzend von Berelains Gardisten aus Mayene mit ihren rot bemalten Brustharnischen und den breitrandigen, kochtopfähnlichen Helmen, die sogar noch den Nackenansatz bedeckten. Wenn es irgendwo einen Ort gab, an dem Rand ohne die Töchter auskommen konnte, dann war es Cairhien.

Kaum war Rand erschienen, sprang auch schon ein Bruder des Adlers den Gang hinunter auf ihn zu, und ein Mayener, der ungeschickt seinen Speer und ein Kurzschwert in den Händen hielt, folgte dem größeren Aielmann etwas langsamer. Eine kleine Armee marschierte hinter dem *Far Aldazar Din* her, Diener in den verschiedensten Livrees; ein tairenischer Verteidiger des Steins mit glänzendem Brustharnisch und im schwarz-goldenen Rock, ein Soldat aus Cairhien, der den Vorderteil seines Schädels kahlgeschoren hatte und dessen Harnisch viel eingedellter und benützter wirkte als bei dem Tairener, zwei junge Aielfrauen in dunklen, schweren Röcken und lose hängenden weißen Blusen, die Rand als Schülerinnen der Weisen Frauen zu erkennen glaubte. Die Nachricht von seiner Ankunft würde sich schnell verbreiten. Das war immer so.

Wenigstens war Alanna weit entfernt. Auch Verin natürlich, aber vor allem Alanna. Er spürte ihre Gegenwart noch immer, selbst auf diese Entfernung. Es war aber nur der unbestimmte Eindruck, sie befinde sich irgendwo im Westen. Als berühre eine Hand beinahe, aber doch nicht ganz, die Härchen in seinem Nacken. Gab es eine Möglichkeit, sie ganz loszuwerden? Er griff einen Augenblick lang nach *Saidin*, spürte aber keinen Unterschied.

Du wirst nie den Fallen entgehen, die du selbst aufstellst. Lews Therins Murmeln klang verwirrt. *Nur eine größere Macht kann solch einen Bann brechen, und dann sitzt du schon wieder in der Falle. Für alle Ewigkeit gefangen, damit du nicht sterben kannst.*

Ihm schauderte. Manchmal erschien es Rand wirklich so, als unterhalte sich die Stimme mit ihm. Wenn das Gequatsche nur von Zeit zu Zeit einen Sinn ergäbe, dann wäre das Gefühl leichter zu ertragen, sie im Kopf mit herumzuschleppen.

»Ich sehe Euch, *Car'a'carn*«, sagte einer der Brüder des Adlers. Seine grauen Augen befanden sich auf einer Höhe mit Rands Augen, und die Narbe, die sich schräg über seinen Nasenrücken zog, hob sich weiß von dem sonnengebräunten Gesicht ab. »Ich bin Corman von den Mosaada Goshien. Mögt Ihr heute Schatten finden.«

Rand hatte keine Gelegenheit, die passende Antwort zu geben, denn schon schob sich der mayenische Offizier mit dem rosa Gesicht an ihm vorbei. Na ja, er hatte Schwierigkeiten damit, denn er war zu schmächtig, um einen Mann wegzuschieben, der einen Kopf größer war als er selbst und um die Hälfte breiter gebaut, und dann war es ja auch noch ein Aiel, wenn auch jung genug, daß er hätte glauben können, der Mann werde sich das gefallen lassen. Aber er drängte sich neben Corman, so daß er direkt vor Rand stand, wobei er den roten Helm mit einer einzigen schmalen roten Feder unter den Arm klemmte. »Mein Lord Drache, ich bin Havien Nurelle, Lordleutnant der Flügelgarde« – auf die Seiten seines Helms waren tatsächlich Flügel gelötet worden – »im Dienst von Berelain sur Paendrag Paeron, der Ersten von Mayene, und stehe Euch zu Diensten.« Corman warf ihm einen amüsierten Blick zu.

»Ich sehe Euch, Havien Nurelle«, sagte Rand ernst, und der Junge blinzelte überrascht. Der Junge? Wenn er es sich überlegte, war er keineswegs jünger als Rand. Diese Erkenntnis kam wie ein Schock! »Wenn Ihr und Corman mir bitte zeigen würdet...« Mit einem Mal wurde ihm bewußt, daß Aviendha fort war. Er mühte sich nach Kräften, diese Frau zu meiden, und beim ersten Mal, als er sich bereitfand, sie in seiner Nähe zu dulden, schlüpfte sie weg, kaum daß er seinen Blick abgewandt hatte! »Bringt mich zu Berelain und Rhuarc«, befahl er grob. »Sollten sie nicht beisammen sein, bringt Ihr mich zu dem, der sich näher befindet, und dann sucht Ihr den anderen.« Zweifellos war sie gleich zu den Weisen Frauen gerannt, um zu berichten, was er alles getan hatte. Er *würde* die Frau hier zurücklassen!

Was du willst ist das, was du nicht haben kannst. Was du nicht haben kannst ist das, was du willst. Lews Therin lachte irr. Es störte Rand nicht in dem Maße wie früher. Nicht ganz so jedenfalls. Was ertragen werden mußte, konnte ertragen werden.

Corman und Havien besprachen, wen sie zuerst aufsuchen sollten, und dann machten sie sich gemeinsam mit Rand auf den Weg, wobei sie ihre Männer zurückließen. Trotzdem gab es noch eine regelrechte Prozession, da alle Töchter und Roten Schilde ihnen in kurzem Abstand folgten und alles sich in dem niedrigen Gang drängte. Der Korridor erweckte einen düsteren, bedrückenden Eindruck, obwohl die Lampen auf den Kandelabern brannten. Es gab überall sehr wenig Farbe, außer bei den Wandbehängen. Die Menschen hier hatten eine Vorliebe für strenge Ordnung. Alles war nach festen Mustern angeordnet: gestickte Blumen und Vögel, Hirsche oder Leoparden auf der Jagd oder Adlige in der Schlacht. Die Diener, die schnell aus dem Weg sprangen, trugen für gewöhnlich farbige Streifen an den Manschetten und das Abzeichen des jeweiligen Adelshauses auf das Wams genäht. Gelegentlich sah man einen Kragen oder Ärmel in den Farben des Hauses, sehr selten allerdings bei einem Rock oder Kleid. Nur höhergestellte Diener zeigten mehr Farbe. Die Einwohner Cairhiens liebten die Ordnung und konnten Extravaganzen nicht leiden. In den wenigen Nischen standen goldene Schalen oder eine Vase des Meervolks, aber selbst diese waren leer und wiesen eine strenge Linienführung auf, die kaum Kurven oder Krümmungen sichtbar werden ließ. Wenn der Gang sich zu einer Arkade mit Pfeilern wandelte und die Aussicht auf einen tiefer gelegenen Garten freigab, sah man, daß die Pfade ein regelmäßiges Gitter ergaben, wobei jedes Blumenbeet genau die gleiche Größe aufwies, mit gleichartigen Sträuchern und Zierbäumen bepflanzt war, die wiederum gleich beschnitten waren und in gleichem Abstand voneinander standen. Hätte die Dürre noch Blumen am Leben gelassen, war Rand sicher, daß auch ihre Blüten kerzengerade Linien gebildet hätten.

Rand wünschte sich, Dyelin könne diese Schalen und Vasen sehen. Die Shaido hatten alles mitgenommen, was sie tragen konnten, oder verbrannt, was sie zurücklassen mußten, aber solches Verhalten widersprach *Ji'e'toh*. Auch die Aiel, die Rand folgten und die Stadt gerettet hatten, hatten geplündert, doch streng nach ihren Regeln. Wenn sie im Krieg einen Ort einnahmen, war ihnen erlaubt, ein Fünftel dessen mitzunehmen, was der Ort zu bieten hatte, und keinen Löffel darüber hinaus. Bael hatte zögernd zugestimmt, das in Andor zu verbieten, aber Rand war der Meinung, auch hier benötige man eine genaue Liste, um festzustellen, was mitgenommen worden war.

Trotz allem Hin und Her unterwegs schafften Corman und Havien es nicht, Rhuarc oder Berelain aufzuspüren, bis sie schließlich selbst gefunden wurden.

Die beiden kamen von sich aus zu Rand, als er unter einer der Arkaden stand, ganz ohne Hofstaat oder sonstige Begleitung, was ihm nur um so mehr das Gefühl gab, an der Spitze eines Umzugs zu marschieren. Rhuarc in seinem *Cadin'sor,* graue Strähnen im dunkelroten Haar, hatte die Schufa lose um seinen Hals gelegt. Er trug keine Waffe bis auf ein schweres Aielmesser. Er überragte Berelain, eine blasse, schöne junge Frau in einem blau-weißen Kleid, das so tief ausgeschnitten war, daß Rand sich unwillkürlich räuspern mußte, als sie einen tiefen Knicks machte. Sie hatte das Diadem der Ersten, das einen goldenen Habicht im Flug darstellte, in ihr glänzendes schwarzes Haar gesteckt, das ihr in schweren Locken auf die nackten Schultern fiel.

Vielleicht war es ganz gut, daß Aviendha gegangen war. Manchmal zeigte sie sich ziemlich gewalttätig Frauen gegenüber, von denen sie annahm, sie wollten sich an ihn heranmachen.

Plötzlich wurde ihm bewußt, daß Lews Therin in seinem Kopf eine wortlose Melodie summte. Etwas daran erschien ihm beunruhigend, aber was …? Summen. Wie ein Mann, der eine hübsche Frau bewundert, die ihn noch nicht einmal bemerkt.

Hör auf damit! rief Rand im Kopf. *Hör auf, durch meine Augen zu blicken!* Er wußte nicht, ob ihn Lews Therin gehört hatte – gab es dort überhaupt jemanden, der ihn hören konnte? – aber das Summen hörte auf.

Havien fiel auf ein Knie nieder, doch Berelain bedeutete ihm mit einer geistesabwesenden Geste, sich zu erheben. »Ich hoffe, meinem Lord Drachen geht es gut, und alles steht in Andor zum Besten?« Berelain hatte die Art von Stimme, das Timbre, das einen Mann zum Zuhören zwang. »Und Euren Freunden Mat Cauthon und Perrin Aybara ebenfalls?«

»Es geht allen gut«, erwiderte er. Sie fragte immer nach Mat und Perrin, so oft er ihr auch versicherte, der eine sei auf dem Weg nach Tear und den anderen habe er nicht mehr gesehen, seit er sich in die Wüste begeben hatte. »Und wie steht es mit Euch?«

Berelain sah zu Rhuarc hinüber, als sie sich Rand anschlossen und mit ihm den nächsten Abschnitt des Korridors betraten. »So gut man es erwarten konnte, mein Lord Drache.«

»Es ist gut, Rand al'Thor«, sagte Rhuarc. Sein Gesicht zeigte kaum einen nennenswerten Ausdruck, aber das war nur selten der Fall.

Rand wußte, daß beide verstanden, warum er Berelain hier die Führung anvertraut hatte. Kalte Vernunft. Sie war die erste Herrscherin, die ihm aus freien

Stücken ihre Unterstützung angetragen hatte, und er konnte ihr vertrauen, weil sie ihn brauchte; nun, seit ihrem Bündnis, mehr denn je, weil Mayene sich auf diese Art Tear vom Hals hielt. Die Hochlords hatten Mayene stets als eine Provinz ihres Landes behandelt. Außerdem war sie eine Ausländerin aus einem kleinen Reich Hunderte von Wegstunden im Süden und hatte deshalb keinen Grund, in Cairhien irgendeine Partei oder ein Haus zu bevorzugen, keine Möglichkeit, selbst die Macht zu ergreifen, und sie wußte, wie man ein Land regiert. Harte Gründe. Da ihm klar war, wie die Aiel zu Cairhien standen und dessen Einwohner zu den Aiel, konnte er Rhuarc nicht als Statthalter einsetzen, denn das hätte zu einem Blutbad geführt. Davon hatte Cairhien schon zu viele erlebt.

Diese Einrichtung schien sich bewährt zu haben. Genau wie bei Semaradrid und Weiramon in Tear akzeptierten die Einwohner Cairhiens eine Frau aus Mayene als Statthalterin, weil sie kein Aiel war und zudem von Rand eingesetzt worden war. Berelain wußte genau, was sie tat, und sie hörte auch auf Rhuarcs Ratschläge. Er sprach schließlich für die in Cairhien verbliebenen Clanhäuptlinge. Zweifelsohne mußte sie sich auch mit den Weisen Frauen auseinandersetzen, die ihre Einmischung in nahezu alle Angelegenheiten erst aufgeben würden, wenn die Aiel abmarschiert waren, jedoch ganz gewiß niemals vor den Aes Sedai, aber bisher hatte sie dazu nie etwas gesagt.

»Und Egwene?« fragte Rand. »Geht es ihr besser?«

Berelain preßte die Lippen ein wenig aufeinander. Sie mochte Egwene nicht. Aber Egwene konnte sie ebenfalls nicht leiden. Er kannte keinen Grund dafür, aber es war nun einmal so.

Rhuarc spreizte die Hände. »Soweit Amys mir Bescheid gibt.« Außer einer Weisen Frau war Amys auch seine Ehefrau. Eine seiner Ehefrauen, denn er hatte zwei – eine der eigenartigeren Sitten der Aiel, über die

Rand immer wieder staunte. »Sie sagt jedenfalls, Egwene brauche noch Ruhe, Spaziergänge an der frischen Luft und viel zu essen. Ich glaube, sie macht in den kühlen Tagesstunden ihre Spaziergänge.« Berelain warf ihm einen amüsierten Blick zu. Der dünne Schweißfilm auf ihrem Gesicht minderte ihre Schönheit keineswegs, aber Rhuarc schwitzte natürlich nicht.

»Ich würde sie gern treffen – wenn die Weisen Frauen es erlauben«, fügte Rand noch hinzu. Die Weisen Frauen hüteten ihre Privilegien genauso eifersüchtig wie alle Aes Sedai, die er je kennengelernt hatte, und zwar jedem gegenüber, ob es Septimenhäuptlinge waren, Clanhäuptlinge, und vor allem der *Car'a'carn*. »Aber zuerst …«

Ein Geräusch hatten sie zunächst ganz unbewußt wahrgenommen, als sie sich einem Abschnitt näherten, an dem die Außenwand durch eine säulenbewehrte Steinbalustrade ersetzt worden war: das Klappern von Übungsschwertern. Im Vorbeigehen blickte Rand hinunter. Zumindest hatte er die Absicht, doch was er dort unten sah, ließ ihn verstummen und stehenbleiben. Unter den Augen eines hoch aufgerichteten einheimischen Ausbilders in einem einfach geschnittenen grauen Mantel hieben ein Dutzend schweißgetränkte Frauen paarweise aufeinander ein. Manche von ihnen trugen Reitkleidung mit Hosenröcken, andere wiederum Männerhosen und Jacken. Die meisten stellten sich bei ihren Fechtübungen noch recht ungeschickt an, während andere mit flüssigen Bewegungen von einer Figur zur anderen überwechselten, wobei sie allerdings die Klingen aus gebündelten Latten nur zögernd schwangen. Alle schienen in grimmige Entschlossenheit gehüllt wie in einen Umhang, wenn auch diese Haltung durch gelegentliches verlegenes Lachen aufgelockert wurde, sobald eine von ihnen einsah, daß sie einen Fehler gemacht hatte.

Der Bursche mit dem steifen Kreuz klatschte in die Hände, und die keuchenden Frauen stützten sich auf ihre Übungsschwerter. Einige rieben sich die Arme, die offensichtlich nicht an diese Anstrengung gewöhnt waren. Aus Türen, die Rand nicht sehen konnte, eilten Diener und Dienerinnen hervor, verbeugten sich oder knicksten, während sie Tabletts mit Krügen und Bechern herumreichten. Aber falls sie wirklich Diener waren, dann war ihre Livree eigenartig und in Cairhien sonst nicht üblich. Sie trugen nämlich Weiß. Kleider und Mäntel und Hosen, alle waren rein weiß.

»Was hat das zu bedeuten?« fragte er. Rhuarc gab einen angewiderten Laut von sich.

»Einige der Frauen aus Cairhien bewundern die Töchter des Speers«, sagte Berelain lächelnd. »Sie wollen auch Töchter werden. Nur des Schwerts allerdings, wie ich vermute, und nicht des Speers.« Sulins Körper versteifte sich empört, und die anwesenden Töchter verständigten sich durch Handzeichen. Sie alle schienen sich aufzuregen. »Dies sind Töchter aus Adelshäusern«, fuhr Berelain fort. »Ich habe sie hierbleiben lassen, weil ihre Eltern ihnen keine Erlaubnis gegeben hatten. Es gibt in der Stadt mittlerweile ein Dutzend Schulen, in denen man Frauen im Schwertkampf unterrichtet, doch viele Frauen müssen sich heimlich hinschleichen, um teilnehmen zu können. Natürlich beschränkt sich der Einfluß nicht nur auf Frauen. Die jüngeren Einwohner Cairhiens sind von den Aiel sehr beeindruckt. Sie übernehmen sogar *Ji'e'toh*.«

»Sie verdrehen alles«, grollte Rhuarc. »Viele wollen mehr von unseren Sitten wissen, und wer würde nicht die Gelegenheit nutzen, jemandem beizubringen, wie man sich anständig verhält? Selbst einem Baummörder.« Er wirkte, als wolle er ausspucken. »Aber sie übernehmen, was man ihnen sagt, und dann verdrehen sie es.«

»Nein, es wird nicht verdreht«, protestierte Berelain. »Sie passen es nur den Gegebenheiten an, denke ich.« Rhuarc zog die Augenbrauen ein klein wenig hoch und seufzte. Haviens Miene war ein Musterbeispiel für Entrüstung, als er die Meinung seiner Herrscherin so in Frage gestellt sah. Weder Rhuarc noch Berelain bemerkten das allerdings, denn beide achteten nur auf Rand. Er hatte das Gefühl, diese Auseinandersetzung zwischen den beiden habe sich schon oft abgespielt.

»Sie verändern es«, wiederholte Rhuarc nachdrücklich. »Diese Narren in Weiß dort unten behaupten, sie seien *Gai'schain. Gai'schain!«* Die anderen Aielmänner murmelten erregt miteinander, während die Töchter sich wieder in ihrer Zeichensprache verständigten. Havien blickte ein wenig nervös drein. »In welchem Kampf oder bei welchem Überfall wurden sie gefangengenommen? Welches *Toh* haben sie auf sich geladen? Ihr habt mein Verbot gutgeheißen, Berelain Paeron, in der Stadt Kämpfe auszutragen, aber sie duellieren sich, sobald sie glauben, sie würden nicht entdeckt, und der Verlierer legt die weiße Robe an. Wenn einer den anderen schlägt und beide bewaffnet sind, bittet der Geschlagene um ein Duell, und wenn ihm das verweigert wird, legt er das Weiß an. Was hat das mit Ehre und Verpflichtung zu tun? Sie verdrehen alles und tun Dinge, bei denen selbst ein Sharamann erröten würde. Man sollte diesem Treiben Einhalt gebieten, Rand al'Thor.«

Berelain streckte trotzig das Kinn vor, und ihre Hände verkrampften sich in ihren Rock. »Junge Männer kämpfen doch immer.« Ihr Tonfall klang so weise und erfahren, daß man beinahe vergaß, wie jung sie noch war. »Aber seit sie damit begonnen haben, ist kein einziger mehr in einem Duell ums Leben gekommen. Kein einziger! Das allein ist es wert, sie auf diese Art weitermachen zu lassen. Außerdem habe ich mich gegen Väter und Mütter gestellt, und einige von ihnen kamen aus mächtigen Familien, die wollten, daß ich ihre Töchter wieder heimschicke. Ich werde diesen jungen Frauen nicht verweigern, was ich ihnen versprochen habe.«

»Behaltet sie, wenn Ihr wollt«, sagte Rhuarc. »Laßt sie lernen, mit dem *Schwert* umzugehen, falls sie es wünschen. Aber sie sollen aufhören, zu behaupten, sie folgten *Ji'e'toh*. Macht dem ein Ende, daß sie das Weiß anlegen und behaupten, sie seien *Gai'schain*. Was sie tun, beleidigt unsere Sitten.« Der eisige Blick seiner blauen Augen war zwar auf Berelain gerichtet, doch diese wiederum blickte ausschließlich Rand mit ihren großen, dunklen Augen an.

Rand zögerte nur einen Augenblick lang. Er glaubte, zu verstehen, was die jüngeren Menschen in Cairhien zu *Ji'e'toh* hinzog. Zweimal war ihr Land innerhalb von zwanzig Jahren von den Aiel erobert worden; sie mußten sich fragen, ob das Geheimnis vielleicht in diesen Sitten liege. Oder sie glaubten möglicherweise, ihre Niederlagen bewiesen einfach, daß die Aiel die bessere Lebensauffassung hätten. Eindeutig regten sich die Aiel darüber auf, daß man sich ihrer Ansicht nach über ihre Sitten lustig mache, aber in Wirklichkeit waren ein paar der Gründe, weswegen Aiel zu *Gai'schain* wurden, nicht weniger eigenartig. Beispielsweise betrachtete man es als feindselig, wenn man mit einem Mann über dessen Schwiegervater oder mit einer Frau über deren Schwiegermutter sprach – Zweitvater und Zweitmutter nannten das die Aiel – und das war Grund genug, um zu den Waffen zu greifen, sofern die Betroffenen nicht zuerst jene Verwandten erwähnt hatten. Falls aber der Betroffene den anderen berührte, nachdem er gesprochen hatte, bedeutete das unter den Regeln von *Ji'e'toh* das gleiche, als berühre man einen bewaffneten Gegner, ohne ihm etwas anzutun. Das brachte eine Menge *Ji* ein und rief viel *Toh* hervor, aber der Berührte konnte nun verlangen, zum *Gai'schain* gemacht zu werden und damit die Ehre des anderen zu beschneiden und selbst weniger Verpflichtungen zu haben. *Ji'e'toh* forderte, daß eine ehrenhaft vorgebrachte Bitte, zum *Gai'schain* gemacht zu werden, auch gewürdigt werden müsse. Also endete alles damit, daß ein Mann oder eine Frau zum *Gai'schain* gemacht wurden, nur weil sie die Schwiegereltern eines anderen erwähnt hatten. Das war nicht weniger töricht als das, was diese Leute in Cairhien trieben. Alles lief im Grunde auf eines hinaus: Er hatte Berelain die Regentschaft übergeben, also mußte er sie auch unterstützen. So einfach war das. »Die Menschen aus Cairhien beleidigen Euch, weil sie Menschen aus Cairhien sind und sich so verhalten. Laßt sie doch. Wer weiß, vielleicht lernen sie eines Tages soviel, daß Ihr sie gar nicht mehr hassen müßt.«

Rhuarc knurrte beleidigt und Berelain lächelte. Zu Rands Überraschung schien sie dem Aielmann einen Moment lang die Zunge herausstrecken zu wollen, beherrschte sich dann aber. Oder war es nur seine Einbildung? Sie war nur wenige Jahre älter als er selbst, doch sie hatte Mayene bereits regiert, als er noch in den Zwei Flüssen Schafe hütete.

Rand schickte Corman und Havien zurück zu ihrer Wachtruppe und ging weiter. Rhuarc und Berelain schritten zu beiden Seiten nebenher, und die anderen folgten ihm auf den Fersen. Eine Prozession. Jetzt brauchte er nur noch Pauken und Trompeten für einen Festtagsumzug.

Das Klappern der Übungsschwerter begann erneut hinter ihm. Eine weitere Veränderung, wenn auch nicht besorgniserregend. Selbst Moiraine, die lange Zeit die Prophezeiungen des Drachen studierte, hatte nicht gewußt, ob die erneute Zerstörung der Welt ein neues Zeitalter einleiten werde, aber zumindest brachte der Drache Veränderungen mit sich, so oder so. Und zwar genauso oft durch puren Zufall wie mit Absicht.

Als sie die Tür zu dem Arbeitszimmer erreichten, das sich Rhuarc und Berelain teilten – die langen Kassetten aus dunklem, hochglänzendem Holz waren mit Sonnenaufgängen eingelegt und ließen darauf schließen, daß es einst irgendwelchen königlichen Zwecken gedient hatte –, blieb Rand stehen und wandte sich Sulin und Urien zu. Wenn er die vielen Wächter hier nicht los würde, dann überhaupt nicht mehr. »Ich habe vor, morgen eine Stunde nach Sonnenaufgang nach Caemlyn zurückzukehren. Bis dahin besucht Eure Zelte und Eure Freunde und bemüht Euch, keine Blutfehden anzufangen. Falls Ihr darauf besteht, können zwei von Euch bei mir bleiben und mich vor Mäusen beschützen. Ich glaube nicht, daß irgend etwas Größeres mich hier überfallen wird.«

Urien grinste leicht und nickte, deutete aber in Kopfhöhe des anderen auf einen der Männer aus Cairhien und murmelte: »Die Mäuse werden hier sehr groß.«

Einen Augenblick lang glaubte Rand, Sulin werde protestieren. Ihr empörter Blick hielt jedoch nur einen Moment über an, und dann nickte auch sie, wenn auch mit aufeinandergepreßten Lippen. Zweifellos würde er ihre Argumente zu hören bekommen, wenn sich nur noch Töchter in Hörweite befanden.

Das Arbeitszimmer, ein großer Raum, beeindruckte ihn auch jetzt, beim zweiten Mal, daß er es zu sehen bekam, durch sehr harte Kontraste. An der hohen Decke ergaben sich aus geraden Linien und rechten Winkeln kunstvolle Gittermuster, die sich überall wiederholten, auch an den Seitenwänden und an einem breiten, mit dunkelblauem Marmor verkleideten Kamin. In der Mitte stand ein massiver Tisch, der mit Papieren und Landkarten bedeckt war und der eine Art von Grenze darstellte. Vor den beiden hohen, schmalen Fenstern auf der einen Seite des Kamins standen Tontöpfe mit kleinen Pflanzen auf Blumensäulen. Ein paar winzige rotweiße Blüten waren daran zu sehen. Auf dieser Seite des Tisches hing ein langer Gobelin, der Schiffe auf hoher See darstellte und Männer, die prall mit Ölfisch gefüllte Netze einholten. Ölfische waren die Quelle des Reichtums von Mayene. Ein Stickrahmen mit Nadel und einem roten Faden, der aus einer halbfertigen Arbeit heraushing, lag auf einem Sessel mit hoher Lehne, der breit genug war, damit es sich Berelain darauf mit angezogenen Beinen gemütlich machen konnte, wenn sie wollte. Den Boden bedeckte ein Teppich mit einem goldenen und roten und blauen Blumenmuster. Auf einem kleinen Tisch neben dem Sessel standen ein silberner Weinkrug und ein paar Weingläser auf einem silbernen Tablett, und daneben lag ein dünnes, in Rot gebundenes Buch mit einem goldverzierten Lederbuchzeichen an der Stelle, wo Berelain mit Lesen aufgehört hatte.

Der Fußboden auf der anderen Seite des Tisches war mit Schichten bunter Läufer bedeckt, und darauf lagen rote, blaue und grüne mit Troddeln geschmückte Sitzkissen verstreut. Ein Tabaksbeutel, eine Pfeife mit kurzem Stiel und eine Zange lagen neben einer geschlossenen Messingschale auf einer kleinen, messingbeschlagenen Truhe, während auf einer etwas größeren Kommode mit Eisenbeschlägen eine Elfenbeinschnitzerei lag, die irgendein seltsames Arbeitstier darstellte. Rand bezweifelte, daß ein solches Tier wirklich existierte. Zwei Dutzend Bücher in allen möglichen Formaten standen säuberlich aufgereiht auf dem Boden an der Wand. Ein paar waren klein genug, um in eine Rocktasche zu passen, während andere so großformatig waren, daß selbst Rhuarc beide Hände brauchte, um sie zu halten. Die Aiel stellten in der Wüste alles her, was sie benötigten – bis auf Bücher. Fahrende

Händler hatten manchmal schon ein Vermögen gemacht, weil sie den Aiel nichts als Bücher verkauft hatten.

»Nun«, sagte Rand, als die Tür geschlossen war und er sich allein mit Rhuarc und Berelain im Zimmer befand, »wie stehen die Dinge wirklich?«

»Wie ich schon sagte«, erwiderte Berelain. »So gut es eben zu erwarten war. Man spricht auf der Straße von Caraline Damodred und Toram Riatin, aber die meisten Menschen sind zu müde, um in der nächsten Zeit einen weiteren Krieg erleben zu wollen.«

»Es wird behauptet, zehntausend andoranische Soldaten hätten sich ihnen angeschlossen.« Rhuarc stopfte seine Pfeife. »Gerüchte übertreiben immer um das Zehn- oder Zwanzigfache, aber falls etwas daran sein sollte, wäre das beunruhigend. Die Kundschafter berichten, es seien nicht sehr viele, aber wenn man ihnen nicht Einhalt gebietet, könnten sie mehr ausrichten als uns nur zu ärgern. Die Gelbfieberfliege ist fast zu klein, um sie zu sehen, aber wenn sie ihr Ei in Eurer Haut ablegt, werdet Ihr einen Arm oder ein Bein verlieren, bevor sie ausgeschlüpft ist – falls Ihr es überlebt.«

Rand brummte nichtssagend. Darlins Rebellion in Tear war nicht die einzige, mit der er sich herumschlagen mußte. Die Häuser Riatin und Damodred, die letzten beiden Adelsfamilien, die auf dem Sonnenthron gesessen hatten, waren vor Rands Erscheinen bittere Rivalen gewesen und würden es auch wieder sein, sollte er verschwinden. Nun hatten sie ihre Feindschaft begraben – zumindest an der Oberfläche; was sich darunter abspielte, konnte in Cairhien etwas ganz anderes bedeuten – und wie Darlin wollten auch Toram und Caraline in Ruhe an einem sicheren Ort Streitkräfte um sich sammeln. In ihrem Fall ging es um das Hügelvorland des Rückgrats der Welt, so weit entfernt von der Stadt wie möglich, ohne deshalb das

Land zu verlassen. Sie hatten die gleiche bunte Schar wie Darlin um sich versammelt: Adlige, zumeist von mittleren Rängen, vertriebene Landbewohner, ein paar hartgesottene Söldner und wohl auch einige frühere Straßenräuber. Nialls Hand war möglicherweise wie bei Darlin auch hier zu spüren.

Dieses Hügelgebiet war keineswegs so unzugänglich wie die Haddon-Sümpfe, doch Rand hielt sich zurück. Er hatte zu viele Feinde an zu vielen Orten. Sollte er verweilen, um hier Rhuarcs Gelbfieberfliege niederzuklatschen, würde er danach irgendwo anders vielleicht einen Leoparden in seinem Rücken vorfinden. Er hatte hingegen vor, den Leoparden zuerst zu besiegen. Wenn er nur wüßte, wo all die anderen Leoparden herumschlichen.

»Was gibt es Neues von den Shaido?« fragte er und legte derweil das Drachenszepter auf eine halb aufgerollte Landkarte. Sie zeigte den Norden Cairhiens und die Berge, die man als ›Brudermörders Dolch‹ bezeichnete. Die Shaido stellten vielleicht keinen so großen Leoparden dar wie Sammael, aber sie waren um einiges größer als Hochlord Darlin oder Lady Caraline. Berelain reichte ihm ein Glas Wein, und er bedankte sich höflich. »Haben die Weisen Frauen überhaupt irgend etwas über Sevannas Pläne ausgesagt?«

Er hätte erwartet, daß ein oder zwei von ihnen auf ihn hörten und sich wenigstens ein bißchen umsehen würden, als sie mit ihren Leuten zu Brudermörders Dolch marschierte. Er hätte wetten können, daß sich die Weisen Frauen der Shaido dort mit offenen Augen umsahen, sobald sie über den Gaelin waren. Natürlich sprach er das nicht aus. Die Shaido hatten vielleicht *Ji'e'toh* aufgegeben, aber Rhuarc betrachtete das Ausspionieren eines Gegners auf die traditionelle Weise der Aiel. Die Ansichten der Weisen Frauen waren etwas anderes, aber er konnte auch nicht genau sagen, wie sie sich von denen der übrigen Aiel unterschieden.

»Man behauptet, die Shaido bauten Festungen.« Rhuarc hielt inne, nahm die Zange zur Hand, hob den Deckel von der Messingschale, die mit Sand gefüllt war, wie sich jetzt zeigte, nahm ein Stück glühender Kohle von der Sandunterlage und hielt sie über seine Pfeife. Paffend zündete er sie an und sprach dann weiter: »Sie glauben nicht, daß die Shaido vorhaben, jemals ins Dreifache Land zurückzukehren. Ich glaube es auch nicht.«

Rand fuhr sich mit der freien Hand durch die Haare. Caraline und Toram wie ein Geschwür im Fleisch, und nun siedelten sich die Shaido auf dieser Seite der Drachenmauer an. Das war eine viel gefährlichere Mischung, als Darlin zur Verfügung stand. Und Alannas unsichtbarer Finger schien ihn berühren zu wollen. »Gibt es noch mehr gute Nachrichten?«

»In Shamara kam es zu kriegerischen Auseinandersetzungen«, sagte Rhuarc, ohne die Pfeife aus dem Mund zu nehmen.

»Wo?« fragte Rand.

»Shamara. Oder Shara, wenn Euch das etwas sagt. Sie benützen viele Namen für ihr Land. Co'dansin, Tomaka, Kigali, und mehr. Jeder könnte zutreffen, oder auch keiner. Sie lügen dort ohne nachzudenken, diese Leute. Wickelt einen Seidenballen auf, den ihr dort erworben habt, und womöglich findet Ihr heraus, daß nur die äußeren Bahnen aus Seide bestehen. Und solltet Ihr beim nächsten Mal in diesem Handelsfort den Mann vorfinden, der Euch diesen Ballen verkauft hat, wird er leugnen, Euch schon einmal gesehen oder gar Handel getrieben zu haben. Falls Ihr die Sache weiter verfolgt, töten ihn die anderen, um Euch zu besänftigen, behaupten dann aber, wegen der Seide könnten sie nun nichts mehr unternehmen. Anschließend werden sie versuchen, Euch Wasser als Wein zu verkaufen.«

»Warum betrachtet Ihr Kampfhandlungen in Shara als gute Nachrichten?« fragte Rand leise. Er wollte die Antwort eigentlich gar nicht hören. Berelain jedoch lauschte interessiert. Niemand außer den Aiel und dem Meervolk wußte viel mehr über die verbotenen Länder jenseits der Wüste, als daß Elfenbein und Seide von dort kamen. Das, und die Berichte in den *Reisen des Jain Fernstreicher,* die aber zu phantastisch waren, um ernst genommen zu werden. Nun, da er sich daran erinnerte, fiel Rand auch ein, daß die Lügerei dort erwähnt wurde und die verschiedenen Namen, wenn auch die von Fernstreicher angeführten nicht mit denen übereinstimmten, die Rhuarc genannt hatte, jedenfalls, soweit Rands Gedächtnis ihn nicht trog.

»Es hat noch nie Kämpfe in Shara gegeben, Rand al'Thor. Man sagt, die Trolloc-Kriege hätten auch dieses Land überzogen ...« – die Trollocs hatten einst die Aielwüste durchquert, und seither benützten die Trollocs für diese Wüste die Bezeichnung ›Sterbeplatz‹ –, »... aber sollte es seither dort auch nur eine Schlacht gegeben haben, ist kein Wort darüber bis zu den Handelsforts gedrungen. Natürlich dringt kaum ein Wort jemals von den Forts hindurch. Sie behaupten, ihr Land sei immer eine Einheit gewesen und nicht zersplittert wie bei uns, und es habe immer Friede geherrscht. Als Ihr als der *Car'a'carn* von Rhuidean aufgebrochen seid, hat sich die Nachricht schnell ausgebreitet und auch, welchen Titel Euch die Feuchtländer verliehen haben: der Wiedergeborene Drache. Die Nachricht verbreitete sich vom Großen Riß und den Klippen des Sonnenaufgangs bis zu den Handelsforts.« Rhuarcs Blick war ruhig und stet; dies alles beunruhigte ihn nicht. »Nun kommen die Nachrichten durch das Dreifache Land bis hierher zurück. Es gibt Kampfhandlungen in Shara, und die Sharamänner in den Handelsforts fragen, wann der Wiedergeborene Drache die Welt zerstören wird.«

Mit einem Mal schmeckte der Wein sauer. Noch ein Land wie Tarabon und Arad Doman, das bereits in sich zerrissen wurde, nur weil die Menschen von ihm vernommen hatten. Wie weit hatten sich die Wellen noch ausgebreitet? Gab es seinetwegen Kriege, von denen er niemals hören würde, in Ländern, von denen er ebenfalls nie etwas vernehmen würde?

Der Tod reitet auf meiner Schulter, murmelte Lews Therin. *Der Tod schreitet in meinen Fußstapfen einher. Ich bin der Tod.*

Schaudernd stellte Rand sein Glas auf den Tisch. Was verlangten die Prophezeiungen noch alles von ihm in ihren quälend unklaren Andeutungen und altertümlichen Versen, die alles und doch nichts sagten? Sollte er Shara, oder wie man es nun wirklich nannte, Cairhien und dem Rest hinzufügen? Die ganze Welt? Aber wie, wenn er nicht einmal Tear oder Cairhien vollständig beherrschte? Dafür brauchte man mehr als die Lebensdauer eines Mannes. Andor. Und wenn er jedes andere Land zerreißen mußte, die ganze Welt zerreißen: Andor würde er für Elayne erhalten. Irgendwie.

»Shara, oder wie es nun heißen mag, ist weit von hier entfernt. Ein Schritt nach dem anderen, und Sammael ist der erste Schritt.«

»Sammael«, stimmte Rhuarc zu. Berelain schauderte und leerte ihr Glas.

Eine Weile unterhielten sie sich über die Aiel, die immer noch auf dem Weg nach Süden waren. Rand hatte vor, den Hammer, den er in Tear schmiedete, so gewaltig zu machen, daß er alles zerschmettern konnte, was ihm Sammael in den Weg stellen mochte. Rhuarc war es wohl zufrieden, aber Berelain beschwerte sich und wollte, daß eine größere Streitmacht in Cairhien verbleiben sollte. Bis Rhuarc sie zum Schweigen brachte. Sie murrte, er sei sturer, als gut für ihn sei, doch dann fuhr sie fort und beschrieb die Bemühungen, die Bauern wieder auf dem Land ansässig zu machen. Sie glaubte, ab dem nächsten Jahr seien keine Getreideeinfuhren aus Tear mehr notwendig. Falls die Dürre jemals nachließ. Falls nicht, würde Tear nicht einmal in der Lage sein, das eigene Land mit Getreide zu versorgen, und erst recht nicht die anderen Länder. Die ersten zarten Fühler des Handels machten sich gerade wieder bemerkbar. Händler waren aus Andor und Tear und Murandy gekommen, und sogar von den Grenzlanden her. An diesem Morgen hatte sogar ein Schiff des Meervolks im Fluß Anker geworfen, und das fand sie merkwürdig, so weit vom Meer entfernt, doch natürlich höchst willkommen.

Berelains Miene wirkte äußerst eindringlich und ihre Stimme knapp und präzise, als sie um den Tisch hierhin und dorthin herumschritt, um dieses oder jenes Bündel Papiere in die Hand zu nehmen und darüber zu sprechen, was Cairhien erwerben müsse und was es sich leisten könne, was es jetzt zum Verkauf anbieten könne und was in sechs Monaten und in einem Jahr. Natürlich hing das vom Wetter ab. Sie tat das ab, als sei es unwichtig, warf aber Rand einen Blick zu, der besagte, er sei der Wiedergeborene Drache, und sollte es eine Möglichkeit geben, die Hitzewelle zu beenden, sei es seine Aufgabe, sie zu finden. Rand hatte sie schon unglaublich verführerisch erlebt, aber auch verängstigt, trotzig und hochmütig, aber noch niemals so wie jetzt. Sie schien eine völlig andere Frau zu sein. Rhuarc, der auf einem Kissen saß und an seiner Pfeife paffte, schien genauso amüsiert, als er sie beobachtete.

»... Eure Schule könnte einiges erreichen«, sagte sie, wobei sie mit gerunzelter Stirn ein langes Blatt Papier betrachtete, das mit sauberer Schrift bedeckt war. »Wenn sie nur aufhörten, ständig neue Dinge machen zu wollen und statt dessen das täten, was sie bereits beherrschen.« Sie tippte mit einem Finger an ihre Lippen und blickte nachdenklich ins Leere. »Ihr sagtet, ich solle ihnen so viel Gold geben, wie sie verlangen, aber wenn Ihr mir gestatten würdet, erst zu zahlen, wenn sie tatsächlich ...«

Jalani steckte ihr rundes Gesicht zur Tür herein – Aiel schienen nichts vom Anklopfen zu halten – und verkündete: »Mangin ist hier und will mit Rhuarc und Euch sprechen, Rand al'Thor.«

»Sagt ihm, ich werde mich glücklich schätzen, später mit ihm zu sprechen ...« Soweit kam Rand, bis ihn Rhuarc mit ruhiger Stimme unterbrach: »Ihr solltet jetzt gleich mit ihm sprechen, Rand al'Thor.« Das Gesicht des Clanhäuptlings war ernst. Berelain hatte das lange Blatt auf den Tisch zurückgelegt und blickte angestrengt zu Boden.

»Also gut«, meinte Rand bedächtig.

Jalanis Kopf zog sich zurück, und Mangin trat ein. Er war größer als Rand und hatte zu denjenigen gehört, die die Drachenmauer auf der Suche nach Ihm, Der Mit Der Morgendämmerung Kommt überquert hatten, einer jener Handvoll, die den Stein von Tear eingenommen hatten. »Vor sechs Tagen habe ich einen Mann getötet«, fing er ohne weiteres an, »einen Baummörder, und ich muß wissen, ob ich jetzt Euch gegenüber *Toh* habe, Rand al'Thor.«

»Mir gegenüber?« fragte Rand. »Ihr könnt Euch doch selbst verteidigen, Mangin; Licht, Ihr wißt es ...« Einen Moment lang schwieg er und suchte den Blick dieser grauen Augen, die nüchtern dreinblickten, aber ohne jede Furcht, vielleicht ein wenig neugierig. Rhuarcs Miene konnte er nichts anmerken, und Berelain wich seinem Blick noch immer aus. »Er hat Euch angegriffen, oder?«

Mangin schüttelte leicht den Kopf. »Ich sah, daß er den Tod verdiente, also habe ich ihn getötet.« Er sagte das in einem leichten Plauderton, als habe er gesehen, daß ein Abflußrohr gereinigt werden müsse und diese Arbeit gleich erledigt. »Doch Ihr habt uns untersagt, die Meineidigen zu töten, außer in der Schlacht oder wenn sie uns angreifen. Habe ich deshalb nun *Toh* Euch gegenüber?«

Rand erinnerte sich daran, was er gesagt hatte ... *ihn werde ich hängen lassen.* In seiner Brust zog sich etwas zusammen. »Warum verdiente er zu sterben?«

»Er trug, was zu tragen er kein Recht hatte«, erwiderte Mangin.

»Was? Was hat er getragen, Mangin?«

Rhuarc antwortete, wobei er seinen linken Unterarm berührte. »Dies.« Er meinte damit den Drachen, der sich um seinen Arm schlängelte. Die Clanhäuptlinge zeigten sie nur selten und sprachen fast nie darüber. Beinahe alles an diesen Kennzeichen war in Geheimnisse gehüllt und die Häuptlinge waren es zufrieden. »Natürlich war es nur mit Nadeln und Farben nachgemacht.« Eine Tätowierung also.

»Er hat sich als Clanhäuptling ausgegeben?« Rand war klar, daß er nach einer Entschuldigung suchte ... *ihn werde ich hängen lassen.* Mangin war einer seiner ersten Anhänger gewesen.

»Nein«, sagte Mangin. »Er hat getrunken und mit dem angegeben, was er nicht haben durfte. Ich sehe Eure Augen, Rand al'Thor.« Er grinste plötzlich. »Es ist ein Rätsel. Ich hatte recht damit, daß ich ihn tötete, aber nun habe ich *Toh* Euch gegenüber.«

»Ihr wart im Unrecht, als Ihr ihn getötet habt. Ihr kennt die Strafe für Mord.«

»Einen Strick um den Hals, wie ihn diese Feuchtländer benützen.« Mangin nickte nachdenklich. »Sagt mir, wann und wo, und ich werde dort sein. Mögt Ihr heute Wasser und Schatten finden, Rand al'Thor.«

»Mögt Ihr Wasser und Schatten finden, Mangin«, erwiderte Rand traurig.

»Ich schätze«, sagte Berelain, als sich die Tür hinter Mangin geschlossen hatte, »daß er tatsächlich freiwillig zu seiner eigenen Hinrichtung erscheinen wird.

Ach, seht mich nicht so an, Rhuarc. Ich will weder ihn noch die Ehre der Aiel angreifen.«

»Sechs Tage«, grollte Rand, und dann fuhr er sie an: »Ihr wußtet, warum er hier war, Ihr beide! Vor sechs Tagen, aber Ihr habt mir die Entscheidung überlassen! Mord ist Mord, Berelain.«

Sie richtete sich gebieterisch auf, klang aber dann doch, als müsse sie sich rechtfertigen. »Ich bin es nicht gewohnt, daß Männer zu mir kommen und mir gestehen, daß sie gerade einen Mord begangen haben. Verdammtes *Ji'e'toh.* Verdammte Aielmänner und ihre verdammte Ehre.« Es klang eigenartig, aus ihrem Mund solche Flüche zu hören.

»Ihr habt keinen Grund, böse auf sie zu sein, Rand al'Thor«, warf Rhuarc ein. »Mangins *Toh* besteht Euch gegenüber und nicht ihr – oder mir.«

»Sein *Toh* besteht dem Mann gegenüber, den er ermordet hat«, sagte Rand kalt. Rhuarc blickte entsetzt drein. »Wenn jemand beim nächsten Mal einen Mord begeht, wartet nicht auf mich! Befolgt einfach das Gesetz!« Auf diese Weise würde er vielleicht nicht noch einmal gezwungen, einen Mann, den er kannte und mochte, zum Tode zu verurteilen. Er würde es tun, wenn er dazu gezwungen war. Er wußte es, und es machte ihn traurig. Was war aus ihm geworden?

Das Rad des Lebens eines Mannes, murmelte Lews Therin. *Keine Gnade. Kein Mitleid.*

KAPITEL 10

Ein Vorgeschmack der Einsamkeit

Gibt es noch mehr Probleme, die Ihr von mir lösen lassen wollt?« Rands Tonfall sagte eindeutig aus, daß er Probleme meinte, die sie bereits gelöst haben sollten. Rhuarc schüttelte leicht den Kopf, während Berelain errötete. »Gut. Legt einen Zeitpunkt fest, an dem Mangin gehängt wird …« *Wenn es zu sehr weh tut* – Lews Therins Lachen klang wie ein heiseres Flüstern – *laß es statt dessen jemand anderes spüren.* Seine Verantwortung. Seine Pflicht. Er versteifte seinen Rücken, um diesen Berg davon abzuhalten, ihn zu erdrücken. »Hängt ihn morgen. Sagt ihm, ich hätte das angeordnet.« Er schwieg und blickte wütend drein, bis ihm klar wurde, daß er auf Lews Therins Antwort wartete und nicht auf die ihre. Wartete auf die Stimme eines toten Mannes, eines toten Verrückten. »Ich gehe zur Schule.«

Rhuarc wies darauf hin, daß die Weisen Frauen sich möglicherweise auf dem Weg von ihren Zelten hierher befänden, und Berelain stellte fest, die Adligen aus Tear und Cairhien würden sich darum reißen, herauszufinden, wo sie Rand versteckte. Doch er befahl beiden, bei der Wahrheit zu bleiben und anzuordnen, keiner solle ihm folgen. Er würde eben zurückkommen, wenn er es für richtig hielt. Die beiden wirkten, als hätten sie saure Pflaumen gegessen, doch er schnappte sich nur sein Drachenszepter und ging.

Im Gang sprangen Jalani und einer der Roten Schilde mit blondem Haar geschmeidig auf, wobei sie sich kurz anblickten. Bis auf die zwei war der Gang menschenleer. Nur ein paar Diener eilten gelegentlich geschäftig umher. Einer aus jeder Gemeinschaft, das ergab einen Sinn. Allerdings fragte Rand sich, ob Urien Sulin zuerst einen Ringkampf geliefert hatte, damit sie seinen Leuten einen Platz überließ.

Er bedeutete ihnen, ihm zu folgen, und ging dann hinunter zum nächstgelegenen Stall, wo selbst die Boxenwände aus dem gleichen grünen Marmor gefertigt waren wie die Säulen, die die hohe Decke stützten. Der Stallmeister, ein verdrießlicher Bursche mit großen Ohren, der auf der kurzen Lederweste die Aufgehende Sonne Cairhiens trug, wurde von Rands Erscheinen so überrascht, und noch dazu mit nur zwei Aiel als Eskorte, daß er ständig zum Stalltor hinübersah, ob nicht doch noch weitere kämen. Zwischen diesen Blicken verbeugte er sich unablässig, und Rand fragte sich schon, ob er jemals ein Pferd bekommen werde. Doch sobald der Mann schrie: »Ein Pferd für den Lord Drache«, sprangen sechs Stallburschen herbei, um einen hochrahmigen braunen Wallach mit feurigem Blick für ihn herzurichten. Das Zaumzeug war mit Goldfransen geschmückt, der Sattel enthielt Einlegearbeiten aus Gold und lag auf einem himmelblauen Satteltuch, das ebenfalls Fransen aufwies und reich mit goldenen Aufgehenden Sonnen bestickt war.

So schnell sie auch machten – der Stallmeister mit den großen Ohren war verschwunden, als Rand sich schließlich in den Sattel schwang. Möglicherweise suchte er nach dem Gefolge, das den Wiedergeborenen Drachen gewiß begleiten würde. Oder er wollte jemandem berichten, daß Rand den Palast fast ohne jede Begleitung verließ. So war das in Cairhien nun einmal. Der schlanke Braune tänzelte, doch während Rand ihn noch zu beruhigen versuchte, ließ er ihn bereits an überraschten Gardesoldaten vorbei aus dem Palastgelände schreiten. Er machte sich keine Gedanken darüber, ob ihn nach der Warnung des Mannes mit den großen Ohren vielleicht ein Hinterhalt von Attentätern erwarte. Jeder, der ihn in einen Hinterhalt locken wollte, würde zu der Erkenntnis gelangen, daß er ohne Schere zur Schur gekommen war. Eine Verzögerung hätte bedeutet, innerhalb kürzester Zeit einen Schwarm Adliger um sich zu haben, so daß er nicht ohne diese wegkam. Es war zur Abwechslung einmal ein gutes Gefühl, allein zu sein.

Er musterte Jalani und den jungen Aielmann, die neben dem Braunen hertrabten. Dedric, erinnerte er sich, ein Codara aus der Jaernriß-Septime. Fast allein. Er konnte Alanna noch immer spüren, und in weiter Entfernung beklagte Lews Therin den Tod seiner Ilyena. Er war niemals wirklich allein. Vielleicht nie mehr in seinem Leben. Trotzdem tat ihm nach so langer Zeit das bißchen Abgeschiedenheit gut.

Cairhien war eine große Stadt, deren Hauptstraßen so breit waren, daß die Menschen, die sie bevölkerten, ganz klein wirkten. Jede Straße durchschnitt pfeilgerade die Hügel, die so mit Steinwällen und Terrassen eingefaßt waren, daß sie wie von Menschenhand gemacht wirkten. Sämtliche Straßen trafen sich in rechten Winkeln. Überall in der Stadt erhoben sich mächtige Türme, von Holzgerüsten umgeben, die die kunstvollen Erker und Vorsprünge mit ihren quadratischen Fensteröffnungen verbargen, Türme, die den Himmel zu berühren schienen und noch höher hinauf strebten. Es war zwanzig Jahre her, da hatten die legendären unvollendeten Türme von Cairhien während des Aielkrieges wie Fackeln gebrannt, und auch jetzt waren die Reparaturen noch nicht beendet.

Sich durch die Menge hindurchzuarbeiten war mühsam. Im Trab ging das schon bald nicht mehr. Rand war mittlerweile daran gewöhnt, daß die Menschenmengen sich vor seiner üblichen Eskorte teilten, aber obwohl Hunderte von in den *Cadin'sor* gekleideten Aiel in Sichtweite in dem sich langsam weiterschiebenden Gewühl mitschritten, war es doch nicht ganz dasselbe, da er nur zwei Begleiter dabeihatte. Er glaubte, einige der Aiel hätten ihn erkannt, aber sie beachteten ihn nicht, denn sie wollten keine peinlichen Szenen hervorrufen, indem sie auf den *Car'a'carn* aufmerksam machten, wo er doch gerade ein Schwert gegürtet hatte und – nicht ganz so unschicklich, aber doch auch nicht gerade lobenswert – auf einem Pferd ritt. Für die Aiel waren Scham und Verlegenheit viel schlimmer als Schmerzen zu ertragen, wenn auch *Ji'e'toh* alles noch einmal komplizierte, denn es gab Abstufungen, die Rand nur teilweise begriffen hatte. Aviendha konnte das alles bestimmt erklären; sie wollte ihn zweifellos zu einem Aiel machen.

Auch viele andere verstopften die Straßen, Menschen aus Cairhien in ihrer üblichen eintönigen und formlosen Kleidung, aber auch welche in den schäbigbunten Kleidern der früheren Einwohner des Vortors, das mittlerweile niedergebrannt war, Tairener, einen Kopf größer als die übrige Volksmenge und beinahe so hochgewachsen wie die Aiel. Ochsenkarren und von Pferden gezogene Planwagen rumpelten durch die Menge und machten von Zeit zu Zeit Platz für geschlossene Kutschen und Sänften, die gelegentlich die Flagge eines Adelshauses zeigten. Straßenhändler priesen ihre Waren an, die sie in Bauchläden zur Schau stellten, während andere Schubkarren vollgeladen hatten; Musikanten, Akrobaten und Jongleure vollführten ihre Künste an Straßenecken. Aber all das war anders als früher. Einst war es in Cairhien ruhig zugegangen, gedämpft, und nur im Vortor hatte buntes Treiben geherrscht. Etwas von dieser Nüchternheit war immer noch geblieben. Über den Läden hingen nach wie vor nur ganz kleine Schilder, und zur Straße hin waren keine Waren ausgestellt. Und obwohl die ehemaligen Einwohner des Vortors genauso laut und fröhlich schienen wie früher, schallend lachten oder sich laut anschrien und mitten auf der Straße stritten, wurden sie noch immer von den typischen Städtern mit prüden, angewiderten Blicken bedacht.

Niemand außer den Aiel erkannte den barhäuptigen Reiter im silberverzierten blauen Mantel, wenn auch gelegentlich jemand in seiner Nähe das Satteltuch etwas genauer anblickte. Das Drachenszepter war hier noch weitgehend unbekannt. Niemand machte ihm Platz. Rand fühlte sich hin- und hergerissen zwischen Ungeduld und der Freude darüber, einmal nicht im Blickpunkt aller zu stehen.

Für die Schule hatte er ein kleines Schloß etwa eine Meile vom Sonnenpalast entfernt ausgewählt. Es war einst im Besitz von Lord Barthanes gewesen, der jetzt tot und unbeweint lag. Sie näherten sich der mächtigen Anhäufung von Steinblöcken mit kantigen Türmen und schmucklosen Balkonen. Das hohe Tor zum zentralen Innenhof stand offen, und als Rand einritt, wurde er herzlich willkommen geheißen.

Idrien Tarsin, die diese Schule leitete, stand auf den breiten Stufen am Eingang des Innenhofs, eine stämmige Frau im einfachen, grauen Kleid, und mit so steifem Kreuz, daß man sie für einen Kopf größer halten konnte, als sie tatsächlich war. Sie war nicht allein. Dutzende von Leuten bevölkerten die Steinstufen, Männer und Frauen, die häufiger Wolle trugen als Seide, und ihre schmucklose Kleidung wirkte in vielen Fällen abgetragen. Zumeist handelte es sich um ältere Leute. Idrien war nicht die einzige, die bereits ergrautes Haar hatte. Einige Männer hatten bereits gar keine Haare mehr. Nur hier und da blickte Rand auch ein jüngeres Gesicht begeistert entgegen. Jünger bedeutete in diesem Fall, daß sie nur etwa zehn oder fünfzehn Jahre älter waren als er.

Auf gewisse Weise waren sie die Lehrer, obwohl diese Einrichtung nicht im eigentlichen Sinne als Schule bezeichnet werden durfte. Natürlich kamen

Schüler zum Lernen hierher – junge Männer und Frauen hingen gaffend an jedem Fenster um den Hof herum –, aber Rand hatte an diesem Ort möglichst viel Wissen ansammeln wollen. Immer wieder hatte er gehört, wieviel während des Hundertjährigen Kriegs und der Trolloc-Kriege verlorengegangen war. Um wie vieles mehr mußte bei der Zerstörung der Welt zugrunde gehen? Sollte er wirklich die Welt erneut zerstören, hatte er vor, Zufluchtsstätten zu schaffen, an denen Wissen bewahrt wurde. Eine weitere Schule war vor wenigen Tagen in Tear eröffnet worden, und er hielt jetzt in Caemlyn Ausschau nach einem geeigneten Ort.

Nichts läuft jemals so, wie du erwartest, murmelte Lews Therin. *Erwarte nichts, dann wirst du auch nicht überrascht. Erwarte nichts. Hoffe auf nichts. Nichts.*

Rand unterdrückte die Stimme und stieg ab.

Idrien kam heran und knickste. Wie immer wirkte es überraschend, wenn sie sich erhob und er wieder merkte, daß sie ihm kaum bis an die Brust reichte. »Willkommen in der Schule Cairhiens, mein Lord Drache.« Ihre Stimme klang verblüffend süß und jugendlich und stand in krassem Gegensatz zu ihrem groben Gesicht. Er hatte bereits gehört, daß diese Stimme auch härter klingen konnte, wenn sie mit Schülern und Lehrern sprach. Idrien hielt die Zügel ihrer Schule fest in der Hand.

»Wie viele Spione habt Ihr im Sonnenpalast?« fragte er mit sanfter Stimme. Sie blickte überrascht drein, vielleicht, weil er eine solche Andeutung machte, wahrscheinlicher aber, weil eine solche Frage in Cairhien als ein Anflug schlechter Manieren galt.

»Wir haben eine kleine Ausstellung vorbereitet.« Na also, er hatte auch nicht wirklich eine Antwort erwartet. Sie musterte die beiden Aiel wie eine Frau, die zwei große, schmutzverspritzte Hunde ansieht, von denen sie nicht weiß, ob sie vielleicht beißen, begnügte sich aber mit einem Schnauben. »Wenn mein Lord Drache mir folgen würde?«

Er folgte ihr mit gerunzelter Stirn. Was für eine Ausstellung?

Die Eingangshalle der Schule war ein riesiger Saal mit glänzenden dunkelgrauen Säulen, hellgrauen Fußbodenfliesen und einer grauen Marmorbalustrade, die sich in zwei Spannen Höhe um den ganzen Saal zog. Nun war sie zum größten Teil mit … eigenartigen Apparaten angefüllt. Die Lehrer, die sich hinter ihm hineindrängten, liefen schnell zu ihnen hin. Rand riß die Augen auf. Mit einem Mal mußte er an Berelains Worte denken, daß die Schule Dinge ›mache‹. Aber was?

Idrien erklärte es ihm auf ihre Weise, während sie ihn von einem Ausstellungsstück zum nächsten führte, wo jeweils verschiedene Männer und Frauen ihm sagten, was sie geschaffen hatten. Er verstand sogar einiges davon.

Eine Anordnung von Sieben und Pressen und Sammelbecken, gefüllt mit Leinenfetzen, lieferte feineres Papier, als irgend jemand bisher herstellen konnte, wie der Erfinder erklärte. Ein großes, wuchtiges Gebilde mit Hebeln und riesigen flachen Platten war eine Druckerpresse, viel besser als alle bisher im Gebrauch befindlichen, wie ihr Hersteller beteuerte. Dedric zeigte sich äußerst interessiert daran, bis Jalani offensichtlich entschied, er solle lieber aufpassen, ob jemand den *Car'a'carn* angreifen wolle: sie trat ihm hart auf den Fuß, woraufhin er wieder hinter Rand herhumpelte. Es gab einen Pflug mit Rädern, der angeblich sechs Furchen auf einmal ziehen konnte. Rand war beeindruckt. Es war durchschaubar für ihn und er glaubte, es könne funktionieren. Dann stand da ein Ding mit Deichseln für Pferde, mit dem man Heu ernten sollte, ohne Männer mit Sensen zu benötigen, und eine neue Art von Webstuhl, der leichter zu bedienen war, wie der Bursche behauptete, der ihn gebaut hatte. Angemalte Holzmodelle von Aquädukten waren aufgebaut worden, die Wasser an Orte befördern sollten, in denen die Quellen versiegt waren, des weiteren Modelle von neuen Abfluß- und Abwasserkanälen für Cairhien, und sogar ein ganzer Tisch, auf dem winzige Abbilder von Männern und Karren, Kränen und Rollen zu sehen waren. Das sollte darstellen, wie man Straßen bauen und pflastern konnte, und zwar so gut, wie man es vor langer Zeit fertiggebracht hatte.

Rand konnte nicht beurteilen, ob irgend etwas davon wirklich Erfolg versprach, aber einiges sah aus, als sei es einen Versuch wert. Dieser Pflug beispielsweise würde nützlich sein, wenn Cairhien sich jemals wieder selbst versorgen wollte. Er würde Idrien befehlen, ihn bauen zu lassen. Nein, er würde Berelain sagen, sie solle es anordnen. *Halte dich in den Augen der Öffentlichkeit immer an die offizielle Rangfolge,* hatte Moiraine geraten, *außer du willst die Autorität einer Person untergraben und sie zu Fall bringen.*

Unter den ihm bekannten Lehrern befand sich auch Kin Tovere, ein untersetzter Linsenmacher, der sich ständig den kahlen Kopf mit einem gestreiften Taschentuch abwischte. Abgesehen von Fernrohren in verschiedenen Größen – »zählt die Haare in der Nase eines Mannes noch auf eine Meile Entfernung«, so drückte er sich immer aus – hatte er eine Linse ausgestellt mit einem Durchmesser wie sein eigener Kopf, dazu eine Zeichnung von dem Fernrohr, in welches diese Linse und noch weitere ähnliche Linsen passen sollten, ein sechs Schritt langes Gebilde, mit dem er ausgerechnet die Sterne betrachten wollte. Nun, Kin wollte eben immer weit entfernte Dinge sichtbar machen.

Idriens Blick zeigte Zufriedenheit, als Rand Meister Toveres Zeichnung betrachtete. Sie hatte für gewöhnlich vor allem praktische Dinge im Kopf. Während der

Belagerung Cairhiens hatte sie persönlich eine riesige Armbrust gebaut, die mit Hebeln und Flaschenzügen bedient wurde, und damit konnte sie einen kleinen Speer so hart eine volle Meile weit hinausschleudern, daß er am Ziel noch einen Mann durchbohrte. Ginge es nach ihr, würde niemand Zeit für etwas verschwenden, was nicht zweckmäßig verwendbar war.

»Baut es«, sagte Rand zu Kin. Vielleicht würde es niemandem nützen, nicht so wie der Pflug, aber er mochte Tovere. Idrien seufzte und schüttelte den Kopf. Tovere strahlte. »Und ich verleihe Euch einen Preis von hundert Goldkronen. Es sieht wirklich bemerkenswert aus.« Das rief verstärktes Gemurmel hervor, und er mochte nicht raten, wessen Kinnlade tiefer herunterklappte – Idriens oder Toveres.

Im Vergleich zu anderen Dingen und ihren Schöpfern erschien Tovere jedoch beinahe genauso praktisch veranlagt wie der Straßenbaumeister. Der Bursche mit dem runden Gesicht beispielsweise, der etwas mit Kuhfladen anstellte und schließlich eine bläuliche Stichflamme am Ende eines Messingrohrs erhielt; selbst er schien keine Ahnung zu haben, wozu das dienen könne. Oder die schlaksige junge Frau, deren Ausstellungsstück aus einer Papierhülle bestand, die an Fäden hing und durch die Hitze einer kleinen Flamme in der Luft gehalten wurde. Sie gab irgend etwas übers Fliegen von sich – er war sicher, daß sie das tatsächlich erwähnt hatte – und die gewölbten Flügel von Vögeln – sie hatte Skizzen von Vögeln dabei und von etwas, das wie ein *hölzerner* Vogel aussah – aber sie war so verlegen und sprach so undeutlich, weil sie dem Wiedergeborenen Drachen gegenüberstand, daß er nichts verstand, und Idrien war natürlich nicht in der Lage, ihm zu erklären, worum es sich handelte.

Und dann war da ein Mann mit Halbglatze und einer ganzen Ansammlung von Messingrohren und

Zylindern, Stangen und Rädern, die zusammen einen schweren Holztisch bedeckten, der frische Rillen und Kratzer aufwies. Ein paar der Rillen waren tief in die Tischfläche eingegraben. Aus irgendeinem Grund waren die eine Gesichtshälfte des Mannes und eine seiner Hände dick mit Bandagen umwickelt. Sobald Rand in der Eingangshalle erschienen war, hatte er nervös damit begonnen, ein Feuer unter einem der Zylinder zu entzünden. Als Rand und Idrien vor ihm stehenblieben, legte er einen Hebel um und lächelte stolz.

Die Vorrichtung begann zu beben, und Dampf zischte an zwei oder drei Stellen heraus. Das Zischen wurde zu einem Kreischen, und das ganze Ding erzitterte und ächzte unheildräuend. Das Kreischen war ohrenbetäubend. Das Ding zitterte so stark, daß sich der ganze Tisch bewegte. Der Mann mit der Halbglatze warf sich auf den Tisch und löste einen Stöpsel am größten Zylinder. Eine Dampfwolke strömte aus, und das Ding gab endlich Ruhe. Der Mann saugte an seinen verbrühten Fingerspitzen und brachte gerade noch ein schwaches Grinsen zuwege.

»Sehr hübsche Messingarbeiten«, sagte Rand, bevor er sich von Idrien weiterführen ließ. »Was war das?« fragte er leise, als sie sich außer Hörweite befanden.

Sie zuckte die Achseln. »Mervin verrät es niemandem. Manchmal hört man aus seinem Raum Donnerschläge, die laut genug sind, um die Türen zittern zu lassen, und bisher hat er sich bereits sechsmal verbrüht, aber er behauptet, es werde ein neues Zeitalter einleiten, wenn es funktionierte.« Sie sah Rand nervös an.

»Mervin soll es bringen, wenn er soweit ist«, erweckte er trocken. Vielleicht sollte das Ding Musik machen? All dieses Kreischen? »Ich kann Herid nirgendwo sehen. Hat er vergessen herunterzukommen?«

Idrien seufzte wieder. Herid Fel war ein Andoraner,

der irgendwie hierhergekommen war und in der Königlichen Bibliothek viele Bücher las – er bezeichnete sich selbst als jemand, der Geschichte und Philosophie studiere – und er gehörte nicht gerade zu der Sorte von Menschen, die sich bei ihr beliebt machten. »Mein Lord Drache, er kommt nie aus seinem Arbeitszimmer heraus, außer, wenn er in die Bibliothek geht.«

Er mußte eine kleine Rede halten, um den Menschen hier zu entkommen. So stellte er sich auf einen Hocker, hielt das Drachenszepter in der Armbeuge und erzählte ihnen, ihre Schöpfungen seien wundervoll. Seines Wissens waren es einzige tatsächlich. Dann endlich war es ihm möglich, zusammen mit Jalani und Dedric hinauszuschlüpfen. Und mit Lews Therin und Alanna. Sie ließen ein erfreut klingendes Volksgemurmel hinter sich zurück. Er fragte sich, ob außer Idrien noch irgend jemand daran gedacht habe, eine Waffe herzustellen.

Herid Fels Arbeitszimmer befand sich in einem der oberen Stockwerke, von wo aus man nicht viel mehr sah als die dunklen Ziegeldächer der Schule und einen quadratisch angelegten Stufenturm. Herid behauptete, er sehe ohnehin niemals aus dem Fenster.

»Ihr könnt hier draußen warten«, sagte Rand, als er die schmale Tür erreichte – auch das Zimmer war sehr klein –, und er war überrascht, als Jalani und Dedric sofort einverstanden waren.

Mit einem Mal fielen ihm eine Reihe kleiner Dinge auf. Jalani hatte sein Schwert nicht ein einziges Mal mißbilligend angesehen, seit er von der Besprechung mit Berelain und Rhuarc gekommen war, etwas, das sie sonst nie versäumte. Weder sie noch Dedric hatten im Stall auch nur einen Blick auf das Pferd geworfen oder eine abfällige Bemerkung darüber gemacht, daß seine Beine eigentlich gut genug sein müßten, um ihn zu tragen. Auch das tat sie sonst regelmäßig.

Wie zur Bestätigung musterte Jalani Dedric kurz

von Kopf bis Fuß, während Rand sich zur Tür wandte. Kurz, doch offensichtlich interessiert und mit einem Lächeln auf den Lippen. Dedric ignorierte sie so betont, daß er genauso offen hätte hinsehen können. So war das bei den Aiel. Er mußte vortäuschen, er verstehe gar nichts, bis sie sich ihm eindeutiger erklärte. Sie hätte sich genauso verhalten, falls er mit Blicken den ersten Schritt getan hätte.

»Habt Spaß miteinander«, sagte Rand über die Schulter, was zwei überraschte Blicke hervorrief, dann trat er ein.

Das kleine Zimmer war mit Büchern, Schriftrollen und Papierstapeln angefüllt, so schien es wenigstens. Bis auf die Tür und die beiden geöffneten Fenster waren alle Wände bis zur Decke mit überladenen Regalen verstellt. Bücher und Dokumente bedeckten den Tisch, der den größten Teil des Raums einnahm, oder lagen völlig ungeordnet auf dem zweiten Stuhl und sogar hier und da auf dem, was vom Fußboden noch zu sehen war. Herid Fel selbst war ein kräftiger Mann, der wirkte, als habe er heute morgen vergessen, sein dünnes, graues Haar zu kämmen. Die Pfeife, die er zwischen die Zähne geklemmt hatte, war kalt, und Pfeifenasche zog eine Spur über seinen verknitterten, braunen Rock.

Er blinzelte Rand einen Augenblick lang an und sagte dann: »Ach, ja. Natürlich. Ich wollte gerade …« Er blickte mit gerunzelter Stirn das Buch an, das er in Händen hielt, setzte sich dann hinter den Tisch und blätterte in einem Papierstapel herum, wobei er leise Selbstgespräche führte. Anschließend wandte er seine Aufmerksamkeit der Titelseite des Buches zu und kratzte sich am Kopf. Schließlich blickte er wieder zu Rand auf und blinzelte erneut überrascht. »O ja. Was war es gleich, worüber Ihr mit mir sprechen wolltet?«

Rand nahm die Bücher und Papiere von dem zweiten Stuhl, legte sie auf den Boden und das Drachenszepter obenauf. Er setzte sich. Er hatte schon versucht, mit anderen hier zu sprechen, Philosophen und Historikern, gelehrten Frauen und Männern, und es war gewesen, als wolle man eine Aes Sedai auf irgend etwas festlegen. Sie waren sehr sicher, wo sie eben sicher waren, und was den Rest betraf, hatten sie ihn mit Worten überschwemmt, die einfach alles bedeuten konnten. Wenn er nicht lockerließ, wurden sie entweder zornig, denn sie schienen zu glauben, er ziehe ihre Kenntnisse in Zweifel, eine Todsünde also, oder sie redeten noch heftiger auf ihn ein, wobei er nicht einmal die Hälfte von dem verstand, was sie sagten, oder sie wurden plötzlich unterwürfig und versuchten herauszufinden, was er hören wollte, um ihm dann genau das mitzuteilen. Herid war anders. Zu den Dingen, die ihm ständig wieder entfielen, gehörte, daß Rand der Wiedergeborene Drache war, und das paßte Rand natürlich sehr. »Was wißt Ihr von den Aes Sedai und ihren Behütern, Herid? Von dem Band zwischen ihnen?«

»Behüter? Band? Genausoviel wie jeder andere, der nicht zu den Aes Sedai gehört, schätze ich. Und das ist nicht gerade viel, oder?« Herid zog an seiner Pfeife, wobei er nicht zu bemerken schien, daß sie längst ausgegangen war. »Was wolltet Ihr wissen?«

»Kann die Verbindung gebrochen werden?«

»Gebrochen? O nein. Ich glaube nicht. Außer, Ihr meint, wenn eben die Aes Sedai oder der Behüter stirbt. Das bricht die Verbindung, glaube ich. Ich erinnere mich, einst etwas über diese Verbindung gehört zu haben, aber ich weiß nicht mehr …« Herid entdeckte einen weiteren Stapel Notizen auf seinem Tisch und zog ihn mit den Fingerspitzen zu sich heran. Er stöberte darin herum, wobei er die Stirn runzelte und den Kopf schüttelte. Die Notizen sahen aus, als habe er sie selbst niedergeschrieben, aber er schien nicht mehr mit dem Inhalt einverstanden zu sein.

Rand seufzte; er hatte das Gefühl, wenn er nur schnell genug den Kopf umwandte, würde er Alannas Hand über sich noch sehen können. »Wie steht es mit der Frage, die ich Euch beim letzten Mal gestellt habe? Herid? Herid?«

Der Kopf des untersetzten, kräftigen Mannes fuhr hoch. »Oh. Ja. Ach, die Frage. Letztes Mal. Tarmon Gai'don. Also, ich weiß nicht, wie es da zugehen wird. Trollocs, schätze ich. Schattenlords? Ja. Schattenlords. Aber ich habe nachgedacht. Es kann nicht wirklich die Letzte Schlacht sein. Ich glaube das nicht. Vielleicht gibt es in jedem Zeitalter eine Letzte Schlacht. Oder in den meisten.« Mit einem Mal fixierte er über die Nase hinweg die Pfeife zwischen seinen Zähnen mit einem bösen Blick und fing an, auf dem Tisch herumzukramen. »Ich habe hier irgendwo eine Zunderschachtel.«

»Was meint Ihr damit, daß es nicht die Letzte Schlacht sein kann?« Rand bemühte sich, mit ruhiger Stimme zu sprechen. Herid kam durchaus stets auf den Punkt; man mußte ihn nur ein wenig anschubsen.

»Was? Ja, das trifft es genau. Es kann nicht die Letzte Schlacht sein. Sogar dann nicht, wenn der Wiedergeborene Drache das Gefängnis des Dunklen Königs wieder genauso sicher versiegelt wie der Schöpfer selbst. Und ich glaube nicht, daß er das kann.« Er beugte sich vor und sagte leise in verschwörerischem Tonfall: »Wißt Ihr, er ist nicht der Schöpfer, was sie auch auf den Straßen behaupten mögen. Aber trotzdem muß es von irgend jemandem neu versiegelt werden. Das Rad, wißt Ihr.«

»Ich verstehe nicht ...« Rand sprach nicht weiter.

»Doch, Ihr versteht es. Ihr wärt mir ein guter Schüler.« Herid nahm die Pfeife aus dem Mund und beschrieb einen Kreis in der Luft. »Das Rad der Zeit. Die Zeitalter kommen und gehen und kehren zurück, wenn sich das Rad gedreht hat. Der ganze Katechismus.« Plötzlich stieß er zu und markierte einen Punkt auf dem imaginären Rad. »Hier ist das Gefängnis des Dunklen Königs, ganz und unbeschädigt. Hier haben sie ein Loch hineingebohrt und es erneut versiegelt.« Er fuhr mit dem Pfeifenstiel den Bogen nach, den er beschrieben hatte. »Hier sind wir. Die Siegel werden schwächer. Aber das spielt natürlich überhaupt keine Rolle.« Der Pfeifenstiel beendete seine Kreisbahn. »Wenn sich das Rad bis hierhin weitergedreht hat, zu dem Punkt, an dem ursprünglich das Loch gebohrt wurde, muß das Gefängnis des Dunklen Königs wiederhergestellt sein.«

»Warum? Vielleicht bohren sie das nächste Mal durch das Siegel hindurch. Möglicherweise haben sie es beim letzten Mal genauso angestellt – sich durch das gebohrt, was der Schöpfer selbst schuf, meine ich – vielleicht haben sie den Stollen durch den Verschluß gebohrt, und wir wissen es bloß nicht?«

Herid schüttelte den Kopf. Einen Augenblick lang sah er seine Pfeife an, bemerkte erneut, daß sie erkaltet war, und Rand glaubte schon, er müsse ihn noch einmal auf den Boden der Tatsachen zurückholen, doch statt dessen blinzelte Herid wieder und fuhr fort: »Irgend jemand muß es einst gebaut haben. Zum ersten Mal, meine ich. Außer, Ihr seid der Ansicht, der Schöpfer habe das Gefängnis des Dunklen Königs gleich mit einem Loch und einem passenden Verschluß geschaffen.« Seine Augenbrauen zuckten bei dieser Vorstellung. »Nein, zu Beginn war es ganz, und ich denke, es wird auch wieder ganz sein, wenn das Dritte Zeitalter erneut anfängt. Hmmm. Ich frage mich, ob *sie* es auch als das Dritte Zeitalter bezeichnet haben?« Er tauchte rasch eine Feder in das Tintenfaß und kritzelte eine Notiz an den Rand eines geöffneten Buches. »Hmmm. Spielt jetzt keine Rolle. Ich will nicht behaupten, daß der Wiedergeborene Drache derjenige sein wird, der es wieder instand setzt, sowieso nicht unbedingt in diesem Zeitalter, aber es muß geschehen, bevor das Dritte Zeitalter zurückkehrt, und es muß genug Zeit vergangen sein, seit es repariert wurde – wenigstens ein ganzes Zeitalter – damit sich niemand an den Dunklen König oder sein Gefängnis erinnert. Keiner erinnert sich daran. Ich frage mich …« Er schielte in Richtung seiner Notizen und kratzte sich am Kopf, und dann schien er überrascht, weil er die Hand benützt hatte, in der er noch die Feder hielt. In seinem Haar war ein Tintenklecks zu sehen. »In jedem Zeitalter, in dem die Siegel brüchig werden, muß man sich schließlich an den Dunklen König erinnern, denn sie werden sich der Auseinandersetzung mit ihm stellen und ihn wieder einschließen müssen.« Er steckte sich die Pfeife wieder zwischen die Zähne und mühte sich ab, eine weitere Notiz zu machen, ohne die Feder erneut einzutauchen.

»Außer der Dunkle König bricht aus«, sagte Rand leise. »Um das Rad der Zeit zu zerbrechen und die Zeit und die gesamte Welt nach seinen eigenen Vorstellungen neu zu gestalten.«

»Das mag sein.« Herid zuckte die Achseln und blickte finster seine Feder an. Schließlich erinnerte er sich an sein Tintenfaß. »Ich glaube nicht, daß wir viel daran ändern können. Warum bleibt Ihr nicht hier und studiert bei mir? Ich glaube nicht, daß Tarmon Gai'don schon morgen beginnt, und Ihr könntet Eure Zeit genauso benützen …«

»Könnt Ihr euch irgendeinen Grund vorstellen, warum man die Siegel zerbrechen sollte?«

Herid zog die Augenbrauen hoch. »Die Siegel zerbrechen? Die Siegel zerbrechen? Warum sollte irgend jemand außer einem Wahnsinnigen so etwas tun? Kann man sie überhaupt zerbrechen? Ich glaube, mich daran zu erinnern, irgendwo gelesen zu haben, daß sie unzerbrechlich seien, aber ich weiß nicht mehr, aus welchem Grund. Wieso habt Ihr an so etwas auch nur gedacht?«

»Ich weiß es nicht«, seufzte Rand. In seinem Hinterkopf sang Lews Therin: *Zerbrich die Siegel. Zerbrich die Siegel und laß alles enden. Laß mich für immer sterben.*

* * *

Egwene fächelte sich mit einem Zipfel ihres Schals gelangweilt Luft zu und sah sich nach allen Seiten an der Kreuzung der beiden Gänge um, in der Hoffnung, sie habe sich nicht schon wieder verlaufen. Sie hegte allerdings die schlimmsten Befürchtungen, was ihre Laune nicht verbesserte. Durch den Sonnenpalast zogen sich nicht enden wollende Korridore, und in keinem davon war es wesentlich kühler als draußen. Außerdem war sie noch nicht oft genug hier drinnen gewesen, um sich auszukennen.

Überall standen Töchter zu zweit oder zu dritt herum – viel mehr, als Rand normalerweise mitbrachte und natürlich erheblich mehr als zu den Zeiten, wenn er sich nicht hier aufhielt. Sie schienen lediglich herumzuschlendern, aber irgend etwas an ihnen kam ihr ... so verschwörerisch vor. Einige kannten sie vom Sehen, und von ihnen hätte sie ein freundliches Wort erwarten können. Besonders die Töchter schienen sich entschlossen zu haben, die Tatsache höher zu bewerten, daß sie bei den Weisen Frauen lernte, als ihre Zugehörigkeit zu den Aes Sedai, denn für eine solche hielten sie sie, und sie redeten sich sogar ein, sie sei gar keine Aes Sedai mehr. Doch wenn sie ihrer ansichtig wurden, blickten sie wie ertappte Sünder drein, soweit das bei einem Aiel überhaupt möglich war. Das übliche Nicken zur Begrüßung erfolgte ein bißchen spät, und dann hasteten sie weiter, ohne sich mit ihr zu unterhalten. Bei diesem Verhalten verging es ihr, sie nach dem Weg zu fragen.

Statt dessen runzelte sie beim Anblick eines verschwitzten Dieners mit dünnen blau-goldenen Streifen an den Manschetten die Stirn und fragte sich, ob er vielleicht den Weg beschreiben könne, den sie nehmen mußte. Das Schwierige daran war nur, daß sie selbst nicht genau wußte, wohin sie eigentlich wollte. Unglücklicherweise war der Bursche in Gegenwart so vieler Aiel äußerst nervös. Als er bemerkte, wie ihn diese ›Aielfrau‹ mit gerunzelter Stirn anblickte – ihre dunklen Augen, wie sie kein Aiel aufwies, bemerkte eben keiner – und da er vermutlich den Kopf voll hatte mit Geschichten über die Töchter des Speers, wirbelte er herum und rannte weg, so schnell er konnte.

Sie schnaubte gereizt. Sie brauchte sowieso keinen Helfer. Früher oder später würde sie an eine Stelle kommen, die sie wiedererkannte. Es war zwecklos, den Gang zurückzugehen, durch den sie gekommen war, aber welchen der anderen drei sollte sie nehmen? So wählte sie irgend einen davon und schritt so energisch los, daß ihr sogar ein paar der Töchter auswichen.

In Wirklichkeit war ihr ziemlich elend zumute. Es wäre so schön gewesen, nach all dieser Zeit Aviendha wiederzusehen, wenn diese ihr nicht einfach kühl zugenickt und sich zu einer privaten Aussprache in Amys Zelt begeben hätte. Als Egwene versuchte, ihr zu folgen, gab man ihr zu verstehen, daß es wirklich eine private Aussprache war.

Ihr seid nicht hergebeten worden, hatte Amys in scharfem Tonfall gesagt, während sich Aviendha mit übergeschlagenen Beinen auf ein Kissen setzte und wie verloren auf die Teppichschichten vor ihren Füßen blickte. *Geht und macht einen Spaziergang. Und eßt etwas. Eine Frau sollte nicht wie ein Grashalm aussehen.*

Bair und Melaine waren hinzugeeilt, von *Gai'schain* herbeigerufen, aber Egwene wurde ausgeschlossen. Es hatte gutgetan, daß sie sah, wie eine ganze Reihe Weiser Frauen ebenfalls abgewiesen wurde, aber eben doch nur ein wenig. Schließlich war sie Aviendhas Freundin, und sollte sie sich in irgendwelchen Schwierigkeiten befinden, wollte Egwene ihr helfen.

»Warum seid Ihr hier?« verlangte Sorileas Stimme hinter ihr zu wissen.

Egwene bewahrte ihren Stolz. Sie wandte sich gelassen um und sah der Weisen Frau der Shendefestung ins Gesicht. Sorilea, die zu den Jarra Chareen gehörte, hatte dünnes weißes Haar und ein Gesicht, das aussah, als habe man Leder fest über den blanken Schädel gespannt. Sie war nur Haut und Knochen, und obwohl sie mit der Macht umgehen konnte, waren ihre Fähigkeiten schwächer als die der meisten Novizinnen, die Egwene kennengelernt hatte. In der Burg hätte sie niemals mehr erreicht, als eine Novizin zu bleiben und als solche wieder nach Hause geschickt zu werden. Natürlich galt der Gebrauch der Macht bei den Weisen Frauen nicht sehr viel. Welch geheimnisvolle Regeln auch das Verhältnis der Weisen Frauen untereinander bestimmen mochten: wenn Sorilea in der Nähe war, fiel ihr immer die Führungsrolle zu. Egwene führte dies auf ihre Willensstärke zurück.

Wie die meisten Aielfrauen war Sorilea einen guten Kopf größer als Egwene. Nun fixierte sie die Jüngere mit einem Blick aus ihren grünen Augen, der einen Stier umgeworfen hätte. Das erleichterte Ewgene, denn so sah Sorilea gewöhnlich alle an. Wäre sie auf Egwene böse gewesen, dann wären vor ihrem Blick die Mauern eingefallen, und die Wandbehänge hätten Feuer gefangen. So schien es ihr jedenfalls.

»Ich bin gekommen, um Rand zu besuchen«, sagte Egwene. »Von den Zelten hierher ist es nur ein Spaziergang.« Und ganz gewiß besser als fünf- oder sechsmal in schnellem Schritt um die gesamte Stadtmauer herumzulaufen, was die Aiel für gewöhnlich als kleinen Erholungsspaziergang betrachteten. Sie hoffte, Sorilea werde nicht nach dem Grund fragen. Sie belog die Weisen Frauen wirklich nicht gern.

Sorilea sah sie einen Augenblick lang so durchdringend an, als vermute sie etwas, doch dann zog sie sich lediglich den Schal etwas enger um die hageren Schultern und sagte: »Er ist nicht hier. Er hat sich zu seiner Schule begeben. Berelain Paeron war der Meinung, es sei nicht gut, ihm dorthin zu folgen, und ich schließe mich ihrer Meinung an.«

Keine Miene zu verziehen fiel Egwene schwer. Daß die Weise Frau mit Berelain sprechen würde, war so ziemlich das letzte, was sie erwartet hatte. Sie behandelten sie wie eine vernünftige Frau, die Respekt verdient hatte, und das wiederum sah Egwene *überhaupt* nicht ein, und nicht, weil Rand ihr solche Autorität übertragen hatte. Den Weisen Frauen war schließlich die Autorität eines Feuchtländers völlig egal. Es erschien ihr lächerlich. Diese Frau aus Mayene kleidete sich in skandalöser Weise und flirtete hemmungslos – wenn sie nicht sogar mehr tat als nur zu flirten, wie Egwene insgeheim glaubte. Also absolut nicht die Sorte Frau, die Amys wie eine Lieblingstochter anlächeln sollte. Oder Sorilea.

Ungebeten kam ihr Gawyn in den Sinn. Es war doch nur ein Traum gewesen, und dazu noch sein Traum, nicht ihrer! Es hatte doch nichts mit dem gemein, was Berelain tat.

»Wenn die Wangen einer jungen Frau ohne ersichtlichen Grund erröten«, bemerkte Sorilea beißend, »ist gewöhnlich ein Mann die Ursache. Welcher Mann hat Euer Interesse erweckt? Können wir in nächster Zukunft erwarten, daß Ihr ihm einen Brautkranz zu Füßen legt?«

»Aes Sedai heiraten nur selten«, erwiderte Egwene kühl.

Das Schnauben der Frau mit dem ledrigen Gesicht klang, als zerreiße man Stoff. Die Töchter und die Weisen Frauen und alle Aiel mochten sie so behandeln, als sei sie keine Aes Sedai mehr, solange sie bei Amys und den anderen in die Lehre ging, doch Sorilea trieb es noch viel weiter. Sie schien zu glauben, Egwene sei eine Aielfrau geworden. Sorilea war der Meinung, sie habe kein Recht, auch nur einen Finger selbständig auszustrecken. »Das werdet Ihr schon noch tun, Mädchen. Ihr gehört nicht zu jenen, die *Far Dareis Mai* werden und Männer für jagdbares Wild halten. Diese Hüften sind für Kinder geschaffen worden, und Ihr werdet welche haben.«

»Sagt Ihr mir, wo ich auf Rand warten kann?« fragte Egwene mit schwächerer Stimme, als ihr selbst lieb war. Sorilea war keine Traumgängerin und somit nicht in der Lage, Träume zu deuten, und sie hatte zweifellos keine Begabung, die Zukunft vorherzusagen, aber sie sprach so energisch, daß ihre Aussagen unvermeidlich erschienen. Licht, wie könnte sie denn Gawyns Kind unter dem Herzen tragen? Es stimmte wirklich, daß die Aes Sedai fast nie heirateten. Der Mann war nur selten zu finden, der bereit war, eine Frau zu heiraten, die ihn mit Hilfe der Macht wie ein Kleinkind herumbeuteln konnte.

»Hier entlang«, sagte Sorilea. »Ist es Sanduin, dieser stramme Blutabkömmling, den ich gestern bei Amys Zelt gesehen habe? Diese Narbe läßt sein übriges Gesicht noch männlicher …«

Sorilea erwähnte immer neue Namen, während sie Egwene durch den Palast führte, wobei sie immer listig aus den Augenwinkeln herüberschielte, ob sie irgendeine unbedachte Regung zeige. Sie tat auch ihr Bestes, die Vorzüge jedes Mannes zu schildern, und da ein Teil ihrer Schilderungen daraus bestand, zu beschreiben, wie derjenige ohne Kleider aussehe – die Aielmänner und die Frauen benützten gemeinsam die gleichen Dampfzelte – errötete sie einige Male.

Als sie schließlich die Gemächer erreichten, in

denen Rand die Nacht verbringen würde, war Egwene mehr als froh, daß sie sich endlich bedanken und die Tür des Wohnzimmers vor Sorileas Nase schließen konnte. Glücklicherweise schien die Weise Frau eigene Erledigungen machen zu wollen, sonst hätte sie sich möglicherweise hineingedrängt.

Egwene holte tief Luft und fing an, Rock und Tuch zurechtzuzupfen und glattzustreichen. Es war nicht notwendig, aber sie hatte das Gefühl, als sei sie Hals über Kopf bergab gepurzelt. Diese Frau spielte nur zu gern die Kupplerin. Sie war in der Lage, für eine Frau den Brautkranz zu winden, sie zu dem Mann zu schleifen, den Sorilea ausgewählt hatte, ihm den Brautkranz zu Füßen zu legen und ihm sodann solange den Arm umzudrehen, bis er den Kranz schließlich aufhob. Nun, vielleicht würde sie nicht wirklich körperliche Gewalt anwenden, aber es kam auf dasselbe hinaus. Sicher würde Sorilea es bei ihr nicht soweit treiben. Bei dem Gedanken mußte sie kichern. Schließlich glaubte Sorilea auch nicht wirklich daran, sie sei eine Aielfrau geworden, denn sie wußte, daß Egwene eine Aes Sedai war, oder zumindest glaubte sie es. Nein, sie hatte bestimmt keinen Grund, sich über so etwas Gedanken zu machen!

Sie strich über das längsgefaltete graue Tuch, mit dem sie ihr Haar zusammenhielt, als sie das Geräusch von leisen Schritten aus dem Schlafzimmer vernahm und vor Schreck erstarrte. Wenn Rand von Caemlyn nach Cairhien springen konnte, war er dann direkt in sein Schlafzimmer gesprungen? Oder – vielleicht wartete jemand – oder etwas – dort drinnen auf ihn? Sie griff nach *Saidar* und webte schnell ein paar äußerst hinterhältige Stränge, um sie notfalls anzuwenden. Doch dann trat lediglich eine *Gai'schain* heraus mit einem dicken Bündel Bettwäsche auf den Armen. Sie erschrak heftig beim Anblick Egwenes. Also ließ

Egwene *Saidar* wieder los und hoffte, sie sei nicht schon wieder rot angelaufen.

Niella sah in ihrer weißen Robe mit der tiefen Kapuze auf den ersten Blick Aviendha verblüffend ähnlich. Bis einem klar wurde, daß man sich dieses etwas rundere und ein bißchen weniger braungebrannte Gesicht um sechs oder sieben Jahre älter vorstellen mußte. Aviendhas Schwester hatte nie zu den Töchtern des Speers gehört. Sie war Weberin und hatte bereits mehr als die Hälfte ihres Jahres als *Gai'schain* hinter sich.

Egwene grüßte sie nicht, denn das würde Niella nur in Verlegenheit bringen. »Erwartet Ihr Rand bald zurück?« fragte sie.

»Der *Car'a'carn* wird erscheinen, wenn er da ist«, erwiderte Niella mit demütig zu Boden gerichtetem Blick. Das kam Egwene wirklich komisch vor, denn zu Aviendhas Gesicht, auch wenn es noch etwas kindlicher wirkte, paßte Demut absolut nicht. »Es ist an uns, bereit zu sein, wenn er erscheint.«

»Niella, habt Ihr eine Ahnung, warum sich Aviendha mit Amys und Bair und Melaine zurückziehen müßte?« Es hatte sicher nichts mit dem Träumen zu tun, denn da entwickelte selbst Sorilea genausoviel Talent wie Aviendha.

»Sie ist hier? Nein, ich wüßte keinen Grund.« Doch Niellas blaugrüne Augen zogen sich beim Sprechen ein wenig zusammen.

»Ihr wißt etwas«, beharrte Egwene. Sie konnte schließlich die Gehorsamsverpflichtung der *Gai'schain* ein wenig ausnützen. »Sagt mir, was es ist, Niella.«

»Ich weiß, daß Aviendha mich verprügeln wird, bis ich nicht mehr sitzen kann, wenn mich der *Car'a'carn* hier mit schmutziger Bettwäsche auf dem Arm vorfindet«, sagte Niella ängstlich. Egwene hatte keine Ahnung, ob es etwas mit *Ji'e'toh* zu tun habe oder nicht, doch wenn sie zusammen waren, behandelte

Aviendha ihre Schwester doppelt so streng wie alle anderen *Gai'schain*.

Niellas Gewand raschelte über den gemusterten Teppich, als sie hastig auf die Tür zuschritt, aber Egwene bekam ihren Ärmel zu fassen. »Wenn Eure Zeit vorüber ist, werdet Ihr dann das Weiß ablegen?«

Das war eine ungehörige Frage, und die Demut verschwand augenblicklich und machte einem Stolz Platz, der jeder Tochter des Speers Ehre gemacht hätte. »Alles andere würde *Ji'e'toh* in Frage stellen«, sagte Niella würdevoll. Mit einem Mal huschte ein Lächeln über ihre Züge. »Außerdem würde dann mein Mann nach mir suchen, und es würde ihm nicht gefallen.« Ihre Miene wandelte sich wieder zu der einer typischen *Gai'schain,* und sie schlug die Augen nieder. »Darf ich jetzt gehen? Aviendha ist hier, und ich möchte sie nicht treffen, wenn ich es vermeiden kann. Aber sie wird bestimmt in diese Gemächer kommen.«

Egwene ließ sie gehen. Sie hatte ohnehin kein Recht gehabt, eine solche Frage zu stellen. Wenn man über das Leben eines *Gai'schain* vor oder nach dem Weiß sprach, brachte das diesen in große Verlegenheit. Sie schämte sich deshalb auch ein wenig, obwohl sie selbst keineswegs den Regeln des *Ji'e'toh* folgte. Oder nur gerade soviel, um höflich zu sein.

Im Wohnzimmer setzte sie sich auf einen in strengen Linien geschnitzten Sessel, den sie ganz ungewohnt unbequem fand, nachdem sie so lange nur mit übergeschlagenen Beinen auf Sitzkissen am Boden gesessen hatte. So zog sie die Beine unter sich und fragte sich erneut, was Aviendha wohl mit Amys und den anderen beiden besprechen mochte. Mit ziemlicher Sicherheit würde es um Rand gehen. Um ihn drehte es sich immer bei den Weisen Frauen. Ihnen waren die von Feuchtländern stammenden Prophezeiungen des Drachen gleichgültig, aber sie kannten die Prophezeiung von Rhuidean von vorn bis hinten auswendig.

Wenn er die Aiel vernichtete, und diese Weissagung sagte genau dies voraus, würde ›der Rest eines Restes‹ gerettet, und sie hatten vor, diesen Rest so groß wie möglich werden zu lassen.

Deshalb befahlen sie auch Aviendha, sich so nahe wie möglich bei ihm aufzuhalten. Zu nahe, um schicklich zu sein. Sie war sicher, wenn sie ins Schlafzimmer ginge, würde sie dort am Boden eine Bettstatt für Aviendha vorfinden. Aber die Aiel sahen so etwas ganz anders. Die Weisen Frauen wollten, daß Aviendha ihn die Sitten und Gebräuche der Aiel lehrte, um ihn jederzeit zu mahnen, daß er von Aielblut sei, wenn er auch nicht bei den Aiel aufgewachsen war. Offensichtlich waren die Weisen Frauen der Ansicht, dafür benötige sie *jede* Stunde des Tages, in der er wach war, und wenn sie bedachte, was ihnen bevorstand, konnte sie ihnen kaum einen Vorwurf machen. Zumindest keinen sehr großen. Trotzdem war es nicht anständig und geziemte sich nicht, wenn man eine Frau zwang, im gleichen Zimmer mit einem Mann zu schlafen.

Andererseits konnte sie Aviendha nicht bei der Lösung ihres Problems behilflich sein, vor allem deshalb, weil Aviendha darin gar kein Problem zu sehen schien. Egwene stützte sich auf einen Ellbogen und begann, sich Wege auszudenken, wie sie Rand am besten auf ihren Wunsch hin ansprechen solle. Ihre Gedanken drehten sich immer im Kreis, aber sie war noch zu keiner Entscheidung gekommen, als er plötzlich eintrat, wobei er zwei Aiel draußen auf dem Flur etwas zuraunte, bevor er die Tür schloß.

Egwene sprang auf. »Rand, du mußt mir bei den Weisen Frauen helfen. Auf dich werden sie hören!« platzte sie heraus, bevor sie sich beherrschen konnte. Das war keineswegs das, was sie ihm hatte sagen wollen.

»Ja, es ist schön, dich wiederzusehen!« entgegnete

er lächelnd. Er trug wieder diesen Seanchanspeer, in dessen Schaft jemand seit ihrem letzten Zusammentreffen Drachen geschnitzt hatte. Sie hätte zu gern gewußt, woher er dieses Ding hatte. Alles, was mit den Seanchan zu tun hatte, jagte ihr einen kalten Schauer über den Rücken. »Danke, es geht mir gut, Egwene. Und dir? Du siehst wieder aus wie früher, und voll Temperament wie eh und je.« Er wirkte so müde. Und hart, so hart, daß selbst dieses Lächeln wie aufgesetzt erschien. Jedesmal, wenn sie ihn wiedersah, wirkte er härter.

»Ich halte das keineswegs für amüsant«, schmollte sie. Am besten, sie machte jetzt so weiter, wie sie begonnen hatte. Das war jedenfalls besser, als einen Rückzieher zu machen und alles zu überspielen, damit er noch mehr Anlaß zum Grinsen fand. »Hilfst du mir?«

»Wie?« Er machte es sich bequem – nun, es waren schließlich seine Gemächer –, warf den Speer mitsamt den daran hängenden Troddeln auf einen kleinen Tisch, dessen Beine in Form von Leoparden geschnitzt waren, und legte den Schwertgürtel und den Rock ab. Irgendwie schien er genausowenig zu schwitzen wie die Aiel. »Die Weisen Frauen hören wohl auf mich, aber sie hören eben nur, was sie wollen. Ich erkenne allmählich diesen sturen Blick, wenn sie der Meinung sind, daß ich Unsinn rede; und weil sie mich nicht in Verlegenheit bringen wollen, indem sie mir das ins Gesicht sagen, ignorieren sie es einfach.« Er zog einen der vergoldeten Sessel heran, damit er sie ansehen konnte, ließ sich darauffallen und streckte die gestiefelten Beine aus. Aber sogar das wirkte bei ihm nun auf gewisse Art arrogant. Ganz entschieden zu viele Leute beugten ihr Knie vor ihm.

»Du redest wirklich manchmal Unsinn«, knurrte sie. Aus irgendeinem Grund half ihr die Tatsache, daß sie keine Zeit zum Nachdenken hatte, sich besser zu konzentrieren. So rückte sie ihr Tuch sorgfältig zurecht und setzte sich aufrecht vor ihn hin. »Ich weiß, daß du gern wieder etwas von Elayne hören würdest.« Warum wurde mit einem Mal seine Miene so traurig und gleichzeitig auch so winterkalt? Wahrscheinlich, weil er so lange nichts mehr von Elayne gehört hatte. »Ich bezweifle, daß Sheriam den Weisen Frauen dir viele Botschaften von ihr übergeben hat.« Soweit sie wußte, überhaupt keine, obwohl er sich so selten in Cairhien aufgehalten hatte, daß er kaum eine erhalten hätte. »Ich bin diejenige, der Elayne solche Botschaften anvertrauen würde. Ich kann sie dir überbringen, wenn du Amys davon überzeugst, daß ich jetzt stark genug bin, um … um meine Studien wiederaufzunehmen.«

Sie verwünschte sich selbst, weil sie ins Zaudern gekommen war, aber er wußte schon zuviel über das Traumwandeln, wenn nicht gar über *Tel'aran'rhiod*. Beinahe alles, was das Traumwandeln anging, bis auf diese Bezeichnung, war eines der bestgehütetsten Geheimnisse der Weisen Frauen, und gerade diejenigen, die dazu in der Lage waren, sprachen am wenigsten darüber. Sie hatte kein Recht dazu, ihre Geheimnisse zu verraten. »Sagst du mir, wo sich Elayne aufhält?« Es klang, als habe er sie um eine Tasse Tee gebeten.

Sie zögerte, doch die Abmachung, die sie mit Nynaeve und Elayne getroffen hatte – Licht, wie lange war das nun schon her? – diese Abmachung hatte nach wie vor Gültigkeit. Er war außerdem nicht mehr der Junge, mit dem sie aufgewachsen war. Er war ein Mann, voller Selbstvertrauen, und wie auch immer seine Stimme geklungen hatte, dieser stetig auf sie gerichtete Blick *verlangte* nach einer Antwort. Wenn schon bei einem Zusammentreffen der Aes Sedai und der Weisen Frauen die Funken sprühten, würde es zwischen ihm und den Aes Sedai lichterloh brennen. Es mußte ein Puffer zwischen ihn und sie geschoben werden, und die einzigen denkbaren Puffer waren sie alle drei. Es mußte sein, doch sie hoffte, sie würden an diesem Feuer nicht verbrennen. »Ich kann dir das nicht sagen, Rand. Ich habe kein Recht dazu. Es ist nicht an mir, dir das mitzuteilen.« Und das war die Wahrheit. Außerdem hätte sie ihm nicht einmal sagen können, wo Salidar eigentlich lag, nur daß es sich hinter Altara irgendwo am Eldar befinden mußte.

Er beugte sich eindringlich vor. »Ich weiß, daß sie sich bei Aes Sedai aufhält. Du hast mir selbst gesagt, daß mich diese Aes Sedai möglicherweise unterstützen werden. Fürchten sie sich vor mir? Sollte das der Fall sein, werde ich einen Eid ablegen, sie in Ruhe zu lassen. Egwene, ich will Elayne den Löwenthron und den Sonnenthron übergeben. Sie hat einen Anspruch auf beide; Cairhien wird sie genauso schnell anerkennen wie Andor. Ich brauche sie, Egwene.«

Egwene öffnete den Mund – und dann wurde ihr klar, daß sie Rand alles erzählen wollte, was sie über Salidar wußte. Gerade noch rechtzeitig klappte sie den Mund wieder zu und biß die Zähne so hart aufeinander, daß ihr die Kiefer schmerzten. Dann öffnete sie sich *Saidar*. Das süße Gefühl, endlich zu leben, so stark, daß es alles andere überwältigte, schien ihr zu helfen. Langsam verflog der Drang zu sprechen.

Er ließ sich mit einem Seufzen zurücksinken, und sie musterte ihn mit weit geöffneten Augen. Natürlich hatte sie gewußt, daß er der stärkste *Ta'veren* war seit Artur Falkenflügel, aber selbst in solchem Maße davon beeinflußt zu werden, war etwas anderes. Sie konnte nur mit Mühe vermeiden, die Arme um ihren Oberkörper zu klammern und zu schaudern.

»Du sagst es mir nicht«, stellte er fest. Es war nicht als Frage gemeint. Er rieb sich die Unterarme mit knappen Bewegungen durch die Ärmel hindurch und erinnerte sie damit daran, daß sie *Saidar* in sich aufgenommen hatte. Auf diese geringe Entfernung würde er das als schwaches Prickeln auf der Haut wahrnehmen. »Hast du geglaubt, ich wolle dich zum Sprechen zwingen?« fauchte er zornig. »Bin ich ein solches Ungeheuer geworden, daß du die Macht gebrauchen willst, um dich vor mir zu schützen?«

»Ich brauche gar nichts, um mich vor dir zu schützen«, erwiderte sie, so ruhig sie konnte. Immer noch hatte sie Magenschmerzen. Er war Rand, und er war ein Mann, der die Macht benützen konnte. Etwas in ihr hätte sich am liebsten angsterfüllt geduckt und geheult. Sie schämte sich des Gefühls, aber das ließ es auch nicht verfliegen. So ließ sie *Saidar* fahren und bereute es, als sie dabei ins Zögern geriet. Aber es spielte keine Rolle. Sollte es zu dieser Art von Auseinandersetzung kommen und wäre sie nicht in der Lage, ihn vorher noch schnell abzuschirmen, hätte er genauso leichtes Spiel mit ihr wie beim Armdrücken. »Rand, es tut mir so leid, daß ich dir nicht helfen kann, aber es geht nicht. Und trotzdem bitte ich dich um deine Hilfe. Du weißt, daß du damit auch dir selbst helfen könntest.«

Sein Zorn verging unter einem Grinsen, das sie langsam verrückt machte. Es war beängstigend, wie schnell ein solcher Wandel in ihr vorging. »›Eine Katze für einen Hut, oder einen Hut für eine Katze‹«, zitierte er.

Aber für nichts gibt's nichts, beendete sie das Sprichwort in Gedanken. Sie hatte das von Leuten aus Taren Fähre gehört, als sie noch ein Mädchen war. »Du kannst dir die Katze in den Hut stecken und in deine Hose stopfen, Rand al'Thor«, sagte sie in kaltem Ton zu ihm. Auf dem Weg nach draußen beherrschte sie sich soweit, daß sie die Tür nicht zuknallte, aber nur gerade so eben.

Im Weggehen fragte sie sich, was sie nun machen sollte. Irgendwie mußte sie die Weisen Frauen dazu bringen, sie wieder nach *Tel'aran'rhiod* zu lassen – sozusagen auf legale Weise. Früher oder später würde er ohnehin auf die Aes Sedai aus Salidar treffen, und es würde sehr hilfreich sein, könnte sie vorher noch mit Elayne oder Nynaeve sprechen. Sie war schon ein bißchen überrascht, daß Salidar nicht bereits Verbindung mit ihm aufgenommen hatte. Was hielt Sheriam und die anderen noch zurück? Nun, sie konnte diesbezüglich nichts unternehmen, und sie wußten es wahrscheinlich sowieso besser als sie.

Etwas hätte sie aber Elayne gern sofort mitgeteilt. Rand brauchte sie. Es klang, als meine er das ernster als alles, was er je in seinem Leben gesagt hatte. Das sollte ihr alle Sorgen nehmen, ob er sie noch immer liebte oder nicht. Kein Mann sagte einer Frau auf diese Art, er brauche sie, wenn er sie nicht liebte.

* * *

Ein paar Augenblicke lang saß Rand da und blickte die Tür an, die sich hinter Egwene geschlossen hatte. Sie hatte sich so verändert, seit sie als Kinder zusammen aufgewachsen waren. In dieser Aielkleidung hätte man sie für eine Weise Frau halten können – jedenfalls abgesehen von der Größe; eben eine kleine Weise Frau mit dunklen Augen – aber andererseits hatte Egwene immer alles aus ganzem Herzen getan. Sie war so kühl geblieben wie eine echte Aes Sedai und hatte nach *Saidar* gegriffen, als sie sich von ihm bedroht gefühlt hatte. Daran würde er sich erinnern müssen. Welche Art von Kleidung sie auch trug, sie wollte doch eine Aes Sedai werden, und sie wahrte deren Geheimnisse, sogar dann, als er ihr klargemacht hatte, daß er Elayne benötigte, um zwei Ländern den Frieden zu bringen. Er mußte sie von jetzt ab als Aes Sedai betrachten. Das machte ihn traurig.

Müde stand er wieder auf und zog noch einmal den Rock an. Er mußte noch die Adligen aus Cairhien treffen, Colavaere und Maringil, Dobraine und die anderen. Und die Tairener – Meilan und Aracome und diese Bande – würden ins Schwimmen kommen, wenn er denen aus Cairhien auch nur einen Augenblick mehr Zeit schenkte als ihnen. Und die Weisen Frauen wollten auch noch an die Reihe kommen, und Timolan sowie die anderen Clanhäuptlinge hier, die er heute noch nicht angetroffen hatte. Warum hatte er nur den Wunsch verspürt, Caemlyn zu verlassen? Ja, das Gespräch mit Herid hatte Spaß gemacht. Weniger die Fragen, die er dem Mann gestellt hatte, aber es tat bereits gut, mit jemandem zu reden, der sich nicht daran erinnerte, daß er der Wiedergeborene Drache war. Und er hatte ein bißchen Zeit gefunden, in der er keinen Rattenschwanz von Aiel hinter sich herziehen mußte. Das würde er öfters tun.

Er erblickte sein Abbild in einem Spiegel mit vergoldetem Rahmen. »Wenigstens hast du dir nicht anmerken lassen, wie müde du bist«, sagte er zu seinem Spiegelbild. Das war einer der eindeutigsten Ratschläge Moiraines gewesen. *Laßt Euch niemals eine Schwäche anmerken.* Er mußte sich eben nur daran gewöhnen, Egwene als eine der anderen zu betrachten.

Sulin kauerte im Garten unterhalb der Gemächer Rand al'Thors und warf ein kleines Messer auf irgendein Ziel am Boden. Damit schien sie sich die Langeweile zu vertreiben. Der Ruf einer Felseule brachte sie aber dazu, blitzschnell und mit einem Fluch auf den Lippen aufzuspringen, wobei sie das Messer in den Gürtel steckte. Rand al'Thor hatte seine Gemächer wieder verlassen. Ihn auf diese Art zu bewachen war wohl sinnlos. Hätte sie Enaila oder Somara mitgebracht, würde sie sie auf ihn ansetzen. Doch normalerweise versuchte sie, ihm diese Art von Unsinn vom Leibe zu halten und ihn wie ihren Erstbruder zu behandeln.

Sie trabte zum nächstgelegenen Eingang hinüber und schloß sich dort drei anderen Töchtern an – keine von denen, die sie mitgebracht hatte –, und dann fingen sie an, dieses Gewirr von Gängen nach ihm zu durchsuchen, aber so, daß es wirkte, als schlenderten sie nur gemächlich durch den Palast. Was der *Car'a'carn* auch wünschte: Dem einzigen Sohn einer Tochter des Speers, der je zu ihnen zurückgekehrt war, durfte auf keinen Fall etwas zustoßen.

KAPITEL 11

Toh regiert

Rand glaubte, er werde diese Nacht gut schlafen können. Er war beinahe schon müde genug, um Alannas Berührung zu vergessen. Aviendha befand sich draußen bei den Weisen Frauen in ihren Zelten, statt sich wieder vor ihm auszuziehen, ohne auf seine Gefühle Rücksicht zu nehmen, und sie würde mit ihrem Atmen heute nacht seinen Schlaf nicht stören. Etwas anderes allerdings brachte ihn dazu, sich unruhig hin- und herzuwälzen: Träume. Er legte immer ein Wachgewebe zum Schutz um seine Träume, um die Verlorenen von ihnen fernzuhalten – und auch die Weisen Frauen –, doch auch das konnte nicht fernhalten, was sich bereits darin befand. Im Traum sah er riesenhafte weiße Dinge wie gigantische Vogelschwingen ohne den Vogel, die über den Himmel segelten; große Städte mit unglaublich hohen Gebäuden, die im Sonnenschein leuchteten, und auf den Straßen huschten Gegenstände wie Käfer und plattgedrückte Wassertropfen einher. Er hatte all das bereits zuvor erblickt, und zwar innerhalb des riesigen *Ter'Angreal* in Rhuidean, in dem er die Drachen auf seinen Unterarmen erhalten hatte, und er wußte, daß es sich um Bilder aus dem Zeitalter der Legenden handelte, doch diesmal war alles anders. Alles erschien ihm verdreht, die Farben … stimmten irgendwie nicht, als sei etwas mit seinen Augen nicht in Ordnung. Die Schoflügelflitzer kamen ins Taumeln und stürzten ab, wobei jeder Hunderte von Menschen dem Tod entgegentrug. Gebäude zersplitterten wie Glas, Städte brannten, das

Land bäumte sich auf wie ein sturmgepeitschter Ozean. Und immer wieder fand er sich einer schönen Frau mit goldenen Haaren gegenüber und sah zu, wie sich die Liebe auf ihrer Miene in blanke Angst wandelte. Ein Teil von ihm kannte sie. Ein Teil von ihm wollte sie retten, vor dem Dunklen König, vor allem, was sie in Gefahr brachte, vor dem, was er selbst gleich tun würde. So viele Teile in ihm, ein Verstand, der in glitzernde Scherben zerfiel, und alle Scherben schrien.

Er erwachte schwitzend und zitternd im Dunklen. Lews Therins Träume. Das war bisher noch nie geschehen, daß ihn die Träume des Mannes heimgesucht hatten. Er lag die wenigen Stunden über, die noch bis zum Sonnenaufgang blieben, wach im Bett, starrte ins Leere und fürchtete sich davor, die Augen zu schließen. Er hielt an *Saidin* fest, als könne er es benützen, um gegen einen toten Mann anzukämpfen, aber Lews Therin blieb stumm.

Als sich schließlich der Himmel hinter den Fenstern blaß verfärbte, schlüpfte ein *Gai'schain* leise mit einem zugedeckten Silbertablett ins Zimmer. Als er sah, daß Rand wach war, sagte er nichts, verbeugte sich aber und ging dann genauso leise hinaus. Durch die Macht, die ihn erfüllte, roch Rand den gewürzten Wein und das warme Brot, Butter und Honig und den heißen Haferbrei, den die Aiel morgens aßen, als stecke seine Nase im Tablett. Er ließ die Quelle los, zog sich an und gürtete sein Schwert. Er rührte das Tuch nicht an, mit dem die Speisen zugedeckt waren, denn er hatte keinen Appetit. So nahm er das Drachenszepter in die Armbeuge und verließ seine Gemächer.

Die Töchter standen mit Sulin, Urien und seinen Roten Schilden in dem breiten Korridor, aber sie waren nicht allein. Hinter den Wachen drängten sich Menschen Schulter an Schulter und füllten den Gang vollständig aus. Ein paar befanden sich sogar innerhalb des Rings. Aviendha stand bei einer Abordnung von Weisen Frauen. Amys war da, und Bair und Melaine, Sorilea natürlich, Chaelin, eine Rauchendes Wasser Miagoma mit grauen Strähnen im dunkelroten Haar, und Edarra, eine Neder Shiande, die nicht viel älter wirkte als er selbst, obwohl sie bereits die gleiche unerschütterliche Ruhe in ihren blauen Augen zeigte und ebenso hoch aufgerichtet und würdevoll dastand wie die anderen. Auch Berelain war dabei, doch Rhuarc und die übrigen Clanhäuptlinge fehlten. Was er ihnen zu sagen gehabt hatte, war gesagt worden, und die Aiel zogen so etwas nicht in die Länge. Aber warum standen die Weisen Frauen hier? Oder Berelain? Das grün-weiße Kleid, das sie heute morgen trug, gestattete einen erfreulichen Ausblick auf ihren blassen Busen.

Adlige aus Cairhien hatten sich versammelt, und zwar außerhalb des Rings der Aiel. Colavaere, die trotz ihrer mittleren Jahre ausgesprochen gut aussah. Sie hatte das dunkle Haar zu einem kunstvollen Turm aus Locken hochgesteckt, und ihr hochgeschlossenes Kleid wies von dem goldbestickten Stehkragen bis unterhalb ihrer Knie farbige Querstreifen auf. Der stämmige Dobraine mit dem kantigen Gesicht war da, die Vorderseite des überwiegend grauhaarigen Schädels kahlgeschoren wie ein Soldat, und auf dem Brustteil seines Rocks sah man die abgewetzten Stellen, wo sonst die Riemen eines Brustharnisches verliefen. Maringil stand dort, kerzengerade aufgerichtet wie eine Klinge, das weiße Haar beinahe in Schulterlänge, aber er hatte den Schädel nicht rasiert, und sein dunkler Seidenrock, der die gleichen Streifen wie der Dobraines aufwies, fast hinunter bis zu den Knien, wäre für einen Hofball geeignet gewesen. Zwei Dutzend oder mehr drängten sich hinter ihnen, zumeist jüngere Männer und Frauen, von denen nur wenige diese waagrechten Streifen trugen, und bei den wenigen reichten sie kaum bis zu den Hüften. »Das Licht sei dem Lord Drache gnädig«, murmelten sie, verbeugten sich mit einer Hand über dem Herzen oder knicksten, und: »Das Licht ehrt uns mit der Anwesenheit des Lord Drache.«

Auch ein Kontingent Tairener war anwesend, Hochlords und Ladies, allerdings ohne den niedrigeren Adel, in samtenen Spitzhüten und Seidenmänteln mit Puffärmeln und eingesetzten Satinstreifen, in bunten Gewändern mit breiten Spitzenkragen und -manschetten und engen, perlen- oder edelsteinbesetzten Kappen, die ihn mit »Das Licht erleuchte den Lord Drache« begrüßten. Natürlich stand Meilan vor den anderen, hager, hart und ausdruckslos, mit seinem typischen grauen Spitzbart. Gleich neben ihm stand Fionnda, deren ernste Miene und eiserner Blick ihrer Schönheit keinen Abbruch taten, während das affektierte Lächeln der ansonsten so biegsamen und eleganten Anaiyella ihr viel von ihrer durchaus vorhandenen Schönheit nahm. Absolut kein Lächeln lag dagegen auf den Zügen von Maraconn, dessen blaue Augen eine Seltenheit unter den Tairenern darstellten, oder des glatzköpfigen Gueyam oder Aracomes, der neben dem breit gebauten Gueyam gleich doppelt so schlank aussah, wenn auch beide hart wie Stahl wirkten. Sie – und Meilan – waren dicke Freunde von Hearne und Simaan gewesen. Rand hatte diese beiden, genau wie ihren Verrat, gestern nicht erwähnt, doch er war sicher, daß man hier Bescheid wisse, und genauso sicher, daß man seinem Schweigen in bezug auf diese Angelegenheit ein Gewicht verlieh, das ganz vom Gewissen des jeweiligen Mannes abhing. Seit sie nach Cairhien gekommen waren, hatten sie sich an so etwas gewöhnt, und heute morgen beobachteten sie Rand, als fürchteten sie, er werde plötzlich den Befehl für ihre Festnahme erteilen.

In Wirklichkeit beobachtete jeder irgend jemand anders mißtrauisch. Viele von ihnen schielten nervös zu den Aiel hinüber und verbargen mit unterschiedlichem Erfolg ihren Zorn. Andere beobachteten Berelain beinahe genauso aufmerksam, aber er war überrascht, festzustellen, daß selbst die Blicke der Männer, auch der Tairener, eher nachdenklich als gierig wirkten. Natürlich blickten ihn die meisten an; er war nun einmal, wer und was er war. Colavaeres kühler Blick schweifte zwischen ihm und Aviendha hin und her. Wenn er auf Aviendha ruhte, erhitzte er sich, denn bei ihnen war Blut geflossen, obwohl Aviendha es vergessen zu haben schien. Colavaere würde ganz gewiß niemals vergessen, wie Aviendha sie verprügelt hatte, nachdem sie sie in Rands Gemächern angetroffen hatte, genausowenig, wie sie vergaß, daß die Affäre mittlerweile allgemein bekannt war. Meilan und Maringil zeigten deutlich, daß sie sich einander sehr wohl bewußt waren, indem sie betont den Blick des anderen mieden. Beide beanspruchten den Thron von Cairhien, und beide hielten den anderen für ihren gefährlichsten Rivalen. Dobraine wiederum beobachtete Meilan und Maringil, wenn auch niemand wußte, wieso. Melaines Blick war auf Rand gerichtet, während Sorilea *sie* unter Beobachtung hielt. Aviendha blickte besorgt zu Boden. Eine junge Frau aus Cairhien mit großen Augen trug das Haar lose und schulterlang, statt der kunstvoll hochgetürmten Locken, und sie hatte ein Schwert über ihr dunkles Reitkleid gegürtet, das nur sechs farbige Querstreifen aufwies. Viele der anderen gaben sich gar keine Mühe, ihr überhebliches Lächeln zu verbergen, wenn sie sie anblickten, doch sie schien es kaum zu bemerken. Sie sah die Töchter voller Bewunderung an und dann wieder Rand voller Furcht. Er erinnerte sich an sie: Selande, eine aus der langen Reihe von schönen Frauen, die Colavaere angeschleppt hatte, weil sie glaubte, auf diese Art den Wiedergeborenen Drachen in ihren Netzen einfangen zu können, bis Rand sie davon überzeugt hatte, daß das bei ihm nicht der Fall sein werde. Unglücklicherweise hatte er das mit Aviendhas ungebetener Hilfe getan. Er hoffte, Colavaere fürchte ihn so sehr, daß sie vergessen würde, sich an Aviendha zu rächen, doch er wünschte sich, er könne Selande davon überzeugen, daß sie von ihm nichts zu befürchten habe. *Man kann es nicht jedem recht machen,* hatte Moiraine gesagt. *Man kann nicht jeden beruhigen.* Eine harte Frau.

Um alldem die Krone aufzusetzen, beobachteten die Aiel jeden mißtrauisch, mit Ausnahme der Weisen Frauen. Und aus irgendeinem Grund war auch Berelain ausgenommen. Sie warfen Feuchtländern grundsätzlich mißtrauische Blicke zu, doch sie hätte durchaus eine Weise Frau sein können.

»Ihr ehrt mich alle.« Rand hoffte, es klinge nicht zu trocken. Wieder einmal ein neuer Festumzug. Er fragte sich, wo Egwene wohl sei. Vielleicht aalte sie sich noch im Bett. Kurz überlegte er, ob er sie noch einmal aufsuchen und eine letzte Anstrengung unternehmen solle ... Nein, wenn sie es ihm nicht sagen wollte, wußte er auch nicht, wie er sie dazu bringen könnte. Zu schade, daß seine Eigenschaft als *Ta'veren* ausgerechnet dann versagte, wenn er sie am meisten brauchte. »Unglücklicherweise bin ich heute morgen nicht in der Lage, noch einmal mit Euch zu sprechen. Ich kehre nach Caemlyn zurück.« Andor war das Problem, das er jetzt angehen mußte. Andor, und Sammael.

»Euer Befehl wird ausgeführt werden, mein Lord Drache«, sagte Berelain. »Heute morgen, damit Ihr zuschauen könnt.«

»Mein Befehl?«

»Mangin«, sagte sie. »Man hat es ihm heute morgen mitgeteilt.« Den meisten der Weisen Frauen war keine Regung anzumerken, nur Bair und Sorilea zeigten ganz offene Mißbilligung. Überraschenderweise galt diese aber Berelain!

»Ich habe nicht vor, jedesmal zuzuschauen, wenn ein Mörder gehängt wird«, sagte Rand kalt. In Wirklichkeit hatte er es vergessen, oder aber aus seinem Gedächtnis verdrängt. Einen Mann zu hängen, den man mochte, war nichts, woran man sich gern erinnerte. Rhuarc und die anderen Häuptlinge hatten es nicht einmal erwähnt, als er mit ihnen verhandelt hatte. Dazu kam noch, daß er diese Hinrichtung nicht als etwas Besonderes hinstellen durfte. Die Aiel mußten sich genauso an die Gesetze halten wie jeder andere. Das sollten die Menschen aus Tear und Cairhien bewußt sehen, damit ihnen klar wurde, daß er die Aiel keineswegs bevorzugte. Dann würde er sie nämlich genausowenig bevorzugen. *Du benützt alles und jeden,* dachte er, und der Gedanke machte ihn krank. Trotzdem hoffte er, es sei sein eigener Gedanke gewesen. Außerdem wollte er bei keiner Hinrichtung zugegen sein, am allerwenigsten bei der Mangins.

Meilan blickte nachdenklich drein, und auf Aracomes Stirn stand Schweiß, obwohl das auch an der Hitze liegen konnte. Colavaere, deren Gesicht blaß geworden war, schien ihn zum ersten Mal richtig zu sehen. Berelains reumütiger Blick huschte von Bair zu Sorilea, die ihr zunickte. Hatten sie ihr vielleicht vorhergesagt, daß er so antworten werde? Es erschien ihm unmöglich. Die Reaktionen der anderen schwankten zwischen Überraschung und Zufriedenheit, doch er behielt besonders Selande im Auge. Sie hatte die Augen weit aufgerissen und offensichtlich die Töchter vergessen. Wenn sie vorher Rand furchtsam angesehen hatte, dann zeigte ihr Blick nun blanke, nackte Angst. Nun, da ließ sich nichts machen.

»Ich werde sofort nach Caemlyn aufbrechen«, sagte Rand zu ihnen. Ein leises Geräusch machte sich unter den Anwesenden breit, aus Cairhien oder Tear, und es klang ein wenig wie erleichtertes Seufzen.

Es überraschte ihn nicht, daß sie ihn alle zu dem Zimmer begleiteten, das er für sein Reisen bestimmt hatte. Die Töchter und die Roten Schilde hielten alle Feuchtländer bis auf Berelain zurück. Es paßte ihnen sowieso nicht, diese Leute aus Cairhien in seine Nähe zu lassen, und er war auch ganz froh darüber, daß sie heute den Tairenern den weiteren Weg versperrten. Es gab genügend böse Blicke, aber niemand sagte etwas, jedenfalls nicht zu ihm. Nicht einmal Berelain, die gleich hinter ihm mit den Weisen Frauen und Aviendha einherschritt, sich leise mit ihnen unterhielt und gelegentlich gedämpft lachte. Es ließ ihm die Haare im Nacken zu Berge stehen, daß Berelain und Aviendha miteinander sprachen. Und sogar lachten?

An der mit geometrischen Ornamenten verzierten Tür zu seinem Reisezimmer blickte er betont über Berelain hinweg, als sie tief vor ihm knickste. »Ich werde mich bis zu Eurer Rückkehr furchtlos und ohne jemanden zu bevorzugen um Cairhien kümmern, mein Lord Drache.« Vielleicht war sie trotz der Sache mit Mangin heute morgen nur erschienen, um ihm das zu sagen und zwar so, daß die anderen Adligen es hörten. Es brachte ihr aus irgendeinem Grund ein nachsichtiges Lächeln von Sorilea ein. Er mußte unbedingt herausbekommen, was sich da abspielte; er wollte nicht, daß die Weisen Frauen sich bei Berelain einmischten. Die übrigen Weisen Frauen hatte Aviendha auf die Seite gezogen. Sie schienen abwechselnd mit ihr eindringlich zu sprechen, aber er konnte nicht verstehen, was gesagt wurde. »Wenn Ihr Perrin Aybara das nächste Mal seht«, fügte Berelain hinzu, »überbringt ihm bitte meine wärmsten Grüße. Und Mat Cauthon ebenfalls.«

»Wir erwarten voller Ungeduld die Rückkehr des

Lord Drache«, log Colavaere mit betont nichtssagender Miene.

Meilan funkelte sie böse an, weil sie es fertiggebracht hatte, zuerst zu sprechen, und dann hielt er eine blumige Ansprache, die aber nicht mehr aussagte als ihre Worte zuvor, was Maringil selbstverständlich noch übertrumpfen mußte, zumindest was die Übertreibungen betraf. Fionnda und Anaiyella übertrafen anschließend beide und fügten solch offenherzige Komplimente hinzu, daß er ängstlich zu Aviendha hinüberschielte. Doch diese wurde noch von den Weisen Frauen beschäftigt. Dobraine begnügte sich mit einem »Bis zur Rückkehr meines Lords Drache«, während Maraconn, Gueyam und Aracome mit wachsamen Blicken etwas Unverständliches murmelten.

Es war eine Erleichterung, all diese Leute zu verlassen und in das Reisezimmer zu gehen. Eine Überraschung erlebte er allerdings, als Melaine noch vor Aviendha mit hereinkam. Er zog fragend eine Augenbraue hoch.

»Ich muß mich mit Bael über Angelegenheiten der Weisen Frauen beraten«, sagte sie ganz geschäftsmäßig, und dann warf sie Aviendha einen scharfen Blick zu, die aber eine unschuldige Miene machte. Rand war klar, daß sie etwas verbarg. Aviendha hatte von Natur aus ein ausdrucksvolles Gesicht, aber unschuldig wirkte sie niemals, und ganz gewiß nicht *so* unschuldig.

»Wie Ihr wünscht«, sagte er. Er vermutete, die Weisen Frauen hätten nur auf eine Gelegenheit gewartet, sie nach Caemlyn zu schicken. Wer wäre besser geeignet, dafür zu sorgen, daß Rand Bael nicht unerwünscht beeinflußte, als Baels Frau? Wie Rhuarc hatte der Mann zwei Frauen, und Mat hatte festgestellt, daß so etwas entweder ein Traum oder ein Alptraum sei, und er könne nicht entscheiden, welches von beiden.

Aviendha sah ihm genau zu, als er ein Tor zurück

nach Caemlyn öffnete, geradewegs in den Großen Saal. Das tat sie für gewöhnlich, obwohl sie seine Stränge nicht wahrnehmen konnte. Einmal hatte sie selbst ein solches Tor geöffnet, aber in einem äußerst seltenen Moment des Entsetzens, und sie hatte sich nie mehr daran erinnern können, wie sie das angestellt hatte. Heute erinnerte sie der sich drehende Lichtschlitz, aus welchem Grund auch immer an das, was sich damals abgespielt hatte, und dann färbten sich ihre sonnengebräunten Wangen rot und sie blickte plötzlich betont an ihm vorbei. Da die Macht ihn erfüllte, roch er sie ganz deutlich: den Kräuterduft ihrer Seife und die Andeutung eines süßen Parfüms, das er an ihr noch nie wahrgenommen hatte. Ausnahmsweise wollte er *Saidin* schnell loswerden, und so war er auch der erste, der hindurchschritt in den menschenleeren Thronsaal. Alanna schien mit voller Wucht in seinen Schädel einzubrechen. Ihre Gegenwart war so greifbar, als stehe sie direkt vor ihm. Sie hatte geweint, dachte er. Weil er fort gewesen war? Nun, sollte sie deswegen weinen. Irgendwie mußte er sich von ihr befreien.

Natürlich hatten die Töchter und die Roten Schilde etwas dagegen, daß er zuerst hindurchging. Urien knurrte lediglich und schüttelte mißbilligend den Kopf. Eine bleiche Sulin richtete sich auf die Zehenspitzen auf, um Nase an Nase mit Rand zu sprechen: »Der große und mächtige *Car'a'carn* erteilte den *Far Dareis Mai* den Auftrag, seine Ehre zu tragen«, zischte sie, wenn auch in leisem Flüsterton. »Sollte der mächtige *Car'a'carn* in einem Hinterhalt ums Leben kommen, während ihn die Töchter beschützen, haben die *Far Dareis Mai* all ihre Ehre verloren. Wenn das dem alles erobernden *Car'a'carn* gleichgültig ist, hat Enaila vielleicht doch recht. Möglicherweise ist der allmächtige *Car'a'carn* doch nur ein halsstarriger Junge, den man an die Hand nehmen muß, damit er nicht über den Rand einer Klippe hinausrennt, weil er nicht gucken will.«

Rands Unterkiefer verkrampfte sich. Wenn sie allein waren, knirschte er mit den Zähnen und ließ es sich gefallen, wenn solche Vorträge auch meist weniger deutlich als dieser ausfielen. Er schuldete den Töchtern einiges, aber noch nicht einmal Enaila oder Somara hatten ihn jemals in der Öffentlichkeit derart heruntergeputzt. Melaine war schon beinahe am anderen Ende des Saals. Sie hatte den Rock hochgerafft und lief fast im Laufschritt; offensichtlich konnte sie es nicht erwarten, den Einfluß der Weisen Frauen auf Bael wiederherzustellen. Er konnte nicht sagen, ob Urien zugehört hatte, obwohl ihm der Mann ein wenig zu konzentriert schien, als er seine *Aethan Dor* zusammen mit den Töchtern auf die Suche nach möglichen Attentätern unter die mächtigen Säulen schickte. Das hätten sie ohnehin getan, auch ohne seine Anweisungen. Aviendha hingegen, die Arme unter den Brüsten verschränkt, verzog das Gesicht in einer solch eigenartigen Mischung von Mißbilligung und Zustimmung, daß er keinerlei Zweifel hegte, ob sie zugehört habe oder nicht.

»Gestern ging das sehr gut«, sagte er energisch zu Sulin. »Von jetzt an werden, glaube ich, zwei Leibwächter mehr als genug sein.« Ihre Augen quollen beinahe heraus, und sie schien so nach Luft schnappen zu müssen, daß sie nichts erwidern konnte. Nun, da er ihr etwas entzogen hatte, wurde es Zeit, auch etwas zurückzugeben, bevor sie explodierte wie ein Feuerwerkskörper. »Natürlich ist es etwas anderes, wenn ich mich aus dem Palast begebe. Dann ist es in Ordnung, wenn Ihr mir dieselbe Leibgarde mitgebt wie bisher, aber hier oder im Sonnenpalast oder dem Stein von Tear genügen zwei.« Er wandte sich ab, während sie noch vergebens die Lippen bewegte.

Aviendha ging neben ihm her, als er um das Podest

herumschritt, auf dem die Throne standen, um die kleinen Türen dahinter zu erreichen. Er wollte dorthin, anstatt in seine eigenen Gemächer, weil er gehofft hatte, sie dabei loszuwerden. Sogar ohne die Hilfe *Saidins* konnte er sie riechen. Vielleicht war es auch nur die Erinnerung. Wie auch immer, im Moment wünschte er sich nichts sehnlicher als eine kräftige Erkältung, denn ihm gefiel ihr Duft viel zu sehr.

Sie hatte ihr Tuch fest um sich geschlungen und blickte nachdenklich geradeaus, als sei sie besorgt, und dann merkte sie noch nicht einmal, daß er ihr die Tür zu einer der mit Löwenmustern getäfelten Garderoben aufhielt. Das löste bei ihr jedesmal einen kleineren Wutanfall aus, oder zumindest die schnippische Frage, welcher ihrer Arme gebrochen sei. Als er sie fragte, was los sei, zuckte sie zusammen. »Nichts. Sulin hatte recht. Aber ...« Auf einmal grinste sie zögernd. »Hast du ihre Miene gesehen? Niemand hat es ihr so gegeben, seit ... seit überhaupt niemals, glaube ich. Noch nicht einmal Rhuarc.«

»Ich bin ein wenig überrascht darüber, daß du auf meiner Seite stehst.«

Sie sah ihn mit großen Augen an. Er hätte den ganzen Tag damit zubringen können, hineinzublicken, um sich zu entscheiden, ob sie nun blau oder grün seien. Nein. Er hatte kein Recht, sich mit ihren Augen zu beschäftigen. Was geschehen war, nachdem sie dieses Tor geöffnet hatte – um vor ihm wegzurennen –, spielte dabei keine Rolle. Und er hatte kein Recht, jetzt daran zu denken.

»Du machst es mir so schwer, Rand al'Thor«, sagte sie keineswegs hitzig. »Licht, manchmal glaube ich, der Schöpfer hat dich nur erschaffen, um mich zu quälen.«

Er hätte ihr gern gesagt, das sei ihre eigene Schuld, denn mehr als einmal hatte er ihr angeboten, sie zu den Weisen Frauen zurückzuschicken, wenn das auch nur dazu geführt hätte, daß sie ihm jemand anders zur Seite stellten, aber bevor er den Mund aufbekam, hatten Jalani und Liah sie eingeholt, gefolgt von zwei Roten Schilden. Der eine davon war ein leicht ergrauter Kerl mit dreimal so vielen Narben im Gesicht wie Liah. Rand schickte Jalani und den vernarbten Mann zurück in den Thronsaal, was beinahe einen Streit ausgelöst hätte. Nicht von dem Roten Schild aus, denn der sah nur seinen Kameraden an, zuckte die Achseln und ging, aber Jalani plusterte sich auf.

Rand deutete unmißverständlich auf die Tür zum Großen Saal: »Der *Car'a'carn* erwartet, daß die *Far Dareis Mai* gehen, wohin er sie schickt.«

»Ihr seid vielleicht bei den Feuchtländern König, Rand al'Thor, aber nicht bei den Aiel.« Trotz ihrer Würde drang ein klein wenig Schmollen bei Jalani durch, was ihn daran erinnerte, wie jung sie noch war. »Die Töchter werden Euch niemals beim Tanz der Speere den Dienst versagen, aber dies ist nicht der Tanz.« Trotzdem ging sie schließlich, nachdem sie sich mit Liah durch flinke Handzeichen verständigt hatte.

Mit Liah und dem hageren Roten Schild, einem blonden Mann namens Cassin, der eine gute Handbreit größer war als er, schritt Rand schnell durch den Palast zu seinen Gemächern – mit Aviendha im Schlepptau. Doch wenn er geglaubt hatte, mit diesem bauschigen Rock werde sie zurückbleiben, dann irrte er sich. Liah und Cassin verblieben im Vorraum vor seinem Wohnzimmer, einem großen Raum mit einem Marmorfries unter der Decke, das nur Löwen zeigte, und mit Wandbehängen, die Jagdszenen und ferne verschleierte Berge darstellten, während Aviendha ihm folgte.

»Solltest du nicht bei Melaine bleiben?« wollte er wissen. »Angelegenheiten der Weisen Frauen?«

»Nein«, sagte sie knapp. »Es würde Melaine nicht gefallen, wenn ich mich jetzt einmischte.«

Licht, aber eigentlich sollte *er* ungehalten sein, daß sie jetzt nicht ging. Er warf das Drachenszepter auf einen Tisch mit vergoldeten, in Form von Ranken geschnitzten Beinen, löste den Schwertgürtel und legte ihn dazu. »Haben Amys und die anderen dir gesagt, wo sich Elayne aufhält?«

Eine Weile stand Aviendha mitten auf dem blau gefliesten Boden und sah ihn mit undurchschaubarer Miene an. »Sie wissen es nicht«, sagte sie schließlich. »Ich habe sie gefragt.« Er hatte das erwartet. Sie hatte seit Monaten nichts mehr davon erwähnt, aber bevor sie zum ersten Mal mit ihm nach Caemlyn gekommen war, war jedes zweite Wort, das aus ihrem Mund erklungen war, etwas darüber gewesen, daß er zu Elayne gehöre. Ihrer Ansicht nach war dies der Fall, und sie hatte ihm klargemacht, daß auch das, was jenseits des Tores zwischen ihnen geschehen war, nichts an dieser Tatsache änderte – und daß es nicht noch einmal passieren werde, das hatte sie ihm auch eindeutig klargemacht. Genau, was er wünschte; er war schon ein Schuft, weil er dabei Bedauern verspürte. Sie ignorierte all die schönen vergoldeten Sessel und setzte sich mit übergeschlagenen Beinen auf den Boden, wobei sie mit graziösen Bewegungen ihren Rock zurechtzupfte. »Sie haben sich über dich unterhalten.«

»Und warum überrascht mich das nicht?« fragte er trocken, doch zu seiner Überraschung röteten sich ihre Wangen daraufhin. Aviendha gehörte nicht zu den Frauentypen, die schnell rot wurden, und jetzt geschah das schon zum zweiten Mal an diesem Tag!

»Sie haben ihre Träume ausgetauscht, und einige davon betreffen dich.« Es klang leicht erstickt, bis sie sich schnell räusperte und ihn dann mit einem festen, entschlossenen Blick fixierte. »Melaine und Bair haben geträumt, du säßest in einem Boot«, sagte sie, wobei ihr das Wort ›Boot‹ immer noch schwer über die Lippen kam, trotz all dieser Monate in den Feuchtländern, »zusammen mit drei Frauen, deren Gesichter sie nicht erkennen konnten, und sie sahen eine Waagschale, die sich einmal hierhin und einmal dorthin neigte. Melaine und Amys träumten von einem Mann, der neben dir stand und dir ein Messer an die Kehle hielt, aber du hast ihn nicht gesehen. Bair und Amys haben geträumt, daß du die Feuchtländer mit einem Schwert in zwei Teile gespalten hast.« Einen Moment lang huschte ihr Blick verächtlich zu der in der Scheide steckenden Klinge auf dem Drachenszepter. Verächtlich, und ein wenig schuldbewußt. Sie selbst hatte ihm diese Klinge geschenkt, einst Eigentum von König Laman, und damals hatte sie das Schwert sorgfältig in eine Decke gewickelt, damit ihr niemand nachsagen konnte, sie habe es berührt. »Sie können diese Träume nicht deuten, waren aber der Meinung, du solltest davon wissen.«

Der erste Traum war für ihn genauso undurchschaubar wie für die Weisen Frauen, aber der zweite erschien ihm offensichtlich. Ein Mann mit einem Dolch, den er nicht sehen konnte, mußte ein Grauer Mann sein, einer von jenen, die ihre Seele dem Schatten verschrieben hatten, und nicht nur verschrieben, sondern wirklich hingegeben, denn sie entgingen einem Beobachter sogar dann, wenn er sie geradewegs anblickte, und ihre einzige Aufgabe war, Attentate durchzuführen. Wieso hatten die Weisen Frauen etwas so Eindeutiges nicht durchschaut? Und das letzte, nun, da befürchtete er, die Bedeutung ebenfalls bereits zu kennen. Er zerschnitt bereits ganze Länder. Tarabon und Arad Doman lagen in Schutt und Asche, die Aufstände in Tear und Cairhien konnten sich jederzeit zu etwas Schlimmerem entwickeln als nur hitzigen Wortgefechten, und Illian würde auf jeden Fall sein Schwert zu spüren bekommen. Und all das, ohne noch den Propheten und die Drachenverschworenen in Altara und Murandy einzurechnen.

»Bei zweien von denen sehe ich kein Geheimnis, Aviendha.« Aber als er es ihr erklärte, sah sie ihn zweifelnd an. Natürlich. Wenn die Traumgängerinnen unter den Weisen Frauen einen Traum schon nicht auslegen konnten, dann konnte es gewiß auch niemand anders. Er knurrte mürrisch und ließ sich auf einen Sessel ihr gegenüber fallen. »Was haben sie noch geträumt?«

»Es gibt noch einen, von dem ich dir berichten kann, obwohl er dich nicht weiter berührt.« Was bedeutete, daß es noch einige gab, die sie nicht erzählen würde. Das warf allerdings die Frage auf, wieso die Weisen Frauen sie mit ihr besprochen hatten, denn sie war schließlich keine Traumgängerin. »Alle drei hatten diesen Traum, und das macht ihn besonders wichtig. Regen …«, auch dieses Wort kam ihr schwer über die Lippen, »der aus einer Schale kommt. Um die Schale herum gibt es Falltüren und andere Fallen. Sollten die richtigen Hände die Schale aufnehmen, werden sie einen Schatz vorfinden, der möglicherweise genauso wichtig ist wie die Schale selbst. In den falschen Händen bedeutet sie das Verhängnis für die ganze Welt. Der Schlüssel für das Auffinden der Schale ist ›derjenige, der nicht länger ist‹.«

»Nicht länger was ist?« Das klang tatsächlich wichtiger als der Rest. »Meinst du damit jemanden, der bereits tot ist?«

Aviendha schüttelte den Kopf. »Sie wissen auch nicht mehr, als ich sagte.« Zu seiner Überraschung erhob sie sich mit einer eleganten Bewegung, wobei sie ihre Kleidung unbewußt in Ordnung brachte, wie das bei Frauen üblich war.

»Mußt du …« Er hustete verlegen. *Mußt du denn gehen?* hatte er fragen wollen. Licht, er wollte doch, daß sie ging. Jede Minute in ihrer Gegenwart war eine Tortur. Aber andererseits war auch jede Minute ohne sie eine Tortur. Nun, er konnte tun, was gut für ihn war, und dabei auch das Beste für sie vollbringen. »Willst du zu den Weisen Frauen zurückgehen, Aviendha? Deine Studien wiederaufnehmen? Es gibt wirklich keinen Grund, länger hier zu verweilen. Du hast mich soviel gelehrt – ich könnte fast bei den Aiel aufgewachsen sein.«

Ihr Schnauben sprach Bände, aber natürlich beließ sie es nicht dabei. »Du weißt weniger als ein sechsjähriger Junge. Warum hört ein Mann auf seine Zweitmutter noch eher als auf seine eigene Mutter, und eine Frau auf ihren Zweitvater eher als auf den eigenen? Wann kann eine Frau einen Mann heiraten, ohne einen Brautkranz zu flechten? Wann muß eine Dachherrin einem Schmied gehorchen? Wenn du eine Silberschmiedin zur *Gai'schain* machst, warum mußt du sie dann für jeden Tag, an dem sie für dich arbeitet, auch noch einen Tag für sich selbst arbeiten lassen? Warum trifft auf eine Weberin nicht das gleiche zu?« Er suchte nach Antworten, weil er nicht zugeben wollte, daß er keine Ahnung hatte, doch sie machte mit einem Mal an ihrem Tuch herum, als habe sie ihn vergessen. »Manchmal kommt einem die Auswirkung des *Ji'e'toh* wie blanker Hohn vor. Ich würde mich halbtot lachen, wenn ich diesmal nicht selbst das Opfer wäre.« Ihre Stimme wurde noch leiser. Sie flüsterte: »Ich werde mich meinem *Toh* stellen.«

Er glaubte, sie führe Selbstgespräche, antwortete aber dennoch. »Wenn du die Sache mit Lanfear meinst, dann mußt du auch wissen, daß nicht ich dich gerettet habe. Es war Moiraine. Sie ist gestorben, weil sie uns alle rettete.« Durch Lamans Schwert war sie das einzige andere *Toh* ihm gegenüber losgeworden, obwohl er nie verstanden hatte, worum es eigentlich gegangen war. Die einzige Verpflichtung ihm gegenüber, von der sie wußte. Er hoffte nur, sie werde niemals von der anderen erfahren, denn *sie* würde es als Verpflichtung ansehen, ganz im Gegensatz zu ihm.

Aviendha blickte ihn mit leicht schräg gestelltem Kopf forschend an, und ein leichtes Lächeln umspielte ihre Lippen. Sie hatte in einem Maße ihre Beherrschung wiedergewonnen, das Sorilea alle Ehre gemacht hätte. »Dankeschön, Rand al'Thor. Bair sagt, es tut gut, wenn man von Zeit zu Zeit daran erinnert wird, daß ein Mann auch nicht alles weiß. Laß mich wissen, wenn du zu Bett gehst. Ich möchte nicht zu spät kommen und dich aufwecken.«

Rand saß da und starrte die Tür an, nachdem sie gegangen war. Ein Adliger aus Cairhien, der das Spiel der Häuser spielte, war für gewöhnlich leichter zu durchschauen als eine Frau, die sich gar keine Mühe machte, in Rätseln zu sprechen. Er vermutete, das, was er für Aviendha empfand, mache die Dinge noch verwickelter.

Was ich liebe, zerstöre ich, lachte Lews Therin. *Was ich zerstöre, liebe ich.*

Halt's Maul! dachte Rand wütend, und das dünne Lachen verklang. Er wußte selbst nicht, wen er liebte, aber er wußte immerhin, wen er retten würde. Vor jeder Gefahr, die er erkannte, und vor allem vor ihm selbst.

Im Gang ließ sich Aviendha gegen die Tür sacken und mußte erst ein paarmal tief durchatmen. Das hätte sie beruhigen sollen. Ihr Herz bemühte sich immer noch, aus ihrem Brustkasten auszubrechen. Rand al'Thor nahe zu sein, war genauso, als hielte man sie nackt über glühende Kohlen und strecke sie, bis sie glaubte, ihre Knochen würden auseinandergerissen. Er brachte soviel Scham über sie, wie sie niemals geglaubt hätte. Blanker Hohn, hatte sie zu ihm gesagt, und ein Teil ihrer selbst wollte wirklich lachen. Sie hatte *Toh* ihm gegenüber, aber noch viel mehr gegenüber Elayne. Alles, was er getan hatte, war, ihr Leben zu retten. Ohne ihn hätte Lanfear sie getötet. Lanfear hatte sie töten wollen, und zwar so schmerzhaft wie möglich. Irgendwie hatte Lanfear Bescheid gewußt. Doch verglichen mit dem was sie Elayne schuldete, war ihr *Toh* Rand gegenüber wie ein Termitenhaufen gegenüber dem Rückgrat der Welt.

Cassin warf ihr lediglich einen Blick zu. Der Schnitt seiner Jacke sagte ihr, daß er ein Goshien war und natürlich ein *Aethan Dor;* seine Septime erkannte sie nicht. Er kauerte mit den Speeren über den Knien in der Nähe der Tür. Natürlich wußte er nichts. Aber Liah lächelte ihr zu, entschieden zu ermutigend für eine Frau, die sie gar nicht kannte, entschieden zu wissend für irgend jemanden. Aviendha war erschrocken, als sie sich dabei ertappte, daß sie bei sich dachte, die Chareen – Liahs Jacke nach war sie eine – seien oftmals hinterhältige Katzen. Sie hatte niemals eine Tochter als etwas anderes betrachtet als eben eine *Far Dareis Mai.* Rand al'Thor hatte ihr den Verstand verwirrt.

Trotzdem zuckten ihre Finger ärgerlich in der Zeichensprache der Töchter. *Warum lächelst du, Mädchen? Kannst du deine Zeit nicht besser ausfüllen?*

Liah zog leicht die Augenbrauen hoch, und wenn sich etwas änderte, dann war es ihr Lächeln, das jetzt richtig amüsiert wirkte. Ihr Finger bewegten sich zur Antwort. *Wen nennst du Mädchen, Mädchen? Du bist noch nicht weise, aber keine Tochter mehr. Ich denke, du wirst deine Seele in einen Kranz winden und ihn einem Mann zu Füßen legen.*

Aviendha trat wütend einen Schritt vor – es gab nur wenige schlimmere Beleidigungen unter den *Far dareis Mai* –, blieb aber dann doch stehen. Im *Cadin'sor* würde ihr Liah wahrscheinlich unterliegen, aber in ihrem Rock wäre sie die Verliererin. Noch schlimmer, denn Liah würde sich vermutlich weigern, sie zur *Gai'schain* zu machen. Sie hatte die Wahl, wenn sie von einer Frau angegriffen wurde, die keine Tochter, aber auch noch keine Weise Frau war, und sie konnte das

Recht in Anspruch nehmen, Aviendha vor allen Taardad, die man zusammenrufen konnte, öffentlich zu verprügeln. Eine geringere Schande als die Weigerung, aber immer noch sehr schlimm. Und was am schlimmsten war: ob sie nun gewann oder verlor, Melaine würde eine solche Methode auswählen, um sie nachhaltig an ihre abgelegten Speere zu erinnern, daß sie sich bestimmt wünschte, statt dessen zehnmal vor allen Clans von Liah Prügel beziehen zu dürfen. In den Händen einer Weisen Frau war die Scham schärfer als ein Abziehmesser. Liah rührte keinen Muskel; ihr war all das genauso klar wie Aviendha.

»Jetzt starrt Ihr Euch an«, bemerkte Cassin gelangweilt. »Eines Tages muß ich Eure Zeichensprache lernen.«

Liah sah ihn an, und ihr Lachen klang wie Silberglöckchen. »Ihr werdet hübsch aussehen, wenn Ihr einen Rock tragt, Rotes Schild, an dem Tag, an dem Ihr darum bittet, eine Tochter werden zu dürfen.«

Aviendha atmete erleichtert auf, als Liahs Blick sich von ihr abwandte. Unter diesen Umständen hätte sie keine Möglichkeit gehabt, ehrenvoll zuerst den Blick abzuwenden. Wie von selbst bewegten sich ihre Finger zum Zeichen der Zustimmung, die ersten Handzeichen, die man als Tochter erlernte, da eine neue Tochter diesen Satz besonders häufig brauchte: *Ich habe Toh.*

Liah signalisierte ohne Pause zurück: *Sehr klein, Speerschwester.*

Aviendha lächelte dankbar, weil kein gekrümmter kleiner Finger die Worte begleitet hatte, denn das hätte aus diesem Satz Spott gemacht. Das tat man gelegentlich Frauen gegenüber, die den Speer abgelegt hatten, aber immer noch so taten, als gehörten sie dazu.

Ein Feuchtländer-Diener rannte ihr im Gang entgegen. Sie beherrschte sich, damit man nicht an ihrer Miene die Verachtung für jemand ablesen konnte, der sein Leben damit verbrachte, anderen zu dienen, und schritt in entgegengesetzter Richtung davon, um dem Kerl nicht zu begegnen. Rand al'Thor zu töten, würde ein *Toh* beseitigen, und sich selbst zu töten, das andere, doch jedes *Toh* verhinderte genau die gleiche Lösung dem anderen gegenüber. Was die Weisen Frauen auch sagen mochten – sie mußte eine Methode finden, um beide zu erfüllen.

KAPITEL 12

Aus dem Stedding

Rand hatte gerade damit begonnen, Tabak in seine kurze Pfeife zu stopfen, als Liah ihren Kopf zur Tür hereinsteckte. Bevor sie jedoch zu Wort kam, schob sich ein schwer atmender Mann mit rundem Gesicht in rot-weißer Livree an ihr vorbei und fiel auf die Knie. Rand starrte ihn völlig fassungslos an.

»Mein Lord Drache«, platzte der Mann atemlos heraus, ja, er quiekte fast dabei, »Ogier sind in den Palast gekommen! *Drei* von ihnen! Man hat ihnen Wein gegeben und anderes angeboten, aber sie bestehen darauf, den Lord Drache sehen zu wollen.«

Rand sprach betont freundlich, denn er wollte dem Mann nicht noch mehr Angst einjagen: »Wie lange dient Ihr schon im Palast …?« Der Mantel seiner Livree paßte dem Mann gut, er war auch nicht mehr jung. »Ich fürchte, ich kenne Euren Namen nicht.«

Dem knienden Mann fielen fast die Augen heraus. »Mein Name? Bari, mein Lord Drache. Äh, einundzwanzig Jahre, mein Lord Drache. Einundzwanzig werden es kommende Winternacht. Mein Lord Drache – die Ogier?«

Rand hatte zweimal ein Ogier-Stedding besucht, aber er wußte nicht genau, welche Etikette er beachten mußte. Die Ogier hatten die meisten großen Städte erbaut, jedenfalls deren älteste Teile, und gelegentlich verließen sie noch ihre Stedding, um Reparaturarbeiten durchzuführen, und doch glaubte er, daß Bari allenfalls bei einem König oder bei Aes Sedai ähnlich aufgeregt gewesen wäre. Vielleicht noch nicht einmal dann. Rand steckte Pfeife und Tabak in seine Tasche zurück. »Bringt mich zu ihnen.«

Bari sprang auf und hüpfte vor Aufregung beinahe auf und ab. Rand nahm an, die richtige Wahl getroffen zu haben. Der Mann zeigte keinerlei Überraschung, daß der Lord Drache sich zu den Ogiern begab, statt sie herbringen zu lassen. Er ließ Schwert und Szepter zurück, denn damit konnte er die Ogier gewiß nicht beeindrucken. Liah und Cassin kamen selbstverständlich mit, und Bari merkte er an, daß er am liebsten den ganzen Weg zurückgerannt wäre, hätte er sich nicht seinem Schritt anpassen müssen.

Die Ogier warteten in einem Innenhof mit einem Brunnen, in dessen Becken Wasserlilien schwammen und rote und goldene Fische. Es waren ein weißhaariger Mann mit einem langen, an den Hüften über den umgeschlagenen Stulpenstiefeln ausgestellten Mantel, und zwei Frauen, die eine erheblich jünger als die andere, die Röcke mit Ranken und Blättern bestickt, wobei der Rock der älteren viel reicher und kunstvoller bestickt war als bei der jüngeren. Goldene Weinkelche, die für menschliche Hände geschaffen waren, wirkten wir Spielzeug in ihren Händen. Mehrere Bäume im Hof, deren Blätter noch nicht abgefallen waren, und das Palastgebäude selbst beschatteten die Szenerie. Die Ogier waren nicht allein, denn als Rand hinzutrat, standen Sulin und gut drei Dutzend Töchter des Speers um sie herum, und dazu noch Urien und fünfzig oder mehr Aielmänner. Die Aiel besaßen den Anstand, zu schweigen, als sie Rand bemerkten.

Der Ogiermann ergriff zuerst das Wort: »Euer Name singt in meinen Ohren, Rand al'Thor«, sagte er mit einer Stimme, die wie Donner grollte. Anschließend stellte er sich und die beiden Frauen vor. Er war Haman, Sohn des Dal, Sohn des Morel. Die ältere Frau war Covril, Tochter der Ella, Tochter der Soong, und die jüngere Erith, Tochter der Iva, Tochter der Alar.

Rand erinnerte sich daran, Erith im Stedding Tsofu kennengelernt zu haben, zwei harte Tagesritte von der Stadt Cairhien entfernt. Er konnte sich nicht vorstellen, was sie in Caemlyn wollte.

Den Ogiern gegenüber erschienen die Aiel kleinwüchsig, ja, der ganze Innenhof wirkte klein. Haman überragte Rand noch einmal um die Hälfte, und er war viel breiter gebaut, Covril war nur einen Kopf – einen Ogierkopf – kleiner als er, und sogar Erith übertraf Rands Größe um fast eineinhalb Fuß. Das war jedoch noch der geringste Unterschied zwischen den Ogiern und den Menschen. Hamans Augen waren so groß und rund wie Teetassen, die breite Nase verdeckte beinahe das ganze Gesicht, und die Ohren standen aus seinem Haar heraus und waren mit weißen Haarbüscheln gekrönt. Die Enden seines langen, weißen Schnurrbarts hingen herunter, und unter dem Kinn wuchs ebenfalls ein schmaler Bart. Die Augenbrauen hingen ihm bis auf die Wangen herunter. Rand konnte den Unterschied zwischen den Gesichtern der beiden Frauen nicht genau benennen – natürlich hatten sie keine Bärte und ihre Augenbrauen waren nicht ganz so lang und kräftig –, doch irgendwie erschienen ihm ihre Gesichtszüge feiner. Covrils Miene war im Augenblick wohl sehr streng – auch sie kam ihm irgendwie bekannt vor –, während Erith besorgt zu sein schien. Ihre Ohren hingen schlapp herunter.

»Bitte entschuldigt mich einen Augenblick«, sagte Rand zu ihnen.

Sulin ließ ihn kein weiteres Wort mehr sagen. »Wir sind gekommen, um mit den Baumbrüdern zu sprechen, Rand al'Thor«, sagte sie energisch. »Ihr müßt wissen, daß die Aiel schon lange Wasserfreunde der Baumbrüder gewesen sind. Wir besuchen sie oft in ihren Stedding, um mit ihnen Handel zu treiben.«

»Das ist durchaus richtig«, murmelte Haman. Für

einen Ogier war es jedenfalls ein Murmeln. Wie eine Lawine, die gerade außer Sichtweite niedergeht.

»Ich bin sicher, daß die anderen gekommen sind, um mit ihnen zu sprechen«, sagte Rand zu Sulin. Er erkannte auf einen Blick die Mitglieder, die sie heute morgen als Leibgarde für ihn eingeteilt hatte – jede einzelne. Jalani beispielsweise lief dunkelrot an. Andererseits waren sich bis auf Urien selbst nicht mehr als drei oder vier der am Morgen angetretenen Roten Schilde anwesend. »Ich möchte gar nicht erst daran denken müssen, Enaila und Somara zu bitten, *Euch* in ihre Obhut zu nehmen.« Sulins braungebranntes Gesicht lief vor Empörung dunkel an, was die Narbe, die sie in seinen Diensten erhalten hatte, noch stärker hervortreten ließ. »Ich will allein mit ihnen sprechen. Allein«, betonte er noch einmal, wobei er Liah und Cassin anblickte. »Außer, Ihr wärt der Meinung, Ihr müßtet mich vor *ihnen* beschützen?« Wenn überhaupt, war sie jetzt noch mehr beleidigt; sie rief die Töchter mit blitzschnellen Handzeichen zusammen. Wie sie das machte, hätte man bei jedem anderen als ausgerechnet einem Aiel als ›eingeschnappt‹ bezeichnet. Ein paar der Aielmänner schmunzelten, als sie sich zum Gehen wandten. Rand glaubte, er habe vielleicht einen unfreiwilligen Scherz gemacht.

Als sie gingen, strich sich Haman über den langen Schnurrbart. »Die Menschen haben uns nicht immer geglaubt, daß wir sie nicht bedrohen, müßt Ihr wissen. Hmmm. Hmmm.« Diese Laute klangen wie das Summen einer riesigen Hummel. »Es steht in den alten Chroniken. Sehr alt. Es sind wirklich nur Fragmente, aber sie werden auf eine Zeit datiert, die …«

»Ältester Haman«, mahnte Covril höflich, »wenn wir uns nun dem Zweck unseres Kommens zuwenden könnten …?« Diese Hummel summte ein klein wenig höher.

Der Älteste Haman. Wo hatte Rand diese Bezeichnung schon einmal vernommen? Jedes Stedding hatte schließlich einen Rat der Ältesten.

Haman seufzte tief. »Also gut, Covril, aber du legst ungebührende Eile an den Tag. Du hast uns kaum Zeit gelassen, uns zu waschen, bevor wir hierherkamen. Ich schwöre, du hast angefangen, herumzuspringen wie ein …« Der Blick aus diesen großen Telleraugen huschte zu Rand hinüber, und dann hustete er und hielt sich dabei eine Hand von der Größe einer Speckseite vor den Mund. Die Ogier hielten ansonsten die Menschen für ausgesprochen übereilt in ihren Handlungen. Ihrer Meinung nach versuchten Menschen grundsätzlich, jetzt zu tun, was bis morgen Zeit gehabt hätte. Oder bis zum nächsten Jahr. Die Ogier waren äußerst weitsichtig. Außerdem galt es bei ihnen als beleidigend, wenn man die Menschen darauf ansprach, wie sie herumhüpften. »Es war eine ausgesprochen anstrengende Reise«, fuhr Haman mit seiner Erklärung für Rand fort, »nicht zuletzt, als wir entdeckten, daß die Shaido Aiel Al'cair'rahienallen belagerten – wirklich etwas Außergewöhnliches – und daß Ihr euch tatsächlich dort aufgehalten hattet, aber dann seid Ihr abgereist, bevor wir mit Euch sprechen konnten, und … Ich kann mir nicht helfen, aber ich habe das Gefühl, wir haben voreilig gehandelt. Nein. Nein, sprich nur, Covril. Deinetwegen habe ich meine Studien liegenlassen und meine Lehrtätigkeit, nur um quer durch die Welt zu laufen. Meine Schulklassen werden sich mittlerweile im Aufruhr befinden.« Rand hätte beinahe gegrinst. So, wie sich die Ogier aufführten, würden Hamans Schüler ein halbes Jahr brauchen, um zu begreifen, daß er wirklich weg war, und ein weiteres Jahr, um zu besprechen, wie sie sich daraufhin verhalten sollten.

»Eine Mutter hat das Recht, sich Sorgen zu machen«, sagte Covril, und ihre behaarten Ohren bebten. Sie schien hin- und hergerissen zwischen dem Respekt, der einem Ältesten gebührte, und einer völlig aus dem Rahmen des üblichen Ogierverhaltens fallenden Ungeduld. Als sie sich Rand zuwandte, richtete sie sich hoch auf, die Ohren steif aufgerichtet und das Kinn energisch vorgestreckt. »Was habt Ihr mit meinem Sohn gemacht?«

Rand blieb der Mund offen stehen. »Eurem Sohn?«

»Loial!« Sie starrte ihn an, als sei er verrückt geworden. Erith blickte ihn ängstlich an und hatte die Hände auf der Brust verkrampft. »Ihr habt der Ältesten der Ältesten des Steddings Tsofu erklärt, Ihr würdet auf ihn aufpassen«, zürnte Covril weiter. »Sie haben es mir gesagt. Ihr habt Euch damals nicht als Drache bezeichnet, aber Ihr wart es. Stimmt es nicht, Erith? Hat Alar nicht gesagt, es sei Rand al'Thor gewesen?« Sie ließ der jüngeren Frau kaum die Zeit für ein kurzes Nicken. Als sie immer schneller zu sprechen begann, verzog Haman schmerzhaft das Gesicht. »Mein Loial ist zu jung, um sich Außerhalb aufzuhalten, zu jung, um kreuz und quer durch die Welt zu rennen und Sachen zu machen, die Ihr ihm zweifellos auftragt. Die Älteste Alar hat mir von Euch erzählt. Was hat mein Loial mit den Kurzen Wegen zu tun und mit Trollocs und dem Horn von Valere? Ihr werdet ihn mir sofort übergeben, bitteschön, damit ich ihn mit Erith verheiraten kann, wie es sich gehört. Sie wird ihm schon das Herumrennen austreiben.«

»Er sieht sehr gut aus«, murmelte Erith schüchtern. Ihre Ohren zitterten derartig verlegen, daß die Haarbüschel verschwommen wirkten. »Und ich glaube, er ist auch sehr tapfer.«

Rand benötigte ein paar Augenblicke, um sein seelisches Gleichgewicht zurückzugewinnen. Wenn ein Ogier energisch wurde, war es ungefähr dasselbe wie ein Bergrutsch. Eine energische Ogierfrau, die auch noch schnell sprach …

Nach Ogierauffassung war Loial tatsächlich zu

jung, um das Stedding allein zu verlassen – nur wenig älter als neunzig. Die Ogier hatten nun einmal ein sehr langes Leben. Vom ersten Tag an, als Rand ihn kennengelernt hatte – und der Ogier hatte unbedingt die ganze Welt sehen wollen –, hatte sich Loial Sorgen gemacht, was geschähe, wenn den Ältesten klar würde, daß er fortgelaufen war. Und seine größte Sorge war, seine Mutter könne mit einer Braut im Schlepptau hinter ihm herkommen. Er sagte, in solchen Dingen hätten bei den Ogiern die Männer nichts zu sagen und die Frauen nicht viel; es sei alles Sache der beiden Mütter. Es sei durchaus möglich, daß man plötzlich einer Frau versprochen war, die der betreffende Mann überhaupt noch nicht gesehen hatte und erst an dem Tag kennenlernte, an dem die eigene Mutter ihn der künftigen Ehefrau und vor allem der Schwiegermutter vorstellte.

Loial schien zu glauben, die Ehe werde allem ein Ende bereiten, was er sich ersehnte, vor allem seinen Wunsch, die Welt zu sehen. Ob das nun stimmte oder nicht: Rand konnte einen Freund nicht dem ausliefern, was er am meisten fürchtete. Er war drauf und dran, ihnen zu sagen, er wisse nicht, wo sich Loial aufhielt, und ihnen vorzuschlagen, zum Stedding zurückzukehren, bis er wieder auftauchte, genauer gesagt, er hatte schon den Mund zum Sprechen geöffnet, als ihm eine Frage einfiel. Er schämte sich fast, sich an so etwas Wichtiges – jedenfalls für Loial – nicht erinnert zu haben. »Wie lange ist er schon nicht mehr im Stedding gewesen?«

»Zu lange«, grollte Haman, als rollten große Felsblöcke einen Abhang herab. »Der Junge wollte sich nie seinen Aufgaben widmen. Sprach immer davon, nach Außerhalb gehen zu wollen, als habe sich irgend etwas geändert an dem, was in den Büchern steht, die er eigentlich studieren sollte. Hmmm. Hmmm. Welche wesentliche Rolle spielt es schon, ob die Menschen die

Linien auf einer Landkarte verändern? Das Land ist immer noch ...«

»Er war schon viel zu lange Außerhalb«, warf Loials Mutter ein, und zwar so energisch, wie man einen Pfosten ins trockene Erdreich treibt. Haman runzelte die Stirn über ihren Einwurf, doch sie brachte es fertig, ihm geradewegs in die Augen zu schauen, obwohl ihre Ohren verlegen vibrierten.

»Mehr als fünf Jahre sind es nun«, sagte Erith. Einen Augenblick lang welkten ihre Ohren, doch dann stellten sie sich wieder stolz auf. Sie imitierte Covrils Stimme ganz ausgezeichnet, als sie sagte: »Ich will ihn zum Ehemann haben. Das war mir klar, als ich ihn kennenlernte. Ich werde ihn nicht sterben lassen. Nicht, weil er sich wie ein Narr benimmt.«

Rand und Loial hatten sich über viele Dinge unterhalten, und eins davon war das ›Sehnen‹ gewesen, aber darüber hatte Loial nicht gern gesprochen. Als die Zerstörung der Welt die Menschen in alle Himmelsrichtungen zerstreute und sie überall Zuflucht suchten, wo sie nur ein wenig Geborgenheit fanden, waren auch die Ogier aus ihren Stedding geflüchtet. Viele Jahre durchwanderten Menschen eine Welt, die täglichen Veränderungen unterworfen war, auf der Suche nach Sicherheit, und die Ogier wanderten umher und suchten nach den Stedding, die sie in den sich ständig verändernden Ländern verloren hatten. In dieser Zeit überkam sie das Sehnen. Ein Ogier, der sich von dem Stedding entfernte, wollte dorthin zurückkehren. Ein Ogier, der sich längere Zeit außerhalb seines Steddings aufhielt, *mußte* zurückkehren. Ein Ogier, der zu lange Zeit außerhalb eines Steddings verbrachte, starb.

»Er berichtete mir von einem Ogier, der länger draußen blieb«, sagte Rand ruhig. »Zehn Jahre lang, sagte er, wenn ich mich richtig erinnere.«

Haman schüttelte bereits das mächtige Haupt, bevor Rand ausgesprochen hatte. »Das ist hier nicht anwendbar. Ich weiß das natürlich; fünf sind bereits so lange Außerhalb geblieben, haben überlebt und sind in ihre Stedding zurückgekehrt. Wären es mehr gewesen, hätte ich wahrscheinlich davon erfahren. Über solche Verrücktheiten würde man sprechen und schriftlich berichten. Drei von denen sind innerhalb eines Jahres nach ihrer Rückkehr gestorben, der vierte war für den Rest seines Lebens behindert, und der fünften ging es nicht viel besser, denn sie benötigte von da an einen Stock zum Gehen. Immerhin fuhr sie fort, Bücher zu schreiben. Hmmm. Hmmm. Dalar konnte einige interessante Dinge berichten, was die …« Als Covril wieder den Mund öffnete, riß er den Kopf herum und fixierte sie mit einem strengen Blick, wobei er seine langen Augenbrauen hochzog. Sie fing an, hektisch ihren Rock glattzustreichen. Doch sie erwiderte immerhin den Blick. »Fünf Jahre sind eine kurze Zeit, das weiß ich schon«, sagte Haman zu Rand, während er Covril scharf aus dem Augenwinkel beobachtete, »aber wir sind an das Stedding gebunden. Wir hörten nichts in der Stadt, was darauf hingedeutet hätte, daß sich Loial hier aufhält. Ich glaube, bei dem Aufsehen, das wir hervorgerufen haben, hätte man uns bestimmt davon erzählt. Wenn Ihr uns jedoch sagt, wo er sich befindet, tut Ihr ihm einen großen Gefallen.«

»Im Gebiet der Zwei Flüsse«, antwortete Rand. Wenn man einem Freund das Leben rettete, war das gewiß kein Verrat. »Als ich ihn das letzte Mal sah, ist er in guter Gesellschaft dorthin aufgebrochen – mit Freunden. Es ist eine ruhige Gegend, die Zwei Flüsse. Friedlich.« Jetzt war es tatsächlich wieder so, dank Perrin. »Vor wenigen Monaten ging es ihm wirklich gut.« Das hatte Bode berichtet, als ihm die Mädchen erzählten, was sich zu Hause alles ereignet hatte.

»Die Zwei Flüsse«, brummte Haman. »Hmmm. Hmmm. Ja, ich weiß, wo das ist. Noch ein langer

Marsch.« Die Ogier ritten nur selten, denn es gab wenige Pferde, die sie tragen konnten, und außerdem zogen sie ihre eigenen Beine ohnehin vor.

»Wir müssen sofort aufbrechen«, sagte Erith in einem festen, wenn auch höheren Grollen. Höher, wenn man es mit Haman verglich. Covril und Haman sahen sie überrascht an, und ihre Ohren welkten vollkommen dahin. Sie war schließlich eine noch sehr junge Frau, die einen Ältesten und eine andere Frau begleitete, von der Rand vermutete, daß sie ebenfalls eine recht bedeutsame Persönlichkeit sei, so, wie sie sich Haman gegenüber benahm. Erith war höchstwahrscheinlich noch keinen Tag älter als achtzig.

Rand lächelte bei dem Gedanken – ein ganz junges Mädchen, vielleicht nur siebzig! – und sagte: »Bitte, nehmt meine Einladung in den Palast an und genießt unsere Gastfreundlichkeit. Ein paar Tage Rast könnte Eure Weiterreise sogar beschleunigen. Und möglicherweise könntet Ihr mir behilflich sein, Ältester Haman.« Natürlich – Loial hatte immer von seinem Lehrer erzählt, dem Ältesten Haman. Loials Worten nach wußte der Älteste Haman einfach alles. »Ich muß unbedingt die Wegetore auffinden. Alle.«

Alle drei Ogier sprudelten auf einmal los.

»Wegetore?« fragte Haman, wobei Ohren und Augenbrauen gleichzeitig hochschossen. »Die Kurzen Wege sind sehr gefährlich. Viel zu gefährlich.«

»Ein paar Tage?« protestierte Erith. »Mein Loial könnte derweil sterben!«

»Ein paar Tage?« fragte auch Covril im gleichen Moment. »Mein Loial könnte derw ...« Sie brach ab und blickte mit zusammengepreßten Lippen und bebenden Ohren die jüngere Frau an.

Haman sah beide finster an und strich sich gereizt über den Spitzbart. »Ich weiß nicht, warum ich mich zu so etwas habe überreden lassen. Ich sollte meinen Unterricht halten und vor dem Stumpf sprechen.

Wenn du nicht eine so angesehene Sprecherin wärst, Covril ...«

»Du meinst, wenn du nicht mit meiner Schwester verheiratet wärst«, gab sie tapfer zurück. »Voniel hat dir gesagt, du solltest deine Pflicht tun, Haman.« Hamans Augenbrauen senkten sich, bis die langen Enden auf seinen Wangen hingen, während ihre Ohren lange nicht mehr so steif hochstanden. »Ich wollte sagen, sie hat dich darum *gebeten*«, fuhr sie fort. Sie sprach nicht gerade überhastet, verlor auch keineswegs die Würde dabei, aber sie zögerte auch nicht einen Moment. »Beim Baum und bei der Ruhe, ich wollte dich nicht kränken, Ältester Haman.«

»Schattenwesen benützen die Kurzen Wege«, sagte Rand schnell, bevor Haman etwas herausbrachte. »Ich habe Wachen bei den wenigen aufgestellt, die ich erreichen konnte.« Einschließlich des Tores in der Nähe des Steddings Tsofu, doch offensichtlich nach ihrer Abreise. Diese drei konnten wohl kaum seit seinem letzten erfolglosen Besuch den ganzen Weg vom Stedding Tsofu zu Fuß zurückgelegt haben. »Nur eine Handvoll. Alle müßten aber bewacht werden, sonst könnten Myrddraal und Trollocs mehr oder weniger aus dem Nichts auftauchen, jedenfalls was die betrifft, die in ihre Hände oder Tatzen fallen. Aber ich weiß noch nicht einmal, wo sie sich alle befinden.«

Dann würden natürlich immer noch die Wege selbst bleiben. Manchmal fragte er sich, warum nicht einer der Verlorenen durch ein Wegetor ein paar tausend Trollocs in den Palast schickte. Zehn- oder Zwanzigtausend. Er hätte ziemliche Schwierigkeiten, diese aufzuhalten, falls es überhaupt möglich war. Im besten Fall wäre es Gemetzel. Nun, er konnte nichts wegen eines Wegetors unternehmen, wenn er nicht dort war. Was die Tore selbst anbelangte, konnte er allerdings etwas unternehmen.

Haman tauschte einen Blick mit Covril. Sie traten

zur Seite und flüsterten miteinander. Es war erstaunlicherweise tatsächlich so leise, daß er lediglich ein Geräusch, ein Summen hörte, wie von einem großen Bienenschwarm auf dem Dach. Er hatte zweifellos recht damit gehabt, daß sie eine bedeutende Frau unter den Ogiern sei. Eine Sprecherin, das hatte er deutlich verstanden. Er überlegte, ob er zu *Saidin* greifen solle, um sie zu belauschen, verwarf aber diesen Einfall angewidert. Er war noch nicht so tief gesunken, daß er andere belauschte. Erith teilte ihre Aufmerksamkeit unter den beiden Ogiern und Rand auf, wobei sie ständig unbewußt ihren Rock glattstrich.

Rand hoffte, sie würden ihn nicht fragen, warum er seine Bitte nicht vor dem Ältestenrat im Stedding Tsofu vorgebracht habe. Alar, die Älteste der Ältesten dort, war unerbittlich geblieben: der Stumpf würde zusammentreten, und nichts derart Seltsames – so abwegig, daß noch niemand daran gedacht hatte – wie sein Ansinnen, die Kontrolle über die Wegetore einem Menschen zu übergeben, würde beschlossen, bevor der Stumpf zusammentrat. Wer er war, schien für sie genausowenig eine Rolle zu spielen wie für die drei hier.

Schließlich kam Haman zurück, und zwar mit gerunzelter Stirn, und die Hände hatte er in die Revers seines Mantels verkrampft. Auch Covril blickte finster drein. »Das alles ist sehr, sehr überhastet«, sagte Haman in bedächtigem Tonfall. Es klang wie am Hang abrutschender Kies. »Ich wünschte, ich könnte es vorher mit … Nun, es geht nicht. Schattenwesen, sagtet Ihr? Hmmm. Hmmm. Also gut, wenn es eilt, muß es eben schnell gehen. Ihr sollt uns niemals nachsagen, daß Ogier nicht schnell handeln könnten, wenn es die Not gebietet, und vielleicht ist das jetzt der Fall. Ihr müßt verstehen, daß der Ältestenrat jedes Steddings Eure Bitte ablehnen könnte, genau wie der Stumpf.«

»Landkarten!« schrie Rand so laut, daß alle drei

Ogier zusammenzuckten. »Ich brauche Landkarten!« Er wirbelte herum und suchte nach einem der Diener, die doch immer in der Nähe zu sein schienen, nach einem *Gai'schain,* gleich nach wem. Sulin steckte den Kopf zu einer Tür herein. Es war klar, daß sie sich in der Nähe aufhielt, trotz allem, was er ihr an den Kopf geworfen hatte. »Landkarten!« fauchte er sie an. »Ich brauche jede Karte im Palast. Und eine Feder und Tinte. Sofort. Schnell!« Sie sah ihn fast geringschätzig an, denn die Aiel gebrauchten keine Landkarten und behaupteten sogar, sie benötigten keine, und wandte sich ab. »Rennt, *Far Dareis Mai!*« fauchte er. Sie blickte sich zu ihm um – und rannte los. Er hätte gern gesehen, wie sein Gesicht wohl in diesem Moment aussah, damit er später diesen Ausdruck im Notfall wieder benutzen konnte.

Haman wirkte, als hätte er am liebsten die Hände gerungen, wäre das nur mit seiner Würde zu vereinbaren gewesen. »Es gibt wirklich nicht viel zu sagen, was Ihr noch nicht wüßtet. Jedes Stedding hat ein kurzes Stück Wegs Außerhalb.« Die ersten Wegetore konnten nicht innerhalb angelegt werden, denn die Fähigkeit, die Macht zu gebrauchen, versagte in dem Stedding. Auch wenn man den Ogiern einen Talisman des Wachsens übergab, damit sie selbst die Wege zu einem neuen Wegetor hinwachsen lassen konnten, war immer noch die Macht daran beteiligt, wenn nicht sogar ihr direkter Gebrauch. »Und in allen Städten, in denen sich Ogierhaine befinden. Obwohl es mir scheint, daß die Stadt hier über den Hain hinweggewachsen ist. Und in Al'cair'rahienallen ...« Er ließ kopfschüttelnd die Worte verklingen.

An diesem Namen konnte man das gesamte Problem aufhängen. Vor ungefähr dreitausend Jahren hatte es eine von den Ogiern erbaute Stadt namens Al'cair'rahienallen gegeben. Heute hieß sie Cairhien, und der Hain, den die Baumeister der Ogier angelegt hatten, damit er sie an ihr Stedding erinnern sollte, war Teil eines Anwesens, das dem gleichen Barthanes gehört hatte, in dessen Schloß nun Rands Schule eingerichtet war. Nur noch Ogier und vielleicht ein paar Aes Sedai erinnerten sich an Al'cair'rahienallen. Nicht einmal die Einwohner Cairhiens.

Was Haman auch glauben mochte: Innerhalb von dreitausend Jahren veränderte sich eine ganze Menge. Große, von Ogiern erbaute Städte existierten nicht mehr, und von einigen kannte man nicht einmal mehr die Namen. Große Städte waren emporgewachsen, mit deren Bau die Ogier nichts zu tun gehabt hatten. Amador war eine davon, erst nach den Trolloc-Kriegen erbaut, wie ihm Moiraine berichtet hatte, und Chachin in Kandor, Schol Arbela in Arafel, Fal Moran in Schienar. In Arad Doman hatte man Bandar Eban auf den Ruinen einer Stadt errichtet, die im Hundertjährigen Krieg erbaut worden war, einer Stadt, die Moiraine unter drei verschiedenen, jeweils ungewissen Namen kannte, und diese wiederum war auf den Ruinen einer namenlosen Stadt erbaut, die in den Trolloc-Kriegen untergegangen war. Rand kannte ein Wegetor in Schienar, mitten auf dem Lande in der Nähe einer mittelgroßen Stadt, deren Name den Teil des Namens der riesigen Stadt trug, die von den Trollocs geschleift worden war, und ein weiteres in der Fäule, im schattengemordeten Malkier. An anderen Orten hatte sich lediglich viel verändert, oder war gewachsen, wie Haman selbst gesagt hatte. Das Wegetor in Caemlyn befand sich mittlerweile in einem Keller. Einem sehr gut bewachten Keller. Rand wußte, daß es in Tear ein Wegetor gab, draußen in dem weiten Weideland, auf dem die Hochlords ihre berühmten Pferde züchteten. Es sollte eines irgendwo in den Verschleierten Bergen geben, wo sich einst Manetheren befunden hatte. Wo das auch sein mochte. Was die Stedding betraf, wußte er gerade, wo er Stedding Tsofu finden konnte. Moiraine hatte die Stedding und die Ogier nicht für einen wichtigen Teil seiner Ausbildung gehalten.

»Ihr wißt nicht, wo sich die Stedding befinden?« fragte Haman ungläubig, als Rand ausgesprochen hatte. »Ist das typischer Aielhumor? Ich habe den Humor der Aiel noch nie verstanden.«

»Für die Ogier«, sagte Rand mit sanfter Stimme, »ist es lange her, seit die Wege angelegt wurden. Für die Menschen ist es *sehr, sehr* lange her.«

»Aber erinnert Ihr euch nicht einmal an Mafal Dadaranell oder Ancohima oder Londaren Cor oder …?«

Covril legte Haman eine Hand auf die Schulter, doch das Mitleid in ihrem Blick galt Rand. »Er erinnert sich nicht«, sagte sie leise. »Ihre Erinnerungen sind verblaßt.« Es klang, als sei das der größte vorstellbare Verlust. Erith, die ihre Hände vor den Mund gepreßt hatte, schien in Tränen ausbrechen zu wollen.

Sulin kehrte zurück. Sie schien absichtlich langsam zu gehen. Im Schlepptau hatte sie eine größere Anzahl von *Gai'schain,* die sich die Arme mit zusammengerollten Landkarten aller Größen beladen hatten. Ein paar waren so lang, daß sie auf den Pflastersteinen des Hofs hinterhergeschleift werden mußten. Ein Mann in weißer Robe trug einen mit Elfenbein eingelegten Schreibkasten. »Ich habe *Gai'schain* auf die Suche nach weiteren geschickt«, sagte sie mit gepreßter Stimme, »und ein paar Feuchtländer auch.«

»Dankeschön«, erwiderte er. Ein wenig von der Anspannung wich aus ihren Zügen.

Er kauerte sich nieder und begann gleich auf dem Pflaster die Karten auszubreiten und zu sortieren. Ein Teil zeigte lediglich Pläne der Stadt selbst, und viele stellten Landesteile Andors dar. Er entdeckte bald eine, die den gesamten Großraum der Grenzlande zeigte. Das Licht mochte wissen, was diese Karte in Caemlyn zu suchen hatte. Ein paar waren alt und zerfleddert, und die Grenzen darauf hatten längst ihre

Bedeutung verloren. Er entdeckte Länder, die schon vor Hunderten von Jahren verschwunden waren.

Grenzen und Ländernamen reichten aus, um die Karten nach ihrem Alter zu sortieren. Auf der ältesten lag im Norden Cairhiens das Land Hardan, dann war Hardan verschwunden und Cairhien hatte sich über die halbe Entfernung nach Schienar ausgebreitet, bevor die Grenzen wieder zurückkrochen, nachdem klargeworden war, daß der Sonnenthron nicht soviel Land beherrschen konnte. Maredo befand sich zwischen Tear und Illian; dann war Maredo weg, und die Grenzen Tears und Illians trafen sich auf den Ebenen von Maredo, und dann zogen sie sich aus den gleichen Gründen wie bei Cairhien zurück. Caralain verschwand, dann Almoth, Mosara und Irenvelle und andere mehr, manchmal ausgesogen durch andere Reiche, aber das meiste Land verwilderte, und niemand besaß es mehr. Diese Karten erzählten die Geschichte eines langsamen Rückzugs seit dem Zerfall von Falkenflügels Reich, des Rückzugs der Menschheit. Eine zweite Karte der Grenzlande zeigte nur noch Saldaea und einen Teil Arafels, aber die Grenze der Fäule hatte sich um fünfzig Meilen weiterverschoben. Die Menschheit zog sich zurück, und der Schatten drang vor.

Ein glatzköpfiger, knochiger Mann in einer schlecht sitzenden Livree eilte mit einer weiteren Armladung auf den Hof, und Rand setzte das Auswählen und Aussortieren fort.

Haman untersuchte mit ernster Miene den Schreibkasten, den ihm der *Gai'schain* hinhielt, dann holte er einen fast genauso großen, wenn auch einfach gearbeiteten aus einer geräumigen Manteltasche heraus. Die Feder, die er ihm entnahm, bestand aus poliertem Holz, war etwas dicker als Rands Daumen und dabei lang genug, um schmal zu wirken. Sie paßte perfekt in die wurstdicken Finger des Ogiers. Er ließ sich auf

Hände und Knie nieder, um zwischen den Karten umherzukriechen, während Rand noch sortierte, stippte gelegentlich seine Feder in das Tintenfaß des *Gai'schain* und machte Notizen in einer Handschrift, die zu groß erschien, bis man merkte, daß sie für ihn äußerst klein war. Covril folgte ihm und spähte über seine Schulter hinweg, obwohl er sie zweimal gereizt fragte, ob sie wirklich glaube, er würde Schreibfehler machen.

Für Rand war das eine Lehrstunde. Es begann mit sieben Stedding, die über die Grenzlande hinweg verstreut waren. Zum Glück fürchteten sich die Trollocs davor, ein Stedding zu betreten, und selbst die Myrddraal mußten schon etwas ganz Großes im Sinn haben, um sie in eines hineinzutreiben. Im Rückgrat der Welt, der Drachenmauer, befanden sich dreizehn, einschließlich eines im Gebiet von Brudermörders Dolch, vom Stedding Schangtai im Süden bis zu Stedding Qichen und Stedding Sanschen im Norden, die nur wenige Meilen voneinander entfernt lagen.

»Das Land hat sich bei der Zerstörung der Welt sehr verändert«, gab Haman zu, als Rand ihn darauf ansprach. Er fuhr mit knappen Bewegungen fort, Markierungen anzubringen; zumindest für einen Ogier waren es knappe Bewegungen. »Festland wurde zum Meer und aus Meer wurde Festland, aber auch das eigentliche Festland wurde neu gefaltet. Manchmal befanden sich vorher weit entfernte Orte plötzlich nahe beieinander, und nahe waren sich mit einem Mal fern. Obwohl natürlich niemand mehr weiß, ob sich Qichen und Sanschen jemals weit voneinander befunden haben.«

»Du hast Cantoine vergessen«, verkündete Covril, was einen weiteren livrierten Diener dazu brachte, seine Armladung Karten vor Schreck fallen zu lassen.

Haman warf ihr einen Blick zu und trug dann den Namen gleich über dem Iralell ein, nicht weit nördlich der Haddon-Sümpfe. In dem Landstrich im Westen der Drachenmauer befanden sich von der Südgrenze Schienars bis zum Meer der Stürme nur vier, und alle neu gegründet, wie es die Ogier sahen. Das bedeutete, Tsofu, das jüngste der vier, war seit etwa sechshundert Jahren besiedelt, und die anderen noch nicht älter als tausend Jahre. An vielen Orten stellte die Existenz der Stedding – wie schon bei denen in den Grenzlanden – für Rand eine große Überraschung dar, wie diejenigen in den Verschleierten Bergen – sechs insgesamt – und einige an der Schattenküste. Auch die Schwarzen Hügel gehörten dazu, die Wälder nördlich des Ivo-Flusses und die Bergkette am Dhagon-Fluß ein kurzes Stück nördlich von Arad Doman.

Trauriger war die Liste der aufgegebenen Stedding, weil die Anzahl der dort lebenden Ogier zu sehr geschrumpft war. Auch auf dieser Liste waren das Rückgrat der Welt und die Verschleierten Berge und die Schattenküste verzeichnet, genau wie ein Stedding mitten auf der Ebene von Almoth in der Nähe des großen Graswalds, und eines in der niedrigen Hügelkette im Norden der Toman-Halbinsel, direkt über dem Aryth-Meer. Am traurigsten war vielleicht die Kunde von der Aufgabe eines Steddings in Arafel am Rande der Fäule; die Myrddraal scheuten wohl davor zurück, ein Stedding zu betreten, doch die Fäule schob sich Jahr für Jahr weiter vor und erstickte alles.

Haman hielt mit seinen Eintragungen inne und sagte traurig: »Scherandu wurde vor eintausendachthundertunddreiundvierzig Jahren von der Großen Fäule verschlungen, und Chandar vor neunhundertundachtundsechzig Jahren.«

»Möge ihr Andenken im Licht gedeihen und blühen«, murmelten Covril und Erith gemeinsam.

»Ich kenne eines, das Ihr nicht eingezeichnet habt«, sagte Rand. Perrin hatte ihm berichtet, wie er einst in einem Stedding Schutz gesucht hatte. Er zog eine Karte von dem Teil Andors östlich des Arinelle hervor und deutete auf einen Punkt ein Stück oberhalb der Straße von Caemlyn nach Weißbrücke. Etwa dort mußte es liegen.

Haman verzog das Gesicht, und diesmal wirkte seine Miene fast böse. »Wo Falkenflügels Stadt stehen sollte. Das wurde niemals wieder besiedelt. Mehrere Stedding wurden gegründet und dann doch nicht mehr besiedelt. Wir versuchen, uns so weit wie möglich von den Ländern der Menschen fernzuhalten.« Alle Zeichen befanden sich mitten in rauhen Gebirgen, an Orten, die für Menschen schwer zugänglich waren, in einigen Fällen auch weit von jeder menschlichen Besiedelung entfernt. Von allen lag das Stedding Tsofu menschlichen Behausungen am nächsten, und auch Rand wußte recht gut, daß das nächste Dorf eine volle Tagesreise davon entfernt lag.

»Ein andermal wäre dies ein gutes Thema für ein Gespräch«, sagte Covril, wobei sie Rand ansprach, aber offensichtlich Haman damit ermahnen wollte, wie ihr Seitenblick klar belegte, »aber ich will noch vor Anbruch der Nacht so weit wie möglich nach Westen kommen.« Haman seufzte schwer.

»Aber sicher bleibt Ihr doch eine Weile hier«, protestierte Rand. »Ihr müßt doch erschöpft sein, wenn Ihr den ganzen Weg von Cairhien zu Fuß zurückgelegt habt.«

»Frauen sind niemals erschöpft«, erwiderte Haman. »Sie erschöpfen nur die anderen. Das ist eine sehr alte Redensart bei uns.« Covril und Erith schnaubten voller Einigkeit. Haman knurrte noch etwas in sich hinein und fuhr mit seinen Markierungen fort, aber nun waren es die von den Ogiern erbauten Städte, in denen sich Haine befunden hatten, und in jedem Hain hatte ein Wegetor gestanden, damit die Ogier jederzeit den Weg zu ihrem Stedding zurücklegen konnten, ohne die oft so unruhigen Länder der Menschen durchwandern zu müssen.

Natürlich bezeichnete er Caemlyn und Tar Valon, Tear und Illian, Cairhien und Maradon und Ebou Dar. Das war aber schon alles, was die noch existierenden Städte betraf, und für Ebou Dar gebrauchte er den Namen Baraschta. Vielleicht gehörte Baraschta eher zu den anderen, die er als bloße Punkte an Orten einzeichnete, wo der Karte nach höchstens ein Dorf zu sehen war. Mafal Dadaranell, Ancohima und Londaren Cor natürlich, und Manetheren. Aren Mador, Aridhol, Schaemal, Deranbar, Braem, Condaris, Hai Ecorimon, Iman … Während die Liste wuchs, entdeckte Rand feuchte Flecken auf jeder Karte, mit der Haman fertig war. Er benötigte einen Augenblick, um zu begreifen, daß der Ogier-Älteste lautlos weinte, und die Tränen fielen auf die Karte, auf der er längst tote und vergessene Städte einzeichnete. Vielleicht beweinte er die Menschen, vielleicht auch nur die Erinnerungen. Rand konnte lediglich sicher sein, daß er nicht um die Städte selbst weinte, oder um die verlorenen Werke der Ogier-Steinmetzen. Für die Ogier war die Kunst der Steinbearbeitung lediglich etwas, das sie in der Zeit des Exils erlernt hatten, und welche Arbeit mit Steinen konnte sich mit den majestätischen Bäumen vergleichen?

Einer dieser Namen brannte in Rands Gedächtnis, genau wie auch seine Lage östlich von Baerlon, mehrere Tagesreisen über Weißbrücke am Arinelle. »Gab es hier einen Hain?« fragte er und strich mit dem Finger über das Zeichen Hamans.

»In Aridhol?« sagte Haman. »Ja, Ja, es gab einen. Das ist eine traurige Angelegenheit.«

Rand hob nicht den Kopf. »In Shadar Logoth«, verbesserte er den Ältesten. »Eine sehr traurige Angelegenheit. Könntet Ihr … würdet Ihr … mir das Wegetor zeigen, wenn ich Euch dorthin brächte?«

KAPITEL 13

Nach Shadar Logoth

Uns dorthin bringen?« fragte Covril und bedachte die Karte in Rands Händen mit einem besonders finsteren Blick. »Das würde uns ein ganzes Stück von unserem Weg abbringen, wenn ich mich richtig daran erinnere, wo sich die Zwei Flüsse befinden. Ich werde keinen weiteren Tag der Suche nach Loial verschwenden.« Erith nickte beifällig.

Haman, dessen Wangen noch immer tränenfeucht waren, schüttelte den Kopf ob ihrer Eile, sagte dann aber: »Ich kann es nicht gestatten. Aridhol – Shadar Logoth, wie Ihr es bei seinem heutigen Namen genannt habt – ist kein Ort für jemand, der so jung ist wie Erith. Um die volle Wahrheit zu sagen: Niemand sollte sich dort aufhalten.«

Rand ließ die Karte fallen und stand auf. Er kannte Shadar Logoth besser, als ihm lieb war. »Ihr werdet keine Zeit verlieren. Tatsächlich werdet Ihr sogar Zeit gewinnen. Ich werde Euch mit Hilfe einer Schnellen Reise durch ein Tor hinbringen, und auf diese Art legt Ihr noch heute den größten Teil des Weges zu den Zwei Flüssen zurück. Wir brauchen nicht lange. Ich weiß, daß Ihr mich direkt zu dem Wegetor führen könnt.« Die Ogier spürten die Nähe eines Wegetores, wenn die Entfernung nicht zu groß war.

Das machte eine weitere Beratung auf der gegenüberliegenden Seite des Brunnens notwendig. Erith verlangte offensichtlich, daran teilnehmen zu dürfen. Rand schnappte nur ein paar Bruchstücke auf, aber es war klar, daß Haman, der sein mächtiges Haupt hartnäckig schüttelte, gegen diesen Plan war, während Covril, deren Ohren so steif hochstanden, als kämpfe sie um jede Handbreit Größe, ihn befürwortete. Zuerst blickte Covril dabei Erith genauso zornig an wie Haman. Wie auch die Beziehung zwischen Schwiegermutter und Schwiegertochter bei den Ogiern aussehen mochte, sie war offenbar der Meinung, die jüngere Frau habe in dieser Angelegenheit kein Mitspracherecht. Aber es dauerte nicht lange, da änderte sie ihre Meinung. Nun prügelten sie mit Worten gemeinsam auf Haman ein.

»… zu gefährlich. Viel zu gefährlich«, erklang wie ferner Donner von Haman.

»… heute noch beinahe dort …« Ein helleres Grollen von Covril.

»… er war schon zu lange Außerhalb …« Eriths Stimme klang dagegen wie Silberglöckchen.

»… Abkürzungen bringen lange Umwege …«

»… mein Loial …«

»… mein Loial …«

»… Mashadar unter unseren Füßen …«

»… mein Loial …«

»… mein Loial …«

»… als ein Ältester …«

»… mein Loial …«

»… mein Loial …«

Haman kam zu Rand zurück, wobei er seinen Mantel zurechtzog, als sei er ihm halb heruntergerissen worden. Die beiden Frauen folgten ihm. Covril beherrschte ihre Züge besser als Erith, die sich offensichtlich bemühte, ein Lächeln zu unterdrücken, doch bei beiden standen die Ohren keck hoch und vermittelten ein Gefühl der Befriedigung.

»Wir haben uns entschieden, Euer Angebot anzunehmen«, sagte Haman förmlich. »Laßt uns diese lächerliche Herumtreiberei so schnell wie möglich beenden, damit ich zu meinem Unterricht zurückkehren kann. Und zum Stumpf. Hmmm. Hmmm. Es gibt viel über Euch zu berichten, wenn ich vor dem Stumpf spreche.«

Rand war es egal, ob Haman dem Stumpf erzählte, er sei ein Sklaventreiber. Die Ogier hielten sich ohnehin von den Menschen fern, außer sie reparierten ihre alten Steinmetzarbeiten, und es war unwahrscheinlich, daß sie irgendeinen Menschen in bezug auf ihn so oder so beeinflussen würden. »Gut«, sagte er. »Ich werde jemand schicken, um Euer Gepäck aus Eurer Schenke zu holen.«

»Wir haben alles hier bei uns.« Covril schritt hinüber zur anderen Seite des Brunnens und bückte sich; beim Aufrichten hatte sie zwei Bündel in den Händen, die vorher hinter dem Becken verborgen gelegen hatten. Jedes der beiden hätten für einen Mann noch eine schwere Last dargestellt. Sie gab Erith eines davon, und dann zog sie sich den Tragriemen des anderen über den Kopf, so daß er schräg über ihren Oberkörper verlief und sie das Bündel auf dem Rücken hängen hatte.

»Wäre Loial hier«, erklärte Erith, während sie sich ihr Bündel überhängte, »dann könnten wir ohne Verzögerung den Rückweg zum Stedding Tsofu antreten. Falls nicht, könnten wir auf diese Weise sofort weiterreisen. Ohne jede Verzögerung.«

»Ehrlich gesagt, lag es an den Betten«, vertraute ihm Haman an, und der Ogier deutete mit den Händen etwa die Größe eines menschlichen Kindes an. »Einst verfügte jede Schenke Außerhalb über zwei oder drei Ogierzimmer, aber heutzutage sind sie sehr schwer zu finden. Das ist kaum zu verstehen.« Er blickte die Landkarten mit seinen handschriftlichen Markierungen an und seufzte. »Es *war* sehr schwer zu verstehen.«

Rand wartete gerade lange genug, daß Haman sein Bündel holen konnte, dann griff er nach *Saidin* und öffnete ein Tor gleich neben dem Brunnen, ein Loch in der Luft, hinter dem eine unkrautbewachsene Straße und die zusammengebrochenen Ruinen von Gebäuden zu erkennen waren.

»Rand al'Thor.« Sulin schlenderte gemächlich in den Hof, gefolgt von einer Gruppe mit Landkarten beladener Diener und *Gai'schain*. Liah und Cassin befanden sich bei ihr und taten genauso unbeschwert und nebensächlich. »Ihr hattet um weitere Landkarten gebeten.« Sulins Blick zu dem Tor war beinahe schon anklagend.

»Ich kann mich selbst dort besser beschützen, als Ihr es könnt«, sagte Rand unwirsch. Er hatte eigentlich nicht so kalt mit ihr sprechen wollen, doch ins Nichts gehüllt brachte er es nicht fertig, seine Stimme anders als kalt und fern klingen zu lassen. »Es gibt nichts, was Ihr mit Euren Speeren besiegen könnt, aber einiges, was die Speere nicht erlegen werden.«

Sulin wirkte nach wie vor ziemlich steif und beleidigt. »Um so mehr ein Grund für unsere Anwesenheit.«

Das ergab für niemanden einen rechten Sinn, der nicht zu den Aiel gehörte, aber ... »Ich habe nichts dagegen«, sagte er. Sollte er sich weigern, würde sie trotzdem versuchen, ihm zu folgen. Sie würde Töchter herbeirufen, die noch hindurchspringen würden, wenn er bereits dabei war, das Tor zu schließen. »Ich denke, Ihr werdet den Rest der heutigen Leibgarde gleich hinter der nächsten Tür versammelt haben. Pfeift sie herbei. Aber alle sollen sich nahe bei mir aufhalten und nichts berühren. Macht schnell. Ich will das hinter mich bringen.« Seine Erinnerungen an Shadar Logoth waren nicht die angenehmsten.

»Ich habe sie auf Euer Ansinnen hin weggeschickt«, sagte Sulin verachtungsvoll. »Laßt mich langsam bis einhundert zählen.«

»Bis zehn.«

»Bis fünfzig.«

Rand nickte, und ihre Finger flogen. Jalani eilte in den Palast, und wieder flogen Sulins Finger. Drei weibliche *Gai'schain* ließen ihre Armladungen Landkarten fallen, blickten überrascht drein – Aiel zeigen *niemals* Überraschung –, rafften die langen weißen Roben hoch und verschwanden blitzschnell in verschiedenen Richtungen in den Palast. Doch so schnell sie sich auch bewegten, Sulin war noch schneller.

Als Rand bei zwanzig angelangt war, begannen die Aiel in den Hof zu hetzen. Einige sprangen durch Fenster herein, andere von Balkonen herab. Er hätte sich beinahe verzählt. Alle waren verschleiert, und nur wenige davon waren Töchter des Speers. Sie sahen sich verwirrt um, als sie lediglich Rand und drei Ogier vorfanden, die sie neugierig anblinzelten. Ein paar ließen die Schleier wieder herab. Die Palastdiener drückten sich ängstlich aneinander.

Der Zustrom setzte sich auch nach Sulins Rückkehr fort. Sie war unverschleiert und erschien auf den Punkt genau bei fünfzig, während sich der Hof immer noch mit Aiel füllte. Ihm wurde schnell klar, daß sie die Nachricht ausgegeben hatte, der *Car'a'carn* befinde sich in Gefahr, da dies wohl die einzige Möglichkeit gewesen war, in der Kürze der gegebenen Zeit genügend Speere zu versammeln. Die Männer machten ein wenig säuerliche Mienen, aber die meisten beschlossen, es als guten Witz zu betrachten, woraufhin einige schmunzelten oder mit den Speeren auf die Schilde schlugen. Und keiner verließ den Hof. Sie sahen das Tor und kauerten sich nieder, um zu sehen, was geschehen würde.

Mit durch die Macht geschärftem Gehör vernahm Rand, wie eine Tochter namens Nandera, sehnig und doch immer noch gutaussehend, obwohl in ihrem Haar mehr Grau als Blond zu sehen war, Sulin zuflüsterte: »Du hast mit *Gai'schain* wie mit *Far Dareis Mai* gesprochen.«

Sulins blaue Augen blickten gelassen in Nanderas grüne. »Das habe ich. Wir werden darüber sprechen, wenn wir Rand al'Thor heute beschützt haben.«

»Wenn er sicher und behütet ist«, stimmte ihr Nandera zu.

Sulin wählte eilends zwanzig Töchter aus, von denen einige am Morgen zur fest eingeteilten Wache gehört hatten, andere aber nicht, doch als Urien Rote Schilde auswählte, bestanden auch Männer aus anderen Kriegergemeinschaften darauf, mit eingeschlossen zu werden. Diese durch das Tor sichtbare Stadt wirkte, als könne man dort Gegner vorfinden, vor denen man den *Car'a'carn* schützen mußte. Um bei der Wahrheit zu bleiben, würde wohl kein Aiel einem möglichen Kampf ausweichen, und je jünger sie waren, desto größer war die Wahrscheinlichkeit, daß sie sogar nach jedem möglichen Kampf suchten. Ein weiterer Streit entstand beinahe, als Rand entschied, er werde nicht mehr Männer mitnehmen als Töchter des Speers, weil das die *Far Dareis Mai* entehren würde, denn schließlich hatte er ihnen seine Ehre anvertraut, und er werde auch nicht mehr Töchter mitnehmen, als Sulin bereits ausgewählt hatte. Er brachte sie tatsächlich an einen Ort, an dem Kampferfahrung ihnen nicht helfen würde, und auf jeden, den er mitnahm, würde er am Ende selbst aufpassen müssen. Das erklärte er ihnen aber nicht. Wer wußte schon, wessen Ehre er damit wieder beschnitt.

»Denkt daran«, mahnte er, sobald alle ausgewählt waren, »berührt nichts! Nehmt nichts mit oder zu Euch, nicht einmal einen Schluck Wasser. Und bleibt immer in Sicht; geht auf keinen Fall in irgendein Gebäude hinein!« Haman und Covril nickten lebhaft, und das schien die Aiel mehr zu beeindrucken als Rands Worte. Solange sie nur wirklich beeindruckt waren!

Sie traten durch das Tor in eine Stadt, die schon lange tot war, eine Stadt, mehr als nur tot.

Eine goldene Sonne, die bereits mehr als den halben morgendlichen Weg zum Zenit zurückgelegt hatte, durchglühte die Ruinen einstiger Größe. Hier und da glänzte noch eine unbeschädigte Kuppel auf einem blassen Marmorpalast, aber die meisten wiesen große Löcher und Risse auf, wenn von ihnen überhaupt mehr als ein gezacktes Bruchstück übriggeblieben war. Lange Arkadengänge führten zu Türmen, so hoch, wie man sie sich in Cairhien nur erträumen konnte, aber auch diese Türme endeten als bröcklige Zahnstummel. Überall waren die Dächer eingestürzt, und Ziegel, Backsteine und Marmorquader von zusammengebrochenen Gebäuden lagen weit über das Straßenpflaster verstreut. An jeder Kreuzung standen trockene, rissige Brunnen und abgebrochene Denkmale. Auf hohen Trümmerbergen starben verkrüppelte Bäume in der Hitze und Dürre des Tages. Abgestorbene Unkräuter lagen braun und welk in den Ritzen und Schlaglöchern der Straßen. Nichts rührte sich, nicht einmal ein Vogel, keine Ratte und auch kein Windhauch. Die Stille hüllte Shadar Logoth wie ein Leichentuch ein. Shadar Logoth: wo der Schatten wartet.

Rand ließ das Tor verschwinden. Kein Aiel legte den Schleier ab. Die Ogier blickten sich mit angespannten Mienen und steif zurückgestellten Ohren um. Rand hielt an *Saidin* fest und kämpfte gleichzeitig dagegen an. Es war so, wie Taim einst gesagt hatte: In diesem Kampf spürte ein Mann, daß er wirklich lebte. Hier hätte er diesen Anstoß ohnehin gebraucht, auch wenn er die Macht nicht gebrauchen könnte, oder vielleicht gerade dann.

In den Tagen der Trolloc-Kriege war Aridhol eine bedeutende Hauptstadt gewesen, ein Verbündeter Manetherens und der übrigen der Zehn Nationen. Als diese Kriege schon so lange gedauert hatten, daß der Hundertjährige Krieg dagegen unbedeutend erschien, als es schien, daß der Schatten an allen Fronten siegreich sei und jeder Sieg des Lichts nicht mehr erreichen könne, als Zeit zu gewinnen, wurde ein Mann namens Mordeth Ratgeber des Herrschers in Aridhol, und er riet dem Herrscher, um zu gewinnen und zu überleben, müsse Aridhol noch härter sein als der Schatten selbst, grausamer als der Schatten, und noch weniger vertrauensselig. Langsam formten sie die Stadt und das Land nach diesem Bild, bis am Ende Aridhol wenn nicht schwärzer als der Schatten, so doch zumindest genauso schwarz war. Obwohl noch immer der Krieg gegen die Trollocs tobte, wandte sich Aridhol schließlich nach innen, sich selbst zu, und verschlang sich selbst.

Etwas davon blieb zurück, etwas, das jeden später davon abhielt, hier zu leben. Nicht ein einziger Kieselstein an diesem Ort, der nicht von diesem Haß und Mißtrauen durchdrungen war, die Aridhol ermordet und Shadar Logoth zurückgelassen hatten. Und jeder Kieselstein konnte nach einer Weile diese Seuche weiterverbreiten.

Und noch mehr als nur dieser Makel war zurückgeblieben, obwohl der schon ausreichte, um jeden Menschen klaren Verstands von hier fernzuhalten.

Rand drehte sich langsam um und blickte hoch zu Fenstern, die wie leere Augenhöhlen zurückstarrten, deren Augäpfel man ausgestochen hatte. Obwohl die Sonne immer höher wanderte, spürte er unsichtbare Beobachter. Als er sich früher hier befunden hatte, war dieses Gefühl erst aufgetreten, wenn die Sonne langsam unterging. Viel mehr als der Makel war zurückgeblieben. Ein Trolloc-Heer, das hier gelagert hatte, war ausgelöscht worden, war spurlos verschwunden, bis auf ein paar Schmierereien mit Blut an Hauswänden, in denen sie den Dunklen König angefleht hatten, sie zu retten. Nachts durfte man sich nicht in Shadar Logoth aufhalten.

Dieser Ort jagt mir Angst ein, murmelte Lews Therin jenseits des Nichts. *Ängstigst du dich nicht?*

Rand stockte der Atem. Sprach die Stimme tatsächlich zu ihm? *Ja, ich habe auch Angst.*

Es ist Dunkelheit hier. Schwärze, schwärzer als schwarz. Sollte der Dunkle König unter Menschen leben wollen, würde er diesen Ort erwählen.

Ja. Das würde er.

Ich muß Demandred töten.

Rand blinzelte überrascht. *Hat Demandred etwas mit Shadar Logoth zu tun?*

Ich erinnere mich nun endlich daran, Ishamael getötet zu haben. Es lag Staunen in dieser Stimme, Staunen über diese neue Erkenntnis. *Er hatte den Tod verdient. Auch Lanfear hatte den Tod verdient, aber ich bin froh, daß nicht ich derjenige war, der sie getötet hat.*

War es nur Zufall, wenn diese Stimme mit ihm zu sprechen schien? Oder hörte Lews Therin ihn und antwortete? *Wie habe ich – wie hast du Ishamael getötet? Sag mir, wie.*

Tod. Ich wünsche mir die Ruhe des Todes. Aber nicht hier. Ich will nicht hier sterben.

Rand seufzte. Nur Zufall. Er wollte auch nicht hier sterben. Ein Palast ganz in der Nähe, die Säulen vor der Fassade abgebrochen, zeigte eine deutliche Neigung zur Straße hin. Er konnte jeden Moment einstürzen und sie an diesem Fleck begraben. »Führt uns«, sagte er zu Haman. Und zu den Aiel fügte er hinzu: »Denkt daran, was ich Euch gesagt habe. Berührt nichts, nehmt nichts mit und bleibt immer in Sichtweite.«

»Ich hatte nicht erwartet, daß es so schlimm wird«, brummte Haman. »Es überdeckt fast den Ruf des Wegetores.« Erith stöhnte und Covril wirkte, als hielte nur ihre Würde sie davon ab, genauso zu stöhnen. Die Ogier fühlten die Ausstrahlung eines Ortes sehr deutlich. Haman deutete in eine Richtung. Der Schweiß auf seinem Gesicht hatte nichts mit der Hitze zu tun. »Dorthin.«

Zerbröckelnde Pflastersteine knirschten unter Rands Stiefelsohlen wie zermalmte Knochen. Haman führte sie um Ecken und Straßen, an einem Ruinenblock nach dem anderen vorbei, aber er war sich der Richtung sicher. Die sie umgebenden Aiel liefen fast auf Zehenspitzen. Die Augen über den schwarzen Schleiern blickten nicht drein, als befürchteten sie einen Angriff, sondern als habe dieser Angriff bereits begonnen.

Die unsichtbaren Beobachter und eingestürzten Gebäude brachten Erinnerungen zurück, auf die Rand gern verzichtet hätte. Hier hatte sich Mat auf einen Weg begeben, der ihn bis zum Horn von Valere geführt hatte, und vielleicht war es auch diese Straße, die ihn letzten Endes nach Rhuidean und in jenen *Ter'Angreal* geführt hatte, über den er nicht reden wollte. Hier war Perrin verschwunden, als sie gezwungen gewesen waren, in der Nacht zu fliehen, und als Rand ihn schließlich wiedergetroffen hatte, fern von hier, hatte er goldene Augen, einen traurigen Blick und Geheimnisse gehabt, die Moiraine Rand niemals weitergegeben hatte.

Auch er war nicht ungeschoren davongekommen, obwohl ihn Shadar Logoth nicht unmittelbar berührt hatte. Padan Fain war ihnen allen hierher gefolgt, ihm und Mat und Perrin, Moiraine und Lan, Nynaeve und Egwene. Padan Fain, fahrender Händler und gelegentlich Besucher der Zwei Flüsse. Padan Fain, Schattenfreund. Mehr als ein Schattenfreund mittlerweile, und schlimmeres, wie Moiraine behauptet hatte. Fain hatte sie alle hierher verfolgt, doch was von hier aus fortging, war mehr als Fain gewesen, oder vielleicht weniger. Fain, oder das, was von Fain übriggeblieben war, wünschte Rands Tod. Er hatte alle bedroht, die Rand liebte, falls Rand nicht zu ihm kam. Und Rand war nicht gekommen. Perrin hatte sich darum gekümmert und die Zwei Flüsse wieder gesichert, aber Licht, wie das weh tat! Was hatte Fain nur mit den Weißmänteln angestellt? Konnte Pedron Niall etwa ein Schattenfreund sein? Wenn das sogar auf manche Aes Sedai zutraf, war es auch bei dem Kommandierenden Lordhauptmann der Kinder des Lichts möglich.

»Dort ist es«, sagte Haman, und Rand fuhr zusammen. Shadar Logoth war der letzte Ort auf der Welt, an dem man sich in Gedanken verlieren durfte.

Wo der Älteste stand, hatte sich einst ein geräumiger Platz erstreckt, dessen eine Hälfte aber mittlerweile von verwittertem Schutt bedeckt war. Mitten auf dem Platz, wo man ansonsten einen Brunnen erwartet hätte, stand statt dessen ein kunstvoll-filigraner Zaun aus einem glänzenden Material, so hoch wie ein Ogier und von Rost unberührt. Er umschloß etwas, das wie ein hohes Steindenkmal aussah und in das so feine Ranken und Blätter eingehauen waren, daß man beinahe glaubte, den Windhauch zu spüren, der sie bewegte, und man war überrascht, wenn man feststellte: sie waren grau und nicht grün. Das Wegetor, aber es wirkte keineswegs wie irgendeine Art von Eingang oder Ausgang.

»Sie haben den Hain gefällt, kaum daß die Ogier zum Stedding abgereist waren«, brummte Haman zornig mit heruntergezogenen langen Augenbrauen, »höchstens zwanzig oder dreißig Jahre später, und sie haben ihre Stadt erweitert.«

Rand berührte den Zaun mit einem Strang aus Luft, wobei er sich fragte, wie sie ihn durchdringen sollten, dann jedoch riß er die Augen auf, als der ganze Zaun sich mit einem Mal in zwanzig oder mehr Einzelteile auflöste, die ihrerseits mit lautem Krachen umstürzten, daß sogar die Ogier zusammenfuhren. Rand schüttelte den Kopf. Selbstverständlich. Metall, das sich so lange ohne eine Spur von Rost gehalten hatte, mußte mit Hilfe der Macht hergestellt worden sein. Vielleicht stammte es sogar aus dem Zeitalter der Legenden, aber die Bügel, die den Zaun zusammengehalten hatten, waren durchgerostet und hatten nur auf einen kräftigen Stoß gewartet.

Covril legte ihm eine Hand auf die Schulter. »Ich möchte Euch bitten, es nicht zu öffnen. Zweifellos hat Euch Loial gesagt, wie man es öffnet, denn er hat immer schon zuviel Interesse an solchen Dingen gezeigt, aber die Kurzen Wege sind gefährlich.«

»Ich kann es verschließen«, sagte Haman, »damit man es nur wieder öffnen kann, falls man den Talisman des Wachstums besitzt. Hmmm. Hmmm. Eine simple Sache, einfach durchzuführen.« Allerdings schien er nicht gerade erpicht darauf zu sein. Und er trat keineswegs näher heran.

»Es könnte gebraucht werden, ohne daß man die Zeit hat, so etwas aufzutreiben«, sagte Rand zu ihm. Möglicherweise mußte man alle Wege benützen, welche Gefahren dort auch drohen mochten. Sollte er sie auf irgendeine Weise reinigen können... Aber das wäre beinahe genauso großspurig wie seine Prahlerei Taim gegenüber, er werde *Saidin* säubern.

Er machte sich daran, Stränge von *Saidin* um das Wegetor zu verweben, wobei er alle Fünf Mächte benutzte. Er hob sogar die Einzelteile des Zauns wieder auf und brachte sie an ihren jeweiligen Platz zurück. Vom ersten Strang an, den er webte, schien die Verderbnis *Saidins* in ihm zu pulsieren. Die Vibration wurde langsam stärker. Es mußte an dem Bösen in Shadar Logoth selbst liegen, ein Mitschwingen des Bösen mit dem Bösen. Selbst im Nichts geborgen wurde ihm schwindlig von diesen Schwingungen. Es war, als schwinge die ganze Welt unter seinen Füßen mit. Er verspürte den Drang, alles herauszukotzen, was er je gegessen hatte. Trotzdem gab er nicht nach. Er konnte schließlich genausowenig Männer hierher auf Wache entsenden, wie er sie hätte suchen lassen können.

Was er wob und dann nach innen stülpte, war eine hinterhältige Falle, wie sie einem so hinterhältigen Ort gerecht wurde. Ein Wachgewebe von überragender Gemeinheit. Menschen konnten unbehelligt hindurchschreiten, vielleicht sogar die Verlorenen, denn er konnte das Tor nur gegen Menschen oder Schattenwesen schützen, aber nicht gegen beides, doch selbst ein männlicher Verlorener konnte das Gewebe nicht erkennen. Sollte irgendeine Art von Schattenwesen hindurchzugehen versuchen… Das war eben die Gemeinheit daran. Sie würden nicht gleich sterben, ja, möglicherweise könnten sie es sogar zurück über die Stadtmauer schaffen. Es würde jedenfalls lange genug dauern, daß die Toten weit entfernt lägen und somit den nächsten Myrddraal, der hierherkam, nicht abschrecken konnten. Lange genug vielleicht, um einem Trolloc-Heer das Verlassen der Stadt zu ermöglichen und dabei die eigenen Toten mitzunehmen. Grausam genug für einen Trolloc. Das Ding zurechtzuweben, machte ihn genauso krank wie der Makel auf *Saidin*.

Das Gewebe abzunabeln und *Saidin* loszulassen brachte nicht viel Erleichterung. Der Rückstand an Schmutz, der jedesmal blieb, pulsierte nach wie vor in ihm. Es war beinahe ein Gefühl, als bebe der Boden unter seinen Füßen. Seine Zähne und Ohren schmerzten. Er konnte es nicht erwarten, von hier wegzukommen.

Er holte tief Luft und bereitete sich darauf vor, erneut zur Macht zu greifen und ein Tor zu öffnen – aber dann hielt er mit gerunzelter Stirn inne. Schnell zählte er alle, und dann noch einmal etwas langsamer. »Jemand fehlt. Wer?«

Die Aiel brauchten nur einen Augenblick, um sich zu beraten.

»Liah«, sagte Sulin durch ihren Schleier hindurch.

»Sie kam gleich hinter mir.« Jalanis Stimme war unverkennbar.

»Vielleicht hat sie irgend etwas entdeckt?« Er glaubte, Desoras Stimme zu erkennen.

»Ich habe allen befohlen, zusammenzubleiben!« Zorn überflutete das Nichts wie Wogen, die sich schäumend an einem Felsen brachen. Eine von ihnen fehlte, ausgerechnet hier, und sie nahmen es mit dieser lichtversengten Kühle, wie sie den Aiel zu eigen war. Eine Tochter des Speers fehlte. Eine Frau fehlte, und das in Shadar Logoth. »Wenn ich sie finde …!« Einen Fingerbreit nach dem anderen unterdrückte er den Zorn, der die ihn einhüllende Leere zu erfassen drohte. Was er mit Liah machen wollte, war, sie anzuschreien, daß sie in Ohnmacht fiel, und sie dann für den Rest ihres Lebens zu Sorilea schicken. Dieser Zorn erweckte brutale Mordgelüste in ihm. »Teilt Euch paarweise auf. Ruft nach ihr, seht Euch überall um, aber geht nirgends hinein, gleich, aus welchem Grund. Und haltet Euch von Schatten fern. Hier könntet Ihr sterben, bevor Ihr überhaupt etwas merkt. Falls Ihr sie in einem Gebäude entdeckt und sie nicht gleich herauskommt, ruft zuerst nach mir, auch wenn es so aussieht, als sei alles in Ordnung.«

»Wir können schneller suchen, wenn wir allein auf die Suche gehen«, sagte Urien, und Sulin nickte zustimmend. Es nickten überhaupt viel zu viele.

»Paare!« Rand unterdrückte seinen Zorn wieder mit Mühe. *Das Licht soll die Sturheit der Aiel versengen!* »Auf diese Weise habt Ihr wenigstens jemand, der Euch Rückendeckung gibt. Tut endlich ausnahmsweise einmal, was ich Euch befehle, wenn ich es Euch befehle. Ich war schon hier und weiß einiges über diesen Ort.«

Ein paar Minuten später, in denen sie beratschlagten, wie viele bei Rand zurückbleiben sollten, verteilten sich zwanzig Aielpaare. Die eine, die bei ihm verblieb, war Jalani, wie Rand glaubte, obwohl man das bei dem Schleier nur schwer sagen konnte. Ausnahmsweise schien sie nicht glücklich darüber zu sein, ihn bewachen zu dürfen. In den grünen Augen lag eine klare Andeutung von Ärger.

»Ich denke, wir könnten ein weiteres Paar bilden«, sagte Haman, wobei er Covril anblickte.

Sie nickte. »Und Erith kann hier bleiben.«

»Nein!« sagten Rand und Erith fast im gleichen Moment. Die älteren Ogier wandten sich mit mißbilligenden Mienen ab. Eriths Ohren hingen schlapp herunter, bis sie beinahe herabzufallen drohten.

Rand zwang sich zur Ruhe. Früher schien es ihm, daß im Nichts geborgen aller Zorn sich nur irgendwo in großer Entfernung abspiele und lediglich durch einen dünnen Faden mit ihm zusammenhing. Doch jetzt drohte ihn der Zorn mehr und mehr zu überwältigen, das Nichts zu überwältigen. Was sich als katastrophal herausstellen mochte. Aber davon einmal abgesehen … »Es tut mir leid. Ich hatte kein Recht, Euch anzuschreien, Ältester Haman, oder Euch, Sprecherin Covril.« War das nun die richtige Anrede gewesen? War es vielleicht irgendeine Art von Titel? Nichts an ihren Mienen wies auf eine Antwort hin. »Ich würde es begrüßen, wenn Ihr alle bei mir bleiben würdet. Dann können wir gemeinsam suchen.«

»Selbstverständlich«, sagte Haman. »Ich weiß wirklich nicht, wie ich Euch mehr Schutz bieten könnte als Ihr selbst, aber ich stehe zu Eurer Verfügung.« Covril und Erith nickten zustimmend. Rand hatte keine Ahnung, was Haman damit sagen wollte, aber es schien ihm der falsche Zeitpunkt, um Fragen zu stellen, nachdem sich die drei offensichtlich entschlossen hatten, ihn beschützen zu wollen. Er hegte keinen Zweifel daran, daß er alle drei beschützen konnte, solange sie sich nahe bei ihm befanden.

»Solange Ihr Euren eigenen Weg geht, Rand al'Thor.« Die Tochter mit den grünen Augen war tatsächlich Jalani, und sie klang erfreut darüber, daß sie nicht nur herumstehen und warten mußte. Rand hoffte, wenigstens den anderen einen besseren Eindruck vermittelt zu haben, was sie an diesem Ort erwartete.

Von Beginn an war es eine deprimierende Suche. Sie gingen unter den Blicken unsichtbarer Beobachter eine Straße nach der anderen entlang, kletterten über Schutthaufen und schrien abwechselnd: »Liah! Liah!« Covrils Ruf ließ die schief ragenden Wände knarren, und bei Hamans Schrei ächzten sie unheilkündend. Keine Antwort. Die einzigen Geräusche, die sie wahrnahmen, waren die Rufe der anderen Suchtrupps, die in den Straßen ein hohles und spottendes Echo warfen: Liah! Liah!

Die Sonne befand sich schon fast senkrecht über ihren Köpfen, als Jalani sagte: »Ich glaube nicht, daß sie soweit gekommen sein kann, Rand al'Thor. Es sei denn, sie wollte vor uns wegrennen, und das würde sie nicht tun.«

Rand war gerade dabei, in die Schatten unter mächtigen Säulen zu spähen, die über breiten Steinstufen emporragten, um in einen großen Saal blicken zu können. Soweit er erkennen konnte, befand sich da darin nichts außer Staub. Keine Fußspuren. Die unsichtbaren Beobachter hatten sich weit in den Hintergrund zurückgezogen. Sie waren nicht ganz verschwunden, aber fast. So wandte er sich wieder Jalani zu. »Wir müssen sie finden. Vielleicht ist sie ...« Er wußte nicht weiter. »Ich werde sie nicht hier zurücklassen, Jalani.«

Die Sonne wanderte höher und begann ihren Abstieg. Rand stand auf etwas, das wohl einst ein Palast gewesen sein mochte, oder ein ganzer Gebäudeblock. Jetzt war es ein Hügel und im Laufe der Jahre so verwittert, daß nur eine Anzahl zerbröckelter Backsteine und Bruchstücke behauenen Natursteins, die aus der trockenen Erde herausragten, davon kündeten, was hier einst gestanden hatte. »Liah!« rief er durch den Trichter seiner Hände. »Liah!«

»Rand al'Thor«, rief eine Tochter des Speers von der Straße herauf, und als sie ihren Schleier sinken ließ, erkannte er Sulin. Sie und eine andere, noch immer verschleierte Tochter standen bei Jalani und den Ogiern. »Kommt herunter.«

Er kletterte inmitten einer Staubwolke herab. Steinchen, Bruchstücke des Baumaterials von einst, folgten ihm als Lawine, und dieser Schutt rutschte so schnell ab, daß er zweimal fast gestürzt wäre. »Habt Ihr sie gefunden?«

Sulin schüttelte den Kopf. »Wir hätten sie bestimmt mittlerweile gefunden, wäre sie noch am Leben. Sie wäre von allein nicht weit weggelaufen. Falls sie jemand verschleppt haben sollte, hätte sie sich widersetzt, und falls sie schwer verwundet wurde und unsere Rufe nicht beantworten konnte, dann wäre sie meiner Meinung nach jetzt sicher auch tot.« Haman seufzte traurig. Die langen Augenbrauen der Ogierfrauen senkten sich auf ihre Wangenknochen. Aus irgendeinem Grund galten ihre traurigen, mitleidigen Blicke Rand.

»Sucht weiter«, sagte er.

»Dürfen wir in den Gebäuden suchen? Es gibt so viele Räume, die wir von außen nicht einsehen können.«

Rand zögerte. Es war noch nicht einmal Spätnachmittag, aber er spürte die unsichtbaren Augen auf sich ruhen. So stark waren sie beim ersten Mal, als er hierhergekommen war, erst bei Sonnenuntergang fühlbar gewesen. In Shadar Logoth war man in den Schatten nicht sicher. »Nein. Aber wir suchen weiter.«

Er wußte nicht genau, wie lange er noch rufend die Straßen hinauf und hinunter schritt, aber nach einer Weile traten Urien und Sulin in seinen Weg. Beide hatten die Schleier abgelegt. Die Sonne ruhte auf den

Baumwipfeln im Westen – ein blutroter Ball an einem wolkenlosen Himmel. Die Schatten erstreckten sich lang über die Ruinen.

»Ich werde suchen, solange Ihr wollt«, sagte Urien, »aber mit Rufen und Umschauen kommen wir nicht weiter. Wenn wir die Gebäude durchsuchen würden …«

»Nein.« Das klang wie ein Krächzen, und Rand räusperte sich erst einmal. Licht, er hätte so gern einen Schluck Wasser gehabt. Die unsichtbaren Beobachter standen an jedem Fenster, in jeder Öffnung, Tausende, und warteten gespannt. Schatten hüllten die Stadt ein. Die Schatten waren in Shadar Logoth kein sicherer Aufenthaltsort, doch die Dunkelheit würde den sicheren Tod bringen. Mashadar erhob sich bei Sonnenuntergang. »Sulin, ich …« Er brachte es nicht über sich, ihr zu sagen, daß sie aufgeben und Liah zurücklassen mußten, ob sie nun tot war oder noch am Leben, und wenn sie auch irgendwo bewußtlos liegen mochte, hinter einer Mauer oder unter einem Schutthaufen, der möglicherweise über ihr abgerutscht war. Es konnte durchaus sein.

»Was uns auch beobachten mag, es wartet, glaube ich, auf den Anbruch der Nacht«, sagte Sulin. »Ich habe in Fenster geschaut, aus denen mich etwas angeblickt hat, aber es war nichts da. Der Tanz der Speere wird nicht leicht, wenn wir den Gegner nicht sehen können.«

Rand wurde bewußt, daß er sich gewünscht hatte, sie möge erneut sagen, Liah sei tot, damit sie diesen schrecklichen Ort verlassen konnten. Liah mochte irgendwo verwundet liegen; das war durchaus möglich. Er berührte seine Manteltasche. Der *Angreal* in Form dieses fetten kleinen Mannes befand sich zusammen mit Schwert und Szepter in Caemlyn. Er wußte nicht genau, ob er alle beschützen konnte, wenn es erst einmal dunkel war. Moiraine war der Meinung gewesen, die komplette Weiße Burg sei nicht in der Lage, Mashadar zu töten. Falls man bei ihm von einem lebenden Wesen sprechen konnte.

Haman räusperte sich. »Woran ich mich bei Aridhol erinnere«, sagte er mit finsterer Miene, »also bei Shadar Logoth, ist die Tatsache, daß wir wahrscheinlich alle sterben werden, wenn die Sonne untergeht.«

»Ja.« Rand hauchte dieses Wort zögernd in die Abendluft. Liah, die vielleicht noch am Leben war. Alle die anderen. Covril und Erith hatten ein Stück entfernt die Köpfe zusammengesteckt. Er schnappte ein gemurmeltes »Loial« auf.

Die Pflicht ist schwerer als ein Berg, der Tod leichter als eine Feder.

Lews Therin mußte das bei ihm aufgeschnappt haben, denn wie es schien, drangen Erinnerungen von beiden Seiten durch diese Sperre, doch der Satz schnitt ihm ins Herz.

»Wir müssen jetzt fort von hier«, sagte er zu ihnen. »Ob Liah nun tot ist oder noch lebt, wir … müssen gehen.« Urien und Sulin nickten lediglich, aber Erith trat zu ihm heran und tätschelte ihm mit erstaunlicher Sanftheit die Schulter – sanft, trotz einer Hand, mit der sie seinen ganzen Kopf hätte umfassen können.

»Wenn ich Euch bemühen darf«, sagte Haman, »wir haben uns um einiges länger hier aufgehalten als erwartet.« Er deutete auf die untergehende Sonne. »Würdet Ihr uns den Gefallen erweisen, uns auf die gleiche Art aus dieser Stadt herauszubefördern, auf die Ihr uns hergebracht habt? Ich würde das sehr begrüßen.«

Rand erinnerte sich an den Wald außerhalb von Shadar Logoth. Kein Myrddraal oder Trolloc würde sich diesmal dort aufhalten, und das Licht allein mochte wissen, in welcher Entfernung oder Richtung sich das nächste Dorf befand. »Ich werde mehr als das tun«, sagte er. »Ich kann Euch genauso schnell zu den Zwei Flüssen bringen.«

Die beiden älteren Ogier nickten ernst. »Der Segen von Licht und Ruhe möge Euch für Eure Hilfe zuteil werden«, murmelte Covril. Eriths Ohren bebten vor Spannung, vielleicht weil sie hoffte, Loial zu sehen und weil sie Shadar Logoth verlassen konnte.

Rand zögerte noch einen Augenblick. Loial würde sich wahrscheinlich in Emondsfeld aufhalten, aber dorthin konnte er sie nicht bringen. Zu viele Gerüchte über seinen Überraschungsbesuch würden aus den Zwei Flüssen nach außen dringen. Ein Stück vom Dorf entfernt also, weit genug, um die Bauernhöfe zu meiden, die in der Nähe lagen.

Der senkrechte Lichtschlitz erschien und erweiterte sich. Der Makel *Saidins* pochte wieder in seinem Inneren, schlimmer als zuvor, und der Boden schien gegen seine Stiefelsohlen zu trommeln.

Ein halbes Dutzend Aiel sprang hindurch, und die drei Ogier folgten ihnen mit einer Eile, die unter den gegebenen Umständen keineswegs unziemlich schien. Rand blieb noch kurz stehen und blickte zurück auf die Ruinenstadt. Er hatte versprochen, daß die Töchter für ihn sterben dürften.

Als die letzten Aiel durch das Tor sprangen, zischte Sulin. Er sah sie fragend an, doch sie schaute auf seine Hand. Seinen Handrücken, auf dem er mit den Fingernägeln einen tiefen Riß hinterlassen hatte, aus dem Blut quoll. Er war so sicher in das Nichts gehüllt, daß genausogut jemand anders die Schmerzen hätte empfinden können. Die äußerliche Verletzung spielte keine Rolle; sie würde heilen. Er hatte sich tief in seinem Inneren schlimmere zugefügt, die niemand sehen konnte. Eine für jede Tochter des Speers, die für ihn gestorben war, und er sorgte dafür, daß sie nicht heilten.

»Wir sind hier fertig«, sagte er und trat durch das Tor direkt in das Gebiet der Zwei Flüsse. Das Pochen verschwand mit dem Tor.

Mit gerunzelter Stirn versuchte Rand sich zu orientieren. Es war nicht leicht, ein Tor genau an den richtigen Ort zu bringen, wenn man noch nie dort gewesen war, aber er hatte sich einen Platz ausgesucht, den er kannte, eine mit Unkraut durchwachsene Wiese, die niemand je benützt hatte, etwa einen guten Zwei-Stunden-Marsch südlich von Emondsfeld. Im fahlen Zwielicht konnte er Schafe erkennen, eine ordentliche Herde, und einen Jungen mit einem Schäferstab in Händen und einen Bogen über dem Rücken, der sie aus hundert Schritt Entfernung anstarrte. Rand benötigte die Macht nicht, um zu erkennen, daß dem Jungen die Augen beinahe herausfielen, und das war auch verständlich. Dann ließ der Junge den Stab fallen und rannte los, auf ein Bauernhaus zu, das sich noch nicht dort befunden hatte, als Rand das letzte Mal hier war. Ein Bauernhaus mit Ziegeldach.

Einen Augenblick lang fragte sich Rand, ob er sich überhaupt in den Zwei Flüssen befinde. Nein, die Stimmung dieses Orts sagte ihm, daß er das Tor richtig ausgelegt hatte. Der Duft, der in der Luft lag, roch nach zu Hause. All diese Veränderungen, von denen Bode und der Rest der Mädchen ihm erzählt hatten, hatte er noch gar nicht richtig verarbeitet. Für ihn konnte sich immer noch nichts an den Zwei Flüssen jemals verändern. Sollte er die Mädchen hierher zurückschicken, nach Hause? *Was du tun solltest, ist, dich von ihnen fernzuhalten.* Der bloße Gedanke ärgerte ihn schon.

»Emondsfeld liegt in dieser Richtung«, sagte er. Emondsfeld. Perrin. Tam könnte sich ebenfalls dort aufhalten, in der Weinquellenschenke bei Egwenes Eltern. »Dort sollte Loial zu finden sein. Ich weiß nicht, ob Ihr es vor Anbruch der Dunkelheit schafft. Ihr könntet auch in dem Bauernhaus um ein Quartier bitten. Ich bin sicher, sie haben einen Schlafplatz für Euch. Sagt ihnen nichts von mir. Erzählt niemandem, wie Ihr hierhergekommen seid.« Der Junge hatte zugesehen, aber wenn plötzlich Ogier auftauchten, würde man die Geschichte eines solchen Jungen wohl für übertrieben halten.

Haman und Covril rückten die Bündel auf ihren Rücken zurecht, tauschten einen Blick, und sie sagte: »Wir werden nichts darüber sagen, wie wir hierherkamen. Sollen die Leute erzählen, was sie wollen.«

Haman strich sich über den Bart und räusperte sich. »Ihr dürft Euch nicht umbringen.«

Selbst im Nichts empfand Rand Überraschung. »Was?«

»Der Weg vor Euch«, polterte Haman, »ist lang, dunkel, und, wie ich sehr fürchte, blutgetränkt. Ich fürchte ebenfalls sehr stark, daß Ihr uns alle auf diesen Weg führt. Aber Ihr müßt überleben, um sein Ende zu erreichen.«

»Das werde ich«, erwiderte Rand kurz angebunden. »Lebt wohl.« Er bemühte sich, ein wenig Wärme in die Worte zu legen, war sich aber des Erfolgs nicht sicher.

»Lebt ebenfalls wohl«, sagte Haman, und die Frauen wiederholten die Worte, bevor sich die drei dem Bauernhaus zuwandten. Aber nicht einmal bei Erith klang es, als glaube sie an die Erfüllung dieses guten Wunsches.

Rand stand noch einen Augenblick lang da. Menschen waren aus dem Haus gelaufen und beobachteten die Annäherung der Ogier, aber Rand blickte nach Nordwesten; nicht in Richtung Emondsfeld, sondern in Richtung des Hofes, auf dem er aufgewachsen war. Als er sich abwandte und ein Tor nach Caemlyn öffnete, war es, als reiße er sich den eigenen Arm ab. Der Schmerz war ein viel passenderes Andenken an Liah als der Kratzer.

KAPITEL 14

In Richtung Süden

Die fünf Steine beschrieben einen elegant wirbelnden Kreis über Mats Händen, einer rot, einer blau, einer von klarem Grün, die anderen bemerkenswert gestreift. Er ritt dabei weiter, lenkte Pips durch Schenkeldruck und hatte den Speer mit dem schwarzen Schaft gegenüber dem unbespannten Bogen hinter den Sattelgurt gesteckt. Die Steine ließen ihn an Thom Merrilin denken, der ihm das Jonglieren beigebracht hatte, und er fragte sich, ob der alte Bursche noch am Leben sei. Wahrscheinlich nicht. Rand hatte den Gaukler Elayne und Nynaeve hinterhergeschickt, angeblich um auf sie aufzupassen. Das schien schon so lange her zu sein. Falls es Frauen gab, auf die man noch weniger aufpassen mußte, kannte Mat sie jedenfalls nicht. Doch viel eher konnte es sein, daß sie einen Mann in den Tod schickten, weil sie nicht auf Vernunft hören wollten. Nynaeve, die immer bohrte und wissen wollte, was ein Mann getan, gesagt oder gedacht hatte, und die immer an ihrem verdammten Zopf herumriß; und Elayne, die verdammte Tochter-Erbin, die glaubte, sie könne sich stets durchsetzen, wenn sie die Nase in die Luft steckte und einem die Meinung sagte, aber mindestens genauso hart wie Nynaeve, nur daß Elayne noch schlimmer war, denn wenn sie mit ihrem hochmütigen Getue nicht durchkam, lächelte Elayne und zeigte ihre Grübchen und erwartete, daß jeder zu Boden sank, weil sie so hübsch war. Er hoffte, Thom habe ihre Gesellschaft überlebt. Er hoffte auch, daß es ihnen gutgehe, aber er hätte nichts dagegen gehabt, wenn sie wenigstens einmal seit ihrem überstürzten Aufbruch ordentlich ins Schwitzen gekommen wären. Sie sollten erleben, wie das war, wenn er nicht da war, um sie wieder herauszuhauen. Und kein ehrliches Dankeschön, als er dagewesen war und ihnen geholfen hatte. So arg sollten sie nun auch wieder nicht schwitzen – gerade genug, um sich zu wünschen, Mat Cauthon befinde sich in der Gegend und rette sie wieder, der alte Narr.

»Wie steht es mit Euch, Mat?« fragte Nalesean und lenkte sein Pferd näher heran. »Habt Ihr jemals darüber nachgedacht, wie das ist, wenn man Behüter einer Aes Sedai ist?«

Mat hätte fast die Steine fallen gelassen. Daerid und Talmanes sahen ihn mit verschwitzten Gesichtern an und warteten auf seine Antwort. Die Sonne glitt bereits dem Horizont zu. Nicht mehr lange, und sie würden anhalten müssen. Die Dämmerung schien sich ein wenig verlängert zu haben, seit die Tage kürzer wurden, aber Mat wollte bei Sonnenuntergang gemütlich im aufgeschlagenen Lager sitzen und seine Pfeife rauchen. Außerdem konnte es in solchem Terrain leicht passieren, daß sich die Pferde die Beine brachen, wenn sie nicht mehr genug sahen. Den Männern mochte es ebenso ergehen.

Die Bande erstreckte sich in einer langen Schlange hinter ihnen nach Norden, Berittene wie Fußsoldaten, und schleppten eine Staubfahne hinter sich her. Die Banner flatterten, doch die Trommeln schwiegen. So zogen sie über niedrige, mit spärlichem Gestrüpp und vereinzelten Baumgruppen bewachsene Hügel. Elf Tage waren es, seit sie Maerone verlassen hatten, und sie befanden sich auf halbem Weg nach Tear oder sogar schon etwas weiter, denn sie kamen schneller vorwärts, als Mat eigentlich gehofft hatte. Sie hatten nur einen Tag darangeben müssen, damit sich die Pferde ausruhen konnten. Sicher hatte er es keineswegs besonders eilig, Weiramons Posten zu übernehmen, aber er fragte sich gleichwohl, welche Entfernung sie von Sonnenaufgang bis Sonnenuntergang bewältigen konnten, wenn es darauf ankam. Bisher hatte ihre beste Leistung bei fünfundvierzig Meilen gelegen, soweit sich das berechnen ließ. Zwar brauchten die Vorratswagen die halbe Nacht über, um sie wieder einzuholen, aber die Infanterie hatte in letzter Zeit zu beweisen versucht, daß sie auf langen Strecken, und sogar auf kürzeren, das Tempo der Pferde mithalten konnte.

Ein wenig weiter zurück und östlich von ihnen überquerte eine Truppe von Aielkriegern eine von Bäumen gesäumte Anhöhe. Sie rannten locker dahin und verringerten langsam der Abstand zu Mats Truppen. Wahrscheinlich waren sie seit dem Sonnenaufgang so einhergetrabt und würden auch bis zum Anbruch der Nacht oder noch länger durchhalten. Falls sie die Bande noch bei Tageslicht überholten, würde das für seine Leute wieder einen Ansporn für morgen liefern. Jedesmal, wenn sie von Aiel überholt wurden, schienen sie am nächsten Tag bereit, noch ein oder zwei Meilen zuzulegen.

Ein paar Meilen vor ihnen gingen die gelegentlichen Baumgruppen wieder in dichten Wald über. Sie würden mehr auf den Erinin zuhalten müssen, bevor sie diesen Wald erreichten. Als sie den Kamm eines Hügel überschritten, sah Mat den Fluß und die fünf gecharterten Flußkähne, über denen die Rote Hand flatterte. Vier weitere befanden sich auf dem Weg zurück nach Maerone, um neue Ladung zu nehmen, vorzugsweise Pferdefutter. Was er nicht sehen konnte – er wußte aber, daß sie sich dort befanden –, waren die Menschen, von denen einige langsam flußaufwärts wanderten, andere flußabwärts. Manche wechselten die Richtung, sobald sie eine Gruppe trafen, deren Anführer überzeugend sprechen konnte. Eine Handvoll besaß Karren, die sie selbst zogen, und ein paar hatten sogar Planwagen, aber die meisten besaßen nichts außer dem, was sie auf den Buckeln trugen. Selbst die dümmsten Räuber hatten mittlerweile begriffen, daß es bei denen nichts zu holen gab. Mat hatte keine Ahnung, wohin sie eigentlich wollten, genausowenig wie sie selbst. Doch es waren gerade genug, um die kümmerliche Andeutung einer Straße am Fluß entlang zu verstopfen. Wenn sie nicht die Leute mit Knüppeln von der Straße treiben wollten, würde die Bande hier oben viel schneller vorankommen.

»Ein Behüter?« fragte Mat zurück und steckte die Steine in eine seiner Satteltaschen. Er würde überall neue finden, aber die Farben gefielen ihm. In der Tat hatte er auch eine Adlerfeder und einen verwitterten, schneeweißen Steinbrocken, der vielleicht vor langer Zeit eingeritzte Runen aufgewiesen hatte, die jedoch mittlerweile nur noch andeutungsweise zu sehen waren. Er hätte auch gern einen Felsblock mitgenommen, der aussah, als sei er einst der Kopf eines Standbilds gewesen, aber dafür hätte er einen Wagen benötigt. »Niemals. Das sind alles Narren und Gimpel, die sich von den Aes Sedai an der Leine führen lassen. Wie seid Ihr denn auf die Idee gekommen?«

Nalesean zuckte die Achseln. Der Schweiß rann ihm nur so herunter, doch trotzdem hatte er seinen Mantel an – heute einen roten mit blauen Streifen – und auch noch bis zum Kragen zugeknöpft. Mats Kragen stand offen, doch er glaubte, jeden Moment überkochen zu müssen. »Ich denke, es liegt an den Aes Sedai«, sagte der Tairener. »Seng meine Seele, das bringt einen doch zum Nachdenken, oder? Ich meine, seng meine Seele, was haben die vor?« Er meinte damit die Aes Sedai auf der anderen Seite des Erinin, die den Berichten der Kundschafter nach ein bißchen schneller als diese ziellosen Wanderer, die es auch an jenem Ufer gab, und äußerst geschäftig am Fluß entlang hinauf oder hinunter eilten.

»Ich sage immer, es ist am besten, gar nicht erst über sie nachzudenken.« Mat berührte durch sein Hemd hindurch den silbernen Fuchskopf. Aber trotz dessen Schutz war er froh, daß sich die Aes Sedai auf der anderen Seite des Flusses befanden. Auf jedem der Flußkähne fuhr eine Handvoll seiner Soldaten mit, und obwohl es hier nur wenige Dörfer gab, setzten sie auf seine Anordnung hin bei jedem auf dem gegenüberliegenden Ufer mit einem Boot über, um in Erfahrung zu bringen, was es an Neuigkeiten gab. Bisher waren diese Neuigkeiten aber unergiebig und höchstens unangenehm gewesen. Daß die Aes Sedai überallhin ausschwärmten, war noch das Unbedeutendste daran.

»Und wie sollen wir das machen – einfach nicht an sie denken?« fragte Talmanes. »Glaubt Ihr wirklich, daß die Burg Logain als Marionette benützt hat?« Das war eines der jüngsten Gerüchte, erst zwei Tage alt.

Mat nahm seinen Hut lange genug ab, um sich den Schweiß von der Stirn zu wischen, bevor er antwortete. Bei Sonnenuntergang würde es ein wenig kühler werden. Aber kein Wein, kein Bier, keine Frauen und keine Glücksspiele. Wer wäre da freiwillig Soldat geworden? »Ich würde sagen, daß man den Aes Sedai so ziemlich alles zutrauen kann.« Er schob einen Finger unter das Halstuch und lockerte es ein bißchen. Etwas hatten ihm die Behüter voraus, soweit er das beurteilen konnte, und er hatte Lan genau beobachtet, denn sie schienen niemals zu schwitzen. »Aber so etwas? Nein, Talmanes, da würde ich noch eher Euch als eine Aes Sedai betrachten. Ihr seid doch nicht zufällig eine, oder?«

Daerid krümmte sich vor Lachen über sein Sattelhorn, und Nalesean wäre beinahe vom Pferd gefallen. Talmanes saß zunächst steif da, aber schließlich mußte er doch grinsen. Es wurde fast ein Lachen daraus. Der

Mann besaß nicht allzuviel Humor, aber doch eben ein bißchen.

Seine Ernsthaftigkeit setzte sich aber schnell wieder durch. »Wie steht es mit den Drachenverschworenen? Falls es stimmt, Mat, bedeutet es Schwierigkeiten.« Das Lachen der anderen brach wie unter einem Axthieb ab.

Mat verzog das Gesicht. Das war die letzte Neuigkeit – oder ein Gerücht, wie man es eben nennen wollte – die sie gestern aufgeschnappt hatten: ein Dorf irgendwo in Murandy war niedergebrannt worden. Noch schlimmer – angeblich hatten sie jeden getötet, der keinen Eid auf den Wiedergeborenen Drachen leisten wollte, und die ganzen Familien gleich mit. »Rand wird sich um sie kümmern. Falls etwas daran ist. Aes Sedai, Drachenverschworene, das ist alles seine Sache, und wir haben nichts damit zu tun. Wir haben unsere eigene Aufgabe zu erfüllen.«

Das ließ die Mienen auch nicht freundlicher werden. Sie hatten schon zu viele niedergebrannte Dörfer gesehen und erwarteten mehr in der Art, nachdem sie Tear erreicht hatten. Wer wollte schon Soldat sein?

Ein Reiter erschien auf der nächsten Anhöhe vor ihnen und galoppierte auf sie zu. Er ließ sein Pferd über das Gestrüpp setzen, anstatt außenherum zu reiten, sogar als es bergab ging. Mat gab das Zeichen zum Anhalten und fügte gleich hinzu: »Keine Trompeten.« Der Befehl wurde in seinem Rücken weitergegeben – ein Murmeln, das schnell schwächer wurde und in der Ferne verklang. Er blickte sich nicht um, sondern behielt den Reiter im Auge.

Schweißtriefend brachte Chel Vanin seinen Wallach vor Mat zum Stehen. In einen grob gewebten grauen Rock gehüllt, der wie ein Sack an seinem massigen Körper mit der glänzenden Halbglatze klebte, hing er wie ein Sack auf seinem Pferd. Vanin war fett, das ließ sich nicht leugnen. Doch so unwahrscheinlich das erschien, er konnte wohl alles reiten, was jemals geboren worden war, und was er anpackte, tat er ausgesprochen gut.

Lange bevor sie Maerone erreicht hatten, hatte Mat Nalesean, Daerid und Talmanes überrascht, als er die Namen der besten Wilderer und Pferdediebe unter ihren Männern wissen wollte, diejenigen, von denen sie wußten, die sie aber nie überführen konnten. Besonders die beiden Adligen hatten nicht zugeben wollen, daß sie solche Männer unter ihrem Befehl hatten, aber nachdem Mat ein wenig gebohrt hatte, nannten sie schließlich die Namen von drei Männern aus Cairhien, zwei Tairenern, und überraschenderweise zweien aus Andor. Mat hatte nicht geglaubt, daß die Andoraner sich schon lange genug bei der Bande befanden, um so aufzufallen, aber offensichtlich hatte sich einiges herumgesprochen.

Diese sieben Männer hatte er auf die Seite genommen und ihnen mitgeteilt, daß er Kundschafter benötige, und daß ein guter Kundschafter in etwa über die gleichen Fertigkeiten wie ein Wilderer oder ein Pferdedieb verfügen müsse. Er beachtete ihre leidenschaftlichen Beteuerungen nicht, sie hätten niemals irgendein Verbrechen gleich welcher Art auch immer begangen – das beteuerte jeder von ihnen doppelt so oft wie Talmanes und Nalesean zusammen, und mindestens genauso blumig, wenn auch in weniger feiner Sprache – er bot ihnen eine Amnestie für alle Diebstähle an, die sie bislang begangen hatten, dreifache Bezahlung und keinerlei Arbeitszuteilung, solange sie alles wahrheitsgemäß berichteten. Bei der ersten Lüge würden sie allerdings hängen, denn falls ein Kundschafter log, könnten eine Menge Männer sterben. Trotz dieser Drohung griffen sie zu; wahrscheinlich noch eher, weil sie keine Lagerarbeiten mehr verrichten mußten, als der erhöhten Entlohnung in schwerem Silber wegen.

Aber sieben reichten nicht aus, und so bat er sie, weitere Männer vorzuschlagen, wobei sie bedenken sollten, welche Fertigkeiten er von ihnen verlangte. Außerdem machte er ihnen klar, daß ihr Überleben und somit auch die dreifache Bezahlung, die er ihnen versprochen hatte, weitgehend von den Fähigkeiten jener abhingen, die sie benannten. Das brachte sie dazu, sich am Kinn zu kratzen und einander vorsichtige und mißtrauische Blicke zuzuwerfen, aber gemeinsam brachten sie dann elf weitere Namen hervor, wobei sie natürlich vehement betonten, daß sie damit gar nichts in bezug auf diese Männer behaupten wollten. Elf Kerle, so gute Wilderer und Pferdediebe, daß weder Daerid, noch Talmanes oder Nalesean sie in Verdacht gehabt hatten, aber nicht gut genug, um der Aufmerksamkeit der sieben Männer zu entgehen. Mat bot ihnen das gleiche an und fragte auch sie wieder nach weiteren Namen. Als er schließlich an einem Punkt ankam, da sich keine neuen Namen mehr ergaben, verfügte er über siebenundvierzig Kundschafter. Die schweren Zeiten hatte eben eine Menge Männer dazu getrieben, Soldaten zu werden, anstatt ihr erlerntes Handwerk auszuüben.

Der letzte, den alle drei vor ihm in der Kette benannt hatten, war Chel Vanin gewesen, ein Andoraner, der in Maerone gewohnt hatte, aber sein Unwesen über große Strecken ausgedehnt auf beiden Seiten des Erinin getrieben hatte. Vanin konnte selbst einer Fasanenhenne die Eier beim Brüten aus dem Nest stehlen, wenn auch anzunehmen war, daß er die Henne gleich mit in den Sack steckte. Vanin konnte einem Adligen das Pferd unter dem Hintern wegstehlen, und der würde es noch zwei Tage lang nicht merken. Jedenfalls hatten das diejenigen voller Ehrfurcht behauptet, die ihn empfohlen hatten. Vanin hatte mit seinem Zahnlückenlächeln und dem Ausdruck völliger Unschuld auf dem runden Gesicht beteuert, er sei lediglich Stallbursche und gelegentlich als Fuhrmann tätig, wenn er eine Arbeitsstelle fand. Aber diesen Posten als Kundschafter würde er für den vierfachen Sold übernehmen, den man bei der Bande sonst erhielt. Bisher war er mehr als das wert gewesen.

Vanin saß vor Mat auf der Anhöhe im Sattel seines Braunen und blickte verstört drein. Ihm war es recht, daß Mat nicht auf der Anrede ›mein Lord‹ bestand, da er sich nicht gern irgend jemandem beugte, aber immerhin brachte er es fertig, mit der Faust ganz locker die Stirn zu berühren – seine etwas unbeholfene Form einer Ehrenbezeugung. »Ich glaube, das müßt Ihr sehen. Ich weiß nicht, was ich davon halten soll. Ihr müßt es Euch selbst anschauen.«

»Wartet hier«, befahl Mat den anderen, und zu Vanin sagte er: »Zeigt es mir.«

Es war kein langer Ritt, nur über die nächsten beiden Hügel und einen gewundenen Bach entlang, der breite Ränder aus getrocknetem Schlamm aufwies. Der Gestank machte ihm bereits klar, was ihm Vanin zeigen wollte, bevor sich noch die ersten Geier schwerfällig in die Luft erhoben. Andere schlugen nur mit den Flügeln und hüpften ein paar Schritt weiter. Dann ließen sie sich wieder nieder und streckten die nackten Köpfe vor, um sie empört anzukreischen. Am schlimmsten waren diejenigen, die sich nicht von ihrem Mahl aufscheuchen ließen, eine sich ständig verschiebende Masse blutverschmierter schwarzer Federn.

Ein umgekippter Wagen wie ein kleines Haus auf Rädern, in giftigen Grün-, Blau- und Gelbtönen angestrichen, kennzeichnete das Ganze als einen Wagenzug der Kesselflicker, doch nur wenige Wohnwagen waren dem Feuer entronnen. Überall lagen Leichen in bunter, zerrissener und blutverschmierter Kleidung: Männer und Frauen und Kinder. Ein Teil Mats analysierte die Szene ganz kalt, während der Rest seiner selbst sich am liebsten übergeben hätte oder weggerannt wäre, alles, nur hier auf Pips sitzen wollte er nicht. Die ersten Angreifer waren von Westen gekommen. Dort lagen die meisten Männer und älteren Jungen und mitten darunter das, was von einigen großen Hunden übriggeblieben war. Sie lagen da, als hätten sie sich bemüht, eine Kette zu bilden, um mit ihren Körpern die Angreifer aufzuhalten, während die Frauen und Kinder wegliefen. Eine vergebliche Flucht. Aufgehäufte Leichen zeigten, wo sie kopflos in die zweite Angriffswelle hineingerannt waren. Nun rührten sich nur noch die Geier.

Vanin spuckte angewidert durch eine Zahnlücke aus. »Man jagt sie fort, bevor sie zuviel gestohlen haben – sie schnappen sich sogar Kinder, wenn man nicht aufpaßt, und ziehen sie als die eigenen auf – vielleicht tritt man sicherheitshalber auch noch einmal zu, damit sie schneller weg sind, aber *das* macht man doch nicht. Wer würde so was tun?«

»Ich weiß nicht. Räuber vielleicht.« Alle Pferde fehlten. Aber Räuber wollten stehlen und nicht morden, und kein Kesselflicker würde sich wehren, wenn man seinen letzten Pfennig stahl und dann noch seinen Mantel obendrein mitnahm. Mat zwang seine Hände dazu, ihren verkrampften Griff um die Zügel zu lockern. Er konnte nirgendwohin blicken, ohne die Leiche einer Frau oder eines Kindes zu sehen. Wer das auch angerichtet haben mochte, wollte nicht, daß jemand überlebte. Er ritt langsam im Kreis um den Schauplatz herum, und bemühte sich, die Geier zu ignorieren, die zischten und mit den Flügeln schlugen, wenn er vorbeiritt. Der Boden war zu trocken, um gut sichtbare Spuren zu hinterlassen. Er glaubte aber doch, schwache Hufabdrücke von Pferden zu entdecken, die in mehreren Richtungen wegführten. Dann kam er zu Vanin zurück. »Ihr hättet mir davon berichten können. Ich mußte das nicht unbedingt sehen!« *Licht, besser nicht!*

»Ich habe Euch doch gesagt, daß es keine eindeutigen Spuren gibt«, sagte Vanin und ließ sein Pferd wenden, um dann durch den seichten Bach weiterzureiten. »Vielleicht solltet Ihr das hier sehen.«

Das Feuer hatte den größten Teil des Wagens verschlungen, der dort auf der Seite lag, aber das Wagenbett hatte es überstanden, genau wie die gelben Räder mit den roten Speichen. Ein Mann in einem Mantel, bei dem noch immer ein wenig von der grellblauen Farbe zu sehen war, lag halb unter dem Überrest des Wagens begraben. Die ausgestreckte Hand war schwarz von Blut. Was er in zittrigen Buchstaben geschrieben hatte, stach dunkel von den Brettern des Wagenbodens ab:

SAGT ES DEM WIEDERGEBORENEN DRACHEN

Was soll ich ihm sagen? fragte sich Mat. Daß jemand einen ganzen Wagenzug von Kesselflickern umgebracht hatte? Oder war der Mann gestorben, bevor er aufschreiben konnte, was er vorgehabt hatte? Es wäre nicht das erste Mal, daß Kesselflicker an irgendeine wichtige Information gekommen wären. In einem Roman hätte er gerade lange genug gelebt, um die entscheidende Nachricht hinzukritzeln, die den Sieg bringen würde. Nun, wie die Nachricht auch lauten mochte, niemand würde sie jetzt noch erfahren.

»Ihr habt recht gehabt, Vanin.« Mat zögerte. Was sollte er dem Wiedergeborenen Drachen sagen? Keine Veranlassung, noch mehr Gerüchte in die Welt zu setzen, als sie schon in Umlauf gebracht hatten. »Sorgt dafür, daß der Rest des Wagens verbrannt wird, bevor Ihr weiterreitet. Und sollte jemand fragen, dann gab es hier nichts zu sehen außer einer Menge toter Männer.« Und Frauen, und Kinder.

Vanin nickte. »Dreckige Wilde«, knurrte er und spuckte noch einmal aus. »Könnten einige von denen gewesen sein, schätze ich.« Die Truppe von Aielmännern hatte sie mittlerweile eingeholt. Sie war drei- oder vierhundert Mann stark. Sie trabten den Hang herunter und überquerten den Bach nicht mehr als fünfzig Schritt von den Wagen entfernt. Einige von ihnen hoben eine Hand zum Gruß. Mat erkannte sie nicht, doch eine ganze Menge Aiel hatten von Rand al'Thors Freund gehört, der immer diesen Hut trug und mit dem man besser kein Spielchen wagen sollte.

Verdammte Aiel, dachte Mat. Er wußte, daß die Aiel die Kesselflicker mieden, wenn er auch den Grund nicht kannte, aber das hier …»Ich glaube das nicht«, sagte er. »Sorgt dafür, daß er verbrannt wird, Vanin.«

Talmanes und die beiden anderen befanden sich selbstverständlich genau dort, wo er sie zurückgelassen hatte. Als Mat ihnen berichtete, was vor ihnen lag und daß sie Leute ausschicken sollten, um die Toten zu beerdigen, nickten sie grimmig. »Kesselflicker?« brummte Daerid ungläubig.

»Wir werden hier unser Lager aufschlagen«, fügte Mat hinzu.

Er erwartete einen Kommentar, denn das Tageslicht würde durchaus reichen, um noch ein paar Meilen zurückzulegen, und diese drei waren von dem Ehrgeiz der Bande angesteckt worden, immer noch ein paar Meilen zuzulegen, so daß sie jetzt sogar Wetten darauf abschlossen, aber Nalesean sagte lediglich: »Ich schicke einen Mann hinunter, um den Schiffen ein Signal zu übermitteln, damit sie nicht zu weit vorausfahren.«

Vielleicht empfanden sie das gleiche wie er. Wenn sie nicht von der bisherigen Richtung abwichen und zum Fluß marschierten, würden sie zumindest den Anblick der aufgescheuchten Geier nicht vermeiden können. Nur weil ein Mann dem Tod ins Auge geblickt hatte, mußte er ihn deshalb nicht schön finden. Was Mat selbst betraf, fürchtete er, sich beim nächsten

Anblick dieser Vögel übergeben zu müssen. Am Morgen würden nur noch Gräber zu sehen sein.

Doch die Erinnerung ließ sich nicht verdrängen, auch nachdem sein Zelt auf jener Kuppe errichtet worden war, um jeden noch so leichten Lufthauch vom Fluß herauf spüren zu können, falls sich jemals noch ein Lüftchen erheben würde. Menschliche Körper, von Mördern niedergestreckt, von Geiern zerfetzt. Schlimmer als die Kämpfe um Cairhien gegen die Shaido. Dort waren Töchter des Speers gestorben, aber er hatte ihre Leichen nicht gesehen, und dort waren keine Kinder gewesen. Ein Kesselflicker kämpfte nicht – noch nicht einmal, um das eigene Leben zu verteidigen. Niemand tötete das Fahrende Volk. Er aß wenig von seinem Bohnengemüse mit Rindfleisch und zog sich so schnell wie möglich in sein Zelt zurück. Selbst Nalesean wollte sich nicht unterhalten, und Talmanes wirkte noch verschlossener als sonst.

Die Nachricht von dem Gemetzel hatte sich ausgebreitet. Es lag eine Ruhe über dem Lager, wie sie Mat schon von früher her kannte. Gewöhnlich hörte man von Zeit zu Zeit wenigstens ein bißchen rauhes Gelächter und manchmal leicht anrüchige Lieder, die auch noch ziemlich falsch gesungen wurden, bis die Bannerträger die Handvoll Männer in ihre Decken jagten, die noch nicht zugeben wollten, daß sie müde waren. Heute war es wie an jenem Abend, als sie ein Dorf vorgefunden hatten, in dem man nicht einmal mehr die Leichen beerdigt hatte, oder als sie auf die Leichen einer Gruppe von Flüchtlingen gestoßen waren, die verzweifelt ihre wenigen Habseligkeiten vor Banditen hatten schützen wollen. Nur wenige brachten es danach noch fertig, zu lachen oder zu singen, und diese wenigen wurden dann von den übrigen schnell zum Schweigen gebracht.

Mat lag im Zelt, als die Dunkelheit sich herabsenkte, und rauchte seine Pfeife. Aber das Zelt war eng, und unter den Erinnerungen an die toten Kesselflicker stellte sich der Schlaf nicht ein. Andere Erinnerungen mischten sich ein, Erinnerungen an frühere Tote. Zu viele Schlachten und zu viele Leichen. Er befühlte seinen Speer und fuhr mit den Fingerspitzen die Inschrift in der Alten Sprache auf dem schwarzen Schaft nach:

So wurde unser Vertrag niedergeschrieben; so wurde die Einigung erzielt.

Der Gedanke ist der Pfeil der Zeit; die Erinnerung verblaßt nie.

Worum gebeten wurde, ist gegeben; der Preis wurde bezahlt.

Bei diesem Geschäft hatte er schlecht abgeschnitten.

Er nahm eine Decke und nach einem Moment des Überlegens den Speer und ging barfuß und in Unterhose hinaus. Der silberne Fuchskopf auf seiner bloßen Brust schimmerte im Lichtschein des Halbmonds. Eine leichte Brise wehte vom Fluß her, eine armselige Luftbewegung, die kaum Kühle brachte und nicht einmal die Flagge mit der Roten Hand zum Flattern brachte, deren Schaft man in den Boden vor seinem Zelt gesteckt hatte. Doch es war immerhin erträglicher als drinnen.

Er warf die Decke über die mageren Kräuter und legte sich auf den Rücken. Als er ein Junge war, hatte er sich manchmal, wenn er nicht einschlafen konnte, damit beholfen, daß er die Sternbilder aufzählte. An diesem wolkenlosen Himmel war der Mondschein so hell, daß er die meisten Sterne verblassen ließ, aber es blieben doch noch einige sichtbar. Dort, gerade über ihm, war der Heuwagen, dann die Fünf Schwestern und die Drei Gänse, die den Weg nach Norden zeigten. Der Bogenschütze, der Pflügende Bauer, der Schmied, die Schlange. Die Aiel nannten dieses Sternbild den Drachen. Der Schild, von manchen auch Falkenflügels Schild genannt – bei dem Gedanken wälzte er sich herum, denn in einigen seiner Erinnerungen hatte er nichts für Artur Paendrag Tanreall übrig –, der Hirsch und der Hammel. Der Pokal, und die Reisende, deren Stock deutlich zu sehen war.

Irgendein Geräusch erregte seine Aufmerksamkeit, er war aber nicht sicher, was es gewesen war. Wäre die Nacht nicht so ruhig gewesen, hätte dieser Laut nicht so verstohlen gewirkt, aber nun war er ihm gerade deshalb aufgefallen. Wer mochte hier herumschleichen? Neugierig richtete er sich auf einem Ellbogen auf – und erstarrte.

Wie die Schatten, die der Mond warf, huschten Gestalten um sein Zelt. Im Mondschein konnte er einen Augenblick lang ein verschleiertes Gesicht erkennen. Aiel? Was, beim Licht, war da los? Lautlos umringten sie das Zelt und traten näher heran. Helles Metall blinkte in der Dunkelheit auf, Stoff raschelte, als man ihn durchschnitt, und sie schlichen hinein. Nur einen Moment lang, dann waren sie wieder draußen. Und sie blickten sich um – es war hell genug, um das zu sehen.

Mat zog die Beine unter den Körper. Wenn er geduckt blieb, konnte er möglicherweise wegschlüpfen, ohne gehört zu werden.

»Mat?« rief Talmanes von weiter unten am Abhang. Er klang betrunken.

Mat rührte sich nicht. Vielleicht würde der Mann zurückgehen, wenn er ihn schlafend wähnte. Die Aiel schienen mit der Nacht zu verschmelzen, doch er war sicher, daß sie lediglich auf der Stelle zu Boden gegangen waren.

Talmanes Stiefel knirschten näher heran. »Ich habe Brandy hier, Mat. Ich glaube, Ihr solltet auch etwas trinken. Dann träumt man nicht mehr, Mat. Und man denkt nicht mehr an sie.«

Mat fragte sich, ob die Aiel ihn bei dem Lärm, den Talmanes veranstaltete, hören konnten, wenn er sich jetzt wegschlich. Es waren ungefähr zehn Schritte bis zum nächsten Schlafplatz seiner Männer – das Erste Banner der Kavallerie, Talmanes Donnerschläge, hatte heute nacht die ›Ehre‹ – und weniger als zehn bis zum Zelt und den Aiel. Sie waren schnell, doch mit ein oder zwei Schritt Vorsprung würden sie ihn nicht bekommen, bevor er nicht fünfzig Männer unmittelbar um sich hatte.

»Mat? Ich glaube nicht, daß Ihr schlaft, Mat. Ich habe Eure Miene gesehen. Es wird besser, wenn man die Träume ertränkt. Glaubt mir, ich kenne das.«

Mat kauerte am Boden, holte tief Luft und packte seinen Speer dabei fester. Zwei Schritte.

»Mat?« Talmanes kam immer näher. Der Idiot konnte jeden Moment über die Aiel stolpern. Sie würden ihm völlig geräuschlos die Kehle durchschneiden.

Seng dich, dachte Mat. *Ich hätte nur zwei Schritte gebraucht.* »Hoch die Schwerter!« schrie er und sprang auf. »Aiel im Lager!« Er rannte den Abhang hinunter. »Sammelt Euch am Banner! Sammelt Euch unter der Roten Hand! Kommt her, Ihr hundsföttischer Grabräuber!«

Das weckte natürlich alle auf. Es mußte wohl, denn immerhin brüllte er wie ein Stier im Dorngestrüpp! In jeder Richtung verbreiteten sich Rufe; Trommelschläge rissen die Männer hoch, und Trompeten riefen zum Sammeln. Die Männer des Ersten Banners sprangen unter Kampfgeschrei aus den Decken und rannten die Schwerter schwingend zu ihrer Flagge.

Trotzdem war es unbestreitbar, daß die Aiel ihm näher waren als die Soldaten. Und sie wußten genau, hinter wem sie her waren. Irgend etwas – Instinkt, sein Glück, vielleicht eine Eigenschaft des *Ta'veren;* jedenfalls konnte Mat bei all dem Lärm gewiß nichts gehört haben – brachte ihn dazu, herumzuwirbeln, gerade als die erste verschleierte Gestalt wie aus dem Nichts hinter ihm auftauchte. Keine Zeit zum Überlegen. Mit dem Schaft seines Speers parierte er die heranzuckende Speerspitze des Angreifers, doch seinen Gegenstoß fing der Aiel mit dem Armschild ab und trat ihm in den Bauch. Die Verzweiflung verlieh Mat die Kraft, auf den Beinen zu bleiben, obwohl er keine Luft bekam. Er duckte sich gerade noch unter der Speerspitze weg, die nur die Haut über seinen Rippen ritzte, schlug mit dem eigenen Speerschaft dem Aiel durch einen kräftigen Hieb die Beine unter dem Leib weg und durchbohrte sein Herz. Licht, hoffentlich war es wirklich ›sein‹ Herz!

Er riß den Speer rechtzeitig heraus, um sich dem Angriff der anderen zu stellen. *Ich hätte wegrennen sollen, als ich verdammt noch mal die Gelegenheit hatte!* Er benutzte den Speer wie einen Bauernspieß und so schnell wie noch nie zuvor in seinem Leben, ließ ihn wirbeln, fing die zustoßenden Speerspitzen der Aiel ab und hatte keine Zeit zurückzuschlagen. Zu viele. *Ich hätte meinen verfluchten Mund halten sollen und rennen!* Er bekam wieder Luft. »Kommt her, Ihr hirnlosen Schafdiebe! Seid Ihr alle taub? Putzt Euch die Ohren aus und sammelt Euch!«

Er fragte sich, wieso er noch nicht tot war. Er hatte beim ersten Aiel Glück gehabt, aber soviel Glück gab es einfach nicht. Plötzlich wurde ihm bewußt, daß er nicht mehr allein war. Ein magerer Soldat aus Cairhien in Unterwäsche fiel ihm mit einem schrillen Aufschrei vor die Füße und wurde durch einen Tairener mit flatterndem Hemd und geschwungenem Schwert ersetzt. Weitere Soldaten drängten heran und schrien alles mögliche, von »Lord Matrim und Sieg!« über »Die Rote Hand!« bis zu »Bringt dieses Ungeziefer um!«

Mat schlüpfte rückwärts weg und überließ ihnen das Kämpfen. *Der General, der in der ersten Linie kämpft, ist ein törichter Narr.* Das entsprang diesen uralten Erinnerungen, das Zitat eines Mannes, dessen Name nicht mehr Teil der Erinnerungen war. *Ein Mann könnte dort glatt umgebracht werden.* Das war der reine Mat Cauthon.

Zum Schluß war es die schiere Übermacht, die den Ausschlag gab. Ein Dutzend Aiel, und gegen sie, wenn nicht die ganze Bande, dann doch immerhin ein paar Hundert, die den Hügel emporklommen, bevor alles vorüber war. Zwölf Aiel getötet, und weil es Aiel gewesen waren, um die Hälfte mehr Tote bei der Bande. Dazu bluteten und stöhnten noch einmal mindestens doppelt so viele, bis man ihre Wunden versorgt hatte, soweit sie dann noch am Leben waren. Selbst nach dieser kurzen Auseinandersetzung schmerzte Mats Körper, und Blut rann aus einem halben Dutzend Wunden. Er vermutete, man werde ihn an mindestens drei Stellen nähen müssen.

Sein Speer gab einen guten Krückstock ab, als er hinüber zu Talmanes humpelte, der ausgestreckt auf dem Boden lag, während Daerid sein linkes Bein abband.

Talmanes weißes, geöffnetes Hemd glänzte an zwei Stellen dunkel und feucht. »Es scheint«, brachte er schwer atmend heraus, »daß Nerim wieder einmal seine Künste als Näherin bei mir ausprobieren muß, und das mit seinen Wurstfingern.« Nerim war sein Bursche und flickte seinen Herrn genauso oft zusammen wie dessen Kleidung.

»Wird er wieder?« fragte Mat leise.

Daerid zuckte die Achseln. Er hatte nur seine Hose an. »Er blutet weniger als Ihr, glaube ich.« Er blickte auf. Jetzt würde er der Sammlung auf seinem Gesicht eine neue Narbe hinzufügen können. »Gut, daß Ihr ihnen rechtzeitig aus dem Weg gegangen seid, Mat. Es ist unverkennbar, daß sie hinter Euch her waren.«

»Dann haben sie glücklicherweise nicht bekommen, was sie wollten.« Stöhnend kämpfte sich Talmanes mit einem Arm um Daerids Schulter auf die Beine. »Es wäre schlimm, das Glück der Bande einer Handvoll Wilder in der Nacht zu opfern.«

Mat räusperte sich. »Das hatte ich auch im Sinn.« Die Erinnerung daran, wie die Aiel in seinem Zelt verschwunden waren, stieg in seinem Geist empor und ließ ihn schaudern. Wieso, beim Licht, wollten Aiel ihn umbringen?

Nalesean kam von der Stelle herüber, wo man die Leichen der Aiel nebeneinandergelegt hatte. Selbst jetzt hatte er seinen Mantel an, wenn er auch nicht zugeknöpft war. Dabei studierte er finster einen Blutfleck auf dem Revers. Vielleicht war es sein eigenes Blut, vielleicht auch nicht. »Seng meine Seele, ich wußte doch, daß diese Wilden uns früher oder später überfallen würden. Ich schätze, sie kamen aus der Truppe, die uns vor ein paar Stunden überholt hat.«

»Das bezweifle ich«, sagte Mat. »Hätten sie mich gewollt, dann hätten sie mich auf den Spieß gesteckt und zum Abendessen über dem Feuer geröstet, bevor einer von Euch etwas gemerkt hätte.« Er zwang sich, hinüberzuhumpeln und die Aiel zu mustern. Er nahm eine Laterne mit, die jemand gebracht hatte, um den schwachen Mondschein zu unterstützen. Die Erleichterung, nur die Gesichter von Männern zu entdecken, ließ ihm die Knie zittern. Er kannte keinen von ihnen, aber er kannte sowieso nur wenige Aiel. »Shaido, denke ich«, sagte er und kehrte mit der Laterne zu den anderen zurück. Das konnten wirklich Shaido sein. Und Schattenfreunde dazu. Er wußte nur zu gut, daß es unter den Aiel Schattenfreunde gab. Und Schattenfreunde hatten allen Grund, seinen Tod zu wünschen.

»Morgen«, sagte Daerid, »sollten wir meiner Meinung nach eine dieser Aes Sedai auf dem anderen Ufer aufspüren. Talmanes wird es überleben, wenn er nicht zuviel Alkohol verloren hat, aber einige andere haben vielleicht nicht soviel Glück.« Nalesean sagte nichts, aber sein Knurren sprach Bände. Er war schließlich Tairener und liebte die Aes Sedai noch weniger als Mat.

Mat zögerte nicht mit seiner Zustimmung. Er würde nicht zulassen, daß eine Aes Sedai bei ihm die Macht anwandte – auf gewisse Weise bedeutete jede Narbe für ihn einen Sieg, eine weitere Gelegenheit, da er die Aes Sedai hatte meiden können –, aber er konnte von keinem Mann verlangen, deshalb zu sterben. Anschließend sagte er ihnen, was er noch wollte.

»Einen Graben?« fragte Talmanes in ungläubigem Tonfall.

»Rund um das Lager herum?« Naleseans Spitzbart bebte. »Jeden Abend?«

»Und eine Palisade?« rief Daerid. Er blickte sich schnell um und senkte die Stimme. Es befanden sich noch einige Soldaten in ihrer Nähe, um die Leichen wegzuschaffen. »Das wird eine Meuterei geben, Mat.«

»Nein, wird es nicht«, sagte Mat. »Am Morgen wird auch der letzte Mann wissen, daß sich Aiel ins Lager eingeschlichen hatten, um mein Zelt zu erreichen. Die Hälfte wird nicht mehr schlafen aus Angst, einen Aielspeer zwischen die Rippen zu bekommen. Ihr drei werdet ihnen die Tatsache schmackhaft machen, daß eine Palisade die Aiel davon abhalten wird, sich nochmal bei uns einzuschleichen.« Zumindest würde es sie aufhalten. »Jetzt geht und laßt mich heute nacht noch ein wenig schlafen.«

Nachdem sie weg waren, betrachtete er sein Zelt genauer. Lange Schlitze in den Wänden, wo die Aiel eingedrungen waren, deren Ränder im leichten Wind flatterten. Seufzend wollte er schon zu seiner Decke im Gestrüpp zurückkehren, zögerte dann aber. Das Geräusch, das ihn aufgeschreckt hatte. Die Aiel hatten kein Geräusch verursacht, hatten nicht einmal geflüstert. Ein Schatten war genauso laut wie ein Aiel. Was hatte das also verursacht?

Er stützte sich auf seinen Speer und humpelte um

das Zelt herum, wobei er den Boden genau betrachtete. Er wußte selbst nicht, wonach er suchte. Die weichen Aielstiefel hatten keine Spuren hinterlassen, soweit er das im Schein der Laterne feststellen konnte. Zwei der Zeltleinen hingen lose, wo man sie durchschnitten hatte, aber … Er stellte die Laterne auf den Boden und befühlte die Leinen. Dieses Geräusch hätte davon stammen können, daß man eine straffe Leine kappte, aber es hatte doch gar keinen Grund gegeben, sie durchzuschneiden, um hineinzukommen. Etwas an dem Winkel der Schnitte und der Art, wie sie sich aneinanderfügten, erregte seine Aufmerksamkeit. Er nahm die Laterne wieder und blickte sich in der Umgebung um. Ein dürftiger Busch unweit des Zeltes war an einer Seite abgeschnitten worden. Dünne Zweige mit kleinen Blättern daran lagen auf dem Boden. Der Busch war ganz sauber getrimmt worden, die Schnittfläche gerade und die Enden der abgeschnittenen Zweige glatt. Es wirkte, als habe ein Möbelschreiner daran gearbeitet.

Die Härchen in Mats Nacken standen zu Berge. Eines dieser Löcher in der Luft, wie sie Rand benutzte, war hier geöffnet worden. Schlimm genug, daß Aiel versucht hatten, ihn zu töten, aber sie waren von jemandem geschickt worden, der eines dieser … Tore, wie Rand sie bezeichnete, öffnen konnte. Licht, wenn er inmitten der Bande noch nicht einmal vor den Verlorenen in Sicherheit war, wo dann? Er fragte sich, wie er von nun an schlafen solle – vielleicht mit Wachfeuern um sein Zelt herum? Und mit einer Leibgarde – nein, als Ehrengarde würde er sie bezeichnen, damit es ihnen nicht ganz so schwerfallen würde, vor seinem Zelt Wache zu stehen. Beim nächsten Mal würden möglicherweise hundert Trollocs kommen, oder tausend, anstelle einer Handvoll Aiel. War er überhaupt wichtig genug für so etwas? Falls sie entschieden, er sei zu wichtig, könnte es beim nächsten Mal ein Verlorener sein. Blut und Asche! Er hatte nie darum gebeten, ein *Ta'veren* zu sein, und freiwillig hätte er sich niemals an den Wiedergeborenen verdammten Drachen gebunden!

»Blut und blutige …!«

Ein Knirschen am Boden in seinem Rücken warnte ihn, und er wirbelte knurrend mit dem Speer in Händen herum. Gerade noch rechtzeitig hielt er die zustoßende Klinge am Ende des Speers zurück, als Olver aufschrie und platt auf den Rücken fiel. Mit weit aufgerissenen Augen starrte der Junge die Speerspitze an.

»Was, beim verdammten Krater des Verderbens, tust du hier?« fuhr ihn Mat an.

»Ich … ich …« Der Junge mußte erst einmal schlucken. »Sie sagen, fünfzig Aiel hätten versucht, Euch im Schlaf zu töten, Lord Mat, aber Ihr hättet sie zuerst getötet, und ich wollte sehen, ob es Euch gutgeht, und … Lord Edorion hat mir Schuhe gekauft. Seht Ihr?« Er hob einen beschuhten Fuß.

Mat knurrte in sich hinein und zog Olver hoch. »Das hatte ich nicht gemeint. Warum bist du nicht in Maerone? Hat Edorion niemanden gefunden, der sich um dich kümmert?«

»Sie war nur hinter Lord Edorions Geld her und wollte mich gar nicht haben. Außerdem hatte sie schon sechs eigene Kinder. Meister Burdin gibt mir eine Menge zu essen, und alles, was ich tun muß, ist, seine Pferde zu tränken und sie trockenzureiben. Das gefällt mir, Lord Mat. Aber er läßt mich nicht reiten.«

Jemand räusperte sich. »Lord Talmanes hat mich geschickt, mein Lord.« Nerim war selbst für einen Bewohner Cairhiens klein, ein hagerer, grauhaariger Mann mit einem langen Gesicht, das wirkte, als wolle es sagen: ›Im Moment geht alles schief, und wahrscheinlich auch auf lange Sicht, aber heute ist ein besserer Tag als üblich.‹ »Wenn mein Lord mir meine Worte verzeiht, diese Blutflecke werden nie mehr aus der Unterwäsche meines Lords zu entfernen sein, aber falls mein Lord mir die Erlaubnis gibt, werde ich vielleicht in der Lage sein, etwas hinsichtlich der Risse in meinem Lord zu unternehmen.« Er hatte sein Nähkästchen unter den Arm geklemmt. »Du, Junge, hol ein wenig Wasser! Keine Widerrede. Wasser für meinen Lord, und das etwas plötzlich.« Nerim brachte es fertig, beim Verbeugen noch die Laterne aufzuheben. »Wenn mein Lord mit hinein kommen würde? Die Nachtluft ist schlecht für offene Wunden.«

Nach kurzer Zeit lag Mat neben seinem, Bettzeug auf dem Boden ausgestreckt – »Mein Lord wird seine Decken nicht beschmutzen wollen« –, ließ Nerim getrocknetes Blut abwaschen und ihn die Wunden zusammenflicken. Talmanes hatte recht: als Näherin war der Mann wirklich ein lausiger Versager. Da aber Olver zugegen war, blieb ihm nichts anderes übrig, als mit den Zähnen zu knirschen und alles über sich ergehen zu lassen.

In dem Versuch, sich von Nerims Nadel abzulenken, deutete Mat auf die zerschlissene Stofftasche, die von Olvers Schulter hing. »Was hast du da drinnen?« ächzte er.

Olver drückte die zerfledderte Tasche an seine Brust. Er war gewiß sauberer als zuvor, wenn auch nicht hübscher deswegen. Die Schuhe schienen fest zu sein, und sein wollenes Hemd und die Hose wirkten neu. »Das ist meine«, sagte er trotzig. »Ich habe nichts gestohlen.« Einen Augenblick später öffnete er die Tasche und fing an Gegenstände herauszunehmen. Eine Ersatzhose, zwei weitere Hemden und einige Paare Strümpfe interessierten ihn selbst offenbar wenig. Doch die anderen Dinge zählte er auf: »Das ist meine Feder von einem roten Milan, Lord Mat, und dieser Stein hat die Farbe der Sonne. Seht Ihr?« Er legte einen kleinen Beutel dazu. »Ich habe fünf Kupferpfennige und sogar einen Silberpfennig.« Ein eingerolltes Tuch, das durch eine Schnur zusammengehalten wurde, und ein kleines Holzkästchen. »Mein Schlange-und-Fuchs-Spiel. Das hat mein Vater für mich gemacht. Er hat auch das Brett bemalt.« Einen Moment lang verzog er sein Gesicht, als wolle er weinen, doch dann fuhr er fort: »Und schaut mal … In diesem Stein ist ein Fischkopf drin. Ich weiß nicht, wie er da hineingekommen ist. Und das ist mein Schildkrötenpanzer. Eine Schildkröte mit blauem Rücken. Seht Ihr die Streifen?«

Mat ächzte unter einem besonders harten Stoß der Nähnadel und streckte die Hand nach dem zusammengerollten Tuch aus. Er fühlte sich viel besser, wenn er durch die Nase atmete. Es war eigenartig, wie sich die Löcher in seinen Erinnerungen auswirkten. Er erinnerte sich beispielsweise daran, wie man Schlange und Fuchs spielte, aber nicht, daß er es jemals gespielt hätte. »Das ist ein schöner Schildkrötenpanzer, Olver. Ich hatte auch einmal einen. Eine grüne Karettschildkröte.« So streckte er die Hand nach der anderen Seite aus und fand seinen Geldbeutel. Er kramte zwei Goldkronen aus Cairhien heraus. »Steck die in deinen Beutel, Olver. Ein Mann braucht ein wenig Gold in der Tasche.«

Beleidigt begann Olver, seine Habseligkeiten in die Tasche zu packen. »Ich bettle nicht, Lord Mat. Ich kann für mein Essen arbeiten. Ich bin kein Bettler.«

»Ich habe das auch nie behauptet.« Mat überlegte krampfhaft, um einen Grund zu finden, den Jungen mit den beiden Kronen bezahlen zu können. »Ich … ich brauche jemanden als Laufburschen, um für mich Botschaften zu überbringen. Ich kann kein Mitglied der Bande darum bitten, denn sie haben alle ihre Aufgaben als Soldaten. Sicher, du müßtest dann dein eigenes Pferd pflegen. Ich kann schlecht jemand anders bitten, das für dich zu erledigen.«

Olver stand plötzlich ganz gerade da. »Ich würde mein eigenes Pferd bekommen?« fragte er ungläubig.

»Selbstverständlich. Dann ist da noch etwas. Ich heiße Mat. Wenn du mich noch einmal *Lord* Mat nennst, werde ich dir einen Knoten in die Nase machen.« Aufbrüllend zuckte er hoch. »Seng Euch, Nerim. Das ist ein Bein und kein verdammtes Stück Rindfleisch!«

»Wie mein Lord meint«, murmelte Nerim. »Das Bein meines Lords ist kein Stück Rindfleisch. Ich danke Euch, mein Lord, daß Ihr mich davon unterrichtet habt.«

Olver fühlte zögernd nach seiner Nase, als überlege er, ob sie sich wirklich verknoten ließe.

Mat sank stöhnend zurück. Nun hatte er sich den Jungen aufgehalst und ihm damit keineswegs einen Gefallen getan, jedenfalls nicht, falls er beim nächsten Mal in der Nähe war, wenn die Verlorenen sich bemühten, die Anzahl der *Ta'veren* auf der Welt zu verringern. Nun, sollte Rands Plan aufgehen, würde es statt dessen einen Verlorenen weniger geben. Wenn es allerdings nach Mat Cauthon ging, wollte er sich lieber aus allen Schwierigkeiten heraushalten, bis es keine Verlorenen mehr gab.

KAPITEL 15

Um eine Botschaft zu begreifen …

Graendal beherrschte sich gerade noch, um nicht erstaunt die Augen aufzureißen, als sie den Saal betrat, doch ihr Gewand aus Streith verfärbte sich zu einem stumpfen Schwarz, bevor sie es verhindern und wieder in einen blauen Nebelschleier verwandeln konnte. Sammael hatte alles dafür getan, daß keiner glauben mochte, es handle sich hier um den Großen Ratssaal in Illian. Andererseits wäre sie überrascht gewesen, falls irgend jemand außer ihm selbst jemals uneingeladen so weit in die Gemächer ›Lord Brends‹ vordringen würde. Die Luft war angenehm kühl. In einer Ecke stand der Hohlzylinder eines Luftaustauschers. Glühbirnen, hell und gleichmäßig leuchtend, wirkten eigenartig auf den schweren, goldenen Kerzenhaltern und ergaben eine wesentlichere Beleuchtung, als Kerzen oder Öllampen jemals liefern konnten. Ein kleines Musikgerät stand auf dem Marmorsims des Kamins und gab aus seinem Speicher die sanften Klänge einer Klangskulptur wieder, die man vermutlich außerhalb dieses Saals dreitausend Jahre lang nicht mehr vernommen hatte. Und sie erkannte mehrere der Kunstwerke an den Wänden.

Sie blieb vor Ceran Tols *Tempo der Unendlichkeit* stehen. Es handelte sich nicht um eine Kopie. »Man könnte meinen, du hättest ein Museum geplündert, Sammael.« Es fiel ihr schwer, den Neid aus ihrem Tonfall herauszuhalten, und als sie sein leichtes Lächeln entdeckte, war ihr klar, daß er sie durchschaut hatte.

Er goß Wein in zwei silberne Pokale und reichte ihr

einen davon. »Nur eine Stasis-Kammer. Ich denke, die Menschen haben versucht, alles zu bewahren, was sie nur konnten, damals, in jenen letzten Tagen.« Sein Lächeln verzerrte diese schreckliche Narbe, die schräg über sein Gesicht verlief. Er blickte sich stolz in dem Saal um. Besonders selbstgefällig sah er das Zarabrett an, das sein Spielfeld aus im Moment noch durchscheinenden Würfeln in die Luft projizierte. Ihm hatten schon immer die gewaltsameren Spiele am besten gefallen. Klar – ein Zarabrett bedeutete, daß die Stasis-Kammer von jemandem gefüllt worden war, der dem Großen Herrn folgte, denn auf der anderen Seite hatte bereits der Besitz einer einzigen früher einmal menschlichen Spielfigur zu einer Gefängnisstrafe geführt. Was hatte er sonst noch gefunden?

Sie schlürfte ihren Wein und unterdrückte ein Aufseufzen, denn er stammte aus dem Hier und Jetzt. Sie hatte auf die zarte Blume eines Satare oder einen der exquisiten Comolader gehofft. Dann strich sie mit beringten Fingern über ihr Gewand. »Ich habe auch eine gefunden, doch sie enthielt außer Streith nur eine abschreckende Sammlung von nutzlosem Schrott.« Da er sie schließlich hierher eingeladen und ihr dies alles gezeigt hatte, war es an der Zeit für Vertraulichkeiten. Kleine Vertraulichkeiten.

»Wie traurig für dich.« Wieder dieses leichte Lächeln. Er hatte zweifellos mehr gefunden als nur hübsche Spielzeuge. »Auf der anderen Seite«, fuhr er fort, »bedenke bitte, wie furchtbar es gewesen wäre, eine Kammer zu öffnen und ein Nest voll Cafar aufzuscheuchen, oder sagen wir, eine Jumara, oder eine von Aginors anderen kleinen Schöpfungen. Wußtest du, daß in der Fäule Jumara frei herumlaufen? Voll ausgewachsen, wenn sie sich nun auch niemals verwandeln werden. Sie bezeichnen sie als ›Würmer‹.« Darüber mußte er derart schallend lachen, daß sein ganzer Körper bebte.

Graendal lächelte um einiges wärmer als ihr zumute war, aber falls ihr Gewand die Farbe änderte, war es wohl nur eine kleine Nuance. Sie hatte einmal eine unangenehme, ja beinahe tödliche Begegnung mit einem von Aginors Geschöpfen erlebt. Der Mann war auf seine Art brillant gewesen, aber eben wahnsinnig. Nur ein Wahnsinniger hätte etwas wie den Gholam geschaffen. »Du scheinst guter Dinge zu sein?«

»Warum auch nicht?« erwiderte er überschwenglich. »Ich habe ein ganzes Lager voller *Angreal* und was dort sonst noch so enthalten sein mag, schon beinahe in der Hand. Schau nicht so überrascht drein. Natürlich habe ich gewußt, daß der Rest von euch spioniert hat in der Hoffnung, daß ich euch ohne es zu wissen dorthin führen werde. Nun, das wird euch nicht helfen. O ja, ich werde mit euch teilen, aber erst, nachdem es sich in meinem Besitz befindet und ich ausgewählt habe, was ich für mich behalten will.« Er lag entspannt auf einem stark vergoldeten Sessel – oder vielleicht bestand er sogar aus reinem Gold, das sähe ihm ähnlich –, hatte einen Stiefel auf die Spitze des anderen gestützt und strich sich den goldenen Bart. »Außerdem habe ich al'Thor einen Abgesandten geschickt. Und die Antwort ist positiv ausgefallen.«

Graendal hätte fast ihren Wein verschüttet. »Tatsächlich? Ich hörte, er habe deinen Boten getötet.« Falls ihn ihr Wissen um diese Tatsache erschütterte, beherrschte er sich gut. Er lächelte sogar.

»Al'Thor hat niemanden getötet. Andris ging dorthin, um zu sterben. Glaubst du, ich will auf einen Kurier warten? Oder gar auf *Tauben? Wie* er starb, vermittelte mir die Antwort al'Thors.«

»Und die lautete?« fragte sie zurückhaltend.

»Waffenstillstand zwischen uns.«

Eisige Finger schienen sich in ihre Kopfhaut zu krallen. Das konnte doch nicht wahr sein. Trotzdem … er wirkte so entspannt, wie sie ihn seit dem Erwachen nicht mehr erlebt hatte. »Lews Therin würde niemals …«

»Lews Therin ist schon lange tot, Graendal.« Der Einwurf klang amüsiert, sogar ein wenig spöttisch. Überhaupt nicht ärgerlich.

Sie verbarg ein tiefes Luftholen, indem sie zu trinken vorgab. Konnte es stimmen? »Sein Heer sammelt sich immer noch in Tear. Ich habe es gesehen. Das wirkt auf mich kaum wie ein Waffenstillstand.«

Sammael lachte schallend. »Es kostet Zeit, ein Heer zurückzurufen. Glaub mir, es wird niemals gegen mich ins Feld ziehen.«

»Glaubst du das wirklich? Ein oder zwei von meinen kleinen Freunden berichten, daß er dich töten will, weil du ein paar seiner Lieblingstöchter hast umbringen lassen. Wäre ich an deiner Stelle, dann würde ich mir überlegen, mich irgendwo aufzuhalten, wo er mich nicht aufspüren könnte.« Er zuckte nicht mit der Wimper. Es war, als hätte man alle Fäden durchgeschnitten, die ihn sonst tanzen ließen.

»Was spielt es schon für eine Rolle, wenn ein paar Töchter des Speers gestorben sind?« Seine Miene wirkte ehrlich verdutzt. »Es war im Kampf, und Soldaten fallen nun einmal im Kampf. Al'Thor mag ja ein Bauer sein, aber er verfügt über Generäle, die seine Schlachten austragen und ihm die Lage erklären können. Ich bezweifle, daß er das überhaupt bemerkt hat.«

»Du hast dir diese Menschen wirklich niemals richtig angesehen. Sie haben sich genauso verändert wie das Land, Sammael. Nicht nur die Aiel. Auf gewisse Weise haben sich die anderen noch viel mehr verändert. Diese Soldaten waren Frauen, und für Rand al'Thor stellt das einen Unterschied dar.«

Er zuckte die Achseln, als sei das alles nebensächlich, und sie unterdrückte ihre aufkommende Verachtung und sorgte dafür, daß das Streith unverändert als ruhiger Nebel um ihren Körper wallte. Er hatte nie verstanden, daß man die Menschen kennen mußte, um sie sich gefügig zu machen. Innerer Zwang war schön und gut, aber man konnte nicht eine ganze Welt mit Hilfe dieser künstlichen Zwangsvorstellungen beherrschen.

Sie fragte sich, ob die Stasis-Kammer vielleicht jenes Lager war, das er angeblich ›schon beinahe in der Hand hatte‹. Wenn er auch nur einen einzigen *Angreal* hatte … Sollte es der Fall sein, dann würde sie es herausfinden, allerdings vielleicht erst dann, wenn er es zuließ. »Ich schätze, wir werden noch erleben, um wie vieles klüger der neue Lews Therin mittlerweile geworden ist.« Sie zog fragend eine Augenbraue hoch und brachte es fertig, ein wenig zu lächeln. Keine Reaktion. Wie konnte er sich nur plötzlich so gut beherrschen? Lews Therins Name allein hätte ausreichen sollen, um ihn hochgehen zu lassen. »Wenn er es nicht schafft, dich aus Illian hinauszutreiben wie eine Cosa auf einen Baum, wird er dich vielleicht …«

»Das könnte aber ein langes Warten werden«, unterbrach er sie in verbindlichem Tonfall. »Das heißt, zu lange für dich.«

»Soll das eine Drohung sein, Sammael?« Ihr Gewand veränderte die Farbe zu einem hellen Rosa, aber sie beließ es dabei. Sollte er doch merken, daß sie zornig war. »Ich glaubte, du hättest schon vor langer Zeit gelernt, daß es ein Fehler ist, mir zu drohen.«

»Keine Drohungen, Graendal«, erwiderte er gelassen. All seine Schwachstellen, an denen man ihn sonst packen konnte, schienen mit einem Mal unempfindlich zu sein; nichts schien diese amüsierte Kühle brechen zu können. »Bloße Tatsachen. Al'Thor wird mich nicht angreifen und ich ihn auch nicht. Und selbstverständlich habe ich mich einverstanden erklärt, keinem anderen der Auserwählten zu Hilfe zu kommen, sollte al'Thor sie aufspüren. Alles das entspricht eindeutig den Befehlen des Großen Herrn, oder nicht?«

»Selbstverständlich.« Sie verzog keine Miene, aber das Rosa des Streith war dunkler geworden und es hatte etwas von der Verschwommenheit verloren. Teilweise drückte die Farbe immer noch Zorn aus. Es war mehr an dieser Sache dran, aber wie sollte sie das herausbekommen?

»Und das bedeutet«, fuhr er fort, »daß ich höchstwahrscheinlich am Tag der Wiederkehr der einzige sein werde, der noch übrig ist, um sich al'Thor zum Kampf zu stellen.«

»Ich bezweifle, daß er es fertigbringen wird, uns alle zu töten«, sagte sie beißend, doch auch in ihrem Magen rührte sich etwas Beißendes. Zu viele der Auserwählten waren bereits gestorben. Sammael mußte einen Weg gefunden haben, um sich bis zum Schluß herauszuhalten – das war die einzig mögliche Erklärung.

»Du zweifelst daran? Nicht einmal, wenn er erfährt, wo ihr euch alle aufhaltet?« Sein Lächeln vertiefte sich. »Ich weiß mit Bestimmtheit, was Demandred plant, aber wo versteckt er sich? Wo ist Semirhage? Mesaana? Wie steht es mit Asmodean und Lanfear? Moghedien?«

Diese kalten Finger kehrten zurück und krallten sich in ihren Schädel. Er würde nicht hier herumsitzen und solche Dinge sagen – er würde nicht wagen, das anzudeuten, was er andeutete, außer …

»Asmodean und Lanfear sind tot, und ich bin sicher, auch Moghedien teilt ihr Schicksal.« Sie war überrascht von dem Klang ihrer eigenen Stimme: heiser und unsicher. Der Wein schien ihre ausgetrocknete Kehle nicht zu befeuchten.

»Und die anderen?« Es war nur eine Frage. Seine Stimme klang nicht hartnäckig. Sie ließ sie schaudern.

»Ich habe dir gesagt, was ich weiß, Sammael.«

»Also nichts. Wenn ich Nae'blis bin, werde ich denjenigen auswählen, der gleich unter mir kommt; er muß am Leben bleiben, um die Berührung des Großen Herrn zu erfahren.«

»Willst du damit sagen, daß du im Schayol Ghul warst? Daß dir der Große Herr versprochen hat …?«

»Du wirst alles erfahren, wenn es an der Zeit ist, aber nicht vorher. Doch nur ein kleiner Ratschlag, Graendal. Bereite dich jetzt darauf vor. Wo halten sie sich auf?«

Ihr Verstand arbeitete fieberhaft. Er mußte dieses Versprechen erhalten haben. Ganz gewiß. Doch warum gerade er? Nein, sie hatte keine Zeit für fruchtlose Überlegungen. Der Große Herr wählte aus, wen er haben wollte. Und Sammael wußte, wo sie sich aufhielt. Sie konnte aus Arad Doman fliehen und sich anderswo häuslich einrichten; das wäre nicht schwer. Die kleinen Spielchen, die sie dort spielte, und sogar die größeren Spiele, die sie damit wohl aufgeben müßte, wären ein geringer Verlust, verglich sie das mit der Vorstellung, al'Thor – oder Lews Therin – wäre hinter ihr her. Sie hatte nicht die Absicht, sich ihm jemals offen zum Kampf zu stellen. Wenn ihm schon Ishamael und Rahvin zum Opfer gefallen waren, würde sie sich nicht kopfüber auf ihn stürzen. Sammael *mußte* dieses Versprechen erhalten haben. Wenn er jetzt starb … Er benützte bestimmt gerade *Saidin* – er wäre verrückt, solche Dinge zu sagen, ohne sich zu schützen. Und er würde es im gleichen Moment spüren, wenn sie nach *Saidar* griff. Dann wäre sie diejenige, die sterben würde. Er mußte es bekommen haben. »Ich … weiß nicht, wo sich Demandred oder Semirhage aufhalten. Mesaana … Mesaana ist in der Weißen Burg. Das ist alles, was ich weiß. Ich schwöre es.«

Der Ring um ihre Brust lockerte sich, als er schließlich nickte. »Du wirst die anderen für mich suchen.«

Es war nicht als Frage gemeint. »Alle, Graendal. Wenn du willst, daß ich jemanden für tot halte, dann zeige mir die Leiche.«

Sie wünschte sich den Mut, ihn zu einer Leiche zu machen. Ihr Gewand veränderte wellenartig die Farbe. Wild leuchtende Rotschattierungen gaben ihren Zorn, ihre Angst und Scham wieder, die Gefühle, von denen sie abwechselnd gepackt wurde. Also gut, sollte er sie doch für eingeschüchtert halten. Wenn er Mesaana al'Thor ans Messer lieferte, wenn er sie alle al'Thor ans Messer lieferte, in Ordnung, solange *ihr* das al'Thor vom Leibe hielt. »Ich will es versuchen.«

»Versuche es nicht nur, Graendal. Nicht nur ›versuchen‹!«

Als Graendal gegangen war und sich das Tor zu ihrem Palast in Arad Doman geschlossen hatte, ließ Sammael das Lächeln von seinem Gesicht verschwinden. Seine Wangen schmerzten, so hatte er sich dabei anstrengen müssen. Graendal überlegte zuviel; sie war so daran gewöhnt, andere zu zwingen, für sie zu handeln, daß sie gar nicht daran dachte, etwas selbst in die Hand zu nehmen. Er fragte sich, was sie wohl davon halten würde, wenn sie jemals herausfand, daß er sie genauso geschickt manipuliert hatte, wie sie in ihren besten Zeiten so viele Narren an ihren Fäden hatte tanzen lassen. Er war bereit, jede Wette einzugehen, daß sie sein wahres Ziel nicht ahnte. Also befand sich Mesaana in der Weißen Burg. Mesaana in der Burg und Graendal in Arad Doman. Wäre Graendal in der Lage gewesen, jetzt seine Miene zu sehen, hätte sie wirklich Angst empfunden. Was auch geschehen mochte: Sammael hatte vor, derjenige zu sein, der am Tag der Wiederkehr auf dem Posten war, um sich zum Nae'blis ernennen zu lassen und den Wiedergeborenen Drachen zu besiegen.

GLOSSAR

VORBEMERKUNG ZUR DATIERUNG

Der Tomanische Kalender (von Toma dur Ahmid entworfen) wurde ungefähr zwei Jahrhunderte nach dem Tod des letzten männlichen Aes Sedai eingeführt. Er zählte die Jahre Nach der Zerstörung der Welt (NZ). Da aber die Jahre der Zerstörung und die darauf folgenden Jahre über fast totales Chaos herrschte und dieser Kalender erst gut hundert Jahre nach dem Ende der Zerstörung eingeführt wurde, hat man seinen Beginn völlig willkürlich gewählt. Am Ende der Trolloc-Kriege waren so viele Aufzeichnungen vernichtet worden, daß man sich stritt, in welchem Jahr der alten Zeitrechnung man sich überhaupt befand. Tiam von Gazar schlug die Einführung eines neuen Kalenders vor, der am Ende dieser Kriege einsetzte und die (scheinbare) Erlösung der Welt von der Bedrohung durch Trollocs feierte. In diesem zweiten Kalender erschien jedes Jahr als sogenanntes Freies Jahr (FJ). Innerhalb der zwanzig auf das Kriegsende folgenden Jahre fand der Gazareische Kalender weitgehend Anerkennung. Artur Falkenflügel bemühte sich, einen neuen Kalender durchzusetzen, der auf seiner Reichsgründung basierte (VG = Von der Gründung an), aber dieser Versuch ist heute nur noch den Historikern bekannt. Nach weitreichender Zerstörung, Tod und Aufruhr während des Hundertjährigen Krieges entstand ein vierter Kalender durch Uren din Jubai Fliegende Möve, einem Gelehrten der Meerleute, und wurde von dem Panarchen Farede von Tarabon weiterverbreitet. Dieser Farede-Kalender zählt die Jahre der Neuen Ära (NÄ) von dem willkürlich angenommenen Ende des Hundertjährigen Kriegs an und ist während der geschilderten Ereignisse in Gebrauch.

A'dam (aidam): Ein Gerät, mit dessen Hilfe man Frauen kontrollieren kann, die die Macht lenken, und das nur von Frauen benützt werden kann, die entweder selbst die Fähigkeit besitzen, mit der Macht umzugehen, oder die das zumindest erlernen können. Er verknüpft die beiden Frauen. Der von den Seanchan verwendete Typ besteht aus einem Halsband und einem Armreif, die durch eine Leine miteinander verbunden sind. Alles besteht aus einem silbrigen Metall. Falls ein Mann, der die Macht lenken kann, mit Hilfe eines *A'dam* mit einer Frau verknüpft wird, wird das wahrscheinlich zu beider Tod führen. Selbst die bloße Berührung eines *A'dam* durch einen Mann mit dieser Fähigkeit, verursacht ihm große Schmerzen, falls dieser *A'dam* von einer Frau mit Zugang zur Wahren Quelle getragen wird (*siehe auch:* Seanchan, Verknüpfung).

Aes Sedai (Aies Sehdai): Träger der Einen Macht. Seit der Zeit des Wahnsinns sind alle überlebenden Aes Sedai Frauen. Von vielen respektiert und verehrt, mißtraut man ihnen und fürchtet, ja, haßt sie weitgehend. Viele geben ihnen die Schuld an der Zerstörung der Welt und allgemein glaubt man, sie mischten sich in die Angelegenheiten ganzer Staaten ein. Gleichzeitig aber findet man nur wenige Herrscher ohne Aes Sedai-Berater, selbst in Ländern, wo schon die Existenz einer solchen Verbindung geheimgehalten werden muß. Nach einigen Jahren, in denen sie die Macht gebrauchen, beginnen die Aes Sedai, alterslos zu wirken, so daß auch eine Aes Sedai, die bereits Großmutter sein könnte, keine Alterserscheinungen zeigt, außer vielleicht ein paar grauen Haaren (*siehe auch:* Ajah; Amyrlin-Sitz; Zerstörung der Welt).

Aiel (Aiiehl): die Bewohner der Aiel-Wüste. Gelten als wild und zäh. Man nennt sie auch Aielmänner. Vor dem Töten verschleiern sie ihre Gesichter. Sie nehmen kein Schwert in die Hand, nicht einmal in tödlichster Gefahr, und sie reiten nur unter Zwang auf einem Pferd, sind aber tödliche Krieger, ob mit Waffen oder nur mit bloßen Händen. Die Aielmänner benützen für den Kampf die Bezeichnung ›der Tanz‹ und ›der Tanz der Speere‹. Sie sind in zwölf Clans zersplittert: die Chareen, die Codarra, die Daryne, die Goshien, die Miagoma, die Nakai, die Reyn, die Shaarad, die Shaido, die Shiande, die Taardad und die Tomanelle. Jeder Clan ist wiederum in Septimen eingeteilt. Manchmal sprechen sie auch von einem dreizehnten Clan, dem Clan, Den Es Nicht Gibt, den Jenn, die einst Rhuidean erbauten. Es gehört zum Allgemeinwissen, daß die Aiel einst den Aes Sedai den Dienst versagten und dieser Sünde wegen in die Aiel-Wüste verbannt wurden, und daß sie der Vernichtung anheimfallen, sollten sie noch einmal die Aes Sedai im Stich lassen (*siehe auch:* Aiel-Kriegergemeinschaften; Aiel-Wüste; Trostlosigkeit; *Gai'schain*; Rhuidean).

Aielkrieg (976–78 NÄ): Als König Laman von Cairhien den Avendoraldera fällte, überquerten vier Clans der Aiel das Rückgrat der Welt. Sie eroberten und brandschatzten die Hauptstadt Cairhien und viele andere kleine und große Städte im Land. Der Konflikt weitete sich schnell nach Andor und Tear aus. Im allgemeinen glaubt man, die Aiel seien in der Schlacht an der Leuchtenden Mauer vor Tar Valon endgültig besiegt worden, aber in Wirklichkeit fiel König Laman in dieser Schlacht und die Aiel, die damit ihr Ziel erreicht hatten, kehrten über das Rückgrat der Welt in ihre Heimat zurück (*siehe auch: Avendoraldera*, Cairhien; Rückgrat der Welt).

Aiel-Kriegergemeinschaften: Alle Aiel-Krieger sind Mitglieder einer von zwölf Kriegergemeinschaften. Es sind die Schwarzaugen *(Seia Doon)*, die Brüder des Adlers *(Far Aldazar Din)*, die Läufer der Dämmerung *(Rahien Sorei)*, die Messerhände *(Sovin Nai)*, Töchter des Speers *(Far Dareis Mai)*, die Bergtänzer *(Hama N'dore)*, die Nachtspeere *(Cor Darei)*, die Roten Schilde *(Aethan Dor)*, die Steinhunde *(Shae'en M'taal)*, die Donnergänger

(Sha'mad Conde), die Blutabkömmlinge *(Tain Shari)* und die Wassersucher *(Duahde Mahdi'in)*. Jede Gemeinschaft hat eigene Gebräuche und manchmal auch ganz bestimmte Pflichten. Zum Beispiel fungieren die Roten Schilde als Polizei. Steinsoldaten werden häufig als Nachhut bei Rückzugsgefechten eingesetzt. Die Töchter des Speers sind besonders gute Kundschafterinnen. Die Clans der Aiel bekämpfen sich auch gelegentlich untereinander, aber Mitglieder der gleichen Gemeinschaft kämpfen nicht gegeneinander, selbst wenn ihre Clans im Krieg miteinander liegen. So gibt es jederzeit, sogar während einer offenen kriegerischen Auseinandersetzung, Kontakt zwischen den Clans (*siehe auch:* Aiel; Aiel-Wüste, *Far Dareis Mai*).

Aiel-Wüste: das rauhe, zerrissene und fast wasserlose Gebiet östlich des Rückgrats der Welt, von den Aiel auch das Dreifache Land genannt. Nur wenige Außenseiter wagen sich dorthin, nicht nur, weil es für jemanden, der nicht dort geboren wurde, fast unmöglich ist, Wasser zu finden, sondern auch, weil die Aiel sich im ständigen Kriegszustand mit allen anderen Völkern befinden und keine Fremden mögen. Nur fahrende Händler, Gaukler und die Tuatha'an dürfen sich in die Wüste begeben, und sogar ihnen gegenüber sind die Kontakte eingeschränkt, da sich die Aiel bemühen, jedem Zusammentreffen mit den Tuatha'an aus dem Weg zu gehen, die von ihnen auch als ›die Verlorenen‹ bezeichnet werden. Es sind keine Landkarten der Wüste bekannt.

Ajah: Sieben Gesellschaftsgruppen unter den Aes Sedai. Jede Aes Sedai außer der Amyrlin gehört einer solchen Gruppe an. Sie unterscheiden sich durch ihre Farben: Blaue Ajah, Rote Ajah, Weiße Ajah, Grüne Ajah, Braune Ajah, Gelbe Ajah und Graue Ajah. Jede Gruppe folgt ihrer eigenen Auslegung in bezug auf die Anwendung der Einen Macht und die Existenz der Aes Sedai. Zum Beispiel setzen die Roten Ajah all ihre Kraft dazu ein, Männer zu finden und zu beeinflussen, die versuchen, die Macht auszuüben. Eine Braune Ajah andererseits leugnet alle Verbindung zur Außenwelt und verschreibt sich ganz der Suche nach Wissen. Die Weißen Ajah meiden soweit wie möglich die Welt und das weltliche Wissen und widmen sich Fragen der Philosophie und Wahrheitsfindung. Die Grünen Ajah (die man während der Trolloc-Kriege auch Kampf Ajah nannte) stehen bereit, jeden neuen Schattenlord zu bekämpfen, wenn Tarmon Gai'don naht. Die Gelben Ajah konzentrieren sich auf alle Arten der Heilkunst. Die Blauen beschäftigen sich vor allem mit der Rechtsprechung. Die Grauen sind die Mittler, die sich um Harmonie und Übereinstimmung bemühen. Es gibt Gerüchte über eine Schwarze Ajah, die dem Dunklen König dient. Die Existenz dieser Ajah wird jedoch von offiziellen Stellen energisch dementiert.

Altara: Nation am Meer der Stürme, die aber in Wirklichkeit nur durch den Namen überhaupt nach außen hin als Einheit dargestellt wird. Die Menschen in Altara betrachten sich zuallererst als Bürger einer Stadt oder eines Dorfes, oder als Dienstleute dieses Lords und jener Lady, und erst in zweiter Linie als Einwohner Altaras. Nur wenige Adlige zahlen der Krone ihre Steuern, und ihre Dienstverpflichtung ist höchstens als Lippenbekenntnis aufzufassen. Der Herrscher Altaras (zur Zeit Königin Tylin Quintara aus dem Hause Mitsobar) ist nur selten mehr als eben der mächtigste Adlige im Land, und manche waren noch nicht einmal das. Der Thron der Winde ist so bedeutungslos, daß ihn viele mächtige Adlige bereits verschmähten, obwohl sie in der Lage gewesen wären, ihn zu besteigen.

Alte Sprache, die: die vorherrschende Sprache während des Zeitalters der Legenden. Man erwartet im allgemeinen von Adligen und anderen gebildeten Menschen, daß sie diese Sprache erlernt haben. Die meisten aber kennen nur ein paar Wörter. Eine Übersetzung stößt oft auf Schwierigkeiten, da sehr häufig Wörter oder Ausdruckswesen mit vielschichtigen, subtilen Bedeutungen vorkommen (*siehe auch:* Zeitalter der Legenden).

al'Thor, Tam: ein Bauer und Schäfer von den Zwei Flüssen. Als junger Mann zog er aus, um Soldat zu werden. Er kehrte später mit seiner Frau (Kari, mittlerweile verstorben) und einem Kind (Rand) nach Emondsfeld zurück.

Amyrlin-Sitz, der: (1) Titel der Führerin der Aes Sedai. Auf Lebenszeit vom Turmrat, dem höchsten Gremium des Aes Sedai, gewählt; dieser besteht aus je drei Abgeordneten (Sitzende genannt, wie z. B. in »Sitzende der Grünen« …) der sieben Ajahs. Der Amyrlin-Sitz hat, jedenfalls theoretisch, unter den Aes Sedai beinahe uneingeschränkte Macht. Sie hat in etwa den Rang einer Königin. Etwas weniger formell ist die Bezeichnung: die Amyrlin. (2) Thron der Führerin der Aes Sedai.

Amys: die Weise Frau der Kaltfelsenfestung. Sie ist eine Traumgängerin, eine Aiel der Neun-Täler-Septime der Taardad Aiel. Verheiratet mit Rhuarc, Schwesterfrau der Lian, der Dachherrin der Kaltfelsenfestung, und der Schwestermutter der Aviendha.

Angreal: ein Überbleibsel aus dem Zeitalter der Legenden. Es erlaubt einer Person, die die Eine Macht lenken kann, einen stärkeren Energiefluß zu meistern, als das sonst ohne Hilfe und ohne Lebensgefahr möglich ist. Einige wurden zur Benützung durch Frauen hergestellt, andere für Männer. Gerüchte über *Angreal*, die von beiden Geschlechtern benützt werden können, wurden nie bestätigt. Es ist heute nicht mehr bekannt, wie sie angefertigt wurden. Es existieren nur noch sehr wenige (*siehe auch: sa'Angreal, ter'Angreal*).

Arad Doman: Land und Nation am Aryth-Meer. Im Augenblick durch einen Bürgerkrieg und gleichzeitig ausgetragene Kriege gegen die Anhänger des Wiedergeborenen Drachen und gegen Tarabon zerrissen. Domani-Frauen sind berühmt und berüchtigt für ihre Schönheit,

Verführungskunst und für ihre skandalös offenherzige Kleidung.

Atha'an Miere: *siehe* Meervolk.

Aufgenommene: junge Frauen in der Ausbildung zur Aes Sedai, die eine bestimmte Stufe erreicht und einige Prüfungen bestanden haben. Normalerweise braucht man ca. fünf bis zehn Jahre, um von der Novizin zur Aufgenommenen erhoben zu werden. Die Aufgenommenen sind in ihrer Bewegungsfreiheit weniger eingeschränkt als die Novizinnen und es ist ihnen innerhalb bestimmter Grenzen sogar erlaubt, eigene Studiengebiete zu wählen. Eine Aufgenommene hat das Recht, einen Großen Schlangenring zu tragen, aber nur am dritten Finger ihrer linken Hand. Wenn eine Aufgenommene zur Aes Sedai erhoben wird, wählt sie ihre Ajah, erhält das Recht, deren Stola zu tragen und darf den Ring an jedem Finger oder auch gar nicht tragen, je nachdem, was die Umstände von ihr verlangen (*siehe auch:* Aes Sedai).

Avendoraldera: ein in Cairhien aus einem *Avendesora*-Keim gezogener Baum. Der Keimling war ein Geschenk der Aiel im Jahre 566 NÄ. Es gibt aber keinen zuverlässigen Bericht über eine Verbindung zwischen den Aiel und dem legendären Baum des Lebens.

Bair: Weise Frau der Haido-Spetime der Shaarad Aiel; eine Traumgängerin. Sie kann die Macht nicht benützen (*siehe auch:* Traumgänger).

Behüter: ein Krieger, der einer Aes Sedai zugeschworen ist. Das geschieht mit Hilfe der Einen Macht, und er gewinnt dadurch Fähigkeiten wie schnelles Heilen von Wunden, er kann lange Zeiträume ohne Wasser, Nahrung und Schlaf auskommen und den Einfluß des Dunklen Königs auf größere Entfernung spüren. So lange er am Leben ist, weiß die mit ihm verbundene Aes Sedai, daß er lebt, auch wenn er noch so weit entfernt ist, und sollte er sterben, dann weiß sie den genauen Zeitpunkt und auch den Grund seines Todes. Allerdings weiß sie nicht, wie weit von ihr entfernt er sich befindet oder in welcher Richtung. Die meisten Ajahs gestatten einer Aes Sedai den Bund mit nur einem Behüter. Die Roten Ajah allerdings lehnen die Behüter für sich selbst ganz ab, während die Grünen Ajah eine Verbindung mit so vielen Behütern gestatten, wie die Aes Sedai es wünscht. An sich muß der Behüter der Verbindung freiwillig zur Verfügung stehen, es gab jedoch auch Fälle, in denen der Krieger dazu gezwungen wurde. Welche Vorteile die Aes Sedai aus der Verbindung ziehen, wird von ihnen als streng gehütetes Geheimnis behandelt (*siehe auch:* Aes Sedai).

Berelain sur Paendrag: die Erste von Mayene, Gesegnete des Lichts, Verteidiger der Wogen, Hochsitz des Hauses Paeron. Eine schöne und willensstarke junge Frau und eine geschickte Herrscherin (*siehe auch:* Mayene).

Birgitte: legendäre Heldin, sowohl ihrer Schönheit wegen, wie auch ihres Mutes und ihres Geschicks als Bogenschütze halber berühmt. Sie trug einen silbernen Bogen, und ihre silbernen Pfeile verfehlten nie ihr Ziel. Eine aus der Gruppe von Helden, die herbeigerufen werden, wenn das Horn von Valere geblasen wird. Sie wird immer in Verbindung mit dem heldenhaften Schwertkämpfer Gaidal Cain genannt. Außer, was ihre Schönheit und ihr Geschick als Bogenschützin betrifft, ähnelt sie den Legenden allerdings kaum (*siehe auch:* Horn von Valere).

Cadin'sor: Uniform der Aielsoldaten: Mantel und Hose in Braun und Grau, so daß sie sich kaum von Felsen oder Schatten abheben. Dazu gehören weiche, bis zum Knie hoch geschnürte Stiefel. In der Alten Sprache ›Arbeitskleidung‹, was allerdings eine etwas ungenaue Übersetzung darstellt.

Cairhien: sowohl eine Nation am Rückgrat der Welt wie auch die Hauptstadt dieser Nation. Die Stadt wurde im Aielkrieg (976–978 NÄ) wie so viele andere Städte und Dörfer niedergebrannt und geplündert. Als Folge wurde sehr viel Agrarland in der Nähe des Rückgrats der Welt aufgegeben, so daß seither große Mengen Getreide importiert werden müssen. Auf den Mord an König Galldrian (998 NÄ) folgten ein Bürgerkrieg unter den Adelshäusern um die Nachfolge auf dem Sonnenthron, die Unterbrechung der Lebensmittellieferungen und eine Hungersnot. Die Stadt wird während einer Periode, die mittlerweile als ›Zweiter Aielkrieg‹ bezeichnet wird, von den Shaido belagert, doch dieser Belagerungsring wurde von anderen Aielclans unter der Führung Rand al'Thors gesprengt. Im Wappen führt Cairhien eine goldene Sonne mit vielen Strahlen, die sich vom unteren Rand eines himmelblauen Feldes erhebt (*siehe auch:* Aielkrieg).

Callandor: ›Das Schwert, das kein Schwert ist‹ oder ›Das unberührbare Schwert‹. Ein Kristallschwert, das im Stein von Tear aufbewahrt wurde in einem Raum, der den Namen ›Herz des Steins‹ trägt. Es ist ein äußerst mächtiger *Sa'Angreal,* der von einem Mann benützt werden muß. Keine Hand kann es berühren, außer der des Wiedergeborenen Drachen. Den Prophezeiungen des Drachen nach war eines der wichtigsten Zeichen für die erfolgte Wiedergeburt des Drachen und das Nahen von Tarmon Gai'don, daß der Drache den Stein von Tear einnahm und *Callandor* in seinen Besitz brachte. Es wurde von Rand al'Thor wieder ins Herz des Steins zurückgebracht und in den Steinboden hineingerammt (*siehe auch:* Wiedergeborener Drache; *Sa'Angreal;* Stein von Tear).

Car'a'carn: in der Alten Sprache ›Häuptling der Häuptlinge‹. Den Weissagungen der Aiel nach ein Mann, der bei Sonnenaufgang aus Rhuidean zu ihnen kommen werde, mit Drachenmalen auf beiden Armen, und der sie über die Drachenmauer führen werde. Die Prophezeiung von Rhuidean sagt aus, er werde die Aiel einen und sie vernichten, bis auf den Rest eines Restes (*siehe auch:* Aiel; Rhuidean).

Caraighan Maconar: legendäre Grüne Schwester (212–373 NZ), Heldin von hundert Abenteuergeschichten, der man Unternehmungen zuschreibt, die selbst von einigen Aes Sedai für unmöglich gehalten werden, obwohl sie in den Chroniken der Weißen Burg erwähnt werden. So soll sie ganz allein einen Aufstand in Mosadorin niedergeschlagen und die Unruhen in Comaidin unterdrückt haben, obwohl sie zu dieser Zeit über keinen einzigen Behüter verfügte. Die Grünen Ajah betrachten sie als den Urtyp und das Vorbild aller Grünen Schwestern (*siehe auch:* Aes Sedai; Ajah).

Carridin, Jaichim: ein Inquisitor der Hand des Lichts, also ein hoher Offizier der Kinder des Lichts, der in Wirklichkeit ein Schattenfreund ist.

Cauthon, Abell: ein Bauer von den Zwei Flüssen, Vater des Mat Cauthon. Frau: Natti. Töchter: Eldrin und Bodewhin, Bode genannt.

dämpfen (einer Dämpfung unterziehen): Wenn ein Mann die Anlage zeigt, die Eine Macht zu beherrschen, müssen die Aes Sedai seine Kräfte ›dämpfen‹, also komplett unterdrücken, da er sonst wahnsinnig wird, vom Verderben des *Saidin* getroffen, und möglicherweise schreckliches Unheil mit seinen Kräften anrichten wird. Eine Person, die einer Dämpfung unterzogen wurde, kann die Eine Macht immer noch spüren, sie aber nicht mehr benützen. Wenn vor der Dämpfung der beginnende Wahnsinn eingesetzt hat, kann er durch den Akt der Dämpfung aufgehalten, jedoch nicht geheilt werden. Hat die Dämpfung früh genug stattgefunden, kann das Leben der Person gerettet werden. Dämpfungen bei Frauen sind so selten gewesen, daß man von den Novizinnen der Weißen Burg verlangt, die Namen und Verbrechen aller auswendig zu lernen, die jemals diesem Akt unterzogen wurden. Die Aes Sedai dürfen eine Frau nur dann einer Dämpfung unterziehen, wenn diese in einem Gerichtsverfahren eines Verbrechens überführt wurde. Eine unbeabsichtigte oder durch einen

Unfall herbeigeführte Dämpfung wird auch als ›Ausbrennen‹ bezeichnet. Ein Mensch, der einer Dämpfung unterzogen wurde, gleich, ob als Bestrafung oder durch einen Unfall, verliert im allgemeinen jeden Lebenswillen und stirbt nach wenigen Jahren, wenn nicht schon früher durch Selbstmord. Nur in wenigen Fällen gelingt es einem solchen Menschen, die Leere, die der ausbleibende Kontakt mit der Wahren Quelle in seinem Innern hinterläßt, mit anderen Zielen zu füllen und so neuen Lebensmut zu gewinnen. Die Folgen einer jeglichen Dämpfung gelten als endgültig und nicht mehr heilbar (*siehe auch:* Eine Macht).

Deane Aryman: eine Amyrlin, welche die Weiße Burg vor schlimmerem Schaden bewahrte, nachdem ihre Vorgängerin Bonwhin versucht hatte, die Kontrolle über Artur Falkenflügel zu erlangen. Sie wurde etwa im Jahr 920 FJ im Dorf Salidar in Eharon geboren und aus den Blauen Ajah 992 FJ zur Amyrlin erhoben. Man sagt ihr nach, sie habe Souran Maravaile dazu gebracht, die Belagerung von Tar Valon (die 975 FJ begonnen hatte) nach Falkenflügels Tod zu beenden. Deane stellte den Ruf der Burg wieder her, und es wird allgemein angenommen, daß sie zum Zeitpunkt ihres Todes nach einem Sturz vom Pferd im Jahre 1084 FJ kurz vor dem erfolgreichen Abschluß von Verhandlungen mit den sich um die Nachfolge Falkenflügels als Herrscher seines Imperiums streitenden Adligen stand, die Führung der Weißen Burg zu akzeptieren, um die Einheit des Reichs zu erhalten (*siehe auch:* Amyrlin-Sitz; Artur Falkenflügel).

Drache, der: Ehrenbezeichnung für Lews Therin Telamon während des Schattenkriegs vor mehr als dreitausend Jahren. Als der Wahnsinn alle männlichen Aes Sedai befiel, tötete Lews Therin alle Personen, die etwas von seinem Blut in sich trugen und jede Person, die er liebte. So bezeichnete man ihn anschließend als Brudermörder (*siehe auch:* Wiedergeborener Drache, Prophezeiungen des Drachen).

Drache, falscher: Manchmal behaupten Männer, der Wiedergeborene Drache zu sein, und manch einer davon gewinnt so viele Anhänger, daß eine Armee notwendig ist, um ihn zu besiegen. Einige davon haben schon Kriege begonnen, in die viele Nationen verwickelt wurden. In den letzten Jahrhunderten waren die meisten falschen Drachen nicht in der Lage, die Eine Macht richtig anzuwenden, aber es gab doch ein paar, die das konnten. Alle jedoch verschwanden entweder, oder wurden gefangen oder getötet, ohne eine der Prophezeiungen erfüllen zu können, die sich um die Wiedergeburt des Drachen ranken. Diese Männer nennt man falsche Drachen. Unter jenen, die die Eine Macht lenken konnten, waren die mächtigsten Raolin Dunkelbann (335–36 NZ), Yurian Steinbogen (ca. 1300–1308 NZ), Davian (FJ 351), Guaire Amalasan (FJ 939–43), Logain (997 NÄ) und Mazrim Taim (998 NÄ) (*siehe auch:* Wiedergeborener Drache).

Dunkler König: gebräuchlichste Bezeichnung, in allen Ländern verwendet, für Shai'tan: die Quelle des Bösen, Antithese des Schöpfers. Im Augenblick der Schöpfung wurde er vom Schöpfer in ein Verließ am Shayol Ghul gesperrt. Ein Versuch, ihn aus diesem Kerker zu befreien, führte zum Schattenkrieg, dem Verderben des *Saidin,* der Zerstörung der Welt und dem Ende des Zeitalters der Legenden (*siehe auch:* Prophezeiungen des Drachen).

Eide, Drei: die Eide, die eine Aufgenommene ablegen muß, um zur Aes Sedai erhoben zu werden. Sie werden gesprochen, während die Aufgenommene eine Eidesrute in der Hand hält. Das ist ein *Ter'Angreal,* der sie an die Eide bindet. Sie muß schwören, daß sie (1) kein unwahres Wort ausspricht, (2) keine Waffe herstellt, mit der Menschen andere Menschen töten können, und (3) daß sie niemals die Eine Macht als Waffe verwendet, außer gegen Abkömmlinge des Schattens oder, um ihr Leben oder das ihres Behüters oder einer anderen Aes

Sedai in höchster Not zu verteidigen. Diese Eide waren früher nicht zwingend vorgeschrieben, doch nach verschiedenen Geschehnissen vor und nach der Zerstörung hielt man sie für notwendig. Der zweite Eid war ursprünglich der erste und kam als Reaktion auf den Krieg um die Macht. Der erste Eid wird wörtlich eingehalten, aber oft geschickt umgangen, indem man eben nur einen Teil der Wahrheit ausspricht. Man glaubt allgemein, daß der zweite und dritte nicht zu umgehen sind.

Eine Macht, die: die Kraft aus der Wahren Quelle. Die große Mehrheit der Menschen ist absolut unfähig, zu lernen, wie man die Eine Macht anwendet. Eine sehr geringe Anzahl von Menschen kann die Anwendung erlernen, und noch weniger besitzen diese Fähigkeit von Geburt an. Diese wenigen müssen ihren Gebrauch nicht lernen, denn sie werden die Wahre Quelle berühren und die Eine Macht benützen, ob sie wollen oder nicht, vielleicht sogar, ohne zu bemerken, was sie da tun. Diese angeborene Fähigkeit taucht meist zuerst während der Pubertät auf. Wenn man dann nicht die Kontrolle darüber erlernt – durch Lehrer oder auch ganz allein (äußerst schwierig, die Erfolgsquote liegt bei eins zu vier) ist die Folge der sichere Tod. Seit der Zeit des Wahns hat kein Mann es gelernt, die Eine Macht kontrolliert anzuwenden, ohne dabei auf die Dauer auf schreckliche Art dem Wahnsinn zu verfallen. Selbst wenn er in gewissem Maß die Kontrolle erlangt hat, stirbt er an einer Verfallskrankheit, bei der er lebendigen Leibs verfault. Auch diese Krankheit wird, genau wie der Wahnsinn, von dem Verderben hervorgerufen, das der Dunkle König über *Saidin* brachte. Bei Frauen ist der Tod mangels Kontrolle der Einen Macht etwas erträglicher, aber sterben müssen auch sie. Die Aes Sedai suchen nach Mädchen mit diesen angeborenen Fähigkeiten, zum einen, um ihre Leben zu retten und zum anderen, um die Anzahl der Aes Sedai zu vergrößern. Sie suchen nach Männern mit dieser Fähigkeit, um zu verhindern, daß sie Schreckliches damit anrichten, wenn sie dem Wahn verfallen (*siehe auch:* Zerstörung der Welt; Fünf Mächte; Zeit des Wahns, die Wahre Quelle).

Elaida do Avriny a'Roihan: eine Aes Sedai, die einst zu den Roten Ajah gehörte, vormals Ratgeberin der Königin Morgase von Andor. Sie kann manchmal die Zukunft vorhersagen. Mittlerweile zum Amyrlin-Sitz erhoben.

Erstschwester; Erstbruder: Diese Verwandschaftsbezeichnungen bei den Aiel bedeuten einfach, die gleiche Mutter zu haben. Das ist für die Aiel eine engere Verwandtschaftsbeziehung als vom gleichen Vater abzustammen.

Fäule, die: *siehe* Große Fäule.

Falkenflügel, Artur: ein legendärer König (Artur Paendrag Tanreall, 943–994 FJ), der alle Länder westlich des Rückgrats der Welt und einige von jenseits der Aiel-Wüste einte. Er sandte sogar eine Armee über das Aryth-Meer (992 FJ), doch verlor man bei seinem Tod, der den Hundertjährigen Krieg auslöste, jeden Kontakt mit diesen Soldaten. Er führte einen fliegenden goldenen Falken im Wappen (*siehe auch:* Hundertjähriger Krieg).

Far Dareis Mai: in der Alten Sprache wörtlich ›von den Speertöchtern‹, meist einfach ›Töchter des Speers‹ genannt. Eine von mehreren Kriegergemeinschaften der Aiel. Anders als bei den übrigen werden ausschließlich Frauen aufgenommen. Sollte sie heiraten, darf eine Frau nicht Mitglied bleiben. Während einer Schwangerschaft darf ein Mitglied nicht kämpfen. Jedes Kind eines Mitglieds wird von einer anderen Frau aufgezogen, so daß niemand mehr weiß, wer die wirkliche Mutter war. (»Du darfst keinem Manne angehören und kein Mann oder Kind darf dir angehören. Der Speer ist dein Liebhaber, dein Kind und dein Leben.«) Diese Kinder sind hochangesehen, denn es wurde prophezeit, daß ein Kind einer Tochter des Speers die Clans vereinen und zu der Bedeutung zurückführen wird, die sie im Zeitalter der Legenden besaßen (*siehe auch:* Aiel Kriegergemeinschaften).

Flamme von Tar Valon: das Symbol für Tar Valon, den Amyrlin-Sitz und die Aes Sedai. Die stilisierte Darstellung einer Flamme: eine weiße, nach oben gerichtete Träne.

Fünf Mächte, die: Das sind die Stränge der Einen Macht. Diese Stränge nennt man nach den Dingen, die man durch ihre Anwendung beeinflussen kann: Erde, Luft, Feuer, Wasser, Geist – die Fünf Mächte. Wer die Eine Macht anwenden kann, beherrscht gewöhnlich einen oder zwei dieser Stränge besonders gut und hat Schwächen in der Anwendung der übrigen. Einige wenige beherrschen auch drei davon, aber seit dem Zeitalter der Legenden gab es niemand mehr, der alle fünf in gleichem Maße beherrschte. Und auch dann war das eine große Seltenheit. Das Maß, in dem diese Stränge beherrscht werden und Anwendung finden, ist individuell ganz verschieden; einzelne dieser Personen sind sehr viel stärker als die anderen. Wenn man bestimmte Handlungen mit Hilfe der Einen Macht vollbringen will, muß man einen oder mehrere bestimmte Stränge beherrschen. Wenn man beispielsweise ein Feuer entzünden oder beeinflussen will, braucht man den Feuer-Strang; will man das Wetter ändern, muß man die Bereiche Luft und Wasser beherrschen, während man für Heilungen Wasser und Geist benutzen muß. Während im Zeitalter der Legenden Männer und Frauen in gleichem Maße den Geist beherrschten, war das Talent in bezug auf Erde und/oder Feuer besonders oft bei Männern ausgeprägt und das für Wasser und/oder Luft bei Frauen. Es gab Ausnahmen, aber trotzdem betrachtete man Erde und Feuer als die männlichen Mächte, Luft und Wasser als die weiblichen.

Gaidin: in der Alten Sprache ›Bruder der Schlacht‹. Ein Titel, den die Aes Sedai den Behütern verleihen (*siehe auch:* Behüter).

Gai'schain: in der Alten Sprache ›dem Frieden im Kampfe verschworen‹, soweit dieser Begriff überhaupt übersetzt werden kann. Von einem Aiel, der oder die während eines Überfalls oder einer bewaffneten Auseinandersetzung von einem anderen Aiel gefangengenommen wird, verlangt das *Ji'e'toh,* daß er oder sie dem neuen Herrn gehorsam ein Jahr und einen Tag lang dient und dabei keine Waffe anrührt und niemals Gewalt benützt. Eine Weise Frau, ein Schmied oder eine Frau mit einem Kind unter zehn Jahren können nicht zu *Gai'schain* gemacht werden (*siehe auch:* Trostlosigkeit).

Galad; Lord Galadedrid Damodred: Halbbruder von Elayne und Gawyn. Sie haben alle den gleichen Vater: Taringail Damodred. Im Wappen führt er ein geflügeltes silbernes Schwert, dessen Spitze nach unten zeigt.

Gareth Bryne (Ga-ret Brein): einst Generalhauptmann der Königlichen Garde von Andor. Von Königin Morgase ins Exil verbannt. Er wird als einer der größten lebenden Militärstrategen betrachtet. Das Siegel des Hauses Bryne zeigt einen wilden Stier, um dessen Hals die Rosenkrone von Andor hängt. Gareth Brynes persönliches Abzeichen sind drei goldene Sterne mit jeweils fünf Zacken.

Gaukler: fahrende Märchenerzähler, Musikanten, Jongleure, Akrobaten und Alleinunterhalter. Ihr Abzeichen ist die aus bunten Flicken zusammengesetzte Kleidung. Sie besuchen vor allem Dörfer und Kleinstädte, da in den größeren Städten schon zuviel andere Unterhaltung geboten wird.

Gawyn aus dem Hause Trakand: Sohn der Königin Morgase, Bruder von Elayne, der bei Elaynes Thronbesteigung Erster Prinz des Schwertes wird. Halbbruder von Galad. Er führt einen weißen Keiler im Wappen.

Gewichtseinheiten: 10 Unzen = 1 Pfund; 10 Pfund = 1 Stein; 10 Steine = 1 Zentner; 10 Zentner = 1 Tonne.

Grauer Mann: jemand, der freiwillig seine oder ihre Seele dem Schatten geopfert hat und ihm nun als Attentäter dient. Graue Männer sehen so unauffällig aus, daß man sie sehen kann, ohne sie wahrzunehmen. Die große Mehrheit der Grauen Männer sind tatsächlich Männer, aber es gibt darunter auch einige Frauen. Sie werden auch als die ›Seelenlosen‹ bezeichnet.

Grenzlande: die an die Große Fäule angrenzenden Nationen: Saldaea, Arafel, Kandor und Schienar. Sie haben eine Geschichte unendlich vieler Überfälle und Kriegszüge gegen Trollocs und Myrddraal (*siehe auch:* Große Fäule).

Große Fäule: eine Region im hohen Norden, die durch den Einfluß des Dunklen Königs vollständig verwüstet wurde. Sie stellt eine Zuflucht für Trollocs, Myrddraal und andere Kreaturen des Schattens dar.

Großer Herr der Dunkelheit: Diese Bezeichnung verwenden die Schattenfreunde für den Dunklen König. Sie behaupten, es sei Blasphemie, seinen wirklichen Namen zu benützen.

Große Schlange: ein Symbol für die Zeit und die Ewigkeit, das schon uralt war, bevor das Zeitalter der Legenden begann. Es zeigt eine Schlange, die ihren eigenen Schwanz verschlingt. Man verleiht einen Ring in der Form der Großen Schlange an Frauen, die unter den Aes Sedai zu Aufgenommenen erhoben werden.

Hochlords von Tear: Die Hochlords von Tear regieren als Rat diesen Staat, der weder König noch Königin aufweist. Ihre Anzahl steht nicht fest. Im Laufe der Jahre hat es Zeiten gegeben, wo nur sechs Hochlords regierten, aber auch zwanzig kamen bereits vor. Man darf sie nicht mit den Landherren verwechseln, niedrigeren Adligen in den ländlichen Bezirken Tears.

Horn von Valere: das legendäre Ziel der Großen Jagd nach dem Horn. Das Horn kann tote Helden zum Leben erwecken, damit sie gegen den Schatten kämpfen. Eine neue Jagd nach dem Horn wurde in Illian ausgerufen, und man kann nun in vielen Ländern Jäger des Horns antreffen.

Hundertjähriger Krieg: eine Reihe sich überschneidender Kriege, geprägt von sich ständig verändernden Bündnissen, ausgelöst durch den Tod von Artur Falkenflügel und die darauf folgenden Auseinandersetzungen um seine Nachfolge. Er dauerte von 994 FJ bis 1117 FJ. Der Krieg entvölkerte weite Landstriche zwischen dem Aryth-Meer und der Aiel-Wüste, zwischen dem Meer der Stürme und der Großen Fäule. Die Zerstörungen waren so schwerwiegend, daß über diese Zeit nur noch fragmentarische Berichte vorliegen. Das Reich Artur Falkenflügels zerfiel und die heutigen Staaten bildeten sich heraus (*siehe auch:* Falkenflügel, Artur).

Illian: ein großer Hafen am Meer der Stürme, Hauptstadt der gleichnamigen Nation. Im Wappen von Illian findet man neun goldene Bienen auf dunkelgrünem Feld.

Juilin Sandar: ein Diebfänger aus Tear.

Kalender: Die Woche hat zehn Tage, der Monat 28 und es gibt 13 Monate im Jahr. Mehrere Festtage gehören keinem bestimmten Monat an: der Sonntag oder Sonnentag (der längste Tag des Jahres), das Erntedankfest (einmal alle vier Jahre zur Frühlingssonnwende), und das Fest der Rettung aller Seelen, auch Allerseelen genannt (einmal alle zehn Jahre zur Herbstsonnwende).

Kesselflicker: volkstümliche Bezeichnung für die Tuatha'an, die man auch das ›Fahrende Volk‹ nennt. Ein Nomadenvolk, das in bunt gestrichenen Wohnwagen lebt und einer absolut pazifistischen Weltanschauung folgen, die man den ›Weg des Blattes‹ nennt. Sie gehören zu den wenigen, die unbehelligt die Aiel-Wüste durchqueren können, da die Aiel jeden Kontakt mit ihnen strikt vermeiden. Nur wenige Menschen vermuten überhaupt, daß die Tuatha'an Nachkommen von Aiel sind, die sich während der Zerstörung der Welt von den anderen absetzten, um einen Weg zurück in eine Zeit des Friedens zu finden (*siehe auch:* Aiel).

Kinder des Lichts: eine übernationale Gemeinschaft von Asketen, die sich den Sieg über den Dunklen König und die Vernichtung aller Schattenfreunde zum Ziel gesetzt hat. Die Gemeinschaft wurde während des Hundertjährigen Kriegs von Lothair Mantelar gegründet, um gegen die ansteigende Zahl der Schattenfreunde als Prediger anzugehen. Während des Kriegs entwickelte sich daraus eine vollständige militärische Organisation, extrem streng ideologisch ausgerichtet und fest im Glauben, nur sie dienten der absoluten Wahrheit und dem Recht. Sie hassen die Aes Sedai und halten sie, sowie alle, die sie unterstützen oder sich mit ihnen befreunden, für Schattenfreunde. Sie werden geringschätzig Weißmäntel genannt. Im Wappen führen sie eine goldene Sonne mit Strahlen auf weißem Feld (*siehe auch:* Zweifler).

Krieg um die Macht: *siehe* Schattenkrieg.

Längenmaße: 10 Finger = 1 Hand; 3 Hände = 1 Fuß; 3 Fuß = 1 Schritt; 2 Schritte = 1 Spanne; 1000 Spannen = 1 Meile.

Lan, al'Lan Mandragoran: ein Behüter, der Moiraine im Jahre 979 NÄ zugeschworen wurde. Ungekrönter König von Malkier, Dai Shan (Schlachtenführer), und der letzte Überlebende Lord von Malkier. Dieses Land wurde im Jahr seiner Geburt (953 NÄ) von der Großen Fäule verschlungen. Im Alter von sechzehn Jahren begann er seinen Ein-Mann-Krieg gegen die Fäule und den Schatten, den er bis zu seiner Berufung zu Moiraines Behüter fortführte (*siehe auch:* Behüter, Moiraine).

Lews Therin Telamon; Lews Therin Brudermörder: *siehe* Drache.

Lini: Kindermädchen der Lady Elayne in ihrer Kindheit. Davor war sie bereits Erzieherin ihrer Mutter Morgase und deren Mutter. Eine Frau von enormer innerer Kraft, einigem Scharfsinn und sehr wortgewaltig in bezug auf Redensarten.

Logain: ein Mann, der einst behauptete, der Wiedergeborene Drache zu sein. Er überzog Ghealdan, Altara und

Murandy mit Krieg, bevor er gefangengenommen, zur Weißen Burg gebracht und einer Dämpfung unterzogen wurde. Später entkam er inmitten der Wirren um die Absetzung Siuan Sanches. Ein Mann, dem immer noch Großes bevorsteht (*siehe auch:* Drache, falscher).

Manetheren: eine der Zehn Nationen, die den Zweiten Pakt schlossen; Hauptstadt des gleichnamigen Staates. Sowohl die Stadt wie auch die Nation wurden in den Trolloc-Kriegen vollständig zerstört. Das Wappen Manetherens zeigte einen Roten Adler im Flug (*siehe auch:* Trolloc-Kriege).

Mayene (Mai-jehn): Stadtstaat am Meer der Stürme, der seinen Reichtum und seine Unabhängigkeit der Kenntnis verdankt, die Ölfischschwärme aufspüren zu können. Ihre wirtschaftliche Bedeutung kommt der der Olivenplantagen von Tear, Illian und Tarabon gleich. Ölfisch und Oliven liefern nahezu alles Öl für Lampen. Die augenblickliche Herrscherin von Mayene ist Berelain. Ihr Titel lautet: die Erste von Mayene. Der Titel: Zweite/Zweiter stand früher nur einem einzigen Lord oder einer Lady zu, wurde aber während der letzten etwa vierhundert Jahre von bis zu neun Adligen gleichzeitig geführt. Die Herrscher von Mayene führen ihre Abstammung auf Artur Falkenflügel zurück. Das Wappen von Mayene zeigt einen fliegenden goldenen Falken. Mayene wurde traditionell von Tear wirtschaftlich und politisch eingeengt und unterdrückt.

Mazrim Taim: ein falscher Drache, der in Saldaea viel Unheil anrichtete, bevor er geschlagen und gefangen wurde. Er ist nicht nur in der Lage, die Eine Macht zu benützen, sondern besitzt außerordentliche Kräfte (*siehe auch:* Drache, falscher).

Meerleute, Meervolk: genauer: Atha'an Miere, das ›Volk des Meeres‹. Geheimnisumwitterte Bewohner der Inseln im Aryth-Meer und im Meer der Stürme. Sie verbringen wenig Zeit auf diesen Inseln und leben statt dessen zumeist auf ihren Schiffen. Sie beherrschen den Seehandel fast vollständig.

Melaine (Mehlein): Weise Frau der Jhirad Septime der Goshien Aiel. Eine Traumgängerin. Relativ stark, was den Gebrauch der Einen Macht angeht. Verheiratet mit Bael, dem Clanhäuptling der Goshien. Schwesterfrau der Dorhinda, der Dachherrin der Dampfende-Quellen-Feste (*siehe auch:* Traumgänger).

Merrilin, Thom: ein ziemlich vielschichtiger Gaukler, einst Hofbarde und Geliebter von Königin Morgase (*siehe auch:* Spiel der Häuser; Gaukler).

Moiraine Damodred (Moarän): eine Aes Sedai der Blauen Ajah. Sie benützt nur selten ihren Familiennamen und hält ihre Beziehung zu dem Hause Damodred meist geheim. Geboren 956 NÄ im Königlichen Palast von Cairhien. Nachdem sie 972 NÄ als Novizin in die Weiße Burg kam, machte sie dort rasch Karriere. Sie wurde nach nur drei Jahren zur Aufgenommenen erhoben und drei weitere Jahre später, am Ende des Aielkriegs, zur Aes Sedai. Von diesem Zeitpunkt an begann sie ihre Suche nach dem jungen Mann, der – den Prophezeiungen der Aes Sedai Gitara Morose nach – während der Schlacht an der Leuchtenden Mauer am Abhang des Drachenbergs geboren wurde, und der zum Wiedergeborenen Drachen bestimmt war. Sie war es auch, die Rand al'Thor, Mat Cauthon, Perrin Aybara und Egwene al'Vere von den Zwei Flüssen fortbrachte. Sie verschwand während eines Kampfes mit Lanfear in Cairhien in einem *Ter'Angreal* und wurde, dem Anschein nach, genauso getötet wie die Verlorene.

Morgase (Morgeis): Von der Gnade des Lichts, Königin von Andor, Verteidigerin des Lichts, Beschützerin des Volkes, Hochsitz des Hauses Trakand. Im Wappen führt sie drei goldene Schlüssel. Das Wappen des Hauses Trakand zeigt einen silbernen Grundpfeiler. Sie mußte ins Exil gehen und wird allgemein für tot gehalten. Viele glauben, sie sei vom Wiedergeborenen Drachen ermordet worden.

Muster eines Zeitalters: Das Rad der Zeit verwebt die Stränge menschlichen Lebens zum Muster eines Zeitalters, oftmals vereinfacht als ›das Muster‹ bezeichnet, das die Substanz der Realität dieser Zeit bildet; auch als Zeitengewebe bekannt (*siehe auch: Ta'veren*).

Myrddraal: Kreaturen des Dunklen Königs, Kommandanten der Trolloc-Heere. Nachkommen von Trollocs, bei denen das Erbe der menschlichen Vorfahren wieder stärker hervortritt, die man benutzt hat, um die Trollocs zu erschaffen. Trotzdem deutlich vom Bösen dieser Rasse gezeichnet. Sie sehen äußerlich wie Menschen aus, haben aber keine Augen. Sie können jedoch im Hellen wie im Dunklen wie Adler sehen. Sie haben gewisse, vom Dunklen König stammende Kräfte, darunter die Fähigkeit, mit einem Blick ihr Opfer vor Angst zu lähmen. Wo Schatten sind, können sie hineinschlüpfen und sind nahezu unsichtbar. Eine ihrer wenigen bekannten Schwächen besteht darin, daß sie Schwierigkeiten haben, fließendes Wasser zu überqueren. Man kennt sie unter vielen Namen in den verschiedenen Ländern, z. B. als Halbmenschen, die Augenlosen, Schattenmänner, Lurk und die Blassen. Wenig bekannt ist die Tatsache, daß die Myrddraal in einem Spiegel nur ein verschwommenes Bild erzeugen.

Nächstschwester; Nächstbruder: Mit diesen Begriffen bezeichnen die Aiel eine Beziehung, die so eng ist wie zwischen Erstschwestern und/oder Erstbrüdern. Nächstschwestern adoptieren einander häufig als Erstschwestern. Bei Nächstbrüdern ist das kaum jemals der Fall.

Ogier: (1) Eine nichtmenschliche Rasse. Typisch für Ogier sind ihre Größe (männliche Ogier werden im Durchschnitt zehn Fuß groß), ihre breiten, rüsselartigen Nasen und die langen, mit Haarbüscheln bewachsenen Ohren. Sie wohnen in Gebieten, die sie *Stedding* nennen. Nach der Zerstörung der Welt (von den Ogiern das Exil genannt) waren sie aus diesen *Stedding* vertrieben, und das führte zu einer als ›das Sehnen‹ bezeichneten Erscheinung: Ein Ogier, der sich zu lange außerhalb seines *Stedding* aufhält, erkrankt und stirbt schließlich. Sie sind in informierten Kreisen bekannt als extrem gute Steinbaumeister, die fast alle großen Städte der Menschen nach der Zerstörung erbauten. Sie selbst betrachten diese Kunst allerdings nur als etwas, das sie während des Exils erlernten und das nicht so wichtig ist, wie das Pflegen der Bäume in einem *Stedding*, besonders der hochaufragenden Großen Bäume. Außer zu ihrer Arbeit als Steinbaumeister verlassen sie ihr *Stedding* nur selten und wollen wenig mit der Menschheit zu tun haben. Man weiß unter den Menschen nur sehr wenig über sie und viele halten die Ogier sogar für bloße Legenden. Obwohl sie als Pazifisten gelten und nur sehr schwer aufzuregen sind, heißt es in einigen alten Berichten, sie hätten während der Trolloc-Kriege Seite an Seite mit den Menschen gekämpft. Dort werden sie als mörderische Feinde bezeichnet. Im Großen und Ganzen sind sie ungemein wissensdurstig und ihre Bücher und Berichte enthalten oftmals Informationen, die bei den Menschen längst verlorengegangen sind. Die normale Lebenserwartung eines Ogiers ist etwa drei oder viermal so hoch wie bei Menschen. (2) Jedes Individuum dieser nichtmenschlichen Rasse (*siehe auch:* Zerstörung der Welt; *Stedding*).

Padan Fain: Einst als Händler in das Gebiet der Zwei Flüsse gekommen, stellte er sich bald als Schattenfreund heraus. Er wurde zum Schayol Ghul geholt und dort so in seiner ganzen Persönlichkeit beeinflußt, daß er nicht nur in der Lage sein sollte, den jungen Mann zu finden, der zum Wiedergeborenen Drachen werden sollte, so wie der Jagdhund die Beute für den Jäger aufspürt, sondern sogar ein dauerndes inneres Bedürfnis spüren sollte, fast eine Art von Besessenheit, diese Suche erfolgreich abzuschließen. Dies verursachte Fain solche psychische Schmerzen, daß er sowohl den Dunklen König, wie auch Rand al'Thor zu hassen begann. Auf der Verfolgung al'Thors traf er in Shadar Logoth auf die dort gefangene Seele von Mordeth, die versuchte, Fains Körper zu übernehmen. Der veränderten Persönlichkeit Fains wegen resultierte das in einer Art von Vereinigung beider Seelen mit Fain in der Oberhand und mit Fähigkeiten, die weit jenseits derer liegen, die beide Männer vorher besaßen. Fain durchschaut diese selbst noch keineswegs in vollem Maße. Die meisten Menschen werden von Angst gepackt, wenn sie dem augenlosen Blick eines Myrddraal ausgesetzt sind, doch Fains Blick wiederum jagt selbst einem Myrddraal Angst ein.

Prophezeiungen des Drachen: ein nur unter den ausgesprochen Gebildeten bekannter Zyklus von Weissagungen, der auch selten erwähnt wird. Man findet ihn im größeren *Karaethon Zyklus*. Es wird dort vorausgesagt, daß der Dunkle König wieder befreit werde, und daß Lews Therin Telamon, der Drache, wiedergeboren werde, um in Tarmon Gai'don, der Letzten Schlacht gegen den Schatten, zu kämpfen. Es wird prophezeit, daß er die Welt erneut retten und erneut zerstören wird (*siehe auch:* Drache).

Rad der Zeit: Die Zeit stellt man sich als ein Rad mit sieben Speichen vor – jede Speiche steht für ein Zeitalter. Wie sich das Rad dreht, so folgt Zeitalter auf Zeitalter. Jedes hinterläßt Erinnerungen, die zu Legenden verblassen, zu bloßen Mythen werden und schließlich vergessen sind, wenn dieses Zeitalter wiederkehrt. Das Muster eines Zeitalters wird bei jeder Wiederkehr leicht verändert, doch auch wenn die Änderungen einschneidender Natur sein sollten, bleibt es das gleiche Zeitalter. Bei jeder Wiederkehr sind allerdings die Veränderungen gravierender.

Rashima Kerenmosa: Man nennt sie auch die ›Soldatenamyrlin‹. Geboren ca. 1150 NZ und aus den Reihen der

Grünen Ajah im Jahre 1251 NZ zur Amyrlin erhoben. Sie führte persönlich die Heere der Weißen Burg in den Kampf und errang unzählige Siege, die berühmtesten am Kaisin Paß, an der Sorellestufe, bei Larapelle, Tel Norwin und Maighande, wo sie 1301 NZ ums Leben kam. Man entdeckte ihre Leiche nach Ende der Schlacht, umgeben von denen ihrer fünf Behüter und einem wahren Wall aus den Leibern von Trollocs und Myrddraal, unter denen sich nicht weniger als neun Schattenlords befanden (*siehe auch:* Aes Sedai; Ajah; Amyrlin-Sitz; Schattenlords; Behüter).

Rhuidean: eine Große Stadt, die einzige in der Aiel-Wüste und der Außenwelt völlig unbekannt. Sie lag fast dreitausend Jahre lang verlassen in einem Wüstental. Einst wurde den Aielmännern nur gestattet, einmal in ihrem Leben Rhuidean zum Zweck einer Prüfung zu betreten. Die Prüfung fand innerhalb eines großen *Ter'Angreal* statt. Wer bestand, besaß die Fähigkeit zum Clanhäuptling, doch nur einer von dreien überlebte. Frauen durften Rhuidean zweimal betreten. Sie wurden beim zweiten Mal im gleichen *Ter'Angreal* geprüft, und wenn sie überlebten, wurden sie zu Weisen Frauen. Bei ihnen war die Überlebensrate erheblich höher als bei den Männern. Mittlerweile ist die Stadt wieder von den Aiel bewohnt, und ein Ende des Tals von Rhuidean ist von einem großen See ausgefüllt, der aus einem enormen unterirdischen Reservoir gespeist wird und aus dem wiederum der einzige Fluß der Wüste entspringt (*siehe auch:* Aiel).

Rückgrat der Welt: eine hohe Bergkette, über die nur wenige Pässe führen. Sie trennt die Aiel-Wüste von den westlichen Ländern. Wird auch Drachenmauer genannt.

Sa'angreal: ein extrem seltenes Objekt, das es einem Menschen erlaubt, die Eine Macht in viel stärkerem Maße als sonst möglich zu benützen. Ein Sa'angreal ist ähnlich, doch ungleich stärker als ein Angreal. Die Menge an Energie, die mit Hilfe eines *Sa'angreals* eingesetzt werden kann, verhält sich zu der eines *Angreals* wie die mit dessen Hilfe einsetzbare Energie zu der, die man ganz ohne irgendwelche Hilfe beherrschen kann. Relikte des Zeitalters der Legenden. Es ist nicht mehr bekannt, wie sie angefertigt wurden. Wie bei den *Angreal* können sie nur entweder von einer Frau oder von einem Mann eingesetzt werden. Es gibt nur noch eine Handvoll davon, weit weniger sogar als *Angreal*.

Saidar, Saidin: *siehe* Wahre Quelle.

Schattenfreunde: die Anhänger des Dunklen Königs. Sie glauben, große Macht und andere Belohnungen, darunter sogar Unsterblichkeit, zu empfangen, wenn er aus seinem Kerker befreit wird. Untereinander gebrauchen sie gelegentlich die alte Bezeichnung: ›Freunde der Dunkelheit‹.

Schattenkrieg: auch als der Krieg um die Macht bekannt; mit ihm endet das Zeitalter der Legenden. Er begann kurz nach dem Versuch, den Dunklen König zu befreien und erfaßte bald schon die ganze Welt. In einer Welt, die selbst die Erinnerung an den Krieg vergessen hatte, wurde nun der Krieg in all seinen Formen wiederentdeckt. Er war besonders schrecklich, wo die Macht des Dunklen Königs die Welt berührte, und auch die Eine Macht wurde als Waffe verwendet. Der Krieg wurde beendet, als der Dunkle König wieder in seinen Kerker verbannt und dieser versiegelt werden konnte. Diese Unternehmung führte Lews Therin Telamon, der Drache, zusammen mit hundert männlichen Aes Sedai durch, die man auch die Hundert Gefährten nannte. Der Gegenschlag des Dunklen Königs verdarb *Saidin* und trieb Lews Therin und die Hundert Gefährten in den Wahnsinn. So begann die Zeit des Wahns und die Zerstörung der Welt (*siehe auch:* Eine Macht; Drache).

Schattenlords: diejenigen Männer und Frauen (Aes Sedai), die der Einen Macht dienten, aber während der Trolloc-Kriege zum Schatten überliefen und dann die

Heere von Trollocs und Schattenfreunden als Generäle kommandierten. Weniger Gebildete verwechseln sie gelegentlich mit den Verlorenen.

Schwesterfrau: Verwandtschaftsgrad bei den Aiel. Aielfrauen, die bereits Nächstschwestern oder Erstschwestern sind und entdecken, daß sie den gleichen Mann lieben, oder die einfach nicht wollen, daß ein Mann zwischen sie tritt, heiraten ihn beide und werden so zu Schwesterfrauen. Frauen, die den gleichen Mann lieben, versuchen manchmal, herauszufinden, ob sie Nächstschwestern oder durch Adoption Erstschwestern werden können, denn das ist die erste Voraussetzung, um Schwesterfrauen werden zu können.

Seanchan (Schantschan): (1) Nachkommen der Armeemitglieder, die Artur Falkenflügel über das Aryth-Meer sandte und die die dort gelegenen Länder eroberten. Sie glauben, daß man aus Sicherheitsgründen jede Frau, die mit der Macht umgehen kann, durch einen *A'dam* kontrollieren muß. Aus dem gleichen Grund werden solche Männer getötet. (2) Das Land, aus dem die Seanchan kommen.

Seherin: eine Frau, die vom Frauenzirkel bzw. der Versammlung der Frauen ihres Dorfs berufen und zu dessen Vorsitzender bestimmt wird, weil sie die Fähigkeit des Heilens besitzt, das Wetter vorhersagen kann und auch sonst als kluge Frau und Ratgeberin anerkannt ist. Ihre Position fordert großes Verantwortungsbewußtsein und verleiht ihr viel Autorität. Allgemein wird sie dem Bürgermeister gleichgestellt, in manchen Dörfern steht sie sogar über ihm. Im Gegensatz zum Bürgermeister wird sie auf Lebenszeit erwählt. Es ist äußerst selten, daß eine Seherin vor ihrem Tod aus ihrem Amt entfernt wird. Ihre Auseinandersetzungen mit dem Bürgermeister sind auch zur Tradition geworden. Je nach dem Land wird sie auch als Führerin, Heilerin, Weise Frau, Sucherin oder einfach als Weise bezeichnet.

Shayol Ghul: ein Berg im Versengten Land jenseits der

Großen Fäule; dort befindet sich der Kerker, in dem der Dunkle König gefangengehalten wird.

Sorilea: die Weise Frau der Schendefestung, eine Jarra Chareen. Sie hat nicht viel Geschick im Umgang mit der Macht. Sie ist die älteste aller Weisen Frauen, wenn auch nicht um soviel älter, als die meisten glauben.

Spanne: *siehe* Längenmaße.

Spiel der Häuser: Diese Bezeichnung wurde dem Intrigenspiel der Adelshäuser untereinander verliehen, mit dem sie sich Vorteile verschaffen wollen. Großer Wert wird darauf gelegt, subtil vorzugehen, auf eine Sache abzuzielen, während man ein ganz anderes Ziel vortäuscht, um sein Ziel schließlich mit geringstmöglichem Aufwand zu erreichen. Es ist auch als das ›Große Spiel‹ bekannt und gelegentlich unter seiner Bezeichnung in der Alten Sprache: *Daes Dae'mar*.

Stedding: eine Ogier Enklave. Viele Stedding sind seit der Zerstörung der Welt verlassen worden. In Erzählungen und Legenden werden sie als Zufluchtsstätte bezeichnet, und das aus gutem Grund. Auf eine heute nicht mehr bekannte Weise wurden sie abgeschirmt, so daß in ihrem Bereich keine/kein Aes Sedai die Eine Macht anwenden kann und nicht einmal eine Spur der Wahren Quelle wahrnimmt. Versuche, von außerhalb eines Stedding mit Hilfe der Einen Macht in deren Innern einzugreifen, blieben erfolglos. Kein Trolloc wird ohne Not ein Stedding betreten, und selbst ein Myrddraal betritt es nur, wenn er dazu gezwungen ist, und auch dann nur zögernd und mit größter Abscheu. Sogar echte und hingebungsvolle Schattenfreunde fühlen sich in einem Stedding äußerst unwohl.

Stein von Tear: eine große Festung in der Stadt Tear, von der berichtet wird, sie sei bald nach der Zerstörung der Welt mit Hilfe der Einen Macht erbaut worden. Sie wurde unzählige Male angegriffen und belagert, doch nie erobert. Erst unter dem Angriff des Wiedergeborenen Drachen mit wenigen hundert Aielkriegern fiel die

Festung innerhalb einer einzigen Nacht. Damit wurden zwei Voraussagen aus den Prophezeiungen des Drachen erfüllt (*siehe auch:* Drache, Prophezeiungen des Drachen).

Talente: Fähigkeiten, die Eine Macht auf ganz spezifische Weise zu gebrauchen. Selbst bei gleich gelagerten Talenten ergeben sich von Person zu Person große individuelle Unterschiede, die nur selten mit der Stärke zu tun haben, die diese Person in bezug auf die Anwendung der Einen Macht besitzt. Das naturgemäß populärste und am meisten verbreitete Talent ist das des Heilens. Weitere Beispiele sind das ›Wolkentanzen‹, womit die Beeinflussung des Wetters gemeint ist, und der ›Erdgesang‹, mit dessen Hilfe Erdbewegungen gesteuert werden können und so beispielsweise Erdbeben und Lawinen verhindert oder ausgelöst werden. Es gibt auch eine Reihe weniger bedeutsamer Talente, wie die Fähigkeit, *Ta'veren* wahrzunehmen oder sogar deren Eigenschaft, den Zufall zu beeinflussen, auf einer sehr eng begrenzten Fläche (meist nicht mehr als wenige Quadratfuß groß) kopieren zu können. Von manchen Talenten kennt man heute nur noch die Bezeichnung und besitzt eventuell noch eine vage Beschreibung, wie z. B. beim Reisen, einer Fähigkeit, sich von einem Ort zu einem anderen zu bewegen, ohne den Zwischenraum durchqueren zu müssen. Andere wie z. B. das Vorhersagen (die Fähigkeit, zukünftige Ereignisse zumindest auf allgemeinere Art und Weise vorhersehen zu können) oder das Schürfen (Aufspüren und manchmal sogar Gewinnen von Erzen) sind mittlerweile selten oder beinahe verschwunden. Ein weiteres Talent, das man seit langem für verloren hielt, ist das Träumen. Unter anderem lassen sich hier die Träume des Träumers so deuten, daß sie eine genauere Vorhersage der Zukunft erlauben. Manche Träumer hatten die Fähigkeit, *Tel'aran'rhiod,* die Welt der Träume, zu erreichen und sogar in die Träume anderer Menschen einzudringen. Die letzte bekannte

Träumerin war Corianin Nedeal, die im Jahre 526 NÄ starb, doch nur wenige wissen, daß es jetzt eine neue gibt. Viele solcher Talente werden jetzt erst wiederentdeckt (*siehe auch: Tel'aran'rhiod*).

Tallanvor, Martyn: Leutnant der Königlichen Garde in Andor, der seine Königin mehr liebt als Ehre oder Leben.

Tarabon: Land und Nation am Aryth-Meer. Hauptstadt: Tanchico. Einst eine große Handelsmacht und Quelle von Teppichen, Textilfarben und Feuerwerkskörpern, die von der Gilde der Feuerwerker hergestellt werden. Jetzt von einem Bürgerkrieg und gleichzeitigen kriegerischen Auseinandersetzungen mit Arad Doman und den Anhängern des Wiedergeborenen Drachen zerrissen und deshalb weitgehend vom Ausland abgeschnitten.

Tarmon Gai'don: die Letzte Schlacht (*siehe auch:* Prophezeiungen des Drachen; Horn von Valere).

Ta'veren: eine Person im Zentrum des Gewebes von Lebenssträngen aus ihrer Umgebung, möglicherweise sogar *aller* Lebensstränge, die vom Rad der Zeit zu einem Schicksalsgewebe zusammengefügt wurden (*siehe auch:* Muster eines Zeitalters).

Tear: ein großer Hafen und ein Staat am Meer der Stürme. Das Wappen von Tear zeigt drei weiße Halbmonde auf rot und goldgemustertem Feld (*siehe auch:* Stein von Tear).

Telamon, Lews Therin: *siehe* Drache.

Tel'aran'rhiod: in der Alten Sprache: ›die unsichtbare Welt‹, oder ›die Welt der Träume‹. Eine Welt, die man in Träumen manchmal sehen kann. Nach den Angaben der Alten durchdringt und umgibt sie alle möglichen Welten. Im Gegensatz zu anderen Träumen ist das in ihr real, was dort mit lebendigen Dingen geschieht. Wenn man also dort eine Wunde empfängt, ist diese beim Erwachen immer noch vorhanden, und einer, der dort stirbt, erwacht nie mehr. Ansonsten hat aber das, was dort geschieht, keinerlei Einfluß auf die wachende

Welt. Viele Menschen können *Tel'aran'rhiod* kurze Augenblicke lang in ihren Träumen berühren, aber nur wenige haben je die Fähigkeit besessen, aus freien Stücken dort einzudringen, wenn auch letztlich einige *Ter'Angreal* entdeckt wurden, die eine solche Fähigkeit unterstützen. Mit Hilfe eines solchen *Ter'Angreal* können auch Menschen in die Welt der Träume eintreten, die nicht die Fähigkeit zum Gebrauch der Macht besitzen (*siehe auch: Ter'Angreal*).

Ter'Angreal: Gegenstände aus dem Zeitalter der Legenden, die die Eine Macht verwenden oder bei deren Gebrauch helfen. Im Gegensatz zu *Angreal* und *Sa'angreal* wurde jeder *Ter'Angreal* zu einem ganz bestimmten Zweck hergestellt. Z. B. macht einer jeden Eid, der in ihm geschworen wird, zu etwas endgültig Bindendem. Einige werden von den Aes Sedai benützt, aber über ihre ursprüngliche Anwendung ist kaum etwas bekannt. Für die Verwendung ist bei manchen ein Benützen der Einen Macht notwendig, bei anderen wieder nicht. Einige töten sogar oder zerstören die Fähigkeit einer Frau, die sie benützt, die Eine Macht zu lenken. Wie bei den *Angreal* und *Sa'angreal* ist auch bei ihnen nicht mehr bekannt, wie man sie herstellt. Dieses Geheimnis ging seit der Zerstörung der Welt verloren (*siehe auch: Angreal, Sa'Angreal*).

Tochter-Erbin: Titel der Erbin des Löwenthrons von Andor. Ohne eine überlebende Tochter fällt der Thron an die nächste weibliche Verwandte der Königin. Unstimmigkeiten darüber, wer die nächste in der Erbfolge sei, haben mehrmals bereits zu Machtkämpfen geführt. Der letzte davon wird in Andor einfach ›die Thronfolge‹ genannt und außerhalb des Landes ›der Dritte Andoranische Erbfolgekrieg‹. Durch ihn kam Morgase aus dem Hause Trakand auf den Thron.

Träumer: *siehe* Talente.

Traumgänger: Bezeichnung der Aiel für eine Frau, die *Tel'aran'rhiod* aus eigenem Willen erreichen, die Träume anderer auslegen und mit anderen in deren Traum sprechen kann. Auch die Aes Sedai benützen diese Bezeichnung gelegentlich im Zusammenhang mit dem Talent eines ›Träumers‹ (*siehe auch:* Talente; *Tel'aran'rhiod*).

Trolloc-Kriege: eine Reihe von Kriegen, die etwa gegen 1000 NZ begannen und sich über mehr als 300 Jahre hinzogen. Trolloc-Heere unter der Führung von Myrddraal und Schattenlords verwüsteten die Welt. Schließlich aber wurden die Trollocs entweder getötet oder in die Große Fäule zurückgetrieben. Mehrere Staaten wurden im Rahmen dieser Kriege ausgelöscht oder entvölkert. Alle Aufzeichnungen aus dieser Zeit sind fragmentarisch (*siehe auch:* Schattenlords; Myrddraal; Trollocs).

Trollocs: Kreaturen des Dunklen Königs, die er während des Schattenkriegs erschuf. Sie sind körperlich sehr groß und extrem bösartig. Sie stellen eine hybride Kreuzung zwischen Tier und Mensch dar und töten aus purer Mordlust. Nur diejenigen, die selbst von den Trollocs gefürchtet werden, können diesen trauen. Trollocs sind schlau, hinterhältig und verräterisch. Sie essen alles, auch jede Art von Fleisch, das von Menschen und anderen Trollocs eingeschlossen. Da sie zum Teil von Menschen abstammen, sind sie zum Geschlechtsverkehr mit Menschen imstande, doch die meisten einer solchen Verbindung entspringenden Kinder werden entweder tot geboren oder sind kaum lebensfähig. Die Trollocs leben in stammesähnlichen Horden. Die wichtigsten davon heißen: Ahf'frait, Al'ghol, Bhan'sheen, Dha'vol, Dhai'mon, Dhjin'nen, Ghar'ghael, Ghob'hlin, Gho'hlem, Ghraem'lan, Ko'bal und Kno'mon (*siehe auch:* Trolloc-Kriege).

Trostlosigkeit: Bezeichnung für die Auswirkung der folgenden Erkenntnis auf viele Aiel: Die Aiel waren keineswegs immer furchterregende Krieger. Ihre Vorfahren waren strikte Pazifisten, die sich während und nach der Zerstörung der Welt dazu gezwungen sahen, sich selbst zu verteidigen. Viele glauben, gerade darin habe ihr Versagen den Aiel gegenüber gelegen. Einige werfen daraufhin ihre Speere weg und rennen davon. Andere weigern sich, das Weiß der *Gai'schain* abzulegen, obwohl ihre Dienstzeit vorüber ist. Wieder andere weigern sich, dies als die Wahrheit anzuerkennen, und folgerichtig erkennen sie auch Rand al'Thor nicht als den wahren *Car'a'carn* an. Diese Aiel kehren entweder in die Wüste zurück oder schließen sich den Shaido an, die gegen Rand al'Thor kämpfen (*siehe auch:* Aiel; Aiel-Wüste; *Car'a'carn; Gai'schain*).

Verknüpfung: die Fähigkeit von Frauen, ihre Stränge der Einen Macht miteinander zu vereinigen. Diese kombinierten Stränge sind insgesamt wohl nicht ganz so stark wie die Summe der einzelnen Stränge, werden aber von der Person gelenkt, die diese Verknüpfung leitet und können auf diese Weise viel präziser und effektiver eingesetzt werden als einzelne Stränge. Männer können ihre Fähigkeiten nicht miteinander verknüpfen, wenn keine Frau oder keine Frauen im Zirkel mitwirken. Dagegen können sich bis zu dreizehn Frauen verknüpfen, ohne die Mitwirkung eines Mannes zu benötigen. Nimmt ein Mann an diesem Zirkel teil, können sich bis zu sechsundzwanzig Frauen verknüpfen. Zwei Männer können den Zirkel auf vierunddreißig Frauen erweitern, und so geht es weiter bis zu einer Obergrenze von sechs Männern und sechsundsechzig Frauen. Es gibt Verknüpfungen, an denen mehr Männer, aber dafür weniger Frauen teilnehmen, aber abgesehen von der Verknüpfung nur einer Frau mit einem Mann muß sich immer mindestens eine Frau mehr im Zirkel befinden als Männer. Bei den meisten Zirkeln kann entweder ein Mann oder eine Frau die Leitung übernehmen, doch bei einem Maximalzirkel von zweiundsiebzig Personen oder bei gemischten Zirkeln unter dreizehn Mitgliedern muß jeweils ein Mann die Führung übernehmen. Obwohl im allgemeinen Männer stärker sind, was den Gebrauch der Macht betrifft, sind die stärksten Zirkel diejenigen mit soweit wie möglich ausgeglichener Anzahl an Männern und Frauen (*siehe auch:* Aes Sedai).

Verlorene: Name für die dreizehn der mächtigsten Aes Sedai aus dem Zeitalter der Legenden und damit auch zu den mächtigsten zählend, die es überhaupt jemals gab. Während des Schattenkriegs liefen sie zum Dunklen König über, weil er ihnen dafür die Unsterblichkeit versprach. Sie bezeichnen sich selbst als die ›Auserwählten‹. Sowohl Legenden wie auch fragmentarische Berichte stimmen darin überein, daß sie zusammen mit dem Dunklen König eingekerkert wurden, als dessen Gefängnis wiederversiegelt wurde. Ihre Namen werden heute noch benützt, um Kinder zu erschrecken. Es waren: Aginor, Asmodean, Balthamel, Be'lal, Demandred, Graendal, Ishamael, Lanfear, Mesaana, Moghedien, Rahvin, Sammael und Semirhage.

Wahre Quelle: die treibende Kraft des Universums, die das Rad der Zeit antreibt. Sie teilt sich in eine männliche *(Saidin)* und eine weibliche Hälfte *(Saidar),* die gleichzeitig miteinander und gegeneinander arbeiten. Nur ein Mann kann von *Saidin* Energie beziehen und nur eine Frau von *Saidar*. Seit dem Beginn der Zeit des Wahns vor mehr als dreitausend Jahren ist *Saidin* von der Hand des Dunklen Königs gezeichnet (*siehe auch:* Eine Macht).

Weise Frau: Unter den Aiel werden Frauen von den Weisen Frauen zu dieser Berufung ausgewählt und angelernt. Sie erlernen die Heilkunst, Kräuterkunde und anderes, ähnlich wie die Seherinnen. Gewöhnlich gibt es in jeder Septimenfestung oder bei jedem Clan eine Weise Frau. Manchen von ihnen sagt man wundersame Heilkräfte nach und sie vollbringen auch andere Dinge, die als Wunder angesehen werden. Sie besitzen große Autorität und Verantwortung, sowie großen Einfluß auf die Septimen und die Clanhäuptlinge, obwohl diese Männer sie oft beschuldigen, daß sie sich ständig einmischten. Die Weisen Frauen stehen über allen Fehden und kriegerischen Auseinandersetzungen, und *Ji'e'toh* entsprechend dürfen sie nicht belästigt oder irgendwie behindert werden. Würde sich eine Weise Frau an einem Kampf beteiligen, stellte das eine schwere Verletzung aller guten Sitten und Traditionen dar. Eine Reihe der Weisen Frauen besitzen in gewissem Maße die Fähigkeit, die Eine Macht benützen zu können, aber der Brauch will es, daß sie nicht darüber sprechen. Es ist ebenfalls bei ihnen üblich, noch strenger als die anderen Aiel jeden Kontakt mit den Aes Sedai zu vermeiden. Sie suchen nach anderen Aielfrauen, die mit dieser Fähigkeit geboren werden oder sie erlernen können. Drei im Moment lebende Weise Frauen sind Traumgängerinnen, können also *Tel'aran'rhiod* betreten und sich im Traum u. a. mit anderen Menschen verständigen (*siehe auch:* Traumgänger, *Tel'aran'rhiod*).

Weiße Burg: Zentrum und Herz der Macht der Aes Sedai. Sie befindet sich im Herzen der großen Inselstadt Tar Valon.

Weißmäntel: *siehe* Kinder des Lichts.

Wiedergeborener Drache: Nach der Prophezeiung und der Legende der wiedergeborene Lews Therin Telamon. Die meisten, jedoch nicht alle Menschen erkennen Rand al'Thor als den Wiedergeborenen Drachen an (*siehe auch:* Drache; Drache, falscher; Prophezeiungen des Drachen).

Wilde: eine Frau, die allein gelernt hat, die Eine Macht zu lenken, und die ihre Krise überlebte, was nur etwa einer von vieren gelingt. Solche Frauen wehren sich gewöhnlich gegen die Erkenntnis, daß sie die Macht tatsächlich benützen, doch durchbricht man diese Sperre, gehören die Wilden später oft zu den mächtigsten Aes Sedai. Die Bezeichnung ›Wilde‹ wird häufig abwertend verwendet.

Zeitalter der Legenden: das Zeitalter, welches von dem Krieg des Schattens und der Zerstörung der Welt beendet wurde. Eine Zeit, in der die Aes Sedai Wunder vollbringen konnten, von denen man heute nur träumen kann (*siehe auch:* Zerstörung der Welt; Schattenkrieg).

Zerstörung der Welt: Als Lews Therin Telamon und die Hundert Gefährten das Gefängnis des Dunklen Königs wieder versiegelten, fiel durch den Gegenangriff ein Schatten auf *Saidin*. Schließlich verfiel jeder männliche Aes Sedai auf schreckliche Art dem Wahnsinn. In ihrem Wahn veränderten diese Männer, die die Eine Macht in einem heute unvorstellbaren Maße beherrschten, die Oberfläche der Erde. Sie riefen furchtbare Erdbeben hervor, Gebirgszüge wurden eingeebnet, neue Berge erhoben sich, wo sich Meere befunden hatten, entstand Festland und an anderen Stellen drang der Ozean in bewohnte Länder ein. Viele Teile der Welt wurden vollständig entvölkert und die Überlebenden wie Staub vom Wind verstreut. Diese Zerstörung wird in Geschichten, Legenden und Geschichtsbüchern als die Zerstörung der Welt bezeichnet.

Zweifler: ein Orden innerhalb der Gemeinschaft der Kinder des Lichts. Sie sehen ihre Aufgabe darin, die Wahrheit im Wortstreit zu finden und Schattenfreunde zu erkennen. Ihre Suche nach der Wahrheit und dem Licht, so wie sie die Dinge sehen, wird noch eifriger betrieben, als bei den Kindern des Lichts allgemein üblich. Ihre normale Befragungsmethode ist die Folter, wobei sie der Auffassung sind, daß sie selbst die Wahrheit bereits kennen und ihre Opfer nur dazu bringen müssen, sie zu gestehen. Die Zweifler bezeichnen sich als die ›Hand des Lichts‹, die Hand, welche die Wahrheit ausgräbt, und sie verhalten sich gelegentlich so, als seien sie völlig unabhängig von den Kindern und dem Rat der Gesalbten, der die Gemeinschaft leitet. Das Oberhaupt der Zweifler ist der Hochinquisitor, der einen Sitz im Rat der Gesalbten hat. Im Wappen führen sie einen blutroten Hirtenstab (*siehe auch:* Kinder des Lichts).

Robert Jordan

Die Herrschaft der Seanchaner

Das Rad der Zeit 25. Aus dem Amerikanischen von Andreas Decker. 348 Seiten. Serie Piper

Mat Cauthon, der treue Gefährte des Wiedergeborenen Drachen, gerät in Ebou Dar in größte Gefahr: Die Invasoren aus Seanchan festigen durch fortwährende Kämpfe ihre Herrschaft und bauen ihre Stellungen immer weiter aus. Mat muss fliehen. Doch er ist der Geliebte der Königin, die ihn nicht gehen lassen will. Und die Hochlady Tuon, die Tochter der Neun Monde, steht mit ihren Heeren schon vor den Toren der Stadt …

»Jordans Werk erinnert in seiner Dichte und Wärme an Tolkien.«
Publishers Weekly

05/1735/01/L

Robert Jordan

Der neue Frühling

Das Rad der Zeit 29. Aus dem Amerikanischen von Andreas Decker. 429 Seiten. Serie Piper

Was geschah vor der Rückkehr Rand al'Thors, des legendären Wiedergeborenen Drachen? Welche Ereignisse führten zu Rands Flucht aus seiner Heimat? Das langerwartete Prequel über die Vorgeschichte und die Hintergründe zum Welterfolg »Das Rad der Zeit« ist eine faszinierende Reise in die Vergangenheit, eine Zeit voll düsterer Schlachten und mystischer Magie. Endlich lüftet Robert Jordan eines der bestgehüteten Geheimnisse seiner Welt – unverzichtbar für Robert Jordan-Fans und alle, die es werden wollen!

»Jeder Roman dieses Zyklus ist wie der Satz einer Sinfonie!«
Interzone

05/1784/01/R